BASTEI
LÜBBE

Bisher sind im BASTEI-LÜBBE Taschenbuchprogramm von BARBARA HAMBLY nachstehende Bände erschienen:

13 066 Die Frauen von Mandrigin

Paperback
28 143 Gefährtin des Lichts

Barbara Hambly

Der schwarze Drache

BASTEI LÜBBE

BASTEI-LÜBBE-TASCHENBUCH
Fantasy
Band 20 096

Deutsche Lizenzausgabe 1987
Bastei-Verlag Gustav H. Lübbe GmbH & Co., Bergisch Gladbach
Originaltitel: Dragonsbane
Ins Deutsche übertragen von Andreas Brandhorst
Lektorat: Hans Altmeyer/Dr. Helmut Pesch
Titelillustration: Michael Whelan
Umschlaggestaltung: Quadro Grafik, Bensberg
Druck und Verarbeitung:
Elsnerdruck, Berlin
Printed in Western Germany
ISBN 3-404-20096-9

Der Preis dieses Bandes versteht sich einschließlich
der gesetzlichen Mehrwertsteuer.

Für Allan

N
W
O
S
Domäne der Eisreiter
Die Minen von Tralchez
Eldefluss
Frosthöhe
Westfernend
Eldsbouch
Alynfeste
Graue Berge
See von Wevir
Groß Toby
Das Winterland
Tiefe von Wyldoom
Wald von Wyr
Ember
Marschen
Schlangenfluss
Wildorakstrom
Wald von Imperteng
Große Barriere
Grenzland
Östliche Ebene
Zitadelle von Halnath
Tiefe von Ylferdun
Belmarie
Bel
Das Königreich
HP

1. Kapitel

Es kam des öfteren vor, daß in den Ruinen der alten Stadt am Vierpfad Räuber auf der Lauer lagen. Jenny Waynest glaubte es an diesem Morgen mit drei Wegelagerern zu tun zu haben.

Sie war sich nicht sicher, ob sich diese Ahnung auf Magie gründete oder ob es sich dabei schlicht um einen Gefahreninstinkt handelte, den jeder entwickelte, der im Winterland aufgewachsen war. Doch als sie die ersten eingestürzten Mauern erreichte und die Zügel anzog, an einer Stelle, wo sie angesichts des dichten Geflechts aus Ästen und Zweigen über ihr, der herbstlichen Nebelschwaden und des morgendlichen Zwielichts einigermaßen vor Entdeckung sicher sein konnte, machte sie eine Feststellung, die ihre letzten Zweifel ausräumte: Der Pferdedung auf dem harten Lehm des Weges war frisch, weder hartgefroren noch mit einer glitzernden Schicht Rauhreif überzogen wie die welken Blätter ringsum. Darüber hinaus fiel ihr die in der Ruinenstadt herrschende Stille auf. In dem Ginster, der am Hang des Hügels wuchs, auf welchem einst die den alten Zwölfgöttern geweihte Kirche gestanden hatte, rührte sich nicht einmal ein Kaninchen. Jenny glaubte den Rauch eines verborgenen Feuers riechen zu können, das in den verfallenen Mauern einer ehemaligen Schenke brannte. Und ehrliche Wanderer, so wußte sie, hätten sich nicht versteckt und solchen Wert darauf gelegt, keine Spuren im Frost zu hinterlassen, der das Gras bedeckte. Ihre weiße Stute Halbmond stülpte die Ohren vor und schnaubte leise, als sie andere Pferde witterte. Jenny strich ihr über die Mähne und forderte sie mit einem leisen Hauch dazu auf, keinen Laut von sich zu geben.

Unter den schützenden Schleiern des Nebels wurde die Reiterin zu einem Schatten von vielen, wie ein Rebhuhn, das mit dem Grau und Braun des Waldes verschmolz. Tatsächlich lag der Vergleich mit einem Rebhuhn gar nicht so fern: Dunkelhaarig und klein war Jenny, fast unsichtbar in den trüben Farbschattierungen der nördlichen Regionen, eine schlanke, kräftig gebaute Frau, so zäh und widerstandsfähig wie die Wurzeln des Heidekrauts in den Mooren. Nachdem sie sich einige Augenblicke lang völlig still verhalten hatte, wob sie ihre Magie zu einem Band aus Nebel, das sie in Richtung der düster wirkenden Ruinen warf.

Schon als Kind hatte sie sich darin geübt, noch bevor sie dem Wandermagier Caerdinn begegnet und von ihm in die Geheimnisse der Zauberei eingeweiht worden war. Jenny hatte die ganzen siebenunddreißig Jahre ihres Lebens im Winterland verbracht – sie kannte die Anzeichen von Gefahr. In dem dichten braunen Gespinst des Efeus, der an den Mauern der alten Schenke wucherte, hätten eigentlich Amseln und Drosseln auf sich aufmerksam machen müssen, doch alles blieb still. Nach einer Weile nahm Jenny den Geruch von Pferden wahr, und kurz darauf auch den Gestank schmutziger, ungewaschener Männerleiber.

Einer der Banditen befand sich bestimmt in der Ruine des niedrigen und breiten Turmes, von dem aus man einen guten Blick auf die nach Süden und Osten führenden Straßen hatte. Er gehörte zu den alten Verteidigungsanlagen der Stadt, die ebenso aufgegeben worden waren wie alles andere auch. Er stellte eins der bevorzugten Verstecke der Wegelagerer dar. Ein zweiter Räuber, so vermutete Jenny, mochte hinter den Mauern der Schenke lauern. Kurze Zeit später spürte sie die Anwesenheit eines dritten, der sich hinter einer Gruppe von Lärchen verborgen hielt und die Kreuzung beobachtete. Mit Hilfe ihrer Magie roch sie den Gestank ihrer Seelen: tief in ihnen verwurzelte Habsucht und Gier, faulige Erinnerungen an einen erfolgreichen Raub, an genossene Vergewaltigungen, an Mord und Totschlag – an die ganzen flüchtigen Triumphe einer Existenz, in der es praktisch nur darum ging, entweder Pein zu erleiden oder anderen Schmerzen zuzufügen. Jenny hatte ihr ganzes Leben im Winterland verbracht, und sie wußte daher, daß diese Männer eigentlich keine Schuld an ihrem Wesen traf. Doch sie verdrängte ihre Empfindungen, schob sowohl Abscheu als auch Mitleid beiseite und rief sich die richtigen Formeln ins Gedächtnis zurück.

Ihre Konzentration vertiefte sich. Vorsichtig und behutsam tastete sie nach jenem Kompost von Erinnerungen der Räuber und flüsterte ihren verdorbenen Seelen die gelangweilte Schläfrigkeit von Männern ein, die schon zu lange gewacht hatten. Wenn es ihr nicht gelang, eine hinreichend naturgetreue Illusion zu erzeugen, würden die Wegelagerer sie sehen, wenn sie sich bewegte. Anschließend lokkerte sie die Hellebarde ein wenig in dem Futteral neben dem Sattelknopf. Sie zog sich die Schafsfelljacke enger um die Schultern und wagte kaum zu atmen, als sie mit den Stiefelabsätzen kurz Halbmonds Flanken berührte. Daraufhin setzte sich das Pferd in Bewegung und näherte sich den Ruinen.

Für den Mann im Turm existierte sie überhaupt nicht. Durch die braunen und roten Blätter eines Weißdorngestrüpps erblickte Jenny zwei Pferde, die hinter einer halb eingestürzten Mauer in der Nähe der alten Schenke festgebunden waren. Ihr Atem bildete weiße Wolken in der Kühle des Morgens. Unmittelbar darauf entdeckte sie auch den Räuber, der hinter den Steinen hockte: einen stämmigen Mann, gekleidet in schmieriges altes Leder. Er behielt die Straße im Auge, doch plötzlich zuckte er zusammen und fluchte. Er senkte den Kopf und kratzte sich im Schritt, zwar verärgert, aber nicht sonderlich überrascht. Er bemerkte Jenny nicht, als sie wie ein Phantom an ihm vorüberritt. Der dritte Wegelagerer saß auf dem Rücken eines grobknochigen schwarzen Pferdes zwischen einer verwitterten Mauer und einem Birkengehölz. Er starrte einfach nur in die Leere, verloren in den Tagträumen, die Jenny ihm eingeflüstert hatte.

Sie befand sich direkt vor ihm, als von dem nach Süden führenden Pfad her die laute Stimme eines jungen Mannes erklang: »OBACHT!«

Jenny zog die Hellebarde ganz aus dem Futteral hervor, als der Räuber jäh aus seinen Träumen erwachte. Er sah sie und knurrte eine Verwünschung. Jenny hörte das Pochen von Hufen, und aus den Augenwinkeln sah sie ein Pferd, das über die Straße galoppierte. Der andere Reisende, dachte sie bitter, derjenige, dessen gut gemeinte Warnung sie überhaupt erst in Gefahr gebracht hatte. Und noch während der Wegelagerer zum Angriff überging, erkannte Jenny auf dem Rücken des herangaloppierenden Pferdes einen jungen Mann, der ihr offenbar zu Hilfe eilen wollte.

Der Räuber war mit einem Kurzschwert bewaffnet, doch er schlug mit der flachen Seite zu. Anscheinend kam es ihm darauf an, sie nur aus dem Sattel zu heben und dabei nicht allzu sehr zu verletzen, um sie später vergewaltigen zu können. Jenny machte einen Scheinangriff mit ihrer Hellebarde, und als der Mann daraufhin das Schwert hob, um den Schlag abzublocken, rammte ihm die Frau die Schneide der Waffe in den Leib. Sie preßte die Beine an die Flanken Halbmonds, um infolge der Wucht des Hiebes nicht den Halt zu verlieren. Das Lederwams des Räubers erwies sich zwar als recht fest, doch darunter war kein Metall. Jenny zog die Schneide aus der klaffenden Wunde, als sich der Bandit zusammenkrümmte und einen gellenden Schrei von sich gab. Noch bevor der schwer verwundete Mann zu Boden gefallen war, hatte Jenny bereits ihr Pferd herumgezwungen und ritt los, um dem jungen Mann zu helfen, der sich offenbar für eine Art Ritter hielt, sich nun jedoch der wütenden Attacken des Räubers ausgesetzt sah, der sich hinter der Mauer der Schenke verborgen hatte.

Behindert wurde er von einem langen Mantel aus rubinrotem Samt, der sich in dem Korbgriff seines edelsteinbesetzten Langschwerts verheddert hatte. Das Pferd war offenbar kampferfahrener als der Reiter: Nur die geschickten Bewegungen des großen rotbraunen Wallachs hatten den jungen Mann bisher vor dem Tod bewahrt. Der Räuber hatte sich unmittelbar nach dem Warnruf auf sein Roß geschwungen und den tollkühnen Angreifer in Richtung der Haselbüsche zurückgedrängt, die entlang der eingestürzten Wand der alten Schenke wuchsen. Als Jenny herankam, verfing sich der lange Mantel des jungen Mannes gerade im Geäst, und bei der nächsten Bewegung des Wallachs verlor der Reiter den Halt und fiel auf ausgesprochen unehrenhafte Art und Weise aus dem Sattel.

Jenny holte aus und schmetterte die Klinge der Hellebarde gegen den Waffenarm des Banditen. Der Mann riß sein Pferd herum, um sich ihr zum Kampf zu stellen. Der Blick Jennys traf auf zwei kleine und eng beieinander stehende Augen unter einem verdreckten Helm aus Eisen. Hinter ihr schrie noch immer der erste Wegelagerer, und darauf wurde auch ihrem derzeitigen Gegner der Ernst der Lage klar. Er duckte sich unter Jennys Hieb hinweg und schlug nach Halbmonds Nüstern, so daß die Stute scheute. Dann gab er seinem Pferd die Sporen. Angesichts einer Waffe, deren Reichweite wesentlich größer war als die seines Schwertes, hielt er es offenbar für angeraten, die Flucht zu ergreifen, und er ließ auch seinen Kameraden im Stich, der nicht so klug gewesen war, sich rechtzeitig aus dem Staub zu machen.

Kurz darauf raschelte es in den Dornsträuchern, als der zuvor im Turm versteckte Mann sich ebenfalls auf und davon machte und im Nebel verschwand, und dann folgte Stille, nur unterbrochen von dem Ächzen und Stöhnen des sterbenden Banditen.

Jenny schwang sich elegant aus dem Sattel Halbmonds. Ihr junger »Retter« versuchte noch immer, sich aus dem Dickicht zu befreien, wand sich in den Büschen wie ein in einem Sack gefangenes Wiesel und war auf dem besten Wege dazu, sich mit seinem Mantel zu erdrosseln. Mit dem Haken an der Rückseite der Hellebardenklinge löste Jenny das Schmuckschwert aus seiner Hand; dann trat sie auf ihn zu und strich den Samt des Umhangs beiseite. Blindlings schlug er um sich. Erst nach einigen Sekunden sah er, mit wem er es zu tun hatte; er hielt inne und starrte aus großen und kurzsichtigen grauen Augen zu ihr auf.

Eine Zeitlang brachte er vor Überraschung keinen Laut über die Lippen. Dann räusperte er sich und öffnete den Verschluß der goldenen, rubinbesetzten Kette, die den Mantel am Hals zusammenhielt. »Äh … vielen Dank, Mylady«, hauchte er atemlos und stand auf. Zwar war Jenny an Männer gewöhnt, die größer waren als sie, doch diesmal war sie wirklich erstaunt. Seine Haut war zart und so hell wie das Haar, das sich trotz seiner Jugend bereits zu lichten begann. Er konnte kaum mehr als achtzehn Jahre alt sein, und seine natürliche Unsicherheit wurde noch verstärkt, als er die schwierige Aufgabe zu bewältigen versuchte, der Person zu danken, der er eigentlich wie ein tapferer Retter in der Not hatte zu Hilfe eilen wollen.

»Ich bin Euch zu größtem Dank verpflichtet«, sagte er, und er verbeugte sich auf so vornehme Weise, wie man es im Winterland seit dem Rückzug der Adligen und der königlichen Armeen nicht mehr gesehen hatte. »Ich bin Gareth von Magloshaldon, ein Reisender, den eine wichtige Aufgabe in dieses Land führt, und ich darf Euch in aller Demut versichern, daß ich …«

Jenny schüttelte den Kopf und hob die eine Hand, um den jungen Mann zum Schweigen zu bringen. »Warte hier«, sagte sie nur und wandte sich von ihm ab.

Verwirrt folgte er ihr.

Der erste Räuber, der sie angegriffen hatte, lag noch immer auf dem Weg. Das aus der tiefen Wunde strömende Blut hatte den Boden aufgeweicht, und der abstoßende, süßliche Geruch vermischte sich mit dem Gestank des Mannes. Er stöhnte und ächzte noch immer leise.

Jenny seufzte, und ihr war plötzlich kalt. Sie fühlte sich müde und irgendwie befleckt, als sie auf das blickte, was sie angerichtet hatte – und als sie begriff, welche Aufgabe jetzt auf sie wartete. Sie ging neben dem Sterbenden in die Hocke und hüllte ihn in einen Kokon aus schmerzlindernder Magie. Sie hörte, wie Gareth sich näherte. Das taufeuchte Gras knisterte verhalten unter seinen Stiefeln, und bei jedem langen Schritt baumelte die verzierte Schwertscheide hin und her. Jenny empfand ihm gegenüber so etwas wie gedämpften Zorn, weil allein er die Verantwortung dafür trug, daß dies alles nötig gewesen war. Ohne seinen Ruf hätte sie die Ruinen passieren können, ohne die Aufmerksamkeit der Wegelagerer zu erwecken, und dann bräuchte dieser Mann nun nicht zu sterben …

Und zweifellos wären er und seine Kumpane anschließend über Gareth hergefallen und hätten nicht nur ihn getötet, sondern auch weitere Reisende.

Jenny hatte es längst aufgegeben, eine deutliche Trennungslinie zwischen Gut und Böse zu ziehen und das *Sollte* der Gegenwart dem *Wenn* der Zukunft gegenüberzustellen. Wenn den allgemeinen Geschehnissen überhaupt so etwas wie ein Muster zugrunde lag, so entzog es sich ihrem Verständnis. Dennoch fühlte sie sich unrein, als sie mit den Fingerspitzen die schweißfeuchten und schmierigen Schläfen des Sterbenden berührte und mit einer Tinte, die nur in ihrer Phantasie existierte, die passenden Runen auf die Haut schrieb, während sie die Todesformeln hauchte. Sie fühlte, wie das Lebenslicht in dem Verwundeten erlosch, und zurück blieb in ihr der schale Nachgeschmack des Ekels vor sich selbst.

Hinter ihr flüsterte Gareth: »Ihr … er … er ist tot.«

Jenny stand auf und strich sich den Schmutz vom Rock. »Ich konnte ihn doch nicht einfach so den Wieseln und Füchsen überlassen«, erwiderte sie und wandte sich von der Leiche ab. Sie konnte die kleinen Aasfresser bereits hören, die im Unterholz herankrochen, angelockt von dem Geruch des Blutes. Ungeduldig warteten sie darauf, sich über den Toten hermachen zu können. Jennys Tonfall war recht brüsk gewesen; sie hatte die Todesformeln schon immer gehaßt. In einem Land, in dem es kein Gesetz gab, war sie erstmals im Alter von vierzehn Jahren dazu gezwungen gewesen, einen Menschen zu töten. Und seitdem waren weitere sechs hinzugekommen – nicht mitgezählt diejenigen, denen sie als einzige Hebamme und Heilerin von den Grauen Bergen bis ans Meer Sterbehilfe geleistet hatte. Es wurde nie einfacher, eher noch schwerer.

Sie war versucht, diesen Ort so schnell wie möglich zu verlassen, doch der junge Mann legte ihr eine Hand auf den Arm und bedachte sie mit einem Blick erschrockener Faszination. Vermutlich hatte er noch nie jemanden sterben sehen. Zumindest nicht auf diese Weise. Der moosgrüne Samt seines Wamses, auf dem sich infolge einer langen Reise hier und dort Schmutzflecken zeigten, die goldene Zierde seiner aus erlesenem Leder bestehenden Stiefel, die Rüschenstickereien des ebenfalls grünen Hemdes: Seine ganze Erscheinung machte deutlich, daß er von edler Herkunft war. In seiner Heimat zeichnete sich zweifellos alles, sogar das Sterben, durch einen vornehmen Stil aus.

»Ihr ... Ihr seid eine Hexe!« brachte er unsicher hervor.

Der eine Mundwinkel Jennys verzog sich ein wenig. »So ist es.«

Furchtsam wich er zurück, taumelte und hielt sich an einem kleinen Baum in der Nähe fest. Erst jetzt sah Jenny, daß es abgesehen von den dekorativen Schlitzen in dem einen Ärmel des Wamses noch einen echten Riß gab, und das Hemd darunter war rot und feucht. »Es ist alles in Ordnung mit mir«, wandte Gareth schwach ein, als sie Anstalten machte, ihn zu stützen. »Ich brauche nur ...« Er versuchte, ihre Hand abzuschütteln und aus eigener Kraft zu gehen, und der Blick seiner kurzsichtigen grauen Augen war dabei starr auf die welken Blätter gerichtet, die sich am Wegesrand zu einer knöchelhohen Schicht angesammelt hatten.

»Du solltest dich erst einmal setzen und ausruhen«, riet ihm Jenny. Sie führte ihn an einen halb zur Seite gesunkenen Grenzstein heran und ließ ihn darauf Platz nehmen. Dann griff sie nach den diamantenen Knöpfen, die den Ärmel mit dem Rest des Wamses verbanden. Die Wunde schien nicht sonderlich tief zu sein, blutete aber stark. Sie löste den ledernen Riemen, der ihr schwarzes Haar zusammenhielt und benutzte ihn dazu, den Arm abzubinden. Gareth stöhnte und schnappte nach Luft, und er versuchte, den Lederstreifen zu lockern. Jenny zerrte gerade am Saum ihres Unterhemdes, um einen Teil des Stoffes als Verband zu verwenden. Sie klopfte dem jungen Mann wie einem Kind auf die Finger. Kurz darauf machte er erneut Anstalten, sich zu erheben. »Ich muß meine ...«

»Ich hol' sie für dich«, sagte Jenny fest, die wußte, was Gareth meinte. Sie verband die Wunde und kehrte dann zu den Haselbüschen zurück, wo der Kampf zwischen dem Banditen und Gareth stattgefunden hatte. Das trübe Tageslicht erzeugte irgendwo zwischen den Blättern einen hellen Reflex. Jenny griff nach der Brille, deren Gestell verbogen war. In dem einen Glas zeigte sich ein großer, sternförmiger Sprung. Sie brachte sie dem jungen Mann, nachdem sie den Schmutz abgestreift hatte.

»So«, sagte Jenny, als Gareth sich die Brille mit zitternder Hand auf den Nasenrücken schob. »Deine Verletzung muß behandelt werden. Ich bringe dich nach ...«

»Ich habe leider keine Zeit, Mylady.« Er sah zu ihr auf und blinzelte in das heller werdende Tageslicht. »Ich bin auf der Suche, einer Suche von immenser Bedeutung.«

»Ist sie so wichtig, daß du eine Entzündung der Wunde und damit den Verlust des Arms riskieren willst?«

Gareth glaubte anscheinend, von Natur aus gegen solche Widrigkeiten gefeit zu sein. »Soweit wird es nicht kommen«, antwortete er voller Überzeugung. »Macht Euch keine Sorgen um mich. Ich suche Lord Aversin, den Drachentöter, Than von Alynfeste und Lord von Wyr, den ruhmreichsten Ritter, der je das Winterland durchstreifte. Wißt Ihr vielleicht, wo er sich derzeit aufhält? Kräftig wie ein Hengst soll er sein, erhaben wie ein Gott ... Auch in den Ländern des Südens wird von ihm erzählt, wie von einer Legende, dem tapfersten und kühnsten aller Ritter ... Ich muß Alynfeste finden, bevor es zu spät ist.«

Jenny seufzte ergeben. »Das mußt du also unbedingt, wie? Nun, und gerade dorthin will ich dich bringen.«

Die zusammengekniffenen Augen Gareths öffneten sich weit, und er starrte sie groß an. »Nach ... nach Alynfeste? Wirklich? Befindet sie sich in der Nähe?«

»Zumindest ist das der nächste Ort, wo dein Arm behandelt werden kann«, sagte Jenny. »Kannst du reiten?«

Der junge Mann wäre selbst dann auf die Beine gesprungen, dachte Jenny belustigt, hätte er im Sterben gelegen. »Ja, natürlich. Ich ... Kennt Ihr Lord Aversin?«

Jenny schwieg einige Augenblicke lang. Dann erwiderte sie sanft: »Ja. Ja, ich kenne ihn.«

Mit einem Pfiff rief sie die Pferde herbei, ihre große weiße Stute Halbmond und den rotbraunen Wallach, dessen Name, so erklärte Gareth, Kampfteufel lautete. Trotz der Erschöpfung des jungen Mannes und der Schmerzen, die ihm die notdürftig versorgte Wunde bereiten mußte, machte er Anstalten, Jenny beim Aufsteigen zu helfen. Sie ritten am steinigen Hang des Hügels entlang, um die Nähe der Leiche und den Gestank des Blutes zu meiden, und Gareth fragte: »Wenn ... wenn Ihr eine Hexe seid, Mylady, wieso habt Ihr dann nicht mit Eurer Magie gegen die Schurken gekämpft statt mit einer Hellebarde? Ihr hättet ihnen doch gewiß Feuer entgegenschleudern, sie in Frösche verwandeln oder sie erblinden lassen können ...«

In gewisser Weise, dachte Jenny, war letzteres der Fall gewesen. Erst der Ruf des jungen Mannes hatte die Banditen wieder sehen lassen.

Doch sie antwortete nur: »Dazu bin ich nicht in der Lage.«

»Aus Gründen der Ehre?« fragte Gareth neugierig. »Nun, es gibt Situationen, in denen man sein Ehrgefühl besser vergessen sollte ...«

»Nein.« Durch den dichten Vorhang aus schwarzem Haar, das ihr in die Stirn gefallen war, warf sie ihrem Begleiter einen kurzen Blick zu. »Meine Magie ist nicht stark genug.«

Mit diesen Worten trieb sie ihr Pferd an und ritt durch die vagen Schatten der kahlen und überhängenden Zweige des Waldes.

Jenny wußte es zwar schon seit vielen Jahren, aber es fiel ihr noch immer schwer, ein derartiges Eingeständnis zu machen. Daß sie nicht so schön war wie andere Frauen, damit hatte sie sich inzwischen abgefunden. Nicht jedoch mit dem geringen Erfolg in der Kunst, die zu beherrschen sie sich von Kindesbeinen an gewünscht hatte. Sie verdrängte diese Enttäuschung, doch manchmal wurde ihr auf schmerzhafte Weise bewußt, wie gering ihre magischen Fähigkeiten waren.

Bodennebel wallte in trägen Schwaden um die Beine der Pferde, und die dicken Baumwurzeln, die aus den Böschungen zu beiden Seiten des Weges ragten, wirkten in diesem grauen Dunst wie die Klauen dämonischer Wesen. Es roch nach Moder und Schimmel, und dann und wann knackte es über ihnen in den Baumkronen.

»Habt Ihr ... habt Ihr gesehen, wie er den Drachen erschlug?« fragte Gareth nach einigen Minuten des Schweigens. »Bitte erzählt mir davon. Aversin ist der einzige lebende Drachentöter, der einzige Mensch, der ein solches Ungeheuer erlegte. Überall gibt es Balladen über ihn, und man preist seinen Ruhm, seine heldenhaften Taten ... Das ist mein Hobby. Ich meine Balladen. Speziell die Balladen über Drachentöter, wie zum Beispiel die von Selkythar dem Weißen, der damals zur Zeit der Herrschaft Ennytas der Guten und Antaras und ihres Bruders lebte, während der Sippenkriege. Es heißt, ihr Bruder habe sich ebenfalls einem Drachen zum Kampf gestellt ...« Er hielt inne, und Jenny hatte den Eindruck, daß Gareth noch stundenlang über die glorreichen Drachentöter der Vergangenheit hätte sprechen können; doch vielleicht erinnerte er sich daran, daß ihm jemand den Rat gegeben hatte, andere Leute nicht damit zu langweilen. »Es ist schon immer mein Wunsch gewesen, einmal einem solchen Mann zu begegnen, einem wahrhaften Drachentöter. Sicher bedeckt ihn der Ruhm wie ein Mantel aus Gold.«

Seine Stimme wurde zu einem vibrierenden Tenor, und zur Überraschung Jennys stimmte der junge Mann ein Lied an:

»Im Galopp empor an des Hügels Hang, im Glimmern,
Im goldenen Sonnenschein, wie einer Flamme Schimmern.
Das stählerne Schwert fest in der starken Hand,
Pochende Hufe, die aufwirbeln den Sand.
Kräftig wie ein Hengst, mit eines Engels Macht,
Erhaben wie ein Gott, und anmutig er lacht ...

Im Schatten des Drachen die Mädchen weinen,
Schön wie Rosen, die nur im Dunkeln keimen.
›Ich kenne ihn, und ich weiß, er wird kommen;
Sein Mut ein Banner, das ihm niemals genommen.‹
Und sie sprach zu ihrer Schwester: ›Hab keine Furcht ...‹«

Jenny wandte den Blick von Gareth ab. Irgend etwas tief in ihr verkrampfte sich bei der Erinnerung an den Goldenen Drachen von Wyr.

Sie sah die Szene vor sich, als sei es erst gestern gewesen: das goldene Schimmern hoch am wachsgrauen nördlichen Himmel, Feuer und Rauch, die schreienden Jungen und Mädchen, die sich zum Tanz in Toby eingefunden hatten. Es waren Erinnerungen, so wußte sie, die keine anderen Empfindungen als Entsetzen in ihr hätten wachrufen dürfen. Ja, ihr war klar, daß sie nur mit Erleichterung an den Tod des Drachen hätte zurückdenken sollen. Doch stärker als das Entsetzen war der unsägliche Kummer, den sie mit jener Zeit verband, ein Gefühl tiefster Niedergeschlagenheit, das mit dem metallischen Geruch des vergossenen Drachenblutes verband und mit einem Gesang, der die heiße Luft vibrieren ließ wie eine Glocke ...

Wieder verspürte sie die Verzweiflung von damals, und sie kämpfte dagegen an. Mit brüchiger Stimme entgegnete sie: »Von den beiden Kindern, die der Drache damals entführte, konnte John nur den Jungen lebend retten. Ich glaube, das Mädchen kam in den Rauchschwaden in der Höhle des Ungeheuers um. Und selbst wenn es überlebt hätte: Bestimmt wäre es nicht in der Verfassung gewesen, Loblieder auf John zu singen, auch dann nicht, hätte er es wirklich gewagt, im Galopp den Hügel hinauf zu reiten, wie die Ballade behauptet. Das ist natürlich Unsinn.«

»Unsinn?« fragte Gareth enttäuscht. Offenbar befürchtete er nun, einen Traum aufgeben zu müssen, den er lange Zeit wie einen Schatz gehütet hatte.

»Selbstverständlich. Sonst wäre er auf der Stelle getötet worden.«

»Aber wie ...?«

»Auf die einzige Art und Weise, in der man seiner Ansicht nach mit einem so großen und stark gepanzerten Geschöpf fertig werden konnte. Er bat mich darum, das stärkste Gift zu brauen, das ich kannte, und damit präparierte er seine Speere.«

»Gift?« Eine derartige Ruchlosigkeit konnte Gareth anscheinend nicht fassen. *»Speere?* Benutzte er denn gar kein Schwert?«

Jenny schüttelte den Kopf. Sie wußte nicht, ob sie angesichts der Enttäuschung des jungen Mannes Mitleid mit ihm haben oder verärgert auf seine Bewunderung für etwas reagieren sollte, was für sie selbst und viele hundert andere Menschen ein alptraumhafter Schrecken gewesen war. Die Vorstellung, mit einer kaum einen Meter langen Stahlklinge gegen ein mehr als sieben Meter langes feuerspeiendes Ungetüm anzugehen, war nicht nur lächerlich naiv, sondern auch schlichtweg dumm.»Nein«, sagte sie nur. »John griff den Drachen von einem Felsen aus an, der über dem Zugang zu dessen Höhle lag. Zuerst verstümmelte er die Flügel, so daß der Drache nicht mehr aufsteigen konnte. Ja, er verletzte ihn mit seinen Speeren, aber den Todesstoß versetzte er ihm mit einer Axt.«

»Mit einer *Axt?«* platzte es völlig verwirrt aus Gareth heraus. »Das ... das ist das Entsetzlichste, was ich je gehört habe! Auf diese Weise erwirbt man weder Ruhm noch Ehre! Genausogut könnte man einen Gegner im Zweikampf erst zum Krüppel machen und ihn dann töten, wenn er sich nicht mehr wehren kann! Das ist Betrug!«

»Es handelte sich nicht um einen Zweikampf«, berichtigte Jenny. »Wenn ein Drache erst einmal aufsteigen kann, hat sein Gegner keine Chance mehr.«

»Aber es ist unehrenhaft!« beharrte Gareth leidenschaftlich, so als messe er diesem Punkt die größte Bedeutung zu.

»Ja – wenn es John mit einem menschlichen Gegner zu tun gehabt hätte, von dem er in allen Ehren zum Kampf herausgefordert worden wäre. Doch schon dann, wenn man es mit Straßenräubern zu tun bekommt, zahlt es sich aus, alle Möglichkeiten zu nutzen und die Widersacher auch von hinten anzugreifen. Erst recht, wenn man allein gegen mehrere Feinde steht. John Aversin ist der einzige Repräsentant des königlichen Gesetzes in diesem Land, und das bedeutet, er bekommt es *fast immer* mit einem zahlmäßig überlegenen Gegner zu tun. Drachen werden mindestens sechs bis sieben Meter groß und können einen Menschen mit einem einzigen Schwanzhieb töten.« Lächelnd fügte Jenny hinzu: »Wie du vorhin selbst sagtest: Es gibt Situationen, in denen man sein Ehrgefühl besser vergessen sollte.«

»Das ist doch etwas ganz anderes!« hielt ihr Gareth mürrisch entgegen und verfiel in ein enttäuschtes Schweigen.

Als sie weiterritten, stieg der Boden langsam an. Die konturlosen Wände des Nebeltunnels, der sie umgab, wichen immer weiter zurück und lösten sich schließlich auf. Weiter vorn schälten sich die sanften Formen einiger Hügel aus dem Dunst. Kurz darauf ließen sie den Wald hinter sich zurück; der Wind vertrieb die letzten Nebelschlieren und zupfte wie mit neugierigen Fingern an Kleidung und Haaren. Jenny strich sich einige dunkle Strähnen aus der Stirn, und sie musterte Gareth, der seinen Blick über die Moorlandschaft schweifen ließ. Sein Gesichtsausdruck schien wie eine Mischung aus Verwunderung, Betrübtheit und gelinder Verärgerung. Er konnte sich nur schwer an die Vorstellung gewöhnen, daß sein verehrter Held in dieser Öde aus Moos, trübem Wasser und Stein lebte.

Maßstab und Körperbau eines Drachen
(Aus den Unterlagen John Aversins)

1) Die oben dargestellten Strukturen im Bereich der Mähne und insbesondere die Dorne an den Gelenken sind dicker, als es in der Zeichnung zum Ausdruck kommt. Vom Schädel unterhalb der Mähne bis zum Torso erstreckt sich ein knöcherner »Schild«, der den Hals schützt.

2) Der Goldene Drache von Wyr maß in der Länge 8,30 Meter, wovon 3,70 Meter auf den Schwanz entfielen. Gerüchten zufolge gibt es Drachen, die länger als 15 Meter sind.

Auf Jenny hatte der Anblick dieser Landschaft eine sehr eigentümliche Wirkung. Mehr als hundertfünfzig Kilometer weit erstreckten sich die Moore nach Norden, bis an die Eisschollen an der Küste des Meeres. Sie kannte jeden einzelnen Riß in den Granitblöcken, jeden Torfbrocken, die Mulden, in denen das Heidekraut während der kurzen Hochlandsommer zu beeindruckender Größe heranwuchs. Während dreier langer Jahrzehnte war sie im tiefen Winterschnee den Spuren von Hasen und Füchsen gefolgt. Der alte Caerdinn erinnerte sich noch an die Zeit, als die Könige das Winterland aufgaben und ihre Truppen in die Schlachten um die Vorherrschaft im Süden führten. Er war wütend geworden, als Jenny ihm die Schönheit dieser wilden und silbrigen Weite aus Fels und Wind beschrieben hatte. Manchmal jedoch regte sich auch in Jenny eine ähnliche Bitterkeit, wenn sie sich in irgendeinem Dorf um das Leben eines dahinsiechenden Kindes bemühte, dabei einmal mehr an die Unzulänglichkeit ihrer Fähigkeiten erinnert wurde und in keinem der Bücher einen helfenden Hinweis finden konnte. Oder wenn in besonders kalten Wintern die Eisreiter über die Schollen kamen, um zu plündern, wenn sie Hütten abbrannten, die unter großen Mühen errichtet worden waren, wenn sie das Vieh abschlachteten, das die Lebensgrundlage der Bauern darstellte. Aufgrund ihres Wissens um die Beschränktheit der eigenen Macht hatte es Jenny jedoch gelernt, kleine Freuden zu genießen, selbst in der Trostlosigkeit etwas Schönes zu finden und das einfache Muster von Leben und Tod zu schätzen. Andererseits aber sah sie sich außerstande, dieses Gefühl jemandem zu erklären, weder Caerdinn noch ihrem jungen Begleiter oder sonst jemandem.

Nach einer Weile sagte sie sanft: »John hätte niemals dem Drachen nachgestellt, Gareth, wäre er nicht dazu gezwungen gewesen. Doch als Than von Alynfeste, als Lord von Wyr, ist er im ganzen Winterland der einzige Mann, der sich auf die Kriegskunst versteht und danach lebt. Er ging so gegen den Drachen vor, wie er gegen einen Wolf gekämpft hätte. Es kam ihm nur darauf an, eine Gefahr von seinem Volk abzuwenden. Es blieb ihm keine andere Wahl.«

»Ein Drache ist kein Wolf!« wandte Gareth heftig ein. »Für einen Ritter, der etwas auf sich hält, stellt er die größte und ehrenvollste aller Herausforderungen dar. Ihr müßt Euch irren! Er kann nicht einfach nur aus diesem Grund gegen ihn gekämpft haben, nicht nur aus *Pflichtbewußtsein*. Das ist unmöglich!«

Seine Stimme klang nun verzweifelt, so als fürchte er nichts mehr als die Zerstörung des Traums, an dem er sich so sehr festklammerte. Jenny sah ihn an. »Nein«, pflichtete sie ihm bei. »Ein Drache ist kein Wolf. Und der, den John erlegte, war ein besonders prächtiges Exemplar.« Sie deutete ein Lächeln an, als sie sich an die fremdartige Schönheit des Ungeheuers erinnerte – trotz des Schreckens von damals, den sie nicht vergessen hatte. »Er war nicht wirklich golden, sondern schimmerte eher in dem Ton von Bernstein; der Rücken glänzte rauchfarben, und der Bauch war gelbweiß wie Elfenbein. Die Schuppen an den Flanken bildeten Muster wie die Perlstickereien auf kostbaren Tüchern, purpurn und blau, wie im Frühling erblühende Lilien. Und auch sein Haupt schillerte wie eine besonders schöne Blume. Augen und Maul waren gesäumt von Schuppen, die aussahen wie farbige Borten und Litzen. Blau schillerten die Hörner, weiß und schwarz die Büschel aus Fell. Fühler wie ein Flußkrebs hatte er, und die Kugeln darauf glitzerten wie Diamanten und Saphire. Nein, er wurde nicht im Kampf besiegt, sondern abgeschlachtet.«

Sie erreichten die Kuppe eines Felshügels. Vor ihnen, wie Flecken auf dem Grau des Granits, erstreckten sich einige braune Felder. Wie Streifen aus faseriger Wolle bedeckten Dunstfelder hier und dort die Getreidestoppeln. Etwas weiter entfernt sahen sie ein kleines Dorf unter einer Wolke aus bläulichem Holzfeuer: eine Ansammlung von heruntergekommen und baufällig wirkenden Häusern und Hütten; weitere Flecken, wie zufällig ausgestreut in einer ansonsten unberührten und einsamen Landschaft. Der kalte Wind wehte Jenny und ihrem jungen Begleiter den Geruch der Siedlung entgegen: das herbe Aroma kochender Seife, den fernen Gestank tierischer und menschlicher Ausscheidungen, die faulige und ekelerregende Süße von frisch gebrautem Bier. Hunde bellten aufgeregt. In der Mitte des Dorfes erhob sich ein kleiner, breiter Turm: das Überbleibsel einer größeren Befestigungsanlage.

»Ja«, fügte Jenny leise hinzu, »der Drache war ein wirklich prächtiges Wesen, Gareth. Doch er raubte ein Mädchen, verschleppte es in seine Höhle und brachte es um. Es war erst fünfzehn, und John konnte den Eltern nicht zeigen, was von ihrer Tochter übriggeblieben war.«

»Seid Ihr hier zu Hause?« fragte Gareth, als sie sich den Wällen des Dorfes näherten.

Jenny schüttelte den Kopf und verdrängte die Erinnerungen an das Ende des Drachen, an die Bitterkeit, die dabei in ihr entstand und die sie belastete. »Ich lebe allein in einem Haus bei Frosthöhe, etwa zehn Kilometer von hier. Meine magischen Kräfte sind beschränkt, und ich brauche Ruhe und Einsamkeit, um meine Kenntnisse zu vertiefen.« Trokken fügte sie hinzu: »Ich komme allerdings nur selten dazu, mich in mein Heim zurückzuziehen. Ich bin die einzige Hebamme und Heilerin im ganzen Lande Lord Aversins.«

»Wann ... wann erreichen wir seine Ländereien?«

Gareths Stimme schwankte bei diesen Worten, und Jenny warf ihm einen besorgten Blick zu. Er war blaß, und trotz der Kühle rannen ihm Schweißperlen über die hohlen Wangen, auf denen sich der erste goldene Flaum zeigte. Ein wenig überrascht von dieser Frage entgegnete sie: »Wir sind bereits da.«

Der junge Mann hob den Kopf und sah sie verblüfft an. »*Dies hier* ist das Reich Lord Aversins?« Er starrte ungläubig auf die lehmbraunen Felder, beobachtete kurz die einfach gekleideten Bauern und Landarbeiter, die damit beschäftigt waren, das geerntete Korn auf Karren zu verladen. Sein Blick fiel auch auf das schmutzige vereiste Wasser in dem Graben, der sich an dem primitiv aufgeschütteten Grenzwall entlangzog. »Dies ... dies ist eins der Dörfer des Drachentöters?«

»Es ist Alynfeste«, stellte Jenny sachlich fest, als die Hufe ihrer Pferde dumpf über das Holz der Zugbrücke pochten.

Die von dem Wall umgebene Siedlung wirkte erbärmlich. Die Barriere war von dem Großvater des gegenwärtigen Lords als provisorische Schutzmaßnahme errichtet worden, von dem alten James Standhaft; vor fünfzig Wintern hatte man die ersten Steine aufeinandergeschichtet, und inzwischen war von dem Wall kaum mehr als eine Ruine übrig. Durch den Bogengang unterhalb der kleinen Wachkammer konnte man windschiefe und baufällige Häuser und Hütten sehen, dicht am Rande der eigentlichen Festungsmauern, so als handele es sich bei ihnen um armselige Ableger des größeren Gebäudes. Die auseinandergebrochenen Steine der äußeren Festungsanlagen dienten als Fundamente, und gedeckt waren sie mit Riedgras und Rohr vom Fluß. An den Wänden hatten sich in langen und kalten Jahren Schimmelflecken gebildet, und hier und dort gediehen Moose und Flechten in den Fugen. Peg, die alte Torwächterin, blickte aus der Fensteröffnung der Wachkammer. Die Zöpfe ihres langen und von grauen Strähnen durchsetzten Haars hingen wie Kordeln halb entwirrter Taue herunter. »Du hast Glück!« rief sie im kehligen Dialekt des Nordlandes. »Min Lord kehrte ge'tern Abend von'n Grenzritt zurück. Er kann dich empfangen.«

»Sie meint doch nicht ... meint sie damit etwa *Lord Aversin?*« hauchte Gareth schockiert.

Jennys sichelförmige Brauen kamen in die Höhe. »Er ist der einzige Lord, den wir haben.«

»Oh.« Der junge Mann zwinkerte und versuchte, auch mit dieser Überraschung fertigzuwerden. »Und was hat es mit dem Grenzritt auf sich?«

»Damit sind die Grenzen seines Landes gemeint. Er kontrolliert sie und patrouilliert dort die meiste Zeit. Begleitet wird er dabei von Freiwilligen der Miliz.« Jenny sah, wie sich ein weiterer Schatten der Enttäuschung auf die Züge des jungen Mannes senkte, und sanft fügte sie hinzu: »So ist nun einmal das Leben eines Lords.«

»Nein, das stimmt nicht«, widersprach Gareth schwach. »Es sollte von Ritterlichkeit und Ehre bestimmt werden, und ...« Er unterbrach sich, denn Jenny war bereits weitergeritten. Sie verließ die muffige Kühle des dunklen Bogenganges und erreichte den Platz, über dem eine Sonne strahlte, deren Glanz kaum den Frost zu besiegen vermochte.

Trotz des Schmutzes und geschäftigen Lärms hatte Jenny das Dorf Alyn immer gemocht. Hier war sie aufgewachsen. Die steinerne Hütte, in der sie geboren war und die nach wie vor ihrer Schwester und ihrem Schwager als Heim diente, stand noch immer am Ende der Gasse, in unmittelbarer Nähe des Zwischenwalls. Die Menschen hier, deren hartes Arbeitsleben fast ausschließlich bestimmt wurde von den Jahreszeiten und den Erfordernissen der Felder und Äcker, mochten ihr mit Ehrfurcht und Respekt begegnen, doch eigentlich war der Unterschied zwischen ihrem Leben und dem der Dorfbevölkerung recht gering. Es gab kein Haus in dieser Siedlung, in dem sie nicht bei einer Geburt geholfen, einen Kranken behandelt und gegen den Tod gekämpft hatte, der im Winterland in Hunderten verschiedener Gestalten erschien. Ja, sie war vertraut mit diesen Menschen, mit dem hier herrschenden einfachen Muster von Leid und Freude. In der Platzmitte ließen die Hufe der Pferde Schlamm und Pfützenwasser aufspritzen, und einmal mehr musterte sie Gareth. Der junge Mann beobachtete die lärmenden Kinder, die in den stinkenden Gassen spielten, in unmittelbarer Nähe von Schweinen und Hühnern, und er hatte Mühe, seinen Abscheu zu verbergen. Ein plötzlicher Windstoß trieb ihnen den Rauch der Schmiede entgegen. Sie verspürten einen Hauch von Wärme, und sie vernahmen einige Wortfetzen des zotigen

Gesangs, den der Schmied angestimmt hatte. In einer Gasse hing Wäsche auf einer langen Leine, und in einer anderen war Deshy Werville, die Jenny vor drei Monaten von ihrem Baby entbunden hatte, gerade damit beschäftigt, in der Tür ihrer Hütte eine ihrer geliebten Kühe zu melken. Jenny bemerkte, wie der mißbilligende Blick Gareths auf dem schäbigen Tempel verweilte, auf den einfachen und in den verwitterten Stein gemeißelten Bildnissen der Zwölfgötter, die inzwischen kaum mehr voneinander zu unterscheiden waren. Anschließend betrachtete er kurz das von einem Kreis umgebene Kreuz, ein Symbol von Himmel und Erde, das den Granit so vieler dörflicher Kamine zierte. Angesichts der deutlichen Hinweise auf das Heidentum an diesem Ort versteifte er sich ein wenig, und seine Mundwinkel sanken herab, als er den Schweinestall an der einen Seite des Tempels sah. Einige in schmutziges Leder und wollene, viereckig gemusterte Überwürfe gekleidete Bauern lehnten am Zaun und schwatzten miteinander.

»Natürlich«, sagte einer von ihnen. »Schweine ahnen, wie sich das Wetter entwickeln wird.« Er beugte sich vor, und mit einem Stock berührte er den Rücken einer geradezu riesig anmutenden schwarzen Sau. »Das steht in Clivys *Bauernleben* geschrieben, und ich habe es selbst schon erlebt. Schweine sind nicht dumm, sondern sogar ziemlich schlau, schlauer als Hunde. Meine Tante Mary – du erinnerst dich doch an sie, oder? – dressierte kleine Ferkel, und ein weißes brachte sie dazu, ihr die Schuhe zu holen.«

»Im Ernst?« fragte der zweite Mann und kratzte sich am Kopf. Unterdessen zog Jenny in der Nähe des Stalls die Zügel an, und Gareths Unruhe nahm immer mehr zu.

»Ja.« Der größere Mann schnalzte einige Male, und daraufhin hob die große Sau den massigen Kopf und gab mit einem Grunzen ihre tiefe Zuneigung zum Ausdruck. »In der Spruchsammlung des Polyborus heißt es, Schweine seien insbesondere von den Alten Kulten verehrt worden. Danach brachte man sie nicht etwa mit Teufel und Dämonen in Zusammenhang, wie es Pater Hiero gefiele, sondern mit der Mondgöttin.« Er schob sich die Brille ein wenig höher auf die lange Nase, und für jemanden, der knöcheltief im Schweinemist stand, wirkte diese Gelehrtengeste recht sonderbar.

»Tatsächlich?« fragte sein Begleiter interessiert. »Übrigens, da wir gerade davon sprechen: Diese komische Frau – du weißt schon, wen ich meine ... Als sie noch jung und zu Streichen aufgelegt war, hatte sie schnell den Dreh raus, die Stalltür zu öffnen und .... Oh!« Er verbeugte sich hastig, als er Jenny sah. Gareth konnte sich inzwischen kaum noch beherrschen.

Der größere der beiden Männer drehte sich um. Als der Blick der braunen Augen hinter den dicken Brillengläsern dem Jennys begegnete, veränderten sich seine Züge, die für gewöhnlich recht wachsam wirkten, und nahmen einen schelmischen Ausdruck an. Er war mittelgroß, unrasiert und nicht sonderlich beeindruckend. Das struppige Haar reichte ihm tief in die Stirn. Er trug dunkle Lederkleidung, und an dem Wams aus Wolfsfell waren hier und dort Metallplatten angebracht, die besonders empfindliche Körperstellen schützen sollten. Jenny fragte sich, warum sein Anblick sie nach zehn Jahren noch immer mit einer derart absurden Freude erfüllte.

»Jen.« Er lächelte und streckte ihr die Hand entgegen.

Jenny ergriff sie und rutschte aus dem Sattel ihrer weißen Stute in die Arme des Mannes. Gareth hingegen wurde noch nervöser und verdrossener und konnte es offenbar gar nicht abwarten, seine so bedeutsame Suche fortzusetzen. »John«, sagte Jenny und deutete auf den jungen Mann. »Das ist Gareth von Magloshaldon – Gareth, dies ist Lord John Aversin, der Drachentöter von Alynfeste.«

Einige Augenblicke lang war Gareth so verblüfft, daß er überhaupt keinen Laut von sich geben konnte. Völlig reglos saß er im Sattel, benommen und erstarrt, so als habe ihm gerade jemand einen heftigen Schlag auf den Kopf versetzt. Dann stieg er so rasch ab, daß er mit dem verletzten Arm an die Flanke seines Pferdes stieß und schmerzerfüllt aufstöhnte. Angesichts seiner heroischen Vorstellungen über die Begegnung mit einem Drachentöter, so überlegte Jenny, hatte er es offenbar für unmöglich gehalten, daß der von ihm so sehr verehrte Held ihn zu Fuß empfing und noch dazu knöcheltief im Schweinemist stand. Er mußte zwar wissen, daß er besonders groß war – größer als alle Männer, die Jenny kannte –, doch offenbar war der legendäre Drachentöter in seiner Phantasie ein Hüne, und es schockierte ihn, jetzt auf diesen Mann herabzublicken. Außerdem hatten ihn die Balladen nicht darauf vorbereitet, daß sein Held eine Brille trug.

Gareth hatte noch immer kein Wort über die Lippen gebracht. Aversin musterte ihn mit der für ihn typischen Aufmerksamkeit und lächelte andeutungsweise, als er aus dem Schweigen des jungen Mannes und dem Gesichtsausdruck Gareths die naheliegenden Schlüsse zog. »Ich würde dir ja gern die Narben aus meinem Kampf gegen den Drachen zeigen, aber sie befinden sich an Körperstellen, die in der Öffentlichkeit bedeckt bleiben sollten.«

Es sprach für die noble Herkunft Gareths, daß er sich trotz der größten Enttäuschung seines Lebens und der Schmerzen, die ihm die Verletzung des Arms bereiten mußte, mehrmals tief verneigte und sich die größte Mühe gab, dem Lord die Ehre zu erweisen. Als er sich wieder aufrichtete, strich er mit einer traurig wirkenden Eleganz seinen Samtmantel glatt und rückte die verbogene Brille zurecht. Zwar mit brüchiger Stimme, doch in einem Tonfall seltsamer Entschlossenheit sagte er: »Lord Drachentöter, ich komme von Süden und habe einen langen und gefahrvollen Weg hinter mir. Ich bringe Euch eine Botschaft von meinem König Uriens von Belmarie.« Aus dem Klang dieser Worte schien er wieder Kraft zu schöpfen. Trotz des stinkenden Schweinemistes und des Nieselregens, der inzwischen eingesetzt hatte, begann der junge Mann damit, einen wortreichen Vortrag über goldene Schwerter, glänzende Rüstungen und tapfere Ritterlichkeit zu halten.

»Lord Aversin«, fügte er schließlich hinzu, »ich bin hierher geschickt worden, um Euch zu bitten, mich nach Süden zu begleiten. Ein Drache ist zu uns gekommen und hat die Stadt der Gnome in der Tiefe von Ylferdun verheert. Dort lauert das Ungetüm nun, fünfundzwanzig Kilometer von der Königsstadt Bel entfernt. Der König ersucht Euch, das Ungeheuer zu erschlagen, bevor es das ganze Land zerstört.«

Als er seine Botschaft übermittelt hatte, straffte Gareth die Schultern und zwang einen Ausdruck edler Ruhe in sein Gesicht, als wäre er selbst einer Ballade entsprungen. Unmittelbar darauf brach er zusammen und sank ohnmächtig in den Schlamm, wie es sich für einen guten Boten in einer guten Ballade gehörte.

2. Kapitel

Beständig und monoton klaschte der Regen an die Mauern des verfallenen Turms von Alynfeste. Das einzige Gästezimmer der Burg war nie sonderlich hell gewesen. Obgleich es noch einige Stunden bis zum Abend waren, hatte Jenny eine kleine Kugel aus bläulichem Feuer beschworen, das von Magie genährt wurde. Ihr Licht fiel auf den Tisch, auf dem sie den Inhalt ihrer Arzneitasche ausgebreitet hatte. Der Rest des kleinen Quartiers versank in einem diffusen Halbdunkel.

Gareth lag im Bett und döste, doch immer wieder stöhnte er leise und bewegte sich unruhig. Die Luft war erfüllt vom süßlichen und herben Duft getrockneter und zerriebener Kräuter, und das magische Licht projizierte feinkörnige Schatten neben die Wurzeln und Schoten, die Jenny zu einem Kreis angeordnet hatte. Langsam, Rune für Rune, entwickelte sie die Heilformeln. Ihre Fingerkuppen beschrieben die Zeichen, und mit ihrer Seelenstimme rief sie die universalen Kräfte herbei, die von ihnen symbolisiert wurden. Es hieß, die großen Magier könnten die Macht der Runen wie kaltes Feuer über dem Heilpulver leuchten sehen, und es würde ihnen bei jeder Berührung wie flüssiges Licht von den Fingern tropfen. Nach vielen Jahren der Meditation hatte sich Jenny mit der Tatsache abgefunden, daß Magie für sie Ruhe und Stille war und nicht das strahlende Schimmern, das die Meister darin sahen. Sie bedauerte diesen Umstand, versuchte jedoch, ihn als eine unumstößliche Wahrheit zu akzeptieren, um nicht die geringen Kräfte zu verlieren, die in ihr wohnten. Sie wußte, daß sie innerhalb der Grenzen, die ihr gesetzt waren, durchaus etwas zu leisten vermochte.

Der Schlüssel zur Magie ist nur die Magie, hatte Caerdinn ihr gesagt. Wenn man ein Magier sein will, muß man es ganz sein. Für etwas anderes gibt es keinen Platz, wenn man das gesamte Potential der eigenen Fähigkeiten entwikkeln will.

Deshalb war Jenny nach dem Tode Caerdinns im steinernen Haus bei Frosthöhe verblieben und hatte in dem Kreis aus uralten und verwitterten Steinen meditiert, der sich auf der Hügelkuppe befand. Im Verlaufe der Jahre waren ihre Kräfte durch Meditation und Studium gewachsen, ohne jedoch denen Caerdinns gleichzukommen. Jenny hatte ein Leben geführt, das sie befriedigte. Sie heilte Kranke und Leidende, beobachtete den Wechsel der Jahreszeiten und machte sich mit aller Geduld daran, ihre Kräfte zu steigern.

Dann begegnete sie John.

Jenny vollendete ihren Zauber. Eine Zeitlang herrschte Stille, und plötzlich war es, als seien alle Kaminziegel und Dachsparren, der Wohlgeruch des Feuers und auch das gedämpfte Rauschen des Regens schon seit tausend Jahren in Bernstein eingeschlossen. Jenny gab das Pulver in eine Schale und hob den Kopf. Aus der Dunkelheit beobachtete Gareth sie furchtsam.

Sie stand auf. Als sie sich ihm näherte, wich er an die Wand zurück, und in seinen Zügen zeigte sich Verachtung. »Ihr ... Ihr seid seine Mätresse!«

Jenny blieb stehen, als sie den Haß in der dumpfen Stimme vernahm. »Ja«, bestätigte sie. »Aber das geht dich nichts an.«

Er verzog das Gesicht und wandte sich von ihr ab, war noch immer nicht ganz bei sich. »Ihr seid genau wie sie«, stöhnte er leise. »Genau wie Zyerne ...«

Jenny trat zögernd an das Bett heran und war sich nicht ganz sicher, ob sie den jungen Mann richtig verstanden hatte. »Wie wer?«

»Ihr habt ihm mit Euren Verschwörungen eine Falle gestellt, ihn zu dem gemacht, was er jetzt ist«, hauchte Gareth, und im Fieber begann er zu zittern. Sie beachtete den Abscheu des jungen Mannes nicht und beugte sich besorgt zu ihm herab, tastete über Hände und Gesicht. Nach einigen Sekunden gab er den Widerstand auf, und sein Blick verschleierte sich wieder. Die Haut fühlte sich weder besonders warm noch kühl an, und der Puls war stark und regelmäßig. Dennoch warf Gareth den Kopf von einer Seite zur anderen und murmelte: »Niemals ... ich gebe nicht nach. Zauberformeln ... mit einem Bann habt Ihr ihn belegt, ihn mit Eurer Magie dazu gezwungen, Euch zu lieben ...« Die Lider zuckten einige Male, und dann schloß er die Augen.

Jenny seufzte, richtete sich auf und blickte in das gerötete und noch immer ein wenig verzerrte Gesicht. »Wenn du doch nur recht hättest«, flüsterte sie. »Dann könnte ich den Bann, der uns beide gefangenhält, auflösen – vorausgesetzt, ich brächte den nötigen Mut dafür auf.«

Sie rieb sich die staubigen Hände an ihrem Rock ab und stieg im Dunkeln die schmale Turmtreppe hinunter.

Sie fand John in seinem Studierzimmer. Der Raum hätte bestimmt viel Platz geboten, wären nicht die vielen Bücher gewesen. Größtenteils handelte es sich dabei um sehr alte Bände, die von den Armeen bei ihrem Abzug in der Feste zurückgelassen worden waren oder aus den Kellern und Bibliotheken der niedergebrannten Garnisonsstädte im Süden stammten. Ratten hatten am Leder genagt, und schwarze Schimmelflecken machten viele Seiten unleserlich. Dennoch waren Regale an zwei Wänden des Zimmers damit gefüllt. Weitere Bücher stapelten sich auf dem langen Eichentisch und auf dem Boden in den Ecken des Raumes. Zwischen den Blättern steckten Zettel mit Notizen, Zitate, die sich John an langen Winterabenden notiert hatte. Irgendwo inmitten dieses Durcheinanders gab es auch die typischen Werkzeuge eines Schreibers: Pfrieme und Federkiele, Tintenfässer und Bimssteine. Doch der Lord hütete auch noch andere, seltsam anmutende Dinge: Metallröhren und Zangen, Lote und Wasserwaagen, Brenngläser und Pendel, Magnete, ausgesaugte Eier, Gesteinssplitter, getrocknete Blumen und eine halb demontierte Uhr. An der Decke in der einen Ecke des Zimmers hing ein großes Spinnennetz aus Winden und Flaschenzügen, und an den Rändern der Gesimse und Regale waren Dutzende von Kerzen aufgereiht. Der Raum ähnelte einem Kramladen der Wissenschaft. Über dem Kamin hing wie ein großer eiserner Tannenzapfen das Schwanzende des Drachen von Wyr. Es war mehr als dreißig Zentimeter lang und durchmaß neun Zoll, und bedeckt war es mit dicken und teilweise abgebrochenen Dornen.

John stand am Fenster und blickte durch das trübe Glas auf die öde Landschaft, die sich nach Norden hin erstreckte und nach einigen Kilometern mit dem Grau des Himmels zu verschmelzen schien. Er preßte die eine Hand an die Seite, wo ihn das stachelbesetzte Schwanzende des Drachen getroffen hatte.

Das weiche Wildleder von Jennys Stiefeln verursachte zwar nicht das geringste Geräusch auf dem Steinboden, doch John hob den Kopf, als sie eintrat. Er begrüßte sie mit einem Lächeln, aber Jenny lehnte sich nur an den Türpfosten und fragte: »Nun?«

Aversin blickte zur Decke, in Gareths Richtung. »Meinst du unseren kleinen Helden und seinen Drachen?« Seine Mundwinkel zuckten kurz. »Ich habe einen Drachen erschlagen, Jenny, und das Miestvieh hätte mich fast erledigt. Es würde mir zwar gefallen, wenn weitere heroische Epen über mich verfaßt würden, doch ich glaube, an meinem Leben liegt mir noch mehr.«

Jenny kicherte erleichtert, und als sie das Zimmer betrat, mußte sie erneut an die Ballade denken, von der Gareth so begeistert gewesen war. Das hereinfallende weiße Licht betonte jede einzelne Falte in Johns ledernen Ärmeln. Er trat auf sie zu und gab ihr einen Kuß.

»Unser Held ist doch nicht den ganzen weiten Weg hierher geritten, oder?«

Jenny schüttelte den Kopf. »Er berichtete mir, er sei von Süden aus mit einem Schiff bis nach Eldsbouch gelangt und habe von dort aus die Reise mit seinem Pferd nach Osten fortgesetzt.«

»Er kann von Glück sagen, daß er bis hierher gekommen ist«, meinte John und küßte Jenny erneut. Warm ruhten seine Hände an ihren Hüften. »Die Schweine sind den ganzen Tag über unruhig gewesen und kauten ständig auf Stroh. Ich bin deswegen schon gestern vom Grenzritt zurückgekehrt, weil ich sah, wie die Krähen ihre Horte in den Ginsterhügeln verließen. Sie sind zwei Wochen zu früh dran, und ich glaube, uns steht bald der erste Wintersturm bevor. An den Riffen vor der Küste von Eldsbouch sind schon viele Schiffe zerschellt. Weißt du, Dotys schreibt in dem dritten Band Geschichtsbuches ... oder stand das im fünften Band, den wir in Ember fanden? Hm, vielleicht irre ich mich auch in Hinsicht auf den Autor. Möglicherweise verwechsle ich Dotys mit Clivy ..., jedenfalls schreibt er, daß es damals, zur Zeit der Könige, Molen beziehungsweise Wellenbrecher gab, die die Schiffahrt sicherer machten. Dotys – oder Clivy – bezeichnete jene Anlagen als eins der Weltwunder, doch bisher konnte ich nirgends genaue Beschreibungen finden. Eines Tages möchte ich mir einmal ein Boot nehmen, um festzustellen, ob es vor dem Hafen am Grund des Meeres etwas Interessantes zu entdecken gibt ...«

Jenny schauderte, denn sie wußte, daß John tatsächlich

zu einem derartigen Unternehmen fähig war. Sie hatte nicht vergessen, daß er einmal ein steinernes Haus in die Luft gejagt hatte, nachdem er in irgendeinem Buch gelesen hatte, Gnome benützten Schießpulver, um in ihren unterirdischen Reichen Tunnel in den Fels zu treiben. Auch an seine Experimente mit Wasserleitungen erinnerte sie sich noch sehr gut.

Im Dunkel des Treppenhauses entstand plötzlich Unruhe, und zwei helle Stimmen riefen: »Sie ist da!« Und: »Laß mich vor!« Das Geräusch hastiger Schritte folgte, und einige Sekunden später stürmte ein rothaariger, etwa vier Jahre alter Junge ins Zimmer, wie ein Wirbelwind aus flekkigem Schafsfell und zotteliger Wolle. Dicht gefolgt wurde er von einem schlanken, dunkelhaarigen, etwa achtjährigen Knaben. Jenny lächelte und breitete die Arme aus. Die beiden Kinder drückten sich an sie, und schmutzige Finger zupften glücklich an ihrem Haar, dem Rock, dem Wams. Wieder einmal spürte sie eine fast unsinnige Freude in der Gegenwart der beiden Jungen.

»Was haben meine beiden Schlingel in der Zwischenzeit denn so alles angestellt?« fragte sie betont kühl, wodurch sich die Kinder jedoch nicht täuschen ließen.

»Gar nichts – wir sind brav gewesen, Mama«, erwiderte der größere Junge, der sich mit beiden Händen an ihrem Rock festhielt, dessen einmal so prächtiges Blau längst verblaßt war. »Das heißt: *Ich* bin artig gewesen, doch Adric nicht.«

»Gar nicht wahr«, erwiderte der Vierjährige, den John auf den Arm genommen hatte. »Ian war so böse, daß Papa ihn mit dem Stock schlagen mußte.«

»Ach, tatsächlich?« Sie lächelte, als sie in das Gesicht ihres ersten Sohnes blickte. Die Augen waren groß und hatten ebenso lange Wimpern wie Johns, glänzten jedoch in dem gleichen hellen Blau wie die ihren. »Sicher hat er eine solche Strafe verdient.«

»Mit einem ganz großen Stock«, fügte Adric hinzu, der sich nun von den Schwingen seiner Phantasie davontragen ließ. »Und hundert Hiebe hat er bekommen.«

»Wirklich?« Jenny versuchte, John möglichst ernst anzublicken. »Alle auf einmal? Oder hast du ihn zwischendurch ausruhen lassen?«

»Nein, er bekam die Schläge hintereinander weg«, sagte John sachlich. »Und er hat nicht einmal um Gnade gefleht.«

»Tapferer Junge.« Mit der einen Hand strich sie durch Ians dichtes schwarzes Haar, und er brummte glücklich, erfreut darüber, daß sie diese Geschichte glaubte.

Die beiden Brüder hatten sich längst damit abgefunden, daß Jenny im Gegensatz zu den anderen Müttern nicht in der Feste wohnte. Der Lord der Feste und die Hexe von Frosthöhe, so wußten sie, brauchten sich nicht so zu verhalten wie andere Erwachsene. Wie junge Hunde, die nicht nur die elterliche, sondern auch andere Autorität anerkannten, fühlten sie sich zu Johns energischer Tante Jane hingezogen, die sich um sie kümmerte, wenn John unterwegs war und Jenny sich in ihr Haus bei Frosthöhe zurückzog. Doch es war in erster Linie ihr Vater, den Ian und Adric als Herrn betrachteten, und sie liebten ihre Mutter.

Sie begannen eine aufgeregte und nicht unbedingt chronologische Erzählung, in der es um einen Fuchs ging, den sie gefangen hatten; sie unterbrachen sich, als sie von der Tür her ein Geräusch vernahmen. Gareth stand dort. Er war blaß und sah müde aus, doch er hatte wieder seine Prachtkleidung angezogen, und der Verband bildete einen wenig elegant wirkenden Buckel unter dem einen Ärmel des Hemdes. Er hatte eine Ersatzbrille aus seinem Gepäck hervorgeholt. Die Augen hinter den dicken Gläsern blickten voller Abscheu und Verbitterung auf Jenny und ihre beiden Söhne. Durch den Umstand, daß John und Jenny sich liebten, daß sie ihm sogar zwei Söhne geschenkt hatte, war offenbar der Respekt Gareths gegenüber seinem zuvor so verehrten Helden weitaus geringer geworden. Darüber hinaus schien er die Heilerin deswegen auch für alle anderen Enttäuschungen verantwortlich zu machen, mit denen er sich während seiner Reise durchs Winterland hatte abfinden müssen.

Die beiden Jungen fühlten sofort die ihnen geltende Abneigung. Adric schob kampflustig das Kinn vor, eine Geste, die Jenny an John erinnerte. Ian jedoch war sensibler, und er warf seinem Bruder nur einen bedeutsamen Blick zu. Anschließend verließen sie das Zimmer. John sah ihnen nach und richtete seinen nachdenklichen Blick dann auf den jungen Mann. »Du hast also überlebt.«

»Ja«, erwiderte Gareth mit noch immer recht schwacher Stimme. »Und ich ...« Er räusperte sich und wandte sich an Jenny. Es war deutlich zu sehen, wie sehr er sich um Höflichkeit bemühte, doch dieses Bestreben konnte nicht über die tief in der Seele des Edelmannes verwurzelte Verachtung hinwegtäuschen. »Ich möchte Euch dafür danken, daß Ihr mir geholfen habt.« Er trat ins Zimmer und blieb gleich darauf wieder stehen. Erst jetzt schenkte er seiner Umgebung Beachtung, und mit großen Augen blickte er sich um.

»Ist ein bißchen eng hier«, gestand John ein. »Mein Vater bewahrte die in der Feste zurückgelassenen Bücher früher im Speicher auf, beim Getreide, und bis ich lesen lernte, hatten die Ratten die meisten von ihnen bereits ruiniert. Ich war der Meinung, die restlichen Bände seien hier besser aufgehoben.«

»Äh ...«, machte Gareth unsicher. »Ich ... ich schätze, da habt Ihr ganz recht.«

»O ja, mein Vater war ein ziemlich sturer Kerl«, fuhr John im Plauderton fort, trat an den Kamin heran und streckte die Hände dem Feuer entgegen. »Wenn nicht der alte Caerdinn gewesen wäre, der der Feste dann und wann einen Besuch abstattete, hätte ich vermutlich nicht viel mehr gelernt als das Alphabet. Mein Vater hielt nicht viel von Büchern. Die Risse in der Wand über der Kommode, in der mein Großvater Winterkleidung zu verstauen pflegte, waren mit einer Hälfte des Dramas *Feuerspeier* von Luciard überklebt worden. Meine Güte, ich war so sauer, daß ich am liebsten den Grabstein an der letzten Ruhestätte meines Vaters zertrümmert hätte, denn von dem grandiosen Werk jenes Dichters ist kaum etwas der Nachwelt erhalten geblieben. Der Himmel mag wissen, was sie mit dem anderen Teil gemacht haben; vielleicht haben sie damit das Feuer im Küchenherd angezündet. Würde mich nicht überraschen. Nun, wir konnten nicht viel retten: Band drei und vier von Dotys *Ein geschichtlicher Überblick*, den größten Teil von Polyborus' Spruchsammlung und seiner *Rechtsphilosophie*, den *Eulicidus Lapidarus*, Clivys *Bauernleben* – dieses Werk sogar in der vollständigen Fassung, obwohl es eigentlich recht langweilig und uninteressant ist. Ich glaube, Clivy war Zeit seines Lebens nie als Bauer tätig, und vermutlich hat er sich nicht einmal die Mühe gemacht, mit jemandem zu sprechen, der etwas von der Landarbeit versteht. Er behauptet, man könne auf das Nahen eines Sturms schließen, indem man die Wolken und ihre Schattenmuster beobachtet. Doch die alten Männer und Frauen, die eigentlich Bescheid wissen sollten, meinen, entsprechende Rückschlüsse seien leicht möglich, wenn man das Verhalten von Bienen beobachte. Und wenn Clivy sich über das Paarungsverhalten von Schweinen ausläßt ...«

»Ich warne dich, Gareth«, warf Jenny lächelnd ein. »John ist eine lebende Enzyklopädie. Er sammelt die Geschichten von Großmüttern und die Erzählungen von Vagabunden, und er verschlingt jedes Buch, das er in die Hand bekommt. Nichts ist ihm zu schwer, nichts zu trivial, um es nicht irgendwo in einem verstaubten Winkel seines Gedächtnisses zu verstauen. Hüte dich davor, dich bei ihm nach Werken längst vergessener Autoren zu erkundigen. Er würde dir einen mehrtägigen Vortrag halten.« Und sie fügte spitz hinzu: »Zu allem Überfluß kann er nicht einmal kochen.«

»Und ob ich das kann«, hielt ihr John grinsend entgegen.

Gareth gab keine Antwort und sah sich noch immer verwirrt in dem mit Büchern vollgestopften Zimmer um. Seinem wechselhaften Gesichtsausdruck war deutlich zu entnehmen, wie sehr er sich bemühte, die in den Balladen gepriesene und verherrlichte Vollkommenheit irgendwie mit dem bebrillten Dilettanten in Zusammenhang zu bringen, der sich sogar für Geschichten über Schweine interessierte.

»Nun gut«, meinte Lord Aversin freundlich, »und jetzt erzähl uns von diesem Drachen bei euch, Gareth von Magloshaldon. Außerdem würde ich gern wissen, warum der König sich für einen so jungen Botschafter wie dich entschied, obgleich er doch sicher auf die Hilfe von erfahreneren Kriegern und Rittern hätte zurückgreifen können.«

»Äh ...« Einige Sekunden lang suchte Gareth, erneut völlig verblüfft, nach den richtigen Worten. Die in den Balladen erwähnten Boten mußten nie irgendwelche Empfehlungen vorweisen. »Das, äh, nun ... In diesem Punkt irrt Ihr Euch. Er hat keine Krieger oder Ritter, jedenfalls keine, die er im Süden entbehren könnte. Und er schickte mich auf den Weg, weil ich aufgrund der Balladen wußte, wonach es Ausschau zu halten gilt.«

Aus dem Beutel am Gürtel holte er einen goldenen Siegelring hervor. Der Edelstein blitzte kurz auf, als das gelbe Feuer im Kamin flackerte. Jenny sah das kleine Abbild eines Königs, der eine Krone auf dem Kopf trug und unter zwölf Sternen saß. John betrachtete den Ring eine Zeitlang, dann neigte er den Kopf und berührte als Geste des Respekts den Edelstein mit den Lippen.

Jenny beobachtete ihn dabei schweigend. Der König war der König, dachte sie. Vor fast hundert Jahren hatte er seine Truppen aus dem Norden abgezogen und das Winterland damit zu einer Region ohne Gesetz gemacht, es den Überfällen der Barbaren preisgegeben. Dennoch betrachtete John sich nach wie vor als Untertan des Königs.

Das war etwas, was Jenny nie ganz verstanden hatte. Die Loyalität Johns dem König gegenüber, dessen Gesetze er noch immer zu bewahren versuchte, blieb ihr ebenso fremd wie die Verbitterung Caerdinns, sein Gefühl, von eben jenem König persönlich verraten worden zu sein. Für Jennys Empfinden war der König einfach nur der Herrscher eines anderen Landes, gehörte zu einer anderen Welt; sie fühlte sich als Bürgerin des Winterlandes.

Hell schimmerte das goldene Oval des Ringes, als Gareth ihn auf den Tisch legte, so als solle er Zeuge von all dem werden, was von nun ab in dem Zimmer geschah. »Das gab er mir mit, als ich mich auf die Suche nach Euch machte«, erklärte er. »Die besten Kämpfer des Königs zogen aus, um den Drachen zu erschlagen, doch niemand kehrte zurück. In unserem Land lebt kein Mann, der schon einmal gegen einen Drachen antrat, nicht einmal jemand, der auch nur auf Kampfentfernung an einen herangekommen wäre. Niemand kann uns einen Rat geben. Ich habe mich mit alten Unterlagen beschäftigt, denn zumindest auf *diese* Weise wollte ich mich nützlich machen. Ich weiß, daß ich kein Ritter bin, auch kein Meisterkrieger ...« Seine Stimme schwankte kurz bei diesem Eingeständnis. »Ich bin nicht im Umgang mit Waffen geübt. Aber ich habe mir alle Balladen vorgenommen, und ich fand keine einzige, in der es einen Hinweis darauf gibt, wie man vorgehen muß, um einen Drachen zu erlegen. Nein«, schloß er hilflos, »wir brauchen einen Drachentöter, jemanden, der genau weiß, worauf es ankommt. Wir brauchen Eure Hilfe.«

»Und wir die deines Königs.« Die zuvor so freundliche Stimme Aversins klang jetzt plötzlich scharf. »Seit hundert Jahren hätten wir eure Hilfe nötig gehabt, seit damals, als dieser Teil des Reiches von Banditen, Eisreitern und Wölfen heimgesucht wurde. Und von unheilvolleren Geschöpfen, von Wesen, mit denen wir nicht mehr ohne weiteres fertigwerden können, weil das entsprechende Wissen verlorenging: von Sumpfderwischen und Flüsterern, von den Dämonen, die des Nachts den Wald durchstreifen, Dämonen, die lebenden Menschen das Blut aussaugen oder ihnen die Seele rauben. Hat sich dein König jemals Gedanken darüber gemacht? Er erinnert sich ein bißchen spät an uns – und nur deshalb, weil er hofft, wir könnten ihm einen Gefallen erweisen.«

Gareth starrte ihn fassungslos an. »Aber der Drache ...«

»Soll die Pest deinen verdammten Drachen holen! Dein König hat Hunderte von Rittern, doch mein Volk hat nur mich.« Als John sich mit der Schulter an den geschwärzten Stein des Kaminsimses lehnte, huschte ein goldener Reflex über die Gläser seiner Brille, und direkt neben seinem Haupt schimmerten bedeutungsvoll die Dornen des Drachenschwanzes. »Die unterirdischen Refugien der Gnome haben mehr als einen Zugang. Sind die Ritter deines Königs denn nicht auf die Idee gekommen, sich von den überlebenden Zwergen durch einen zweiten Eingang in ihr Höhlensystem führen zu lassen, um auf diese Weise das Ungeheuer von hinten anzugreifen?«

»Äh ...« Gareth war ganz offensichtlich betroffen von der Unehrenhaftigkeit dieses Vorschlags. Er errötete und erwiderte: »Ich bezweifle, ob das möglich gewesen wäre. Der Hintereingang der Tiefe befindet sich in der Festung von Halnath. Und der Herr auf Halnath – Polycarp, der Neffe des Königs – hat sich kurz vor dem Erscheinen des Drachen gegen seinen Onkel erhoben. Die Zitadelle wird derzeit belagert.«

Jenny hatte sich still in eine Ecke des Zimmers zurückgezogen, und sie bemerkte eine Veränderung in der Stimme des jungen Mannes. Sie klang jetzt so, als sei Gareth einem hysterischen Anfall nahe. Sie beobachtete, wie sein hervorstehender Adamsapfel auf und nieder hüpfte.

Die letzten Worte ... Es war, als sei dadurch eine seelische Wunde aufgebrochen, eine Verletzung, die er erst vor recht kurzer Zeit erlitten hatte und die noch immer sehr empfindlich auf Berührungen reagierte.

»Das ... das ist einer der Gründe, warum keiner der Meisterkrieger des Königs fortgeschickt werden konnte. Wißt Ihr, es geht nicht allein um den Drachen.« Gareth beugte sich vor. »Dem Reich droht nicht nur von dem Ungetüm große Gefahr, sondern auch von den Aufständischen. Die Tunnel der Tiefe reichen bis in die Große Barriere, das Gebirge, das das Tiefland von Belmarie von den nordöstlichen Sumpfgebieten trennt. Die Zitadelle von Halnath erhebt sich an einem Felshang auf der anderen Seite der Berge, gegenüber dem Hauptzugang der Tiefe, und unter ihr erstreckt sich die Stadt und das Universitätsgelände. Zuerst waren die Gnome von Ylferdun unsere Verbündeten gegen die Rebellen, doch inzwischen haben sich die meisten von ihnen auf die Seite Halnaths geschlagen. Das ganze Reich ist geteilt. Ihr müßt uns zu Hilfe kommen! Solange der Drache in Ylferdun lauert, lassen sich die Straßen von den Bergen nicht ausreichend gegen die Aufständischen verteidigen. Darüber hinaus ist es fast unmöglich, die Belagerer der Zitadelle mit Nachschub zu versorgen. Die Meisterkrieger des Königs zogen los, und ...« Angesichts der Erinnerungen und Empfindungen versagte seine Stimme ihren Dienst. Er räusperte sich. »Die Männer, die ihre Leichen zurückbrachten, berichteten, die meisten von ihnen hätten nicht einmal Gelegenheit gehabt, ihre Schwerter zu ziehen.«

»Ha!« Aversin wandte den Blick von Gareth ab, und seine Mundwinkel bebten vor Zorn und Mitleid. »Jeder Narr, der glaubt, allein mit einem Schwert einen Drachen besiegen zu können, wird so enden ...«

»Aber das konnten sie nicht wissen! Sie glaubten an die Heldenlieder und Balladen!«

Darauf gab Aversin keine Antwort. Er preßte nur die Lippen aufeinander, und Jenny vermutete, daß ihm keine sonderlich angenehmen Gedanken durch den Kopf gingen. Sie starrte ins Feuer, und die Stille im Zimmer war wie ein Gewicht, das sich auf ihre Schultern senkte. Sie schauderte plötzlich, und tief in ihrem Innern löschte ein Eisregen die Glut ihres Gleichmuts.

In den Flammen vor ihr begannen sich Bilder zu formen, und obgleich Jenny sie nicht beachten wollte, gewannen sie immer mehr an Gestalt. Sie erkannte den wintergrauen Himmel über der Schlucht wieder, die dünnen und spitzen Halme des giftigen Grases, das zwischen den Felsritzen wuchs, spitz wie Nadeln. Sie sah John, der am Rande des Abgrundes stand, die mit Widerhaken versehene Harpune in der einen Hand, eine Axt mit schimmernder Schneide am Gürtel. Und tief in der Kluft bewegte sich etwas, ein lebender Teppich aus goldenen Klingen.

Am deutlichsten aber war die Erinnerung an Johns Sprung und die Erinnerung an die Gefühle, die sie dabei durchtost hatten.

Damals waren sie erst seit einem knappen Jahr zusammen und immer noch voll heißer Leidenschaft. Als John Aversin auf der Suche nach dem Schlupfwinkel des Drachen war, hatte sie ihn sich vorgestellt: ein zerbrechliches Bündel Mensch, fast hilflos angesichts eines wütenden Riesen, dessen Schuppen wie ein Stahlpanzer waren, der mit seinem Feueratem alles in Asche verwandeln konnte.

Jenny schloß die Augen. Als sie sie wieder öffnete, hatten sich die schrecklichen Bilder aufgelöst. Sie preßte die Lippen zusammen und zwang sich dazu, schweigend zuzuhören, keinen Kommentar abzugeben. Sie wußte, daß nicht ihr die Entscheidung zustand, sondern ihm, John. Es hatte ebensowenig Sinn, ihn davon abzubringen nach Süden zu ziehen, als wenn er sie gebeten hätte, ihr steinernes Heim bei Frosthöhe und damit auch ihre Studien aufzugeben und in die Feste zu kommen, um dort für ihn und ihre beiden Söhne zu kochen.

»Erzähl mir von dem Drachen«, sagte John.

»Ihr meint, Ihr kommt mit mir?« Die hoffnungsvolle Aufregung in Gareths Stimme hätte Jenny fast dazu veranlaßt, an ihn heranzutreten und ihm eine wuchtige Ohrfeige zu versetzen.

»Ich wollte damit nur sagen, daß ich gern mehr über das Ungetüm hören würde.« Der Drachentöter kam um den Tisch herum und ließ sich in einem der großen geschnitzten Sessel nieder. Einen zweiten Stuhl schob er dem jungen Mann hin. »Wann schlug es das erste Mal zu?«

»Es kam nachts, vor zwei Wochen. Drei Tage später ging ich an Bord eines Schiffes, das im Hafen von Cleakith vor der Stadt Bel vor Anker lag. Jenes Schiff wartet jetzt in Eldsbouch auf uns.«

»Das bezweifle ich.« Mit dem einen narbigen Zeigefinger kratzte sich John den Nasenflügel. »Wenn deine Seeleute auch nur einigermaßen bei Verstand sind, haben sie vor zwei Tagen die Anker gelichtet und einen sicheren Hafen angesteuert. Bald beginnen die ersten Winterstürme. Und Eldsbouch bietet keinen ausreichenden Schutz.«

»Aber die Besatzung hat mir versprochen, zu bleiben!« wandte Gareth entrüstet ein. »Ich habe sie bezahlt!«

»Gold nützt den Männern nichts, wenn ihre Knochen am Grund der Bucht vermodern«, erwiderte John.

Gareth sank schockiert auf seinen Stuhl zurück, zutiefst getroffen von dieser neuerlichen Enttäuschung. »Das ist Meuterei und Verrat …«

Kurze Stille schloß sich an, und John sah auf seine Hände. Jenny wandte den Blick nicht von den Flammen des Kaminfeuers und sagte: »Sie sind nicht mehr da, Gareth. Ich sehe das Meer, und es ist schwarz vor Stürmen. Ich sehe den alten Hafen von Eldsbouch, den grauen Fluß, der dort an den Häusern vorbeifließt. Ich sehe die Fischer, die ihre Boote und Kähne an den Resten der Kaianlagen festmachen, an den verwitterten Steinen. Aber ein Schiff sehe ich nicht, Gareth.«

»Ihr irrt Euch«, wandte der junge Mann dumpf ein. »Ihr müßt Euch irren.« Er wandte sich wieder an John. »Wir brauchen Wochen, um über Land nach Süden zu reisen …«

»*Wir?*« fragte John leise, und Gareth errötete und wirkte so erschrocken, als habe er den Drachentöter durch eine Beleidigung zu einem Kampf auf Leben und Tod herausgefordert. »Wie groß ist euer Drache?«

Gareth schluckte erneut und holte seufzend Luft. »Er ist riesig.«

»Und was bedeutet das konkret?«

Gareth zögerte. Wie die meisten Menschen konnte er die Größe von Dingen offenbar nur schwer abschätzen. »Er muß mindestens dreißig Meter lang sein. Es heißt, der Schatten seiner Schwingen habe das ganze Klammtal verdunkelt.«

»Wer behauptet das?« fragte John, rückte in seinem Sessel auf die Seite und legte ein Bein über die linke Armlehne. »Ich dachte, er sei des Nachts gekommen; und hast du nicht auch gesagt, von denjenigen, die nahe genug an ihn herankamen, um ihn während des Tages zu sehen, habe niemand überlebt?«

»Nun ...« Gareths Verlegenheit wuchs.

»Hast du ihn jemals mit eigenen Augen am Boden gesehen?«

Der junge Mann senkte den Blick und schüttelte den Kopf.

»Es ist ziemlich schwer, die Größe eines Drachen abzuschätzen, wenn er fliegt«, stellte John nachsichtig fest und rückte seine Brille zurecht. »Das Ungetüm, das ich erschlug ... Nun, als ich es zum erstenmal sah, als es sich dem Dorf Toby näherte, glaubte ich, es sei einige Dutzend Meter lang. In Wirklich jedoch maß es von Kopf bis Schwanz keine neun Meter.« Erneut erhellte ein kurzes Lächeln sein sonst so ausdrucksloses Gesicht. »Meine Neugier als Naturforscher veranlaßte mich dazu, es genau auszumessen. Ja, als ich mich nach dem Kampf gegen den Drachen wieder einigermaßen erholt hatte, machten Jenny und ich uns sofort daran, es uns genauer anzusehen. Mit Hackmesser schnitten wir das auseinander, was noch von dem Ungeheuer übriggeblieben war, und so untersuchten wir seine Körperstruktur.«

»Aber es könnte doch auch größere Drachen geben, oder?« fragte Gareth. Seine Stimme klang besorgt, so als hielte er ein knapp neun Meter langes Ungeheuer für nichts besonders Aufregendes. »Ich meine, in der Greenhythe-Variante des Liedes von Selkythar, in dem der Kampf des Drachentöters gegen den Wurm aus dem Wald von Imperteng geschildert wird, heißt es, der Wurm sei achtzehn Meter lang gewesen, mit Schwingen, die ein ganzes Bataillon hätten bedecken können.«

»Hat jemand ihre Spannweite gemessen?«

»Nun, bestimmt. Das heißt ... Wenn ich genauer darüber nachdenke: Nach der Ballade fiel der Drache in den Wildorakstrom, nachdem Selkythar ihn tödlich verwundet hatte. Eine spätere Version von Belmarie jedoch behauptete, das

Ungeheuer sei ins Meer gestürzt. Es scheint also kaum möglich gewesen zu sein, die Schwingen auszumessen.«

»Die Erwähnung eines achtzehn Meter langen Drachen bedeutet also nichts anderes, als daß jemand großen Respekt vor Selkythar hatte.« Lord John lehnte sich in seinem Sessel zurück, und geistesabwesend strich er mit den Händen über die komplexen Schnitzereien; bei den verschlungenen Darstellungen schien kein Geschöpf aus dem Buch der Tiere übersehen worden zu sein. Hier und dort waren in den Fugen und Ritzen noch Reste von Blattgold verblieben, und sie glitzerten matt in dem unsteten Flakkern des Kaminfeuers. »Neun Meter – nun, das hört sich nicht nach sonderlich viel an. Aber diese neun Meter Fleisch und Schuppen und Stacheln spucken Feuer. Weißt du eigentlich, daß der Körper eines Drachen praktisch unmittelbar nach dem Tod in Verwesung übergeht und sich zersetzt? Man könnte meinen, es sei das eigene Feuer, das ihren Leib verbrennt.«

»Sie spucken Feuer?« Gareth runzelte die Stirn. »In den Liedern heißt es doch immer, sie hätten einen Feuer*odem*.«

Aversin schüttelte den Kopf. »Nein, sie spucken wirklich. Es handelt sich um eine Art flüssiges Feuer, und fast alles, was davon berührt wird, geht in Flammen auf. Das ist eins der Probleme, wenn man es mit einem Drachen aufnehmen will: Man muß seinem Körper so nahe sein, daß er kein Feuer spucken kann, weil er sich sonst selbst in Brand setzen würde; andererseits muß man darauf achten, nicht unter dem Leib zerquetscht oder von den Schuppen in Stücke geschnitten zu werden. Drachen können die Schuppen an ihren Flanken so aufrichten wie ein Igel seine Stacheln, und sie sind rasiermesserscharf.«

»Das höre ich jetzt zum erstenmal«, hauchte Gareth. Faszination und Neugier waren wie besondere Arzneien, die den Schmerz der Enttäuschungen und seines verletzten Stolzes linderten.

»Nun, vermutlich wußten auch die Meisterkrieger deines Königs nichts davon. Tja, bedauerlich. Ich hatte ebenfalls keine Ahnung, als ich dem Goldenen Drachen in der Schlucht nachstellte. In meinen Büchern gab es keinen Hinweis darauf. Weder Dotys noch Clivy haben etwas darüber geschrieben. Ich kannte nur einige mündliche Überlieferungen, in denen es auch um Drachen ging – oder Xanthippen beziehungsweise Würmer, wie sie auch genannt werden –, und sie halfen mir nicht viel weiter. Schließlich kann man nicht viel anfangen mit Sprüchen wie:

›Den Hahn bei den Füßen, die Kröte am Schilde,
Die Schlange am Kopf, des Drachen Silbe.‹

Polyborus erwähnte in einem Abschnitt seiner Spruchsammlung gewisse Dörfer, in denen man die Ansicht vertrat, man brauche nur Liebeskraut an den Häusern zu pflanzen, dann sei man vor Drachen sicher. Jen und ich zogen unsere Lehre aus diesen Überlieferungen. Jenny braute ein Gift aus dem Liebeskraut, mit dem ich die Schneiden und Spitzen meiner Speere tränkte, denn mir war klar, daß ich mit einem Schwert nichts gegen das Ungetüm ausrichten konnte. Damit hätte ich nicht einmal den Schuppenpanzer durchstoßen können. Ja, und das Gift machte den Drachen träge. Seine Reaktionen wurden langsamer – allerdings nicht annähernd so langsam, wie ich es mir gewünscht hätte.«

»Nein.« Erst jetzt wandte Jenny den Blick von der Glut des Kaminfeuers ab, zog die Knie an und stützte das Kinn auf die eine Hand. Sie beobachtete die beiden Männer, die sich an dem mit Büchern beladenen Tisch gegenübersaßen. »Wir wissen nicht, woher sie kommen und wo sie geboren werden«, sagte sie leise, fast wie zu sich selbst. »Wir haben auch keine Erklärung dafür, warum sie die einzigen Lebewesen auf der ganzen Welt sind, die sechs Gliedmaßen und nicht nur vier wie alle anderen haben ...«

»›Maden von Fleisch‹«, zitierte John, »›Käfer aus Korn gemacht, Drachen von den Sternen in leerer Nacht.‹ Das steht in Terens' *Von Geistern.* Oder Caerdinn, der behauptete, man könne sich einen Drachen zum Sklaven machen, indem man ihm das Leben rettet. Es heißt auch, man solle niemals einem Drachen ins Auge sehen. Und eins kann ich dir versichern, Gareth: Gerade in diesem Punkt war ich verdammt vorsichtig. Nun, wir können nicht einmal die einfacheren Fragen beantworten. Es ist uns zum Beispiel nach wie vor ein Rätsel, aus welchem Grund Drachen gegenüber Magie und Trugbildern gefeit sind. Jen war nicht dazu imstande, das Abbild des Ungeheuers in ihrer Schüssel zu beschwören oder eine Tarnungsformel zu verwenden, die mich unsichtbar machen sollte. Nichts klappte.«

»Nichts«, bestätigte Jenny leise. »Es steht lediglich fest, daß sie nicht unsterblich sind, daß sie von Menschen getötet werden können, die ebenso unwissend sind wie wir.«

John vernahm den seltsamen Kummer in ihrer Stimme, denn sie spürte, wie er sie fragend und nachdenklich musterte. Doch sie wandte den Blick ab, denn sie sah sich außerstande, seine unausgesprochene Frage zu beantworten.

Nach einigen Sekunden seufzte John. »Das Wissen um die eben erwähnten Dinge«, sagte der Lord an Gareth gerichtet, »ging im Laufe der Jahre verloren, ebenso wie das Drama *Feuerspeier* von Luciard und die Konstruktion des Wellenbrechers vor dem Hafen von Eldsbouch – ein Wissen, das wir vielleicht nie wieder zurückgewinnen können.«

Er stand auf und begann damit, unruhig im Zimmer auf und ab zu gehen. Das durch das Fenster einfallende trübe und weißgraue Licht der Abenddämmerung zauberte matte Reflexe auf die Metallbeschläge des Wamses, das Messing des Dolchhefts und auch die Gürtelschnalle. »Wir leben in einer sterbenden Welt, Gareth. Tag für Tag geht irgend etwas verloren. Selbst bei euch in Bel – euer Königreich bricht auseinander. Immer wieder müßt ihr euch von einzelnen Regionen trennen, erst vom Winterland im Norden, und nun auch von den Mooren im Osten, dem Gebiet, das jetzt von den Aufständischen kontrolliert wird. Ihr verliert das, von dem ihr nicht einmal wußtet, daß es euch gehörte, und die ganze Zeit über sickert Wissen davon, wie Wasser aus einer undichten Feldflasche – weil niemand Zeit und Muße hat, es zu bewahren.

Wäre mir eine Wahl geblieben, hätte ich den Goldenen Drachen von Wyr niemals erschlagen, sondern versucht, mehr über ihn herauszufinden. Er war ein herrliches Geschöpf, vielleicht sogar das prächtigste Wesen, das ich jemals sah, wie ein schimmerndes Juwel, so wunderschön anzusehen wie ein Gerstenfeld im sanften Licht mancher Sommerabende.«

»Aber ... Ihr müßt einfach unseren Drachen töten!« Die Verzweiflung verzerrte Gareths Gesicht.

»Es ist ein Unterschied, gegen ein solches Geschöpf zu kämpfen oder es zu erschlagen.« John wandte sich von dem Fenster ab, und er neigte den Kopf ein wenig zur Seite, als er die besorgten Züge des jungen Mannes musterte. »Und ich habe noch nicht gesagt, daß ich dich nach Süden begleite und gegen euren Drachen antrete.«

»Aber Ihr *müßt!*« Gareths Stimme war kaum mehr als ein Hauch. »Ihr seid unsere einzige Hoffnung.«

»Tatsächlich?« erwiderte der Drachentöter sanft. »Ich bin die einzige Hoffnung der hier in diesem Lande lebenden Menschen. Der Winter steht vor der Tür, und mit dem Schnee kommen die Wölfe und Banditen. Und gerade weil ich die einzige Hoffnung der Bauern bin, erschlug ich das herrlichste Wesen, das mir jemals zu Gesicht kam, brachte es auf heimtückische und hinterlistige Art und Weise um, zerstückelte es mit einer Axt. Nur deshalb, weil sie alle ihre Hoffnungen auf mich konzentrierten, nahm ich überhaupt den Kampf gegen den Goldenen Drachen auf und ging das Risiko eines gräßlichen Todes ein. Ich bin nur ein Mensch, Gareth.«

»Nein!« beharrte der junge Mann verzweifelt. »Ihr seid der Drachentöter, der einzige lebende Drachentöter!« Ruckartig stand er auf, und in seinen Zügen spiegelte sich das wider, was in ihm vor sich ging. Er atmete so schwer, als habe er eine erschöpfende körperliche Anstrengung hinter sich. »Der König ...« Er schluckte hart. »Der König trug mir auf, Euch alle nur erdenklichen Zugeständnisse zu machen, um Euch dazu zu bewegen, mit mir nach Süden zu kommen. Wenn Ihr mich begleitet ...« Er bemühte sich, seiner Stimme wieder einen festen Klang zu verleihen. »Wenn Ihr mich begleitet, schicken wir wieder Truppen aus, um den Norden zu schützen, um die Angriffe der Eisreiter auf das Winterland zurückzuschlagen. Wir schicken Euch Bücher und Gelehrte, schenken Euch Wissen. Ich schwöre es.« Er griff nach dem Siegelring des Königs und hielt ihn in der zitternden Hand. Der Edelstein in der Einfassung blitzte trüb im grauen Licht. »Ich schwöre es im Namen des Königs.«

Doch als Jenny dabei den jungen Mann beobachtete, fiel ihr auf, daß Gareth Johns Blick mied.

Am Abend begann es stärker zu regnen, und ein heulender Wind schleuderte Myriaden von Tropfen wie Wellenfluten an die Mauern der Feste. Johns Tante Jane trug eine kalte Mahlzeit aus Fleisch, Käse und Bier auf. Gareth griff nur zögernd zu, wie jemand, der darin eine unangenehme Pflicht sah. Jenny hockte im Schneidersitz dicht neben dem Kamin. Sie zog die Harfe zu sich heran und drehte versuchsweise an den Stimmschrauben, während die Männer von der Straße nach Süden sprachen, von dem Kampf gegen den Goldenen Drachen von Wyr.

»Es gibt da noch eine andere Sache, die den Beschreibungen in den Balladen widerspricht«, sagte Gareth und stützte die knochigen Ellenbogen inmitten der achtlos verstreuten Notizzettel Johns auf den Tisch. »In den Heldenliedern werden die Drachen immer wieder als grau oder golden beschrieben. Derjenige jedoch, der meine Heimat heimgesucht hat, ist schwarz, pechschwarz, vom Schädel bis zum Schwanz. Nur seine Augen glühen in einem silbrigen Glanz.«

»Schwarz«, wiederholte John und sah Jenny an. »Es gab da doch eine alte Liste, nicht wahr, Schatz?«

Sie nickte, und ihre Fingerspitzen ruhten auf den Saiten der Harfe. »Caerdinn forderte mich immer wieder dazu auf, mir irgendwelche alten Listen ins Gedächtnis einzuprägen«, erklärte sie Gareth. »Bei einigen erläuterte er mir, was es damit auf sich hatte. Bei dieser jedoch nicht. Vielleicht wußte er selbst nicht Bescheid. Es handelte sich um eine Aufstellung von Namen und Farben ...« Jenny schloß die Augen und rezitierte die einzelnen Punkte jener Liste. Sie sprach dabei in dem seltsamen Singsang des alten Mannes, einem verbalen Niederschlag all jener Stimmen, die Caerdinn während seines langen Lebens zu eigen gewesen waren. »Teltrevir purpurrot. Centhwevir ist blau und hat goldene Flecken. Astirith blaßgelb und schwarz. Und Morkeleb allein schwarz wie die Nacht ... Die Liste geht noch weiter. Sie enthält Dutzende von Namen, wenn es überhaupt Namen sind.« Jenny zuckte mit den Schultern und faltete die Hände über dem Bogen der Harfe zusammen. »Aber wie Caerdinn mir sagte, soll der alte Drache, der die Bewohner der Uferregionen des im Osten gelegenen Sees Wevir in Angst und Schrecken versetzte, so blau wie das Meer gewesen sein, mit Rückenmustern aus goldenen Flekken. Auf diese Weise konnte er sich im Wasser des Sees verborgen halten und Schafe von den Uferweiden rauben.«

»Ja!« entfuhr es Gareth, und er rutschte unruhig und aufgeregt auf seinem Stuhl hin und her, als er sich an diese alte Geschichte erinnerte. »Der Wurm von Wevir wurde erschlagen von Antara der Amazone und ihrem Bruder Darthis Drachentöter, während der letzten Epoche ...« Er unterbrach sich und senkte in jäher Verlegenheit den Kopf. »Es ist eine Legende, eine Volkssage ...«, fügte er errötend hinzu.

Hinter vorgehaltener Hand verbarg Jenny ein Lächeln angesichts der unterdrückten Überschwenglichkeit des jungen Mannes. »Zu der Ballade gehören auch Noten für die Harfe, obwohl es sich dabei nicht in dem Sinne um eine

Melodie handelt. Caerdinn summte sie wieder und immer wieder, bis ich sie nicht mehr vergessen konnte.«

Jenny nahm die Harfe an die Schulter. Es war ein recht kleines Instrument, das aus Caerdinns Besitz stammte, obgleich er nie darauf gespielt hatte. Das Holz war in langen Jahren so sehr nachgedunkelt, daß es nun fast so schwarz wie Kohle war. Bei Tageslicht betrachtet schien die Harfe keinerlei Verzierungen aufzuweisen, doch am Abend, in der Nähe eines Feuers, waren in dem flackernden Schein der Flammen manchmal die Symbole von Himmel und Meer zu sehen, geformt aus blassem Gold. Behutsam zupfte die Heilerin an einigen Saiten, und es erklangen die hellen Töne, von denen sie gesprochen hatte. Manchmal waren es nur wenige Akkorde, die in keinem Zusammenhang zu stehen schienen, dann wieder Andeutungen einer komplexen Musik, melodisch anmutendes Flüstern von Kummer und Glück. Irgendwie klangen sie vage vertraut, wie Erinnerungen aus der Kindheit. Und während Jenny spielte, wiederholte sie die Namen: Teltrevir purpurrot, Centhwevir ist blau und hat goldene Flecken ... Dies war ein Teil des verlorenen Wissens, gehörte zu den Rätseln, auf die John während seiner ziellosen und aufs Geratewohl durchgeführten Suche nach Überlieferungen der Vergangenheit gestoßen war. Sowohl die Worte als auch die untermalenden Klänge hatten jetzt keine Bedeutung mehr, besaßen ebensowenig Aussagekraft wie eine einzelne Zeile aus einer verschollenen Ballade, wie Blätter, die benutzt worden waren, um Risse in einer Wand zu überkleben. Nichts weiter als flüsternde Stimmen, die immer leiser wurden und die man nie wieder hören würde, waren sie erst einmal ganz verstummt.

Anschließend gab sich Jenny ganz ihren Empfindungen hin, und ihre zupfenden Hände wurden Werkzeuge ihrer Gefühle. Einige Töne hallten zitternd durch das Zimmer, andere warfen ein dumpfes Echo, wie das Grollen eines fernen Gewitters. Sie reihten sich aneinander und woben ein melodisches Gespinst, zart und fein. Auf die hellen Klänge der Freude folgten die dunklen eines tiefen Kummers, der in der verborgenen Finsternis der Zukunft wartete. Anschließend wechselte sie zu den uralten Melodien, deren Rhythmen das Wogen der Meereswellen beschrieb. Die Harmonien vermittelten tiefe Trauer, aber auch inniges Glück. Nach einer Weile holte John eine kleine Flöte aus dem Fach über dem Kaminsims, ein Instrument von der Art, wie es Kinder in den Straßen spielten, und seine Musik und die Jennys verbanden sich zu einer harmonischen Einheit. Wie ein fröhlicher Knabe tanzte er im Schatten der Harfe umher.

Die Melodien waren wie ein Zauberbann von ganz besonderer Art, wie eine Beschwörung, die das seltsame Geflecht aus Furcht und Leid und Drachenfeuer tief in Jennys Innern zerfasern ließ. Ganz gleich, was die Zukunft auch bringen mochte, dies war das Hier und Jetzt. Die Heilerin strich sich die Strähnen des dichten Haars aus der Stirn und sah, wie Gareths Augen hinter den dicken Gläsern seiner Brille leuchteten. Immer beschwingter wurden die Weisen der Flöte, und sie lösten die Klänge der Harfe aus ihrer Trauer. Es dauerte nicht lange, bis weitere Bewohner der Feste eintrafen, um der Musik zu lauschen. Sie ließen sich dort auf dem Boden nieder, wo gerade Platz war, und sie hockten sich in die tiefen Leibungen der Fenster: Johns Tante Jane und Kusine Dilly und noch einige andere der vielen weiblichen Verwandten des Lords, die in der Feste zu Hause waren; Ian und Adric; der dicke und gutmütige Schmied Muffel. Sie alle gehörten zum Leben im Winterland, das auf den ersten Blick so schlicht und einfach und langweilig schien, sich bei näherem Hinsehen jedoch als außerordentlich komplex und abwechslungsreich erwies. Und inmitten dieser Gemeinschaft saß der verlegene Gareth, der sich ebenso fehl am Platze fühlte wie ein prächtig colorierter Papagei aus dem Süden in einem Krähenhorst. Immer wieder sah er unsicher und verwirrt um sich. Der zitternde und unbeständige Schein des nunmehr rötlich glühenden Kaminfeuers ließ die verblaßten Farben der Buchrücken kurzzeitig in neuem Glanz erstrahlen. Auf Gesteinsfragmenten spiegelte er sich wider, auf Pulvern, die aus chemischen Experimenten hervorgegangen waren, auf Gläsern, Kristallen und blankem Metall, auch in den Augen der Kinder und den bernsteinfarbenen Pupillen der Hunde. Vermutlich, so überlegte Jenny, fragte sich der junge Mann angesichts dieser völlig ungewohnten Szene, was ihn ausgerechnet an einen Ort wie diesen geführt hatte.

Dann und wann, so bemerkte sie, heftete sich Gareths Blick auf John Aversin. Nicht nur Sorge schimmerte dabei in seinen Augen, sondern auch so etwas wie tiefempfundener Schrecken, so als fühle er sich für etwas schuldig, was er getan hatte – oder erst noch vollbringen mußte.

»Willst du gehen?« fragte Jenny einige Stunden später, als sie auf dem warmen Lager aus Bärenfell und Schafswolle ruhte, das lange dunkle Haar wie Seetang auf Johns Brust und Armen ausgebreitet.

»Wenn ich ihren Drachen töte, muß mich der König wenigstens anhören«, erwiderte John nachdenklich. »Wenn ich seinem Ruf folge, so beweise ich mich als ein Untertan, und wenn ich – und damit wir alle – seine Untertanen sind, so ist der König dazu verpflichtet, uns mit seinen Truppen vor feindlichen Überfällen zu schützen. Bin ich ihm aber nicht verpflichtet ...« Er zögerte, als sei er sich nicht ganz sicher, auf welche Weise sich das Gesetz des Reiches, für das er sich so lange eingesetzt hatte, in einem derartigen Fall auswirken mochte. Schließlich seufzte er und verdrängte diesen Gedanken.

Eine Stille breitete sich aus, in der nur dann und wann das Stöhnen des Windes zu hören war, der in den Mauerfugen des Turms ächzte und flüsterte, und der Regen, der noch immer an die Wände der Feste trommelte. Jenny konnte in der Dunkelheit zwar nicht wie eine Katze sehen, wußte aber, daß John nicht schlief. Sein Leib war angespannt, und sie glaubte ein Schaudern in ihm zu spüren. Vermutlich erinnerte er sich daran, daß er beim Kampf gegen den Goldenen Drachen von Wyr viel Glück gehabt hatte. Nur um Haaresbreite war er mit dem Leben davongekommen. Mit der einen Hand ertastete Jenny auf seinem Rücken die Narben, die von den damaligen Verletzungen zurückgeblieben waren.

»Jenny«, sagte er nach einer Weile leise, »mein Vater sagte mir einmal, mein Großvater hätte zu seiner Zeit eine Streitmacht aus vier- bis fünfhundert Milizionären bilden können, um gegen die Eisreiter vorzugehen. An der Küste des Nordmeeres fochten sie erbitterte Schlachten aus, und sie marschierten los, um die Bastionen der Räuber zu erobern, von denen aus die Karawanen nach Osten überfallen wurden. Als im vorletzten Jahr Westfernend von der Räuberbande angegriffen wurde ... weißt du noch, wie viele Männer ich gegen sie in den Kampf führen konnte, zusammen mit den Bürgermeistern von Fernend und Toby? Weniger als hundert waren es, und zwölf von ihnen kamen ums Leben.«

Er drehte den Kopf, und das letzte Glühen des niedergebrannten Feuers im Kamin ihres Schlafzimmers ließ kurz eine karneolfarbene Strähne seines schulterlangen Haars aufschimmern. »Jen, so geht das einfach nicht weiter. Wenn wir nicht bald etwas unternehmen, werden wir immer schwächer. Die Gebiete, in denen das Recht des Königs herrscht, werden immer kleiner. Jedesmal, wenn ein Bauernhof von Wölfen oder Banditen oder Eisreitern heimgesucht wird, entsteht eine Lücke im Verteidigungswall. Jedesmal, wenn eine Familie ihr Zuhause aufgibt, um nach Süden zu ziehen und dort ein gesichertes Leben als Diener oder Leibeigene zu führen, verlieren die an Kraft, die weiter hier ausharren. Und auch das Gesetz selbst wird schwächer, da es immer weniger Leute gibt, die sich daran erinnern, wozu es überhaupt gebraucht wird. Ich habe einige Bücher von Dotys und ein paar Kapitel der *Rechtsphilosophie* von Polyborus gelesen, und deswegen gelte ich bei meinem Volk bereits als Gelehrter. Nein, Jen. Wir brauchen die Hilfe des Königs, wenn hier nicht innerhalb einer Generation das endgültige Chaos ausbrechen soll. Und ich kann uns diese Hilfe erkaufen.«

»Womit?« fragte Jenny sanft. »Mit deinem Leben? Wenn du im Kampf gegen den Drachen den Tod findest, was wird dann aus deinem Volk?«

Sie fühlte, wie sich Johns Schulter unter ihrer Wange bewegte. »Ich könnte schon morgen getötet werden, von Wölfen oder Banditen. Ja, es wäre sogar denkbar, daß ich vom Pferd falle und mir dabei den Hals breche.« Als Jenny daraufhin leise lachte, fügte John gekränkt hinzu: »Genau auf diese Weise ist mein Vater ums Leben gekommen.«

»Warum mußte er auch betrunken reiten?« Jenny lächelte schief, obgleich sie Johns Schmerz verstehen konnte. »Ich frage mich, was er wohl von unserem jungen Helden gehalten hätte.«

Jetzt lachte auch John. »Himmel, er hätte ihm erst das Fell über die Ohren gezogen und ihn dann zum Frühstück verspeist.« In den siebzehn Jahren, die seit dem Tode seines Vaters vergangen waren, hatte John gelernt, sich nicht mehr mit dem Haß an ihn zu erinnern, den er während seiner ganzen Jugendzeit empfunden hatte. Er zog Jenny enger an sich und hauchte ihr einen Kuß aufs Haar. Als er wieder sprach, klang seine Stimme ruhig. »Es bleibt mir keine andere Wahl, Jen. Ich werde nicht lange fortbleiben.«

Ein besonders starker Windstoß heulte über das alte verwitterte Gestein des Turms, und Jenny zog die verblichenen Decken und Felle über die nackten Schultern. Einen Monat vielleicht, dachte sie. Vielleicht auch etwas länger. Das gab ihr die Möglichkeit, sich wieder ganz auf ihre Meditationen zu konzentrieren, die sie in der letzten Zeit durch die vielen Besuche in der Feste, wo sie mit John und ihren Söhnen zusammen sein konnte, so sehr vernachlässigt hatte.

Um ein Magier zu werden, muß man Magier sein, hatte Caerdinn gesagt. *Der einzige Schlüssel zur Magie ist die Magie selbst.* Jenny wußte, daß sie sich nicht mit den Fähigkeiten ihres Lehrers messen konnte. Vielleicht würde sie nie an ihn herankommen. Sie hatte ihn als einen gut achtzigjährigen Mann kennengelernt, damals, als sie ein dünnes, häßliches Mädchen von vierzehn Jahren gewesen war. Manchmal überlegte sie, ob er sie deshalb an seinem Lebensabend als seine letzte Schülerin angenommen hatte, weil er einfach Mitleid mit ihr gehabt hatte. Wenn sie des Nachts im Dunkeln lag und ihren Gedanken nachhing, wenn sie dem Wind lauschte oder in der Stille über der weiten Moorlandschaft nach Geräuschen horchte, gestand sie sich manchmal die Wahrheit ein: Das, was sie John gab, was sie immer mehr auch den beiden Jungen entgegenbrachte, bezog sie aus der Kraft ihrer Magie.

Was sie zwischen ihrer Zauberei und der Liebe aufteilen konnte, war allein Zeit. In einigen wenigen Jahren wurde sie vierzig. Vier Jahrzehnte, mit denen sie so großzügig umgegangen war, als sei sie unsterblich, als stünde ihr alle Zeit der Welt zur Verfügung. Sie bedauerte es nun, sie nicht besser genutzt, sich nicht intensiver auf ihre Meditationen und das Studium konzentriert zu haben. Sie bewegte den Kopf und fühlte unter sich Johns warme Schulter. Der Arm, den er zärtlich um sie geschlungen hatte, brachte die herzliche Freundschaft zum Ausdruck, die sie nun schon seit zehn Jahren miteinander verband. Wenn sie darauf verzichtet hätte, fuhr es ihr spekulativ durch den Sinn, wäre sie dann so stark geworden wie Caerdinn? Wäre es ihr dann vielleicht gelungen, ihr ganzes Potential zu nutzen? Wenn sie inmitten des Steinrings auf der Kuppe des einsamen Hügels meditierte, glaubte sie manchmal, daß noch wesentlich mächtigere Kräfte in ihr schlummerten, Energien, die nur darauf warteten, geweckt zu werden.

Und möglicherweise bekam sie die Gelegenheit, sich wieder um ihr Studium zu kümmern, die Zeit und Ruhe, die sie brauchte, um sich auf sich selbst zu besinnen, um zu arbeiten und zu lernen. Wenn John zurückkehrte, lag der Schnee sicher schon recht hoch.

Falls er zurückkehrte ...

Erneut schien sich der Schatten des Drachen von Wyr auf sie zu senken. Sie sah ihn als einen dunklen Fleck am Himmel, der rasch in die Länge und die Breite wuchs, als das Ungetüm wie ein Falke auf die Tanzfläche von Toby herabschoß. Sie spürte einmal mehr, wie ihr irgend etwas die Kehle zuschnürte, wie Kälte ihr Herz umklammerte, als John unter dem sich verdichtenden Schatten losstürmte und versuchte, zu den entsetzten Kindern zu gelangen, die sich in der Mitte der Tanzfläche ängstlich zusammendrängten. Sie roch den metallenen Gestank des Feuers, vernahm gellende Schreie ...

Knapp neun Meter, hatte John gesagt. Das bedeutete, daß sich die Schulterblätter des sitzenden Ungeheuers in Augenhöhe eines erwachsenen Menschen befanden. Die Höhe der Gelenke der Hinterbeine hingegen überragte einen normal gewachsenen Menschen um das Anderthalbfache. Die dicken Muskeln befähigten das Geschöpf zu weiten Sprüngen – oder auch dazu, einen Gegner mit einem einzigen Hieb zu zerfetzen.

Aus irgendeinem Grund erinnerte sich Jenny plötzlich an das seltsame Glitzern in Gareths Augen.

Nach einer langen Zeit des Schweigens fragte sie: »John?«

»Ja, Liebste?«

»Ich möchte dich begleiten, wenn du nach Süden reitest.«

Sie spürte, wie die Anspannung in ihm wuchs. Es verstrich fast eine ganze Minute, bis er antwortete, und aus dem Klang seiner Stimme entnahm sie, daß er innerlich hin- und hergerissen war zwischen dem, was er wünschte, und dem, was er fürs Beste hielt. »Du hast selbst gesagt, daß uns ein harter Winter bevorsteht, Schatz. Wäre es nicht besser, wenn einer von uns hierbleibt?«

Er hatte recht, und das wußte Jenny. Selbst die Felle der Katzen waren in diesem Herbst besonders dick. Vor einem Monat hatte sie beobachtet, daß die Vögel auffallend früh nach Süden zogen. Das alles deutete auf strengen Frost und viel Schnee hin, auf Hunger und andere Entbehrungen. Und sicher kamen wieder die Barbaren über die Eisschollen des Nordmeeres.

Dennoch ... War dies die Schwäche einer Frau, die nicht von dem Mann getrennt werden wollte, den sie liebte? Oder hatte sie einen anderen Grund? Caerdinn war der Meinung gewesen, daß Liebe die wachsamen Instinkte eines Magiers betäuben konnte.

»Ich glaube, ich sollte trotzdem mit dir kommen.«

»Fürchtest du, ich könnte nicht allein mit dem Drachen fertigwerden?« Seine Entrüstung war nur gespielt.

»Ja«, gab Jenny ehrlich zur Antwort, und sie spürte, wie durch Johns leises Lachen seine Rippen vibrierten. »Ich weiß nicht, unter welchen Umständen du ihm begegnen wirst«, fügte sie hinzu. »Und das ist noch nicht alles.«

Aversins Stimme klang zwar nachdenklich, aber nicht überrascht. »Diesen Eindruck hast du also ebenfalls gewonnen, nicht wahr?«

Auch in diesem Punkt neigten viele Leute dazu, John zu unterschätzen. Hinter seiner Fassade aus freundlicher und fast naiver Gutmütigkeit, hinter der Maske aus geradezu frivol anmutender Vorliebe für Schweinegeschichten, vergessene Dramen und das Innenleben von Uhren verbarg sich ein wacher und sehr flinker Verstand, eine beinahe feminine Intuition, die ihn auch die geringsten Nuancen im Verhalten anderer Menschen und nur vage ausgeprägte Problemstrukturen erkennen ließ. Die Einschätzung der Situation, so stellte sich heraus, entsprach im großen und ganzen der Jennys.

»Unser Held hat von einem Aufstand und Verrat im Süden gesprochen«, sagte die Heilerin. »Der Drache dürfte die Ernte vernichtet haben, und das Steigen der Brotpreise führt sicher zu einer weiteren Verschärfung der Lage. Ich glaube, du brauchst die Hilfe einer Person, auf die du dich verlassen kannst.«

»Daran habe ich ebenfalls schon gedacht«, erwiderte John leise. »Aber aus welchem Grund glaubst du, es sei nicht ratsam, unserem jungen Gareth zu vertrauen? Ich halte es für wenig wahrscheinlich, daß er mich hintergeht, nur weil ich nicht den Vorstellungen entspreche, die er sich aufgrund der Balladen von mir gemacht hat.«

Jenny stemmte sich auf den Ellenbogen in die Höhe, und ihr langes schwarzes Haar fiel als dichter Schleier auf Johns breite Brust. »Nein«, entgegnete sie langsam und versuchte genau zu erkennen, was sie an dem hageren und ernsten Jungen störte, dem sie in der alten Ruinenstadt das Leben gerettet hatte. Nach einer Weile fügte sie hinzu: »Mein Instinkt sagt mir, daß man ihm im allgemeinen vertrauen kann. Doch in irgendeinem Punkt belügt er uns. Ich weiß nicht, um was es dabei geht. Aber ich bin der Meinung, es ist besser, wenn ich dich nach Süden begleite.«

John lächelte und zog sie wieder zu sich herab. »Als ich das letzte Mal nicht auf deine Instinkte achtgab, tat es mir nachher sehr leid«, sagte er. »Was mich selbst angeht: Ich gehe nicht gern fort, denn ich ahne, daß unserer Heimat in diesem Winter noch größere Gefahren drohen als sonst. Ich glaube aber, du hast recht. Es ist mir ein Rätsel, warum der König Siegelring und Botschaft nicht etwa einem erfahrenen Krieger anvertraut hat, sondern ausgerechnet jemandem wie unserem jungen Helden, der sich sein ganzes Leben lang nur mit Balladen beschäftigt hat und sonst keine Erfahrungen sammeln konnte. Andererseits jedoch wäre ich ein Narr, wenn ich diese gute Chance ungenutzt ließe, das Winterland wieder ans Reich anzuschließen und den erneuten Schutz durch die königlichen Truppen zu erhalten. Gerade die Tatsache, daß hier nur wir beide als Garanten der Sicherheit fungieren, beweist, wie nahe unsere Heimat dem Untergang und damit der Verheerung ist. Außerdem ...«, er klang nun deutlich besorgt, »... *mußt* du mit mir kommen.«

Alarmiert hob sie ruckartig den Kopf. »Wieso? Was ist denn los?«

»Ich brauche schließlich jemanden, der für mich kocht.«

Mit einer einzigen katzenhaft geschmeidigen Bewegung

war Jenny auf ihm und preßte ihm das Kissen aufs Gesicht. Doch sie mußte so sehr lachen, daß sie John nicht lange festhalten konnte. Kichernd rangen sie miteinander, und aus dem Raufen wurde ein hingebungsvoller Liebesakt. Später, in der Wärme unter den Decken und Fellen, murmelte Jenny: »Du bringst mich bei den unpassendsten Gelegenheiten zum Lachen.«

Er küßte sie, und dann drehte er sich auf die Seite und schlief ein. Jenny jedoch konnte seltsamerweise keine Ruhe finden, und sie wurde von Alpträumen geplagt. Sie sah sich, wie sie erneut am Rande der Schlucht stand, die aus dem Abgrund emporsteigende Hitze auf den Wangen spürte, den beißenden und ätzenden Drachenatem, der in ihre Lungen stach. In den Dämpfen weiter unten zeigten sich verschwommen die Konturen des Ungeheuers, das sich noch immer hin und her wand. Die eine zerfetzte Schwinge hob und senkte sich vergebens, und mit den Stümpfen der Vorderbeine schlug es schwach und erfolglos nach der fragil wirkenden menschlichen Gestalt, die sich erschöpft wie ein Holzfäller an dem Hals festhielt, die blutbesudelte Axt in der Hand. Jenny sah, wie John immer wieder ausholte, halb erstickt in den dichten Rauchschwaden, benommen infolge des hohen Blutverlustes. Rote Flecken verdunkelten den Glanz seiner Rüstung; Fleischfetzen klebten hier und dort an den metallenen Facetten. Die Steine waren von dem Feuer des Drachen geschwärzt. Das Ungeheuer hob mehrmals den Kopf, um nach John zu schnappen. Und selbst im Traum vernahm Jenny einen dumpfen Gesang, ein melodisches Vibrieren, das sie nicht eigentlich hörte, sondern eher empfand.

Als Jennys Bewußtsein tiefer hinabsank in die Gefilde der Träume und Visionen, wurde die geheimnisvolle Musik lauter. Vor der Schwärze eines samtenen Himmels sah sie die Perlmuttscheibe des Vollmonds und davor das silbrige, seidenartige Glänzen ledriger Schwingen.

Mitten in der Nacht schreckte Jenny hoch. Der Regen pochte noch immer heftig an die Mauern der Feste, und in den Abflüssen rauschte es. Neben ihr schlief John, und in der Dunkelheit sah sie, was ihr schon am Morgen aufgefallen war: Er war zwar erst vierunddreißig Jahre alt, doch in seinem lockigen braunen Haar zeigten sich erste grauweiße Strähnen.

Ein bestimmter Gedanke kam ihr in den Sinn. Sie verdrängte ihn sofort wieder, doch die Überlegung kehrte verstohlen in ihr Bewußtsein zurück. Es war nichts, was sie während des Tages erwogen hätte. Es handelte sich vielmehr um etwas, was nur in der Dunkelheit an die Oberfläche ihres Denkens steigen konnte, nach unruhigem Schlaf. Sei kein Narr, sagte sie sich. Einige Male hast du nachgegeben, und jedesmal mußtest du es anschließend bereuen.

Dennoch ließ die Versuchung nicht nach, wurde sogar noch stärker.

Schließlich kroch Jenny aus dem Bett, vorsichtig darauf bedacht, John nicht zu wecken. Sie hüllte sich in Aversins abgetragenen gefütterten Umhang und verließ das Schlafzimmer. Der glatte Boden unter ihren nackten Füßen fühlte sich so kalt an wie Eis.

In Johns Studierraum war es noch dunkler als im Schlafzimmer. Das Feuer im Kamin war bis auf ein rosenfarbenes Glühen über einer Schneewehe aus weißer Asche herabgebrannt. Der Schatten der Heilerin tastete wie die verwaschene Hand eines Dämons über die in der Finsternis nahezu konturlose Form der Harfe, und das reflektierte Purpur am Rande der Flöte erzitterte kurz. Auf der gegenüberliegenden Seite des Studierzimmers strich Jenny einen schweren Vorhang beiseite und betrat eine winzige Kammer, nicht viel mehr als eine Nische in der dicken Wand der Feste. Sie war kaum breiter als das Fenster, durch das am Tage helles Licht einfiel. Jetzt aber war das dicke Glas in der Einfassung so schwarz wie Tinte, und das magische Licht, das Jenny beschwor und das über ihrem Haupt schwebte, spiegelte sich unbeständig in den Regentropfen, die an der Außenfläche des Glases herabrannen.

In dem phosphoreszierenden Glanz der magischen Fakkel waren ein schmaler Tisch und drei kleinere Regale zu erkennen. Dort lagen Dinge, die entweder aus dem Besitz der unnahbaren Eishexe stammten, die Johns Mutter gewesen war, oder Caerdinn gehört hatten. Nur wenige Objekte waren es: einige Schalen und Schüsseln, eine sonderbar geformte Wurzel, ein paar Kristalle, wie die Splitter eines Sterns, die nur darauf warteten, wieder zusammengefügt zu werden. Jenny zog sich den Umhang enger um die Schultern, und sie griff nach einer einfachen Schale aus Ton. Sie war so alt, daß die Zeichen, die einst den Rand geschmückt hatten, längst von den Fingern vieler Zauberer fortgewischt waren. Sie tauchte sie in das mit Wasser gefüllte steinerne Gefäß in der einen Ecke der Kammer, stellte sie auf den Tisch und zog sich einen hohen Stuhl mit spindeldürren Beinen heran.

Eine Zeitlang blieb Jenny einfach nur still sitzen und blickte in das Wasser. Einige diffuse Lichter tanzten auf der schwarzen Oberfläche umher. Sie verlangsamte ihren Atemrhythmus, und kurz darauf glaubte sie, jeden einzelnen Tropfen hören zu können, der an die Mauern der Feste schlug, daran zerplatzte und seine Nässe mit der der anderen vereinte. Das abgewetzte Holz des Tisches war wie kaltes Glas unter ihren Fingerspitzen, und ihren eigenen Atem empfand sie als kühlen Hauch auf den Lippen. Eine Zeitlang konzentrierte sie sich auf die winzigen Unebenheiten an der Innenfläche der Schüssel, auf die haarfeinen Ritzen im Ton. Dann vertiefte sich ihre Trance, und sie beobachtete Farben, die in einem bodenlosen Abgrund dahinwirbelten. Sie schien in diese schwarze Kluft zu stürzen, in einen Trichter aus absoluter Finsternis, und das Wasser war wie Pech, ganz und gar undurchsichtig.

Grauer Dunst wallte in der Tiefe und verflüchtigte sich dann, so als sei Wind aufgekommen, der die Schwaden davonwehte. Jenny sah eine weite Fläche aus Dunkelheit, in der hier und dort winzige Lichter wie Kerzenschein glitzerten. Kohlefarbener Stein erstreckte sich vor ihr, breit und lang, so glatt wie die Oberfläche des öligen Wassers. An der Peripherie des Felsens sah sie einen Wald, der jedoch nicht aus Bäumen bestand, sondern aus granitenen Säulen. Einige waren so dünn, daß man hätte meinen können, eine vorsichtige Berührung reiche aus, um sie zerbrechen zu lassen. Andere hingegen waren dicker als die Stämme der mächtigsten Eichen. Dicht daneben erblickte sie die Schatten der Tänzer. Zwar blieb alles still, doch Jenny glaubte dennoch, die Melodie zu hören, in deren Takt sie sich bewegten. Gnome waren es, und ihre langen Arme berührten den Boden, wenn sie sich beugten. Das Licht von Lagerfeuern fiel auf ihre wolkenartigen Mähnen aus dichtem, hellem Haar. Die Zwerge sprangen um einen halb eingestürzten Steinaltar herum, tanzten jenen langsamen Tanz, der für die Augen der Menschenkinder verboten war.

Der Traum veränderte sich. Jennys Blick fiel nun auf die auseinandergebrochenen und verrußten Ruinen an der Flanke eines bewaldeten Höhenzuges. Ein klarer Nachthimmel wölbte sich über dieser Landschaft, und die Sterne funkelten wunderschön. Der wächserne Mond klebte einer Münze gleich am Firmament. Sein mattes Licht tastete sanft über das aufgebrochene Pflaster des Platzes hinweg, auf dem Jenny stand, entriß die bleichen Knochen der Finsternis, die in Lachen aus diffus rauchendem Schleim verrotteten. Irgendwo in dem samtenen Schatten blitzte etwas auf, und Jenny erblickte den Drachen. Sternenlicht schimmerte wie Öl auf den anmutigen schwarzen Flanken. Der Riese breitete die Schwingen aus, und es schien, als wolle er damit den Mond umarmen. Melodien erklangen in der Nacht, einige helle Akkorde, die die zärtliche Stimme des Windes untermalten, und einige Sekunden lang beobachtete Jenny das gewaltige Geschöpf, bewunderte seine gefährliche Schönheit, den exotischen Zauber seines eleganten Fluges.

Dann sah sie im schwindenden Licht eines heruntergebrannten Feuers eine andere Szene. Sie glaubte, sich an dem gleichen Ort zu befinden, auf einer Anhöhe, von der aus sie über die Ruinenstadt vor dem Zugang der Tiefe hinwegblickte. Es war kalt, und bis zum Morgengrauen dauerte es noch einige Stunden. John lag neben dem Feuer, und dunkles Blut sickerte aus den Rissen in seiner Rüstung. Dutzende von Brandblasen zeigten sich in seinem Gesicht, das kaum mehr war als eine entstellte Fratze. Allein war er, und das Feuer spendete nur noch geringe Wärme. Die Glut der Asche ließ Jenny die purpurnen Streifen und Flecken auf dem zerfetzten Kettenhemd erkennen, und in einem düsteren Rot spiegelte sie sich auf der einen Handfläche wider, die ebenso verbrannt war wie das Gesicht. Das Feuer erlosch, und einige Sekunden lang glitzerte nur der kalte Schein der Sterne in dem Blut und zeichnete die Konturen von Nase und Lippen auf den Hintergrund des schwarzen Himmels.

Dann befand sich Jenny wieder tief unten, an dem Ort, an dem zuvor die Gnome getanzt hatten. Jetzt hielt sich hier niemand mehr auf, doch die Stille in den Höhlen und Gewölben schien erfüllt zu sein von einem ganz allmählich lauter werdenden Raunen, so als wispere der alte Steinaltar in der Finsternis leise vor sich hin.

Unmittelbar darauf konnte Jenny nichts mehr sehen als nur noch die feinen Unebenheiten an den Innenflächen der Schüssel, die dunkle und ölige Oberfläche des Wassers. Das magische Licht über ihr war längst verblaßt, und sie hatte Kopfschmerzen, wie so oft, wenn sie ihre Fähigkeiten über Gebühr strapazierte. Kälte hatte ihren ganzen Leib erfaßt, doch sie war so müde, daß sie sich eine Zeitlang nicht rührte. Sie starrte nur in die Finsternis, lauschte dem beständigen Trommeln des Regens und empfand tiefe Seelenpein. Einmal mehr bereute sie es, der Versuchung nachgegeben zu haben.

Es gab keine Wahrsagemittel, denen man ganz und gar vertrauen konnte, und Wasser war der größte Lügner von allen. Sie hatte nicht den geringsten Grund, das zu glauben, was die Schüssel ihr gezeigt hatte.

Daran erinnerte sich Jenny immer wieder, doch sie konnte sich nicht so recht davon überzeugen. Nach einer Weile senkte sie den Kopf und schluchzte leise.

3. Kapitel

Zwei Tage später brachen sie auf und ritten durch einen Mahlstrom aus Wind und Regen nach Süden.

Während der Zeit der Könige hatte sich die Große Nordstraße wie der Leib einer riesigen grauen Schlange aus Stein von Bel bis weit nach Norden hin erstreckt, durch das Tal des Wildorakstroms, durch das Ackerland und durch die Wälder von Wyr. Sie verband die Hauptstadt im Süden mit den nördlichen Grenzregionen und den Silberminen von Tralchet. Doch bald erschöpften sich die Edelmetallvorkommen in den Bergwerken, und die Könige stritten sich mit ihren Brüdern und Vettern um die Vorherrschaft über den Süden. Die Truppen, deren Aufgabe es gewesen war, die Festen des Winterlandes zu schützen, wurden abgezogen – als eine zeitweilige Maßnahme, wie es hieß, so lange, bis sich die Lage in den zentralen Gebieten des Reiches stabilisiert hatte. Doch sie kehrten nie zurück. Und der graue Stein der Straße verwitterte, so als habe sich die Schlange aus ihrer alten Haut herausgewunden und sei fortgekrochen. Die granitenen Blöcke des Pflasters wurden dazu verwendet, um Häuserwände zu verstärken und Barrieren gegen Angriffe von Räubern und Barbaren zu errichten. Die tiefen Wassergräben hatten sich in langen Jahrzehnten mit Schutt und Schotter gefüllt, und die Wurzeln des Waldes von Wyr bohrten sich tief in die Fundamente hinein. Das Winterland kannte kein Erbarmen und zerstörte die Straße ebenso wie alle anderen Dinge.

Sie kamen nur langsam über die Reste jener Straße nach Süden voran. Die Herbststürme hatten die Eisbäche der Moore in reißende Flüsse verwandelt, und die Bodenmulden zwischen den Bäumen, die vielen kleinen Niederungen, waren zu gefährlichen Sumpf- und Morastlöchern geworden. Angesichts des heulenden Windes konnte Gareth der Besatzung seines Schiffes keinen Vorwurf machen, weil sie nicht auf ihn gewartet hatte, aber Jenny vermutete, daß er die Seeleute tief in seinem Innern trotzdem für das verdammte, was in seinen Augen Verrat und Meuterei war. Und wahrscheinlich machte er unsinnigerweise die Hexe dafür verantwortlich.

Die meiste Zeit über ritten sie schweigend. Wenn sie Halt machten, was recht häufig geschah, musterte Jenny den jungen Mann. Des öfteren blickte sich Gareth voller Abscheu um und versuchte sich an die Trostlosigkeit der Landschaft zu gewöhnen. Er starrte auf die alten Grenzsteine, die schief und moosbewachsen aus dem Boden ragten und irgendwann ganz im Schlamm verschwinden würden, den stinkenden Morast, auf die nackten Felskuppen, auf denen nur einige verkrüppelt wirkende Sträucher wuchsen. Sein Blick glitt über die dichten Mistelgeflechte hinweg, die wie dornige Spinnweben an den blattlosen Ästen und Zweigen klebten, die sich als bizarre Schatten vor dem grauen Himmel abzeichneten. Es war ein Land, das sich weder an das Gesetz der Könige erinnerte, noch an ein geordnetes und sicheres Leben. Manchmal schien Gareth zu begreifen, aus welchem Grund sich Aversin doch noch dazu bereitgefunden hatte, ihn nach Süden zu begleiten, warum er sein Leben im Kampf gegen den Drachen riskieren wollte.

Andererseits weckten die wiederholten Pausen Gareths Unmut. »Auf diese Weise dauert es Jahre, bis wir unser Ziel erreichen«, klagte er, als John durch das rauchfarbene Dikkicht welken Heidekrauts zu ihnen zurückkehrte, das an den unteren Hängen der Straßenböschung wuchs. Einst hatte sich auf der Kuppe des Hügels ein Wachturm erhoben, doch davon war nichts als eine Ruine übriggeblieben. John hatte den Hang erklommen, um von weiter oben aus das Terrain zu überblicken, und er schüttelte sich nun und strich sich den Schmutz vom Mantel. »Zwanzig Tage sind seit dem Erscheinen des Drachen vergangen«, fügte Gareth kummervoll hinzu. »Vielleicht hat er meine Heimat schon völlig verheert.«

»Ebensogut könnte das Ungetüm einen Tag nach deinem Aufbruch mit dem Schiff alles zerstört haben, mein Held«, erwiderte John und schwang sich in den Sattel seines Pferdes. »Und wenn wir nicht aufpassen und von Wegelagerern überrascht werden, könnte es *tatsächlich* passieren, daß wir nie ans Ziel gelangen.«

Der junge Mann warf John einen mürrischen Blick zu, als der sich von ihm abgewandt hatte, und Jenny kam zu dem Schluß, daß Gareth nicht an solche Gefahren glaubte.

An jenem Abend schlugen sie ihr Lager in einem Birkengehölz auf, nicht weit von dem Dickicht, das den Beginn des eigentlichen Waldes von Wyr kennzeichnete. Als die Pferde und Maulesel angebunden waren, wanderte Jenny schweigend am Rande der Lichtung entlang, die sich am Ufer eines Flusses erstreckte. Das aufgebrachte Gurgeln seiner Fluten verschmolz mit dem Rauschen des Windes in den hohen Baumkronen. Die Heilerin strich mit den Fingerkuppen über die nasse Borke von Ahorn- und Haselnußbäumen, und unter ihren Schritten ächzten vermodernde Blätter. Sie malte Zeichen, die nur ein Magier sehen und verstehen konnte, und ihr Zauber sollte das Lager vor den Blicken derjenigen schützen, die in der Nähe vorbeikommen mochten. Kurz darauf wandte sie sich um und blickte in Richtung des gelb glänzenden Feuers, und sie sah Gareth, der sich daneben auf den Boden gehockt hatte, in seinem feuchten Umhang zitterte und einen geradezu mitleiderweckenden Eindruck machte.

Der junge Mann preßte die vollen Lippen zusammen. Seit er sich darüber klargeworden war, daß Jenny die Mätresse seines zuvor so verehrten Helden war, hatte er kaum ein Wort mit ihr gesprochen. Ganz offensichtlich ärgerte er sich darüber, daß sie mitgekommen war. Er betrachtete sie offenbar als einen Störfaktor, und vermutlich nahm er an, sie begleite John nur deshalb, weil sie ihren Geliebten nicht aus den Augen lassen wollte. Gareth war jetzt allein in einem fremden Land. Bestimmt war dies das erste Mal, daß er den Schutz und die Geborgenheit seiner Heimat verlassen hatte. Er war enttäuscht von allem, erfüllt von einer dumpfen Furcht, und er schien sich immer wieder zu fragen, was er nach seiner Rückkehr vorfinden mochte.

Jenny seufzte und trat auf ihn zu.

Gareth sah argwöhnisch zu ihr auf, als sie in ihre Jackentasche griff und den an einer Kette befestigten länglichen, rauchfarbenen Kristall hervorholte, den Caerdinn immer am Hals getragen hatte. »Den Drachen kann ich hier nicht sehen«, sagte sie, »aber wenn du mir den Namen deines Vaters nennst und mir etwas von deinem Heim in Bel erzählst, so sollte ich eigentlich dazu in der Lage sein, dir zu zeigen, wie es deinen Freunden und Verwandten geht.«

Gareth wandte das Gesicht von ihr ab. »Nein«, brummte er. Und nach einigen Sekunden fügte er mit verdrießlich klingender Stimme hinzu: »Habt trotzdem vielen Dank.«

Jenny verschränkte die Arme, und eine Zeitlang musterte sie den jungen Mann im zitternden und orangefarbenen Licht der Flammen. Er zog seinen scharlachroten und inzwischen recht fleckigen Mantel ein wenig enger um die Schultern und mied ihren Blick.

»Glaubst du, ich sei nicht dazu imstande?« fragte sie schließlich. »Oder hältst du nichts von der Hilfe einer Hexe?«

Zwar begann Gareths Unterlippe zu zittern, doch er gab keine Antwort. Jenny seufzte resigniert, drehte sich um und begab sich an Johns Seite, der neben der nun von einem dicken Öltuch bedeckten Last der Maulesel stand und in den dunklen Wald blickte.

Er sah sie kurz an, als sie sich ihm näherte, und das Flakkern der Flammen ließ blaßgelbe Reflexe über die Metallfacetten seines Wamses hinwegtanzen. »Brauchst du einen Verband für deine Nase?« fragte er, so als habe sie gerade versucht, ein Frettchen zu streicheln und sei daraufhin gebissen worden. Jenny lachte betreten.

»Vorher hatte er überhaupt nichts gegen mich«, erwiderte sie. Die Feindseligkeit des jungen Mannes verletzte sie mehr, als sie sich bisher eingestanden hatte.

John schlang einen Arm um ihre Schultern und zog sie an sich. »Er fühlt sich betrogen, das ist alles«, sagte er leichthin. »Und da er nicht zugeben will, sich mit den Balladen und Heldenliedern selbst etwas vorgemacht zu haben, muß einer von uns als Sündenbock für seine Enttäuschungen herhalten.« Er beugte sich vor, um sie zu küssen, und seine Hand in ihrem Nacken fühlte sich fest und warm an. Nicht weit entfernt raschelte es im dichten Unterholz zwischen den geisterhaft wirkenden Birken, und kurz darauf raunte es auch in dem zitternden Geflecht aus nackten Ästen und Zweigen über ihnen. Jenny roch den Regen, noch bevor sie die ersten Tropfen kühl auf den Wangen spürte.

Hinter ihnen fluchte der am Feuer sitzende Gareth. Er stand auf und näherte sich John und Jenny, und er achtete dabei darauf, den Schlammpfützen auszuweichen. Er wischte einige Tropfen von den dicken Gläsern seiner Brille. Zwei oder drei dünne Haarsträhnen klebten an seinen Schläfen.

»Mir scheint, wir haben uns selbst hereingelegt«, brummte er verärgert. »Ein wirklich ausgezeichneter Lagerplatz ist dies – er bietet nicht den geringsten Schutz vor dem Regen. Drüben in der Uferböschung gibt es eine Höhle …«

»Oberhalb des höchsten Wasserstandes?« fragte John, in dessen Augen es belustigt funkelte.

»Ja«, erwiderte Gareth. Ein wenig unsicher fügte er hinzu: »Nun … zumindest befindet sie sich nicht allzuweit unten.«

»Und ist sie groß genug, um den Pferden Platz zu bieten – immer vorausgesetzt, wir können es irgendwie schaffen, sie an der Böschung hinunterzubringen?«

Gareth straffte trotzig die Schulter. »Ich sehe nach.«

»Nein«, sagte Jenny. Gareth wollte Anstalten machen, ihr zu widersprechen, doch die Heilerin kam ihm zuvor: »Ich habe diesen Lagerplatz mit Tarn- und Abwehrzaubern geschützt. Wir sollten diese Bannschwellen nicht überschreiten. Außerdem ist es inzwischen fast dunkel geworden ...«

»Aber hier werden wir *naß!*«

»Bestehst du denn aus Zucker, mein Held?« fragte John spöttisch. »An diesem Ort droht uns wenigstens vom Fluß her keine Gefahr – es se denn, er tritt zu weit über die Ufer.« Er blickte auf Jenny herab, die sich noch immer an ihn schmiegte und der Gareths neuerlicher Zorn nicht entging. »Was ist mit dem Schutzzauber, Liebste?«

Sie schüttelte den Kopf. »Ich weiß nicht. Manchmal wehren solche Bannschwellen Flüsterer ab, manchmal nicht. Ich habe keine Ahnung, woran das liegt. Ich weiß nicht, ob das etwas mit den Flüsterern oder mit dem Zauber zu tun hat.« Und natürlich war ihr klar, daß ihre Fähigkeiten nicht ausreichten, um solche Geschöpfe durch Magie in die Flucht zu schlagen.

»Flüsterer?« wiederholte Gareth verwirrt.

»Das sind Blutsauger«, sagte John, und seine Stimme klang dabei ein wenig schärfer als zuvor. »Aber das spielt im Augenblick keine Rolle, mein junger Held. Achte nur darauf, im Innern des Lagers zu bleiben.«

»Kann ich mich nicht wenigstens nach einem besser vor dem Regen geschützten Ort *umsehen?* Ich verspreche Euch, mich nicht allzu weit zu entfernen.«

»Wenn du das Lager verläßt, findest du nie wieder zurück«, entgegnete John barsch. »Und da du so verdammt versessen darauf bist, bei dieser Reise möglichst wenig Zeit zu verlieren, willst du doch sicher nicht, daß wir die nächsten drei Tage damit verbringen, nach deiner Leiche zu suchen, oder? Nun, Jen, wenn du nicht für eine Mahlzeit sorgst, so muß ich mich eben selbst darum kümmern ...«

»Schon gut, schon gut«, sagte Jenny, als traue sie Johns Kochkünsten nicht ganz. Als sie in Aversins Begleitung zum rauchenden Lagerfeuer zurückkehrte, drehte sie einmal kurz den Kopf und sah zu Gareth hinüber, der noch immer am Rande der diffus glühenden magischen Barriere stand. Johns letzte Worte hatten seine Eitelkeit verletzt, und wütend griff der junge Mann nach einer Eichel und schleuderte sie in die Dunkelheit. Es wisperte und raunte in der Finsternis, und dann kehrte wieder Stille ein, nur unterbrochen von dem leisen Pochen der Regentropfen.

Bald darauf verließen sie das offenere Terrain der Felshügel und Bäche und gelangten in die immerwährende Düsternis des großen Waldes von Wyr. Dort wurde die Straße gesäumt von hohen Eichen und dichten Weißdornbüschen, und immer wieder mußten sich die Reisenden unter überhängenden Ästen, schmutzigen Moosfladen und dornigen Zweigen hinwegducken. Mehr als einmal strauchelten die Pferde, als sie mit den Hufen an grindige Wurzeln stießen und auf glitschigen Blättern auszurutschen drohten. Durch das schwarze Gitter der nackten Äste über ihnen drang nur schwach das Tageslicht. Regennässe rann an durchweichtem Holz herab und tropfte dumpf und stetig auf welken Farn und Haselbüsche. Der Boden war hier noch trügerischer, aufgeweicht und schlammig. An einigen Stellen hatten die Regenfluten kleine silbrig glänzende Seen gebildet. Dort stand das Wasser kniehoch und umspülte die Stämme der Bäume, deren Holz langsam verfaulte. Aversin bemerkte einmal, daß sich die Sümpfe des Südens offenbar nach Norden hin ausbreiteten. An vielen Stellen lagen umgestürzte Bäume auf der Straße, und die Anstrengungen, die Hindernisse entweder beiseite zu räumen oder sich einen Weg durch das verfilzte Unterholz zu bahnen, zehrte an den Kräften der Reisenden. Selbst Jenny, die an das harte Leben im Winterland gewöhnt war, empfand das Vorankommen als sehr mühsam. Darüber hinaus hatte sie kaum Gelegenheit, sich richtig auszuruhen. Müde legte sie sich abends schlafen, und müde wachte sie im Grau des nächsten Morgens auf, um die Reise fortzusetzen. Sie konnte sich gut vorstellen, wie sehr all dies Gareth belastete. Je mehr seine Erschöpfung zunahm, desto ungeduldiger und nervöser wurde er und beklagte bitterlich jeden Halt.

»Was hat er denn jetzt schon wieder vor?« fragte er an einem Nachmittag, als John zum fünften Male innerhalb von drei Stunden eine Pause machte, nach seinem großen, beinernen Jagdbogen griff, abstieg und in dem Dickicht aus Hasel- und Schwarzdornbüschen am Straßenrand verschwand.

Es hatte fast den ganzen Tag über geregnet, und der hochgewachsene junge Mann hockte müde auf dem Rükken des Dummen Falben, eines der Ersatzpferde, die sie aus Alynfeste mitgenommen hatten. Das andere Pferd, das sie zusätzlich mitführten, war von John auf den leider zutreffenden Namen Dümmerer Falbe getauft worden. Jenny vermutete, daß Gareth ihr in seinen besonders verdrossenen Augenblicken auch noch die Schuld an der armseligen Qualität der Pferde gab.

Inzwischen hatte es aufgehört zu regnen, doch es wehte ein kalter Wind, dem es immer wieder gelang, sich durch den Stoff ihrer Mäntel und Umhänge zu tasten. Dann und wann ließ eine Bö die Zweige und Äste über ihnen erzittern, und dann fielen die daran haftenden Tropfen herab. Manchmal knackte es auch, und dann löste sich modrige Eichenborke.

»Er hält nach möglichen Gefahren Ausschau.« Jenny lauschte, und die Unruhe in ihr nahm zu. Eine seltsame Stille herrschte um sie herum, so als hielte der dunkle Wald den Atem an.

»Letztesmal war doch alles in Ordnung, nicht wahr?« Gareth schob die Hände unter den Mantel, um sie zu wärmen, und er schauderte. Dann hob er arrogant den Kopf und betrachtete den Ausschnitt des Himmels, der von ihrem gegenwärtigen Standort aus sichtbar war. Er versuchte die Uhrzeit abzuschätzen und erinnerte sich daran, wie viele Tage sie schon unterwegs waren. »Und davor ebenfalls«, fügte er hinzu. Jenny konnte Furcht hinter seinem Sarkasmus vernehmen.

»Bisher hatten wir Glück«, erwiderte sie. »Ich glaube, du begreifst überhaupt nicht, wie gefährlich das Winterland ist ...«

Gareth schnappte nach Luft und riß die Augen auf. Jenny drehte ruckartig den Kopf und folgte dem Blick des jungen Mannes, der sich auf Aversins dunkle Gestalt gerichtet hatte. In seinem Umhang war er in der Düsternis des Waldes nahezu unsichtbar. Mit einer geschmeidigen Bewegung hob er den Bogen und legte einen Pfeil auf die Sehne, ohne sie zu spannen.

Jenny schätzte die Flugbahn des Pfeiles ab und suchte nach der Gefahrenquelle, auf die John aufmerksam geworden war.

Einige Dutzend Meter entfernt stand ein dürrer alter Mann zwischen den Bäumen, beugte sich und schabte trokkene Späne aus dem Innern eines borkigen Stumpfes. Seine Frau, die ebenso ausgemergelt wirkte und in Lumpen gekleidet war, hielt einen Bastkorb in der Hand, in den sie das Holz sammelte. Als Gareth sah, auf wen John zielte, stieß er einen entsetzten Schrei aus: »NEIN!«

Aversin zuckte unwillkürlich zusammen. Die alte Frau sah jäh auf, gab ein fahriges Heulen von sich und ließ den Korb fallen, um das Gesicht hinter vorgehaltenen Armen zu schützen. Die trockenen Spähne fielen vor ihr auf den morastigen Boden. Der alte Mann packte ihre eine Hand, und zusammen ergriffen sie schwankend und torkelnd die Flucht. Sie kreischten und schluchzten, und sie fuchtelten mit den Armen, so als könnten sie auf diese Weise Johns Pfeil abwehren.

Aversin ließ den Bogen sinken, und die beiden alten Leute verschwanden im Zwielicht des Waldes.

»Er wollte sie töten!« entfuhr es Gareth. »Zwei hilflose alte ...«

»Ich weiß«, unterbrach ihn Jenny, als John auf die Straße zurückkehrte. Sie verstand auch den Grund. Aber trotzdem war ihr so unbehaglich zumute wie vor Tagen, als sie den verwundeten Banditen in der Ruinenstadt ins Jenseits geschickt hatte.

»Ist das alles, was Ihr dazu zu sagen habt?« Gareths Stimme bebte vor Zorn. »Ihr *wißt?* Er hätte sie kaltblütig ermordet ...«

»Es waren Meewinks«, erklärte John ruhig. »Würdest du sie kennen, wäre dir klar, warum ich auf sie schießen wollte.«

»Es ist mir egal, wie Ihr sie hier nennt!« rief Gareth mit vibrierender Stimme. »Es waren harmlose alte Leute, die nur Zündspäne sammelten!«

Eine dünne, gerade Falte bildete sich über Johns rötlichbraunen Augenbrauen. Gareth war nicht der einzige, dessen Geduld langsam zu Ende ging.

»Und mir ist es egal, wie man sie in deiner Heimat nennt«, sagte Aversin scharf. »Diese Leute haben einmal im Wildoraktal gelebt und dort den Boden bestellt. Doch jetzt ...«

»John.« Jenny berührte ihn am Arm. Sie hatte dem Wortwechsel keine große Beachtung geschenkt. Ihre Aufmerksamkeit galt vielmehr dem Wald, der sich zwischen den Bäumen verfinsternden Düsternis, einem Halbdunkel, in dem sie Gefahr erahnte. Es war etwas, das sie fast körperlich spüren konnte, als ein feines Prickeln auf der Haut. Sie vernahm ein leises Plätschern in den überfluteten Mooren weiter im Norden, ein dumpfes Knacken und Knistern, das die Füchse und Wiesel in der Nähe zum Schweigen brachte. »Wir sollten weiterziehen. Es wird bereits dunkel. Ich kenne mich in diesem Teil des Waldes nicht aus, aber ich bezweifle, daß es hier geeignete Lagerplätze gibt.«

»Was ist denn?« fragte John, und seine Stimme war dabei ebenfalls nur ein Hauch.

Jenny schüttelte den Kopf. »Vielleicht gar nichts. Doch wir sollten diesen Ort besser verlassen.«

»Und warum?« erkundigte Gareth sich mürrisch. »Was habt Ihr denn diesmal? Seit drei Tagen schon fliehen wir vor unseren eigenen Schatten ...«

»Das stimmt«, pflichtete John ihm bei, und in seiner Stimme ließ sich eine bedrohliche Schärfe vernehmen. »Hast du jemals daran gedacht, was geschehen könnte, wenn uns unsere Schatten einholen? Reite jetzt los. Und sei still.«

Es war fast stockdunkel, als sie schließlich ihr Nachtlager aufschlugen. Aversin war ebenso nervös geworden wie Jenny, und es dauerte einige Zeit, bis sie einen Platz fanden, der seinen Sicherheitsanforderungen genügte. Den ersten lehnte Jenny ab, weil ihr die Art und Weise nicht behagte, in der sich die finsteren Bäume am Rande der Lichtung zusammendrängten. Ein zweiter kam für John nicht in Frage, da man den Schein des Feuers zu weit hätte sehen können. Jenny war hungrig und müde, doch die Instinkte, die sie während des Lebens im Winterland entwickelt hatte, veranlaßten sie dazu, den Ritt fortzusetzen, bis sie schließlich einen Ort fanden, der sich recht gut verteidigen ließ – obgleich niemand von ihnen wußte, wer ihr Gegner sein mochte.

Als Aversin einen dritten Platz ablehnte – es handelte sich dabei um eine fast kreisförmige Lichtung, die auf der einen Seite eine kleine Quelle aufwies, deren Wasser unter einigen Farnen dahingurgelte –, konnte sich der erschöpfte Gareth nicht länger beherrschen. »Was habt Ihr denn hieran auszusetzen?« fragte er, stieg ab und hielt sich dicht an der Seite des Dummen Falben, um sich an dessen Leib zu wärmen. »Hier können wir unseren Durst stillen, ohne aus dem Lichtschein des Feuers zu geraten, und außerdem ist die Lichtung größer als die anderen.«

Verärgerung blitzte wie der Stahl eines gezogenen Schwertes in Johns Augen. »Mir gefällt es hier nicht.«

»Und was, bei Sarmendes, ist der Grund dafür?«

Aversin blickte sich auf der Lichtung um und schüttelte den Kopf. Der Wind hatte inzwischen die Wolkendecke aufgerissen, und durch die Lücken im Grau fiel blasses Mondlicht, das sich auf Johns Brillengläsern widerspiegelte, auf den Regentropfen in seinem Haar. »Ich weiß nicht. Ich fühle mich hier einfach nicht wohl.«

»Nun, wenn Ihr schon nicht den Grund wißt, so sagt mir doch bitte, was für eine Art von Lagerplatz Ihr wollt.«

Der Drachentöter drehte sich im Sattel um und bedachte den jungen Mann mit einem durchdringenden Blick. »Was ich nicht will«, knurrte er, »ist das Geplärre eines Jungen, der noch grün hinter den Ohren ist und nur deshalb behauptet, dieser Ort sei sicher, weil ihm der Magen knurrt.«

Mit diesem Vorwurf hatte John natürlich völlig recht, doch Gareth widersprach heftig. »Das ist nicht der Grund! Ich glaube, Ihr habt so lange wie ein Wolf gelebt, daß Ihr allem mißtraut! Ich habe keine Lust, die ganze Nacht durch den Wald zu reiten, nur weil ...«

»Na schön«, sagte Aversin grimmig. »Dann bleib doch hier!«

»So ist es richtig! Laßt mich nur allein! Wollt Ihr vielleicht einen Pfeil auf mich abschießen, wenn ich Euch folge und Ihr es in den Büschen rascheln hört?«

»Das könnte passieren.«

»John!« erklang Jennys sanfte und ein wenig rauchige Stimme. »Es ist ziemlich dunkel, und es wird nicht mehr lange dauern, bis sich die Wolkendecke wieder geschlossen hat und das Licht des Mondes schluckt. Es wäre gefährlich, den Weg in völliger Finsternis fortzusetzen. Es wird zwar nicht regnen, aber bald können wir nicht einmal mehr die Hand vor Augen sehen.«

»*Du* schon«, erwiderte John. Er spürt es ebenfalls, dachte Jenny – das Gefühl, das zum erstenmal vor einigen Stunden in ihnen entstanden war und nun stärker wurde: die dumpfe Ahnung, beobachtet zu werden.

»Ja, das stimmt«, gestand sie leise ein. »Aber ich habe nicht deine Erfahrung. Und ich kenne diesen Teil der Straße. Auf Kilometer hinaus gibt es keinen besseren Lagerplatz. Mir gefällt es hier ebenfalls nicht, doch wenn wir uns für diesen Ort als Nachtlager entscheiden, gehen wir bestimmt kein größeres Risiko ein, als wenn wir den Weg im Schein eines magischen Lichtes fortsetzen. Außerdem ist nicht sicher, ob wir dadurch mögliche Gefahren rechtzeitig genug erkennen könnten.«

John sah sich erneut um und betrachtete den dunklen Wald. Die Bäume waren nur noch konturlose Schatten und

Schemen in der Schwärze. Der Wind seufzte und ächzte in dem sich über ihnen spannenden Geflecht aus Ästen und Zweigen, und etwas weiter vorn auf der Lichtung raschelten die Farne und gurgelte das Wasser der Quelle. Keine Geräusche, die irgendwie bedrohlich klangen. Warum aber dann die Unruhe? Weshalb fühlte Jenny die Bereitschaft, jederzeit zu fliehen?

»Diese Lichtung ist einfach zu gut als Lagerplatz geeignet«, sagte Aversin ruhig.

»Erst sagt Ihr, es gefällt Euch hier nicht!« entfuhr es Gareth. »Und dann plötzlich haltet Ihr den Platz für zu gut ...«

»Sie dürften ohnehin alle Lichtungen kennen«, warf Jenny schlichtend ein.

»Wer?« fragte der junge Mann verwirrt.

»Die Meewinks natürlich, du blöder Kerl!« schnappte John.

Gareth warf die Arme hoch. »Himmel, ich fasse es nicht! Ihr meint, Ihr wollt deshalb nicht hier lagern, weil Ihr fürchtet, von einem kleinen alten Mann und einer kleinen alten Frau angegriffen zu werden?«

»Und ungefähr fünfzig weiteren, ja«, bestätigte John. »Noch ein Wort von dir, mein Held, und ich schleudere dich an einen Baumstamm.«

Gareth war nun völlig außer sich. »Prächtig! Beweist nur, wie tapfer und klug Ihr seid, indem Ihr jemanden verprügelt, der eine andere Meinung vertritt als Ihr! Wenn Ihr schon Angst vor einem Überfall einer Gruppe von zwergenhaften Greisen und Greisinnen habt, so ...«

Er sah gar nicht, wie sich Aversin bewegte. Der Drachentöter mochte nicht das äußere Erscheinungsbild eines Helden haben, doch er besaß die Reflexe eines überaus kampferfahrenen Mannes. Gareth keuchte erschrocken, als er plötzlich in die Höhe gerissen wurde, und Jenny griff rasch ein, um Schlimmeres zu verhüten. Sie legte die Hand auf den mit metallenen Beschlägen und Stahldornen geschützten Arm Johns. Mit einer Stimme, die so leise war wie der Schritt eines Meuchelmörders, der sich seinem Opfer nähert, sagte sie: »Laß ihn los, John. Beruhige dich.«

»Der verdammte Mistkerl hat eine ordentliche Tracht Prügel verdient!« Doch innerhalb weniger Sekunden verrauchte der größte Teil seines Zorns, und er stieß Gareth wie ein Lumpenbündel von sich. »Na schön.« Er versuchte, seine Verlegenheit mit gespieltem Ärger zu verbergen. »Wir haben es unserem Helden zu verdanken, daß es inzwischen zu dunkel ist, um noch weiterzureiten. Jen, kannst du diesen Ort mit Bannschwellen schützen?«

Jenny dachte kurz nach und versuchte genau zu erfassen, was ihr Sorgen machte. »Gegen die Meewinks hat das keinen Sinn«, erwiderte sie schließlich. Und bissig fügte sie hinzu: »Außerdem haben ihnen eure Stimmen gewiß unseren Aufenthaltsort verraten.«

»Ich habe nicht angefangen …«

»Es ist mir egal, wer angefangen hat.« Jenny griff nach den Zügeln der Pferde und Maulesel und führte die Tiere auf die Lichtung. Sie hatte es nun eilig damit, das Lager aufzuschlagen und den Platz mit einem speziellen Zauber so gut wie möglich zu schützen und abzuschirmen. Gareth, der sein Verhalten offenbar bedauerte, folgte ihr mit gesenktem Kopf und blickte sich dann auf der Lichtung um.

In einem beschwichtigenden Tonfall fragte er: »Eignet sich diese Mulde hier für ein Lagerfeuer?«

In Aversins Stimme lag noch immer ein Hauch von Wut, als er antwortete: »Wir verzichten diesmal auf ein Feuer. Wir nehmen eine kalte Mahlzeit zu uns – und du hältst die erste Wache, junger Held.«

Gareth schnappte empört nach Luft und hielt die Entscheidung des Lords offenbar für eine Schikane. Seit dem Verlassen der Feste hatte der junge Mann immer die letzte Wache gehabt. Nach einem langen und beschwerlichen Tag im Sattel war er so müde, daß er sich nichts sehnlicher wünschte, als sich auszustrecken, die Augen zu schließen und zu schlafen. Bisher hatte er immer die letzte Wache genommen, die während der Morgendämmerung, Jenny die zweite und John, der um die Vorliebe der Wölfe wußte, am frühen Abend zu jagen, die erste. »Aber ich ...«, begann Gareth, und er brach ab, als sich Jenny zu ihm umdrehte und ihn mit einem scharfen Blick bedachte.

»Wenn ihr beide jetzt nicht endlich still seid, sorge ich mit einem Bann dafür.«

John gab keinen Ton mehr von sich. Gareth machte den Mund auf, überlegte es sich dann aber anders und schwieg ebenfalls. Jenny holte ein Seil aus einer Satteltasche hervor und befestigte es an einem der dünneren Baumstämme, und während sie damit beschäftigt war, fragte sie sich, warum sich Männer so leicht zu sinnlosen Auseinandersetzungen hinreißen ließen.

Die Abendmahlzeit war nicht sonderlich schmackhaft und bestand nur aus Dörrfleisch, Haferbrei und Äpfeln. Die ganze Zeit über mied Gareth ihre Blicke, und obgleich seine Lippen dann und wann zitterten, nahm er Jennys Warnung weiterhin ernst. Jenny achtete kaum darauf, und John, der die Sorgen der Heilerin bemerkte, blieb still, da er sie nicht in ihrer Konzentration stören wollte. Sie war sich nicht sicher, in welchem Ausmaß er die Gefahren spürte, die im dunklen Wald lauerten; sie wußte nicht einmal, wie viele davon sie sich nur einbildete und welche real waren. Dennoch vertiefte sie ihre Trance, besann sich auf ihre Fähigkeiten und setzte ihre ganze magische Kraft dazu ein, die Zauberbarriere zu errichten, die den Platz schützen sollte. Mit lautloser Stimme murmelte sie Formeln, die das Lager vor den Blicken Neugieriger verbergen, es in gewisser Weise unsichtbar machen sollten, so daß Unheilsbringer, die nicht wußten, wo es sich befand, die Ruhenden nicht stören konnten. Gegen die Meewinks konnte sie auf diese Weise nicht viel ausrichten, denn bestimmt waren sie sich inzwischen darüber klar, wo sich Lord Aversin und seine Begleiter aufhielten, aber vielleicht gewannen sie dadurch etwas mehr Zeit. Sie fügte diesen ersten magischen Gespinsten weitere von Caerdinns Beschwörungen hinzu, die vor den Blutteufeln und Flüsterern schützten, die des Nachts den finsteren Wald von Wyr durchstreiften, Formeln, deren Wirkung Jenny insgeheim bezweifelte, da sie wußte, daß sie manchmal versagten. Doch sie kannte keine besseren.

Schon seit langer Zeit vermutete sie, daß die Sphäre der Magie immer mehr zerfaserte. Mit jeder Generation ging weiteres Wissen der Vorzeit verloren, Wissen aus einer Epoche, als es dem Reich von Belmarie noch nicht gelungen war, unter dem religiösen Banner der Zwölfgötter den ganzen Westen zu vereinen. Caerdinn war einer der mächtigsten Magier aus dem Geschlecht der Herne gewesen, doch als Jenny ihm als vierzehnjähriges Mädchen begegnet war, hatte sie einen alten, schwachen und auch ein wenig verrückten Greis kennengelernt. Er unterwies sie, weihte sie ein in die Geheimnisse seiner Ahnen, in das Wissen, das von anderen Meistern stammte und über ein Dutzend Generationen hinweg von Lehrern an ihre Schüler weitergegeben worden war. Doch seit seinem Tod hatte Jenny in zwei Fällen erfahren müssen, daß das Wissen ihres Meisters nicht ganz vollständig gewesen war. Darüber hinaus hörte sie von Schülern des alten Meisters Spaeth Himmelswächter, die um Zauberformeln wußten, die Caerdinn offenbar nicht gekannt hatte. Nun, die Beschwörungen gegen die Flüsterer, auf die man in der letzten Zeit immer häufiger im Wald von Wyr stieß, erwiesen sich als wenig zuverlässig. Mal wirkten sie, mal nicht. Jenny wußte nicht, mit welcher Art von Magie man Flüsterer oder Blutteufel aus einer von ihnen beherrschten Region vertreiben konnte, um sie wieder für Menschen sicher zu machen. Solche Geheimnisse mochten in irgendeinem Buch niedergeschrieben sein, für die Nachwelt festgehalten von einem Magier, der diese Künste beherrscht hatte, doch weder Jenny noch einer der anderen Zauberer, denen sie begegnet war, wußten davon.

Auch in jener Nacht fand sie keine richtige Ruhe. Im Schlaf wälzte sie sich von einer Seite auf die andere, und in ihren Träumen sah sie immer wieder eigentümliche Schatten und Schemen. Sie glaubte, das pfeifende Kichern der Blutteufel zu hören, die in den Weiten der Sümpfe und Moore jenseits des Flusses von Baum zu Baum schlichen, und sie vernahm auch das Gemurmel der Flüsterer in der Finsternis jenseits der magischen Barriere. Zweimal konnte sich Jenny aus der ängstigenden Umklammerung der Alpdrücke befreien, da sie nahe Gefahren spürte. Doch beide Male fiel ihr Blick auf Gareth, der auf dem Boden hockte, sich an einen Stapel aus Packtaschen lehnte und versuchte, trotz der Erschöpfung wachzubleiben.

Als sie zum drittenmal die Augen öffnete, war der junge Edelmann verschwunden.

Seltsamerweise war es ein Traum gewesen, der sie geweckt hatte, die Vision einer Frau, die halb verborgen hinter einem Baum stand. Sie trug einen Schleier, wie er im Süden üblich war. Und die Borten und Litzen dieses Schleiers sahen aus wie zarte Blumen, die jemand auf die dunklen Locken ihres Haars gestreut hatte. Ihr leises Lachen klang so hell wie das Läuten ferner Glocken. Gleichzeitig jedoch hatte ihre Stimme auch etwas Heiseres, so als lache sie nur selten, nur dann, wenn sie sich über etwas freuen konnte, das sie bekommen hatte. Sie streckte ihre schmalen und schlanken Hände aus und flüsterte Gareths Namen.

Dort, wo der junge Mann die magische Barriere durchschritten hatte, war die Schicht aus feuchtem Lehm und welken Blättern aufgewühlt.

Jenny stemmte sich in die Höhe, strich sich das Haar aus dem Gesicht und weckte John. Sie beschwor ein magisches Licht, dessen Schein auf ein Lager fiel, in dem sich nichts rührte. Der bläuliche Glanz spiegelte sich in den großen Augen der wachen Pferde wider. Das Gurgeln der nahen Quelle klang in der Stille unnatürlich laut.

Ebenso wie John hatte Jenny in ihrer normalen Kleidung geschlafen. Sie griff nach dem Bündel, das ihre Schafsfelljacke enthielt, den Umhang, die Stiefel und auch den Gürtel, und aus einer der Taschen holte sie den kleinen Offenbarungskristall hervor. Sie hielt ihn vor das magische Licht, und unterdessen begann John wortlos damit, sich die Stiefel und das mit Wolfsleder eingefaßte Wams anzuziehen.

Von den vier Elementen fiel die Beherrschung der offenbarenden Erde – in Form des Kristalls – besonders leicht. Zwar mußten die besonderen Eigenschaften des Juwels erst beschworen werden, doch die Bilder, die es zeigte, entsprachen fast immer der Realität. Offenbarungsfeuer mußte man nicht extra vorbereiten, doch die Flammen zeigten nicht immer das, was man zu sehen wünschte. Wasser enthüllte sowohl die Vergangenheit als auch die Zukunft, war jedoch ein notorischer Lügner. Und nur die mächtigsten aller Magier konnten den Wind als prophezeiende Kraft nutzen.

Im Innern von Caerdinns Kristall herrschte lichtlose Schwärze. Jenny verdrängte ihre Besorgnis im Hinblick auf Gareths Schicksal und zwang sich zur Ruhe, als sie die Bilder beschwor. Sie leuchteten auf den Facetten des Juwels, als handele es sich um Reflexionen. Sie sah einen steinernen Raum, eine winzige Kammer, die den Eindruck erweckte, als befände sie sich unterhalb des Bodenniveaus. Die Einrichtung bestand nur aus einem Bett und einer Art Tisch in Form eines granitenen Klotzes, der aus der einen Wand ragte. Auf diesem Stein lag ein durchnäßter Mantel. Sumpfgräser klebten wie dunkle Würmer daran. Auf dem Mantel glitzerten die beiden Gläser einer Brille, und an der Wand daneben lehnte ein mit vielen Edelsteinen verziertes Langschwert.

Jemand im Korridor hob eine Lampe. Ihr Schein fiel auf kleine, vornübergebeugte Gestalten, die durch den breiten Gang schlurften. Alte und Junge, Männer und Frauen – insgesamt rund vierzig. Weiße, wächserne Gesichter hatten sie, runde Fischaugen. Die ersten beiden, die sich durch die Tür schoben, waren der alte Mann und die alte Frau, auf die John am vergangenen Nachmittag hatte schießen wollen.

Der alte Mann hielt ein Seil in der Hand, die Frau ein Hackmesser.

Das Haus der Meewinks stand auf einem kleinen Hügel, oberhalb eines fauligen Gebräus aus stinkendem Schlamm und brackigem Wasser, aus dem vermodernde Baumstämme wie halb verweste Leichen in die Höhe ragten. Es war niedrig und breit, größer, als es die Bilder des Kristalls hatten vermuten lassen. Der eine Teil des Gebäudes war in das weiche Erdreich eingesunken. Trotz der Kälte schlug ihnen der Gestank verfaulenden Fischs entgegen; Jenny preßte die Lippen zusammen und versuchte, ein Schaudern zu unterdrücken, als sie das Haus beobachtete. Seit sie um das Wesen der Meewinks Bescheid wußte, haßte sie sie.

John schwang sich aus dem Sattel seines gescheckten Kriegsrosses und wickelte Kampfteufels Zügel und auch die Halteleine um einen Ast. In der Dunkelheit war sein Gesicht eine Fratze aus Abscheu und Verachtung. Zweimal hatten Meewink-Familien versucht, sich in der Nähe von Alynfeste niederzulassen. Beide Male hatte John eine Streitmacht aus Freiwilligen zusammengestellt und sie mit Feuer und Stahl vertrieben. Einige Meewinks waren dabei getötet worden, doch Aversin hatte es versäumt, seinen Kämpfern den Befehl zu geben, die Überlebenden zu verfolgen und ihnen endgültig den Garaus zu machen. Jenny wußte, daß er angesichts dessen, was er in den Kellern ihrer Hütten vorgefunden hatte, noch immer an Alpträumen litt.

»Horch«, raunte er, und Jenny nickte. Vom Haus her vernahm sie leise Stimmen, gedämpft, so als kämen sie aus dem Boden. Einige von ihnen waren hell und überschlugen sich fast, andere waren kaum mehr als ein Grollen, ein kehliges Knurren wie das von Wölfen. Jenny zog ihre Hellebarde aus dem an Halbmonds Sattel befestigten Halfter und brachte die drei Pferde mit einem magischen Hauch dazu, völlig still zu sein. Dann entfaltete sie die Kraft einiger Schutz- und Tarnformeln, so daß ein möglicher Beobachter nicht sofort auf sie aufmerksam wurde oder sie für etwas anderes hielt – einen Haselbusch vielleicht oder den seltsam geformten Schatten eines Baumes. Mit den gleichen Beschwörungen hatte Jenny das Lager abgeschirmt, und sie wußte, daß Gareth aus diesem Grund nicht zurückgefunden hatte, nachdem er vermutlich einem Flüsterer gefolgt war.

John schob die Brille in die Innentasche seiner Jacke. »In Ordnung«, brummte er. »Du holst Gar – ich decke euch beide.«

Jenny nickte erneut. Es entstand jene Art von Kühle in ihr, die sie immer verspürte, wenn sie sich auf eine Magie konzentrierte, die ihre Fähigkeiten überstieg, und sie faßte Mut für das, was nun bevorstand. Als sie den schlammigen Platz vor dem Haus überquerten, wurden die Stimmen aus dem Gebäude lauter. John gab der Heilerin noch einen Kuß, dann trat er entschlossen die Tür ein.

Wie zwei wutentbrannte Derwische stürmten sie ins Haus. Ein warmer und feuchter Gestank wehte Jenny entgegen, als sie Aversin folgte, der faulige Geruch des Schmutzes, in dem die Meewinks lebten, der penetrante und Übelkeit erweckende Geruch von verwesendem Fisch, von dem sie sich ernährten – und auch noch etwas anderes, das deutlich wahrzunehmende süßliche Aroma von frisch vergossenem Blut. Es herrschte ein Tumult aus gröhlenden Schreien. Nach der Dunkelheit der Nacht außerhalb des Hauses fühlten sich John und Jenny fast von dem rauchigen Schein des Feuers in dem ungewöhnlich großen Kamin geblendet. Kleine Gestalten drängten sich an der niedrigen Tür in der gegenüberliegenden Wand zusammen, und dann und wann ließ die Glut der Holzscheite die Klinge eines Messers aufblitzen.

Gareth stürzte sich mitten in das Durcheinander und wich an den Türpfosten zurück. Es fiel ihm offenbar nicht schwer, sich einen Weg durch die Menge zu bahnen, doch er wußte auch, daß er leicht überwältigt werden konnte, wenn er in die Mitte des Raumes zurückkehrte, wo ihn die Meewinks von allen Seiten attackieren mochten. Um den linken Arm hatte er sich einen Schild aus schmutzigen

Laken gewickelt. In der rechten Hand hielt er den Gürtel, und immer wieder schmetterte er die große eiserne Schnalle in die verzerrten und fratzenhaften Gesichter der kleinen Männer und Frauen, die ihn umringten. Blut rann über seine Wangen; es tropfte aus kleinen Wunden, die von Messerschnitten und Bissen stammten. Es vermischte sich mit salzigem Schweiß, und rasch entstanden Flecken auf seinem Hemd, so groß, als habe man ihm die Kehle aufgeschlitzt. In seinen grauen Augen leuchtete der helle Glanz wachsenden Entsetzens.

Die Meewinks um ihn herum heulten wie verdammte Seelen. Insgesamt mochten es rund fünfzig sein, und bewaffnet waren sie mit kleinen Messern oder Faustkeilen. Als John und Jenny ins Haus stürmten, sah die Heilerin, wie eine der kleinen Gestalten auf Gareth zukroch und nach seiner Kniebeuge schlug. In den Oberschenkeln des jungen Edelmannes zeigten sich bereits Dutzende von Wunden, und auf den Stiefeln hatte sich eine schmierige Schicht aus Blut gebildet. Er trat der Angreiferin ins Gesicht und schleuderte sie einige Meter weit in die Masse der anderen Meewinks zurück. Jenny stellte fest, daß es sich bei ihr um die alte Frau handelte, die sie am Nachmittag gesehen hatten.

Wie ein zu allem entschlossener Berserker stürzte sich Aversin in das stinkende Getümmel. Jenny sprang ihm nach und hielt ihm den Rücken frei. Blut spritzte, als sich die Klinge ihres Schwertes in fauliges Fleisch bohrte, und der Lärm um sie herum nahm immer mehr zu, klang wie das Heulen und Kreischen von Orkanböen. Die Meewinks waren in der Regel recht klein, obgleich einige der Männer an Jennys Größe herankamen. Tief im Innern der Heilerin verkrampfte sich etwas angesichts der Notwendigkeit, auf Gestalten einzuschlagen, die so klein waren wie Kinder. Dennoch holte sie immer wieder aus und rammte das stumpfe Ende der Hellebarde in die blassen, wächsernen Gesichter, beobachtete, wie Nasenrücken brachen und die Getroffenen stöhnend und ächzend zu Boden sanken.

Doch die Meewinks waren weit in der Überzahl. Jenny hatte ihren langen wollenen Rock gehoben und in Kniehöhe zusammengesteckt, um sich besser bewegen zu können, und sie spürte nun, wie kleine Hände an dem verblaßten Stoff zupften und zerrten. Ein Mann griff nach einem Hackmesser auf dem schmierigen Tisch, und allem Anschein nach wollte er damit Jennys Sehnen durchtrennen, um sie zu Fall zu bringen. Der Stahl ihres Schwertes bohrte sich in seinen Hals, und mit einem letzten gurgelnden Röcheln starb er. Infolge des Blutgestanks verschlug es Jenny fast den Atem.

Es schien nur wenige Sekunden zu dauern, auf die andere Seite des Raumes zu gelangen. »Gareth!« rief sie, doch der Edelmann schlug mit seinem Gürtel nach ihr. Sie war klein genug, um für eine Meewink gehalten zu werden, und außerdem hatte er seine Brille verloren. Sie hob die Hellebarde, und das Leder des Gürtels wickelte sich um den Schaft. Mit einem Ruck entriß es Jenny der zitternden Hand Gareths. »Ich bin's, Jenny!« rief sie, und dicht hinter ihr holte John immer wieder mit seinem Schwert aus, um sie vor weiteren Angriffen zu schützen. Blut und Schleim spritzten umher. Die Magierin ergriff das knöcherne Handgelenk des jungen Mannes und zerrte ihn die wenigen Stufen herunter, die in den Raum führten. »Und jetzt – lauf!«

»Aber wir können doch nicht ...«, setzte Gareth an und starrte auf John. Jenny gab ihm einen heftigen Stoß, und der Edelmann wankte in Richtung Tür. Einige Augenblicke lang schien er im Widerstreit mit sich selbst zu liegen, da er nicht den Eindruck erwecken wollte, wie ein Feigling die Flucht zu ergreifen, doch dann hielt er auf den Ausgang zu. Sie kamen an dem Tisch vorbei, und Gareth griff nach einem auf dem schmutzigen Holz liegenden Fleischhaken und hieb damit auf die blassen Gesichter ein, auf die kleinen bewaffneten Hände. Drei Meewinks bewachten die Tür, wichen jedoch kreischend zur Seite, als sie begriffen, daß sie gegen die größere Reichweite von Jennys Hellebarde keine Chance hatten. Weiter hinten steigerte sich die schrille Kakophonie zu einem ohrenbetäubenden Krescendo. Jenny wußte, daß John nun gegen eine große Übermacht focht, und ihr Instinkt wollte sie dazu verleiten, kehrtzumachen und ihm sofort zur Hilfe zu eilen. Sie mußte sich dazu zwingen, die Tür aufzureißen und Gareth nach draußen zu ziehen.

Der junge Mann riß in neuerlichem Entsetzen die Augen auf und zögerte. »Wo sind die Pferde? Wie sollen wir ...?«

Jenny war zwar recht klein, aber sehr kräftig. Sie gab Gareth einen solchen Stoß, daß er beinahe gefallen wäre. »Stell jetzt keine Fragen!« Es waren bereits einige schemenhafte kleine Gestalten zu sehen, die vor ihnen durch die Finsternis des Waldes huschten. Die Feuchtigkeit des Schlamms tränkte das Leder ihrer Stiefel, als sie Gareth mit sich zerrte. Nach einigen Dutzend Schritten konnte sie die drei Rösser sehen. Sie hörte, wie Gareth unwillkürlich nach Luft schnappte, als sie so nahe an die Pferde herangekommen waren, daß die Tarnzauber ihre Wirkung verloren.

Der junge Mann zog sich ächzend auf Kampfteufels Rükken, und Jenny schwang sich in Halbmonds Sattel. Sie griff auch nach Fischadlers Zügel, und anschließend ging es in vollem Galopp zu dem Haus zurück. Die Hufe der Pferde pochten dumpf über den Boden und ließen Schlamm und Schlick davonspritzen. »JOHN!« rief Jenny so laut sie konnte, um den Lärm des Tumults zu übertönen. Einige Sekunden später stürzten einige Gestalten durch die niedrige Tür, kleinen Hunden gleich, die versuchten, einen Bären zu Fall zu bringen. Der weiße Glanz des magischen Lichtes, das Jenny beschworen hatte, spiegelte sich in einem düsteren Scharlachrot auf dem Blut wider, das die Klinge von Johns Schwert bis zum Heft bedeckte. In seinem Gesicht zeigten sich dunkle Striemen, und es glänzte feucht. Der Atem quoll ihm wie dichter Rauch aus dem Mund. Meewinks klammerten sich an seinen Armen und seinen Gürtel, und mit ihren Messern hackten sie auf das Leder von Aversins Stiefeln ein.

Jenny gab einen hallenden Kampfschrei von sich, trieb

ihr Pferd an und schwang die Hellebarde wie eine Sense hin und her. Meewinks wurden getroffen und davongeschleudert, und sie kreischten und fauchten und zischten, während John den letzten Gegner erledigte, mit dem er es noch zu tun hatte. Rasch zog er sich in den Sattel seines Pferdes. Ein kleines Meewink-Kind eilte ihm nach, hielt sich an dem Leder des Steigbügels fest und hieb mit einem Messer nach Aversins Oberschenkel. John schmetterte dem Jungen die metallenen Beschläge und Dornen des Armschutzes an die Schläfe und schüttelte ihn ab wie eine Ratte.

Jenny zwang ihr Pferd herum und kehrte dorthin zurück, wo Gareth auf Kampfteufels Rücken am Rande der Lichtung wartete. Mit der Präzision von Zirkusreitern galoppierten John und Jenny heran, beugten sich vor, um nach den Zügeln des Wallachs zu greifen, und verschwanden zusammen mit dem jungen Mann in der Dunkelheit der Nacht.

Aversin tauchte den Finger in eine Pfütze aus Regenwasser und ließ einen Tropfen auf das über dem Feuer hängende Blech fallen. Er nickte zufrieden, als es laut zischte, und er preßte den Teig aus Hafermehl zu einem Fladen und legte ihn auf das heiße Eisen. Er warf Gareth einen kurzen Blick zu, der leise stöhnte, als Jenny ihm ein heilendes Gebräu aus Ringelblumensaft auf die Wunden strich. »Jetzt kannst du allen Leuten erzählen, daß Aversin der Drachentöter vor einer Bande von vierzig zwergenhaften Greisen die Flucht ergriff.« Seine zerkratzten und verbundenen Hände formten einen zweiten Teig, und das Grau des Morgens spiegelte sich matt auf den Gläsern der Brille wider, als er lächelte.

»Werden sie uns verfolgen?« fragte Gareth leise.

»Das bezweifle ich.« John strich Hafermehlreste von den stählernen Dornen seines Armschutzes. »Bestimmt machen sie sich erst einmal über ihre Toten her; auf diese

Weise dürften ihre Mägen eine ganze Weile gefüllt bleiben.«

Der junge Mann schluckte und kämpfte gegen die aufsteigende Übelkeit an. Er erinnerte sich an die Metzgerwerkzeuge auf dem Tisch im Hause der Meewinks, und er ahnte, was die kleinen Männer und Frauen mit ihm vorgehabt hatten.

Nach Gareths Befreiung hatte Jenny darauf bestanden, das Lager abzubrechen und den Weg trotz der Finsternis fortzusetzen. Bei Morgengrauen erreichten sie das offene Gelände am Rande des Moorlandes, wo ausgedehnte, mit einer dünnen Eisschicht bedeckte Wasserflächen das schieferfarbene Licht des bedeckten Himmels reflektierten und sich die dunklen Halme des Rietgrases im Wind neigten. Trotz ihrer Erschöpfung machte sich Jenny daran, das neue Lager mit Zauberformeln zu schützen. Anschließend befaßte sie sich mit dem Inhalt ihrer Arzneitasche und überließ es John – obgleich sie es eigentlich besser hätte wissen müssen –, fürs Frühstück zu sorgen. Gareth holte die Brille aus seiner Packtasche hervor, deren Gestell während des Kampfes in der Ruinenstadt im Norden verbogen worden war, und schief ruhte sie nun auf dem Nasenrükken des jungen Mannes.

»Die Meewinks waren schon immer besonders klein«, sagte John, trat an Gareths Seite und beobachtete, wie Jenny ihm die blutigen Knie verband. »Nachdem die Könige ihre Truppen aus dem Winterland abzogen, wurden ihre Dörfer immer wieder von Banditen überfallen, die alle Lebensmittelvorräte stahlen, deren sie habhaft werden konnten. Die zwergenhaften Meewinks hatten gegen die kampferfahrenen Männer von unserer Größe nicht die geringste Chance. Doch wenn sich die Bewohner eines ganzen Dorfes zusammenschlossen, mochte es ihnen gelingen, wenigstens den einen oder anderen Halunken zu überwältigen. Sie fielen über einzelne Räuber her, während sie schliefen und erstachen sie mit ihren kleinen Messern. Nun, während der Hungersnöte reichte ein Pferd aus, um ein ganzes Dorf eine Woche lang zu ernähren. Ich nehme an, es begann mit den Rössern der Angreifer.«

Gareth schluckte und wurde noch blasser, als er es ohnehin schon war.

John schob die Hände hinter den mit metallenen Beschlägen verzierten Gürtel. »Für gewöhnlich schlagen sie kurz vor der Morgendämmerung zu, wenn der Schlaf besonders tief ist. Aus diesem Grund wies ich dir die erste Wache zu und mir die letzte. Es war ein Flüsterer, der dich von unserem Lager fortlockte, nicht wahr?«

»Ich ... ich glaube schon.« Gareth senkte den Kopf, und es war, als stülpe sich ein düsterer Schatten auf sein schmales Gesicht. »Ich bin mir nicht sicher. Es war etwas, das ...« Jenny spürte, wie er schauderte.

»Während meiner Wachen«, sagte John, »habe ich einen oder zwei von ihnen gesehen ... Jen?«

»Ich ebenfalls«, erwiderte die Heilerin, und die Erinnerung an jene raunenden Schemen in der Schwärze bereitete ihr Unbehagen.

»Sie zeigen sich in unterschiedlichen Gestalten«, erklärte John. Er hockte sich neben Jenny auf den Boden und schlang die Arme um die Knie. »Eines Nachts gab sich ein Flüsterer mir gegenüber sogar als Jen aus ... In seiner Spruchsammlung schreibt Polyborus – hm, vielleicht stand das auch in einem der Kapitel von Terens' *Von Geistern* –, daß Flüsterer in die Träume von Menschen blicken und dann die Gestalt der Personen annehmen können, die sie in unseren Visionen sehen. Ich weiß nicht mehr genau, in welchem alten Werk ich von solchen Geschöpfen las – bei Polyborus oder Terens? Vielleicht auch bei Clivy, obwohl dies eigentlich nicht in sein Fachgebiet fiel ... doch ich habe den Eindruck, daß Flüsterer früher viel seltener anzutreffen waren.«

»Vermutlich habt Ihr recht damit«, sagte Gareth dumpf. »Ich habe noch nie von ihnen gehört, und bisher wußte ich von Meewinks ebenfalls nichts. Nach... nachdem mich der Flüsterer in den Wald gelockt hatte, griff er mich an. Ich floh und lief durch die Dunkelheit, aber ich konnte das Lager nicht wiederfinden. Ich lief, lief immer weiter ... und nach einer Weile sah ich das Licht von dem Haus ...« Der junge Mann zitterte und brach ab.

Jenny wickelte einen Verband um Gareths verletztes Knie. Die Wunden waren nicht sonderlich tief, konnten sich jedoch ebenso leicht entzünden wie die Kratzer in Johns Wangen und auf seinen Händen. Sie stammten nicht nur von den Messern der Meewinks, sondern auch von ihren schmutzigen Zähnen. Auch Jenny war nicht unverletzt geblieben, und aus Erfahrung wußte sie, daß die Bißwunden gefährlicher waren als das Gift von Kriegspfeilen. Darüber hinaus schmerzte ihr ganzer Leib infolge der Anstrengungen der letzten Tage und Nächte und insbesondere des Kampfes, und sie war sicher, daß dies eine weitere neue Erfahrung für Gareth war, dessen Heldenlieder und Balladen ihn gewiß nicht auf diese unausweichlichen körperlichen Konsequenzen vorbereitet hatten. Tief in ihrem Innern herrschte jene Art von Frost, der mit dem Beschwören der Todesformeln einherging, und auch dieser Umstand war noch von keinem Barden besungen worden. Der Tod wurde in den großen Epen immer als etwas Ruhiges beschrieben, als etwas, das den Helden Gelegenheit dazu gab, einmal mehr ihre Tapferkeit zu beweisen und einige letzte bedeutungsvolle Worte an die Nachwelt zu richten. In der vergangenen Nacht, so machte sich Jenny klar, hatte sie mindestens vier Menschen umgebracht. Es waren zwar Kannibalen gewesen, doch das änderte nichts an dem nagenden Schuldgefühl. Die Klinge ihrer Hellebarde hatte weitere Meewinks verletzt, Männer und Frauen, die möglicherweise Infektionen erlagen oder von den anderen einfach umgebracht wurden.

Wenn man im Winterland überleben wollte, mußte man sich auf das Töten verstehen. Doch je länger Jenny als Heilerin tätig war, je mehr Geheimnisse der Magie und des Lebens sie entschleiern konnte, der Quelle aller Magie, desto mehr verabscheute sie das, wozu sie gezwungen war. Während der vielen Jahre im Lande des Frostes, des Schnees und des Eises hatte sie mehrfach erlebt, was aus denen wurde, die nur wenig Respekt vor dem Leben hatten und allzu rasch töteten.

Die grauen Wasser der Sümpfe und Moore färbten sich purpurn und golden, als die Sonne aufging und die Wolkenberge am Horizont zu glühen begannen. Es rauschte dumpf, so als woge eine jähe Flutwelle heran, und Hunderte von Wildgänsen stiegen von ihren im Schilf verborgenen Nestern auf, um unter dem bleiernen Himmel dahinzusegeln. Jenny seufzte. Sie fühlte sich erschöpft, völlig ausgelaugt, aber sie wußte, daß sie nicht rasten durften. Es bot sich ihnen erst dann die Gelegenheit, neue Kraft zu schöpfen, wenn sie den großen Wildorakstrom überquert hatten und das Land Belmarie erreichten.

»Aversin ... Lord John ...«, sagte Gareth brüchig. »Ich ... es tut mir leid. Ich wußte nicht, was es mit dem Winterland auf sich hat.« Er sah auf, und er wirkte müde und betroffen. »Und ich habe Euch nicht verstanden. Ich ... ich haßte Euch dafür, nicht so zu sein ... wie ich mir Euch vorstellte.«

»O ja, ich weiß«, erwiderte John und lächelte dünn. »Doch deine Gefühle mir gegenüber gingen mich nichts an. Meine Aufgabe bestand darin, für deine Sicherheit zu sorgen, in einem Land, das dir unbekannt ist. Was deine Vorstellungen von mir anbelangt ... nun, ich kann dir keine Vorwürfe wegen des beschränkten Wissens machen, das du aus Balladen und Heldenliedern bezogst. Ich meine, es ist wie mit Polyborus und Clivy und den anderen. Ich weiß, daß Bären nicht als eine formlose Masse geboren werden, die von der Zunge der Mutter geknetet werden muß, denn ich habe Bärenjunge gesehen. Andererseits halte ich es für möglich, daß Löwen *tatsächlich* tot geborgen werden; ich könnte eine solche Behauptung nicht widerlegen, obgleich ich sie bezweifle.«

»Und dazu habt Ihr auch allen Grund«, entgegnete Gareth. »Als ich klein war, hielt sich mein Vater eine Löwin, und sie brachte lebende gefleckte Junge zur Welt.«

»Wirklich?« Aversin zeigte sich sehr zufrieden, der Rumpelkammer seines Geistes weitere Wissensfragmente hinzufügen zu können. »Ich will nicht behaupten, Drachentöter seien keine Helden. Selkythar und Antara die Amazone können durchaus welche gewesen sein, und vielleicht sind sie tatsächlich frohen Mutes über den Hang des Hügels geritten, um sich dem Ungetüm allein mit goldenen Schwertern zum Kampf zu stellen. Aber ich weiß, daß diese Beschreibung auf mich nicht zutrifft. Wäre ich dazu in der Lage gewesen, eine freie Entscheidung zu treffen, hätte ich mich nicht einmal in die Nähe des verdammten Drachen begeben.« Aversin verzog kurz das Gesicht und fügte hinzu: »Es tut mir leid, daß ich dich enttäuschte.«

Gareth lächelte. »Vermutlich mußte ich früher oder später eine solche Erfahrung machen«, sagte er ein wenig verlegen. Er zögerte, als müsse er gegen einen inneren Widerstand ankämpfen. »Hört mich an, Lord John …«, begann er und keuchte und hustete, als der Wind ihnen beißenden Rauch entgegenwehte.

»Bei der Großmutter Gottes – die Hafermehlkuchen verbrennen!« John eilte mit einigen Sätzen ans Feuer heran und fluchte. »Jen, es ist nicht meine Schuld …«

»Doch, das ist es.« Jenny trat ruhig an seine Seite, und sie kam gerade noch rechtzeitig, um den letzten schwarzen Klumpen vom heißen Blech zu stoßen und ihn ins Sumpfwasser zu werfen. Mit einem gedämpften Zischen verschwand ihr Frühstück in den schlammigen Fluten. »Ich hätte es besser wissen und die Kocharbeiten selbst übernehmen sollen. Geh und versorg die Pferde, damit ich mich um das kümmern kann, weswegen du mich mitnahmst.« Sie griff nach dem Beutel mit dem Hafermehl. Sie bemühte sich zwar, ein möglichst ernstes Gesicht zu machen, doch das belustigte Glitzern ihrer Augen verriet, was wirklich in ihr vor sich ging.

4. Kapitel

Während der folgenden Tage bemerkte Jenny interessiert die Veränderung in Gareths Verhalten ihr und John gegenüber. In der Hauptsache schien er sich wieder jene ungezwungene Freundlichkeit zu eigen zu machen, die er der Heilerin gegenüber gezeigt hatte, nachdem er von ihr in der Ruinenstadt im Norden gerettet worden war. Doch andererseits offenbarte er des öfteren Anzeichen von Unsicherheit und seltsamer Nervosität. Manchmal schwieg er längere Zeit und erweckte den Eindruck, als fechte er einen Kampf mit sich selbst aus, mit seinem Gewissen. Wenn er sie in Alynfeste in irgendeinem Punkt belogen hatte, überlegte Jenny, so bedauerte er das nun – aber nicht genug, um ihnen die Wahrheit zu sagen.

Worin auch immer diese Wahrheit bestehen mochte: An jenem Tage, der der Konfrontation mit den Meewinks folgte, glaubte sie, sie zumindest erahnen zu können. John ritt voraus, um die Ruinen der steinernen Brücke zu kontrollieren, die die Fluten des Schlangenflusses überspannte und ließ sie allein mit den Ersatzpferden und Mauleseln in der bedrückenden Stille des winterlichen Waldes zurück. »Die Flüsterer«, sagte Gareth leise. »Sind es wirkliche Geschöpfe oder … Dämonen?« Er drehte kurz den Kopf und blickte in die Richtung zurück, aus der sie gekommen waren, so als fürchte er, seine Vision der vergangenen Nacht könne innerhalb der Dunstschwaden zwischen den dunklen Bäumen konkrete Gestalt annehmen.

»Sie können einen Menschen töten, wenn es ihnen gelingt, ihn von seinen Freunden fortzulocken«, erklärte Jenny. »Sie trinken Blut, und daraus läßt sich schließen, daß sie einen Körper haben, der ernährt werden muß. Doch abgesehen davon weiß man kaum etwas über sie. Du kannst von Glück sagen, mit heiler Haut davongekommen zu sein.«

»Ja«, murmelte der junge Mann und senkte beschämt den Kopf. Er starrte auf seine bloßen Hände, auf denen sich Frostschorf zeigte; außer seinen Handschuhen hatte er auch Mantel und Schwert im Hause der Meewinks zurückgelassen. Jenny vermutete, daß die kleinen Männer und Frauen in Notzeiten das Leder kochen und verspeisen würden. Gareth trug nun einen von Johns alten Überwürfen. Sein dünnes Haar war feucht, und einige lange Strähnen klebten an Stirn und Schläfen. Immer wieder mußte sich Gareth einige Tropfen von der schiefen Brille mit den gesprungenen Gläsern wischen, und er hatte nun kaum noch Ähnlichkeit mit dem prächtig gekleideten Edelmann, der als Botschafter aus dem Süden gekommen war.

»Jenny«, sagte er zögernd. »Ich ... ich möchte Euch dafür danken, daß Ihr mir ... zum zweitenmal das Leben gerettet habt. Es ... es tut mir leid, daß ich mich Euch gegenüber so abweisend und feindselig verhalten habe. Wißt Ihr, ich ...« Unsicher brach er ab.

»Ich vermute«, sagte Jenny sanft, »du hast in mir jemanden gesehen, den du einmal gut kanntest.«

Die Wangen des jungen Mannes röteten sich. Der Wind seufzte in den Wipfeln der hohen Bäume. Gareth zuckte unwillkürlich zusammen, als er dieses leise Ächzen vernahm, und seufzend hob er den Kopf. »Als Ihr mir das Leben gerettet habt, brachtet Ihr Euch dadurch selbst in große Gefahr. Ich weiß jetzt, wie dumm und töricht ich gewesen bin. Es ist alles meine Schuld. Ich habe die Meewinks für harmlose alte Männer und Frauen gehalten. Ich verließ das Lager, obwohl Ihr mich davor warntet ...«

Jenny lächelte und schüttelte den Kopf. Es hatte inzwischen aufgehört zu regnen, und sie strich die Kapuze ihres Mantels zurück. Der Wind fuhr ihr ins Haar und bewegte es wie einen zarten Schleier. Sie preßte dem Dümmeren Falben die Stiefelabsätz in die Flanken, und als sich das Pferd in Bewegung setzte, folgten auch die anderen Tiere.

»Es ist sehr schwer«, sagte die Heilerin, »den Verlockungen der Flüsterer zu widerstehen. Man weiß zwar, daß die

Person, die man außerhalb der magischen Barriere des Lagers sieht, ein Trugbild sein muß, aber wenn sie einen beim Namen ruft, wenn sie um Hilfe fleht, verspürt man den Drang, ihrer Stimme zu folgen.«

»In ... in welchen Gestalten habt Ihr sie gesehen?« fragte Gareth dumpf.

Die Erinnerung belastete Jenny sehr, und sie zögerte einige Sekunden lang, bevor sie Antwort gab. »In denen meiner Söhne Ian und Adric«, antwortete sie schließlich. Die Vision hatte so echt gewirkt, daß sie sich dazu veranlaßt sah, den Offenbarungskristall hervorzuholen und sich auf diese Weise zu vergewissern, daß ihre beiden Söhne sich nach wie vor in Alynfeste und damit in Sicherheit befanden. Dennoch war ein Rest von Zweifel verblieben. Nach kurzem Nachdenken fügte Jenny hinzu: »Flüsterer haben ein geradezu unheimliches Gespür, wenn es darum geht, die Gestalten anzunehmen, die die größte Wirkung auf uns erzielen. Sie sehen in uns nicht nur die Gesichter derjenigen, die wir lieben, sondern auch die Menschen, denen gegenüber wir uns schuldig fühlen, nach denen wir uns sehnen.«

Bei den letzten Worten schauderte Gareth und wandte den Blick von Jenny ab. Sie setzten den Ritt eine Zeitlang schweigend fort, und dann fragte der junge Mann: »Wie erfahren sie das, was uns bewegt?«

Jenny schüttelte den Kopf. »Vielleicht können sie in unsere Träume sehen. Vielleicht sind sie nur Spiegel unserer Gedanken und begreifen gar nicht, was sie reflektieren. Die Beschwörungen, mit denen wir Magier versuchen, sie zu vertreiben, wirken deshalb nicht, weil wir keine Kenntnis von ihrer eigentlichen Essenz haben.«

Verwirrt runzelte Gareth die Stirn. »Von ihrer ... was?«

»Ihrer Essenz, der Natur ihres Wesens.« Dicht vor einer Mulde in der Straße, einer Vertiefung, in der sich Regenwasser zu einem kleinen Teich angesammelt hatte, der im matten Licht des Tages silbrig schimmerte, zog Jenny die Zügel an. »Wer bist du, Gareth von Magloshaldon?«

Der junge Mann zuckte zusammen, und für einen Sekundenbruchteil glaubte Jenny, in seinen grauen Augen Furcht und Schuld zu erkennen. »Ich ... ich bin Gareth ...«, stammelte er. »Gareth von Magloshaldon. Das ist eine Provinz von Belmarie ...«

In den grauen Schatten der Bäume begegnete sie seinem Blick und hielt ihn fest. »Und wenn du nicht aus jener Provinz stammtest, wärst du dann noch immer Gareth?«

»Äh ... ja, natürlich. Ich...«

»Und wenn du nicht Gareth hießest?« fuhr Jenny ungerührt fort und wandte den Blick nicht von ihm ab. »Wärst du dann noch immer du selbst? Wenn du ein Krüppel wärst, oder ein Greis ... wenn du die Pocken hättest oder deine Manneskraft verlörst ... mit was würdest du dich dann identifizieren?«

»Ich verstehe nicht ganz ...«

»Du weißt ganz genau, was ich meine.«

»Hört auf!« Gareth versuchte, sich von ihr abzuwenden, doch dazu war er nicht imstande. Jennys Blick wob ein Gespinst um ihn herum, aus dem er sich nicht zu befreien vermochte, und sie zeigte dem jungen Mann sein eigenes Ich, so wie es sich aus ihrer Sicht darbot: ein kontrastreiches Kaleidoskop aus Vorstellungen und Illusionen, die sich auf Hunderte von Balladen und Heldenliedern gründeten, das Feuer der Wünsche und Sehnsüchte der Jugend, die tiefen und schmerzenden Wunden bitterer Enttäuschungen – und vor allen Dingen das graue Halbdunkel einer dumpfen Furcht, eines kaum zu ertragenden Schuldbewußtseins.

Jenny tastete sich in jenes Zwielicht vor, in dem sich die Lügen verbargen, mit denen sich der junge Mann in Alynfeste an sie und John gewandt hatte, in Richtung der Schuld, die wie ein großer Schemen in den Gewölben von Gareths Bewußtsein verharrte. Handelte es sich um irgendein Verbrechen, eine Untat, oder nur eine entsprechende Einschätzung Gareths? »Hört auf!« ertönte erneut die gequälte Stimme des jungen Mannes. Kurz sah Jenny sich selbst, durch die Augen Gareths. Sie blickte in erbarmungslose blaue Pupillen, in ein Gesicht, das in dem Schleier aus dunklem Haar aussah wie weißes Bein. Sie erinnerte sich an ihr eigenes Empfinden, damals, als Caerdinn ihr diese Art von Spiegel vor die Augen gehalten hatte, und daraufhin entließ sie Gareth aus dem Bann. Er wandte sich ruckartig ab und schlug die Hände vors Gesicht. Er bebte am ganzen Leib und schluchzte leise.

Nach einigen Sekunden sagte Jenny sanft: »Es tut mir leid. Doch dies ist die Basis der Magie, das Fundament, auf das sich alle Formeln stützen: auf die Essenz, das wahre Ich. Es trifft ebenso auf die Flüsterer zu wie auch die mächtigsten aller Magier.« Sie trieb ihr Pferd an, und die anderen Tiere folgten dem dümmeren Falben. Ihre Hufe bohrten sich tief in den lohfarbenen Morast. »Man kann sich nur fragen, ob die Personen, die man im Wald sieht, sich wirklich dort aufhalten können.«

»Aber das ist es ja gerade«, erwiderte Gareth. »Es wäre möglich gewesen. Zyerne ...« Er unterbrach sich.

»Zyerne?« Jenny erinnerte sich: Das war der Name, den der junge Mann während seiner Fieberträume in Alynfeste gemurmelt hatte, damals, als er vor ihr zurückgewichen war.

»Die Lady Zyerne«, erklärte er widerstrebend. »Die ... die Mätresse des Königs.« Trotz des regenfeuchten Schmutzes in seinem Gesicht war deutlich zu sehen, wie sich ein rosaroter Schimmer auf seine Wangen legte. Jenny entsann sich an ihren diffusen Traum, in dem sie eine dunkelhaarige Frau gesehen und ihr glockenhelles Lachen gehört hatte.

»Und du liebst sie?«

Gareth wurde noch verlegener, und mit gepreßter Stimme wiederholte er: »Sie ist die Mätresse des Königs.«

Wie ich Johns Mätresse bin, dachte Jenny und begriff plötzlich den Grund für Gareths vorherige Feindseligkeit.

»Wie dem auch sei«, fügte der junge Edelmann kurz darauf hinzu, »wir lieben sie alle. Ich ... ich meine, sie ist die wichtigste Dame des königlichen Hofes, die schönste von allen ... Wir haben ihre Schönheit in vielen Gedichten gepriesen ...«

»Und liebt sie dich?« fragte Jenny. Gareth schwieg eine Weile und konzentrierte sich darauf, sein Roß durch den Schlamm zu dirigieren, an den sich ein steiniger Hang anschloß.

Schließlich antwortete er: »Ich ... ich weiß nicht. Manchmal glaube ich ...« Er schüttelte den Kopf. »Sie macht mir Angst«, gestand er ein. »Und andererseits ... Wißt Ihr, sie ist eine Hexe.«

»Ja«, sagte Jenny leise. »Das habe ich bereits vermutet. Und du fürchtetest, ich sei so wie sie.«

Gareth wirkte nun sehr betroffen, so als mache er sich größte Vorwürfe angesichts eines Verhaltens, das all dem widersprach, was er für taktvoll und anständig hielt. »Aber ... aber das seid Ihr nicht. Zyerne ist sehr schön ...« Das Gesicht des jungen Mannes begann nun regelrecht zu glühen, und Jenny lachte.

»Mach dir nichts draus. Ich habe schon vor vielen Jahren festgestellt, wozu ein Spiegel gut ist.«

»Aber Ihr *seid* schön«, behauptete Gareth. »Ich meine .... Schönheit ist nicht das richtige Wort, doch ...«

»Nein.« Jenny lächelte. »Der Ausdruck ›häßlicher‹ dürfte weitaus zutreffender sein.«

Gareth schüttelte hastig den Kopf. Seine Ehrlichkeit machte es ihm unmöglich, Jenny als schön zu bezeichnen, und aufgrund seiner Unerfahrenheit war er nicht dazu in der Lage, eine höfliche Umschreibung zu finden. »Schönheit ... nun, eigentlich geht es gar nicht darum«, sagte er schließlich. »Außerdem hab Ihr keine Ähnlichkeit mit Zyerne. Trotz ihrer Schönheit ist sie hartherzig, ehrgeizig und nur an einer Erweiterung ihrer magischen Kräfte interessiert.«

»Dann haben wir durchaus etwas gemeinsam«, wandte Jenny ein. »Ich bin ebenfalls ehrgeizig, das heißt, ich möchte die Möglichkeiten, die ich habe, voll ausnutzen.

Und als hartherzig bezeichnete man mich schon damals, als ich noch ein kleines Mädchen war und es vorzog, in eine Kerzenflamme zu blicken und auf magische Bilder zu warten, anstatt mit den anderen Kindern zu spielen. Was den Rest angeht ...« Jenny seufzte. »Der Schlüssel zur Magie ist die Magie. Um ein Magier zu werden, muß man Magier sein. Mein Lehrmeister erinnerte mich immer wieder daran. Wenn man ein wirklich mächtiger Zauberer sein will, muß man seine ganze Kraft auf das Erreichen dieses Ziels konzentrieren – für etwas anderes bleibt kein Platz mehr. Wir werden mit dem Keim der Macht in uns geboren, und ein Verlangen, das niemals Erfüllung findet, zwingt uns dazu, das zu werden, was wir sind. Wissen, Macht, die Kenntnis um die Lieder, die die Sterne singen, das Bemühen, die ganze Kraft der Schöpfung auf ein in die leere Luft gemaltes Runenzeichen zu fixieren – wir sind außerstande, in diesem Bestreben nachzulassen. Und das verdammt uns zur Einsamkeit, Gareth.«

Schweigend ritten sie weiter. Der Wald um sie herum war zinngrau und schieferfarben, und hier und dort zeigten sich die rostbraunen Flecken des zu Ende gehenden Jahres. In dem trüben Licht des Tages wirkte Gareth älter als damals, als Jenny ihn zum erstenmal gesehen hatte. Während der bisherigen Reise hatte er an Gewicht verloren, und durch den Mangel an Schlaf waren dunkle Flekken unter seinen Augen entstanden. Nach einer Weile richtete er seinen Blick erneut auf Jenny und fragte: »Und die Menschen, die mit dem Keim der Magie in sich geboren werden – können sie lieben?«

Jenny seufzte einmal mehr. »Es heißt, die Frau eines Magiers sei Witwe. Eine Frau, die einem Zauberer ein Kind schenkt, muß damit rechnen, daß er sie verläßt und seinen Sohn oder seine Tochter allein aufzieht, wenn ihn der Ruf der Magie in die Ferne zieht. Das ist auch der Grund, warum sich kein Priester dazu bereit findet, ein Paar zu verheiraten, bei dem einer der beiden Partner über die Kräfte der Magie zu gebieten vermag; kein Flötenspieler wird bei solchen Verbindungen die rituellen Melodien erklingen lassen. Und es käme einer Grausamkeit gleich, von einer Hexe zu erwarten, einem Mann Kinder zu schenken.«

Gareth musterte sie, verwirrt sowohl von Jennys Worten als auch von ihrer dabei so kühl klingenden Stimme. Man hätte meinen können, dies alles ginge sie überhaupt nichts an.

Jenny blickte starr geradeaus, und während sie das feuchte Dickicht beobachtete, das zu beiden Seiten der schlammigen Straße wuchs, fuhr sie fort: »Eine Hexe wird sich immer in erster Linie für ihre Zauberei interessieren und nicht für ihr Kind oder den Mann. Entweder wendet sie sich irgendwann von ihrer Tochter oder ihrem Sohn ab, oder sie haßt ihren Nachwuchs, weil er ihr die Zeit raubt, die sie für Meditationen benötigt, für das Studium, dafür, die ganze Macht ihres magischen Potentials zu entfalten. Wußtest du, daß Johns Mutter eine Hexe war?«

Gareth starrte sie sprachlos an.

»Sie war Schamanenpriesterin bei den Eisreitern – Aversins Vater nahm sie als Siegestribut. Davon ist in den Balladen und Heldenepen wohl nicht die Rede, oder?«

Wie benommen schüttelte der junge Mann den Kopf. »Nein. In der Greenhythe-Variante der Ballade über Aversin und den Goldenen Drachen von Wyr steht nur geschrieben, Lord John habe das Gemach seiner Mutter aufgesucht und sich zum Abschied vor ihr verneigt, bevor er auszog, um den Drachen zu erschlagen. Hm, in diesem Zusammenhang fällt mir übrigens gerade ein, daß es in der Greenhythe-Erzählung von Selkythar Drachentöter eine ähnliche Szene gibt, ebenso wie in einer der späten Halnath-Versionen des Liedes von Antara die Amazone. Ich habe einfach angenommen, so verhielten sich Drachentöter nun einmal.«

Ein dünnes Lächeln umspielte Jennys Lippen und verflüchtigte sich dann rasch wieder. »Johns Mutter war meine erste Lehrerin. Sie unterwies mich in den magischen Künsten, als ich gerade meinen sechsten Geburtstag gefeiert hatte. Im allgemeinen berichtete man das von ihr, was du in mir zu sehen glaubtest. Es hieß, sie habe einen Bann über Johns Vater ausgesprochen und zwinge ihn mit dunklen Beschwörungen dazu, sie zu lieben. Als kleines Kind glaubte ich diese Geschichten, bis ich begriff, wie sehr sie um die Freiheit kämpfte, die er ihr nicht gewähren wollte. Als ich sie kennenlernte, hatte sie ihr Kind bereits zur Welt gebracht. Doch als John fünf Jahre alt war, machte sie sich während eines Wintersturms auf und davon, zusammen mit dem grauäugigen Wolf, der ihr ständiger Begleiter war. Seitdem wurde sie nie wieder gesehen. Und ich …«

Schweigen folgte auf ihre letzten Worte, und in der Stille waren nur die leisen, schmatzenden Geräusche zu vernehmen, die die Hufe der Rösser in dem aufgeweichten Boden verursachten. Regen tropfte hier und dort mit gedämpftem Pochen. Als Jenny fortfuhr, war ihre Stimme kaum mehr als ein Murmeln, so als spräche sie zu sich selbst.

»John bat mich darum, Kinder von ihm zu empfangen. Er sehnte sich nach Söhnen oder Töchtern, und er wollte mich als ihre Mutter. Er wußte, daß ich niemals dazu bereit sein würde, bei ihm als seine Gattin zu leben und meine Zeit allein ihm und unseren Sprößlingen zu widmen. Und mir war das ebenfalls klar.« Sie seufzte. »Die Löwin bringt ihre Jungen zur Welt, und anschließend geht sie wieder auf die Jagd. Ich dachte, auch ich könnte mir diese Freiheit nehmen. Mein ganzes Leben lang bin ich hartherzig genannt worden – und ich wünschte, das geschähe zu Recht. Doch ich hatte nicht daran gedacht, daß ich meine Kinder eines Tages lieben würde.«

Durch die Bäume des Waldes waren weiter vorn nun die verfallenen Türme der Schlangenflußbrücke zu sehen. Das hohe Wasser schäumte und spritzte unter den verwitterten Bögen hinweg. In dem diffusen Grau sahen sie eine dunkle Gestalt, die nun ihr Pferd antrieb. Im kalten Licht blitzten zwei Brillengläser wie kleine trübe Eisscheiben, und dieses Funkeln machte deutlich, daß keine Gefahr drohte und der Weg frei war.

An jenem Abend schlugen sie ihr Lager in der Ruinenstadt Ember auf, die einst die Hauptstadt der Provinz Wyr gewesen war. Wind und Wetter hatten nichts als einen großen Steinhaufen übriggelassen, auf dem hier und dort Birken und Ahornsämlinge wuchsen. Von dem Stadtwall waren nur noch einige Reste zu sehen. Jenny erinnerte sich an ihn: Damals hatte sie zusammen mit Caerdinn in den alten Kellern nach Büchern gesucht. Er hatte sie geschlagen, so entsann sie sich, als sie von der Schönheit der granitenen Konturen sprach, die wie die Knochen exotischer Skelette aus dem dunklen Erdreich ragten.

Bei Einbruch der Nacht machten sie außerhalb der Ruinen Halt. Jenny sammelte die trockene und leicht entzündbare Borke von Papierbirken und holte frisches Wasser von der nahen Quelle. Gareth sah sie zurückkehren und unterbrach seine Arbeit, um sich zu ihr zu gesellen. »Jenny ...«, sagte er, und sie sah zu ihm auf.

»Ja?«

Der junge Mann zögerte, wie ein nackter Schwimmer am Ufer eines Sees aus eiskaltem Wasser. Es war deutlich zu sehen, wie schnell er den Mut verlor. »Äh ... gibt es einen besonderen Grund dafür, warum wir hier lagern und nicht auf der anderen Seite des Walls, in der Stadt selbst?«

Ganz offensichtlicht waren das nicht die Worte, die er eigentlich an die Heilerin hatte richten wollen. Jenny warf einen kurzen Blick in Richtung der von Ranken überwucherten grauweißen Gebeine der alten Stadt, über die sich nun die Schatten des Abends senkten. »Ja.«

»Gibt ... gibt es *etwas*, das in den Ruinen lauert?« hauchte Gareth.

Es zuckte in Jennys Mundwinkeln. »Nicht daß ich wüßte. Aber die ganze Stadt liegt unter dem dichtesten Netz aus giftigem Efeu diesseits der Grauen Berge.« Sie ging neben dem Feuerholz in die Hocke und schob die trockene Birkenrinde darunter. »Außerdem habe ich diesen Lagerplatz bereits mit Zauberformeln abgeschirmt. Achte darauf, die Bannschwellen nicht zu überschreiten.«

Bei diesem deutlichen Hinweis errötete Gareth ein wenig. Jenny musterte ihn neugierig. »Diese Lady Zyerne mag zwar Magierin sein, und vielleicht hat sie tatsächlich etwas für dich übrig, aber ich bezweifle, ob sie deswegen den ganzen weiten Weg vom Süden hierher gekommen wäre. Nur in Balladen verwandeln sich Zauberer in Vögel. Die Veränderung der eigenen Essenz in die einer anderen Lebensform – und das macht den Gestaltwandel aus – ist nicht nur gefährlich, sondern erfordert auch ungeheuer viel Kraft. So etwas macht man nicht einfach so. Nein, wenn sich Magier auf die Reise begeben, so benutzen sie ihre Beine und Füße und keine Schwingen.«

»Aber …« Auf Gareths hoher Stirn bildete sich eine Falte. Offenbar liebte er die Lady Zyerne so sehr, daß er nicht gewillt war anzunehmen, ihre magischen Kräfte könnten irgendwelchen Beschränkungen unterliegen. »Aber die Lady Zyerne verändert ständig ihre Gestalt. Ich habe sie dabei beobachten können.«

Jenny erstarrte für einen Sekundenbruchteil, und tief in ihrem Innern brannte das heiße Feuer eines Neids, über den sie sich längst hinausgewachsen glaubte: die bittere Eifersucht, die jenen galt, deren Macht größer war als die ihre. Ihr ganzes Leben lang hatte sie versucht, Empfindungen dieser Art zu unterdrücken, denn sie wußte, daß sie auf diese Weise daran gehindert wurde, von denen zu lernen, die mehr von den magischen Geheimnissen wußten als sie. Und aus diesem Grund zwang sie sich dazu, nicht zu schockiert darüber zu sein, daß Zyerne offenbar ein größeres magisches Geschick besaß als sie.

Doch aus ihrem Gedächtnis flüsterte Caerdinns Stimme, die sie an die Gefahren erinnerte, die das Annehmen einer anderen Gestalt mit sich brachte – selbst wenn man die enorme Kraft aufzubringen vermochte, die eine solche Veränderung und die anschließende Stabilisierung der neuen Essenz erforderte, eine Kraft, über die nur die mächtigsten aller Zauberer geboten.

»Sie muß eine wirklich mächtige Zauberin sein«, sagte

Jenny und verdrängte ihren Neid. Mit einer lautlos gemurmelten Beschwörung setzte sie die Späne in Brand, und kurz darauf züngelten karmesinrote Flammen unter dem dickeren Feuerholz. Selbst diese geringe Anstrengung verursachte ein erschöpftes Prickeln in ihr, und das machte ihr erneut deutlich, wie begrenzt ihre Fähigkeiten waren. »In welchen Gestalten hast du sie denn gesehen?« Noch während sie diese Worte aussprach, begriff Jenny ihre Beweggründe für diese Frage: Sie hoffte, daß der junge Mann eingestand, Zyerne nicht selbst bei einer derartigen Transformation beobachtet zu haben und sich in seinen Schilderungen nur auf Gerüchte zu beziehen.

»Einmal als Katze«, lautete die Antwort. »Ein anderes Mal als Vogel, als Schwalbe. Und sie bot sich mir auch noch in anderen Gestalten dar, in meinen Träumen. Seltsam«, fügte er hastig hinzu. »In Balladen gibt so etwas nicht viel her. Aber wenn man es mit eigenen Augen erlebt ... es ist schrecklich, das Gräßlichste, was ich jemals gesehen habe. Und die Frau, die Frau, die ich ...« Er verschluckte sich fast an diesen Worten, keuchte und holte tief Luft, bevor er weitersprach: »Ich empfand es als entsetzlich, die Frau, die ich ... kenne, dabei zu beobachten, wie sie sich ... veränderte, wie sie sich hin und her wand und nach und nach die Gestalt eines Tieres annahm. Und noch grauenhafter ist es, anschließend den Blick dieses Tieres auf sich gerichtet zu sehen.«

Im Schneidersitz ließ sich Gareth neben dem Feuer nieder. Jenny schob eine eiserne Pfanne über die Flammen und bereitete den Haferteig vor. »Ist sie der Grund, warum du den König darum batest, dich als Botschafter nach Norden zu schicken?« fragte sie den jungen Mann. »Wolltest du fort von ihr?«

Gareth wandte das Gesicht von ihr ab. Nach einigen Sekunden nickte er. »Ich ... ich wollte den König nicht verraten.« Seine Stimme klang bei diesen Worten sonderbar dumpf. »Manchmal aber spüre ich, daß das Schicksal genau dies für mich vorgesehen hat. Ich weiß nicht, was ich dagegen machen soll.

Polycarp haßte sie«, fuhr Gareth nach einer kurzen Pause fort, während der sie Johns Stimme hören konnten, der gutgelaunt die Maulesel Clivy und Dickschädel verfluchte, als er ihnen die Packtaschen abnahm. »Der Anführer der Aufständischen von Halnath. Er riet mir immer, ihre Nähe zu meiden. Und er verabscheute ihren Einfluß auf den König.«

»Hat er sich deshalb gegen ihn erhoben?«

»Das mag einer der Gründe dafür gewesen sein – ich weiß es nicht.« Geistesabwesend stocherte er in den Resten des Breis herum, der noch auf seinem Teller verblieben war. »Er ... er versuchte, sowohl den König umzubringen als auch ... den Thronerben, den Sohn. In der Erbfolge kommt Polycarp nach ihm, denn er ist der Neffe des Königs. Nach dem Tode seines Vaters, der sich ebenfalls gegen den König verschwor, brachte man ihn als eine Art Geisel ins Schloß, und dort wuchs er auf. Nun, eines nebligen Morgens, als er sich unbeobachtet fühlte, spannte er im Jagdgelände ein Seil zwischen zwei Bäumen.« Gareths Stimme vibrierte ein wenig, als er hinzufügte: »Ich war der einzige, der ihn dabei sah und ahnte, was er vorhatte.«

Jenny warf ihm einen kurzen Blick zu. In der Dunkelheit des Abends und dem unsteten und tanzenden Schein der Flammen war sein Gesicht ein seltsam detailscharfes Mosaik aus Schwärze und weißem Glanz. »Du hast sehr an ihm gehangen, nicht wahr?«

Gareth rang sich ein Nicken ab. »Er war mir ein besserer Freund als alle anderen Leute am Hof. Die Leute dort – sie gehören vorwiegend zu meiner Generation, und Polycarp ist fünf Jahre älter als ich –, die Leute dort verspotteten mich, weil ich Balladen und Heldenlieder sammle, ein wenig ungeschickt bin und ohne meine Brille nicht gut sehen kann. Sie verhöhnten ihn, weil sein Vater als Verräter hingerichtet wurde – und weil Polycarp Philosoph ist. Viele der Magister teilten dieses Schicksal. Das liegt an der Universität von Halnath, einem Sammelbecken für Atheisten und unruhige Geister. Diese Beschreibung traf auch auf seinen Vater zu, der die Schwester des Königs heiratete. Doch Polycarp war für den König immer wie ein Sohn.« Er wischte sich einige feuchte Strähnen seines dünnen Haars aus der hohen Stirn und schloß fast in einem Tonfall der Verzweiflung: »Ich konnte es nicht fassen, als ich ihn beim Spannen des Seils beobachtete.«

»Und du hast ihn denunziert?«

Gareth senkte den Kopf und atmete seufzend aus: »Was blieb mir denn anderes übrig?«

War dies der Punkt, überlegte Jenny, den Gareth ihnen in Alynfeste verschwiegen hatte? Der Umstand, daß das Reich geteilt war und die Gefahr eines Bürgerkrieges drohte, der sich als ebenso verheerend erweisen mochte wie die Sippenkriege, die den König dazu veranlaßt hatten, seine Truppen aus dem Winterland abzuziehen? Hatte er gefürchtet, John könne sich nicht dazu bereit erklären, ihn nach Süden zu begleiten, wenn er erfuhr, daß der König möglicherweise außerstande war, seine Bitte zu erfüllen und Soldaten nach Norden zu schicken?

Oder steckte noch etwas anderes dahinter?

Inzwischen war es völlig dunkel geworden. Jenny nahm die gebräunten Hafermehlkuchen vom heißen Blech und deponierte sie auf einer hölzernen Unterlage, bevor sie sich daranmachte, das gesalzene Schweinefleisch und die Bohnen vorzubereiten. Während der letzten Worte Gareths hatte sich John zu ihnen gesellt, und er hörte dem jungen Mann zu und beobachtete gleichzeitig den Rand der Lichtung, auf der sie lagerten.

Als sie die Mahlzeit zu sich nahmen, fuhr Gareth fort: »Wie dem auch sei: Es gelang Polycarp, aus der Stadt zu fliehen und den vom König nach ihm ausgeschickten Gardisten zu entkommen. Die Straße nach Halnath wurde von weiteren Truppen abgeriegelt. Wir nehmen an, Polycarp floh in die Tiefe, und vermutlich brachten ihn die Gnome von dort aus in die Zitadelle. Anschließend ... nun, die Zwerge verriegelten die Zugänge, die von der Tiefe zur Feste führen, und sie meinten, sie wollten sich nicht in die

Angelegenheiten der Menschen einmischen. Sie wollten den Soldaten des Königs nicht erlauben, sich durch die Tiefe der Zitadelle zu nähern und den Aufständischen gewissermaßen in den Rücken zu fallen, und sie lehnten es auch ab, die Rebellen durch ihre Tunnel zu lassen oder ihnen Lebensmittel zu verkaufen. Einige Gerüchte behaupten, die Gnome hätten Schießpulver eingesetzt, um die Korridore nach Halnath abzuriegeln. Ja, und dann kam der Drache.«

»Und was geschah dann?« fragte John.

»Als der Drache kam, öffnete Polycarp die der Tiefe zugewandten Tore der Zitadelle, und die Gnome flohen in die Festung. Es sollen recht viele Zwerge gewesen sein, die bei Polycarp Schutz suchten, aber Zyerne meinte, es handele sich um diejenigen, die von Anfang an auf der Seite des Magisters standen. Und sie muß es eigentlich wissen, wuchs sie doch in der Tiefe auf.«

»Ach, tatsächlich?« John warf einen kleinen Schweinsknochen ins Feuer und wischte sich die fettigen Hände an einem Hafermehlkuchen ab. »Ich habe mir bereits so etwas gedacht: Der Name schien mir ein Wort aus der Sprache der Gnome zu sein.«

Gareth nickte. »Früher nahmen die Zwerge viele Menschenkinder als Lehrlinge auf – für gewöhnlich Jungen und Mädchen aus Klamm, der Stadt in dem Tal vor den großen Toren der Tiefe, wo früher Gold geschmolzen und Handel mit Lebensmitteln getrieben wurde. Seit dem letzten Jahr jedoch wird dort nicht mehr gearbeitet. Die Gnome verboten den Menschen sogar, ihr Refugium zu betreten.«

»Warum denn?« fragte John, der nun neugierig geworden war.

Gareth zuckte mit den Schultern. »Ich weiß es nicht. Die Zwerge verhalten sich manchmal recht seltsam und unberechenbar. Zyerne meint, man könne nie wissen, worauf sie aus sind.«

Später ließ Jenny die beiden Männer am Feuer zurück und wanderte am Rande des Lagerplatzes entlang. Sie überprüfte die Bannschwellen, die sie vor den Blutteufeln schützen sollten, vor den Flüsterern und den traurigen Phantomen, die während der Dunkelheit die Ruinen der alten Stadt durchstreiften. Sie setzte sich auf einen alten Grenzstein, unmittelbar jenseits des vom Feuer erhellten Bereiches, und konzentrierte sich auf die Meditationen, die sie schon seit einer geraumen Weile vernachlässigt hatte.

Es war nicht das erste Mal, daß sie kaum Zeit dafür fand. Zu gut erinnerte sie sich an die Nächte, die sie in Alynfeste verbracht hatte, bei John und ihren beiden Söhnen. Wenn sie sich statt dessen mehr auf ihre Studien konzentriert hätte, darauf, weitere magische Kräfte zu wecken, wäre sie dann jetzt ebenso mächtig wie Zyerne, die anscheinend jederzeit und ganz nach Belieben eine andere Gestalt annehmen konnte und das nicht als anstrengend empfand? Sie erinnerte sich an Caerdinns Warnungen, doch sie fragte sich, ob sich darin nicht erneut ihr Neid niederschlug, ihre Eifersucht auf die Fähigkeiten eines anderen Zauberers. Caerdinn war ein alter Mann gewesen, und es hatte im Winterland keinen anderen Lehrmeister gegeben, an den sie sich nach seinem Tod hätte wenden können. Wie John sehnte sie sich nach Wissen und vermochte doch nur Bruchstücke zu sammeln, einzelne Fragmente, die sich nicht zu einem größeren Ganzen zusammensetzen ließen. In dieser Hinsicht teilte sie das Schicksal der Menschen, die im Dorfe Alyn lebten, war gebunden an ein entbehrungsreiches Leben in einem öden Land, das nur Gefahren bereitzuhalten schien – und wenige Freuden. Vor dem Hintergrund der gelben Flammenzungen sah Jenny, wie John sich bewegte, wie er seine Worte mit Gesten untermalte. Vermutlich erzählte er Gareth irgendeine erstaunliche Geschichte aus seiner üppigen Sammlung an Sagen und Legenden über das Winterland und seine Bewohner. Der dickste Bandit im Reiche des Eises? dachte Jenny. Oder ging es vielleicht um die erstaunliche Tante Mattie? Plötzlich wurde ihr klar, daß er nicht nur wegen seines Volkes dem Rufe des Königs gefolgt war, sondern auch für sie –

für ihre Söhne, für all die Dinge, die sie nie bekommen hatte.

Sie sind es nicht wert, daß er deswegen sein Leben aufs Spiel setzt! fuhr es ihr in einem Anflug von Verzweiflung durch den Sinn. *Ich bin mit dem zufrieden, was ich habe!* Doch die stillen Ruinen Embers verspotteten sie, die bleichen Steine, die wie Knochen aussahen und nun halb unter einem Schleier aus Finsternis verborgen waren. Eine ruhige Stimme in ihrem Innern flüsterte, es sei Johns Entscheidung und nicht die ihre. Sie hatte ihre eigene Wahl getroffen, ihre Studien aufgegeben und ihn begleitet. Der Ruf des Königs und sein Versprechen – diese Verlockung war für John noch größer als die der magischen Macht für Jenny.

Fünf Tagesreisen südlich von Ember wurde das Terrain wieder offener. Sie ließen den Wald hinter sich zurück, und vor ihnen erhoben sich niedrige Schwemmlandhügel, die bis zum Wildorakstrom reichten, der nördlichen Grenze von Belmarie. Ein leeres und karges Land war es, wirkte jedoch nicht in dem Maße öde wie das des Schnees und Eises im Norden. Es gab Bauernhöfe, die kleinen, von Schutzwällen umgebenen Festungen glichen, und in den Gräben zu beiden Seiten der Straße hatte sich kein Schutt angesammelt, so daß das Regenwasser abfließen konnte. In dieser Region begegneten sie zum erstenmal anderen Reisenden, Händlern, die nach Norden und Osten unterwegs waren und Neuigkeiten und Gerüchte aus der Hauptstadt brachten – Nachrichten von dem Drachen, vom Schrekken, der den Süden heimsuchte, von den Unruhen in Bel.

»Kann einen eigentlich nicht wundern, oder?« meinte ein fuchsgesichtiger kleiner Händler, der mit einer ganzen Schar beladener Maulesel unterwegs war. »Der Drache hat die Ernte ruiniert, und das Getreide verrottet auf den Feldern. Ja, und die Gnome, die in Bel Zuflucht suchten, horten die letzten Vorräte, luchsen das Korn den ehrlichen Bürgern ab, betrügen sie mit ihrem gestohlenen Gold.«

»Gestohlen?« fragte John neugierig. »Haben sie es denn nicht in schwerer Bergmannsarbeit geschürft und geschmolzen?« Jenny, der es in erster Linie auf Neuigkeiten ankam und die den Händler deshalb nicht verärgern wollte, trat John heimlich ans Schienbein.

Der kleine Mann spuckte in das schlammige Wasser im Graben und strich sich über den struppigen rötlichen Bart. »Das gibt ihnen noch lange nicht das Recht, sich in den Besitz des Korns zu bringen, das die rechtschaffenden Leute dringend brauchen«, brummte er. »Außerdem geht die Rede, daß sie weiterhin regen Handel mit ihren Brüdern in Halnath treiben. Es wird sogar behauptet, daß sie und der Magister den Erben des Königs entführt haben, sein einziges Kind, um es als Geisel zu benutzen.«

»Wäre das denn überhaupt möglich?« fragte John.

»Na klar. Der Magister ist doch ein Zauberer, oder nicht? Und die Gnome waren schon immer hinterlistige und durchtriebene Gesellen, die in der Hauptstadt Unruhe stifteten ...«

»Unruhe?« warf Gareth ein. »Aber die Zwerge sind doch immer unsere Verbündeten gewesen! Es hat nie Schwierigkeiten zwischen ihrem und unserem Volk gegeben.«

Der kleine Händler kniff die Augen zusammen und sah argwöhnisch zu dem jungen Mann auf. »Sie haben uns von Anfang an etwas vorgemacht, diese kleinen Mistkerle.« Er zerrte an dem Zaumzeug des ersten Maulesels und wandte sich von John und seinen Begleitern ab.

Kurze Zeit später stießen sie auf eine Gruppe von Zwergen. Dicht zusammengedrängt waren sie unterwegs, von Wächtern geschützt, und auf den Wagen und Karren in ihrem Gefolge stapelte sich ihre Habe. Aus müden, kurzsichtigen Augen sahen sie zu Aversin auf. Die Pupillen leuchteten in bernsteinfarbenen und kobaltblauen Tönen, und die Brauen darüber waren lang und buschig. Bereits ihre Blicke beantworteten Aversins Fragen nach den Geschehnissen im Süden.

»Der Drache? Ja, er lauert in Ylferdun, und keiner der

vom König ausgeschickten Kämpfer konnte ihm den Garaus machen.« Der Anführer der Gnome zupfte an dem weichen Zierpelz seiner Handschuhe, und der Wind ließ die Seide der sonderbar geschnittenen Kleidung leise rascheln. Die hinter ihm stehenden Wächter der Kolonne beobachteten John, Jenny und Gareth mit offensichtlichem Mißtrauen, so als hielten sie es durchaus für denkbar, daß diese drei Personen, obgleich zahlenmäßig weit unterlegen, einen Angriff wagen konnten. »Was uns betrifft ... Beim Herzen der Tiefe, wir haben genug von der angeblichen Fürsorge der Menschen, die von uns Wucherpreise für Zimmer verlangen, die sogar einfache Bedienstete als Beleidigung empfänden – und für einen Fraß, der offenbar den Ratten gestohlen wurde.« Seine Stimme war so hoch und hell wie die aller Gnome, und sie vibrierte mit der Art von Haß, die auf Haß folgt. »Ohne das Gold, das wir in der Tiefe schürften, hätte ihre Stadt nie gebaut werden können, und doch läßt sich jetzt kein Bürger mehr dazu herab, mit uns zu sprechen – es sei denn, um uns zu verfluchen. Man behauptet nun, wir hätten uns zusammen mit unseren Brüdern, die aus der Tiefe flohen und in der Zitadelle von Halnath Zuflucht suchten, gegen den König und seine Untertanen verschworen. Beim Steine: Das ist eine gemeine Lüge. Doch leider glaubt man in Bel nun solchen Verleumdungen.«

Von den Wagen, Karren und Sänften ertönten zornige Stimmen, das aufgebrachte Brummen derjenigen, die noch nie zuvor hilflos gewesen waren. Jenny hockte ruhig auf Halbmonds Rücken, und sie begriff, daß sie jetzt das erste Mal in ihrem Leben Zwerge bei Tageslicht sah. Ihre großen und teilweise fast farblosen Augen waren nicht an den hellen Glanz der Sonne gewöhnt. Ihr Hörsinn war so gut ausgeprägt, daß sie aus großer Entfernung selbst das leise Zirpen von Fledermäusen vernehmen konnten, doch den täglichen Lärm in den Städten der Menschen mußten sie als geradezu unerträglich empfinden.

»Und der König?« fragte Aversin.

»Der König?« Die hohe Stimme des Gnoms klang beleidigt und verletzt, und der kleine und ein wenig vornübergeneigte Körper zitterte empört. »Der König schert sich nicht um unser Schicksal. Unsere Reichtümer befinden sich alle in der Tiefe, dort, wo der Drache lauert, und aus diesem Grund haben wir nichts anderes anzubieten als Versprechungen und guten Willen. Aber mit jedem Tag verringert sich der Wert dieser Güter in einer Stadt, in der das Brot immer knapper wird. Und die ganze Zeit über weicht des Königs Hure nicht von seiner Seite und vergiftet seine Seele, so wie sie alles verdirbt, was sie berührt – wie sie auch das Herz der Tiefe dem Untergang preisgegeben hat.«

Jenny hörte, wie Gareth neben ihr mit einem deutlich vernehmbaren Zischen Luft holte, und sie sah auch den Zorn, der in seinen Augen aufblitzte. Er schwieg jedoch. Als sie ihn fragend ansah, wandte er sich beschämt von ihr ab.

Als die Gnome ihren Weg fortsetzten und im Dunst verschwanden, bemerkte John: »Hört sich ganz so an, als sei in der Stadt wirklich der Teufel los. Wäre es denn *möglich*, daß der Magister das Kind des Königs entführt hat?«

»Nein«, erwiderte Gareth niedergedrückt, als sie sich wieder in Bewegung setzten und sich der Fähre näherten, die irgendwo weiter vor ihnen im grauen Nebel wartete. »Er hätte die Zitadelle gar nicht verlassen können. Polycarp ist kein Zauberer, nur Philosoph und Atheist. Ich ... ich mache mir keine Sorgen um den Thronfolger des Königs.« Der junge Mann starrte auf seine Hände, und seine Züge erinnerten Jenny an den Ausdruck, den sie in jener Nacht außerhalb der Wälle von Ember getragen hatten. Er wirkte wieder so, als bemühe er sich, all seinen Mut zusammenzunehmen. »Hört mich an«, sagte er brüchig. »Ich muß Euch ...«

»Gar«, sagte John leise, und der Edelmann schauderte. In Aversins braunen Augen glänzte es ironisch, und seine Stimme war so scharf wie ein Feuersteinsplitter. »Der König hat nicht zufällig auch noch aus einem anderen

Grund nach mir geschickt? Geht es ihm um mehr als nur den Drachen?«

»Nein«, antwortete Gareth leise und mied Johns Blick. »Das nicht.«

»Was nicht?«

Gareth schluckte, und sein blasses Gesicht verzerrte sich ein wenig. »Er ... schickte ... aus keinem anderen Grund nach Euch. Ich meine ...«

Mit ruhiger Stimme fuhr John fort: »Wenn der König mir nämlich nur deshalb seinen Siegelring vorlegen ließ, um mich darum zu bitten, seinen Thronerben zu suchen, ihm gegen die Aufständischen von Halnath zu helfen, oder bei den Verhandlungen mit den Gnomen als sein Abgesandter aufzutreten, so muß ich gleich sagen, daß ich wichtigere Dinge zu tun habe. In meiner Heimat gibt es wirkliche Probleme, bei denen es nicht nur um Geld oder Macht geht, und alles deutet darauf hin, daß der bevorstehende Winter besonders streng wird. Ich bin bereit, mein Leben zu riskieren und den Kampf gegen den Drachen aufzunehmen, wenn mir der König dafür verspricht, mit seinen Truppen das Winterland zu schützen, doch wenn er auch noch andere Forderungen an mich stellt ...«

»Nein!« Verzweifelt griff Gareth nach Johns Arm, und in seinen Augen funkelten Schrecken und Angst. Er schien zu befürchten, der Drachentöter könne weitere Provokationen zum Anlaß nehmen, auf der Stelle kehrtzumachen und nach Wyr zurückzureiten.

Und vielleicht, dachte Jenny, als sie sich an die Bilder erinnerte, die ihr das dunkle Wasser in der Schüssel gezeigt hatte, wäre das auch besser gewesen.

»Aversin, Ihr irrt Euch. Ihr seid nur deswegen hier, um den Drachen zu erschlagen, denn Ihr seid der einzige lebende Drachentöter. Aus keinem anderen Grund habe ich Euch aufgesucht, das versichere ich Euch. Ich schwöre es! Macht Euch keine Gedanken über politisches Wirrwarr und dergleichen.« Der Blick seiner kurzsichtigen grauen Augen lag flehend auf John, aber es glitzerte auch eine Verzweiflung in ihnen, die einen tieferen Grund haben mußte.

John musterte den jungen Mann eine Weile. Dann sagte er: »Ich vertraue dir, mein Held.«

Gareth schwieg betreten, senkte den Kopf und bohrte seinem Pferd die Stiefelabsätze in die Flanken. Das Pferd trat schneller aus, und kurz darauf wurde die Gestalt des jungen Mannes in den farblosen Dunstschwaden vor ihnen zu einer dunklen, vagen Kontur. Aversin zog kurz an den Zügeln, so daß er an Jennys Seite gelangte, die die ganze Zeit über nachdenklich geschwiegen hatten.

»Vielleicht ist es doch ganz gut, daß du mit mir gekommen bist, Liebste.«

Jenny wandte den Blick von Gareth ab und sah John an. Irgendwo im Nebel war das Krächzen einer Krähe zu vernehmen, und es klang wie die Stimme eines melancholischen Landes. »Ich glaube nicht, daß er uns hintergehen will«, sagte sie sanft.

»Aber er könnte dennoch dazu bereit sein, uns dem Tode auszuliefern, wenn er dadurch seine Ziele erreicht – so edel sie auch sein mögen.«

Der Dunst verdichtete sich, als sie sich dem Fluß näherten, und bald darauf bewegten sie sich in einer gespenstisch anmutenden, grauweißen Welt. Es war nichts anderes zu vernehmen als das gedämpfte Knarren des Harnischleders, das Pochen der Hufe, das leise Klirren des Zaumzeugs und das Seufzen und Ächzen des Windes im Rohr, das in überschwemmten Mulden und Senken wuchs. Dann und wann schälten sich die Konturen einzelner Felsen oder Bäume aus dem Nebel, dunkel und stumm, wie Omen, die auf Unheilvolles hinwiesen. Mehr als je zuvor fühlte sich Jenny durch Gareths andauerndes Schweigen belastet. Sie wußte, daß John das ebenfalls spüren konnte. Aus den Augenwinkeln beobachtete sie den hochgewachsenen jungen Mann, und wie jemand, der irgendwo im Hinterhalt lauerte, lauschte sie den Geräuschen dieser Welt des Dunstes. Als der Abend das diffuse Grau des Tages verfinsterte, beschwor Jenny ein kleines, blau schimmerndes magisches Licht, das ihnen den Weg ausleuchten sollte, doch der Nebel reflektierte das phosphoreszierende Funkeln, und dadurch blieben sie fast ebenso orientierungslos wie zuvor.

»Jen.« John zog die Zügel an, neigte den Kopf auf die eine Seite und horchte. »Hörst du das?«

»Was denn?« flüsterte Gareth und gesellte sich an ihre Seite. Sie befanden sich auf der Kuppe eines kleineren Hügels, und der Abhang vor ihnen verlor sich nach einigen Metern im Dunst.

Jenny erweiterte ihre Sinne und ließ sie in die grauen Wolken vor ihnen hineinwachsen. Sie vernahm nicht nur das gedämpfte Rauschen des Flusses in der Nähe, sondern spürte es auch. Außerdem hörte sie noch andere Geräusche, die von dem leisen Gurgeln des Wassers fast übertönt wurden, die sie aber dennoch zu identifizieren vermochte. »Ja«, erwiderte sie, und der Atem wehte ihr als weiße Fahne von den Lippen. »Stimmen ... Pferde ... am anderen Ufer befindet sich eine Gruppe von Reisenden.«

John warf Gareth einen scharfen Blick zu. »Vielleicht warten sie auf die Fähre«, sagte er. »Aber ich frage mich, was sie bei Einbruch der Nacht im Ödland westlich des Flusses vorhaben.«

Gareth gab keine Antwort, doch sein Gesicht war blaß und wirkte angespannt. Nach einem kurzen Zögern schnalzte John seinem Rotfuchs etwas in die emporgestülpten Ohren, und das große Pferd mit dem zotteligen Fell setzte sich in Bewegung. Durch den dichten Nebel ging es, den Hang hinab in Richtung der Fähre.

Jenny ließ das magische Licht verblassen, als John an die Tür des niedrigen, aus Stein erbauten Fährhauses klopfte. Zusammen mit Gareth hielt sie sich im Hintergrund, während John und der Fährmann über den Preis für das Übersetzen von drei Personen, sechs Pferden und zwei Mauleseln verhandelten. »Ein Groschen pro Bein«, sagte der Fährmann, und der Blick seiner eichhörnchenschwarzen Augen huschte von einem zum anderen, mit der Neugier eines Mannes, der die ganze Welt an der Tür seines Heims vorbeiziehen sah. »Aber in einer Stunde wird hier das Abendessen aufgetragen, und ich kann Euch auch ein Quartier für die Nacht anbieten. Bald ist es völlig finster, und der Nebel wird immer dichter.«

»Bevor es ganz dunkel ist«, erwiderte John, »können wir noch einige Kilometer zurücklegen.« In seinen Augen glitzerte es kurz, als er zu Gareth zurücksah. »Und außerdem wäre es möglich, daß am andern Ufer jemand auf uns wartet.«

»Hm.« Der große Mund des Fährmannes schloß sich wie die Frachtluke eines Flußkahns. »Es sind also Eure Freunde. Ich hörte sie vor einer Weile, aber da sie nicht die Rufglocke läuteten, blieb ich an meinem Herd hocken, wo es schön warm ist.«

Er hielt die Laterne in die Höhe, streifte seine dicke gefütterte Jacke über und führte sie an sein Boot heran. Jenny folgte den Männern schweigend, griff in ihre Tasche und holte einige Münzen aus der Börse.

Das große Pferd Kampfteufel war zusammen mit Gareth per Schiff nach Norden gereist, und es schnaubte und wieherte deshalb nicht, weil es ein solches Verhalten für den Beweis schlechter Manieren hielt. Halbmond, Fischadler und die Ersatzpferde kannten keine solchen Skrupel, mit einer Ausnahme: Trampel hätte selbst eine lichterloh in Flammen stehende Brücke in seiner phlegmatischen Gangart überquert, ohne sich aus der Ruhe bringen zu lassen. Es dauerte eine Weile, bis Jenny die Tiere dazu überreden konnte, sich dem schwankenden hölzernen Floß anzuvertrauen. Der Fährmann schloß den Durchgang im Heck seines Bootes und hängte die Laterne an einen Pfahl am Bug. Dann drehte er die Winde, und das dicke Seil knarrte in den Ösen und Halterungen, als das Floß ablegte und auf das gegenüberliegende Ufer zuhielt. Der Schein der Laterne erzeugte ein diffuses gelbliches Glühen in dem farblosen Rauch des Dunstes. Am Rande jenes Glanzes konnte Jenny dann und wann sehen, wie sich das braune

Wasser des Flusses an einer vermodernden Wurzel teilte, die wie ein fauliger Knochen aus den trüben Fluten ragte.

Von weiter vorn vernahm sie das Klirren von Metall auf Metall, das leise Schnauben eines Pferdes, die Stimmen von Männern. Gareth schwieg noch immer, doch Jenny spürte, daß er zitterte und daß seine Anspannung immer mehr zunahm. John trat stumm an ihre Seite, und seine Finger schlossen sich warm und fest um ihre Hand. Die Gläser seiner Brille warfen blasse Reflexe im matten Laternenlicht. Er stülpte ihr das eine Ende seines weiten Mantels um die Schultern und zog sie an sich.

»John«, sagte Gareth leise. »Ich ... ich muß Euch etwas sagen.«

Ein anderer Laut wehte durch das sich verfinsternde Grau heran, das Lachen einer Frau, so hell wie Glockengeläut. Gareth zuckte unwillkürlich zusammen; John kniff wachsam die Augen zusammen und erwiderte: »Das wäre wohl besser.«

»Aversin«, brachte der junge Mann unsicher hervor und brach dann wieder ab. Er holte tief Luft. »Aversin, Jenny ... hört mich an. Es tut mir leid. Ich habe Euch angelogen, Euch hintergangen ... Aber es blieb mir keine andere Wahl. Glaubt mir.«

»Aha«, brummte John. »Du hast also vergessen, uns etwas mitzuteilen, bevor wir Alynfeste verließen?«

Gareth brachte nicht den Mut auf, John in die Augen zu sehen. »Ich wollte es Euch schon früher sagen, aber ... aber ich konnte es nicht. Ich hatte Angst, Ihr würdet kehrtmachen, und ... und das durfte ich nicht riskieren. Wir brauchen Eure Hilfe. Wir brauchen sie wirklich.«

»Für jemanden, der so großen Wert auf Ehre und Tapferkeit legt wie du«, entgegnete Aversin, und in seiner ruhigen Stimme ließ sich eine bedrohliche Schärfe vernehmen, »ist ein derartiges Verhalten recht ungewöhnlich, meinst du nicht auch?«

Gareth hob den Kopf und begegnete dem Blick Aversins. »Nein«, sagte er. »Ich ... ich habe gründlich darüber nachgedacht und gelangte zu dem Schluß, daß es durchaus gerechtfertigt ist, Euch etwas vorzumachen – vorausgesetzt, es dient einer guten Sache. Bitte versucht, mich zu verstehen: Ich *mußte* Euch dazu bewegen, mich hierher zu begleiten ...«

»Na schön«, sagte John. »Worum geht es wirklich?«

Jenny wandte sich von den beiden Männern ab und sah in Richtung des anderen Ufers, das sich im Dunst nun als eine dunkle Linie abzuzeichnen begann. Irgendwo in dem Nebel tanzten einige Lichter wie Glühwürmchen. Der diffuse Schemen jenseits des Ufers mußte der Wald von Belmarie sein. Warnend legte sie kurz die Hand auf den stählernen Armschutz Johns, und er warf einen kurzen Blick über die Reling des Floßes. Etwas bewegte sich vor ihnen, Schatten, die sich nun der anderen Anlegestelle der Fähre näherten. Kampfteufel hob den Kopf und wieherte, und vom Ufer her ertönte ein Schnauben als Antwort. Der Drachentöter richtete seine Aufmerksamkeit wieder auf Gareth und stützte die Hände auf den Griff des Schwertes.

Der junge Edelmann holte tief Luft. »Die Wahrheit ist, daß der König gar nicht nach Euch schicken ließ«, gestand er ein. »Tatsächlich verbot er mir sogar, mich auf die Suche nach Euch zu machen. Er hielt dieses Bemühen für ein törichtes Unterfangen. Er meinte, es gäbe Euch vermutlich gar nicht, und wenn Ihr mehr wäret als nur eine Legende, so hättet Ihr sicher längst im Kampf gegen einen anderen Drachen den Tod gefunden. Er sagte, er wolle nicht, daß ich mein Leben aufs Spiel setze, um einem Phantom nachzujagen. Aber ... aber ich ließ mich davon nicht beirren. Ich mußte Euch finden. Der König wollte niemanden als Botschafter schicken. Und all die Balladen beschrieben Euch als den einzigen lebenden Drachentöter ...« Unsicher suchte Gareth nach den richtigen Worten. »Allerdings wußte ich damals noch nicht, wie sehr die Heldenepen das Bild der Wirklichkeit verschönern. Ich war jedoch sicher, daß es Euch gibt, daß Ihr noch lebt. Und ich wußte, wie sehr wir jemanden wie Euch brauchen. Ich konnte nicht einfach ruhig zusehen, wie der Drache meine Heimat verwüstet. Ich fühlte mich dazu verpflichtet, aufzubrechen und Euch zu suchen. Und ich mußte unter allen Umständen dafür sorgen, daß Ihr mich begleitet ...«

»Du warst also davon überzeugt, daß die Zukunft meines Volkes und meine eigene Meinung deinen Beweggründen unterzuordnen sind?« Johns Gesicht wirkte nach wie vor völlig ausdruckslos, doch seine Worte glichen Messern, die auf das Gewissen des jungen Mannes zielten.

Gareth zuckte so heftig zusammen, als habe er einen Peitschenhieb erhalten. »Während ... der letzten Tage habe ich immer wieder darüber nachgedacht«, gab er betroffen zurück. Erneut sah er auf, und in seinem blassen Gesicht zeigten sich rote Flecken der Scham. »Aber ich durfte nicht zulassen, daß Ihr kehrtmacht. Und Ihr werdet belohnt. Ich sorge dafür, das schwöre ich.«

»Und wie willst du das bewerkstelligen?« In Johns Tonfall kam nun deutlich Geringschätzung zum Ausdruck. Die Decksplanken zu ihren Füßen knarrten, als das Floß in unmittelbarer Nähe des Ufers über den Grund schabte. »Der Magierin am Königshofe ist es bestimmt nicht schwergefallen herauszufinden, wer das Siegel des Souveräns entwendete und sich damit auf und davon machte, und gewiß weiß sie auch, daß du jetzt nach Belmarie zurückkehrst. Ich nehme an, das Empfangskomitee ...« – John deutete in Richtung der Gestalten, die als dunkle Schemen an der Anlegestelle zu sehen waren –, »... wartet dort auf uns, um dich als Verräter in Ketten zu legen.«

»Nein«, hielt ihm Gareth verlegen entgegen. »Es dürften meine Freunde vom Hofe sein.«

Von einem Augenblick zum anderen waren die Wartenden deutlich zu erkennen, so als hätten sie eine unsichtbare Tür durchschritten. Laternenlicht spiegelte sich auf teurer Seide wider, auf Samt und Spitze, auf dem zarten Hauch eines edelsteingeschmückten Frauenschleiers. Vor der Gruppe der Leute, die sich am Ufer eingefunden hatten, stand eine schlanke dunkelhaarige Frau, gekleidet in bernsteinfarbene Seide. Ihre Augen schimmerten in dem goldgelben Ton von Honig und wiesen kleine graue Flecken auf, und als ihr Blick dem Gareths begegnete, errötete der junge Mann und wandte sich scheu ab. Einer der Begleiter der Frau hielt einen hermelingefütterten Samtmantel für sie bereit, ein anderer ihre goldene Parfümdose. Sie lachte mit einer hellen und zugleich ein wenig rauchigen Stimme, und es klang wie eine liebliche Melodie.

Sie konnte niemand anders sein als Zyerne.

John sah Gareth fragend an.

»Das Siegel, das du mir gezeigt hast, war echt«, sagte er. »Ich habe es auf alten Dokumenten gesehen und sofort erkannt. Mir scheint, die Leute dort regen sich nicht allzu sehr darüber auf, daß du es gestohlen hast.«

Er griff nach dem Zaumzeug und führte sein Pferd über den kurzen Steg. Die anderen folgten ihm. Als sie ans Ufer traten, verneigten sich die anwesenden Edelleute, einschließlich Zyerne. Ehrerbietig beugten sie die Häupter und stützten die Hände kurz auf die Knie.

Gareths Gesicht glühte nun zinnoberrot. »Das wundert mich auch nicht«, sagte er. »Eigentlich war es gar kein Diebstahl. Der König ist mein Vater. Ich bin der vermißte Thronfolger.«

5. Kapitel

»Du hast also deinen Drachentöter gefunden, nicht wahr?«

Als Jenny Zyernes Stimme vernahm, verharrte sie in dem bläulichen Zwielicht des Jagdhauses der Magierin. Aus dem Halbdunkel betrachtet wirkte das kleine Vorzimmer jenseits des Korridors wie eine hell erleuchtete Bühne. Die rosarote Gaze von Zyernes Kleid, die weißen und violetten Muster von Gareths Wams – das alles schien in dem bernsteinfarbenen Lampenlicht wie buntes Glas zu glühen. Die während ihres Lebens im Winterland entstandenen Instinkte veranlaßten Jenny dazu, sich im Schatten zu halten. Niemand sah sie.

Zyerne hielt einen kristallenen Kelch vor eine der Lampen und bewunderte das rötliche Schimmern des Weins. Ein kühles Lächeln umspielte ihre Lippen. »Ich muß sagen, ich bevorzuge die Version der Balladen.«

Gareth saß auf der anderen Seite des niedrigen Tisches, in einem Sessel aus Elfenbein mit vergoldeten Beinen, und er wirkte unsicher und verwirrt. Die Grübchen in Zyernes Mundwinkeln vertieften sich ein wenig. Sie verzog die dünnen, rosafarbenen Lippen und strich sich einen Teil des Spitzenschleiers aus der Stirn. Kleine Kämme aus Kristall funkelten in ihrem Haar, als sie den Kopf neigte.

Gareth schwieg, und daraufhin wuchs Zyernes Lächeln in die Breite. Mit einigen graziösen Schritten trat sie so dicht an ihn heran, daß er in die Wolke ihres Parfüms gehüllt wurde. Das Lampenlicht spiegelte sich unstet auf den Kristallfacetten des Glases wider, das Gareth in der zitternden Hand hielt.

»Willst du mir nicht einmal dafür danken, daß ich dich empfangen und dir mein Jagdhaus als Unterkunft zur Verfügung gestellt habe?« fragte Zyerne spöttisch.

Aufgrund ihres Neides auf Zyernes größere magische Macht hatte sich Jenny bei der Begegnung an der Anlegestelle dazu zwingen müssen, angesichts der offensichtlichen Jugend der Hexe nichts weiter als Überraschung zu empfinden. Sie schien kaum zwanzig Jahre alt. Jenny erinnerte sich an Gareths Erzählungen, und auf dieser Grundlage stellte sie eine Berechnung an. Danach mußte Zyerne mindestens sechsundzwanzig sein. Wo es Eifersucht gibt, kann man nichts lernen, ermahnte sich Jenny. Und in jedem Fall war sie der Magierin gegenüber zu Objektivität verpflichtet.

Dennoch regte sich so etwas wie Entrüstung in ihr. Die beiläufige Art und Weise, in der Zyerne dem jungen Edelmann die Hand auf die Schulter legte, so daß ihre Fingerspitzen die Haut über dem Kragen berührten, sollte offenbar den emotionalen Aufruhr in Gareth noch verstärken und ihn in Versuchung führen. Die zuckenden Muskeln in seinen Wangen, seine Anspannung – das alles machte deutlich, wie sehr sich Gareth dem Verlangen nach der Mätresse seines Vaters zu widersetzen versuchte. Und dem Gesichtsausdruck Zyernes war zu entnehmen, welche Belustigung sie angesichts der Bemühungen des jungen Mannes empfand.

»Lady ... Lady Jenny?«

Beim Klang dieser zögernd ausgesprochenen Worte wandte Jenny ruckartig den Kopf. Die Treppe des Jagdhauses war eingefaßt in ein komplex wirkendes Gitterwerk aus kunstvoll behauenen Steinen, und in den mäanderartigen Schatten sah Jenny die Gestalt eines etwa sechzehnjährigen Mädchens. Es war nur ein wenig größer als sie und ähnelte einer kostbar gekleideten Puppe. Das Haar war ebenso sorgfältig frisiert wie Zyernes, und einige Strähnen glänzten im Ton aufgeblühter Rosen.

Das Mädchen machte einen Knicks. »Ich bin Trey, Trey Clerlock.« Nervös blickte es zu den beiden Gestalten, deren Konturen sich vor dem Lichte des Vorzimmers abzeichneten, sah dann die Treppe hoch, so als befürchte es, einer von den anderen Gästen Zyernes könne herunterkommen und die Worte vernehmen, die sie an Jenny zu richten gedachte. »Bitte versteht das nicht falsch: Ich möchte Euch den Vorschlag machen, Euch für das bevorstehende Abendessen eins meiner Gewänder zu leihen.«

Jenny sah an sich herab. Sie trug ein Kleid aus rotbrauner Wolle, die so weich war wie Samt, und an einigen Stellen zeigten sich bortenartige farbige Stickmuster. Gemäß der Tradition, die verlangte, daß sich keine Frau in feiner Gesellschaft mit unbedecktem Haar zeigen durfte, hatte sie sogar den weißseidenen Schleier angelegt, ein Geschenk Johns. Nach den Verhältnissen des Winterlandes war sie geradezu majestätisch gekleidet.

»Ist das sehr wichtig?«

Trey zeigte eine Verlegenheit, die auf jahrelange Unterweisungen in tadellosem Benehmen zurückgehen mochte. »Eigentlich nicht«, gestand sie freimütig ein. »Jedenfalls nicht für mich, aber ... Nun, einige Leute am Hof können sehr gemein sein, insbesondere, wenn es um angemessene Kleidung geht. Entschuldigt bitte«, fügte Trey rasch hinzu, und sie errötete, als sie aus dem rautenförmig gemusterten Schatten des Treppenhauses trat. Jenny sah jetzt, daß sie ein Bündel aus schwarzem und silbernem Satin und einen langen und durchsichtigen Gazeschleier bei sich trug, dessen Metallfacetten leise klirrten und blitzend das Licht reflektierten.

Jenny zögerte. Für gewöhnlich scherte sie sich nicht um die Bräuche der vornehmen Gesellschaft, und ihre Arbeit ließ ihr ohnehin kaum Zeit dazu. Da sie wußte, daß sie zum Hof des Königs unterwegs waren, hatte sie ihr bestes Kleid mitgenommen – tatsächlich handelte es sich um das einzige, das sich für festliche Anlässe eignete. Sie wußte zwar, daß man es nicht gerade als modisch bezeichnen konnte, doch sie machte sich nichts daraus, was andere Leute von ihr dachten.

Doch von dem Augenblick an, als sie die Fähre verlassen und das Ufer betreten hatten, war das Gefühl in ihr entstanden, daß sie sich die ganze Zeit über dicht am Rande eines tiefen Abgrundes bewegte. Zyerne und die Edelleute in ihrer Begleitung verhielten sich sehr höflich, doch das konnte Jenny nicht über die Geringschätzung hinwegtäuschen, mit der man sie verstohlen musterte. Das hatte sie verärgert und gleichzeitig verwirrt, und es erinnerte sie darüber hinaus an den Spott, mit denen ihr die anderen Kinder des Dorfes als kleines Mädchen begegnet waren. Und dieses Kind in ihr fühlte sich nun verunsichert und nervös.

Zyernes glockenhelles Lachen hallte durch den Flur. »Ich wette, der Kerl hielt nach einer Fußmatte Ausschau, als er über die Schwelle trat ... Ich wußte nicht so recht, ob ich ihm ein Zimmer mit einem weichen Bett anbieten sollte oder besser das Stroh im Stall ... Weißt du, wenn man eine gute Gastgeberin sein will, muß man dafür sorgen, daß sich die Besucher wie zu Hause fühlen ...«

Einige Sekunden argwöhnte Jenny, das Angebot des Gewandes könne Teil eines Planes sein, sie möglichst lächerlich wirken zu lassen. Doch Treys besorgter Blick schien ehrlich zu sein; vermutlich fürchtete sie auch, von den anderen entdeckt und dafür getadelt zu werden, weil sie Jenny Hilfestellung leistete. Die Heilerin erwog kurz die Möglichkeit, das Angebot des Mädchens zurückzuweisen, entschied sich dann aber anders. Sie mußte jeden Vorteil nutzen, den sie bekommen konnte. Sie war im Winterland aufgewachsen, und alle Instinkte in ihr verlangten nach einer Tarnung, in der sie mit den Farben der jeweiligen Umgebung verschmelzen konnte.

Sie streckte die Hände aus und nahm das Bündel entgegen.

»Ihr könnt Euch in der kleinen Kammer unter der Treppe umziehen«, sagte Trey und wirkte erleichtert. »Der Weg bis zu Eurem Zimmer ist zu weit.«

»Und noch weiter ist der zu deinem Zuhause«, erwiderte Jenny und umfaßte den Knauf der verborgenen Tür. »Hast du dieses Gewand extra für mich holen lassen?«

Trey starrte sie in aufrichtiger Verwunderung an. »O nein. Als Zyerne von Gareths Rückkehr erfuhr, forderte sie uns alle dazu auf, ihn hier zu empfangen: meinen Bruder Bond und mich, die Schöne Isolde, Caspar von Walfrith, Merriwyn von Longcleat und all die anderen. Ich nehme bei solchen Anlässen immer zwei oder drei verschiedene Abendkleider mit. Ich meine, vor zwei Tagen wußte ich schließlich noch nicht, nach welchem Gewand mir heute der Sinn stehen würde.«

Sie meinte es völlig ernst, und Jenny unterdrückte ein Lächeln.

»Es ist ein wenig lang«, fügte Trey hinzu, »aber ich glaube, die Farben müßten Euch stehen. Hier im Süden kleiden sich nur Bedienstete in Braun.«

»Ich verstehe.« Jenny strich über die Falten ihres Kleides, das im Lichtschein des Vorzimmers einen zimtfarbenen Ton annahm. »Danke, Trey, vielen Dank. Und ... Trey? Dürfte ich dich um einen weiteren Gefallen bitten?«

»Natürlich«, erwiderte das Mädchen sofort. »Ich bin gern bereit, Euch beim An ...«

»Nein, nein, das schaffe ich schon allein. John ... Lord Aversin – er müßte gleich herunterkommen ...« Jenny zögerte, überlegte und dachte an den zwar schon etwas altmodischen, doch immer noch tadellosen braunen Samt seines Wamses, den fuchsfarbenen Überwurf. Aber in dieser Hinsicht, so begriff sie, ließ sich nicht viel machen, und sie schüttelte den Kopf. »Bitte ihn darum, auf mich zu warten.«

Der Raum unter der Treppe war wirklich sehr klein. Offenbar wurde er nicht nur von Frauen benutzt, die ihre Schminke in Ordnung bringen wollten, sondern auch zu dem einen oder anderen romantischen Stelldichein. Während Jenny sich rasch umzog, hörte sie, wie sich die Edelleute im Flur versammelten, um dort auf den Aufruf zum Mahl zu warten. Dann und wann vernahm sie die gedämpften Stimmen der Bediensteten im Speisesaal jenseits des Vorzimmers, wo sie nun die Tischdecken ausbreiteten, die nach Gareths Worten so wichtig für ein festliches Essen waren. Ab und zu lachte eine Magd und wurde daraufhin vom ersten Diener zurechtgewiesen. In der Nähe unterhielten sich einige der Gäste.

»Nun, in allem Ernst: Was kann man schon von einer Frau halten, die noch immer einen *solchen* Rock trägt? Und sie ist auch noch *stolz* darauf ...!«

»Ja, aber bei hellem Tageslicht? *Draußen?* Zusammen mit dem *Gatten?*«

»Tja, bestimmt ist das alles eine weitere Verschwörung der Gnome ...«

»Kennt Ihr den neuesten Witz? Wißt Ihr, warum die Gnome so flache Nasen haben ...?«

Eine männliche Stimme lachte und fragte: »Gareth, seid

Ihr sicher, den richtigen Mann gefunden zu haben? Ich meine, Ihr habt Euch doch wohl nicht in der Adresse geirrt und jemand anders mitgenommen?«

»Äh ... nun ...« Gareth fühlte sich anscheinend einerseits seinen Freunden verpflichtet, fürchtete sich jedoch andererseits vor ihrem Spott. »Ich schätze, er muß Euch ein wenig barbarisch erscheinen, Bond ...«

»Ein wenig!« Der Mann namens Bond lachte schallend. »Genausogut könnte man sagen, der Drache habe ›ein wenig‹ Unruhe gestiftet – oder der alte Polycarp habe nur ›ein wenig‹ versucht, Euch zu ermorden. Und Ihr wollt ihn an den Hof bringen? Nun, das wird den König *gewiß* freuen.«

»Gareth?« Zyernes melodische Stimme klang plötzlich sehr besorgt. »Du hast dir doch die Beglaubigungen zeigen lassen, oder? Mitgliedschaft in der Gilde der Drachentöter, die Schwanzspitzen erschlagener Ungeheuer ...«

»Unterzeichnete Lobpreisungen geretteter Jungfrauen«, fügte Bond hinzu. »Gehört die Frau in seiner Begleitung vielleicht zu dieser Kategorie?«

Dicht über ihrem Kopf hörte Jenny jemanden, der die Treppe herabkam. Seine Schritte waren so leise wie die eines Mannes, der Gefahren gewöhnt und deshalb ständig wachsam war, und der Betreffende hielt dort inne, wo auch Jenny zuvor gestanden hatte, im Schatten am Rande der Treppe, an einer Stelle, an der er vom Vorzimmer aus nicht gesehen werden konnte. Sie beeilte sich, Treys Gewand überzustreifen, und noch während sie damit beschäftigt war, glaubte sie zu wissen, um wen es sich bei dem stillen Beobachter an der Treppe handelte.

»Natürlich!« entfuhr es Bond in einem Tonfall, der Erleichterung vorgab. »Er muß sich ständig von ihr begleiten lassen, weil niemand im Winterland eine schriftliche Beglaubigung lesen kann! Das ist so ähnlich wie Tauschhandel ...«

»Nun«, ließ sich die samtene Stimme einer anderen Frau vernehmen, »wenn Ihr mich fragt: Ich halte sie nicht unbedingt für eine Jungfrau ...«

Zyerne kicherte anzüglich. »Vielleicht war der Drache auch nicht unbedingt ein Drache.«

»Sie muß mindestens dreißig sein«, fügte eine weitere Frau hinzu.

»Aber meine Liebe«, wandte Zyerne spöttisch ein. »Wir wollen sie doch nicht jünger machen, als sie ist. Sie wurde vor einer halben Ewigkeit gerettet.«

Allgemeines Gelächter ertönte, und Jenny glaubte, daß sich die leisen Schritte, die sie zuvor vernommen hatte, jetzt wieder entfernten. Nach einer Weile meinte Zyerne spitz: »Wenn dieser komische Drachentöter schon dauernd eine Frau mit sich herumschleppen muß, warum hat er dann keine hübsche gewählt, sondern eine, die aussieht wie ein Gnom? Sie ist so klein und hat derart struppiges Haar, daß man sie mit einer Zwergin verwechseln könnte. Sie hätte es gar nicht nötig, einen Schleier zu tragen.«

»Das ist vermutlich auch der Grund, warum sie sich nicht bedeckt.«

»Sie macht ihrem Geschlecht wirklich keine Ehre ...«

»Das ist doch ...«, begann Gareth empört.

»Ach, Gareth, nimm doch nicht alles so ernst!« Zyernes Gelächter verhöhnte den jungen Mann. »Das ist so langweilig, Schätzchen, und außerdem bekommst du dadurch Falten im Gesicht. So. Schön lächeln. Es war doch nur ein Scherz, weiter nichts. Und einem Mann, der keinen Spaß versteht, kann man noch schwerwiegendere Sünden zutrauen, etwa die, Salat mit einer Fischgabel zu essen. Ach, komm schon, Gareth ...«

Jennys Hände begannen zu zittern, als kalter Zorn in ihr entstand, und sie rückte ihren Schleier zurecht. Allein die Berührung der steifen Gaze reichte aus, um neue Wut in ihr emporquellen zu lassen, zusammen mit jener Art von Erstaunen, die sie schon zuvor verspürt hatte. Die Muster der zwischenmenschlichen Beziehungen interessierten sie, und diese besondere Struktur, die zu einem großen Teil aus Arroganz und Boshaftigkeit bestand, erklärte weitgehend Gareths Wesen. Die ganze Sache kam ihr andererseits so kindisch vor, daß sie ihre Verärgerung unterdrücken konnte. Geräuschlos verließ sie die kleine Kammer unter der Treppe und mischte sich unter die anderen, und einige Minuten lang wurde sie überhaupt nicht bemerkt.

Auch der Flur wurde nun hell von Lampen erleuchtet, und Zyerne war der Mittelpunkt der bewundernden Aufmerksamkeit der Edelleute. Diamantenstaub glitzerte in ihrem Haar und auf der Spitze ihres Gewandes, und sie wirkte wie ein lebendiges Juwel. »Wißt Ihr«, wandte sie sich an ihr Publikum, »ganz gleich, wieviel Gold Gareth unserem noblen Drachentöter als Belohnung in Aussicht gestellt hat – ich glaube, wir können ihm ein noch besseres Angebot machen. Wir zeigen ihm einige Annehmlichkeiten der Zivilisation. Was haltet Ihr davon, wenn er unseren Drachen erschlägt und wir ihm dafür beibringen, wie man mit Messer und Gabel ißt?«

Erneut schloß sich schallendes Gelächter an. Jenny bemerkte, daß auch Trey kicherte, jedoch nur aus Höflichkeit den anderen gegenüber. Der neben ihr stehende Mann war offenbar ihr Bruder Bond. Er wirkte ebenso zart wie seine Schwester. Eine lange Strähne seines lichten blonden Haars endete in einer blau getönten Schmachtlocke, die die Spitzen des Kragens berührte. Neben dieser schlanken und zierlichen Gestalt fühlte sich Gareth bestimmt schwerfällig und völlig fehl am Platze. Nach seinem Gesichtsausdruck zu urteilen, war er innerlich zwischen verlegener Scham und nervöser Unsicherheit hin und her gerissen.

Vielleicht lag es nur daran, daß er jetzt seine Brille nicht trug, daß er den Blick der anderen Edelleute mied; statt dessen konzentrierte er sich auf die Muster in den Deckenbalken, das vertraute Glitzern des Lichtes auf Seide und gestärkter Spitze, und dann und wann musterte er seine Freunde so verwirrt, als seien es plötzlich Fremde für ihn geworden.

Bond sagte gerade: »Und ist Euer Drachentöter ebenso tapfer wie Seidenspinner der Prächtige, der den purpur- und zinnoberrot gestreiften Drachen im Goldenen Wald erschlug, im Reiche Potpurris des Gesegneten – oder war es Kniebeißer der Tolpatsch? Oh, bitte, so sagt es mir doch, erhabener Prinz.«

Doch bevor der arme Gareth Antwort darauf zu geben vermochte, rief Zyerne plötzlich: »Oh, meine *Liebe!*« Sie eilte auf Jenny zu und streckte die weißen Hände unter der cremefarbenen Seide ihrer rüschenverzierten Ärmel hervor. Ihr Lächeln wirkte so echt und aufrichtig, als begrüße sie eine Freundin, die sie seit vielen Jahren nicht gesehen hatte. »Allerliebste Lady Jenny – verzeiht mir, daß ich erst jetzt auf Euch aufmerksam werde! Wunderschön seht Ihr aus! Hat Euch die kleine Trey ein Gewand geliehen? Ja, das war wirklich nett von ihr ...«

Eine Glocke läutete im Speisesaal, und in der Galerie spielten die Musikanten auf. Zyerne nahm Jenny am Arm und führte die Gäste in den großen Raum, gemäß der Tradition des Südens zuerst die Frauen und dann die Männer. Jenny sah sich rasch in dem Saal um, und ihre Vermutung bestätigte sich: John war nicht anwesend. Tief in ihrer Magengrube krampfte sich etwas zusammen, als sie befürchtete, die nun beginnende Tortur allein durchstehen zu müssen.

Neben ihr erklang wieder Zyernes helle Stimme. »Oh, Ihr seid doch ebenfalls Magierin, nicht wahr ...? Wißt Ihr, ich hatte zwar eine sehr gute Ausbildung, aber die war eigentlich nicht nötig, denn ich kam schon immer recht gut allein zurecht. Wenn Ihr Zeit habt, müßt Ihr mir erzählen, wie Ihr mit Hilfe Eurer Fähigkeiten Euren Lebensunterhalt bestreitet ...« Das verstohlene Grinsen der Männer, die ihr folgten, fühlte Jenny so deutlich, als bohrten sich Messerklingen in ihren Rücken.

Andererseits jedoch wußte sie nun um Zyernes Spott, und das nahm ihren Worten die gewünschte Wirkung. Sie weckten weitaus weniger Zorn in Jenny als der Anblick der schmalen Hand, die sich verführerisch auf Gareths Schulter gelegt hatte. Sie hatte damit gerechnet, auf Verachtung und Herablassung zu stoßen, denn das war die bei Zauberern geläufigste Sünde, gegen die auch sie selbst nicht ganz gefeit war und der man umso leichter zum Opfer fiel, je größer die magischen Kräfte waren, über die man zu gebieten verstand. Zyerne war tatsächlich eine mächtige Hexe. Der Hohn jedoch, der sich nun auf Jenny richtete, war nichts weiter als die List einer jungen Frau, mit der sie ihre eigene Unsicherheit überspielen wollte.

Und in welcher Hinsicht, überlegte Jenny, mochte sich Zyerne unsicher fühlen?

Als sie ihre Plätze einnahmen, ließ Jenny ihren Blick über den langen Tisch schweifen. Das weiße Leinen darauf wirkte wie erstarrter Schnee, und die kristallenen und mit Edelsteingehängen geschmückten Kandelaber sahen aus wie Eiszapfen. Jeder einzelne Silberteller war mit Goldmustern verziert und umringt von einem ganzen Dutzend kleiner Gabeln und Löffel, dem komplexen Arsenal der Etikette. All die jungen Edelleute in ihrem parfümierten Samt und der gestärkten Spitze waren eigentlich nichts weiter als Zyernes Sklaven, denen es schon genügte, einige wenige Worte mit ihr zu wechseln. Ihre Blicke klebten an ihren Lippen. Jedes Detail des prächtig ausgestatteten Jagdhauses flüsterte den Namen der Magierin, von den mit Schnörkeln verbundenen und aus Ebenholz geschnitzten Zs und Us an den Ecken der Decke bis hin zu der bronzenen Darstellung der gehörnten Liebesgöttin Hartemgarbes, deren Bildnis Zyerne nachempfunden war. Selbst die zarten Klänge der Oboen und Orgeln in der Galerie waren wie ein Loblied auf die Mätresse des Königs, ein musikalischer Beweis dafür, daß Zyerne nichts als das Beste akzeptierte.

Warum dann jene eigentümliche Furcht hinter der Maske aus Selbstsicherheit und herablassender Arroganz?

Jenny richtete den Blick auf Zyerne und musterte sie mit kühler Neugier, versuchte herauszufinden, in welchen Bahnen das Leben der Magierin verlief. Zyerne sah sie an und bemerkte das matte Leuchten in Jennys Pupillen, den Ausdruck von Ruhe in ihrem Gesicht, einen Hauch von mitleidiger Faszination. Für einen Sekundenbruchteil kniff die Mätresse des Königs die Augen zusammen, und ihre Lippen bebten in einem Zorn, den sie nur schlecht verbergen konnte. Dann lächelte sie wieder ihr honigsüßes Lächeln und sagte: »Aber meine Liebe, Ihr habt ja überhaupt noch nichts angerührt? Benutzt Ihr im Norden etwa keine Gabeln?«

Außerhalb des Saales klirrte etwas, und einer der Musiker erschrak so sehr, daß er eine falsche Saite anschlug. Der disharmonische Klang zerriß das feine Gewebe der Musik, und es kehrte Stille ein.

»Himmel!« ertönte Aversins Stimme, und alle am Tisch Sitzenden drehten sich so jäh um, als sei einer der kostbaren Teller zu Boden gefallen. »Bin schon wieder spät dran.«

John trat in die wächserne Helligkeit des Korridors, und die Metallfacetten seines Kettenhemdes rasselten verhalten. Er blieb stehen und sah sich um, und die Gläser der Brille glänzten perlmutten, so wie zwei von stählernen Einfassungen gesäumte Monde. Er trug jetzt wieder das alte schwarze Leder, in das er während der Reise gekleidet gewesen war, zusammen mit dem von Wolfshaut abgesetzten Wams, auf dem sich hier und dort metallene Verstärkungen zeigten. Eine abgetragene lederne Hose und Stiefel aus dem gleichen Material vervollständigten seine Aufmachung, in der er tatsächlich wie ein Barbar aussah. Den Überwurf hatte er sich über die Schulter geschlungen. Er war jetzt zwar nicht mehr schmutzig, doch deutlich waren die vielen Fransen zu erkennen. In seinen Augen blitzte es schelmisch.

Der am anderen Ende des Tisches sitzende Gareth errötete bis zu den Haarwurzeln. Jenny seufzte und schloß kurz die Augen und dachte: *Ach, John.*

Fröhlich kam er in den Saal und verneigte sich mit unvoreingenommener Freundlichkeit vor den Edelleuten, von denen keiner auch nur einen einzigen Laut von sich zu geben vermochte. Sie schienen sich in erster Linie darauf gefreut zu haben, sich über eine Art Tölpel aus der Provinz lustig machen zu können, der ebenso verlegen wie erfolglos versuchte, ihre guten Manieren nachzuahmen. Sie hatten nicht damit gerechnet, daß sich John Aversin ganz und gar wie ein Barbar geben und sich nicht um ihre Bräuche scheren würde.

Er bedachte die Gastgeberin mit einem höflichen Nicken und nahm auf der anderen Seite neben Zyerne Platz. Einige Sekunden lang betrachtete er die enorme Ansammlung von Besteck neben seinem Teller, zuckte dann nur mit den Schultern und begann ungezwungen mit den Fingern zu essen.

Zyerne erholte sich als erste von der allgemeinen Verblüffung. Sie lächelte dünn, griff nach einer Fischgabel und bot sie Aversin an. »Ich möchte Euch nicht zu nahe treten, mein Lord, aber wir haben hier andere Sitten.«

Eine der jungen Frauen am Tisch kicherte leise. Aversin musterte Zyerne mit übertriebenem Mißtrauen. Sie spießte eine Kammuschel mit der Gabel auf und reichte sie ihm anschließend, woraufhin John sein strahlendstes Lächeln zeigte. »Ach so, dafür ist das Ding gedacht«, sagte er erleichtert. Mit den Fingern zog er die Muschel von den Zacken der kleinen Gabel und biß herzhaft hinein. In einem nordländischen Akzent, der mindestens sechsmal schwerer war als der, in dem er zu Hause sprach, fügte er hinzu: »Und ich dachte schon, ausgerechnet die örtliche Magierin fordere mich unmittelbar nach meiner Ankunft in diesem Lande zu einem Zweikampf heraus. Hach, Ihr habt mir 'nen echten Schrecken eingejagt.«

Der auf der anderen Seite neben Aversin sitzende Bond Clerlock verschluckte sich an seiner Suppe, und John klopfte ihm freundlich auf den Rücken.

»Wißt Ihr«, fuhr der Drachentöter fort, und während er mit der Hand gestikulierte, in der er die Fischgabel hielt, griff er mit der anderen nach einer weiteren Muschel, »wir fanden eine große Kiste voll mit den Dingern, und sie waren alle unterschiedlich groß, wie diese hier. Ja, wir fanden sie in den Gewölben der Feste, in jenem Jahr, als die Heirat meiner Kusine Kat bevorstand und wir deshalb nach der verdammten Badewanne suchten. Wir hatten nicht die geringste Ahnung, zu welchem Zweck sie dienten, nicht einmal Pater Hiero, unser Priester. Beim nächsten Angriff der Räuber aber luden wir die ganzen Sachen in die Wurfkammern der Katapulte und schleuderten sie der feindlichen Streitmacht entgegen. Einer der Halunken wurde auf der Stelle getötet, und zwei andere ergriffen die Flucht; mit diesen stacheligen Dingen, die ihnen im Rücken und den Hinterteilen steckten, sahen sie aus wie Igel ...«

»Ich nehme an«, sagte Zyerne leichthin, als überall am Tisch gedämpftes Lachen laut wurde, »die Hochzeit Eurer Kusine war ein recht außergewöhnliches Ereignis, wenn dazu eine Badewanne benötigt wurde, nicht wahr?«

»Oh, das stimmt.« Für gewöhnlich wirkte Johns Gesicht immer wachsam und recht ernst; das breite Grinsen machte es nun zu der Fratze eines Harlekins. »Sie wollte sich unbedingt mit diesem Burschen aus dem Süden einlassen. Ja, wir konnten es ihr nicht ausreden ...«

Vermutlich war dies das erste Mal, dachte Jenny, daß es jemandem gelang, Zyerne ihre Rolle als Mittelpunkt der allgemeinen Aufmerksamkeit streitig zu machen. Und nach dem Funkeln in ihren Augen zu urteilen, gefiel ihr das ganz und gar nicht. Die versammelten Edelleute waren nun einzig und allein auf die schwatzhafte Fröhlichkeit Aversins konzentriert. Seine übertrieben zur Schau gestellte Barbarei nahm ihrem Spott die eigentlich beabsichtigte Wirkung. Als John damit fortfuhr, von der erfundenen Hochzeit seiner Kusine zu berichten, vergaßen sie ihre guten Manieren, klatschten und grölten begeistert. Jenny war ihrerseits gehässig genug, an dem wachsenden Verdruß Zyernes Gefallen zu finden und ihrem Unmut mit einer gewissen Schadenfreude zu begegnen – schließlich war es die Hexe gewesen, die Gareth dafür verhöhnt hatte, angeblich keinen Spaß zu verstehen –, doch sie wandte den Blick nicht von ihrem Teller ab. Wenn John sich solche Mühe gab, sich zum Fokus der Arroganz der Anwesenden zu machen, daß sie ihre Mahlzeit in aller Ruhe einnehmen konnte, wollte sie diese Gelegenheit auch nutzen.

Die neben ihr sitzende Trey sagte leise: »Er sieht gar nicht so gefährlich und blutrünstig aus. Nach Gareths Balladen habe ich ihn mir ganz anders vorgestellt – groß und schlank und erhaben, irgendwie wie die Statuen des Gottes Sarmendes.« Sie zeigte Jenny, wie man mit einer speziellen Zange das Fleisch einer Schnecke aus dem Gehäuse zog und fügte dann hinzu: »Andererseits kann ich mir vorstellen, wie langweilig es für Euch gewesen wäre, den ganzen weiten Weg vom Winterland hierher zu kommen und dabei von einem Mann begleitet zu werden, dessen ›Adleraugen ständig wachsam die Landschaft beobachten und nach Gefahren Ausschau halten‹, wie es in einem der Heldenlieder heißt.«

Trotz der zurechtweisenden Blicke Zyernes lachte Bond immer wieder schallend und wischte sich Tränen aus den Augenwinkeln, wobei er jedoch darauf achtete, seine Schminke nicht zu verwischen. Selbst den Bediensteten fiel es zunehmend schwerer, ernst zu bleiben, als sie Wildbret in pikanter Soße und geröstete Pfauen in ihrer ganzen Federpracht auftrugen.

»... und so suchte der Bräutigam nach einem der hölzernen Dinger, wie Ihr sie hier habt«, sagte John gerade. »Als er jedoch keins finden konnte, hängte er seine Sachen über das Harnischgestell. Tja, und als meine Kusine Kat in der Nacht aufwachte, griff sie nach ihrem Schwert, da sie den Schatten für einen Banditen hielt ...«

Man mußte John zugute halten, dachte Jenny, daß er es durchaus verstand, die Edelleute zu beeindrucken, und in gewisser Weise gelang es ihm sogar, sie mit ihren eigenen Waffen zu schlagen. Sie unterlagen dem Schelm in ihm, und die Heilerin erinnerte sich daran, wie auch sie sich bei ihrer ersten Begegnung von Aversin hatte faszinieren lassen. Er benutzte übertrieben zur Schau gestellte Primitivität als einen Schild, der ihn vor der Verachtung schützen sollte, und die Tatsache, daß er damit Erfolg hatte, verbesserte ein wenig Jennys Meinung von den Edelleuten.

Schweigend beendete sie ihr Mahl, und niemand bemerkte sie, als sie den Saal verließ.

»Jenny – wartet bitte.« Eine hochgewachsene Gestalt löste sich aus der Menge im Vorzimmer, eilte ihr durch den Flur entgegen und stolperte dabei fast über einen kleinen Hokker.

Jenny verharrte im grauschwarzen Schatten der Treppe. Sie vernahm den Klang von Musik. Es waren nun nicht mehr die Barden, die an den Saiten ihrer Instrumente zupften, sondern die Edelleute selbst, die ihr diesbezügliches Geschick unter Beweis stellen wollten. Offenbar galt man im Süden erst dann als eine wirklich vornehme Person, wenn man mindestens ein Musikinstrument meisterlich beherrschte. Die Klänge von Oboen und Harfen verwoben sich zu einem Gespinst so zart wie feine Spitze, und einige der Melodien hatten einen vertrauten Klang. Kurz darauf hörte Jenny das Spiel einer einfachen Holzflöte. Derjenige, der auf ihr blies, stimmte einfach nach Gehör in die Musik mit ein. Die Heilerin lächelte. Selbst wenn die Zwölfgötter nun ihre Wolkenschlösser verlassen und sich an diesem Ort manifestiert hätten: John wäre wohl kaum dazu bereit gewesen, sich von ihnen stören zu lassen.

»Jenny, es … es tut mir leid.« Gareth atmete schwer. Er hatte sich wieder seine verbogene Brille auf den Nasenrükken geschoben, und die Risse in der unteren Hälfte des rechten Glases schimmerten wie ein Stern. »Ich wußte nicht, daß es so kommen würde. Ich dachte … Nun, immerhin ist er ein Drachentöter …«

Jenny hatte bereits einige Treppenstufen hinter sich gebracht, und sie streckte eine Hand aus und berührte Gareths Gesicht, das sich nun auf einer Höhe mit dem ihren befand. »Erinnerst du dich noch an deine erste Begegnung mit ihm?«

Der junge Mann errötete voller Scham. In dem hellen Vorzimmer sah John in seinem abgenutzten Leder und dem verblichenen Umhang wie eine Promenadenmischung inmitten eines Rudels von Schoßhündchen aus. Mit großem Interesse betrachtete er gerade eine lautenförmige Orgel, und die rothaarige Isolde von Greenhythe erzählte gerade den neuesten Witz über die Gnome. Alle kicherten, bis auf John, der viel zu sehr auf das Musikinstrument in seinem Schoß konzentriert war. Jenny sah, wie Gareth in einer Mischung aus Zorn und unterdrücktem Schmerz die Lippen zusammenpreßte. Er hatte sich nach Norden auf die Reise begeben, dachte sie, um einen Traum zu suchen. Er hatte nicht das gefunden, was seinen Hoffnungen entsprach, und nach seiner Rückkehr mußte er auch feststellen, daß er sich in seiner eigenen Heimat wie ein Fremder zu fühlen begann.

»Ich hätte nicht zulassen dürfen, daß sie sich über Euch lustig machen«, sagte er nach kurzem Zögern. »Ich war davon überzeugt, daß Zyerne …«

Er brach ab, unfähig dazu, den Satz zu beenden. Jenny beobachtete den Glanz von Verbitterung in seinen Augen, den Schatten einer Enttäuschung, die noch schlimmer war als die, mit der er sich am Schweinestall von Alynfeste hatte abfinden müssen. Vermutlich hatte er seine verehrte Zyerne noch nie zuvor so niederträchtig und gemein erlebt. Aber vielleicht war er auch gar nicht dazu in der Lage gewesen, ihr wirkliches Wesen zu erkennen; jetzt jedoch hatte er zum erstenmal die Welt verlassen, die ihm vertraut war, und deshalb konnte er sie aus einer anderen Perspektive betrachten. Er holte tief Luft und fuhr fort: »Ich weiß, daß ich Euch irgendwie hätte helfen sollen, aber … aber ich wußte einfach nicht wie!« Hilflos breitete er die Arme aus, und seine nächsten Worte bewiesen, daß er inzwischen gelernt hatte, sich selbst nicht mehr ganz so ernst zu nehmen: »Wißt Ihr, in den Balladen ist es ja so einfach, jemanden zu retten. Ich meine, selbst dann, wenn der Held besiegt wird, hat er wenigstens die Möglichkeit, mit allem Anstand zu sterben, ohne befürchten zu müssen, daß ihn während der nächsten drei Wochen alle auslachen.«

Jenny lächelte und klopfte dem jungen Mann auf den Arm. In dem Zwielicht des Treppenhauses war sein Gesicht eine Kontur aus blaß glänzendem Gold. Auf den beiden Gläsern der Brille tanzten einige matte Reflexe des

Lampenlichts, das sich auch auf einigen Strähnen des honigblonden Haars widerspiegelte und wie kalte Flammen über der Spitze seines Kragens funkelte. »Mach dir deswegen keine Sorgen«, sagte sie. »Es ist eine ganz besondere Kunst – wie die, Drachen zu erschlagen.«

»Es ... es tut mir leid, daß ich Euch etwas vorgemacht habe«, stammelte Gareth. »Wäre mir bekannt gewesen, was Euch hier erwartet, hätte ich Euch von Anfang an die Wahrheit gesagt. Doch Zyerne hat bereits einen Kurier zu meinem Vater geschickt – Bel ist nur eine Tagesreise entfernt, und im Schloß bereitet man schon die Gästezimmer für Euch vor. Ich werde Euch begleiten, wenn der König Euch empfängt, und ich weiß, daß er zu Verhandlungen bereit ist ...« Gareth unterbrach sich kurz, so als erinnere er sich an seine früheren unaufrichtigen Versicherungen. »Ich meine, diesmal weiß ich es *wirklich.* Inzwischen gibt es eine hohe Belohnung, die demjenigen versprochen ist, dem es gelingt, den Drachen zu erschlagen: mehr als den Jahressold für eine ganze Garnison. Mein Vater muß John anhören.«

Jenny lehnte sich mit der einen Schulter an einen Pfosten der Treppe. Das Licht des Vorzimmers fiel durch das komplexe Gitterwerk und schuf ein goldenes Fleckenmuster auf ihrem Kleid. »Ist das so wichtig für dich?«

Gareth nickte. Trotz der modischen Fütterung seines Wamses wirkten seine Schultern schmal, und er sah müde aus, müde und niedergeschlagen. »In Alynfeste habe ich Euch in vielen Dingen belogen«, gestand er leise ein. »Ein Punkt aber ist nach wie vor wahr: Ich bin weder ein Krieger noch ein Ritter. Ich weiß, daß es mir an den entsprechenden Fähigkeiten mangelt. Und ich bin nicht so dumm anzunehmen, ich könnte dem Drachen länger als nur einige wenige Sekunden widerstehen, wäre ich so tollkühn, mich ihm zum Kampf zu stellen. Aber ... die anderen Edelleute lachen mich aus, wenn ich von Ritterlichkeit und ehrenvollen Pflichten spreche, und Ihr und John habt nicht anders reagiert ... Doch das ist es doch gerade, was John zum

Than des Winterlandes und nicht zu irgendeinem Banditen macht, nicht wahr? Er *weiß*, um was es geht. Denn er sagte mir, es sei ihm keine andere Wahl geblieben, als den Goldenen Drachen von Wyr zu töten.« Der junge Mann vollführte eine Geste des Kummers und der Verzweiflung. Andeutungsweise zuckte er mit den Schultern, und dadurch gleißten die Kristallsplitter auf den weißen Streifen der Ärmel, bis hin zu den Diamanten an den Manschetten. »Ich konnte nicht einfach die Hände in den Schoß legen. Ich mußte etwas unternehmen, auch auf die Gefahr hin, erfolglos zu bleiben.«

Jenny empfand Mitleid mit dem jungen Mann, den sie nun immer besser verstehen lernte. »Wenn du erfolglos geblieben wärst, befänden wir uns nicht hier«, sagte sie sanft.

Langsam ging sie die Treppe hoch und überquerte die Galerie oberhalb des Flurs. Wie auch die Treppe war sie gesäumt von steinernen Ranken, und der Schein der Lampen ließ unstete Schatten über die Gaze ihres Gewandes zittern. Jenny war müde, fühlte sich erschöpft infolge des Bemühens, in der Gesellschaft Zyernes und der anderen Edelleute die Ruhe zu wahren. Der wortgewandte Spott der Magierin und ihrer Anhänger hatte sie mehr belastet, als ihr bisher klargeworden war. Sie bemitleidete die Edelleute für ihr jämmerliches Verhalten, doch sie sah sich außerstande, die Rolle zu spielen, die sich John zu eigen gemacht hatte.

Ihr und Aversin war das kleinere der beiden Zimmer am Ende dieses Flügels zugewiesen worden, und Gareth kam in dem größeren direkt daneben unter. Die Ausstattung der beiden Räume war so elegant und prächtig wie alles andere in Zyernes Jagdhaus. Der rote Damast der Bettvorhänge und die Lampen aus Alabaster entsprachen nicht nur Zyernes Schönheit, sondern machten auch deutlich, daß sie alles vom König bekommen konnte, wonach ihr der Sinn stand. Kein Wunder, dachte Jenny, daß Gareth alle Hexen verabscheute, die auf irgendeine Weise das Herz eines Herrschers gewonnen hatten.

Als sie den Lärm der Galerie hinter sich zurückließ und durch den Korridor schritt, vernahm sie das leise Rascheln, mit dem ihr ausgeliehenes Gewand über den Holzboden des Flurs strich. Ihre Gefahreninstinkte warnten sie davor, irgendwelche Geräusche zu verursachen, und so hob Jenny die Säume des Kleides an. Das aus einer halb offenstehenden Tür fallende Licht malte ein diffuses Trapez in die Dunkelheit vor der Heilerin. Zyerne, so begriff Jenny, befand sich nicht unten bei den anderen, und sie verspürte ein gewisses Unbehagen angesichts der Vorstellung, der so schönen und gleichzeitig durchtriebenen und gehässigen jungen Frau zu begegnen, insbesondere an diesem Ort, abseits der anderen Gäste. Deshalb entschloß sie sich dazu, einen Tarnzauber vor die Tür zu legen. Und obgleich sie dort im Schatten verharrte, von wo aus sie das Innere des Zimmers beobachten konnte, blieb sie selbst verborgen.

Später kam sie zu dem Schluß, daß man sie auch dann nicht entdeckt hätte, wäre sie nicht in die Magie gehüllt gewesen, die den beiläufigen Blicken gleichgültiger Beobachter einen leeren Gang vorgaukelte. Zyerne hockte im hellen Schein einer kleinen Lampe, deren Licht das Blattgold eines aus teurem Ebenholz gefertigten Sessels aufglänzen ließ, und sie saß so still, daß nicht einmal die rosafarbenen Spitzen ihres dünnen Gazeschleiers zitterten. Ihre Hände ruhten sanft auf den Wangen Bond Clerlocks, der zu ihren Füßen kniete. Er schien völlig erstarrt zu sein, denn das Schimmern der Saphire in seinem Haar war kein unstetes Flackern, sondern vielmehr ein beständiges Glühen. Er hatte zwar den Kopf in den Nacken gelegt, doch die Augen waren geschlossen. Sein Gesicht wirkte ein wenig verzerrt und trug den Ausdruck eines Mannes, der in einem Kokon aus Ekstase gefangen war, deren Intensität er schon als schmerzhaft empfinden mußte.

Das Zimmer stank geradezu nach Magie, und der Zauber war wie eine dunkle Wolke, die sich über alles stülpte. Als Hexe konnte Jenny das deutlich fühlen, roch die Beschwörungen so, als hielte ihr jemand ein Parfümfläschchen unter die Nase. Doch in dem sonst so herrlichen Duft der Magie gab es auch etwas Fauliges und Modriges. Angewidert wich Jenny zurück. Zwar stellten die auf Bonds Wangen ruhenden Fingerkuppen den einzigen Kontakt zwischen den beiden Körpern dar, doch Jenny gewann trotzdem den Eindruck, etwas Obszönes und Vulgäres zu beobachten. Auch Zyernes Augen waren geschlossen, und ihre kindlichen Züge wirkten konzentriert. Das Lächeln, das ihre dünnen Lippen umspielte, brachte körperliche und emotionale Befriedigung zum Ausdruck, sah aus wie das einer Frau, die nach der Vereinigung an der Seite des Mannes ruhte, den sie liebte.

Dies jedoch war keine Liebe, dachte Jenny, als sie sich von der halboffenen Tür abwandte und lautlos weiterging, sondern eine Wollust ganz besonderer Art.

Eine Zeitlang saß sie schweigend in der dunklen Fensterleibung ihres Zimmers und dachte über Zyerne nach. Der Mond ging auf, und sein perlmuttenes Licht fiel zärtlich auf die Baumwipfel, die aus der weißen Decke des Bodennebels emporragten. Sie hörte, wie weiter unten der mehrfache Gong der Uhr erklang, und sie lauschte den lachenden Stimmen. Der Mond war im ersten Viertel, und das beunruhigte sie, obwohl sie sich zunächst nicht über die eigentliche Ursache dieses Empfindens klarwerden konnte. Nach einer ganzen Weile hörte sie, wie sich hinter ihr die Tür öffnete, und als sie sich umdrehte, sah sie Johns Silhouette nur als einen Schatten vor dem Hintergrund des matten Lampenlichts im Flur. Die Metallbeschläge auf seinen Armen funkelten, und der Umhang schien von einem goldenen Lichtschein gesäumt zu sein.

»Jen?« fragte er leise.

»Ja, ich bin hier.«

Mondlicht spiegelte sich auf Aversins Brillengläsern. Jenny bewegte sich ein wenig, denn in den dunklen Schatten der Fensterleibung war sie nahezu unsichtbar. Vorsichtig tastete sich John einen Weg durch die Dunkelheit des unvertrauten Zimmers, und seine Hände und das Gesicht waren blasse Flecken in der Schwärze.

»Meine Güte«, brummte er, als er sich den Überwurf von den Schultern streifte. »Ich bin hierher gekommen, um mein Leben in dem Versuch aufs Spiel zu setzen, einen Drachen zu töten, und was ich vorfinde, ist eine Bande verzogener Kinder.« Er ließ sich auf die Bettkante sinken und hantierte an den schweren Schnallen und Spangen seines Wamses.

»Hat Gareth mit dir gesprochen?«

Die Gläser der Brille erschimmerten erneut, als John nickte.

»Und?«

Aversin zuckte mit den Schultern. »Nun, ich kenne jetzt die Typen, mit denen er sich herumtreibt, und daher wundert es mich nicht mehr, warum er so naiv ist und weniger Verstand im Schädel hat als die Kohlköpfe meiner Kusine Dilly. Na ja, er hat den Mut aufgebracht, nach mir zu suchen, und das muß ich ihm zugute halten.« Seine Stimme klang gedämpft, als er sich vorbeugte und an den Stiefeln zerrte. »Obgleich ich das ganze Gold des Drachen gegen faule Äpfel wetten würde, daß er nicht wußte, wie gefährlich seine Reise sein würde. Der Himmel mag wissen, wie ich mich an seiner Stelle verhalten hätte. Er wußte, daß er selbst nicht die geringste Chance gegen den Drachen hat, und angesichts der Verheerung, die seiner Heimat drohte, war er verzweifelt genug, all seine Hoffnung in mich zu setzen.« Er stellte die Stiefel auf den Boden und richtete sich wieder auf. »Nun, da wir einmal hier sind, wäre es töricht, nicht mit dem König zu sprechen und festzustellen, was er uns anzubieten hat. Doch ganz gleich, welche Übereinkünfte wir auch erzielen: Ich befürchte, wir bekommen es in jedem Fall mit Zyerne zu tun.«

Jenny zog sich die Nadeln aus dem Haar, ließ den zarten Schleier zu Boden fallen und nickte. John mochte sich den Edelleuten gegenüber zwar auf seine Rolle als primitiver Barbar konzentriert haben, doch die allgemeine Stimmung war ihm dabei nicht entgangen. In der Nähe des Fensters fühlte sich die dicke Seide des Schleiers recht kühl an, und das traf auch auf ihr Haar zu, als sie es löste und auf ihre bloßen Schultern sinken ließ.

Nach einer Weile erwiderte Jenny: »Als Gareth mir das erste Mal von Zyerne erzählte, war ich neidisch auf sie und haßte sie, obgleich ich sie überhaupt nicht kannte. Sie hat alles, was ich mir wünschte, John: magische Macht, Zeit ... und Schönheit«, fügte sie hinzu, als sie begriff, daß auch das eine große Rolle für sie spielte. »Und ich fürchtete, ich könnte mich von diesen Empfindungen überwältigen lassen.«

»Ach, ich weiß nicht, Liebste.« John stand auf, und nur noch in Kniehosen und ein faltiges Hemd gekleidet trat er auf sie zu. »So kenne ich dich überhaupt nicht.« Seine Hände fühlten sich warm an durch den steifen und kühlen Satin ihres Gewandes, und er griff nach ihrem vollen Haar und ließ es langsam durch seine Finger gleiten. »Ich weiß nicht, was es mit Zyernes Magie auf sich hat, denn ich wurde nicht selbst mit der Gabe geboren. In einem Punkt aber bin ich sicher: Sie ist gemein, weil sie Spaß daran hat – oh, nicht in den großen Dingen, denn dann müßte sie damit rechnen, bald isoliert zu sein und sich den Unwillen der anderen zuzuziehen, doch in den kleinen. Sie veranlaßt die Edelleute ihres Gefolges dazu, ihrem Beispiel zu folgen und ebenfalls Gefallen an schlechten Scherzen zu finden. Was mich betrifft: Ian müßte mit einer ordentlichen Tracht Prügel rechnen, würde er einen Gast so behandeln wie Zyerne dich. Ich verstehe jetzt, was der Gnom, mit dem wir unterwegs sprachen, meinte, als er sagte, sie vergifte und verderbe alles, was sie berühre. Das ändert jedoch nichts daran, daß sie nur eine Mätresse ist. Und was ihre Schönheit angeht ...« John zuckte mit den Schultern. »Wenn ich richtig in Form wäre, könnte ich es vielleicht mit ihr aufnehmen.«

Jenny mußte unwillkürlich lachen und sank in seine Arme.

Später jedoch, in der Dunkelheit des Bettes, kehrten die Erinnerungsbilder zurück. Wieder sah sie die Magierin und

Bond in dem rosafarbenen Schein der kleinen Lampe und roch das strenge Aroma fremder Magie, das das ganze Zimmer mit dem Duft von Fäulnis erfüllt hatte. War es nur das Ausmaß von Zyernes Macht, das sie so erschreckt hatte? Oder war es der modrige Beigeschmack, eine Art von Bitterkeit, die sich mit der von saurer Milch vergleichen ließ? Hatte sie diesen Eindruck vielleicht nur deshalb gewonnen, weil sie neidisch auf das größere magische Geschick der jungen Frau war?

John hatte gesagt, er kenne sie so überhaupt nicht, und möglicherweise handelte es sich dabei wirklich um einen Aspekt ihres Wesens, der ihm bisher verborgen geblieben war. Tief in ihrem Innern lebte es noch immer, jenes vierzehnjährige Mädchen, das vor Wut und Verzweiflung geweint hatte, wenn der Regen nicht den magischen Befehlen gehorchte, mit denen es versuchte, ihn seinem Willen zu unterwerfen. Sie hatte Caerdinn dafür gehaßt, mächtiger zu sein als sie. Und obgleich aus dem Haß im Verlaufe vieler Jahre Zuneigung wurde, hatte sie nicht vergessen, wozu sie fähig war. Zu diesem Potential gehörte auch die Möglichkeit, einen hilflosen Menschen mit Todesformeln ins Jenseits zu schicken – so wie es im Falle des verwundeten Banditen in der Ruinenstadt geschehen war. Oder der Umstand, daß sie einen Mann und zwei Kinder, die sie liebten, sich selbst überließ, weil ihr das Streben nach magischer Macht wichtiger war.

Wäre ich dazu in der Lage gewesen, überlegte Jenny, das zu verstehen, was sich heute abend hier zutrug, wenn ich mein ganzes Leben, meine ganze Kraft dem Studium der Zauberei gewidmet hätte? Wäre ich dann jetzt ebenso mächtig wie Zyerne?

Durch das Fenster jenseits der Damastgehänge konnte sie das kalte weiße Auge des Mondes sehen. Sein perlmuttenes Licht glänzte auf den silbrigen Streifen von Treys Gewand, schimmerte auch auf dem braunen Wams, das John wieder ausgezogen und gegen schwarzes, abgewetztes Leder getauscht hatte. Wie ein Rinnsaal aus Milch sikkerte es an das Bett heran und spiegelte sich trüb und matt auf den Narben in der Haut des ruhenden Mannes wider, auf seiner Hand, und vor dem dunklen Hintergrund hob es die Konturen von Nase und Lippen hervor. Jenny entsann sich an die Schüssel, an das Bild, das sie im öligen Wasser gesehen hatte, und Kälte umklammerte ihr Herz.

Konnte sie ihn retten, fragte sie sich, wenn sie weitere magische Geheimnisse kannte? Wenn sie sich eingehender mit ihren Studien befaßt hätte, anstatt ihre Zeit zwischen John, den Kindern und der Zauberei aufzuteilen? Was das Wasser ihr gezeigt hatte: War es ein unabwendbares Schicksal? Hatte sie diese Möglichkeit verspielt?

Irgendwo in der Dunkelheit knarrte etwas. Jenny hielt die Luft an und lauschte, und sie vernahm das fast unhörbare Geräusch von nackten Fußsohlen auf festem Holz, das leise Pochen, mit dem eine Schulter an die Wand stieß.

Die Heilerin glitt unter der seidenen Steppdecke hervor und zog sich das Unterhemd an. Anschließend griff sie nach dem ersten dickeren Kleidungsstück, das ihre Finger ertasteten – Johns wollenem Umhang – und streifte ihn sich über. Dann trat sie rasch auf die Tür zu und öffnete sie mit einem Ruck.

»Gar?«

Der junge Mann stand direkt vor ihr, zitterte und sah in seinem langen Nachthemd wie ein großer unbeholfener Junge aus. Ohne Brille starrten die grauen Augen in die Leere, und das Haar war zerzaust. Er schnappte nach Luft, als Jenny seinen Namen aussprach, und fast hätte er das Gleichgewicht verloren. Unsicher stützte er sich an die Wand. Jenny begriff, daß sie ihn geweckt hatte.

»Gar, ich bin's, Jenny. Ist alles in Ordnung mit dir?«

Er atmete rasch, als sei er zutiefst erschrocken. Die Heilerin legte ihm sanft eine Hand auf den Arm; er zwinkerte kurzsichtig und blickte sie verwirrt an. Dann holte er tief Luft. »Ja«, erwiderte er brüchig. »Macht ... macht Euch keine Sorgen, Jenny. Ich ...« Er sah sich um und fuhr sich mit der einen zitternden Hand übers Haar. »Ich ... ich glaube, ich bin wieder schlafgewandelt.«

»Passiert dir das öfter?«

Er nickte und wischte sich den Schweiß von der Stirn. »Das heißt ... im Norden kam das nie vor, doch hier ... geschieht das manchmal. Ich ... ich habe geträumt ...« Gareth zögerte und versuchte, sich zu erinnern. »Von Zyerne ...«

»Zyerne?«

Plötzlich errötete der junge Mann. »Nein«, sagte er rasch und wich dem Blick Jennys aus. »Ich meine, ich ... ich entsinne mich nicht mehr.«

Nachdem Jenny ihn in sein Zimmer zurückgebracht hatte, blieb sie im Flur stehen und vernahm das leise Rascheln der Laken, als Gareth sich wieder ins Bett legte. Sie wußte nicht, wie spät es war. In dem Jagdhaus herrschte völlige Stille, und sie nahm den Geruch längst erloschener Kerzen wahr, von verschüttetem Wein, vom niedergebrannten Feuer der Leidenschaft. Alle Türen im Korridor waren geschlossen – bis auf eine, die einen Spaltbreit offenstand. In dem betreffenden Zimmer glühte das Licht einer kleinen Lampe, und ihr Schein glänzte wie das helle Gold einer zu Boden gefallenen Schärpe auf dem polierten Parkett.

6. Kapitel

»Er muß Euch anhören.« Gareth hockte in der Leibung eines der großen Fenster in der Südwand der Königlichen Galerie, und das trübe Tageslicht spiegelte sich blaß in den Edelsteinen seines altmodischen Juwelenschmucks wider. »Ich habe gerade erfahren, daß der Drache eine ganze Karawane zerstörte, die den Belagerern von Halnath gestern abend Nachschub bringen sollte. Über tausend Pfund

Mehl und Zucker und Fleisch gingen verloren. Die Pferde und Ochsen sind entweder tot oder fortgelaufen, die Leichen der Soldaten bis zur Unkenntlichkeit verbrannt.«

Nervös zupfte der junge Mann an den Falten seines festlichen Umhangs und richtete seinen kurzsichtigen Blick auf John und Jenny, die auf einer Ebenholzbank saßen. Gemäß der Hofetikette mußte man sich für die Audienz beim König auf eine Art und Weise kleiden, die vor rund hundertfünfzig Jahren modisch gewesen sein mochte, und die Edelleute und Bittsteller, die sich in dem langen Flur eingefunden hatten, sahen deshalb so aus, als wollten sie einen Maskenball besuchen. Jenny bemerkte, daß John zwar Gefallen daran finden mochte, in der Gesellschaft bewundernder Höflinge weiterhin einen schlechtgekleideten Barbaren zu spielen, nicht jedoch vor dem König. Gareth hatte John einen Mantel aus blauem und cremefarbenem Samt zur Verfügung gestellt. Bond Clerlock war bereit gewesen, sich um die Kleidung Aversins zu kümmern, doch Jenny nahm an, daß es am Hofe in dieser Hinsicht strenge Vorschriften gab. Es wäre für Treys Bruder ganz einfach gewesen, für eine Aufmachung zu sorgen, in der der Drachentöter, der es ja nicht besser wissen konnte, einen lächerlichen Eindruck machte.

Bond gehörte zu den Edelleuten, die nun auf die Ankunft des Königs warteten. Er stand etwas abseits, im hellen Schein, der durch eins der anderen Fenster fiel. Und wie üblich, hatte er sich herausgeputzt, um alle anderen auszustechen. Sein Umhang stellte ein Wunder aus Hunderten von eleganten Falten dar, und die üppigen Stickereien schimmerten wie der farbige Rücken einer Schlange. Die weiten Ärmel entsprachen bis auf den Millimeter den traditionellen Maßen. Er hatte sich sogar das Gesicht im altertümlichen Stil geschminkt und auf das Rouge verzichtet, das die anderen Höflinge bevorzugten. Die sorgfältig gewählten Farben betonten die Blässe des jungen Bond Clerlock. Jenny fand, daß er jetzt besser aussah als am Vortage, während des Rittes vom Jagdhaus Zyernes nach Bel, nicht ganz so müde und übernächtigt.

Nervös sah er sich um und hielt nach jemandem Ausschau – vielleicht nach Zyerne. Während des Rittes schien er sich zwar nicht sonderlich gut gefühlt zu haben, doch er war nicht ein einziges Mal von der Seite der Magierin gewichen. Wenn sie abstieg, hatte er sowohl ihre Puderdose gehalten als auch die Zügel ihres Pferdes. Dafür erntete er allerdings keinen Dank von seiten der jungen Frau, deren Aufmerksamkeit den ganzen Tag über dem unsicheren Gareth gegolten hatte.

Es war keineswegs so, daß Gareth gegen ihren Charme immun war. Als Unbeteiligte hatte Jenny Zeit und Gelegenheit, aufmerksam zu beobachten, ohne daß sie sich dadurch verriet. Sie bemerkte, wie sehr Zyerne darauf konzentriert war, Gareths Sinne zu reizen, wie sehr es ihr darauf ankam, ihn mit jedem Lächeln, mit jeder Berührung weiter zu verwirren. Können Magier lieben? Jenny erinnerte sich an diese Frage, die Gareth noch im öden und kalten Winterland an sie gerichtet hatte. Ganz offensichtlich war er in der Frage, ob Zyerne ihn liebte, zu einem eigenen Schluß gelangt. Doch Jenny wußte auch, daß es sich bei Liebe und Leidenschaft um zwei verschiedene Dinge handelte, insbesondere fur einen Achtzehnjährigen. Trotz ihres manchmal recht görenhaften Gebarens war Zyerne eine Frau, die sich darauf verstand, mit den Gefühlen von Männern zu spielen.

Warum? fragte sich Jenny, und sie sah zu dem jungen Mann auf, beobachtete sein hageres Profil vor dem Hintergrund der kobaltfarbenen Schatten in der Galerie. Weil Zyerne Spaß daran fand, wie sehr er sich bemühte, nicht seinen Vater zu verraten? Kam es ihr darauf an, ihn mit Hilfe seines Schuldbewußtseins zu kontrollieren, so daß sie ihm eines Tages seinen Vater zum Feind machen konnte, indem sie behauptete, Gareth habe sie vergewaltigt?

Unruhe entstand in der Galerie, und die Gestalten der Wartenden bewegten sich wie die Halme von Korn, durch die ein sanfter Wind streicht. »Der König! Der König!« raunten einige Stimmen. Gareth stand ruckartig auf und überprüfte hastig die Falten seines Umhangs. John erhob sich ebenfalls und schob seine irgendwie fehl am Platz wirkende Brille höher auf den Nasenrücken. Er griff nach Jennys Hand, und sie folgten Gareth, der nun eilig auf die Edelleute zuhielt, die sich etwas weiter zu einer Reihe aufstellten.

Am anderen Ende der Galerie schwangen breite Bronzetüren auf. Der Kämmerer kam herein, ein kleiner, untersetzter, rotgesichtiger älterer Mann, prächtig gekleidet in eine Livree aus scharlachrotem und goldenem Stoff, dessen Glanz beinah blendete. »Lords, Ladies – der König.«

In dem dichten Gedränge spürte Jenny Gareths Arm an ihrer Seite, und sie fühlte, wie er in nervöser Erwartung zitterte. Immerhin hatte er das königliche Siegel gestohlen und den Anordnungen seines Vaters zuwidergehandelt. Außerdem dachte er über die möglichen Konsequenzen seines Verhaltens nicht mehr so naiv wie die meisten Personen, die in Balladen und Heldenepen beschrieben wurden. Jenny spürte, wie sich die Muskeln in seinem Leib anspannten, wie er sich zu einer angemessenen Verbeugung bereitmachte. Die anderen Edelleute verneigten sich bereits, was der König mit einem wohlwollenden Nicken zur Kenntnis nahm.

Der Souverän überragte alle und war sogar noch größer als sein Sohn. Jenny sah, daß sein Haar ebenso blond war wie Gareths, aber wesentlich dichter. Es schimmerte in einem gerstengelben Ton und begann an einigen Stellen eine etwas hellere Färbung anzunehmen, wie die von Stroh. Wie das rhythmische Murmeln der Wellen am Strand erklang es ringsum: »Mein Lord … mein Lord …«

Jenny mußte an die Verhältnisse im Winterland denken. Sie hatte eigentlich erwartet, dem König mit einem gewissen Verdruß zu begegnen, dem Nachkommen jener großen Herrscher, die ihre Truppen aus dem Norden abgezogen und damit das Land des Eises dem Untergang preisgegeben, es hilflos den Barbaren ausgeliefert hatten. Sie hatte auch damit gerechnet, beim Anblick des Königs eine gewisse Ehrfurcht zu empfinden, denn seine Gesetze waren es schließlich, die John im Winterland durchzusetzen versuchte. Doch sie fühlte nichts dergleichen in sich. Sie wußte, daß dieser Mann, Uriens von Bel, ebenfalls nur der Schatten einstiger Größe war. Er trug nicht die Verantwortung für den Rückzug der Soldaten, und er hatte auch nicht das Gesetz geschaffen, das den Schwächeren vor dem Stärkeren schützte und dem Aversin diente. Er wußte sicher ebensowenig um die Lage in Jennys Heimat wie Gareth vor seiner Reise nach Norden, und das Wenige, das ihm seine Lehrer vor vielen Jahren mitgeteilt hatten, mochte er inzwischen längst vergessen haben.

Als er sich näherte und den versammelten Männern und Frauen mit einem kurzen Nicken versprach, sie bald zu einer privaten Audienz zu empfangen, betrachtete Jenny den hünenhaften Mann als einen Fremden, als jemanden, mit dem sie überhaupt nichts verband. Sie fühlte sich in erster Linie dem Winterland verpflichtet, den Menschen, die dort lebten, dem Volk, das sie geboren hatte. Es war John, der sich nach wie vor als Lehnsmann des Südens sah, John, der diesem Mann mit Schwert und Leben Treue geschworen hatte.

Dennoch entstand eine gewisse Anspannung in Jenny, als der König näherkam. Sie fühlte die Blicke der Anwesenden auf sich ruhen, die der Edelleute, die nun beobachteten, wie sich der König gegenüber seinem ungehorsamen Sohn verhalten mochte.

Gareth trat vor, und er hielt den Saum seines Mantels zwischen Zeige- und Mittelfinger der rechten Hand. Mit überraschender Eleganz verbeugte er sich zu einem perfekten Gruß, zu jener Art von Verneigung, die nur ihm als Thronfolger zustand. »Mein Lord …«, murmelte er ergeben.

König Uriens II. von Belmarie, Lehnsherr des Marschlandes, Herrscher von Wyr, Nast und den Sieben Inseln, musterte seinen Sohn einige Sekunden lang aus tiefliegenden farblosen Augen. Dann wandte er wortlos das schmale und hohlwangige Gesicht ab und richtete den Blick auf den nächsten Bittsteller.

Das Schweigen in der Galerie war wie eine schwere Last, die sich auf sie alle senkte. Die Stille breitete sich rasch aus, wehte dahin wie der Rauch eines Feuers im Wind. Die Stimmen der letzten Edelleute klangen unnatürlich laut, und das Schließen der vergoldeten Bronzetüren, durch die der König sein Audienzzimmer betrat, hörte sich an wie das Krachen eines Gewitters. Jenny konnte deutlich spüren, wie sich die Blicke der Anwesenden erneut auf Gareth richteten, wie man den jungen Mann verächtlich musterte, dessen Gesicht nun so weiß war wie seine Kragenspitze.

Eine leise Stimme hinter ihnen sagte: »Sei bitte nicht böse auf ihn, Gareth.«

Zyerne war an sie herangetreten. Sie trug pflaumenfarbene Seide, die so dunkel war, daß sie fast schwarz wirkte, und auf den weiten Ärmeln zeigten sich kleine rosafarbene Streifen. Ihre Augen blickten besorgt. »Immerhin hast du sein Siegel genommen und dich ohne seine Erlaubnis auf den Weg gemacht.«

»Mir scheint«, sagte John, »man macht sich hier nicht allzu viele Sorgen, oder? Ich meine, irgendwo dort draußen treibt der Drache sein Unwesen, und wir vertrödeln hier unsere Zeit.«

Zyerne preßte kurz die Lippen zusammen, deutete dann aber ein dünnes Lächeln an. In den großen Bronzeflügeln am Ende der Galerie öffnete sich eine kleine Tür, und der Kämmerer bedeutete dem ersten Bittsteller, ins Audienzzimmer zu kommen.

»Hier droht uns keine Gefahr. Bisher hat der Drache nur immer die Bauernhöfe am Rande der Großen Barriere überfallen.«

»Ach so«, meinte John und nickte. »Dann ist ja alles in Ordnung, nicht wahr? Habt Ihr den Menschen, die in jener Region leben, gesagt, sie brauchten sich keine Sorgen zu machen?«

Es blitzte in Zyernes Augen, und diesmal war ihr Ärger

größer, so als habe es noch niemand gewagt, in diesem Ton mit ihr zu sprechen. Jenny musterte sie aufmerksam und versuchte zu ergründen, was in der Magierin vor sich ging. Es schien Zyerne nicht gerade leichtzufallen, sich zu beherrschen. Als sie nach einigen Sekunden Antwort gab, klang ihre Stimme so, als tadele sie ein Kind: »Versucht zu verstehen. Es gibt wichtigere Probleme, um die sich der König kümmern muß ...«

»Bedeutendere als ein Drache, der vor unserer Türschwelle hockt?« entrüstete sich Gareth.

Zyerne lachte laut und melodisch. »Es gibt keinen Grund, daraus ein Drama zu machen, lieber Gareth. Ich habe es dir doch schon einmal gesagt: Wenn man sich zu viele Sorgen macht, bekommt man nur häßliche Falten im Gesicht.«

Er wich ein wenig zurück, als die Magierin die Hand nach seinen Wangen ausstreckte. »Falten! Wir sprechen über Menschen, die im Drachenfeuer verbrennen!«

»Ach, Gareth«, sagte Bond Clerlock gedehnt, schüttelte den Kopf und schlenderte auf sie zu. »Ihr hört Euch langsam an wie der alte Polycarp.«

Neben Zyernes funkelnder Schönkeit wirkte sein Gesicht noch blasser als zuvor. Er schien sich dazu zwingen zu müssen, in dem für ihn typischen beiläufigen Tonfall weiterzusprechen: »Ihr solltet den armen Bauern nicht die Würze mißgönnen, die ihr langweiliges Leben ein bißchen interessanter macht.«

»Würze ...«, setzte Gareth an, und Zyerne drückte ihm mißbilligend die Hand.

»Du willst uns doch hoffentlich keinen Vortrag darüber halten, wie ritterlich Selbstlosigkeit und Hilfsbereitschaft sind? Das wäre bestimmt sehr langweilig.« Sie lächelte. »Ich möchte dir noch einen anderen Rat geben«, fügte sie ernster hinzu. »Laß dich zu nichts hinreißen, was deinen Vater noch mehr verärgern könnte. Sei geduldig – und versuch zu verstehen.«

Etwas weiter entfernt kam der Kämmerer namens Badegamus an einer abseits sitzenden Gruppe von Gnomen vorbei. Die Zwerge hatten im Schatten eines Zierbogens an der östlichen Wand Platz genommen. Als sich der Kämmerer ihnen näherte, stand einer von ihnen auf, und seine seidene, fremdartig geschnittene Kleidung raschelte und knisterte leise. Der wolkenartige Schleier seines milchweißen Haars umwogte den buckligen Rücken. Gareth hatte Jenny schon vor einer Weile auf ihn aufmerksam gemacht. Er hieß Azwylcartusherands, und von den Menschen, die mit der Sprache der Gnome Schwierigkeiten hatten, wurde er schlicht Dromar genannt. Seit vielen Jahren war er Botschafter der Tiefe am Hofe des Königs von Bel. Badegamus sah ihn, zögerte kurz und warf Zyerne einen fragenden Blick zu. Die Magierin schüttelte den Kopf. Daraufhin wandte Badegamus das Gesicht von den Zwergen ab und ging an ihnen vorbei, als sähe er sie überhaupt nicht.

»Sie werden langsam frech«, sagte Zyerne leise. »Schikken Gesandte hierher, obgleich sie auf der Seite der Verräter von Halnath kämpfen.«

»Nun, es dürfte ihnen auch kaum etwas anderes übrigbleiben, wenn der einzige Fluchtweg aus der Tiefe in die Zitadelle führt, nicht wahr?« fragte John.

»Sie hätten die Tore der Feste öffnen und die Truppen des Königs einlassen können.«

John kratzte sich am einen Nasenflügel. »Nun, ich bin ja ein Barbar, und daher weiß ich nicht, wie es in zivilisierten Ländern zugeht«, meinte er. »Im Norden aber wissen wir, was wir von Leuten zu halten haben, die jemanden hintergehen, der ihnen half, als sie aus ihrer Heimat fliehen mußten.«

Einige Sekunden lang schwieg Zyerne, und ihr Zorn war fast körperlich spürbar. Dann lachte sie erneut ihr perlendes und glockenhelles Lachen. »Eins steht fest, Drachentöter: Ihr habt eine erfrischend naive Art, bestimmte Dinge zu betrachten. Euch gegenüber komme ich mir fast alt vor.« Während sie diese Worte sprach, strich sie eine Locke ihres Haars aus der Stirn, und sie wirkte dabei so unschuldig und bezaubernd wie ein zwanzigjähriges Mädchen. »Kommt. Einige von uns haben genug von solch törichten Dingen und möchten einen Ritt entlang der Klippen machen. Begleitest du uns, Gareth?« Sie griff so nach seiner Hand, daß es sehr unhöflich von ihm gewesen wäre, der Berührung auszuweichen. Jenny sah deutlich, wie sich seine Wangen leicht verfärbten. »Und Ihr, Barbar? Ihr wißt doch, daß Euch der König heute nicht empfangen wird, oder?«

»Nun, ich möchte trotzdem hierbleiben«, erwiderte Aversin. »Für den Fall, daß sich mir doch noch eine Gelegenheit bietet, mit ihm zu sprechen.«

Bond lachte blechern. »Das ist die Einstellung, die das Reich braucht!«

»In der Tat«, bestätigte John ruhig und kehrte zu der hölzernen Bank zurück, auf der er zusammen mit Jenny gewartet hatte. Er hatte dafür gesorgt, daß man ihn für einen Barbaren hielt, und bei solchen Leuten rechnete man mit ausgefallenen Verhaltensweisen.

Gareth löste seine Hand aus der Zyernes und nahm in der Nähe Platz, wobei sich die Falten seines Umhangs am Ende der Armlehne verfingen. »Ich glaube, ich bleibe ebenfalls«, sagte er möglichst würdevoll, während er gleichzeitig versuchte, seine Kleidung in Ordnung zu bringen.

Bond lachte erneut. »Ich glaube, unser Prinz hat sich zu lange im Norden aufgehalten!« Zyerne rümpfte die Nase, so als hielte sie diesen Scherz für nicht besonders gut gelungen.

»Geht nur, Bond.« Sie lächelte. »Ich muß erst noch mit dem König sprechen; anschließend folge ich Euch.« Sie hob die Säume ihres langen Gewandes und hielt auf die breite bronzene Tür zu, die in das königliche Vorzimmer führte. Die Opalsplitter auf ihrem Schleier wirkten wie farbiger Tau auf einer zarten Apfelblüte, als sie die blassen Streifen des schräg einfallenden Tageslichts passierte. Sie gelangte in die Nähe der kleinen Gruppe von Gnomen, und der alte Dromar erhob sich wieder, näherte sich ihr und wirkte dabei wie jemand, dem eine unangenehme, aber notwendige Begegnung bevorsteht. Doch Zyerne wandte den Blick von dem Zwerg ab und schritt rascher aus, so daß der Botschafter der Tiefe hätte laufen müssen, um Schritt zu halten. Das hielt Dromar offenbar für unter seiner Würde. Er blieb stehen und sah Zyerne einige Sekunden lang nach, und in seinen bernsteinfarbenen Augen glühten Verärgerung und Zorn.

»Ich verstehe das einfach nicht«, sagte Gareth später, als sie durch die schmalen Gassen des Molenmarktes wanderten, in denen viele Leute unterwegs waren. »Sie meinte, mein Vater sei aufgebracht gewesen – aber er wußte doch, wen ich mitgebracht habe. Und bestimmt hatte er auch Kenntnis von dem letzten Angriff des Drachen.« Er sprang über den nach Fisch riechendem Schleim in einer Abflußrinne, um drei Seeleuten auszuweichen, die schwankend aus einer Taverne kamen. Der junge Mann wäre dadurch fast über den Saum seines Mantels gestolpert.

Als in der Galerie kaum mehr jemand wartete und Badegamus verkündete, an diesem Tag wolle der König niemanden mehr empfangen, kehrten John und Jenny mit dem verblüfften und empörten Gareth zum Gästehaus zurück, das man ihnen zugewiesen hatte und das etwas abseits des eigentlichen Schlosses stand. Dort legten sie die altmodischen Hofgewänder ab und zogen sich um, und John meinte, er wolle den Rest des Nachmittages in der Stadt verbringen und nach Gnomen Ausschau halten.

»Nach Gnomen?« fragte Gareth überrascht.

»Nun, vielleicht hat noch niemand sonst daran gedacht, aber ein Punkt dürfte klar sein: Wenn ich gegen den Drachen kämpfen soll, so muß ich zunächst einmal mehr über die Tiefe wissen, in der er lauert.« Mit geradezu erstaunlichem Geschick schälte er sich aus seinem seidenen Kokon, in dem er ebenso exotisch gewirkt hatte wie ein Wolf auf sommerlichen Auen. »Und da es nicht opportun schien, die wartenden Zwerge anzusprechen …«

»Aber sie haben sich doch gegen uns verschworen!« wandte Gareth ein. Er zögerte kurz und suchte nach einem Platz, an dem er die altertümlichen Halsketten und Ringe ablegen konnte. Auf dem Tisch herrschte bereits ein großes Durcheinander aus Büchern, Harpunen und dem Inhalt von Jennys Arzneiranzen. »Es wäre ein großer Fehler gewesen, am Hofe mit Dromar und seinen Begleitern zu sprechen! Und außerdem wollt Ihr doch nicht etwa in der Tiefe gegen das Ungeheuer kämpfen, oder? Ich meine ...« Gareth unterbrach sich gerade noch rechtzeitig, bevor er sich dazu hinreißen lassen konnte, seine Begleiter über die Ehrbegriffe der Drachentöter aus den Balladen zu belehren.

»Wenn ich mich ihm im Freien entgegenstelle und es ihm gelingt, zum Himmel aufzusteigen, bin ich erledigt«, erwiderte John so beiläufig, als spräche er über die Strategie eines Schachspiels. »Ich habe zwar inzwischen den Eindruck gewonnen, daß wir hier durch einen Morast aus Intrigen waten, doch ich glaube, es kann niemandem zum Vorteil gereichen, wenn der Drache weiterhin von der Tiefe aus sein Unwesen treibt. Also: Bist du dazu bereit, uns zu führen, oder sollen wir weiterhin durch dieses Labyrinth aus Straßen und Gassen wandern und alle möglichen Leute fragen, wo wir Gnome finden können?«

Zu Jennys Überraschung – und vielleicht auch ein wenig zu seiner eigenen – bot Gareth ihnen tatsächlich Hilfe an.

»Erzähl mir von Zyerne, Gar«, sagte Jenny und schob die Hände tief in die Jackentasche, als sie sich wieder in Bewegung setzten. »Wer ist sie? Wer war ihr Lehrer? Welcher Linie gehört sie an?«

»Lehrer?« Darüber hatte Gareth offenbar noch nie nachgedacht. »Linie?«

»Als Magierin muß sie von irgendeinem Meister unterwiesen worden sein.« Jenny sah zu dem hochgewachsenen jungen Mann auf, als sie einen kleinen Umweg machten, um einer Gruppe lachender Passanten auszuweichen. Dahinter, auf einem Platz mit einem großen Springbrunnen, hatte ein dicklicher Mann einen Waffelstand aufgebaut. Während er damit beschäftigt war, seine Leckereien zuzubereiten, stiegen dichte Dampfwolken aus den Kesseln, die die Luft mit einem süßlichen und appetitanregenden Duft erfüllten.

»Es gibt zehn oder zwölf Hauptlinien, die nach den Magiern benannt sind, die sie begründeten. Früher gab es noch mehr, aber einige wurden nicht fortgesetzt und starben aus. Mein Lehrer Caerdinn, ich selbst und seine anderen Schüler gehören der Linie Herne an. Ein Magier, der Kenntnis von meiner Linienzugehörigkeit hat, weiß dadurch gleich viel über mich: hundert Dinge, über meine Macht, meine Einstellung dazu, über die Art der Beschwörungen, die ich kenne, über die Formeln, die ich nicht benutzen werde ...«

»Tatsächlich?« fragte Gareth interessiert. »So habe ich mir das überhaupt nicht vorgestellt. Ich hielt die Magie einfach für etwas, das ... nun, eine Fähigkeit, mit der Ihr geboren wurdet.«

»Das, was du meinst, ist das Talent oder die Gabe«, erklärte Jenny. »Doch ohne eine Ausbildung kann man seine Fähigkeiten nicht richtig entfalten. Und ohne ausreichend Zeit für das Studium, ohne den Ehrgeiz und das intensive Bemühen, das eigene Potential zu wecken ...« Sie brach ab, und ein dünnes Lächeln umspielte ihre Lippen. »Für jede Art von Macht muß man einen bestimmten Preis zahlen«, fügte sie nach kurzem Zögern hinzu. »Und die Macht entsteht nicht aus der Leere, sondern hat eine Quelle, sie wird von einem zum anderen weitergegeben.«

Es fiel Jenny nicht leicht, von ihrer Macht zu sprechen. Abgesehen von dem ausgeprägten Unbehagen, das sie angesichts ihrer Beschränkungen empfand, gab es viele Dinge, die jemand, der nicht mit der Gabe geboren war, einfach nicht verstehen konnte. Während ihres ganzen Lebens hatte sie nur eine Person kennengelernt, die wußte, was das alles zu bedeuten hatte, und dieser Mann stand nun an dem Waffelstand und streute sich Puderzucker auf seinen Umhang.

Jenny seufzte, blieb am Rande des Platzes stehen und wartete auf John. Das Kopfsteinpflaster hier war recht schlüpfrig, was an der feuchten Seeluft und diversen Essensresten lag. Die Luft roch nach Fisch, und wie überall in der Stadt Bel trug sie das herbe und salzige Aroma des nahen Meeres. Dieser Platz war typisch für die vielen hundert größeren und kleineren offenen Flächen, aus denen der Irrgarten des Molenmarktes bestand. Auf drei Seiten wurde er gesäumt von schiefen Wohngebäuden, und am Rande ragten die verwitterten bleigrauen Mauern des Uhrturmes in die Höhe. In der Mitte des Platzes sprudelte in einem Becken aus Granit ein großer Springbrunnen. Die Steine der Einfassung waren bereits glattgeschliffen, und auf dem Weiß zeigten sich hier und dort die dunkelgrünen Flecken des Mooses, das infolge der feuchten Luft überall in der Stadt zu wuchern schien. Frauen schöpften dort Wasser und schwatzten miteinander. Die Säume der Röcke und Kleider hatten sie fast bis zu den Oberschenkeln angehoben, doch Gesicht und Haar verbargen sie schamhaft unter Schleiern aus einfacher Wolle.

In der Umgebung des Molenmarktes hate John als Fremder kaum mehr als beiläufige Aufmerksamkeit erregt. Hunderte von Besuchern aus fast allen Regionen des Reiches und den südlichen Provinzen wanderten über das gewölbte Kopfsteinpflaster der Straßen und Gassen: bartlose Matrosen mit geschorenen Köpfen, Trödler und Hausierer aus der Gartenstadt Istmark, Geldwechsler in schwarzem Gabardine, Huren mit einer zentimeterdicken Schicht aus Schminke, Musikanten, Gaukler, Schalverkäufer, Kammerjäger, Taschendiebe, Krüppel und Vagabunden. Einige Frauen musterten Jenny verächtlich, da sie keinen Schleier trug, und sie war erstaunt, mit welcher Verägerung sie darauf reagierte.

»Was weißt du von Zyerne?« fragte sie Gareth. »Welcher Art von Ausbildung unterzog sie sich in der Tiefe?«

Der junge Mann zuckte mit den Schultern. »Ich weiß es nicht. Ich vermute, man unterwies sie dort in den Künsten des Heilens. Gerade dafür war die Tiefe ja bekannt – für ihre Heiler. Viele Leute machten sich auf eine lange Reise, um hierher zu kommen und sich dort behandeln zu lassen, und ich weiß, daß sich die meisten Magier auf diese Weise betätigten.«

Jenny nickte. Selbst im fernen Norden, bei den Menschen, die sonst noch nie etwas von den Gnomen gehört hatten, wußte man von den Orten der Heilung im Herzen der Tiefe von Ylferdun. Caerdinn hatte oft von ihnen erzählt.

Auf der anderen Seite des Platzes beobachtete Jenny eine Prozession. Die Priester Kantiriths, des Herrn des Meeres, hatten sich die Zeremonienkapuzen tief in die Stirn gezogen, damit kein unzüchtiger Anblick ihre Augen beleidigte, und das rituelle Pfeifen der Flöten untermalte einen dumpfen und monotonen Singsang. Wie alle Traditionen im Hinblick auf die Verehrung der Zwölfgötter waren sowohl die Worte der Demut als auch die Flötenmelodien aus fernster Vorzeit bis in die Gegenwart überliefert worden. Die Worte der Priester waren völlig unverständlich, und die Musik ähnelte keiner der Melodien, die ihr am Hofe oder anderenorts zu Ohren gekommen waren.

»Und wann kam Zyerne nach Bel?« wandte sie sich erneut an Gareth, als die murmelnden und brummenden Priester sie passiert hatten.

Der junge Mann preßte kurz die Lippen zusammen. »Nach dem Tode meiner Mutter«, erwiderte er leise. »Ich ... ich nehme an, ich hätte deswegen nicht auf meinen Vater böse sein sollen. Damals verstand ich noch nicht, auf welche Weise es Zyerne gelingt, andere Leute für sich einzunehmen, manchmal sogar gegen den Willen der Betreffenden.« Einige Sekunden lang konzentrierte er sich darauf, die Falten seines Ärmels zu glätten, und dann seufzte er. »Vermutlich brauchte er jemanden. Was den Tod meiner Mutter anging, war ich ihm kein allzu großer Trost.«

Jenny schwieg und gab Gareth Gelegenheit, in aller Ruhe nachzudenken. Von der anderen Seite des Platzes her näherte sich eine zweite Prozession, deren Teilnehmer einem der südlichen Kulte angehörten, die im Molenmarkt leicht Anhänger fanden. Dunkelhäutige Männer und Frauen waren es; sie klatschten rhythmisch in die Hände und sangen, während dürre, zwitterartige Priester ihr hüftlanges Haar hin und her schwingen ließen und das kleine Götzenbild umtanzten, das sie in einem Schrein aus billigem rosafarbenen Chintz in ihrer Mitte trugen. Die Priester Kantiriths schienen sich ein wenig dichter zusammenzudrängen, und das Pfeifen ihrer Flöten wurde lauter. Gareth bedachte die Neuankömmlinge mit einem mißbilligenden Blick, und Jenny erinnerte sich daran, daß der König von Bel der Pontifex maximus der offiziellen Kirche war. Gareth hatte bestimmt eine sehr orthodoxe Erziehung genossen.

Doch das allgemeine Durcheinander vermittelte ihnen die Illusion von Zurückgezogenheit. Was die Aufmerksamkeit der Leute auf dem Platz anging, hätten sie ebensogut allein sein können. Nach einer Weile räusperte sich Gareth.

»Es war ein Jagdunfall«, sagte er. »Die Jagd ist eine Leidenschaft sowohl von mir als auch von meinem Vater – obgleich der König in der letzten Zeit kaum mehr Gelegenheit dazu fand. Meine Mutter hielt nichts davon, doch sie liebte Vater und begleitete ihn, wenn er sie darum bat. Er verspottete sie deshalb und zog sie wegen ihres angeblich so ängstlichen Gemüts auf, und das war nur teilweise scherzhaft gemeint. Mein Vater kann Feiglinge nicht ausstehen. Also folgte ihm meine Mutter in die Wildnis, hielt sich krampfhaft am Knauf ihres Damensattels fest und versuchte, alles tapfer durchzustehen. Nach dem Ende der Jagd umarmte mein Vater sie, lachte und fragte sie, ob es nicht auch für sie ein faszinierendes Erlebnis gewesen sei. Ja, und soweit ich mich zurückerinnern kann, belog sie ihn und antwortete, sie fände langsam ebenfalls Gefallen daran. Im Alter von etwa vier Jahren, daran kann ich mich noch ganz deutlich erinnern, sah ich sie in ihrem Jagdanzug aus pflaumenfarbenem Samt und grauem Pelz, und ich beobachtete sie dabei, wie sie insgeheim vor Angst schluchzte.«

»Sie scheint eine tapfere Frau gewesen zu sein«, sagte Jenny leise.

Gareth sah sie kurz an und wandte den Blick dann wieder von ihr ab. »Es war eigentlich nicht Vaters Schuld«, fuhr er nach kurzem Zögern fort. »Doch als es schließlich geschah, fühlte er sich dafür verantwortlich. Das Pferd strauchelte an einem Felsen, und ein Damensattel bietet keinen großen Halt. Meine Mutter starb vier oder fünf Tage später. Ihr Tod liegt inzwischen fünf Jahre zurück. Ich ...« Er zögerte, und in seinem Hals schien sich ein dicker Kloß zu bilden. »Nein, ich war meinem Vater wirklich keine große Hilfe.«

Mit zitternder Hand gab sich Gareth den Anschein, die Brille zurechtzurücken, doch in Wirklichkeit kam es ihm nur darauf an, sich mit dem Ärmel die Tränen aus den Augenwinkeln zu wischen. »Wenn ich heute an sie zurückdenke ... Ich glaube, sie wäre noch tapferer gewesen, wenn sie den Mut gehabt hätte, dem Spott meines Vaters offen zu begegnen und ihm die Wahrheit zu sagen. Und vielleicht habe ich mich gerade in dieser Hinsicht schuldig gemacht«, fügte er hinzu und lächelte schief und unsicher. »Vielleicht hätte ich begreifen müssen, daß ich ihm nicht mehr Vorwürfe machen konnte, als er sich selbst, daß ihm all das, was ich ihm hätte sagen können, bereits durch den Kopf ging.«

Er zuckte mit den knochigen Schultern. »Heute verstehe ich, was damals geschah. Aber als dreizehnjähriger Junge war ich dazu nicht imstande. Als ich mir schließlich darüber klarwurde, hatte ich bereits zu lange geschwiegen. Und außerdem war Zyerne in das Leben meines Vaters getreten.«

Die Priester Kantiriths bahnten sich einen Weg durch die Menge und verschwanden in einer Gasse, die sich zwischen einigen schiefen Häusern dahinwand. Kinder, die zuvor aus großen Augen die Prozession beobachtet hatten, setzten ihr Spiel fort. John ging weiter, vorsichtig darauf bedacht, nicht auf dem Fischgrätenmuster des Kopfsteinpflasters auszurutschen. Dann und wann blieb er stehen, um immer neue Wunder zu betrachten. Er beobachtete einen Handwerker, der vor seinem Stand einen Stuhl reparierte, die Schauspieler eines einfachen Theaters, die übertrieben gestikulierten, während ein Ausrufer vor der Bühne die Passanten mit Einzelheiten der Vorführung vertraut machte. Nein, dachte Jenny amüsiert, er würde es nie lernen, sich wie der Held der Balladen zu verhalten, die ihn priesen.

»Es muß recht schwer für dich gewesen sein«, sagte sie.

Gareth seufzte. »Vor einigen Jahren war es leichter«, gestand er ein. »Damals konnte ich Zyerne ohne Einschränkungen hassen. In der letzten Zeit gelingt mir … das nicht mehr.« Er errötete. »Und jetzt …«

Jähe Unruhe entstand auf dem Platz, und die schrille Stimme einer Frau rief: »Hure!« Jenny drehte ruckartig den Kopf.

Doch nicht sie und der Umstand, daß sie keinen Schleier trug, waren die Ursache der Entrüstung. Eine Zwergin wanderte unsicher und zögernd in Richtung des Brunnens, und im matten Sonnenlicht wirkte ihr langes seidiges Haar wie eine aprikosenfarbene Wolke. Sie hatte sich die Beine der samtenen Hose über die Knie hochgezogen, damit die Säume nicht durch die Schmutzwasserpfützen strichen, und ihre weiße Tunika mit den blumenartigen Stickereien und den sorgfältig gestopften Ärmeln machte deutlich, daß sie in einer Armut lebte, die Leuten ihres Standes eigentlich fremd war. Sie verharrte, sah sich um und zwinkerte in dem für sie viel zu hellen Licht. Dann setzte sie ihren Weg zu dem Brunnen fort, und ihre kleinen rundlichen Hände schlossen sich nervös um den Griff des Eimers, den zu tragen sie nicht gewöhnt war.

Jemand anders rief: »Es gefällt dir wohl im Viertel der einfachen Leute, wie? Hast du es satt, auf deinen sorgfältig versteckten Kornbergen zu hocken? Bist du so geizig, daß dir dein Gold zu schade ist, um Bedienstete und Lakaien damit zu bezahlen?«

Die Zwergin blieb erneut stehen, drehte den Kopf von einer Seite zur anderen und hielt in dem für sie so grellen Licht nach den Spöttern Ausschau. Jemand holte mit einem Stock aus und traf sie am Arm. Die kleine Frau zuckte zusammen und wollte zur Seite ausweichen, doch die winzigen, in weiches Leder gehüllten Füße rutschten auf dem feuchten, unebenen Pflaster aus. Der Eimer löste sich aus ihrer Hand, als sie fiel, und sie kroch auf Händen und Knien umher und tastete nach dem Gefäß. Unter dem Beifall der anderen sprang eine der Frauen an dem Brunnen vor und trat den Eimer fort.

»So geht es denen, die rechtschaffenen Bürgern das Brot vom Tisch stehlen!«

Die Zwergin setzte ihre verzweifelte Suche nach dem Eimer fort. Eine dicke Frau, die in der Schwatzrunde am Brunnen mit der lautesten Stimme aufgefallen war, gab dem Gefäß einen Stoß, so daß es noch weiter von der kleinen Gestalt fortrollte.

»Und die sich gegen den König verschwören!«

Die Zwergin stemmte sich auf die Knie und sah sich blinzelnd um. Eins der Kinder eilte von hinten heran und zog an den langen Strähnen ihres Haars. Die kleine Frau drehte sich um die eigene Achse und wollte den Übeltäter am Arm festhalten, doch der Junge war bereits wieder fort. Einer seiner Kumpane wollte seinem Beispiel folgen, und in der Vorfreude auf den Streich bemerkte er John nicht.

Der Zwischenfall hatte gerade begonnen, als sich der Drachentöter auch schon dem Mann neben ihm zuwandte, einem Schmied, der kaum mehr trug als einen ledernen Schurz und auf dessen Armen sich blaue Tätowierungen zeigten, und er reichte ihm seine drei Waffeln. »Würdet Ihr das bitte für mich halten?« Im Anschluß daran bahnte er sich ohne Hast und einem wiederholten »Entschuldigt bitte ... verzeiht ...«, einen Weg durch die Menge. Er traf gerade rechtzeitig am Ort des Geschehens ein, um den zweiten Jungen am Kragen zu packen.

Gareth hätte den anderen Leuten auf dem Platz sagen können, was jetzt geschehen würde – Zyernes Höflinge waren nicht die einzigen, die sich von Aversins unscheinbarem Äußeren täuschen ließen. Der Junge hatte nicht einmal Gelegenheit, einen Schrei von sich zu geben, bevor er durch die Luft segelte und in das Wasser des Brunnens fiel. Es platschte laut, und sowohl die Frauen auf den Stufen als auch die etwas weiter entfernt stehenden Zuschauer wurden naß. Als der Junge prustend auftauchte und nach Luft schnappte, wandte sich Aversin, der inzwischen den Eimer aufgehoben hatte, zu ihm um und sagte freundlich: »Deine Manieren stinken ebenso zum Himmel wie deine Kleidung. Es überrascht mich, daß dich deine Mutter so auf die Straße läßt. Doch jetzt dürften Hose und Hemd ein wenig sauberer sein, nicht wahr?«

Er füllte den Eimer und trat an den Mann heran, dem er die Waffeln gegeben hatte. Einen Augenblick lang befürchtete Jenny, der Schmied würde sie in den Brunnen werfen. John bedachte ihn mit einem Lächeln, das so hell strahlte wie eine Messerklinge im Sonnenschein, und der Mann verzog nur das Gesicht und reichte ihm die Waffeln zurück. Irgendwo weiter hinten höhnte ein Frau: »Zwergenfreund!«

»Danke.« Johns Gesicht zeigte nach wie vor sein liebenswürdigstes Lächeln. »Tut mir leid, daß ich Schmutz ins Wasser des Brunnens geworfen habe.« Mit den Waffeln in der einen und dem gefüllten Eimer in der anderen Hand trat er die Stufen herunter und führte die Zwergin über den Platz in Richtung jener Gasse, aus der sie zuvor gekommen war. Jenny und Gareth schlossen sich ihm rasch an, und die Heilerin bemerkte, daß niemand Anstalten machte, ihnen zu folgen.

»Du bist unverbesserlich, John«, sagte sie ernst, und an die Zwergin gerichtet fügte sie hinzu: »Ist alles in Ordnung mit Euch?« Mit ihren kurzen, krummen Beinen trippelte sie dahin und hielt sich im Schatten des Drachentöters, um nicht erneut vom Sonnenlicht geblendet zu werden.

Blinzelnd und aus farblosen Augen sah sie zu Jenny auf. »O ja. Vielen Dank. Ich bin noch niemals zuvor ... Nun, wenn wir Wasser brauchen, begeben wir uns gewöhnlich nachts an den Brunnen oder schickten ein Mädchen, das einmal für uns gearbeitet hat. Aber es ist inzwischen fortgegangen.« Der breite Mund der kleinen Frau verzog sich bei den letzten Worten, als sei damit eine unangenehme Erinnerung verbunden.

»Wenn es ebenso war wie die Leute auf dem Platz, wundert mich das nicht«, meinte John und deutete in die Richtung zurück, aus der sie kamen. In die Menge hinter ihnen war inzwischen Bewegung gekommen, und bedrohlich klingende Stimmen wurden laut: »Verräter! Hamsterer! Undankbares Gesindel!« Und es ertönten auch noch andere Schmähungen. Jemand warf einen Fischkopf, der Jennys Gewand streifte. Der Betreffende rief etwas von einer alten Hure und ihren beiden Freiern, und Jenny spürte, wie dumpfer Zorn in ihr emporstieg. Andere Leute gröhlten ebenfalls Verunglimpfungen und Beleidigungen. Die Heilerin fühlte sich versucht, sie zu verfluchen, doch sie wußte, daß sie nur ihren Atem verschwendet hätte.

»Möchtet Ihr eine Waffel?« fragte John leichthin, und die Zwergin nahm das Angebot mit zitternden Händen an.

Gareths Gesicht glühte in einem purpurroten Ton, doch er gab keinen Laut von sich.

Mit vollem Mund brummte John: »Wir können wohl wirklich von Glück sagen, daß Obst und Gemüse in diesen Tagen zu kostbar ist, als daß man es als Wurfgeschosse verwenden könnte, nicht wahr?«

Die Zwergin duckte sich abrupt und trat durch eine Tür, die in ein großes baufälliges Haus führte, dessen schiefe und verwitterte Mauern sich zwischen zwei jeweils fünfstöckigen Wohngebäuden erhoben. Die Rückwand schloß direkt an das schmutzige Wasser eines Kanals an. Die Fensterläden waren fest geschlossen, und jemand hatte Schmähungen auf den bröckeligen Stuck geschrieben, ihn mit Schlamm und Dung beschmiert. Hinter den schmalen

Rissen und Fugen im Holz der Fensterläden spürte Jenny kleine Augen, die furchtsam und besorgt in die Gasse blickten.

Die Zwergin preßte den Eimer an sich und verschwand so rasch im Innern des Hauses wie ein ängstlicher Maulwurf in seinem Bau. John stemmte rasch die Hände an das verfaulende Holz der Tür, als jemand versuchte, sie wieder zu schließen. Der Betreffende war offenbar entschlossen, sie nicht eintreten zu lassen, und er hatte starke Muskeln, wie sie für Gnome typisch waren.

»Wartet!« rief John, als er spürte, wie er auf dem feuchten Marmor der Schwelle den Halt zu verlieren drohte. »Hört mich an! Ich brauche Eure Hilfe! Ich heiße John Aversin, und ich bin aus dem fernen Norden gekommen, um gegen den Drachen in Eurer Tiefe zu kämpfen.« Mit der einen Schulter preßte er sich in den schmalen Spalt, der noch zwischen Tür und Pfosten verblieben war. »Bitte ...«

Der Druck an der anderen Seite des modrigen Holzes ließ so jäh nach, daß John nach vorn taumelte. In der Dunkelheit erklang eine sanfte Stimme, die so hell war wie die eines Kindes, und in der altertümlichen Sprache, die Gnome am Königshof benutzten, sagte sie: »Oh, so tretet denn ein, ehrenwerte Besucher. Es mag Euch nicht zum Vorteil gereichen, an der Tür eines Gnomenheimes gesehen zu werden.«

Als John und Gareth die Tür passierten, konnten sie in der Finsternis zunächst überhaupt nichts sehen. Jenny jedoch vermochte sich auch in absoluter Dunkelheit zu orientieren, und sie sah, daß der Gnom, der sie einließ, niemand anders war als Dromar, der Botschafter am Hofe des Königs.

Hinter ihm erstreckte sich der breite Flur des Hauses in einem diffusen Zwielicht. Dieses Gebäude mochte mehr als hundert Jahre alt sein, und es mußte einmal prächtig und großartig ausgesehen haben. Heute jedoch stand nur noch ein Teil davon, und auf den Fundamenten des Anwesens waren die grau und abstoßend wirkenden Bauten der unmittelbaren Nachbarschaft errichtet worden. Hier und dort zeigten sich noch Überbleibsel einstmals wunderschöner Fresken in den Wänden, von denen an vielen Stellen der Putz abbröckelte. Die Größe des Flurs und der sich daran anschließenden Räumlichkeiten weckte Vorstellungen von kostbaren Möbeln, die inzwischen längst den Flammen wärmender Kaminfeuer zum Opfer gefallen sein mochten. Dieser Ort ähnelte jetzt einem Gewölbe, einer Höhle, düster und feucht, und durch die feinen Ritzen in den verriegelten Fensterläden fiel ein matter, grauer Lichtschimmer, der die Konturen dicker Säulen und prächtiger Mosaike zeigte. Über der Wölbung der altertümlichen offenen Treppe sah Jenny Bewegung auf der Galerie. Gnome drängten sich dort aneinander und beobachteten schweigend und wachsam die Eindringlinge aus der feindlichen Welt der Menschen.

»Euer Name ist uns nicht unbekannt, John Aversin«, ertönte im Halbdunkel die helle und kindlich klingende Stimme Dromars.

»Nun, das macht die Sache leichter«, erwiderte John, wischte sich den Schmutz von den Händen und blickte auf den rundlichen Kopf des Gnoms herab, der vor ihm stand. Unter der dichten Mähne aus schneeweißem Haar funkelten blasse Augen. »Es wäre ziemlich aufwendig gewesen, alles von Anfang an zu erklären – obgleich Euch unser lieber Gar hier sicher die Balladen hätte vorsingen können.«

Ein dünnes Lächeln umspielte die Mundwinkel des Zwerges – vielleicht das erste seit langer Zeit, vermutete Jenny -, als Dromar den unscheinbaren und eine Brille tragenden Mann musterte, der sich so sehr von dem in den Legenden beschriebenen Helden unterschied. »Ihr seid der erste«, sagte er und führte sie tiefer hinein in das weite kühle Gewölbe des Saales. Seine an mehreren Stellen geflickte Seidenrobe raschelte leise. »Wie viele Männer hat Euer Vater ausgeschickt, Prinz Gareth? Fünfzehn? Zwanzig? Und nicht einer von ihnen kam hierher, um uns Gnome zu fragen, was wir über den Drachen wissen – wir, die wir ihn zuerst sahen und besser kennen als sonst jemand.«

Gareth wirkte verlegen. »Äh, wißt Ihr, der König ist derzeit nicht sonderlich gut auf Euch zu sprechen ...«

»Das kann auch nicht verwundern, Erbe von Uriens, denn immerhin geht die Rede, wir hätten Euch entführt und uns gegen ihn verschworen.«

Dromar wandte seinen durchdringenden Blick nicht von dem jungen Mann ab, und Gareth errötete. Dann verneigte er sich und sagte betreten: »Es tut mir leid, Dromar. Als ich mich auf den Weg machte, dachte ich nicht daran, welche Konsequenzen mein Verschwinden nach sich ziehen könnte. Das schwöre ich Euch. Ich habe übereilt gehandelt. Ich neige wohl ganz allgemein dazu, überhastete Entscheidungen zu treffen.«

Der alte Zwerg seufzte. »In der Tat.« Er faltete die kleinen Hände vor dem komplexen Knoten seiner Schärpe zusammen, und eine Zeitlang beobachteten die goldenen Augen den jungen Mann schweigend. Schließlich nickte er und sagte: »Nun, Gareth von Magloshaldon: Es ist immerhin besser, Ihr stolpert über Eure eigenen Füße in dem Bestreben, etwas Gutes zu vollbringen, anstatt die Hände in den Schoß zu legen und einfach abzuwarten. Und sicher könnt Ihr aus Euren Fehlern lernen.« Er drehte sich um und deutete auf die eine Wand des halbdunklen Saals. Dort stand inmitten von Sitzkissen ein kaum mehr als dreißig Zentimeter hoher Tisch. »Kommt. Nehmt Platz. Was möchtet Ihr von dem Ungeheuer erfahren, das uns aus unserer Heimat vertrieb?«

»Wie groß ist es?« fragte John, als sie sich alle auf den Knien am Rande des Tisches niederließen. »Ich habe nur einige Gerüchte gehört – kennt jemand die genauen Ausmaße des Drachen?«

Neben Jenny erklang die hohe und gleichzeitig sanfte Stimme der Zwergin, der John zu Hilfe geeilt war. »Die Schenkel der Sprungbeine reichen bis zu dem Fries an den Säulen des Tores empor, das von der Markthalle in die

Große Passage führt, durch die man in die zentralen Bereiche der Tiefe gelangen kann. Nach den Maßen der Menschen bedeutet das: fast dreihundertsiebzig Zentimeter.«

Kurze Stille schloß sich an, während der Jenny versuchte, diese Information zu verarbeiten. Dann sagte sie: »Wenn die allgemeinen Körperproportionen so beschaffen sind wie bei anderen Drachen, muß dieses Exemplar rund zwölf Meter lang sein.«

»Ja«, bestätigte Dromar. »Die Markthalle – das ist die erste Höhle der Tiefe – durchmißt vom Außentor bis zu den auf der anderen Seite gelegenen Pforten der Passage fünfundvierzig Meter. Die Länge des Drachen entsprach fast einem Drittel dieses Maßes.«

John faltete die Hände auf dem Tisch zusammen. Sein Gesicht blieb zwar ausdruckslos, doch Jenny hörte, wie sich sein Atemrhythmus ein wenig beschleunigte. Zwölf Meter – das bedeutete, daß dieses Ungetüm fast anderthalbmal so groß war wie der Goldene Drache, dem er in Wyr um ein Haar zum Opfer gefallen wäre; außerdem stand diesem noch das ganze dunkle Labyrinth der Tiefe als Schlupfwinkel zur Verfügung.

»Habt Ihr eine Karte der Tiefe?«

Der alte Gnom wirkte so entrüstet, als hätte ihn John nach dem Preis für eine Nacht mit seiner Tochter gefragt. Sein Gesicht verdunkelte sich mit einem Schatten des Zorns, doch er sagte nur: »Ein solches Wissen ist für die Kinder der Menschheit tabu.«

Geduldig erwiderte John: »Nach all dem, was man Euch hier antat, kann ich verstehen, daß Ihr die Geheimnisse der Tiefe nicht preisgeben wollt. Doch ich muß Bescheid wissen. Ich kann mich dem Drachen nicht offen zum Kampf stellen. Bei einem so riesigen Geschöpf bleibt mir keine andere Wahl, als einen Trick zu versuchen und es von hinten anzugreifen. Dazu jedoch brauche ich eine Vorstellung davon, wo es sich versteckt.«

»Im Tempel Sarmendes', in der ersten Ebene der Tiefe.« Dromars Stimme klang mürrisch, und er hatte die hellen, honiggelben Augen zusammengekniffen. Auch er teilte das uralte Mißtrauen eines kleinen und schwächeren Volkes, das vor vielen tausend Jahren von den größeren und aggressiven Vettern in unterirdische Refugien gezwungen worden war. »Der Tempel schließt direkt an die Große Passage an. Der Herr des Lichts wurde sehr von den Menschen verehrt, die mit uns in der Tiefe lebten – den Botschaftern des Königs und ihren Familien, und auch jenen, die bei uns in die Lehre gingen. Aus diesem Grund wurde der Tempel nicht allzu tief unter der Oberfläche eingerichtet, denn es gefällt den Menschen nicht, zuviel Erdreich über sich zu wissen. Das imaginäre Gewicht der Felsen und Steine bedrückt sie und macht sie nervös, und Dunkelheit empfinden sie nicht in dem Maße als angenehm wie wir. Ja, dort hält sich der Drache versteckt. Dort hortet er sein Gold.«

»Gibt es einen anderen Zugang in den Tempel?« fragte John. »Etwa durch die Priesterquartiere oder die Schatzkammern?«

»Nein«, antwortete Dromar, doch die Zwergin widersprach ihm: »Doch. Aber den werdet Ihr nie finden, Drachentöter.«

»Beim Steine!« entfuhr es dem alten Gnom, und er wandte sich mit funkelnden Augen der kleinen Frau zu. »Sei still, Mab! Selbst diesen Männern dürfen wir nicht die Geheimnisse der Tiefe verraten!« Er warf Jenny einen düsteren Blick zu. »Und auch nicht jener Frau.«

John hob die eine Hand. »Warum haltet Ihr es für unmöglich, daß ich jenen Zugang finde?«

Mab schüttelte den Kopf. Die hellblauen Augen unter den dichten Brauen blickten freundlich und auch ein wenig traurig zu ihm auf. »Weil jener Weg durchs Gewirr führt«, entgegnete sie schlicht. »Die Gewölbe und Tunnel bilden dort ein Labyrinth, und wir Gnome lernen im Verlaufe einer zwölf- bis vierzehnjährigen Kindheit, uns in dem Irrgarten zurechtzufinden. Aber selbst wenn wir Euch genau erklärten, welchen Weg Ihr nehmen, an welchen Abzweigungen Ihr Euch nach rechts oder links wenden müßt – ein falscher Schritt, und Ihr hättet Euch hoffnungslos verirrt. In einem solchen Fall würdet Ihr langsam an Hunger oder Durst sterben – oder dem Wahn anheimfallen, der Menschen überkommt, die in der Dunkelheit tief im Innern der Erde keine Rettung mehr zu erwarten haben. Wir statteten das Gewirr mit vielen Lampen aus, doch die sind inzwischen alle erloschen.«

»Könntet Ihr mir dann eine Karte zeichnen?« Und als die beiden Gnome John daraufhin nur stumm anstarrten, entschlossen, keine Geheimnisse preiszugeben, fügte er hinzu: »Verdammt! Ohne Eure Hilfe habe ich keine Chance gegen den Drachen! Es tut mir leid, Euch eine solche Entscheidung aufzuzwingen, aber entweder Ihr vertraut mir, oder Ihr könnt nie wieder in Eure Tiefe zurückkehren. Eine andere Wahl habt Ihr nicht!«

Dromars lange und nach außen hin gewölbte Augenbrauen kamen noch tiefer herab. »So müssen wir uns denn mit dem Exil abfinden«, sagte er.

Mab seufzte resigniert und machte Anstalten, sich zu erheben. »Nein!« rief Dromar entrüstet. »Beim Steine – reicht es denn noch nicht, daß die Kinder der Menschheit darauf aus sind, unsere Geheimnisse zu stehlen? Müssen wir sie ihnen denn aus freiem Willen offenbaren?«

»Unsinn«, gab Mab zurück und lächelte schief. »Der Drachentöter wird schon genügend Probleme mit dem Drachen haben. Soll er etwa auch noch befürchten müssen, sich in der Finsternis zu verirren?«

»Eine Karte kann gestohlen werden!« wandte Dromar ein. »Beim Steine, der im Herzen der Tiefe liegt …«

Mab stand elegant auf, strich ihr seidenes Kleid glatt und wankte auf ihren krummen Beinen an das Gestell mit den Schriftrollen heran, das in einer Ecke des halbdunklen Saals stand. Mit einem Riedgrasstift in der einen und einigen zusammengefalteten Papieren in der anderen Hand kehrte sie zu den am Tisch Hockenden zurück. »Diejenigen, von denen du fürchtest, sie könnten unsere Geheimnisse stehlen, kennen bereits den Weg ins Herz der Tiefe«, sagte die Zwergin sanft. »Dieser tapfere Ritter hat den ganzen weiten Weg von Norden hierher zurückgelegt, um uns von dem Schrecken des Drachen zu befreien, und es wäre töricht, ihm unsere Hilfe zu verweigern.«

»Und was ist mit ihr?« Mit einer Hand, an deren Finger sich alte Ringe mit geschliffenen Edelsteinen zeigten, deutete Dromar auf Jenny. »Sie ist eine Hexe. Wie können wir sicher sein, daß *sie* nicht in unseren Gewölben herumspioniert, uns unsere letzten Geheimnisse entreißt und sie gegen uns verwendet, sie so beschmutzt und verdirbt, wie es andere vor ihr getan haben?«

Die Zwergin runzelte die Stirn, und nachdenklich musterte sie Jenny einige Sekunden lang. Dann kniete sie neben ihr nieder und schob die Schreibutensilien über den Tisch auf Dromar zu. »Hier«, sagte sie. »Zeichne du die Karte. Trag das ein, was du für nötig hältst, und laß die Informationen weg, die du nicht preisgeben willst.«

»Und die Hexe?« Argwohn und Verachtung sprachen aus diesen Worten, und Jenny hatte es langsam satt, immer wieder mit Zyerne verglichen zu werden.

»Ach«, seufzte Mab und griff nach Jennys schmalen braunen Händen. Eine ganze Zeitlang blickten sich die beiden so unterschiedlichen Frauen tief in die Augen. Es war fast, als berührten Mabs Finger den diamantenen Glanz von Jennys Träumen, und sie spürte, wie Mabs Gedanken an ihrer Seele entlangstrichen, wie sie sich ein Bild von ihrer Essenz zu machen versuchten – was die Heilerin daran erinnerte, daß sie auf ähnliche Art und Weise vor nicht allzu langer Zeit in Gareths Bewußtsein vorgestoßen war. Sie begriff, daß es sich bei der Zwergin ebenfalls um eine Magierin handelte.

Aus einem Reflex heraus versteifte sie sich. Doch Mab lächelte freundlich und bot ihr Wesen freimütig Jennys magischen Blicken dar: Es war sauber und rein wie klares Wasser, ruhig und gesetzt, nicht erfüllt von der Bitterkeit und den Zweifeln, die, wie Jenny wußte, in ihr selbst wohnten. Sie entspannte sich und fühlte sich so beschämt, als habe sie höfliche und liebevolle Worte mit einem Fluch beantwortet, und sie spürte auch, wie sich ein Teil ihres Unmutes angesichts der weisen Sondierung verflüchtigte. Sie fühlte die Macht der anderen Frau, eine magische Kraft, die viel stärker war als die ihre, ein Wesen so sanft und warm wie heller Sonnenschein.

Als Mab erneut ihre Stimme erhob, waren die Worte nicht an Dromar gerichtet, sondern an Jenny. »Ihr fürchtet Euch vor ihm«, sagte sie leise, »und vielleicht tut Ihr gut daran.« Mit der runden Hand strich sie der Heilerin übers Haar. »Doch denkt daran: Der Drache stellt nicht die größte Gefahr in diesem Lande dar, und der Tod ist nicht das Schlimmste, was einem zustoßen kann – weder ihm noch Euch.«

7. Kapitel

In der folgenden Woche kehrte Jenny häufig in das alte Haus am Molenmarkt zurück. Zweimal begleitete John sie dabei, der jetzt den größten Teil seiner Zeit zusammen mit Gareth in der Königlichen Galerie verbrachte und darauf wartete, vom Herrscher empfangen zu werden. Während der Abende gab er sich den Edelleuten aus dem Gefolge Zyernes erneut wie ein fröhlicher Barbar und versuchte, so gut es ging mit dem Warten auf einen Kampf fertigzuwerden, der ihn durchaus das Leben kosten konnte. Es war typisch für Aversin, daß er nicht darüber sprach, aber während sie sich liebten, fühlte Jenny, was in ihm vor sich ging, und der Umstand, daß er des öfteren längere Zeit schwieg, wenn sie zusammen waren, gab ihr ebenfalls einen Hinweis darauf: auf die Anspannung in ihm, die immer mehr zunahm und ihn fast um den Verstand brachte.
Jenny mied den Hof, wenn es ihr möglich war. Sie zog es

vor, ihre Zeit in der Stadt oder im Haus der Gnome zu verbringen. Still und leise machte sie sich dorthin auf den Weg, und sie hüllte sich in einen Tarnzauber, um den Blikken der Menschen in den Straßen zu entgehen. Ganz deutlich fühlte sie, wie sich im Verlaufe der Tage Furcht und Haß wie ein giftiger Nebel immer weiter in Bel ausbreiteten. Auf dem Weg durch das Molenmarktviertel kam sie an den großen Tavernen vorbei – am *Lahmen Ochsen*, der *Frechen Ratte*, auch am *Schaf in der Patsche* –, den Schenken, in denen sich die arbeitslosen Männer und Frauen trafen, die von ihren Bauernhöfen geflohen waren, und dort versuchten, ihre gräßlichen Erinnerungen in Wein und Bier zu ertränken. Diejenigen, die billige Arbeitskräfte suchten, wußten, wo sie zu finden waren, wenn es darum ging, bei einem Umzug zu helfen oder für wenige Kupfermünzen einen Stall auszumisten. Doch angesichts der Winterstürme und des überhöhten Brotpreises, der viele Leute dazu zwang, auf ihre Ersparnisse zurückzugreifen, konnten es sich nur wenige leisten, selbst ein so geringes Entgelt zu zahlen. Keiner der noch in der Stadt lebenden Gnome wagte es, nach dem Mittag das *Schaf in der Patsche* zu besuchen, denn danach gaben die Gäste die Arbeitssuche auf, und suchten Trost im Alkohol.

Und so schlich Jenny durch die dunklen stinkenden Gassen der Stadt, um Lady Taseldwyn zu besuchen, die in der Sprache der Menschen einfach Mab hieß.

Von Anfang an war sie sich darüber klargewesen, daß die Zwergin eine mächtigere Magierin war als sie. Doch mit dieser Erkenntnis verbanden sich keine Empfindungen wie Eifersucht und Verbitterung, im Gegenteil: Sie war froh, nach all den Jahren endlich eine Person gefunden zu haben, von der sie lernen konnte.

Was die meisten Dinge betraf, war Mab gern dazu bereit, sie zu unterrichten, obgleich die Zauberei der Gnome einen sehr sonderbaren Eindruck auf Jenny machte, ihr so fremd war wie die Seelen der Zwerge. Bei ihnen gab es nicht die Tradition von Linien. Statt dessen gaben sie die Magie und das Wissen darum von einer ganzen Generation an die nächste weiter, auf eine Weise, die Jenny nicht verstand. Mab erzählte ihr von den Heilformeln, für die die Tiefe so berühmt war, von den Arzneien, die in den Gewölben und Tunneln zurückgeblieben und für das kleine Volk ebenso verloren waren wie das Gold des Drachen, von den Beschwörungen, die Leiden des Geistes zu heilen vermochten, auch von der Essenz des Lebens, des Leibes. Sie erwähnte darüber hinaus die gefährlicheren Formeln, mit denen man die Lebensessenz einer Person nutzen konnte, um die einer anderen zu stärken. Die Zwergin weihte Jenny in die Geheimnisse der unterirdischen Künste ein und nannte ihr Beschwörungen für Kristall und Stein und schwarze Finsternis, deren Bedeutung die menschliche Frau nur vage zu erfassen vermochte. Sie prägte sie in ihr Gedächtnis ein und hoffte, daß sie mit Hilfe späterer Meditationen und gewachsenem Geschick zu einem tieferen Verständnis dieser Formeln gelangen konnte. Des weiteren sprach Mab von den Mysterien der Erde, der Bewegung des Wassers, von den Gedanken der Steine. Sie berichtete vom dunklen Reich der Tiefe selbst, von den vielen Höhlen und finsteren Korridoren, von den verborgenen Kostbarkeiten, auf denen sich noch nie das helle Licht des Tages gespiegelt hatte.

Einmal erwähnte sie Zyerne.

»Ja, sie ging bei uns Heilern in die Lehre.« Die Zwergin seufzte und legte die dreisaitige Zimbel beiseite, mit deren Hilfe sie Jenny in den Melodienformeln ihrer Kunst unterwiesen hatte. »Sie war ein überhebliches kleines Mädchen, selbstgefällig und verdorben. Schon damals neigte sie zum Spott. Sie hörte den alten und erfahrenen Gnomen zu, den großen Heilern, die über mehr Macht geboten, als sie jemals zu erringen hoffen konnte, nickte und neigte ehrerbietig und respektvoll den Kopf – und äffte ihren Freunden gegenüber die Stimmen unserer Meister nach.«

Jenny erinnerte sich an das glockenhelle Lachen der Magierin bei Tisch, daran, wie sie schneller ausgeschritten war, um Dromar dazu zu zwingen, ihr nachzulaufen.

Es war früher Abend, und trotz der Kühle draußen herrschte in dem großen Saal des Hauses eine gewisse stikkige Schwüle. Stumm und erhaben spannten sich die großen Bögen durch das Halbdunkel, und die verblaßten Farben des Bodens bildeten ein diffuses, schachbrettartiges Schattenmuster. In den Straßen und Gassen der Stadt war es inzwischen stiller geworden, denn die meisten Bürger hatten sich zu Tisch begeben. Nur die Glocken des Uhrturms läuteten die volle Stunde, und irgendwo pries ein Händler die Qualität seines Feuerholzes.

Mab schüttelte den Kopf, und ihre Stimme klang dumpf, als sie sich an Vergangenes entsann. »Sie war damals so versessen auf magische Geheimnisse wie andere Kinder ihres Alters auf Süßigkeiten – gierig auf die Macht, die sie dadurch bekommen konnte. Sie hielt sich in den Geheimgängen in der Nähe von Heilstätten verborgen, und von dort aus beobachtete sie die Meister heimlich und lauschte ihnen. Jede Macht erfordert ihren Preis. Doch Zyerne stahl einfach die Geheimnisse der Alten, und sie beschmutzte und besudelte sie, vergiftete sie so wie das Herz der Tiefe, ja, sie vergiftete es wirklich! Und anschließend wandte sie sich mit jenen Formeln gegen uns.«

Jenny musterte die Zwergin verwirrt. »Ich erinnere mich, daß Dromar andeutungsweise davon sprach«, sagte sie. »Aber wie kann man Zauberformeln beschmutzen? Sicher, es ist möglich, die eigene Magie zu besudeln, denn sie gibt der Seele Farbe, wenn man sie einsetzt, doch mit der Magie einer anderen Person ist das nicht möglich. Ich verstehe Euch nicht ganz ...«

Mab sah ruckartig zu ihr auf, als werde ihr erst jetzt wieder die Anwesenheit der Frau bewußt, die nicht zum Volk der Gnome gehörte. »Und das ist auch ganz richtig so«, erwiderte sie mit ihrer hohen und hellen Stimme. »Es handelt sich dabei um Dinge, die nur die Magie der Zwerge betreffen. Sie sind nichts für Menschen.«

»Zyerne scheint in diesem Punkt anderer Ansicht zu sein.« Jenny verlagerte ihr Gewicht und neigte sich ein wenig zur Seite. Ihre Knie begannen zu schmerzen, obgleich sie sie auf ein Kissen stützte und nicht direkt auf den harten Boden. »Tatsächlich lernte sie an den Heilstätten, zur mächtigsten Magierin in diesem Lande zu werden.«

»Pah!« machte die Zwergin abfällig. »Die Heiler der Tiefe waren weitaus mächtiger als sie. Beim Steine, ihre Fähigkeiten reichten nicht annähernd an die *meinigen* heran!«

»Was?« entfuhr es Jenny verblüfft. »Soweit ich weiß, kamen die meisten Heiler der Tiefe ums Leben, als der Drache angriff. Bisher glaubte ich, es habe niemand überlebt, der stark genug ist, um es mit Zyerne aufzunehmen. Die Magie der Gnome unterscheidet sich von der, die bei uns Menschen gebräuchlich ist, aber Macht bleibt Macht. Wie gelang es Zyerne, Eure Kräfte zu verringern?«

Mab schüttelte nur den Kopf, so heftig, daß ihr langes und fast weißes Haar hin und her wallte. »Das geht nur uns Gnome etwas an.«

In jenen Tagen bekam Jenny Zyerne nur selten zu Gesicht, dachte aber des öfteren an sie. Zyernes Einfluß am Hofe war überall deutlich zu spüren, lag so in der Luft wie der Zimtgeruch ihres Parfüms. Wenn Jenny durch die Hallen und Flure des Schlosses wanderte, war sie sich ständig der Macht der Magierin bewußt. Ganz gleich, wie sie sie errungen haben mochte und wozu sie ihre Fähigkeiten in der letzten Zeit eingesetzt hatte – Jenny wußte, daß sie Zyerne unterlegen war. Sie fühlte sich irgendwie schuldig, wenn sie die Bücher über Zauberei ablehnte, die John manchmal aus der Bibliothek des Palastes stahl. Sie saß vor ihrem Offenbarungsstein und beobachtete die winzigen stummen Abbilder ihrer beiden Söhne, die in gefährlicher Nähe der Festungszinnen herumtollten, auf denen sich eine Schicht aus Schnee angesammelt hatte. Zyerne war jung, mindestens zehn Jahre jünger als sie. Und die Macht hüllte sie in eine Aura, die so hell zu strahlen schien wie die Sonne an einem Sommertag. Jenny empfand nun keinen Neid mehr, und sie war auch nicht mehr zornig darauf, daß

Zyernes Fähigkeiten die ihren überragten. Solche Gefühle hätten die Bereitschaft erfordert, alles, wirklich *alles* zu unternehmen, um ebenfalls eine solche Macht zu erringen. Doch sie war betrübt, niedergeschlagen wie ein Reisender, der in kalter und dunkler Nacht kein Quartier findet und frieren muß.

Und wenn sie Mab nach Zyerne fragte, nach der Macht, die einst geringer gewesen war als die der Zwergin, nun aber weit darüber hinausging, nach dem Grund, warum ihr die Gnome verboten hatten, die Tiefe zu betreten, erwiderte die kleine Magierin nur: »Das sind Dinge, die Menschen nichts angehen.«

Unterdessen spielte John weiterhin seine Rolle als fröhlicher Barbar und unterhielt die jüngeren Edelleute, die über seine übertriebenen Extravaganzen lachten und ihn einen »zahmen Wilden« nannten. Er hielt Vorträge über das Paarungsverhalten von Schweinen oder zitierte in einem abscheulichen nordländischen Akzent klassische Autoren. Und jeden Morgen ging der König in der Galerie an ihm vorbei und wandte seinen trüben Blick von ihm ab. Die Hofetikette verbot es Gareth, sich unaufgefordert zu Wort zu melden.

»Warum diese Verzögerung?« fragte John, als er zusammen mit Gareth durch den Bogengang der Kolonnade schritt und nach erneutem vergeblichen Warten auf die leere Terrasse trat. Kühl war es, und der Himmel bot sich ihnen als eine schiefergraue Kuppel dar, die sich über das ganze Land gestülpt hatte. Jenny gesellte sich schweigend den beiden Männern hinzu. Sie hatte sich im Garten weiter unten aufgehalten und kam nun die Treppe hoch. In der einen Hand hielt sie ihre Harfe. Sie hatte darauf gespielt und von den Klippen aus beobachtet, wie sich in der Ferne dunkle Regenwolken über dem Meer zusammenballten. Es war die Jahreszeit der Winde und Unwetter, und im Norden hatte sicher längst ein strenger Frost Einzug gehalten. Hier im Süden jedoch war das Klima gemäßigter, und das Sonnenlicht brachte noch einen Hauch von Wärme. Am

Horizont schimmerte matt der jetzt auch während des Tages sichtbare Mond, und eine Wolke verschleierte sein pockennarbiges Antlitz. Er war nun nicht mehr nur eine schmale Sichel, sondern fast schon zur Hälfte voll, und Jenny fragte sich erneut, was sie an diesem Anblick so beunruhigte. Vor dem Lehmbraun des brachliegenden Bodens zeichneten sich bunt die farbigen Kleider Zyernes und ihres Gefolges ab. Die Männer und Frauen betraten jetzt gerade den Garten, und Jenny konnte die glockenhelle Stimme der Magierin hören. Offenbar fand sie großen Gefallen daran, das für die Gnome typische Schrillen nachzuahmen.

»Hofft der König etwa, der Drache könnte die Zitadelle angreifen und eine weitere Belagerung der Festung unnötig machen?« fügte John hinzu.

Gareth schüttelte den Kopf. »Das glaube ich nicht. Wie ich hörte, hat Polycarp Katapulte aufstellen lassen, mit denen er siedendes und brennendes Öl werfen kann. Der Drache hält sich von der Zitadelle fern.« Trotz des Verrats des Magisters konnte Jenny in der Stimme Gareths einen Hauch von Stolz auf seinen früheren Freund vernehmen.

Im Gegensatz zu John, der sich in einem Laden vor den Schloßtoren ein Gewand für den Hof geliehen hatte, besaß Gareth gleich ein Dutzend davon – und sie alle waren sündhaft teuer. Das, welches er an diesem Tage trug, glänzte in sittichgrünen und primelgelben Tönen, und im Licht des Nachmittages wirkte das Gesicht des jungen Mannes dadurch sehr blaß.

John schob seine Brille etwas höher auf den Nasenrükken. »Nun, ich bin nicht sonderlich darauf versessen, mir hier weiter die Beine in den Leib zu stehen und wie ein verdammter Kammerjäger darauf warten zu müssen, daß sich der Herr König dazu herabläßt, mich zu empfangen und meine Dienste in Anspruch zu nehmen. Ich bin hierhergekommen, um den Souverän um Schutz für meine Heimat und die dort lebenden Menschen zu bitten, aber ich glaube, ich verliere hier nur Zeit.«

Geistesabwesend hatte Gareth in den Garten hinabgesehen, wo sich die kleine Gruppe um Zyerne gerade an der moosfleckigen Marmorstatue des Gottes Kantirith versammelte. Bei Johns Worten drehte er sich rasch um. »Ihr dürft nicht nach Norden zurückkehren«, sagte er, und seine Stimme klang dabei äußerst besorgt.

»Und warum nicht?«

Der junge Mann biß sich auf die Lippe und gab keine Antwort, doch bedeutungsvoll sah er einmal mehr in den Garten hinab. Man hätte fast glauben können, Zyerne spüre seinen Blick. Sie hob den Kopf und hauchte ihm einen Kuß zu, und Gareth wandte sich rasch ab. Er wirkte müde und erschöpft, und Jenny fragte sich plötzlich, ob er noch immer von Zyerne träumte.

Kurz darauf wurde die unbehagliche Stille unterbrochen, nicht etwa von Gareth, sondern von Dromars heller Stimme.

»Lord Aversin ...« Der Gnom trat auf die Terrasse und zwinkerte schmerzerfüllt infolge des grellen Lichts. Er sprach zögernd, als fiele es ihm schwer, die richtigen Worte zu formulieren. »Bitte ... geht nicht.«

John sah auf ihn herab. »Nun, Ihr habt mich nicht gerade mit offenen Armen willkommen geheißen, und Eure Hilfe habe ich mir ebenfalls etwas anders vorgestellt.«

Der alte Botschafter zitterte entrüstet. »Ich habe Euch die Karten gezeichnet. Beim Steine, was wollt Ihr denn noch mehr?«

»Karten, die nicht lügen«, erwiderte John kühl. »Ihr wißt ebensogut wie ich, daß in den Unterlagen, die Ihr mir zur Verfügung stellt, nicht alle Einzelheiten verzeichnet sind. Ich habe die der Ebenen und vertikalen Passagen und verschiedenen Höhlen und Gewölbe miteinander verglichen und dabei festgestellt, daß sie sich teilweise widersprechen. Ich bin nicht an den verdammten Geheimnissen Eurer Tiefe interessiert, aber ich weiß nicht, was mich dort unten erwartet. Ich muß genau über alle Gänge und Höhlen Bescheid wissen, denn sonst besteht die Gefahr, daß der

Drache den Spieß umdreht und sich *an mich* von hinten heranschleicht. Das würde mir gar nicht gefallen, wie Ihr sicher versteht. Und aus diesem Grund brauche ich exakte Karten.«

In seiner ruhigen Stimme war leiser Zorn zu hören – und auch Furcht. Dromar entging das offenbar nicht, denn das wütende Funkeln in seinen hellen Augen verblaßte. Er blickte auf seine Hände herab, die er über dem Knoten der Schärpe gefaltet hatte. »Dies ist eine Sache, die weder etwas mit Euch noch dem Drachen zu tun hat«, gab er leise zurück. »Die Karten sind genau – ich schwöre es beim Steine im Herzen der Tiefe. Die Einzelheiten, die ich nicht eingetragen habe, gehen nur uns Gnome etwas an – in ihnen verbergen sich die Geheimnisse der Tiefe. Einmal gelang es einem Kinde der Menschheit, die Mysterien jenes Herzens zu entdecken, und seitdem hatten wir ausreichend Gelegenheit, diesen Umstand bitterlich zu bereuen.«

Er hob den Kopf, und die trüben Augen unter den dichten, schneefarbenen Brauen blickten traurig. »Ich bitte Euch, Drachentöter: Vertraut mir! Es widerspricht eigentlich unseren Traditionen, die Kinder der Menschheit um Hilfe zu ersuchen. Aber wir brauchen Euch. Wir sind Bergleute und Händler, keine Krieger. Und wir brauchen die Hilfe eines Kämpfers. Tag für Tag sind mehr von uns dazu gezwungen, diese Stadt zu verlassen. Wenn die Zitadelle fällt, droht vielen von uns der Tod, ebenso wie den Aufständischen, die unseren Brüdern und Schwestern nicht nur Zuflucht gewährten, sondern auch ihr Brot mit ihnen teilten. Und selbst wenn sie sich dazu entschlössen, die Festung zu verlassen, würden die Truppen des Königs dennoch über sie herfallen. Glaubt mir, Lord Aversin: Viele Zwerge haben versucht, auf diese Weise zu entkommen. Hier in Bel wird das Brot immer teurer, und wenn wir nicht bald am Hunger sterben, so bringt uns der Mob um, der sich jeden Tag in den Tavernen betrinkt. Es wird nicht mehr lange dauern, bis wir zu wenige sind, um die Tiefe zu halten, selbst wenn es uns gelingt, in unsere Heimat zurückzukehren.«

Dromar streckte die Hände aus, die so klein waren wie die eines Kindes, auf denen sich die tiefen Falten des Alters zeigten und die im Vergleich mit den schwarzen Borten an den eigentümlich geschnittenen Ärmeln wie weiße Flecken wirkten. »Wenn Ihr uns nicht helfen wollt, sind wir verloren.«

»Ach, schon wieder dieser Dromar!« Das war Zyernes messerscharfe Stimme. Sie kam die Treppe vom Garten hoch, schien fast zu schweben, so wie eine im Wind dahingleitende Mandelbaumblüte, und sie hatte ihren rosafarbenen Schleier über die feinen Locken ihres schwarzen Haars zurückgeschoben. »Ist es denn nicht genug, daß Ihr Tag für Tag versucht, den König zu belästigen? Müßt Ihr auch noch diese armen Leute hier mit längst überholter Politik langweilen? Gnome mögen ordinär genug sein, um auch noch am Abend über Geschäfte zu reden, doch wir hier ziehen es vor, uns nach dem Tagwerk zu vergnügen.« Ungeduldig und herablassend winkte sie mit der einen Hand. »Verschwindet jetzt«, fügte sie verächtlich hinzu. »Oder soll ich die Schloßwächter rufen?«

Einige Sekunden lang blieb der alte Zwerg reglos stehen und starrte die Magierin stumm an, während sein wolkenartiges weißes Haar in der vom Meer wehenden Brise hin und her wogte. In dem schmalen Gesicht Zyernes zeigte sich ein Ausdruck, der an die Keckheit eines Kindes erinnerte, das frech die Beachtung seiner Forderungen verlangte. Die hinter ihr stehende Jenny musterte sie, und in jedem einzelnen Muskel ihres Rückens erkannte sie Arroganz und Triumph. Sie zweifelte nicht daran, daß Zyerne ihre Drohung wahrmachen und tatsächlich die Wächter rufen würde.

Offenbar gelangte Dromar ebenfalls zu diesem Schluß. Obgleich er seit dreißig Jahren der Botschafter eines Monarchen am Hofe eines anderen war, fügte er sich nun dem Befehl einer Mätresse. Jenny sah ihm nach, als der Gnom auf seinen kurzen Beinen über die grauen und lavendelfarbenen Steine des Gartenpfades davonwankte. Hinter ihm ahmte der blasse, geckenhafte Bond Clerlock spöttisch die Gangart des Zwerges nach.

Wie üblich schenkte Zyerne Jenny keine Beachtung, und sie hakte sich bei Gareth ein und sah lächelnd zu ihm auf. »Du heimtückischer Intrigant«, sagte sie leichthin. »In einer Stunde erwartet mich dein Vater beim Essen, aber bis dahin haben wir noch Zeit für einen Spaziergang an den Klippen. Was meinst du? Es dauert sicher noch etwas, bis es zu regnen beginnt.«

In dieser Hinsicht, dachte Jenny, konnte sie tatsächlich völlig sicher sein. Mit ihren Zauberformeln war sie dazu in der Lage, die Wolken ihrem Willen zu unterwerfen.

Zyerne hielt noch immer Gareths Arm, lehnte sich an ihn und schob ihn behutsam in Richtung der in den Garten hinabführenden Stufen. Die Edelleute aus dem Gefolge der Magierin waren inzwischen ins Schloß zurückgekehrt, und leer und verlassen erstreckten sich die Pfade entlang der blattlosen Bäume und Sträucher. Über die Schulter hinweg warf Gareth den beiden Gestalten hinter sich einen verzweifelten Blick zu, John und Jenny, die nebeneinander auf der Terrasse standen, sie in der Wolle und dem Schafsleder einer Frau aus dem hohen Norden, er in dem bestickten, blauen und cremefarbenen Satin des Hofes, die Brille hoch auf dem Nasenrücken.

Jenny gab Aversin einen leichten Stoß. »Folge ihnen.«

Er sah sie an, und ein dünnes Lächeln umspielte seine Lippen. »Ich bin jetzt also kein primitiver Barbar mehr, sondern eine Art Anstandsdame, deren Aufgabe es ist, die Tugend unseres jungen Helden zu bewahren, wie?«

»Nein«, erwiderte Jenny dumpf. »Du sollst ein Leibwächter sein, der Gareths Leben schützt. Ich weiß nicht, was Zyerne vorhat, aber irgend etwas geht nicht mit rechten Dingen zu, und das scheint er ebenfalls zu spüren. Geh ihnen nach.«

John seufzte und beugte sich herab, um ihr einen Kuß auf die Lippen zu hauchen. »Dem König wird nichts anderes übrigbleiben, als mich auch dafür zu entlohnen.« Er umarmte Jenny, dann drehte er sich um, eilte die Treppe hinunter und rief Zyerne und Gareth im schrecklich klingenden Akzent eines barbarischen Nordländers einige Worte nach. Der Wind fuhr unter seinen weiten Umhang und blähte ihn auf, und im Grau des Gartens sah er aus wie eine große und besonders exotische Orchidee.

Es war insgesamt eine ganze Woche vergangen, bevor der König seinem Sohn eine Audienz gewährte.

»Er fragte mich, wo ich gewesen bin«, berichtete Gareth leise. »Und er erkundigte sich, warum ich nicht schon früher an ihn herangetreten sei.« Er wandte sich halb um, pochte mit der Faust an den Bettpfosten und preßte die Lippen zusammen, um gegen die Tränen des Zorns und der Verwirrung anzukämpfen. »Jenny, während all dieser Tage hat er mich nicht einmal *gesehen.*«

Aufgebracht drehte er sich um. Das blasse Licht des beginnenden Abends fiel durch die Facetten des Fensters, in dessen Nähe Jenny saß, und spiegelte sich matt auf dem zitronengelben und schneeweißen Satin von Gareths Mantel wider, leuchtete mit einem trüben Funkeln auf den runden Edelsteinen der alten Ringe an den Fingern des jungen Mannes. Man hatte ihm das Haar für die Zusammenkunft mit dem König sorgfältig frisiert, und abgesehen von einigen wenigen widerspenstigen Locken war es noch immer tadellos in Form. Nach der Begegnung mit seinem Vater hatte Gareth wieder seine verbogene Brille, die in solchem Gegensatz zu seiner prächtigen Aufmachung stand, auf den Nasenrücken geschoben, und auf den Gläsern zeigten sich noch winzige Tropfen des Nieselregens, der nun die Außenflächen der Fenster benetzte.

»Ich wußte nicht, was ich machen sollte«, sagte er brüchig. »Er ... er meinte, wir würden bei unserer nächsten Zusammenkunft über den Drachen sprechen. Ich begreife einfach nicht, was hier eigentlich los ist ...«

»War Zyerne anwesend?« fragte John. Er saß an dem

kleinen, sehr fragil wirkenden Tisch, auf dem sich, ebenso wie auf den anderen Möbelstücken im Gästehaus, Bücher stapelten. Nach acht Tagen wirkte das Zimmer wie eine unaufgeräumte Bibliothek. Bücher waren aneinandergelehnt, und aus einigen ragten Zettel mit Notizen und Anmerkungen, oder Stoffetzen, die an einen bestimmten Abschnitt erinnern sollten. In einem Fall hatte John sogar einen Dolch als Lesezeichen benutzt.

Gareth nickte niedergedrückt. »Die Hälfte meiner Fragen hat *sie* beantwortet. Jenny, wäre es möglich, daß sie eine Art magischen Bann über ihn ausgesprochen hat?«

Jenny nickte langsam und begann: »Möglich–«

»Daran kann überhaupt kein Zweifel bestehen«, unterbrach sie John, der seinen Stuhl zurückneigte, so daß er am Tisch lehnte. »Und wenn du, Jen, nicht die ganze Zeit über so verdammt darauf fixiert gewesen wärst, deine ablehnenden Gefühle Zyerne gegenüber im Zaum zu halten und darauf zu achten, ihr nur kein Unrecht zu tun, so wäre dir das unmittelbar nach unserer Ankunft klargeworden. Herein!« fügte er hinzu, als jemand leise und zögernd an die Tür klopfte.

Sie öffnete sich nur einen Spaltbreit, und Trey Clerlock blickte unsicher zu ihnen herein. Als John winkte, gab sie sich einen Ruck und trat ein. Sie trug eine aus Birnbaumholz gefertigte Leier bei sich, die mit elfenbeinfarbenen Sternen geschmückt war. John strahlte erfreut, als er das Musikinstrument sah, und Jenny stöhnte.

»Du willst doch wohl nicht etwa auf dem Ding spielen, oder? Das Vieh im Umkreis von einigen Kilometern würde sich zu Tode erschrecken.«

»Keine Sorge«, erwiderte John. »Außerdem: Wenn man richtig damit umzugehen versteht, kann man leiser oder lauter spielen.«

»Und *kannst* du richtig damit umgehen?«

»Nein. Aber ich bin lernfähig. Vielen Dank, Trey – es gibt eben einige Leute, die einfach nicht begreifen, was richtige Musik ist.«

»Manche Leute finden eben keinen Gefallen an Klängen, die sich anhören, als würde eine Katze ganz langsam durch die Mangel gedreht«, hielt Jenny ihm spitz entgegen und wandte sich dann wieder an Gareth. »Zyerne könnte tatsächlich einen Bann über ihn gelegt haben, ja – aber wenn ich daran denke, was du mir von der Sturheit und dem eisernen Willen deines Vaters erzählt hast, überrascht mich ein wenig die Vorstellung, ihr Einfluß auf ihn könne so groß sein.«

Gareth schüttelte den Kopf. »Es geht nicht nur darum«, sagte er. »Ich ... ich weiß nicht, wie ich das ausdrücken soll. Ich bin mir auch nicht ganz sicher, denn während des Gespräches mit meinem Vater habe ich auf die Brille verzichtet. Es ... es schien mir fast so, als sei er seit unserer letzten Begegnung irgendwie ... *verwelkt.*« Als er Jennys nachdenkliches Stirnrunzeln bemerkte, fügte er rasch hinzu: »Ich weiß, das hört sich dumm an.«

»Nein.« Erstaunlicherweise war es die kleine Trey, die diese Antwort gab. Jenny und die beiden Männer sahen sie an, und daraufhin errötete das Mädchen. »Ich halte das keineswegs für dumm. Ich glaube, Gareth hat recht, und der Ausdruck *verwelkt* erscheint mir durchaus angemessen. Ich ... ich glaube nämlich, das geschieht auch mit Bond.«

»Mit Bond?« fragte Jenny und erinnerte sich an das Gesicht des Königs. Vor ihrem inneren Auge sah sie hohle und eingefallene Wangen, und sie stellte eine gewisse Ähnlichkeit mit der Erschöpfung und seltsamen Auszehrung Bonds fest.

Trey konzentrierte sich einige Sekunden lang darauf, die Spitze ihres linken Ärmels glattzustreichen. Ein Opal schimmerte kurz in ihrem verschiedenfarben getönten Haar, als sie den Kopf hob. »Ich dachte, das sei nur mir aufgefallen«, sagte sie scheu. »Er ist schwerfälliger geworden, und seine Witze und Scherze sind nicht mehr so lustig – so als sei er nur halb bei der Sache, als sei er auf etwas ganz anderes konzentriert. Aber das ist nicht der Fall: Er kann sich auf *nichts* mehr konzentrieren, schon seit Tagen nicht mehr. Er ist ebenso abwesend wie Gareths Vater.« Ihr fragender Blick richtete sich auf Jenny. »Doch warum sollte Zyerne einen Bann über meinen Bruder aussprechen? Sie hat es nie nötig gehabt, ihn mit Magie an sich zu binden. Er hat ihr von Anfang an den Hof gemacht, gehörte zu den ersten Freunden, die sie hier gewann. Er ... er liebte sie. Und er träumte häufig von ihr ...«

»Was waren das für Träume?« fragte Gareth scharf.

Trey schüttelte den Kopf. »Das hat er mir nie gesagt.«

»Schlafwandelt er?«

Das überraschte Aufblitzen in den Augen des jungen Mädchens reichte als Antwort schon aus. »Ihr wißt davon?«

Draußen hatte es inzwischen aufgehört zu regnen. In dem langen Schweigen, das den Worten Treys folgte, konnten sie im Hof unterhalb der Gästehausfenster die Stimmen der Schloßwächter hören. Irgend jemand erzählte einen Witz, bei dem es um einen Gnom und eine Hure aus der Stadt ging. Das letzte Licht des Tages verblaßte, und kühles Grau stahl sich ins Zimmer. »Träumst du noch immer von ihr, Gareth?« fragte Jenny.

Das Gesicht des jungen Mannes glühte so purpurn, als habe er sich einen Sonnenbrand geholt. Seine Lippen zitterten, und er schüttelte den Kopf. Nach einer Weile brachte er hervor: »Ich ... ich liebe sie nicht. Nein, wirklich nicht. Ich versuche ... Ich möchte nicht mit ihr allein sein. Doch ...« Er vollführte eine hilflose Geste. Ganz offensichtlich vermochte er sich nicht gegen die verräterischen Träume zu wehren.

»Sie ruft dich«, stellte Jenny sanft fest. »Sie hat dich in jener Nacht gerufen, die wir im Jagdhaus verbrachten. War das das erste Mal?«

»Ich ... ich weiß nicht.« Gareth wirkte erschüttert und verängstigt, so wie damals, als Jennys Gedanken in seinen Geist eingedrungen waren, so als betrachte er Dinge, die ihm einen großen Schrecken einjagten. Trey zog unterdessen einen kleinen Scheit aus dem Kaminfeuer und entzündete damit die elfenbeinfarbenen Lampen auf dem niedrigen Tisch neben John.

Es dauerte einige Zeit, bis Gareth seine Stimme wiederfand. »Vielleicht. Vor einigen Monaten bat sie mich, zusammen mit ihr und Vater in ihrem Flügel des Schlosses zu speisen. Ich lehnte ab. Ich fürchtete, mein Vater sei böse auf mich, weil ich nichts von seiner Mätresse hielt, doch später richtete er einige Worte an mich, die mich sehr verwunderten. Er schien nicht einmal etwas von meiner Ablehnung gegenüber Zyerne zu wissen. Ich dachte ...« Das rötliche Glühen in seinem Gesicht verstärkte sich noch. »Damals glaubte ich, Zyerne habe sich vielleicht in mich verliebt.«

»Ja, und ich kenne diese Art von Liebe«, warf John ein und kratzte sich am einen Nasenflügel. »Für gewöhnlich ist sie auf Wölfe und Schafe beschränkt und hat nicht unbedingt etwas Romantisches an sich. Was veranlaßte dich dazu, die Einladung nicht anzunehmen?«

»Polycarp.« Gareth zupfte am Saum seines Umhangs, der dort matt glänzte, wo das an der Seite des Bettes leuchtende Lampenlicht helle Streifen darauf bildete. »Er riet mir von Anfang an, mich vor ihr in acht zu nehmen. Er erfuhr von dem geplanten Essen und redete es mir aus.«

»Nun, ich verstehe nicht viel von Magie und solchen Dingen, aber um ganz ehrlich zu sein, mein Junge: Ich glaube, er hat dir dadurch das Leben gerettet.« John lehnte sich zurück, und mit den Fingerkuppen pochte er lautlos auf das verzierte Holz der Leier.

Gareth schüttelte verwirrt den Kopf. »Aber warum? Kaum eine Woche später versuchte er, uns umzubringen – mich und meinen Vater.«

»Bist du sicher, daß es wirklich Polycarp war?«

Der junge Mann starrte den Drachentöter groß an, und als er nach und nach begriff, verzerrte sich seine Miene zu einer Fratze des Entsetzens. »Aber ich habe ihn doch mit eigenen Augen gesehen ...«, brachte er unsicher hervor.

»Wenn Zyerne dazu in der Lage ist, die Gestalt einer

Katze oder eines Hundes anzunehmen, so wäre es ihr doch auch gewiß möglich, in die Rolle des Magisters von Halnath zu schlüpfen – was meinst du, Jen?« Aversin wandte seinen Blick zu Jenny, die sehr nachdenklich geworden war. Sie hatte ein Bein angezogen, die Arme daraufgelegt und stützte das Kinn auf ihr Handgelenk.

»Sie muß nicht seine Gestalt angenommen haben«, gab sie leise zurück. »Ein Trugbild hätte völlig genügt. Die Gestaltveränderung erfordert enorm viel Kraft – nun, andererseits *hat* Zyerne große magische Macht. Für welche der beiden Möglichkeiten sie sich auch entschieden haben mag: Ein solches Handeln war aus ihrer Sicht nur konsequent. Wenn Polycarp ahnte, was sie mit Gareth vorhatte, so mußte sie ihn in Mißkredit bringen und loswerden. Und indem sie dich, Gar, zum Augenzeugen machte, nahm sie dir jede Möglichkeit, deinem ehemaligen Freund zu helfen. Sicher hat sie gewußt, wie sehr dich Polycarps angeblicher Verrat treffen mußte.«

»Nein!« hauchte Gareth wie benommen, und der Schrekken angesichts dessen, was er getan hatte, überwältigte ihn nahezu.

In der nachfolgenden Stille war Treys Stimme wie ein gedämpftes Raunen. »Aber was will Zyerne von Gareth? Ich kann verstehen, warum es ihr wichtig ist, Einfluß auf den König zu nehmen, ohne dessen Unterstützung ... Nun, in einem solchen Fall wäre sie nicht unbedingt ein Niemand, könnte jedoch nicht das Leben führen, das sie jetzt genießt. Doch warum ist ihr daran gelegen, auch Gareth für sich zu gewinnen? Und was hat sie mit Bond vor? Er kann ihr doch keine Vorteile bieten ... Ich meine, wir sind eigentlich nur eine unwichtige Familie, wißt Ihr. Wir haben keine politische Macht und sind auch nicht reich.« Ein reumütiges Lächeln umspielte die Mundwinkel Treys, als sie an den Borten ihres Ärmels zupfte. »Das alles ... Man muß natürlich einen gewissen Anschein wahren, und Bond versucht, mich gut zu verheiraten. Aber eigentlich haben wir nichts, das für Zyerne von Interesse sein könnte.«

»Und warum zerstört Zyerne sie?« fragte Gareth. Das Vibrieren in seiner Stimme machte deutlich, wie sehr er sich um das Schicksal seines Vaters sorgte. »Haben alle Beschwörungen eine solche Wirkung?«

»Nein«, erwiderte Jenny. »Das überrascht mich ja gerade so: Ich habe noch nie von einem Beeinflussungszauber gehört, der zwar die Seele des Opfers dem Willen des betreffenden Magiers unterwirft, jedoch den Körper langsamer Auszehrung preisgibt. Andererseits kenne ich jedoch auch keine Beschwörung, mit der man eine derartige Macht auf andere Menschen ausüben kann – jedenfalls keine, die so lange wirkt wie die, die Zyerne gegenüber deinem Vater eingesetzt hat, Gareth. Aber ihr Zauber ist die Magie der Gnome und unterscheidet sich damit von der bei uns Menschen gebräuchlichen Zauberei. Vielleicht gehört zu ihren Geheimnissen eine Formel, mit der sie die Lebensessenz einer anderen Person beherrschen kann.« Jenny überlegte kurz, und etwas leiser fügte sie hinzu: »Um jedoch eine so umfassende Kontrolle auszuüben, muß sie zuvor die Zustimmung des Königs bekommen haben.«

»Seine Zustimmung?« entfuhr es Trey erschrocken. »Aus welchem Grund sollte er sich ihr denn freiwillig gefügt haben?«

Gareth, so stellte Jenny interessiert fest, gab darauf keine Antwort. Auf der Straße im Norden hatte er, wenn auch nur kurz, in den Spiegel seiner Seele geblickt – und er kannte auch Zyerne.

»Um so tief in die Essenz einer anderen Person einzudringen«, erklärte Jenny, »um sie sich vollkommen zu unterwerfen, ist die Zustimmung des Opfers unabdingbar. Zyerne hat die Fähigkeit zum Gestaltwandel. Das Prinzip ist gleich.«

Trey schüttelte den Kopf. »Ich verstehe nicht ganz ...«

Jenny seufzte, trat auf das junge und neben Gareth sitzende Mädchen zu und legte ihm eine Hand auf die Schulter. »Ein Gestaltwandler kann die Essenz eines anderen Lebens verändern, so wie auch die eigene. So etwas verlangt ungeheuer viel Kraft – und zunächst einmal die Zustimmung des Opfers, ganz gleich, auf welche Weise sie gewonnen wird. Es kann sich dem Gestaltwandler so lange widersetzen, bis der einen zustimmenden Faktor findet, irgendeinen Dämon, der sich im Innern der fremden Essenz verbirgt und verändert werden will.«

Angesichts der sich draußen weiter verfinsternden Dunkelheit wirkte der Glanz des Lampenlichts noch goldener, und er warf einen honiggelben Schein auf Treys zarte Wange. In den großen Augen unter den dichten Wimpern sah Jenny das Funkeln von Furcht, aber auch das matte Schimmern der Faszination, des vagen Verstehens, des ersten Hauchs einer Zustimmung.

»Ich glaube, du würdest dich mir widersetzen, wenn ich versuchte, dich in ein Schoßhündchen zu verwandeln – vorausgesetzt, ich hätte überhaupt die Macht dazu. Doch wenn ich statt dessen versuchte, dir die Gestalt eines Pferdes zu geben, eines prächtigen Apfelschimmels, grau wie Rauch und eine Schwester der Meereswinde ... ja, ich glaube, dann könnte ich deine Zustimmung gewinnen.«

Trey wandte sich ruckartig von Jenny ab und verbarg ihr Gesicht an Gareths Schulter. Schützend schlang der junge Mann den Arm um sie – das heißt, er versuchte es, hatte aber nur wenig Erfolg damit, da er auf den weiten Ärmeln saß.

»Das ist die Macht des Gestaltwandelns und ihre Gefahr«, sagte Jenny, und ihre Stimme war kaum mehr als ein dumpfes Brummen. »Würde ich dich in ein Fohlen verwandeln, so wäre deine Essenz die eines Pferdes. Du dächtest wie ein Roß, hättest den Leib einer Stute, und deine Sehnsüchte und Wünsche wären die eines jungen Tieres. Eine Zeitlang erinnertest du dich vielleicht noch daran, wer und was du einmal warst, doch du hättest keine Möglichkeit, wieder zu einem Mädchen zu werden. Ich glaube, als Fohlen wärst du sehr glücklich.«

»Hört auf«, flüsterte Trey und preßte sich die Hände auf die Ohren. Gareth rutschte ein wenig zur Seite, schaffte es, den Arm ganz zu heben und legte ihn um die Schultern des jungen Mädchens. Jenny schwieg. Nach einer Weile hob Trey den Kopf. Der Blick ihrer dunklen Augen war trübe, in sich gekehrt. »Es tut mir leid«, sagte sie leise. »Ich fürchtete mich nicht vor Euch, sondern vor mir selbst.«

»Ich weiß«, antwortete Jenny sanft. »Verstehst du jetzt? Verstehst du, Gareth, was Zyerne mit deinem Vater gemacht haben könnte? Manchmal ist es einfacher und bequemer, die eigenen Anstrengungen aufzugeben und sich von jemand anders anleiten und führen zu lassen. Als Zyerne Macht über den König gewann, konnte sie dich nicht ebenfalls ihrem Willen unterwerfen, denn du hattest ihre Nähe gemieden. Du haßtest sie und warst kaum mehr als ein Kind – sie konnte dich nicht so in Versuchung führen wie einen Mann. Inzwischen aber bist du erwachsen ...«

»Das ist ja gräßlich.« Trey schauderte und schlang ihrerseits den Arm um Gareth.

»Aber eine verdammt effektive Möglichkeit für Zyerne, ihre Macht abzusichern«, sagte John fest und stützte einen Arm auf die Leier, die er sich über die Knie gelegt hatte.

»Ich bin mir nach wie vor nicht ganz sicher, ob Zyerne auf diese Weise vorgegangen ist«, warf Jenny ein. »Und es erklärt nicht, warum sie das auch mit Bond macht. Ich kann erst Gewißheit erlangen, wenn ich den König sehe und Gelegenheit habe, mit ihm zu sprechen ...«

»Bei der Großmutter Gottes!« entfuhr es John Aversin. »Er hat nicht einmal ein Ohr für seinen eigenen Sohn, Liebste, geschweige denn für mich oder dich.« Er überlegte kurz. »Vielleicht ist Zyerne der Grund, warum er mich nicht empfängt.« Er sah Gareth an. »Weißt du, Gar, je mehr ich darüber nachdenke, desto größer wird mein Wunsch, einige Worte mit deinem Vater zu wechseln.«

8. Kapitel

In der Stille des Gartens verursachte Gareth, der gerade an der Mauer herabkletterte, Geräusche, die mindestens so laut schienen wie das Grunzen sich paarender Büffel. Jenny zuckte unwillkürlich zusammen, als sich der junge Mann die letzten Meter fallen ließ. Über dem auf der Mauer wachsenden Efeu sah sie kurz das trübe Aufglitzern zweier Brillengläser, und Johns Stimme hauchte: »Warum läutest du nicht gleich die Alarmglocke, junger Held?«

Ein leises Rascheln folgte. Eigentlich hörte Jenny gar nicht, wie Aversin auf dem Boden neben ihr landete; sie spürte es mehr. Durch das Geflecht aus nackten Zweigen und Ästen warf sie noch einen letzten Blick in den dunklen Garten, in dem sich nichts rührte, dann gesellte sie sich zu den anderen. In der Finsternis war Gareth ein fransiger und in rostfarbenen Samt gehüllter Schatten. John hingegen war nahezu unsichtbar, denn die dunklen Muster seines Umhangs ließen ihn mit dem Schwarz der Umgebung verschmelzen.

»Dort drüben«, hauchte Gareth und nickte in Richtung der anderen Gartenseite. Dort glühte ein Licht in der Nische zwischen zwei Kleeblattbögen. Der Glanz spiegelte sich auf dem feuchten Gras wider, und es sah fast so aus, als habe dort jemand achtlos einige Münzen verstreut.

Der junge Mann wollte sich in Bewegung setzen, doch John hielt ihn am Arm fest und wisperte: »Ich glaube, wir sollten uns besser absichern, wenn wir den Schloßwächtern nicht in die Arme laufen wollen. Ich mache einen kleinen Umweg und schleiche mich von der anderen Seite an die Mauer heran. Wenn ich dort bin und die Luft rein ist, pfeife ich einmal wie ein Ziegenmelker. In Ordnung?«

Gareth verharrte und zupfte nervös an seinen Ärmeln. »Und was ist, wenn ein echter Ziegenmelker trillert?«

»Zu dieser Jahreszeit?« erwiderte Aversin mit gelindem

Spott und verschwand flink und behende wie eine Katze in der Dunkelheit. Jenny beobachtete ihn, wie er durch die grauschwarzen Schatten eilte und die Sträucher passierte, die auf drei Seiten den Flügel des Schlosses zierten, in dem sich die Privatgemächer des Königs befanden. Gareth drehte den Kopf von einer Seite zur anderen, und die Heilerin gelangte amüsiert zu dem Schluß, daß er den Drachentöter schon nach wenigen Sekunden aus den Augen verloren hatte.

In der Nähe der Bögen tanzten Reflexe des rötlichen Lampenlichts für einen Sekundenbruchteil über zwei Brillengläser, die eisernen Beschläge eines Armschutzes und die Konturen einer langen Nase. Als Gareth sah, daß John sein Ziel sicher erreicht hatte, wollte er ihm folgen, doch Jenny zog ihn geräuschlos zurück. Aversin hatte noch nicht gepfiffen.

Unmittelbar darauf erschien Zyerne in dem Torbogen.

Obgleich John nur knapp zwei Meter von ihr entfernt war, bemerkte die Magierin ihn zunächst nicht, denn er verhielt sich völlig still und rührte sich nicht vom Fleck. In Zyernes Gesicht, das im matten und aprikosenfarbenen Schein deutlich zu erkennen war, zeigte sich der gleiche befriedigte Ausdruck, den Jenny in dem Zimmer des Jagdhauses in der Nähe des Wildorakstroms gesehen hatte – weiche Züge, die darauf hindeuteten, daß gerade eine ganz persönliche Lust der Magierin zufriedengestellt worden war. Wie damals schauderte Jenny bei diesem Anblick; ihre Nackenhaare richteten sich auf, und sie empfand dumpfes Entsetzen.

Dann drehte Zyerne den Kopf. Sie zuckte leicht zusammen, als sie John in ihrer unmittelbaren Nähe sah, doch sie faßte sich sofort wieder und lächelte. »Ja, Ihr seid ein wirklich erstaunlicher Barbar.« Sie strich sich eine lange Strähne ihres losen Haars aus dem Gesicht. Auf der einen Wange ruhte eine zarte Locke. »Ist es nicht ein wenig zu spät für eine Audienz beim König?«

»Sogar um einige Wochen, wenn ich mich nicht irre.«

Ungeniert kratzte sich Aversin an der Nase. »Aber besser spät als nie, wie mein Vater bei der Hochzeit meines Großvaters sagte.«

Zyerne lachte leise, und es klang wie eine zarte Melodie. Jenny spürte, wie Gareth neben ihr schauderte, als dieses verlockende Lachen ihn an gräßliche Träume erinnerte.

»Und auch ziemlich frech. Hat Euch Eure Mätresse losgeschickt, um festzustellen, ob Uriens einem anderen Bann unterliegt als nur seiner Dummheit und Lust?«

Gareth holte zischend Luft, als er diese Worte vernahm, und Jenny fühlte seinen Zorn angesichts Zyernes beiläufiger Beleidigungen. Sie wunderte sich ein wenig, warum sie selbst nicht annähernd in dem Maße überrascht war.

John zuckte nur mit den Schultern und erwiderte schlicht: »Nein. Es ist einfach nur so, daß ich mich nicht gern in Geduld fasse.«

»Hm.« Zyernes Lächeln wuchs in die Breite, war gleichzeitig hintergründig und verführerisch. Man hätte fast meinen können, sie sei halb betrunken. Ihre Augen glühten so hell wie an jenem ersten Morgen in der Königlichen Galerie. Sie wirkte außerordentlich vital, und ihre müßige Arroganz deutete darauf hin, wie wohl sie sich fühlte, wie sicher. Die in der Nische leuchtende Lampe gab den schmalen Konturen ihres Gesichts eine bernsteinfarbene Tönung, als sie auf John zutrat, und Furcht entstand in Jenny, Besorgnis um Aversin, so als wisse er nicht, welche Gefahren ihm drohten. »Der Barbar, der mit den Händen ißt – und zweifellos nicht einmal die Stiefel auszieht, wenn er zu seiner Mätresse ins Bett steigt.«

Zyerne berührte John zärtlich an den Schultern, betastete die Muskeln und Knochen unter dem Leder und der Wolle. Doch John trat einen Schritt zurück und wahrte damit eine gewisse Distanz, so wie Zyerne dem Gnom ausgewichen war. Und wie der Gnom schien sie es für unter ihrer Würde zu halten, zu John aufzuschließen.

In einem übertriebenen nordländischen Akzent sagte der Drachentöter: »Ja, meine schlechten Manieren haben mir schon so manche schlaflose Nacht beschert. Aber ich bin nicht hierher nach Süden gekommen, um zu lernen, mit Messer und Gabel zu essen oder die Stiefel auszuziehen, bevor ich ins Bett gehe. Man berichtete mir, der Drache täte sich hier an rechtschaffenen Bürgern gütlich.«

Erneut erklang das leise Lachen Zyernes, und es war, als ließe ihre Stimme die schwarzen Schattenmuster der Nacht vibrieren. »Ihr werdet Eure Chance bekommen, Barbar aus dem Norden – wenn alles bereit ist. Die richtige zeitliche Abstimmung ist eine der Künste der Zivilisation.«

»Wie Ihr meint.« Vor dem Hintergrund des goldenen Lichts war John kaum mehr als eine schemenhafte Silhouette. »Und ich hatte hier ausreichend Gelegenheit, mich damit und auch mit den anderen Künsten der Zivilisation zu befassen, als da wären: Entgegenkommen und Freundlichkeit gegenüber Bittstellern, das ausgeprägte Ehrgefühl, das hier Maßstab aller Dinge ist, die partnerschaftliche Treue, auf die solcher Wert gelegt wird und die es natürlich unmöglich macht, einen Vater gegen seinen eigenen Sohn aufzubringen.«

Es schlossen sich einige Sekunden des Schweigens an, bevor Zyerne eine Antwort gab. Jenny sah, wie sich die Magierin versteifte. Ihre Stimme klang nach wie vor melodisch und war betont zuvorkommend, doch das konnte nicht über die Verärgerung hinwegtäuschen, die sich darin vernehmen ließ. »Was geht Euch das an, John Aversin? Unsere Traditionen hier im Süden unterscheiden sich eben von denen des Nordens. Nichts davon wird Euch die Möglichkeit nehmen, neuen Ruhm zu erringen. Und nur das solltet Ihr im Sinn haben. Ich gebe Euch Bescheid, wenn der richtige Augenblick gekommen ist.

Hört mich an, Aversin, und glaubt mir: Ich kenne diesen Drachen. Vor vielen Jahren habt Ihr schon einmal einen Wurm erschlagen – doch Ihr seid noch nicht Morkeleb begegnet, dem Schwarzen Drachen der Großen Barriere. Er ist viel größer als das Ungeheuer, das Ihr besiegtet, weitaus mächtiger als Ihr ahnt.«

»Das habe ich mir bereits gedacht.« John rückte seine Brille zurecht, und das rosafarbene Licht glitzerte auf den stählernen Dornen seines Armschutzes. »Ganz offensichtlich bleibt mir nichts anderes übrig, als mich auf mein Glück zu verlassen.«

»Nein.« Zyernes glockenhelle Stimme war nun so scharf wie die Schneide eines Rasiermessers. »In diesem Fall hättet Ihr nicht die geringste Chance. Ihr und Eure Schlampe mögt Euch etwas vormachen – aber ich bin mir in diesem Punkt völlig sicher. Glaubt Ihr etwa, ich wüßte nicht, daß Euch die stinkenden Abfallfresser, die Gnome, angelogen haben? Sie haben sich geweigert, Euch genaue Karten der Tiefe zu geben, nicht wahr? Nun, ich kenne die Tiefe, John Aversin, jeden Tunnel, jede einzelne Passage. Ich kenne auch das Herz der unterirdischen Gewölbe. Darüber hinaus sind mir alle Tarn- und Schutzzauber bekannt, und ich versichere Euch: Ihr werdet sie brauchen, um nicht dem Drachen zum Opfer zu fallen. Ja, Ihr braucht meine Hilfe, um im Kampf gegen das Ungeheuer den Sieg zu erringen – um mit dem Leben davonzukommen. Ich sage: Geduldet Euch noch etwas, auch wenn Euch das schwerfallen mag, und dann bekommt Ihr diese Hilfe. Nachher belohne ich Euch mit den Dingen, die die Zwerge in ihren Schatzkammern horten – mit Kostbarkeiten, die Euer Vorstellungsvermögen weit übertreffen.«

John neigte den Kopf zur Seite. »*Ihr* wollt mich mit den Schätzen der *Gnome* belohnen?«

In der Stille hörte Jenny, wie Zyerne den Atem anhielt.

»Aus welchem Grund glaubt Ihr, Ihr könntet frei über die Kostbarkeiten der Zwerge verfügen?« fragte John. »Rechnet Ihr denn damit, Euch zur Herrscherin über die Tiefe aufschwingen zu können, nachdem ich den Drachen erschlagen habe?«

»Nein«, antwortete Zyerne ein wenig zu rasch. »Das heißt: Ihr wißt doch, daß die Gnome so unverschämt waren, sich gegen den König zu verschwören? Sie sind nicht mehr das starke Volk wie vor dem Erscheinen Morkelebs. Diejenigen, die nicht in der Tiefe den Tod fanden, sind schwach und stellen keine Einheit mehr dar. Viele von ihnen haben die Stadt verlassen und damit ihre Rechte verwirkt, und das ist auch gut so.«

»Wenn man mich so behandelte wie sie«, gab John zurück und lehnte sich mit der einen Schulter an die blaugelben Fliesen des Torbogens, »würde ich ebenfalls gehen.«

»Sie haben es nicht anders verdient«, hielt ihm Zyerne giftig entgegen. »Sie haben mich daran gehindert ...« Die Magierin unterbrach sich und fuhr ruhiger fort: »Euch ist doch klar, daß sie kein Geheimnis daraus machen, die Aufständischen von Halnath zu unterstützen, oder? Es ware töricht, den Kampf gegen den Drachen aufzunehmen, bevor wir alle Verschwörungspläne der Gnome kennen. Sonst hätten sie die Gelegenheit, in ihre unterirdische Bastion zurückzukehren, dort zu neuer Macht zu gelangen und sich weiteren verräterischen Bestrebungen zu widmen.«

»Ich weiß nur, daß man dem König und seinem Volk immer wieder einredete, die Zwerge seien Verschwörer«, stellte Aversin in einem sachlichen Ton fest. »Und wie ich hörte, hatten die Zwerge, die in der Zitadelle Zuflucht suchten, gar nicht die Möglichkeit, sich ihren Bündnispartner auszusuchen. Gars Verschwinden hat Euch sicher sehr geholfen, und angesichts seiner Verwirrung dürfte der König geneigt sein, alles zu glauben. Nur jemand, der es selbst auf die unterirdischen Refugien abgesehen hat, kann zu dem Schluß kommen, es sei töricht, den Drachen zu erschlagen, bevor noch mehr Zwerge die Stadt verlassen haben.«

Erneut schloß sich Stille an. Jenny beobachtete, wie sich der zinnoberrote Schein der Nischenlampe matt auf der Seide von Zyernes Ärmel widerspiegelte, als die junge Magierin zornig die eine schmale Hand zur Faust ballte und offenbar Mühe hatte, sich zu beherrschen. »Das sind höchst komplizierte politische Angelegenheiten, Drachentöter. Und sie gehen Euch nichts an. Ich sage es Euch noch einmal: Seid geduldig und wartet ab, bis ich Euch mitteile, daß die Zeit gekommen ist. Dann reiten wir gemeinsam in die Tiefe, Ihr und ich, und ich verspreche Euch, Euch nicht den Ruhm streitig zu machen, den Ihr durch das Erschlagen des Schwarzen Drachen erringt.«

Wieder trat Zyerne dicht an John heran, und die Diamanten ihrer Ringe glitzerten hell vor dem Hintergrund dunklen Leders und verblichener Wolle.

»Nein«, sagte Aversin dumpf. »Ihr macht Euch zur Königin der Tiefe, nachdem ich für Euch das Ungeheuer getötet habe. Ihr habt den Drachen gerufen, gebt es zu.«

»Nein.« Es klang so, als breche ein im Frost erstarrter Zweig. »Das ist Unfug.«

»Ach, wirklich, Schätzchen? Dann könnt Ihr aber von Glück sagen, daß er gerade in dem Augenblick kam, als Ihr nach einer Möglichkeit Ausschau hieltet, unabhängig vom König eigene Macht zu erringen – für den Fall, daß Uriens Euch satt bekommt oder überraschend stirbt. Ganz zu schweigen von dem Gold der Zwerge.«

Als Zyerne die Hand hob, sah Jenny die Wut der Magierin wie ein grelles Licht, das plötzlich im Garten aufblitzte. Furcht kroch in ihr empor, und sie war versucht, einen warnenden Schrei von sich zu geben. Sie wußte, daß sie nicht rechtzeitig an die Seite Johns gelangen konnte, um ihn vor Zyernes Zauber zu schützen, und einmal mehr erinnerte sie sich in diesem Zusammenhang daran, daß die Magierin ihr weit überlegen war. Aversin stand mit dem Rücken zum Torbogen, und er konnte nur den Arm heben, um die Augen zu schützen. Weißes Feuer leckte von den Fingerkuppen der jungen Frau vor ihm. Es grollte wie von einem Donner, der einem jähen Blitz folgt, und die weißen, am Rande kobaltblau schimmernden Flammern leckten zischend und knisternd über verwitterten Stein und Moosfladen in kleinen Fugen und Ritzen. Überdeutlich waren in ihrem Schein die einzelnen Blüten der nahen Winterrosen zu erkennen. Als sie verblaßten, roch die Luft nach Ozon und verbrannten Blättern.

Es dauerte eine ganze Weile, bis John den Arm wieder sinken ließ. Jenny konnte deutlich sehen, wie sehr er zitterte, und infolge des Schocks und des Entsetzens waren ihre eigenen Knie so schwach, daß sie befürchtete, jeden Augenblick zu Boden zu sinken. Doch die Angst vor der Macht Zyernes gab ihr die Kraft, sich irgendwo festzuhalten. Sie verfluchte den Umstand, es nicht mit der arroganten jungen Frau aufnehmen zu können. John stand vor Zyerne und rührte sich nicht.

Die Stimme der Magierin klang triumphierend, als sie nach einer Weile sagte: »Ihr nehmt Euch zuviel heraus, Drachentöter. Ihr könnt nicht so mit mir sprechen, als sei ich die schmutzige Schlampe, von der Ihr Euch begleiten laßt. Ich bin eine wirkliche Hexe.«

Aversin gab keine Antwort darauf, nahm mit behutsamen Bewegungen die Brille ab und rieb sich die Augen. Dann schob er sich das Gestell mit den beiden Gläsern wieder auf den Nasenrücken, und im matten Licht der Nischenlampe musterte er still die vor ihm stehende Frau.

»Ich bin eine wirkliche Hexe, eine mächtige Magierin«, wiederholte Zyerne leise. Sie streckte die Hände nach ihm aus, und ihre schmalen Finger zupften spielerisch an seinen Ärmeln. Etwas dumpfer und heiserer fügte sie hinzu: »Und wer sagt denn, daß die Übereinkunft, die wir treffen, nicht mehr ist als nur ein Zweckbündnis? Ihr braucht Eure Zeit nicht damit zu verbringen, voller Ungeduld darauf zu warten, endlich gegen den Drachen antreten zu können. Ich kann Euch die Tage versüßen, die Ihr hier verbringt.«

Doch als ihre Hände Aversins Wangen berührten, griff er ruckartig nach ihren Unterarmen und stieß sie zurück. Einige Sekunden lang starrten sie sich an, und abgesehen von dem leisen Zischen ihres Atems herrschte absolute Stille. Sie wandte den Blick nicht von dem Mann ab, und vielleicht, so vermutete Jenny, versuchte sie nun, in Johns Geist einzudringen, in seiner Seele nach einem zustimmenden Faktor zu suchen.

Mit einem leisen Fluch ließ sie die Arme sinken. »Also

beherrscht Eure kleine Hure wenigstens die Leidenschaftsformeln, nicht wahr? Nun, so wie sie aussieht, waren das bestimmt die ersten Beschwörungen, die sie lernte. Eins versichere ich Euch, Drachentöter: Wenn Ihr losreitet, um gegen das Ungeheuer in der Tiefe zu kämpfen, so werde ich es sein, die Euch begleitet, nicht Eure Mätresse. Ihr könnt nicht auf meine Hilfe verzichten, und Ihr brecht erst auf, wenn ich es Euch sage, wenn ich den König dazu veranlasse, Euch seine Erlaubnis zu geben – vorher nicht. Nutzt die Gelegenheit, Euch in einer ganz bestimmten Kunst der Zivilisation zu üben: in der Geduld, Barbar aus dem Norden – denn ohne meine Hilfe habt Ihr nicht die geringsten Aussichten, mit dem Leben davonzukommen.«

Zyerne wandte sich von ihm ab, und als sie ging, griff sie nach der in der Nische leuchtenden Lampe. In ihrem honigfarbenen Schein wirkten die Züge ihres Gesichts so lieblich und sanft und unschuldig wie die eines siebzehnjährigen Mädchens, unbefleckt von Wut oder Verderbtheit, von Durchtriebenheit oder Heimtücke. John rührte sich nach wie vor nicht von der Stelle und sah ihr stumm nach. Schweißperlen glänzten wie winzige Diamanten auf seiner Stirn, als er langsam über die verbrannten Stellen auf seinen Händen strich.

Kurz darauf erhellte sich das Fenster hinter ihm. Durch das unregelmäßige Gitterwerk aus angenehm duftenden Büschen und Sträuchern, die an den mit kunstvollen Schnitzmustern versehenen Einfassungen wuchsen, konnte Jenny einen Blick in das Zimmer werfen. Undeutlich erkannte sie die Farben komplexer Fresken an den Wänden, sah kostbare Gefäße aus Gold und Silber, das Glitzern purpurner Seidenstickereien auf den Bettvorhängen. Ein Mann ruhte auf dem weichen Polster und zitterte unruhig im Traum. Das blonde Haar war zerzaust und wirkte fast farblos vor dem Hintergrund der bunten Samtkissen. Sein Gesicht war eingefallen und hohl, so blaß und leblos wie das eines Menschen, den ein Vampir geküßt hatte.

»Es geschähe ihr ganz recht, wenn Ihr Bel noch heute nacht verließet!« ereiferte sich Gareth. »Wenn Ihr nach Norden zurückkehrtet und ihr selbst den Drachen überließet, der ihr so wichtig ist!«

Der junge Mann wirbelte herum und wanderte erzürnt in dem großen Zimmer des Gästehauses auf und ab, so aufgebracht, daß er hätte platzen können. In seinem Zorn dachte er nicht an seine Furcht vor Zyerne, daran, wie sehr es ihm darauf ankam, sich vor ihr zu schützen, und er schien sich auch nicht mehr an seine lange Reise ins Winterland zu erinnern, an die Verzweiflung, die ihn dazu gebracht hatte, sich auf die Suche nach dem legendären Drachentöter zu machen. Jenny saß am Fenster und beobachtete den wütenden Gareth. Nach außen hin wirkte sie ruhig und gefaßt, doch in ihrem Innern herrschte ebenfalls Aufruhr.

John sah von der Leier auf. »Das hätte keinen Sinn, junger Held«, antwortete er. »Warum und wie der Drache auch hergekommen sein mag – er lauert jetzt in der Tiefe. Wie Zyerne schon sagte: Die hiesige Politik geht mich nichts an, aber ich kann nicht einfach fort und die Menschen dieses Landes im Stich lassen. Ganz abgesehen von den Gnomen: Wir dürfen die Frühjahrssaat nicht vergessen.«

Gareth blieb stehen und sah John groß an. »Wie?«

Aversin zuckte mit den Schultern, und seine Fingerkuppen strichen über das Holz der Leier. »Die Herbsternte ist verloren«, sagte er. »Und wenn der Drache auch noch im Frühling hier ist, kann keine Saat ausgebracht werden. Dann gibt es kein Korn, und das, mein junger Held, bedeutet, daß der Stadt eine echte Hungersnot droht.«

Gareth schwieg. Wie Jenny vermutete, hatte er daran überhaupt noch nicht gedacht. Wahrscheinlich wußte er gar nicht, was es hieß, Hunger zu leiden.

»Noch ein anderer Punkt kommt hinzu«, fuhr Aversin fort. »Wenn die Gnome nicht bald die Möglichkeit bekommen, wieder in ihre Tiefe zurückzukehren, wird Zyerne ihr Volk vertreiben, wie Dromar es bereits andeutete, und bestimmt gelingt es ihr dann auch, deinen Freund Polycarp in der Zitadelle vernichtend zu schlagen. Dromar weigert sich zwar, uns in alle Geheimnisse der Tiefe einzuweihen, doch wir dürfen nicht vergessen, daß uns die Zwerge ansonsten sehr geholfen haben. Darüber hinaus bin ich sicher, daß Polycarp dir das Leben rettete, dich zumindest davor bewahrte, ein ähnliches Schicksal zu erleiden wie dein Vater, der so sehr in ihrem Banne gefangen ist, daß er überhaupt nicht mehr begreift, was hier eigentlich vor sich geht. Nein, der Drache muß getötet werden.«

»Das ist es ja gerade«, gab Gareth zu bedenken. »Wenn Ihr den Drachen erschlagt, kann Zyerne über die Tiefe herrschen. Und das dürfte das Ende der Zitadelle sein, denn in dem Fall wäre sie dazu in der Lage, die Bastion von der anderen Seite her anzugreifen.« Besorgt richtete er seinen Blick auf Jenny. »*Könnte* sie den Drachen herbeigerufen haben?«

Jenny schwieg zunächst und dachte an die schreckliche Macht, die sie im Garten gespürt hatte, an die düstere und verdorbene Magie, die sie im Jagdhaus mit angesehen hatte. »Ich weiß nicht«, sagte sie schließlich. »Bisher habe ich noch nie davon gehört, daß menschliche Magie dazu in der Lage sein soll, Einfluß auf einen Drachen zu nehmen. Andererseits jedoch stammt Zyernes Zauberei von den Gnomen. Dennoch: So etwas erscheint mir nahezu unvorstellbar ...«

»Den Hahn an den Füßen, eine Kröte am Schilde ...«, wiederholte John. »Könnte sie durch seinen Namen über den Drachen gebieten? Sie kennt ihn immerhin.«

Jenny schüttelte den Kopf. »Morkeleb ist der Name, den die Menschen dem Ungeheuer gaben – so wie sie Azwylcartusherands Dromar nennen und Taseldwyn schlicht Mab. Wäre ihr der wahre Name des Drachen bekannt, seine Essenz, könnte sie ihn fortschicken. Und dazu ist sie offensichtlich nicht imstande, denn sonst hätte sie dich bei der Begegnung im Garten getötet.«

Sie warf sich ihren Schal über die Schultern, und die langen Strähnen ihres dichten Haars fielen wie ein Schleier darauf. Kälte schien durch das Fenster hinter ihr zu filtern.

Gareth nahm seine unruhige Wanderung wieder auf und schob die Hände tief in die Taschen der alten Jagdhose, die er für den nächtlichen Ausflug angezogen hatte.

»Sie kennt also nicht den wahren Namen des Drachen?«

»Nein«, bestätigte Jenny. »Und in dem Fall ...« Sie zögerte, runzelte die Stirn und verdrängte diesen Gedanken.

John, dem der Zweifel in ihrer Stimme aufgefallen war, sah sie fragend an.

»Nein«, wiederholte Jenny. »Es ist einfach undenkbar, daß man sie angesichts ihrer Macht nicht in Begrenzungen unterwiesen hätte. Das ist das erste, was jeder Novize lernt.« Als sie Gareths Verwirrung sah, fügte sie erklärend hinzu: »Das ist einer der Gründe, warum ich mit meinen Beschwörungen recht viel Zeit brauche. Es kommt darauf an, die Wirkung bestimmter Formeln einer gewissen Beschränkung zu unterwerfen. Wenn man Regen herbeiruft, so muß man ihn genau begrenzen, damit nicht das ganze Land überflutet wird. Wenn man einen Vernichtungsfluch gegenüber einer Person oder eine Sache ausspricht, so ist eine Begrenzung unerläßlich, damit die entsprechende Magie nicht zu einer allgemeinen Katastrophe führt, die auch das eigene Heim und alle darin enthaltenen Dinge zerstört. Ja, die Zauberei entfaltet große Kraft, und wenn man sich mit ihrem Studium befaßt, so muß man zuerst die Beschränkungen lernen.«

»Trifft das auch auf die Magie der Zwerge zu?« fragte Gareth. »Ihr sagtet doch eben, sie unterscheide sich von der der Menschen.«

»Sie wird auf andere Art und Weise gelehrt, und das Wissen um sie wird anders weitergegeben. Einige der Dinge, die Mab mir zu erklären versuchte, verstand ich nicht, und was die Natur ihrer magischen Macht angeht, so war sie nicht dazu bereit, mir alle ihre Geheimnisse zu offenbaren. Aber es handelt sich dennoch um Zauberei.

Mab weiß um die Beschränkungen Bescheid. Und ihren Worten habe ich entnommen, daß die Begrenzungen in der ewigen Nacht in der Tiefe eine noch größere Rolle spielen als in der Welt der Menschen. Wenn Zyerne bei den Gnomen in die Lehre ging, so *muß* sie in diesem Aspekt der Magie unterwiesen worden sein.«

John warf den Kopf zurück und lachte schallend. »Himmel, das muß ihr ganz schön zusetzen!« Er kicherte. »Stell dir das nur vor, Jen. Sie wollte die Zwerge loswerden, und deshalb setzte sie die schlimmste Zauberformel ein, die ihr in den Sinn kam – und beschwor einen Drachen, den sie jetzt nicht wieder loswird! Das ist ja prächtig!«

»Es ist abscheulich und gräßlich«, berichtigte Jenny ernst.

»Kein Wunder, daß sie im Garten Feuer auf mich warf! Wenn ich mir vorstelle, wie wütend sie sein muß ...« Johns Augen unter den dichten Brauen blitzten.

»Ich halte das einfach für ausgeschlossen«, murmelte Jenny nach einer Weile, in dem Tonfall, den sie für gewöhnlich benutzte, um ihre Söhne zur Ordnung zu rufen, wenn sie es mit ihrem Herumtollen übertrieben. Dann, etwas ruhiger und gefaßter: »John, ohne eine langwierige Ausbildung kann sie nicht diese Stufe der Macht errungen haben. Das ist unmöglich. Jede magische Macht braucht eine Basis, erfordert einen Preis ...«

»Aber könnte so etwas nicht geschehen, wenn man eine außerordentlich starke Beschwörung einsetzt und die Auswirkungen nicht richtig einschätzt?«

Eine Zeitlang schwieg Jenny. Sie blickte aus dem Fenster und betrachtete die dunklen Konturen der Schloßzinnen, deren Schatten weit bis zum herbstlichen und sternenbesetzten Himmel emporragten. »Ich weiß es nicht«, erwiderte sie schließlich und strich mit der einen Hand über die spinnwebartigen Fransen ihres Gazeschals. »Sie gebietet über eine gewaltige Macht. Ich halte es für ausgeschlossen, daß sie nicht auf die eine oder andere Weise dafür bezahlt hat. Der Schlüssel zur Magie ist die Magie. Zyerne hatte nicht nur viel Zeit, sondern auch die Kraft, um sich eingehend mit der Zauberei zu befassen. Und trotzdem ...« Sie zögerte, und endlich wurde sie sich über die Gefühle klar, die sie der arroganten jungen Frau entgegenbrachte. »Ich dachte, jemand mit einer solchen Macht müsse anders sein.«

»Hm«, machte John leise, und ihre Blicke begegneten sich. »Laß dich von ihrem Charakter nicht bedrücken, Liebste. Nicht jeder, der sich mit dem Studium der Zauberei befaßt, muß notwendigerweise so werden wie Zyerne. Auf dich jedenfalls trifft das gewiß nicht zu.«

Jenny seufzte, einmal mehr über die seltsame Intuition Johns erstaunt, mit der er genau das zu erfassen vermochte, was sie bewegte. Sie dankte ihm mit einem liebevollen Lächeln.

»Und was sollen wir jetzt machen?« fragte Gareth leise. »Der Drache muß getötet werden. Und wenn Ihr ihn erschlagt, so spielt Ihr Zyerne damit direkt in die Hände.«

Ein erneutes Lächeln huschte über Johns Züge, und hinter den Gläsern seiner Brille funkelten die Augen so schelmisch wie die eines Knaben, der trotz des harten Lebens im Winterland, trotz der Strenge seines Vaters einen lustigen Streich im Sinn hatte. Jenny fühlte Aversins Blick auf sich ruhen, und sie sah, wie eine der buschigen rötlichen Augenbrauen zitterte. Nach zehn Jahren waren sie daran gewöhnt, sich wortlos etwas mitzuteilen.

Ein Hauch von Furcht strich ihr kalt über den Rücken – obgleich sie wußte, daß John recht hatte. Nach einigen Sekunden des Zögerns holte sie tief Luft.

»Na schön.« Johns jungenhaftes Lächeln wuchs in die Breite, und er rieb sich die Hände und wandte sich Gareth zu. »Pack deine Sachen zusammen, junger Held. Wir machen uns noch heute nacht auf den Weg zur Tiefe.«

9. Kapitel

»Halt.«

Verwundert zogen die beiden rechts und links von Jenny reitenden Männer die Zügel an. Die Heilerin saß auf Halbmonds Rücken, und das Pferd verharrte nun auf dem von welken Blättern bedeckten Weg. Ringsum herrschte Stille, und die Vorberge der Großen Barriere waren schweigende Schatten im trüben grauen Licht. Leise seufzte der Wind im winterlich kahlen Geäst der Straßenbäume, und ein leises Klirren erklang, als Fischadler an der Führungsleine zerrte. Clivy senkte den Kopf und suchte in dem Riedgras am Rande des Grabens nach etwas Freßbarem. Die unteren Flanken der Hügel waren von dichtem Wald bewachsen. Neben den schiefergrauen Stämmen wuchs dichtes rostfarbenes Unterholz. In dem Bereich, in dem sich die Reiter jetzt befanden, war die Vegetation weitaus lichter. Halb verborgen in dem von der Kälte spröde gewordenen Schilf, in der Nähe der feuergeschwärzten Steine des Wegpflasters, lagen die verbrannten Knochen der Flüchtlinge, die dem ersten Angriff des Drachen zum Opfer gefallen waren. Stumm leisteten sie den Überresten von Kochgeschirr Gesellschaft, auch den Silbermünzen, die bei der Flucht aus Börsen gefallen waren. Noch immer lagen sie dort. Bisher hatte sich niemand so nahe an die zerstörte Stadt herangewagt, um sie aufzusammeln.

Voraus waren im matten Licht einer winterlich trüben Sonne die ersten Häuser der Ortschaft Klamm zu sehen. Nach den Auskünften Gareths war jene Siedlung nie von einer Mauer geschützt gewesen. Die Straße führte durch den Torbogen des halb eingestürzten Uhrturms in die Stadt.

Eine ganze Zeitlang hockte Jenny reglos im Sattel, lauschte und drehte den Kopf von einer Seite auf die andere. Weder Gareth noch John gaben einen Laut von sich. Seit sie kurz vor Beginn der Morgendämmerung heimlich das Schloß verlassen hatten, war Aversin immer schweigsamer geworden. Jenny warf ihm nun einen kurzen Blick zu. Scheinbar ruhig und gelassen saß er auf dem Rücken des Pferdes, das er abfällig Trampel genannt hatte, und vermutlich erinnerte er sich nun zum wiederholten Male an die warnenden Worte Zyernes, an ihren Hinweis darauf, daß er ohne ihre Hilfe keine Aussichten hatte, bei einem Kampf gegen Morkeleb mit dem Leben davonzukommen.

Nicht zum erstenmal seit ihrem Aufbruch entstand dumpfe Furcht in der Heilerin.

»Gareth«, sagte Jenny schließlich, und ihre Stimme war dabei kaum mehr als ein Hauch. »Gibt es noch einen anderen Weg in die Stadt? Einen Zugang, der weiter von den Toren der Tiefe entfernt ist?«

Gareth runzelte die Stirn. »Warum?«

Jenny schüttelte den Kopf und war sich nicht ganz sicher, was sie zu dieser Frage veranlaßt hatte. Irgend etwas ließ eine gewisse Unruhe in ihr entstehen, so wie damals, am Rande der namenlosen Ruinenstadt im Winterland. Ihre Instinkte warnten vor einer Gefahr, und sie hielt danach Ausschau. Mabs Unterweisungen hatten diese Ahnungen noch weiter verstärkt, und irgendein Faktor in ihr weigerte sich, den Resten des Uhrturms noch näher zu kommen, jenen verwitterten und geschwärzten Mauern, die deutlich vor ihnen zu erkennen waren in dem blassen Sonnenlicht, das das Klammtal erfüllte.

Gareth dachte einige Sekunden lang nach. »Der Bereich, der am weitesten vom Großen Tor der Tiefe entfernt ist, müßte Tanners Anhöhe sein. Sie liegt am Rande der Berge, die die Stadt nach Westen hin abschirmen. Die Distanz zum Tor dürfte dort einen guten Kilometer betragen. Die ganze Ortschaft durchmißt kaum mehr als fünfhundert Meter.«

»Haben wir von der Anhöhe aus einen ungehinderten Blick auf das Tor?«

Die Fragen verwirrten den jungen Mann, doch er nickte.

»Die meisten Gebäude stürzten während des Angriffes ein. Doch wenn es Euch darauf ankommt, das Tor zu beobachten, so sollten wir vielleicht auf den Uhrturm klettern ...«

»Nein«, murmelte Jenny. »So nah dürfen wir uns nicht heranwagen.«

Bei diesen Worten drehte sich John ruckartig zu ihr um, und Gareth stammelte: »Das ... das Ungeheuer ... es kann uns doch nicht etwa *hören*, oder?«

»Doch«, entgegnete Jenny, obgleich sie nicht wußte, was sie zu dieser Antwort veranlaßte. »Ich meine: Nein – man kann nicht eigentlich von Hören sprechen. Ich weiß nicht. Ich spüre etwas, am Rande meines Wahrnehmungsbereiches. Ich glaube, der Drache weiß nicht, daß wir hier sind – noch nicht. Aber wenn wir näher heranreiten, könnte er von unserer Anwesenheit erfahren. Es ist ein alter Drache, Gareth. Er muß sehr alt sein, wenn sein Name in den Listen aufgeführt ist, die Caerdinn kannte. In einem der alten Bücher aus der Schloßbibliothek hieß es, daß sich Drachen häuten und dabei auch ihr Wesen verändern. Die Schuppen der jungen Ungeheuer sind in hellen Farben gehalten. Die der Drachen in reifem Alter zeichnen sich durch ein komplexes Muster aus, und die Tönungen der alten werden immer schlichter, wobei gleichzeitig ihre Macht zunimmt, immer mehr wächst. Morkeleb ist schwarz. Ich bin mir nicht darüber klar, was das genau bedeutet, aber die möglichen Konsequenzen gefallen mir nicht. Vermutlich haben wir es mit einem sehr alten und damit außerordentlich mächtigen und gefährlichen Ungetüm zu tun. Seine Präsenz dürfte das ganze Klammtal ausfüllen. Vielleicht läßt sich die Wahrnehmung seiner Sinne mit stehendem Wasser vergleichen, und alles, was sich darin rührt, muß unweigerlich die Oberfläche kräuseln.«

»Und es dürfte verdammt sicher sein, daß er die Ritter deines Vaters kommen hörte, nicht wahr, junger Held?«

Gareth war sehr blaß. Jenny berührte mit den Stiefelabsätzen sanft die Flanken ihrer Stute, die sich daraufhin der Ruine des Uhrturms um einige weitere Schritte näherte.

Die Heilerin konzentrierte sich und erweiterte ihre Sinne durch das ganze Tal. Durch das blattlose Gitterwerk der Büsche und Sträucher konnten sie die massiven Schatten der westlichen Grate der Großen Barriere sehen. Die rostroten Gipfel schienen am Himmelsgewölbe selbst zu kratzen, und hier und dort zeigten sich purpurne Schemen vor schiefergrauem Hintergrund. Einzelne Felsblöcke glänzten weiß wie Schnee, sahen aus wie Knochen, die aus dem Leib des Berges ragten. Oberhalb des durch den Drachen verbrannten Bereiches wuchsen die Bäume dicht an den Flanken und Hängen der Grate; abgelöst wurde der Wald schließlich von Moosen und Flechten auf hartem Felsgestein. Helle Schneeflächen folgten, durchzogen von einigen Hochtälern. Die eisverkrusteten Zacken und Spitzen der nackten, zerklüfteten Gipfel waren zur Zeit in fransige Wolkenschleier gehüllt. Jenseits des Gebirges, weiter im Osten, sahen sie jedoch einen zarten Rauchschleier, der von der Zitadelle und den Lagern der königlichen Truppen stammen mußte.

Unterhalb des Walls aus Bäumen, Felsen, Eis und Schnee erstreckte sich die offene Fläche des Klammtals, ein tiefer Einschnitt, gefüllt mit kühler Luft und mattem Sonnenschein – und noch etwas anderem. Jennys geistige Finger berührten das Fremde kurz und zuckten von dem wachen Bewußtsein zurück, das sie ertasteten, das wie eine zusammengerollte Schlange in einem finsteren Versteck lauerte.

Sie hörte, wie Gareth hinter ihr sagte: »Doch der Drache, den Ihr in der Schlucht von Wyr erschlugt, wußte nicht, daß Ihr kamt.« Seine Stimme schien viel zu laut zu sein, und Jenny war versucht, den jungen Mann zurechtzuweisen und zum Schweigen zu bringen. »Ihr konntet hinter das Ungetüm gelangen und es überraschen. Ich verstehe nicht, wieso ...«

»Ich ebenfalls nicht, junger Held«, unterbrach ihn John leise. »Aber wenn du auch bereit sein magst, darauf zu wetten, daß Jenny sich irrt ... Ich nicht. Führ uns zu jener Anhöhe, die du eben erwähntest.«

In jener Nacht, als der Drache die Stadt heimsuchte, hatten viele Bürger in den Häusern auf Tanners Anhöhe Zuflucht gesucht. Überall lagen ihre Knochen inmitten der verrußten Trümmer. Von einer offenen Fläche aus, an die sich einst Lager und Kornspeicher angeschlossen hatten, war es möglich gewesen, die ganze lebendige Ortschaft Klamm zu überblicken, die für gewöhnlich immer unter einer dichten Wolke aus dem Rauch der Schmelzöfen und Schmieden gelegen hatte. Dieser Dunst hatte sich inzwischen längst verflüchtigt. Die Stadt selbst war nur noch eine Ansammlung von Ruinen, ein Haufen aus geschwärztem Schutt und bleichen Knochen.

Als sich Jenny auf der Anhöhe umblickte, wallte jähes Entsetzen in ihr empor, und sie hatte das Gefühl, als habe ihr jemand die Faust in die Magengrube gebohrt. Nach einigen Sekunden begriff sie, warum ihr dieser Ort so vertraut erschien, und es war, als schnüre ihr ein Strick aus Eis die Kehle zu.

An dieser Stelle hatte sie John sterben sehen, in der Vision des dunklen Offenbarungswassers in der Schüssel.

Prophezeiungen dieser Art waren ihr nicht unvertraut, aber keine der Weissagungen hatte sich ihr mit einer derartigen Genauigkeit dargeboten. Diese Exaktheit schockierte sie zutiefst: Jeder einzelne Stein lag genau an dem Platz, an dem sie ihn in der Vision gesehen hatte. Sie erinnerte sich an die Silhouette der Berge vor dem Hintergrund des Himmels, an die Muster, die die Knochen in der Stadt weiter unten bildeten. Sie fühlte sich fast überwältigt von dem Verlangen, irgend etwas zu unternehmen, das imaginäre Gespinst der Prophezeiung zu zerreißen – eine Mauer endgültig einstürzen zu lassen, ein Loch zu graben, die Büsche am Rande der Anhöhe fortzureißen, dort, wo sich der Hang des Hügels der Ortschaft entgegenneigte. Sie wollte irgendeine Veränderung vornehmen, so daß sich die Wirklichkeit von der Weissagung unterschied. Doch tief in ihrem Innern wußte sie, daß so etwas keinen Unterschied machen konnte. Und sie fürchtete sogar, durch ein solches

Bemühen die Prophezeiung der Erfüllung noch ein wichtiges Stück näherzubringen.

Ihre Lippen fühlten sich fast taub an, als sie fragte: »Ist dies der einzige Bereich der Stadt, der so weit vom Tor entfernt ist?« Sie kannte die Antwort Gareths bereits.

»Ja, und der Grund dafür ist der Gestank der Gerbereien. Wißt Ihr, in der Nähe wurden keine weiteren Gebäude errichtet. Selbst die Wassertanks und Speicher stellte man weiter im Norden auf, zwischen den Felsen – obgleich sich die Quellen hier befinden.«

Jenny nickte benommen und blickte in Richtung der hohen Granitblöcke, auf die der junge Mann deutete, im Norden der Ortschaft. Eine schrille Stimme gellte in ihrer Seele: *Nein! Nein …*

Sie kam sich plötzlich dumm und töricht vor, und es war, als raube ihr irgend etwas die letzte Hoffnung, um an ihre Stelle tiefe Verzweiflung zu setzen. Sie fühlte sich unvorbereitet und naiv. Wir sind Narren, dachte sie verbittert. Daß John den Drachen von Wyr erschlug, war pures Glück. Wir hätten nicht so anmaßend sein dürfen anzunehmen, so etwas könne uns noch einmal gelingen. Zyerne hatte recht, o ja, sie hatte vollkommen recht.

Sie drehte den Kopf und sah John an, der sich inzwischen von Trampels Rücken geschwungen hatte und am felsigen Rande der Anhöhe stand, dort, wo es steil in die Tiefe ging, in das eigentliche Tal. Er blickte über die Stadt hinweg, auf das Tor zur Tiefe. Kälte sickerte von irgendwo heran und hüllte Jenny in eine frostige Umklammerung. Sie gab sich einen Ruck und dirigierte ihr Pferd an Aversins Seite.

Er sah nicht zu ihr auf, als er sagte: »Ich schätze, ich kann es schaffen. Wenn Dromar die Wahrheit sagte, gelange ich zum Tempel des Sarmendes, indem ich etwa fünfhundert Meter weit dem Verlauf der Großen Passage folge. Wenn ich mein Pferd zu vollem Galopp antreibe, müßte es uns gelingen, den Drachen in der Markthalle zu überraschen. Wenn wir davon ausgehen, daß er mich sofort hört, wenn ich diese Anhöhe hier verlasse, müßte es mir dennoch möglich sein, ihn zu erwischen, bevor er die Tiefe verlassen und in die Luft aufsteigen kann. In der Markthalle habe ich Platz genug, um gegen ihn zu kämpfen. Ja, das ist die einzige Möglichkeit.«

»Nein«, widersprach Jenny leise. Er hob den Kopf und sah stirnrunzelnd zu ihr auf. »Wenn wir jetzt nach Bel zurückkehren, hast du eine bessere Chance. Zyerne kann dir dabei helfen, das Ungeheuer aus dem Hinterhalt anzugreifen, von einem Bereich aus, der sich tiefer im Innern des unterirdischen Refugiums befindet. Ihre Beschwörungen können dich schützen. Meine Macht reicht dazu nicht aus.«

»Jen.« Sein ausdrucksloses und wachsames Gesicht erhellte sich plötzlich mit einem Lächeln. Er streckte die Arme aus, um ihr beim Absteigen zu helfen, und tadelnd schüttelte er den Kopf.

Die Heilerin rührte sich nicht. »Zumindest liegt es in ihrem Interesse, dich zu schützen, wenn sie will, daß der Drache erschlagen wird. Und darauf sollte sich eure Beziehung beschränken.«

Aversins Lächeln wurde zu einem Grinsen. »Ich weiß deinen Hinweis durchaus zu schätzen«, antwortete er. »Aber mach dir keine Sorgen. Bestimmt kann Zyerne nicht annähernd so gut kochen wie du.« Und damit half er ihr aus dem Sattel.

Die dunklen Ahnungen, die Jennys Herz umwölkten, verflüchtigten sich nicht. Im Verlaufe des kurzen Nachmittags verdichteten sie sich sogar weiter. Während sie die magischen Zirkel zog und in ihrer Mitte ein Feuer entzündete, um das Gift zu brauen, sagte sie sich immer wieder, daß das Wasser ein notorischer Lügner sei. Es konnte die Zukunft zwar besser voraussagen als Kristall, jedoch nicht mit der Zuverlässigkeit von Feuer. Fast körperlich spürte sie das Gewicht drohenden Unheils, und als sich die Nacht mit grauem Zwielicht ankündigte, glaubte sie, in der Glut unter dem Kessel erneut die schreckliche Vision zu sehen: Johns Kettenhemd, von scharfen Klauen an Dutzenden von Stellen aufgerissen, auf den metallenen Schuppen die dunkle Patina von Blut.

Jenny hatte ihr Feuer am anderen Ende der Anhöhe entzündet, so daß der Wind den Rauch und den beißenden Geruch des Giftes vom Lager und aus dem Klammtal forttrieb; den Rest des Nachmittages verbrachte sie damit, die Wirkung der einzelnen Zutaten und die Härte des Speerstahls magisch zu verstärken. Die Zwergin Mab hatte ihr von den Giften erzählt, auf die Drachen noch empfindlicher reagierten, und die Ingredienzien, die sich nicht im Besitz der Magierin aus dem Volk der Gnome befanden, hatte Jenny in einigen Apotheken am Molenmarkt gekauft. Während sie mit der Herstellung des Giftes beschäftigt war, durchstreiften die beiden Männer die Ruinen der Anhöhe, schöpften Wasser aus der Quelle im Wald – der Brunnen, der die Gerbereien versorgt hatte, war nur mehr ein trockener Schutthaufen – und errichteten ein Lager. Seit dem kurzen Gespräch am Rande der Anhöhe war John sehr schweigsam gewesen. Und Gareth schien innerlich zwischen Aufregung und wachsendem Entsetzen hin und her gerissen zu sein.

Jenny war ein wenig überrascht gewesen von seinem an Gareth gerichteten Vorschlag, sie zu begleiten – obgleich sie sich gerade mit einer solchen Bitte an den jungen Edelmann hatte wenden wollen. Sie hatte ihre eigenen Gründe dafür, Wert auf Gareths Gesellschaft zu legen, Gründe, die nicht seinen Wunsch betrafen, mit eigenen Augen zu sehen, wie ein Drache erschlagen wurde. Sowohl Jenny als auch John wußten, daß der junge Mann ohne ihre Hilfe in Bel verloren war und irgendwann Zyernes Bann erliegen mußte.

Vielleicht hatte Mab recht, dachte die Heilerin, als sie das Gesicht von den wie geisterhaft aus dem Kessel emporsteigenden Dampfschwaden abwandte und sich mit dem

Handschuh über die feuchten Wangen fuhr. In diesem Land gab es schlimmere Übel als den Drachen. Und wenn man es aus der richtigen Perspektive betrachtete, mochte es unter gewissen Umständen gräßlichere Tode geben, als im Feuer eines solchen Ungeheuers zu sterben.

Von der anderen Seite des Lagers her vernahm sie die Stimmen der Männer, die gerade dabei waren, das Essen vorzubereiten. Ihr fiel auf, daß weder John noch Gareth laut sprachen, wenn sie sich am Rande der Anhöhe befanden. »Diesmal passe ich auf«, sagte Aversin, als er einen Pfannkuchen auf das Blech legte. Er sah zu Gareth auf. »Wie ist die Markthalle beschaffen? Könnte ich dort in die Klemme geraten?«

»Das glaube ich eigentlich nicht – schließlich bietet sie Platz genug für den Drachen.« Der junge Mann überlegte kurz. »Es handelt sich um einen großen Saal, wie Dromar bereits sagte: über dreißig Meter lang und noch etwas breiter. Die Decke ist sehr hoch, und Felsen ragen wie Stalaktiten daraus hervor. Außerdem hängen Ketten davon herunter, an denen früher Hunderte von Lampen befestigt waren. Die Gnome ebneten den Boden und stellten Dutzende von Buden, Markisen und Verkaufsständen auf. Dort fand der Handel zwischen der Tiefe und dem Königreich statt. Ich bezweifle, daß dort etwas nicht dem Feuer des Drachen zum Opfer fiel.«

Aversin legte den letzten Pfannkuchen auf das heiße Blech, richtete sich auf und wischte die Finger am Ende seines wollenen Umhangs ab. Bläuliche Dunkelheit legte sich einem Schatten gleich über Tanners Anhöhe. Im Schein des Feuers sah Jenny die beiden Männer als goldgeränderte Konturen vor einem violettschwarzen Hintergrund. Sie kamen ihr nicht zu nahe, hauptsächlich wegen des Gestanks der im Kessel brodelnden Brühe, aber auch wegen der magischen Zirkel, die im sandigen Boden matt glühten. Der Schlüssel zu Magie ist Magie – Jenny hatte das Gefühl, ihre beiden Begleiter aus einer anderen Welt heraus zu betrachten. Sie war allein mit der Hitze des Feuers, dem beißenden Geruch des Giftes, dem bösen Stechen der Todesformeln auf ihrer Zunge.

Ungefähr zum zehntenmal an diesem Abend trat John an den Rande der Anhöhe. Jenseits der Ruinen wartete die dunkle Fläche des Tors. Stahlfetzen und Splitter verbrannten Holzes lagen auf den breiten Stufen der niedrigen Granittreppe verstreut, die undeutlich im wächsernen Licht des Mondes zu erkennen war. Die Stadt selbst schien in einem See der Finsternis versunken zu sein.

»So weit ist es nicht«, sagte Gareth hoffnungsvoll. »Selbst wenn der Drache Euch in dem Augenblick kommen hört, in dem Ihr ins Tal reitet: Bestimmt erreicht Ihr die Markthalle noch rechtzeitig genug.«

John seufzte. »Da bin ich mir gar nicht so sicher, junger Held. Drachen bewegen sich sehr schnell, selbst wenn sie nicht fliegen. Und der Boden dort ist mit Hindernissen übersät. Auch wenn Fischadler in vollem Galopp losläuft ... ich glaube, wir verlieren eine Menge Zeit. Ich hätte gern die Möglichkeit gehabt, nach einer sicheren Route zu suchen, doch das ist nicht möglich. Ich kann nur hoffen, daß es zwischen hier und dem Tor keine offenen Kellerluken oder Abortgruben gibt.«

Gareth lachte leise. »Es ist wirklich komisch: Daran habe ich noch nie gedacht. In den Balladen kommt das Pferd des Helden nie ins Straucheln, wenn er in den Kampf gegen den Drachen zieht – obgleich das in Wirklichkeit sogar bei Turnieren geschieht. Ich dachte, es würde ... oh, wie in einer solchen Ballade sein. Direkt. Ohne derartige Schwierigkeiten. Ich dachte, wir würden einfach Bel verlassen, hierher kommen und geradewegs in die Tiefe reiten ...«

»Ohne mein Pferd ausruhen zu lassen? Ohne uns die Zeit zu nehmen, die Lage auszukundschaften?« Hinter den Brillengläsern glitzerten Johns Augen. »Kein Wunder, daß die Ritter des Königs alle ums Leben kamen.« Er seufzte. »Meine einzige Sorge besteht darin, auf dem Weg zum Tor zuviel Zeit zu verlieren und unter den Drachen zu geraten, wenn er die Tiefe verläßt, um aufzusteigen ...«

Er hustete, wedelte sich mit der einen Hand frische Luft zu und brachte hervor: »Die Pest soll mich verfaulen lassen!« Er sprang auf, eilte auf das Feuer zu und stieß die rauchenden, verbrannten Pfannkuchen vom Blech. Dabei verbrannte er sich die Finger. »Bei der Großmutter Gottes: Ich muß mich vor meinen eigenen Söhnen schämen. Selbst Adric kocht besser als ich ...«

Jenny wandte sich von den beiden Männern ab und beachtete auch nicht die kühle Nacht jenseits der lodernden Flammen. Sie tauchte die Harpune in das dickflüssig gewordene Gebräu im Innern des Kessels, und das Haar klebte ihr auf den feuchten Wangen. Sie hatte ihre Ärmel hochgeschoben, und der Schweiß tropfte über ihre nackten Arme bis hin zu den Handschuhen. Die Hitze lag wie ein rötlicher Film auf ihren nackten Füßen.

Wie John fühlte sie sich in sich selbst zurückgezogen, sonderbar separiert von dem, was sie tat. Die Todesformeln bildeten ein unsichtbares Netz in ihrer unmittelbaren Nähe, ein filigranes Gespinst, von dem eine andere Art von Gestank ausging. Müdigkeit legte sich wie ein bleiernes Gewicht auf ihre Schultern, und hinter ihrer Stirn pochte ein dumpfer Schmerz. Auch wenn die Kräfte, die sie entfalten wollte, dem Guten dienten, so zehrten sie doch an ihrer Ausdauer. Sie empfand die daraus folgende Erschöpfung immer mehr als eine Belastung, und sie wußte, daß Müdigkeit zu Fehlern verleitete.

Sie erinnerte sich an den Goldenen Drachen, an jenen ersten und geradezu unbeschreiblichen Augenblick, als sie ihn am Himmel gesehen hatte, schimmernd wie ein bernsteinfarbenes Juwel. Das ist vollendete Schönheit – dieser Gedanke war ihr damals durch den Kopf gegangen. Sie entsann sich auch an den zerfetzten Kadaver, der in der Schlucht zurückgeblieben war, an die stinkenden Lachen aus Schleim und Blut und Gift, an die leise, silbrig helle Melodie, die schließlich zitternd verklang. Vielleicht lag es nur an den Dämpfen, die sie einatmete, doch bei diesen Erinnerungen entstand Übelkeit in ihr.

Sie hatte Meewinks erschlagen oder schwer verletzt und der Gier ihrer Artgenossen überlassen. Sie erinnerte sich an den schmierigen Schmutz im verfilzten Haar des Banditen, als sie nach seinen Schläfen getastet hatte. Das alles ließ sich jedoch nicht mit dem Drachen vergleichen. Meewinks und Banditen hatten sich selbst für das entschieden, was sie waren.

Ebenso wie ich.

Und was bist du, Jenny Waynest?

Sie fand keine Antwort darauf.

Vom anderen Feuer her wehte der Wind Gareths Stimme heran. »Es gibt da noch etwas anderes, das nie in den Balladen erwähnt wird und wonach ich Euch schon längst fragen wollte. Ich weiß, es mag sich dumm anhören, aber ... Wie verhindert Ihr, daß Ihr während des Kampfes Eure Brille zerbrecht?«

»Ich setze sie vorher ab«, erwiderte John schlicht. »Wenn man den Drachen kommen sieht, ist es natürlich zu spät. In dem Fall hilft mir Jen mit einer Zauberformel, damit sie nicht zu Boden fällt, wenn ich sie doch trage.«

Durch den Kokon der Todesformeln und Giftdämpfe beobachtete Jenny die beiden Männer. Der zitternde Schein des Feuers spiegelte sich unstet auf den metallenen Facetten des Wamses wider, den Aversin trug. Vor dem dunkelblauen Hintergrund der Nacht funkelten die stählernen Beschläge wie der goldene Stempel des Herstellers auf einem samtenen Tuch. Sie glaubte fast, Johns schelmisches Lächeln sehen zu können, als er sagte: »Ich dachte mir, wenn ich schon so töricht sei, mein Herz an eine Magierin zu verlieren, so könnte ich wenigstens die mir daraus erwachsenden Vorteile nutzen.«

Über den Graten der Großen Barriere leuchtete der Mond, wie ein halb zugekniffenes weißes Auge, das sich langsam, ganz langsam, weiter öffnete. Jenny hatte plötzlich das Gefühl, als stieße ihr jemand die stählerne Klinge eines Dolches mitten ins Herz, als sie sich daran erinnerte, daß sie diesen Mond schon einmal gesehen hatte: in der Schreckensvision des Offenbarungswassers.

Still zog sie sich in ihre eigene Welt zurück, in den Zirkel des Todes, trennte sich von dem anderen Kosmos, in dem es Freundschaft und Liebe gab, aber auch grenzenlose Dummheit und Schmerz, konzentrierte sich auf Beschwörungen der Zerstörung und Verzweiflung, kämpfte gegen ihre Müdigkeit an. Es lag in ihrer Macht, auf diese Weise dem Tode zu begegnen, und sie haßte sich dafür. Doch sie wußte, daß ihr, wie auch John, keine andere Wahl blieb.

»Glaubt Ihr, daß Ihr es schafft?« fragte Gareth besorgt. Im ersten Licht des dämmernden Tages lag die Ruinenstadt in purpurnen und grauen Tönen vor ihnen. Jenny hielt Fischadlers Zügel, und der Atem des Pferdes strich ihr warm über die Hand.

»Ich muß es wohl, oder?« John prüfte die Gurte und schwang sich dann in den Sattel. Das matte Licht des Morgenhimmels bildete eine graue Patina auf dem Fett, das Jenny in der vergangenen Nacht hergestellt und Aversin aufs Gesicht geschmiert hatte, so daß das Feuer des Drachen ihn nicht sofort verbrennen konnte. Der Frost glitzerte mit weißem Rauhreif auf Gräsern und Steinen, und Fischadler schnaubte nervös. Kurz vor Anbruch der Dämmerung hatte Jenny mit einigen Beschwörungen den Morgennebel vom Wind davonwehen lassen. Jetzt wallten keine Dunstwolken mehr durch die Klamm, und sie hatten klare Sicht auf das dunkle Tor. Im Licht der aufgehenden Sonne erwachten die Farben des Winters zu neuem Glanz. Jenny fröstelte; sie war müde und übernächtigt. Ihre ganze magische Kraft hatte sie auf das Gift konzentriert. Heftiger Schmerz hämmerte hinter ihrer Stirn, und sie fühlte sich beschmutzt, sonderbar, geistig von sich selbst getrennt: als vereinten sich zwei völlig verschiedene Persönlichkeiten in ihr. Dieses Gefühl hatte sie auch gehabt, als John gegen den ersten Drachen in den Kampf gezogen war. Damals allerdings hatte sie nicht um die Ursachen dieser Gefühle gewußt, nicht geahnt, was es bedeutete, solche Schönheit für immer zu vernichten. Sie fürchtete um Aversins Leben, und die Verzweiflung war wie eine eisige Klammer, in der ihr Herz pochte. Nichts sehnte sie mehr herbei als das Ende dieses Tages, ganz gleich, welche Konsequenzen es mit sich bringen mochte.

Die metallenen Facetten auf den Handschuhen des Lords klirrten leise aneinander, als er die Hand nach ihr ausstreckte. Jenny reichte ihm die Harpunen. Es waren insgesamt sechs, und er trug sie in einem großen Köcher auf dem Rücken. Der Stahl der mit Widerhaken versehenen Schäfte reflektierte das trübe Licht des neuen Tages, und die giftige Schwärze an den Spitzen sah noch dunkler aus. Das Leder der Griffe fühlte sich fest an. John hatte sich noch ein Kettenhemd über das mit metallenen Beschlägen verstärkte Wams gestreift, und sein Gesicht wurde von dem gleichen Material eingerahmt. Der Umstand, daß er sein Haar hinter die Kapuze gestopft hatte und keine Brille trug, schien die Wangenknochen stärker als gewöhnlich hervortreten zu lassen und ließ die Züge erahnen, die er als alter Mann tragen würde – wenn er nicht vorzeitig starb.

Jenny hätte gern noch einige Worte an ihn gerichtet, doch ihr fiel nichts ein. Eine seltsame Leere herrschte in ihr.

Aversin griff nach den Zügeln. »Wenn der Drache aus dem Tor kommt, bevor ich es erreiche, dann nehmt die Beine in die Hand und lauft«, sagte er ruhig. »Versteckt euch. Sucht euch irgendeine Höhle, einen Riß im Fels, je höher desto besser. Und laßt die Pferde frei. Es besteht die Möglichkeit, daß das Ungeheuer zuerst sie verfolgt.« Er ließ unerwähnt, daß er in diesem Fall rasch den Tod finden würde.

Kurze Stille schloß sich an. Dann beugte John sich aus dem Sattel vor und hauchte Jenny einen Kuß auf die Lippen. Seine fühlten sich so an wie immer: überraschend weich. Sie hatten nur wenig miteinander gesprochen, selbst in der vergangenen Nacht. Jeder von ihnen versuchte, sich mit dem Schweigen zu schützen, und sie verstanden es beide.

John zwang sein Roß zur Seite und blickte über das Tal hinweg in Richtung des schwarzen Tors, versuchte, sich das Ungeheuer vorzustellen, das im Innern der Zwergentiefe lauerte. Fischadler schnaubte erneut und schien die Unruhe seines Reiters zu spüren. Die Ruinenstadt schien plötzlich in die Breite zu wachsen, sich auf viele Kilometer zu dehnen, zu einer weiten Schuttebene mit Hunderten von Hindernissen und verborgenen Gruben zu werden. Für Jenny wirkte jede eingestürzte Wand so hoch wie ein Haus, und jeder offene Keller war wie eine breite Schlucht. Er schafft es nie, das Tor rechtzeitig zu erreichen, dachte sie.

John beugte sich wieder vor, und diesmal strich er über den Hals seines Pferdes. »Fischadler, guter alter Freund«, sagte er sanft. »Laß mich auch diesmal nicht im Stich.«

Dann gab er dem Pferd die Sporen, und eisenbeschlagene Hufe pochten über den felsigen Untergrund, als es davonstürmte, so rasch wie ein von der Sehne geschnellter Pfeil. Jenny stieg zwei Schritte am steilen Geröllhang herunter und sah dem grauen Pferd und seinem zinnfarbenen Reiter nach, die nun durch das Labyrinth aus aufgebrochenen Fundamenten stürmten, den Irrgarten aus lose hängenden Trägern, stehendem Wasser, von Rauhreif bedecktem und halb verkohltem Holz. Jennys Herz pochte bis zum Hals empor, als sie ihre magischen Sinne nach dem dunklen Tor ausstreckte und angestrengt horchte. Die kalte und feuchte Luft schien von der Gegenwart des Drachen zu vibrieren. Irgendwo in der unterirdischen Finsternis erklang das Kratzen stahlharter Schuppen über Fels ...

Es war zwar eigentlich aussichtslos, das Abbild des Drachen in ihrem Offenbarungskristall zu beschwören, doch Jenny hockte sich auf die losen Steine des Hangs und holte das kleine, an einer Kette hängende Juwel aus der Jackentasche hervor. Sie hörte, wie Gareth von weiter oben ihren Namen rief, doch sie drehte sich nicht zu ihm um und gab auch keine Antwort. Auf der anderen Seite des Tals setzte Fischadler mit einem langen Satz über die geborstene Granittreppe hinweg, und bläuliche Schatten senkten sich auf Pferd und Reiter, als das Tor sie verschluckte.

Mit einem blassen Glühen spiegelte sich das trübe Sonnenlicht auf den Facetten des Kristalls wider. John warf einen kurzen Blick auf roh behauene Felswände, die noch höher zu sein schienen als die Zinnen des Schlosses von Bel, auf eine hohe Decke, aus der stalaktitenartige Gebilde ragten, an denen lange Ketten befestigt waren, die weit hinabreichten in das kobaltblaue Licht des Gewölbes ... auf schwarze Zugänge im Granit, auf ein besonders großes Tor, das sich an der anderen Seite öffnete ...

Jenny wölbte die Hände um den Kristall und versuchte, in die Tiefe der Höhle zu blicken, vorbei an den Tarnschleiern der Illusion, die den Drachen vor ihren Augen verbargen. Sie glaubte, den trüben Widerschein von Sonnenlicht auf einem Kettenhemd zu sehen, und kurz darauf sah sie, wie Fischadlers Hufe über geschwärzte Knochen, Silbermünzen und verkohltes Holz hinwegmahlten. Sie beobachtete, wie John das Roß herumzwang, wie er mit der Harpune in der einen Hand ausholte ... Dann sauste etwas von der Innenwand des Gewölbes heran, eine Wolke, die nur aus hellem Glanz zu bestehen schien, eine glühende Flut, die über den Boden gischtete, Flammen, die einen Vorhang aus heißem Feuer bildeten.

Anschließend wogte nur noch Schwärze durch den Kristall, eine Dunkelheit, in der irgendwo zwei silberne Lampen leuchteten.

Um Jenny herum existierte nichts mehr, weder die kühle Brise des Morgens, noch das Sonnenlicht. Sie roch nicht den winterlichen Duft von Wasser und Stein, der von der Klamm her am Hang emporwehte, hörte auch nicht das Schnauben der Pferde auf der Anhöhe. Noch immer hielt sie den Kristall in ihren Händen. Die Kanten der geschliffenen Facetten schienen in weißlichem Licht zu glitzern, doch im Innern des Juwels war nach wie vor alles schwarz. Und in dieser Dunkelheit waren dann und wann undeutliche Konturen zu erkennen, die Andeutung von Bewegungen eines riesigen Geschöpfes, das Aufblitzen des Stahls der Harpune, die John schleuderte, die durcheinanderwirbelnden Wolken von Feuer und Rauch.

Irgendwie wußte Jenny, daß Fischadler zu Boden gegangen war, getroffen von dem Schwanzhieb des Ungeheuers. Für einen Sekundenbruchteil sah sie John, der auf dem Boden kniete, die Augen blutunterlaufen und angeschwollen infolge der beißenden Dämpfe, die das ganze Gewölbe ausfüllten, und sie beobachtete, wie er eine weitere Harpune zum Wurf hob. Ein Schatten senkte sich über ihn. Wieder züngelten Flammen, und Jennys Blick fiel auf ein geradezu unheimlich kontrastreiches Bild, das ihr drei Harpunen zeigte, die wie winzige Nadeln in einer Lache aus schwarzem, dampfendem Schleim lagen. Irgend etwas in ihrem Innern erstarrte zu Eis. Erneut betrachtete sie dahinwirbelnde Schatten und Schemen, dann wieder John: Blut tropfte in Brusthöhe durch die Risse seines Kettenhemds, und mit dem Schwert in der Hand starrte er zu einem kolossalen schwarzen Gebilde empor.

Finsternis füllte den Offenbarungskristall. Jenny merkte, wie sehr ihre Hände zitterten, und ein sonderbarer Schmerz durchstach ihren Leib. Irgend etwas schnürte ihr die Kehle zu, mit einer Gewalt, der sie sich kaum zu widersetzen vermochte. *John,* dachte sie bitter und erinnerte sich daran, wie unbekümmert er in den Speisesaal des Jagdhauses geschritten war, in der Aufmachung eines Barbaren, die ihn vor Zyernes Spott schützte. Sie sah ihn wie damals, als sich herbstliches Sonnenlicht auf den Gläsern seiner Brille widerspiegelte, beobachtete ihn vor ihrem inneren Auge, als er knöcheltief im Mist des Schweinestalls von Alynfeste stand und die Hände austreckte, um ihr beim Absteigen zu helfen.

Jenny konnte sich einfach nicht vorstellen, wie das Leben ohne sein jungenhaftes Lächeln sein würde.

Dann hörte sie irgendwo in einem Winkel ihres Geistes seinen leisen Ruf: *Jenny ...*

Sie fand ihn unmittelbar jenseits des Tores. Jenny hatte ihr Pferd vor dem Zugang der Tiefe zurückgelassen, und die Stute schnaubte nervös wegen des penetranten Drachengestanks. Das Herz der Heilerin klopfte ihr bis zum Halse empor, und sie bebte am ganzen Leib. Den ganzen Weg durch das Tal, durch die Ruinen der zerstörten Stadt, hatte sie jeden Augenblick damit gerechnet, daß sich der gewaltige Schatten des Ungetüms aus dem Tor der Tiefe schob.

Doch das geschah nicht. Und die Stille, die Jenny auf der anderen Seite des Tores empfing, war schlimmer als jedes vorstellbare Geräusch.

Nach dem Glanz der Wintersonne über der Klamm wirkte das bläuliche Zwielicht in der Markthalle fast völlig schwarz. Dunst- und Rauchschwaden trieben dahin wie körperlose Phantome, die sich über Jenny lustig machten. Der beißende Qualm trieb ihr die Tränen in die Augen und drohte, ihr die Orientierung zu nehmen. Hier und dort schwelte noch die stinkende Glut des Drachenfeuers, und an einigen Stellen dampften stinkende Schleim- und Giftlachen. Selbst als Jenny ihre Wahrnehmung mit Magie verstärkte, brauchte sie eine Weile, um in diesem Nebel irgend etwas zu erkennen. Übelkeit entstand in ihr, als stamme das Blut, das sie überall sah, aus ihren und nicht aus Johns Wunden.

Er lag am Boden, den einen Arm wie schützend vor dem Gesicht. Die Kappe aus Metallfacetten war ihm vom Kopf gerutscht, und das Haar war in der Hitze entweder zu Asche geworden oder war blutverklebt. Unter Aversins Körper hatte sich bereits eine purpurne Lache gebildet. Offenbar war er noch einige Meter weitergekrochen, denn es zeigten sich rötliche Spuren auf dem Fels. Nicht weit entfernt sah Jenny den Kadaver des Pferdes, und jenseits davon wuchs ein schwarzer Berg in die Höhe – die riesige Masse des Drachen.

Das Ungeheuer rührte sich nicht, sah aus wie ein glänzender Hügel aus Obsidianmessern. Es lag auf dem Rükken, und der Leib reichte Jenny bis zur Brust: eine funkelnde und fast zwölf Meter lange schwarze Schlange, eingehüllt in den weißgrauen Dunst ihrer Gifte, in die Dunkelheit von Drachenmagie. Harpunen staken wie Pfeile in dem gewaltigen Leib. Eins der beiden Vorderbeine war in Johns Richtung ausgestreckt, so als habe das Ungetüm mit letzter Kraft versucht, Aversins Körper zu zerreißen. Die große Klaue lag nun wie die Hand eines Titanen in einem kleinen See aus schwarzem Blut. Alles um die Heilerin herum war erfüllt von einer lieblichen silbrigen Melodie, einem melodischen Gesang, der nicht nur in ihrer Einbildung existierte. Es war ein Lied, dessen Worte sie nicht verstand, ein Lied über die Sterne, den Frost und einen langen ekstasischen Sturz durch die Finsternis. Die Melodie erschien Jenny vage vertraut, so als habe sie sie vor langer Zeit schon einmal vernommen und sie nie ganz vergessen.

Dann hob der Drache den Kopf, und eine halbe Ewigkeit lang sah ihm Jenny in die Augen.

Wie Lampen waren sie, wie kristallinweiße Kaleidoskope, kalt und prächtig, sie loderten wie das Zentrum eines Feuers. In namenlosem Erstaunen begriff Jenny, daß sie in die Augen eines Wesens sah, das ebenso wie sie über die Macht der Magie zu gebieten verstand. Es handelte sich um eine fremdartige und exotische Intelligenz, so klar und scharf wie ein Splitter aus schwarzem Glas. Irgendein Aspekt dieser Augen war zugleich schrecklich und faszinierend, und der seltsame Gesang, der in ihr ein leises Echo erzeugte, ähnelte einer Stimme, die ihr Worte zuflüsterte, deren Bedeutung sie zu erahnen begann – eine Stimme, die ihren ältesten Wünschen Erfüllung versprach, jenen Sehnsüchten, die sie ein Leben lang begleitet hatten.

Mit einer verzweifelten Anstrengung gelang es ihr, sich auf sich selbst zu besinnen und den Blick vom Ungetüm abzuwenden.

Jetzt wußte sie, warum die Legenden davor warnten, einem Drachen in die Augen zu sehen. Die Gefahr bestand nicht etwa darin, daß das Ungeheuer einen Teil ihrer Seele an sich reißen und sie mit Unentschlossenheit lähmen könnte.

Nein. Wenn man den Blickkontakt unterbrach, so ließ man einen Teil des eigenen Selbst zurück, eingefangen in den kristallenen Tiefen der fremden Pupillen.

Jenny wollte sich umdrehen und fliehen. Alles in ihr drängte danach, diesen Ort so rasch wie möglich zu verlassen, der Melodie zu entrinnen, die ihren ganzen Körper vibrieren ließ. Und vielleicht wäre sie auch davongelaufen, wenn sie nicht mit dem Fuß an etwas Weiches gestoßen wäre. Als sie auf den am Boden liegenden Mann blickte, stellte sie fest, daß Johns Wunden noch immer bluteten.

10. Kapitel

»Er darf nicht sterben!« Gareth legte einige frisch geschnittene Zweige neben das Feuer, wandte sich Jenny zu und sah sie mit flehenden Augen an. Er scheint zu glauben, dachte die Heilerin, ich sei Herrin über Leben und Tod und könne allein mit meiner Magie dafür sorgen, daß John wieder gesund wird.

Sie gab keine Antwort, beugte sich vor und berührte das eiskalte Gesicht des Mannes, der neben den wärmenden Flammen lag, eingehüllt in wollene Decken und Bärenfelle.

Von Anfang an hatte sie gewußt, daß es irgendwann darauf hinauslaufen würde, schon damals, als sie bereit gewesen war, sich an ihn zu binden. Sie hätte, wie sie jetzt überlegte, niemals dem schelmenhaften Glanz in den braunen Augen nachgeben dürfen. Es wäre weitaus besser gewesen, ihn fortzuschicken und nicht auf die leise Stimme zu hören, die da flüsterte: Ich möchte einen Freund.

Sie stand auf, strich sich den Schmutz vom Rock und schlang ihren wollenen Überwurf enger um die Schultern. Gareth beobachtete sie, und nach wie vor zeigte sich in seinen großen Augen ein furchtsames und höchst besorgtes

Flackern. Er folgte ihr, als sie an den Stapel aus Packtaschen auf der anderen Seite des Feuers herantrat.

Jenny hätte auch andere Liebhaber haben können. Es gab immer Männer, die sich auf eine Liaison mit einer Magierin einließen, weil das eine neue Erfahrung für sie war – und weil sie hofften, daß die Geschichten stimmten und ihnen ein solches Verhältnis tatsächlich Glück brachte. Warum hatte sie zugelassen, daß er bis zum Morgen blieb? Warum hatte sie so mit ihm gesprochen, als sei er kein Mann, der von ihrer Seele Besitz zu ergreifen drohte? Warum war sie bereit gewesen, ihm nicht nur ihren Körper zu geben, sondern auch das Herz?

Die Nacht war so still wie der Tod, der Himmel dunkel, abgesehen von der perlmuttenen Scheibe des Mondes. In seinem wächsernen Licht konnte sie die Konturen der geborstenen Stadt erkennen. Ein Scheit im Feuer knisterte leise und sank tiefer in die Asche. In dem Aufflackern der Flammen war deutlich das Rot auf den verbogenen Stahlbeschlägen des Wamses zu sehen, die purpurne Kruste auf der verbrannten Hand. Jenny hatte das Gefühl, als sei ihr ganzer Körper eine einzige eitrige Wunde des Kummers.

Wir verändern das, was wir berühren, dachte sie. Warum hatte sie zugelassen, daß er sie veränderte? Sie war glücklich gewesen, allein mit ihrer Zauberei. Der Schlüssel zur Magie ist die Magie: Daran hätte sie von Anfang an festhalten sollen. Es mußte ihr doch schon damals klargewesen sein, daß John ein Mann war, der bereit war, sein Leben für andere zu opfern, selbst für Leute, die er nicht einmal kannte.

Wenn er Zyernes Rat beherzigt und gewartet hätte …

Neue Verbitterung quoll in Jenny empor, und sie schob diesen Gedanken mit einem Ruck beiseite. Sie wußte, daß Zyernes Magie dazu in der Lage gewesen wäre, ihn zu schützen. Den ganzen Tag über hätte sie am liebsten geweint, nicht nur aus Verzweiflung und Schmerz über Aversins Schicksal, sondern auch wegen der vielen Entscheidungen in der Vergangenheit, die zu diesem Ergebnis geführt hatten.

So dünn und klagend wie die Stimme eines Kindes durchbrachen Gareths Worte den Kokon aus Selbsthaß, den Jenny um sich gesponnen hatte. »Könnt Ihr denn gar nichts für ihn tun?«

»Ich habe getan, was in meiner Macht steht«, erwiderte sie müde. »Ich habe seine Wunden gewaschen und genäht, Heilformeln über sie ausgesprochen. Das Blut des Drachen ist Gift in seinen Adern, und von seinem eigenen Blut hat er viel verloren.«

»Aber bestimmt gibt es doch *irgend etwas* ...« Im Schein des Feuers sah Jenny, daß der junge Mann geweint hatte. Ihre Seele ware ebenso kalt wie Johns Wangen.

»Seit dem Einbruch der Nacht hast du mich das schon mindestens siebenmal gefragt«, sagte Jenny. »Seine Heilung übersteigt meine Kräfte. Ich habe nicht die nötigen Medikamente, und meine magische Macht ist nicht groß genug.«

Sie versuchte sich davon zu überzeugen, daß es auch dann so gekommen wäre, wenn sie John nicht geliebt, wenn sie nicht einen Großteil ihrer Zeit ihm gewidmet hätte, anstatt sich ganz auf das Studium zu konzentrieren.

Wäre sie vielleicht dazu imstande gewesen, ihn zu retten, wenn sie mehr Zeit mit Meditationen verbracht, wenn sie nicht immer wieder seine Nähe gesucht und die Nächte bei ihm verbracht hätte?

Oder wäre sie in diesem Fall nur mürrischer, nur in sich gekehrter und verschlossener, dem verdrießlichen Wesen Caerdinns und damit den negativen Aspekten ihrer eigenen Natur näher, anstatt ein wesentliches Mehr an magischer Macht errungen zu haben?

Sie wußte keine Antwort auf diese Fragen, doch der damit einhergehende Schmerz war fast ebenso unerträglich, als könne sie in all diesen Punkten Gewißheit erlangen.

Auch wenn sie sich jetzt mehr wünschte: Sie mußte sich mit den Fähigkeiten begnügen, die sie hatte, mit den Formeln, die sich jeweils auf eine Rune fixierten, Beschwörungen, die mit aller Geduld intoniert werden mußten. Jenny rief sich selbst zur Ordnung und zwang sich zur Ruhe, und einmal mehr sah sie sich mit der Erkenntnis konfrontiert, nicht zur Heilung Johns in der Lage zu sein. Was konnte sie sonst für ihn tun? Sie versuchte, sich an Mab und deren Ratschläge zu erinnern.

Mit beiden Händen fuhr sie sich durch das lange strähnige Haar, strich es sich aus der Stirn und von den Wangen. Ihre Schultern schmerzten von den zurückliegenden Anstrengungen. Sie hatte seit zwei Nächten nicht mehr geschlafen, und ihre Muskeln waren steif und verkrampft.

»Es kommt jetzt vor allen Dingen darauf an, Steine ins Feuer zu legen, sie von den Flammen und der Glut erhitzen zu lassen und John anschließend damit zu wärmen«, sagte sie nach einer Weile. »Seine Körpertemperatur darf nicht weiter absinken.«

Gareth schluckte und schniefte. »Und das ist alles?«

»Derzeit ja. Sollte er sich bis morgen früh etwas erholt haben, können wir versuchen, ihn zu bewegen.« Doch tief in ihrem Innern wußte Jenny, daß Aversin die Nacht nicht überleben würde. Wie ein flüsterndes Echo kehrte die Erinnerung an die Vision des Offenbarungswassers zurück.

Zögernd sagte Gareth: »In Halnath gibt es fähige Ärzte. Polycarp zum Beispiel.«

»Und vor den Mauern der Zitadelle lagert eine Armee.« Es fiel ihr selbst auf, wie kühl ihre Stimme klang. »Wenn John morgen früh noch lebt ... Ich möchte eigentlich nicht, daß du das Risiko eingehst, dich erneut in Zyernes Einflußbereich zu begeben, doch vielleicht wäre es besser, wenn du morgen früh dein Pferd nähmst und nach Bel zurückkehrtest.«

Gareth wurde aschfahl, als Zyernes Name fiel, und die Vorstellung, ihr allein und ohne Hilfe gegenüberzutreten, behagte ihm nicht. Trotzdem nickte er. Irgendein entlegener Teil von Jennys müdem Bewußtsein stellte fest, daß Gareth, der sein Leben lang Helden bewundert hatte und auf der Suche nach eigenem Ruhm gewesen war, nur um eine Enttäuschung nach der anderen zu erleben, sich nun zwar fürchtete, jedoch nicht versuchte, sich vor den Konsequenzen seines eigenen Verhaltens zu drücken.

»Such das Haus der Gnome auf und sprich mit Mab«, fuhr Jenny fort. »Die Arzneien der Zwerge mögen sich nach wie vor in irgendeinem Gewölbe der Tiefe befinden, aber ...« Sie unterbrach sich, nickte langsam und wiederholte leise: »Die Arzneien der Gnome.«

Von einem Augenblick zum anderen entstand neue Hoffnung in ihr, und ein seltsames Prickeln durchlief sie und vertrieb die erschöpfte Steifheit aus ihren Gliedern. »Gareth, wo sind Johns Karten?« hauchte sie.

Gareth zwinkerte verwirrt. Er hatte viel zu sehr mit seiner Furcht vor Zyerne zu tun, um sofort zu begreifen, worauf Jenny hinauswollte. Dann zuckte er jäh zusammen, und sein Gesicht erhellte sich. Er gab einen so lauten Schrei von sich, daß Jenny fast glaubte, man könne ihn auch in Bel hören. »Die Orte der Heilung!« entfuhr es ihm, und er schlang die Arme um sie und zog sie in die Höhe. »Ich wußte es!« rief er überglücklich. »Ich wußte, daß Euch noch etwas einfällt! Könnt Ihr ...?«

»Du wußtest überhaupt nichts.« Sie machte sich aus seiner Umarmung frei, und sie war zornig auf ihn, weil er das zum Ausdruck brachte, was nun wie Feuer durch ihre Adern floß. Sie stieß ihn zur Seite und eilte an Aversins Seite, während Gareth, der wie ein großer Junge umhertollte, auf bestem Wege war, bei der Suche nach den Karten das ganze Lager zu verheeren.

Wenn es etwas Schlimmeres gab als den Schmerz der Verzweiflung, dachte Jenny, so war es die Pein der Hoffnung. Verzweiflung war wenigstens etwas, das sich durch eine gewisse Ruhe auszeichnete. Sie hatte das Gefühl, jeden Augenblick platzen zu können, so heftig pochte ihr Herz, als sie John das verklebte Haar aus der Stirn strich, das vor dem Hintergrund der blutleeren, kalkweißen Haut jetzt fast schwarz wirkte. Ihre Gedanken wirbelten dahin, und sie rief sich all die Ratschläge und Hinweise Mabs ins

Gedächtnis zurück: Destillate, um einen schwachen Kreislauf zu stärken; Salben, die Wunden dazu veranlaßten, sich schneller zu schließen; Tränke, die das Gift neutralisierten und rascher neues Blut durch die Adern des Kranken fließen ließen. Außerdem gab es an den Orten der Heilung bestimmt Bücher, in denen weitere Formeln und Beschwörungen geschrieben standen, Worte, mit denen sich die Seele fester an das Fleisch des Körpers binden ließ, bis sich der Leib wieder ganz erholt hatte und zu neuen Kräften gekommen war. Sie würde sie finden, dachte Jenny. Sie *mußte.* Doch der Gedanke daran, was auf dem Spiel stand, nahm ihr fast den Atem. Einige Augenblicke lang fühlte sie sich so müde, daß sie nahe daran war, Johns sofortigen Tod herbeizusehnen, denn dann könnte sie endlich ruhen und brauchte nicht zu fürchten, daß auch diese Hoffnung letztendlich vergebens blieb.

Sie griff nach den kalten Händen Aversins, glitt für einige Sekunden in die Heiltrance und flüsterte ihm den Namen seiner Essenz zu. Doch es war, als riefe sie nach jemandem, der Dutzende von Kilometern entfernt war, der sie gar nicht hören konnte: Sie erhielt keine Antwort.

Dafür spürte sie etwas anderes. In der Trance vernahm sie ein leises Murmeln, fühlte einen Kontakt, bei dem neue Furcht in ihr entstand. Sie glaubte zu hören, wie Schuppen über den harten Fels strichen, und von irgendwoher wehte eine zarte, fremdartige Melodie an ihre Ohren.

Jenny schlug die Augen auf, und sie stellte fest, daß sie zitterte und ihr kalt war.

Der Drache lebte.

»Jenny?« Gareth hastete auf sie zu, und in den Händen hielt er einige schmutzige Papyrusrollen. »Ich habe die Karten gefunden, aber ... Die Orte der Heilung sind nicht auf ihnen verzeichnet.« In den Augen hinter der verbogenen Brille schimmerten Tränen. »Ich habe nach Markierungen gesucht, doch ich konnte keine finden.«

Jenny nahm die Karten aus den zitternden Händen des jungen Mannes. Im Schein des Feuers betrachtete sie die

Darstellungen der Passagen, Gewölbe und unterirdischen Flüsse, alles gezeichnet von der sicheren Hand Dromars. In einigen Bereichen zeigten sich keine Eintragungen, und Jenny erinnerte sich an die Worte des Gnoms: *Dinge, die nur uns Zwerge etwas angehen.*

Zorn rumorte wie ein Krampf in ihrer Magengrube, und sie schleuderte die Karten beiseite. »Dieser verdammte Dromar und seine Geheimnisse!« zischte sie. »Die Orte der Heilung befinden sich natürlich alle im Herzen der Tiefe, auf das sich die Gnome in ihren Reden so oft beziehen!«

»Aber ...«, stammelte Gareth. »Könnt ... könnt Ihr sie trotzdem finden?«

Der Zorn in Jenny verwandelte sich in heiße Wut, und sie sah sich durch die Sturheit des Zwerges um eine neue Hoffnung betrogen. »In jenen Felslabyrinthen?« gab sie niedergeschlagen zurück. Einige Augenblicke lang drohte sie von der Wut und der Müdigkeit überwältigt zu werden, und sie fühlte sich versucht, einen gewaltigen Blitz zu beschwören, der die ganze Erde verbrennen mochte.

Dann erinnerte sie sich daran, daß sich nur Zyerne von ihrem Zorn zu Dingen hinreißen ließ, die sie später bedauerte, und sie versuchte sich wieder zu beruhigen. Als ihr das gelang, entstand kühle Leere in ihr. Es war, als habe jener innere Schrei sie vollkommen ausgebrannt, als sei nur noch ein schwarzes Nichts übriggeblieben.

Gareth sah sie noch immer flehend an. Ruhig antwortete Jenny: »Vielleicht. Mab hat von dem Weg dorthin gesprochen. Ja, möglicherweise finde ich das Herz der Tiefe.« Doch Mab hatte auch gesagt, ein falscher Schritt genüge, um sie in der Finsternis umherirren zu lassen und sie zu einem langsamen Hungertod zu verurteilen.

Unmittelbar darauf fiel ihr ein, welchen Kommentar John dazu abgegeben hätte: *Bei der Großmutter Gottes, Jen – der Drache wird dir den Garaus machen, bevor du Gelegenheit hast, zu verhungern.*

O ja, dachte sie. John würde mich jetzt bestimmt zum Lachen bringen, wäre er dazu in der Lage.

Sie stand auf, und die Kälte ließ sie wieder am ganzen Leib erbeben. Sie fühlte sich ausgelaugt und schwach, so als sei sie hundert Jahre alt. Erneut trat sie an die Packtaschen heran. Gareth folgte ihr, zog seinen scharlachroten Mantel enger um die Schultern und sprach fast pausenlos auf sie ein. Jennys Geist schwebte noch immer in jener seltsamen Sphäre, und sie achtete kaum auf die Worte des jungen Mannes.

Erst als sie sich den Arzneiranzen über die Schulter warf und nach ihrer Hellebarde griff, wurde Gareth auf ihr Schweigen aufmerksam. »Jenny«, sagte er zögernd und zupfte am Saum ihres wollenen Überwurfs. »Jenny – der Drache ist tot, nicht wahr? Ich meine, das Gift wirkte doch, oder? Etwas anderes wäre auch gar nicht denkbar, denn schließlich ist es Euch gelungen, John aus der Markthalle zu holen und hierher zu bringen ...«

»Nein«, erwiderte Jenny leise. Die Ruhe in ihr verwunderte sie ein wenig. Sie hatte mehr Furcht in den Wäldern von Wyr empfunden als jetzt. Langsam drehte sie sich um und hielt gelassenen Schrittes auf die Dunkelheit zu, die die Ruinen der zerstörten Stadt einhüllte. Gareth eilte ihr voraus und hielt sie am Arm fest.

»Aber ... ich meine ... wie lange ...«

Jenny schüttelte den Kopf. »Zu lange, das dürfte feststehen.« Sie streifte seine Hand von ihrem Arm ab. Sie hatte eine Entscheidung getroffen, und sie wollte das, was sie plante, so schnell wie möglich hinter sich bringen – obgleich sie wußte, daß sich in den Gewölben der Tiefe wohl ihr Schicksal erfüllen würde.

Gareth schluckte hart, und im rubinroten Schein des Feuers war zu sehen, wie die Wangenmuskeln in seinem schmalen Gesicht zuckten. »Ich ... ich gehe«, sagte er. »Sagt mir, wonach ich Ausschau halten muß. Dann ...«

Für einen Sekundenbruchteil fühlte sich Jenny versucht, in schallendes Gelächter auszubrechen – in ein Gelächter, das den jungen Mann nicht verspotten sollte, sondern dessen Ursache seine Galanterie war, die ihn dazu veranlaßte, sich wie der Held einer Ballade zu geben. Er begriff sicher nicht, wie sehr sein Vorschlag sie berührte, so absurd er auch sein mochte. Und wenn sie erst zu lachen begänne, würden Tränen folgen, und diese Schwäche konnte sie sich nicht leisten. Sie erhob sich auf die Zehenspitzen, zog die Schultern des jungen Mannes ein wenig zu sich herab und hauchte ihm einen Kuß auf die Wange. »Danke, Gareth«, murmelte sie. »Doch im Unterschied zu dir kann ich in der Dunkelheit sehen, und ich weiß, wonach ich suchen muß.«

»Ich meine es ernst«, beharrte Gareth. Er war sichtlich hin und her gerissen zwischen Erleichterung und dem Wunsche, sie zu beschützen.

»Nein«, antwortete Jenny sanft. »Sorg du dafür, daß John es warm hat. Wenn ich nicht zurückkehre ...« Die Stimme versagte ihr den Dienst, als sie daran dachte, was sie in der Tiefe erwartete: der Tod durch das Feuer oder die Klauen des Drachen, oder das Verhungern in finsteren Labyrinthen. Sie bemühte sich, ihre Worte fest klingen zu lassen, als sie hinzufügte: »In einem solchen Fall mußt du nach eigenem Gutdünken handeln. Versuch nur nicht, John zu früh zu bewegen.«

Die Ermahnung war überflüssig, und das wußte Jenny auch. Sie versuchte, sich Mabs Worte über das Labyrinth der Tiefe ins Gedächtnis zu rufen, doch sie entglitten ihrem Bewußtsein wie Wasser aus einer offenen Hand, ließen nur Platz für die Erinnerung an die großen glänzenden Augen des Drachen. Doch es kam darauf an, Gareth zu beruhigen. Und solange John atmete, das begriff Jenny nun, blieb ihr nichts anderes übrig, als alles zu versuchen, um sein Leben zu retten.

Sie drückte die Hand des jungen Mannes, und dann wandte sie sich von ihm ab. Sie rückte den wollenen Überwurf zurecht, setzte sich in Bewegung und folgte dem Verlauf des Pfades, der von Tanners Anhöhe in die Klamm führte. Die granitenen Massive der Großen Barriere ragten düsteren Schatten gleich empor, und ihre Gipfel schienen am finsteren Himmelsgewölbe zu kratzen. Als sie sich ein letztes Mal umdrehte, sah sie im matten Glanz des Feuers die Konturen Aversins.

Lange bevor Jenny das Große Tor erreichte, vernahm sie wieder jene seltsame Melodie. Als sie über die Steine der Ruinen schritt, die inzwischen mit einer Schicht aus Rauhreif überzogen waren und die in der Dunkelheit alle Farben verloren hatten, spürte sie den Gesang: ein Verlangen, eine Sehnsucht, eine schrecklich intensive Verlockung, die sich ihrem Verständnis entzog. Die Klänge beeinträchtigten ihre Versuche, sich an Mabs Worte zu erinnern, an die Gespräche, bei denen die Zwergin von den Orten der Heilung berichtet hatte, und sie drangen auch in die Bereiche ihrer Seele vor, in die sich die Furcht um John eingenistet hatte. Das sonderbare Lied schien in der Luft um sie herum zu vibrieren, doch Jenny wußte ganz genau, daß nur sie es hören konnte. Es hallte in ihrem Körper wider, prickelte noch in den Zehenspitzen und den Fingerkuppen. Als sie im Tor stand und sich vor ihr die Schwärze der Markthalle erstreckte, ihr eigener Schatten einen diffusen Fleck auf dem rußgeschwärzten, blutigen und schleimigen Boden bildete, schwoll die Melodie zu ohrenbetäubender Lautstärke an.

Sie hatte einen bestimmten Klang, doch ihr Rhythmus brachte Jennys Blut in Wallung. Flüchtige Bilder, die sie weder vollständig erfassen noch verstehen konnte, schwebten durch ihren Geist: Erinnerungsfragmente an einen sternenbesetzten Himmel, der sich noch nie durch das Licht einer aufgehenden Sonne erhellt hatte, an die Freuden und Ekstasen körperlicher Liebe, deren Bewegungsformen und Motivationen Jenny bizarr erschienen, an mathematische und überaus sonderbar anmutende Beziehungen zwischen Dingen, die die Heilerin bisher für vollkommen unterschiedlich gehalten hatte. Dieser Gesang war anders als die Melodie, die sie in der Schlucht vernommen hatte, in der der Goldene Drache von Wyr gestorben war. Die Melodie besaß eine Kraft, die auf viele Jahre eines ausgefüllten Lebens hindeutete, auf ein Konglomerat aus Erfahrungen und Verstehen, das über unvorstellbar weite Zeitklüfte hinweg gewachsen war.

Die Gestalt des Drachen verschmolz mit der Schwärze vor Jenny. Sie hörte das Knistern und leise Knarren seiner Schuppen, und sie vermutete, daß er vor dem Innentor der Markthalle lag, vor der Tür, die in die Große Passage und damit weiter in die Tiefe führte. Dann öffneten sich die silbernen Lampen seiner Augen und schienen in dem schwachen Widerschein des wächsernen Mondlichts von innen heraus zu glühen. Hinter Jennys Stirn pulsierte die Melodie lauter, wurde zu einem halbkonkreten Etwas und stürzte zu einem Strudel zusammen, der in einen weißen Kern mündete. Und in diesem Kern formten sich Worte.

Bist du hierher gekommen, um nach Arzneien zu suchen, Magierin? Oder bist du so töricht zu glauben, die Waffe, die du bei dir trägst, könne das beenden, was das Gift deiner Meinung nach zu langsam bewirkt?

Die Worte ähnelten fast Bildern, bestanden aus Musik und farbigen Mosaiken, die ebenso von ihrer Seele geformt wurden wie von der des Drachen. Sie mochten sie verletzen, dachte Jenny, wenn sie zuließ, daß diese Muster zu tief in sie eindrangen.

»Ich komme, weil ich Medikamente brauche«, erwiderte sie, und ihre Stimme hallte an den Tropfsteinen der zerklüfteten Decke wider. »Die Macht, die an den Orten der Heilung wartet, war im ganzen Lande berühmt.«

Das weiß ich. Es gab einige Gnome, die an einem der Orte ausharrten, dort, wohin man die Verletzten und Verwundeten brachte. Der Zugang war recht tief und schmal, aber ich konnte dennoch hineingelangen und fiel über sie her, wie ein Wolf über die Kaninchen, die sich in ihrem Bau sicher wähnen. Viele Tage lang ernährte ich mich von ihnen, und schließlich blieben nur noch Knochen übrig. Sie hatten dort auch die Mittel, Gifte herzustellen. Damit präparierten sie die Leichen, so als glaubten sie, ich könne nicht das Todesmuster auf dem Fleisch erkennen. Ja, das ist der Ort, nach dem du suchst.

Da Morkeleb sich ihr teilweise in Bildern mitteilte, sah Jenny kurz die dunklen Wege, die in jenen Bereich führten, so wie einen Traum, an den sie sich diffus zu erinnern vermochte. Neue Hoffnung regte sich in ihr, und sie prägte sich diese Eindrücke ins Gedächtnis ein. Es waren nur flüchtige Szenen, doch vielleicht, wenn sie sie miteinander in Verbindung brachte ...

Jennys magische Wahrnehmung erhellte die Finsternis, und nach einer Weile konnte sie die Gestalt des Drachen erkennen. In der Dunkelheit lag er, direkt vor dem Innentor. Er hatte sich die Harpunen aus Hals und Bauch gezogen, und sie lagen in den Schleimlachen und Aschehaufen auf dem Boden, verkrustet mit seinem schwarzen Blut. Die dornigen Schuppen des Rückens und der Flanken lagen nun flach an, und ihre Kanten funkelten matt im einfallenden Licht des Mondes. Die langen Stacheln auf dem Rückgrat und in Höhe der Beingelenke wirkten noch immer wie Lanzen und Speere. Morkeleb hatte seine gewaltigen Schwingen zusammengefaltet, und auch die Gelenke der dortigen Stützknochen waren, wie Jenny nun sah, mit Dornen versehen. Vor allen Dingen aber war es der Schädel des Drachen, der sie faszinierte. Lang und schmal war er, wie der eines Vogels, obgleich sich die eigentliche Form unter dicken Hornplatten verbarg. Auf diesen Platten wuchs eine dichte Mähne aus streifenartigen Schuppen, zwischen denen sich hier und dort Pelzbüschel zeigten, auch so etwas wie Federn. Die langen filigranen Fühler mit den kleinen kohlschwarzen Kugeln am Ende lagen schlaff auf dem Boden rechts und links neben seinem Kopf. Wie ein Hund hatte sich das Ungetüm auf den Fels gehockt, den Schädel zwischen den Klauen der beiden Vorderbeine. Und die Augen, deren Blick sich nun in das Innerste Jennys brannte, waren die eines Magiers, der im Körper eines Drachen steckte.

Ich bin bereit, mit dir zu verhandeln, Hexe.

Sie wußte, was er von ihr verlangen würde. Es war keine Ahnung, sondern Gewißheit. Jennys Pulsschlag beschleunigte sich, und sie war sich dabei nicht ganz sicher, ob aus Furcht oder eher aus Hoffnung. »Nein«, sagte sie, doch tief in ihrem Innern verspürte sie eine seltsame Sehnsucht, das Bestreben, nicht den Tod eines so wundervollen und mächtigen Geschöpfes zuzulassen. Morkeleb war böse, erinnerte sie sich und zweifelte nicht daran. Doch in jenen silbernen Augen glänzte auch noch etwas anderes, etwas, das sie in den Bann schlug, ein Lied von schwarzem Feuer, ein melodischer Rhythmus, den sie verstand.

Der Drache bewegte leicht den Kopf, und unter den Schuppen am Hals wölbten sich die Muskeln. Blut tropfte aus der zerzausten Mähne.

Glaubst du, nur deswegen, weil du eine Hexe bist, die im Dunkeln sehen kann, seiest du dazu in der Lage, die Geheimnisse der Gnome zu enträtseln?

Die nun vor ihrem inneren Auge entstehenden Bilder zeigten ihr die Finsternis feuchtkalter, endloser Gänge und Tunnel, die weite Labyrinthe in dieser Welt der Nacht bildeten. Dumpfe Besorgnis entstand in ihr, als sie begriff, wie leicht sie sich in jenen Irrgärten verirren könnte. Die wenigen Bilder, die ihr den Weg zu den Orten der Heilung gezeigt hatten, die Erinnerung an die Worte Mabs ... das alles waren nichts weiter als Kieselsteine, mit denen kleine Kinder glaubten, einen Löwen erschlagen zu können.

»Ich habe mit einer Zwergin darüber gesprochen«, antwortete sie dennoch.

Und sagte sie dir die Wahrheit? Die Gnome neigen zur Lüge, wenn es um Dinge geht, die das Herz der Tiefe betreffen.

Jenny entsann sich an die leeren Stellen auf Dromars Karten. »Und Drachen vermutlich ebenso«, hielt sie Morkeleb entgegen.

Trotz der Erschöpfung und der Schmerzen des Ungetüms glaubte sie in seiner Stimme so etwas wie gelinde Belustigung über ihre Antwort zu vernehmen, und sein Spott war wie ein Spritzer kalten Wassers in einen Kessel, in dem es kochte.

Was ist Wahrheit, Hexe? Die Wahrheit, die Drachen sehen,

gefällt keinem menschlichen Auge, wie sehr sich die Herzen auch danach sehnen mögen. Das weißt du.

Jenny merkte, daß er von ihrer Faszination wußte. Der Blick der silbrigen Augen hielt sie nach wie vor gefangen. Sein Geist berührte den ihren zärtlich und sanft, wie ein Verführer nach ihrer Hand greifen mochte. Und sie spürte auch, wie sicher Morkeleb war, daß sie sich dieser Berührung nicht widersetzen würde. Sie zwang ihre Gedanken fort von ihm, formte vor ihrem inneren Auge die Bilder Johns und ihrer beiden Söhne, kämpfte gegen die Macht an, die in ihr flüsterte wie ein Wispern aus gestaltloser Nacht.

Es kostete sie große Mühe, aber schließlich gelang es ihr, den Blick von dem Drachen abzuwenden. Sie wandte sich zum Gehen.

Hexe, glaubst du etwa, der Mann, für den du es riskierst, von mir in Stücke gerissen zu werden, könnte länger leben als ich?

Ruckartig blieb Jenny stehen, und die Spitzen ihrer Stiefel berührten den Rand des vom Mondlicht erhellten Torbereichs. Einige Sekunden zögerte sie, dann drehte sie sich zu dem Drachen um. Neue Verzweiflung heulte wie ein Sturm in ihr. In dem trüben Zwielicht fiel ihr Blick auf die Lachen aus ätzendem Drachenblut, das an vielen Stellen auf dem Boden trocknete, und sie betrachtete auch das Ungetüm, das nur mehr ein Schatten seiner selbst zu sein schien. Sie machte sich klar, daß Morkeleb mit seiner Frage versucht hatte, nur über seine eigene Hoffnungslosigkeit hinwegzutäuschen.

»Es besteht durchaus die Möglichkeit, daß John mit dem Leben davonkommt«, sagte sie ruhig.

Sie spürte den Zorn, der in der abrupten Bewegung des Schädels zum Ausdruck kam, die Pein, die dabei seinen mächtigen Leib durchpulste. *Und bist du bereit, das Risiko eines Irrtums einzugehen? Bist du bereit, dich darauf zu verlassen, daß dir die Zwergin die Wahrheit gesagt hat und du es schaffst, ins Herz der Tiefe zu gelangen, durch all die Felsenlabyrinthe, Spirale auf Spirale, durch schwärzeste Finsternis, und daß du rechtzeitig die Arzneien findest, die du so dringend brauchst? Heil mich, Hexe. Dann lenke ich mit meinem Geist deine Schritte und zeige dir den Weg.*

Eine Zeitlang starrte Jenny schweigend zu dem Berg aus glänzender Schwärze empor, betrachtete die Mähne aus blutigen Borten und Hornstreifen, die glühenden Augen, die wie Tore zu einer anderen Welt waren. Morkeleb war ein fleischgewordenes Wunder, eine Pracht aus Schuppen und Dornen, ein zwar gewaltiges, doch auch anmutiges Geschöpf. Von den dornigen Spitzen der angelegten Schwingen bis hin zu den Hornpanzern des Kopfes. Der Goldene Drache, den John einst in Wyr erschlagen hatte, war ein Wesen der Sonne und des Feuers gewesen. Morkeleb jedoch war ein Juwel, wie ein kolossaler Obsidian, schwarz wie Pech, schwarz wie eine sternenlose Nacht, stark und mächtig, ein Geschöpf der Ewigkeit. Die zu beiden Seiten aus dem Schädel wachsenden Spitzen formten zwei graziös geschwungene Hörner, so glatt und glänzend wie polierter Stahl. Die Klauen der Vorderbeine sahen aus wie Hände, die allerdings zwei Daumen aufwiesen. Die Stimme des Drachen war ruhig und gesetzt. Trotzdem entgingen ihr nicht die Anzeichen von Schwäche, die sich rasch in dem riesigen Leib ausbreitete, und sie spürte, wie Morkeleb seine letzten Kraftreserven aufzehrte, um sie dazu zu bewegen, ihm zu helfen.

Widerstrebend sagte sie: »Ich kenne mich nicht in der Kunst des Heilens von Drachen aus.«

Die silbernen Augen wurden zu schmalen Schlitzen, so als hätte sie das Ungetüm um etwas gebeten, was es nicht zu geben bereit war. Einige Sekunden lang beobachteten sich die beiden so ungleichen und in die Dunkelheit des Gewölbes gehüllten Wesen gegenseitig. Jenny dachte an John, daran, daß ihr nur noch wenig Zeit blieb – aber es waren auch Überlegungen, die in einem entfernten Winkel ihres Ichs flüsterten, wie ein Windhauch, so sanft, daß man ihn kaum spürt. Sie konzentrierte sich weiterhin auf den Drachen, auf die diamantene Schwärze, mit der sie rang.

Dann plötzlich verkrampfte sich der lange Leib. In den silbern glühenden Augen spürte Jenny ein Echo der Qual, die wie ein Feuer durch seine Muskeln brannte. Seine Schwingen zuckten, und der Drache fuhr unkontrolliert die langen Klauen aus, als sich das Harpunengift weiter in seinem Körper ausbreitete. Die Stimme in Jennys Seele hauchte: *Geh.*

Unmittelbar darauf erfüllten Bilder ihren Geist: Erinnerungen an Orte, an denen sie sich noch nie aufgehalten hatte. Vage und diffuse Bilder zogen an ihrem inneren Auge vorbei, von Schwärze, die so umfassend war wie die Welt jenseits des Großen Tores, von den Säulen eines Waldes aus versteinerten Bäumen, von denen jedes noch so leise Raunen widerhallte, von einigen Metern durchmessenden Rissen in einem Fels, der eine hohe Decke bildete, deren Konturen sich irgendwo in der Finsternis verloren, von dem Murmeln endloser Wasserflächen unter hartem Stein. Jenny empfand einen alptraumhaften Schwindel des Entsetzens, und gleichzeitig entstand das unheimliche und absurde Gefühl in ihr, dies alles schon einmal erlebt, diesen Weg schon einmal beschritten zu haben.

Es dauerte eine Weile, bevor sie sich klarmachte, daß dies nicht ihre eigenen Erinnerungen waren, sondern Morkelebs. Und die Bilder zeigten ihr den Weg zu den Orten der Heilung, in das Herz der Tiefe.

Der mit Dornen und Stacheln besetzte Leib vor ihr zuckte in einem weiteren Schmerzenskrampf, und der lange Schwanz hieb wie eine Peitsche an die Felswand. Die Pein war nun auch in den silbernen Augen zu sehen, als sich das Harpunengift tiefer in den Schuppenkörper hineinätzte. Nach einigen Sekunden erschlaffte der Leib, und es erklang ein hohles Klappern, als die Hornplatten und Dorne auf den Boden zurücksanken, so als zerbreche ein riesenhaftes Skelett auf einem Granitboden. Wie aus großer Ferne vernahm Jenny erneut Morkelebs Stimme: *Geh.*

Während des Krampfes hatten sich die rasiermesserscharfen Schuppen steil aufgerichtet, und nun glätteten sie sich zitternd und schmiegten sich wieder an die darunter befindliche Haut. Jenny nahm all ihren Mut zusammen und setzte sich in Bewegung. Ohne sich die Zeit zu nehmen, darüber nachzudenken, was sie eigentlich machte, kletterte sie über den brusthohen, kohlefarbenen Hügel der Drachenflanke hinweg, die den Weg zu der Großen Passage versperrte. Die Rückgratdorne waren wie eine Hecke aus Speeren, die auf dem zitternden Schuppenkörper wuchs. Jenny hob die Säume des Rockes, stützte sich mit der einen Hand an der steinernen Toreinfassung ab und sprang mit einem etwas unbeholfenen Satz über die Lanzen aus Horn hinweg. Bis zuletzt fürchtete sie, Morkelebs Leib könne von einem weiteren Krampf erfaßt werden; dabei hätten sich ihr die Dorne möglicherweise in die Oberschenkel gebohrt.

Doch der Drache rührte sich nicht. Jenny spürte nur die Echos seiner Gedanken in ihrem Geist, sah sie wie das schwache Glühen eines fernen Lichts. Vor ihr wartete die Dunkelheit der Tiefe.

Sobald Jenny sich auf die Visionen konzentrierte, so verflüchtigten sie sich. Doch wenn sie einfach nur einen Fuß vor den anderen setzte, spürte sie, daß sie wie von selbst den richtigen Weg einschlug und sicher sein konnte, sich nicht zu verirren. Traumartige Erinnerungen flüsterten und wisperten in ihr, von Dingen, die sie gesehen hatte. Manchmal jedoch war die Perspektive seltsam, so als habe sie alles von oben betrachtet, aus der Luft.

Die oberen Ebenen der Tiefe waren trocken und von den Gnomen so geschaffen worden, daß sie den Bedürfnissen der Menschen entgegenkamen. Die Große Passage war rund neun Meter breit, und der Boden bestand aus schwarzen Granitplatten. Jenny wußte nicht, wie viele Jahrzehnte oder Jahrhunderte lang sie benutzt worden waren, doch in dem harten Stein zeigten sich deutliche Abnutzungsmulden, hervorgerufen von eisenbeschlagenen Rädern und vielen Füßen. Die Wände des Tunnels hatten die Gnome mit Steinplatten verkleidet, um auf diese Weise Unebenheiten auszugleichen. Geborstene Statuen lagen wie gesplitterte Knochen in der Dunkelheit, und sie weckten eine Vorstellung davon, wie prächtig die Passage ausgesehen haben mußte, bevor der Drache die Tiefe heimgesucht hatte. Inmitten der marmornen Bruchstücke entdeckte Jenny auch echte Knochen, sowie die Bronze- und Glasfragmente der Lampen, die einst an der hohen Decke gehangen hatten. All das war von dem gewaltigen Leib des Ungeheuers zur Seite geschoben worden, so wie der Wind welkes Laub in den Rinnstein weht. Das magische Auge der Zauberin sah die rußgeschwärzten Stellen, wo der Feuerhauch des Drachen vergossenes Öl entzündet hatte.

Weiter unten gewann die Tiefe immer mehr Ähnlichkeit mit dem, was man sich gemeinhin unter einem Heim der Gnome vorstellte. Stalagmiten und andere Felsauswüchse waren nicht mehr so behauen, daß sie jenen Säulen ähnelten, die bei den Kindern der Menschheit Gefallen fanden. Vielmehr nahmen sie die Form von blättrigen Bäumen an, von Tieren und grotesken Dingen, die Mischungen aus beiden sein mochten. Und immer häufiger hatten die Zwerge sie einfach in ihrer natürlichen Form belassen: Jenny betrachtete zart wirkende Schleier aus buntem Kalkstein, Formen, die aussahen wir erstarrte Kaskaden. In diesen Bereichen fanden sich nicht mehr die schnurgeraden und sorgfältig von Steinen eingefaßten Wasserläufe, sondern reißende unterirdische Flüsse. An einigen Stellen stürzten die Fluten zwanzig oder dreißig Meter aus einem breiten Riß in der hohen Decke und wirkten wie eine lebendige, in ständiger Veränderung begriffene Säule, oder sie verschwanden gurgelnd und schäumend in Abflüssen, die den Köpfen mythischer Ungeheuer nachempfunden waren. Jenny wanderte durch Kavernen und Höhlensysteme, die in die großen miteinander verbundenen Wohngewölbe der Zwergenfamilien verwandelt worden waren; anderswo fand sie Säle und Räume, die groß genug waren, um die ganze Ortschaft Klamm aufzunehmen. Hier hatte man Häuser und Paläste errichtet, und die bizarr anmutenden Turmspitzen und hohen Wandelgänge zeigten sich nur andeutungsweise inmitten der Stalagmiten, die an den Ufern der Flüsse und Teiche wie Wälder aus geschliffenem Onyx waren.

Und überall in dem stillen Reich der Wunder sah Jenny die Anzeichen von Zerstörung und Zerfall – und die breite Spur des Drachen. Überall krabbelten weiße Kröten, und grunzend stritten sie sich mit den Ratten um die verfaulenden Überreste von Nahrungsmitteln, die in den Speichern zurückgeblieben waren, auch um monatealte Kadaver und Leichen. An einigen Stellen war der penetrante Gestank von verfaultem Käse, Fleisch oder Gemüse schlichtweg unerträglich. Das weiße, augenlose Ungeziefer in den tiefergelegenen Gewölben ergriff die Flucht, wenn sie näher kam, versteckte sich hinter den geschwärzten Knochen von Totenschädeln oder in den Silbergefäßen, die überall auf dem Boden verstreut lagen.

Je tiefer Jenny in das Reich der ewigen Nacht vorstieß, desto kühler und feuchter wurde die Luft. Der Fels unter ihren Füßen überzog sich mit einer glitschigen und schmierigen Schicht, und die Dunkelheit schien nicht mehr masselos zu sein, sondern ein Gewicht zu gewinnen, das auf den Schultern der Heilerin lastete. Während sie durch die lichtlosen Labyrinthe wanderte, begriff sie, wie recht Mab gehabt hatte: Ohne jemanden, der sie anleitete, hätte selbst sie, die sich mit Magie in der Finsternis zu orientieren vermochte, keine Chance gehabt, den Weg ins Herz der Tiefe zu finden.

Jenny wußte jedoch, daß sie sich nicht verirren konnte. Sie vertraute dem Drachen, dessen Geist ihr den Weg wies, dessen gedanklich-bildliche Stimme sonderbare Resonanzen in ihrem Bewußtsein bewirkte, dort Empfindungen und Erinnerungen schuf, deren fremdartige Natur für Jenny unverständlich blieb und vor der sie innerlich eine gewisse Distanz wahrte. Und als sie sich dem Herz der

Tiefe näherte, spürte sie die Aura der Heilung, die nach wie vor die Räumlichkeiten erfüllte, den nach wie vor fühlbaren Hauch einer uralten Macht.

In jenen Gewölben war die Luft warm und roch nach trockenem Kampfer und Gewürzen. Hier nahm Jenny nicht den abstoßenden Gestank von Zerfall, Verwesung und Ungeziefer wahr. Durch ein breites Tor betrat sie die zentrale Höhle. Geisterhaft blasse Stalaktiten spiegelten sich in der öligen Schwärze eines Teiches wider. Jenny fragte sich, wie groß die Macht einer Beschwörung sein mußte, damit die Heilwärme noch nach so langer Zeit spürbar war. Immerhin herrschte in diesen Tiefen eine fast frostige Kühle, und diejenigen Gnome, die hier zuvor die alten Formeln intoniert hatten, waren entweder längst tot oder vor dem Drachen geflohen.

Die hiesige Magie war tatsächlich überaus beeindrukkend.

Sie füllte das ganze Gewölbe aus. Jenny wanderte langsam durch die Kammern der Meditation, des Träumens und der Ruhe, und sie fühlte die Gegenwart der Zwergenmagie wie etwas Lebendiges, nicht wie etwas, was sich mit der Erstarrung der Todesformeln vergleichen ließ. Manchmal wurde dieses Empfinden so intensiv, daß sie sich umdrehte und in die Finsternis rief: »Ist jemand da?« Aber natürlich wußte sie, daß sie allein war, daß sie nur Morkelebs Gedanken begleiteten. Jenny verglich diese Eindrücke mit den Gefühlen, die damals im Norden in ihr entstanden waren, nachts, wenn sie nach Flüsterern lauschte und wenn das, was sie in sich zu fühlen glaubte, der rationalen Stimme ihres Verstandes widersprach. Immer wieder erweiterte sie ihre Sinne und tastete tief in die Dunkelheit hinein, wobei sich ihr Pulsschlag in einer Mischung aus Hoffnung und Furcht beschleunigte. Doch sie berührte nichts außer Schwärze und Tropfwasser, das seit Ewigkeiten an den steinernen Zähnen der Decke herabrann.

Es war die Magie an diesem Ort, die lebendig war, die in der Dunkelheit leise vor sich hin flüsterte. Und Jenny spürte auch etwas Düsteres und Unheimliches, wie die Berührung eines Dämons.

Sie schauderte, und wieder blickte sie sich nervös um. In einem kleineren Raum fand sie die Arzneien, die sie brauchte: In langen Regalreihen standen Dutzende von Phiolen und zugestöpselten Krügen, die aus dem grünweiß gebrannten Ton bestanden, wie ihn die Gnome zur Herstellung ihrer Gefäße verwendeten. Sie las die Aufschriften und verstaute sie anschließend in ihrem Ranzen. Sie zögerte nicht und ging rasch und entschlossen zu Werke, teilweise deswegen, weil die Unruhe in ihr immer mehr zunahm, und zum anderen Teil, weil sie wußte, daß es auf jede einzelne Minute ankam, wenn sie Johns Leben retten wollte.

Er darf nicht sterben, dachte sie, und erneut erwachte Verzweiflung in ihr, nicht nach all diesen Bemühungen. Andererseits war Jenny in den vielen Jahren ihrer Tätigkeit oft nur um wenige Sekunden zu spät an das Lager eines Kranken oder Verwundeten gekommen. Außerdem wußte sie, daß die Arzneien allein vielleicht nicht ausreichten. Als sie durch die finsteren Kammern schritt, sah sie sich immer wieder um und suchte nach den inneren Orten der Heilung, den Bibliotheken, in denen die Gnome ihre magischen Bücher und Schriftrollen verstaut hatten und die, wie Jenny vermutete, das eigentliche Herz der Tiefe darstellten.

Die Sohlen ihrer Stiefel strichen mit einem leisen Schaben über den glatten Boden, und selbst dieses gedämpfte Geräusch ließ Jenny zusammenzucken. Der Boden der Räume und Kammern bildete keine geschlossene Fläche, sondern, wie alle Gewölbe, in denen Zwerge zu Hause waren, mehrere Terrassen. Selbst die kleinsten Zimmer wiesen mindestens zwei Ebenen auf. Während die Heilerin suchte, wurde das Gefühl, beobachtet zu werden, immer stärker, bis sie schließlich zögerte, durch die nächsten Türen zu schreiten, aus Angst davor, einem gräßlichen Ungeheuer zu begegnen, das irgendwo in der Finsternis auf sie wartete. Sie spürte die Gegenwart einer Macht, die stärker war als alles, mit dem sie es bisher zu tun bekommen hatte – gewaltiger als die Zauberei Zyernes, umfassender auch als die Magie des Drachen. Doch sie fand nichts, weder einen gräßlichen Dämon noch ein Buch der Macht; nur Werke über Kräuter, Anatomie und Behandlungsmethoden für bestimmte Krankheiten. Trotz ihres Unbehagens nahm eine gewisse Verwirrung in Jenny zu: Mab hatte ihr gesagt, daß es bei den Magiern der Zwerge keine Linien wie bei den menschlichen Zauberern gab, doch irgendwie mußte das Wissen um die Macht doch weitergegeben werden. Sie zwang sich dazu, die Suche konzentrierter fortzusetzen und weiterhin nach entsprechenden Büchern Ausschau zu halten.

Die Erschöpfung zehrte an ihren letzten Kraftreserven, schwächte sie wie ein heimtückisches Leiden. Zwei Nächte lang hatte sie nicht mehr geschlafen, und ihr Leib sehnte sich danach zu ruhen. Sie wußte, daß sie ihre Suche bald aufgeben mußte. Doch das Wissen um ihre eigene Unzulänglichkeit trieb sie weiter, dem geheimnisvollen Herz der Tiefe entgegen. Sie war verzweifelt bemüht, das zu entdekken, was sich dort verbergen mochte, und erst danach wollte sie das Refugium der Zwerge verlassen, um zu versuchen, mit den ihr zur Verfügung stehenden Mitteln Johns Leben zu retten.

Durch ein Tor betrat sie einen dunklen Ort, an dem ihr schnaufender Atem dumpf widerhallte.

Schon zuvor hatte sie Kälte gespürt, doch jene Kühle war nichts im Vergleich mit dem Frost, der sie hier erwartete, der ihren ganzen Körper ausfüllte und alles in ihr erstarren zu lassen drohte.

Sie befand sich in dem Gewölbe, das sie in dem Offenbarungswasser gesehen hatte, bevor sie Aversins Tod voraussah.

Diese Erkenntnis kam einem Schock gleich, denn sie hatte nicht damit gerechnet. Sie hatte gehofft, ein Archiv zu finden, eine Kammer, in der Unterweisungen stattfanden, denn sie vermutete, daß sie sich nun im Herzen der Tiefe befand, im Zentrum des Bereiches, der auf Dromars Karten nur einen großen weißen Fleck bildete. Doch durch einen dichten Wald aus Stalaktiten und Säulen fiel ihr Blick auf leere Dunkelheit, die schwach nach dem kalten Wachs Tausender von Kerzen duftete, die wie reglose Gebeine in kleinen Felsnischen ruhten. Nichts Lebendes hielt sich hier auf, und doch verspürte Jenny wieder eine unheilvolle Präsenz. Vorsichtig setzte sie einen Fuß vor den anderen und betrat die offene Fläche vor dem halb eingestürzten steinernen Altar.

Sie streckte die Hände aus und berührte den blauschwarzen und irgendwie glitschigen Granit. In ihrer Vision hatte sie an diesem Ort vielstimmiges Gemurmel vernommen, doch nun blieb alles still. Einige Sekunden lang schienen sich vor ihrem inneren Auge Schatten und Schemen zu bewegen, die fransigen Splitter weiterer Bilder zu rühren, doch dieser Eindruck verflüchtigte sich sofort wieder, bevor Jenny noch Gelegenheit hatte, sich richtig darauf zu konzentrieren.

Dennoch schienen sie ihre Kraft und Entschlossenheit weiter zu beeinträchtigen. Sie fühlte sich vollkommen ausgelaugt, und das dunkle Gewölbe ließ jähe Angst in ihr entstehen. Obgleich sie nicht das geringste Geräusch hörte, wirbelte sie ruckartig um die eigene Achse, und ihr Herz klopfte so heftig, daß sie glaubte, das Pochen müsse in der ganzen Tiefe zu vernehmen sein, wie der dumpfe Klang eines Alarmgongs. Irgendwo lauerte etwas Düsteres und Böses – in diesem Punkt war Jenny völlig sicher. Sie fühlte das Fremde so nahe, als blicke ihr jemand über die Schulter. Sie rückte den gefüllten Arzneiranzen zurecht, und wie ein Dieb eilte sie über den Tanzboden der Zwerge, suchte nach einem Weg, der sie zurückführen konnte, fort vom Herzen der Tiefe, in die Welt außerhalb der Felsen.

Morkelebs Geist hatte Jenny in die Tiefe geleitet, doch nun fühlte sie sich von ihm verlassen. Sie folgte den Zeichen, die sie unterwegs zurückgelassen hatte, Runen, die sich nur ihrem Blick offenbarten, mit den Fingerkuppen auf den Granit geschrieben. Als sie durch dunkle Felsspalten kletterte und über Treppen aus bernsteinfarbenem Granit in die Höhe eilte, fragte sie sich, ob der Drache seinen Verletzungen erlegen war. Ein Teil von ihr hoffte das, um der Bewohner dieses Landes willen, für die Gnome und auch den Magister Halnaths. Ein anderer Teil jedoch empfand bei dieser Vorstellung den Kummer, den sie schon einmal gefühlt hatte, damals, als sie den Drachenkadaver in der Schlucht von Wyr gesehen hatte. Aber irgendein Aspekt dieses Kummers verstärkte gleichzeitig ihre Hoffnung, Morkeleb sei gestorben, aus Gründen, die ihr nicht ganz klar waren, mit denen sie sich jedoch nicht eingehender zu befassen wagte.

In der Großen Passage war es ebenso dunkel wie in den tiefergelegenen Gewölben. Jetzt fehlte sogar der blasse Schimmer des Mondlichtes, das den Tunnel zuvor mit einem diffusen Glanz ausgefüllt hatte. Und Jenny stellte fest, daß sich die Qualität der Luft verändert hatte: Sie war kalt, aber auch trocken, und sie bewegte sich.

Ihr magisches Auge sah den dunklen knochigen Schatten des Drachen vor dem Tor, und die aufgerichteten Rückgratstacheln deuteten direkt auf sie. Als Jenny näher herankam, konnte sie sehen, wie eingefallen die Schuppenhaut wirkte, die sich nun nicht mehr so straff wie zuvor über die gewölbten Knochen spannte.

Sie horchte, konnte jedoch nicht die Gedanken des Drachen vernehmen. Doch die seltsame Melodie, die Jenny zu Beginn bereits in der Klamm vernommen hatte, erklang noch immer, wie ein langsam verhallendes Echo, zart und melancholisch, traurig und niedergeschlagen: das Lied des Todes.

Der Drache war bewußtlos – und starb. *Glaubst du, der Mann, den du so verzweifelt zu retten versuchst, könne länger leben als ich?* hatte er sie gefragt.

Jenny zog den wollenen Überwurf von der Schulter und

legte ihn auf die nadelspitzen Dorne, die aus dem Rücken des Drachen ragten. Sie bohrten sich durch den Stoff. Daraufhin zog sie auch ihre Schafslederjacke aus, und sie erzitterte, als die Kälte ihr dünnes Hemd durchdrang. Vorsichtig begann sie damit, an der Flanke Morkelebs emporzuklettern, und wie zuvor stützte sie sich an dem einen Torpfosten ab. Einige Sekunden lang balancierte sie auf dem Schenkel eines Sprungbeins und fühlte unter ihren Stiefeln stahlharte Schuppen, dicke Knochen und die Wärme des Drachenkörpers. Dann sprang sie auf der anderen Seite zu Boden. Dort verharrte sie kurz und horchte mit den Ohren und dem Geist.

Morkeleb rührte sich nicht. Vor Jenny erstreckte sich die Markthalle, blauschwarz und elfenbeinfarben in dem matten Glanz des von draußen hereinfallenden Sternenlichts, das ihr nach der völligen Schwärze in den Höhlen und Kammern der Tiefe so hell erschien. Zwar war der Mond inzwischen untergegangen, doch jede einzelne Topfscherbe auf dem Boden, jeder Splitter zerbrochenen Lampenglases leuchtete in einem farbigen Funkeln, und die Schatten waren wie vergossene Tinte. Das Blut trocknete, obgleich der süßliche Gestank noch immer die Luft erfüllte. Fischadlers Kadaver lag nach wie vor in einer dunklen Lache, umgeben von schimmernden Harpunen. Die Nacht war recht kalt. Ein Windhauch trieb ihr den Geruch des Lagerfeuers auf Tanners Anhöhe entgegen.

Wie ein Phantom durchquerte sie die Halle und schauderte in der frostigen Kühle. Erst als sie den Saal verließ, die Stufen vor dem Tor erreichte und in die Nacht hinaustrat, begann sie zu laufen.

11. Kapitel

Am Morgen fühlte sie, wie sich Johns Hand kurz um die ihre schloß.

Vor zwei Nächten hatte sich Jenny mit den Todesformeln befaßt und mit ihren Beschwörungen ein magisches Gespinst aus Verderbnis und Zerstörung gewoben – die entsprechenden Zirkel glühten noch immer schwach am Rande der Anhöhe. In der Nacht zuvor schlief sie nur eine Stunde, irgendwo auf der Straße nach Bel, fest an John geschmiegt. Jetzt bildete der zerfasernde Rauch des kleinen Feuers eine dünne Fahne aus farblosem Grau vor dem Hintergrund des blassen Morgenhimmels. Jenny fühlte sich nach wie vor erschöpft und ausgelaugt, aber auch sonderbar. Es war fast, als habe ihr irgend etwas die Haut vom Leibe geschält, so daß die Enden aller Nerven freilagen. Dennoch verspürte sie eine gewisse Ruhe.

Sie hatte alles getan, was in ihrer Macht stand, langsam und methodisch und gewissenhaft. Sie war Mabs Anweisungen gefolgt, als sei der Körper, den sie behandelte, der eines Fremden. Sie gab John die Arzneien, die sie aus der Tiefe geholt hatte, verabreichte ihm die heilenden Flüssigkeiten auf die bei den Gnomen übliche Weise: mittels einer hohlen Nadel, die durch die Haut gestochen und in eine Ader gebohrt wurde. Sie strich Salbe auf die Wunden, die dem Kranken das giftige Drachenblut entziehen sollte. Sie malte dort die Runen der Heilung in den kalten Schweiß, wo die Klauenrisse Johns Lebenspfade kreuzten. Ihre Gedanken formulierten immer wieder seinen wahren Namen, das Geheimnis seiner Essenz, machten es zu einem Teil der Formeln. Wiederholt nannte sie ihn bei dem Namen, den seine Seele kannte, schuf ein magisches Band zwischen Körper und Geist, das so lange von Bestand bleiben sollte, bis die Arzneien wirkten und sich John zu erholen begann.

Eigentlich hatte Jenny am Erfolg dieser Bemühungen gezweifelt. Doch als sich Aversins Zustand tatsächlich verbesserte, war sie bereits so erschöpft, daß sie weder Kummer noch Freude empfinden konnte; sie beobachtete nur, wie sich langsam seine Brust hob und senkte, betrachtete das kaum merkliche Zucken der geschlossenen Lider.

»Wird er wieder gesund?« fragte Gareth leise. Und Jenny nickte. Sie sah den hageren jungen Prinz an, der neben ihr am Feuer hockte, und sie war überrascht, wie lange er geschwiegen hatte, wie ruhig er sich verhielt. Vielleicht hatten ihn die Nähe des Todes und das endlose Warten während der vergangenen Nacht ernüchtert. Während ihres Aufenthaltes in der Tiefe erhitzte er Stunde um Stunde Steine im Feuer, mit denen er John wärmte, eine zwar eintönige, aber notwendige Arbeit, der sie es zu verdanken hatte, daß Aversin bei ihrer Rückkehr noch am Leben war.

Sie spürte jeden einzelnen Knochen im Leib, als sie sich den abgescheuerten scharlachroten Stoff von Gareths Mantel von den Schultern streifte. Die Muskeln in ihrem Leib protestierten, und sie war so müde wie noch nie zuvor. Trotzdem stand sie auf, denn sie wußte, daß noch eine andere Aufgabe auf sie wartete, eine, die schlimmer war als die, die sie bereits bewältigt hatte. Sie wankte zu ihrem Arzneiranzen und holte die braunen Tabatblätter hervor, die sie immer mit sich führte und die inzwischen die Konsistenz von Leder gewonnen hatten. Zwei von ihnen zerriß sie in kleine Fetzen, schob sie sich in den Mund und kaute.

Allein die Bitterkeit – ganz abgesehen von der eigentlichen Wirkung der Blätter – hätte bereits genügt, um sie wieder richtig wach werden zu lassen. In der vergangenen Nacht hatte sie schon einmal ein Blatt gekaut, um die Müdigkeit zu verdrängen, die sie in ihrer Arbeit behinderte. Gareth beobachtete sie besorgt, und sein schmales Gesicht wirkte hohlwangig. Jenny wurde erst jetzt darauf aufmerksam und vermutete, daß er fast ebenso erschöpft sein mußte wie sie. Falten, die zuvor nur vage Andeutungen gewesen waren, bildeten nun tiefe Furchen in der Haut, und sie reichten von den Nasenflügeln bis hin zu den Mundwinkeln. Wenn er die verbogene Brille abnahm, um sich die Augen zu reiben, wurden weitere Falten sichtbar, die in den kommenden Jahren zu einem festen Bestandteil seiner Mimik werden mochten. Als sich Jenny mit beiden Händen durch das lose Haar strich, fragte sie sich, wie ihr eigenes Gesicht aussah – wie es aussehen würde, wenn sie das hinter sich hatte, was ihr nun bevorstand.

Erneut packte sie Arzneien in den Ranzen.

»Was habt Ihr vor?«

Sie griff nach einem von Johns wollenen Umhängen und warf ihn sich über die Schultern. Nach wie vor bewegte sie sich träge und mußte gegen die bleierne Schwere ankämpfen, die sie zu Boden zu drücken drohte. Sie fühlte sich so armselig wie ein abgescheuertes Hemd, doch die Bitterkeit der Tabatblätter breitete sich bereits in ihrem Körper aus und schenkte ihr neue Kraft. Sie wußte, daß sie sehr vorsichtig sein mußte. Tabatblätter waren wie Wucherer: Sie verliehen etwas, doch später verlangten sie das, was sie gegeben hatten, mit hohen Zinsen zurück, immer dann, wenn man am wenigsten dazu in der Lage war, die Schuld zu begleichen. Die feuchte Luft stach in Jennys Lungen, und alles in ihr war seltsam taub.

»Ich muß ein Versprechen einlösen«, antwortete sie nur.

Der junge Mann musterte sie, und in seinen grauen Augen schimmerte aufrichtige Besorgnis. Jenny warf sich den Ranzen über die Schulter und setzte sich in Bewegung, schritt auf die dunstige Stille der Ruinenstadt zu.

»Morkeleb?«

Ihre Stimme schien sich wie ein Nebelhauch in der Stille der Markthalle zu verflüchtigen. Draußen schwebten faserige Dunstwolken durch die Klamm, wie lichtschluckende Phantome, und das einfallende Licht reichte gerade aus, um die grauen Konturen der Umgebung zu erkennen. Vor

Jenny lag der Drache wie ein riesiges, achtlos zu Boden geworfenes Gewand aus schwarzer Seide, in Form gehalten nur von einem inneren Stützgerüst. Die eine Schwinge war nach wie vor ausgestreckt und hatte sich seit dem letzten Krampf nicht mehr bewegt. Die langen Fühler waren schlaffe Auswüchse inmitten der Mähne. Noch immer ließ eine zarte, filigrane Melodie die Luft vibrieren und leisen Kummer in der Heilerin aufsteigen.

Er hatte ihr den Weg ins Innere der Tiefe freigegeben, erinnerte sich Jenny. Sie verdankte ihm Johns Leben. Sie versuchte sich einzureden, daß dies der einzige Grund für ihren Wunsch war, jenes schrecklich schöne Geschöpf nicht sterben zu lassen.

Ihre Stimme hauchte wie ein Flüstern durch die elfenbeinfarbenen Felszacken der hohen Decke. »Morkeleb!«

Das Summen hinter ihrer Stirn veränderte sich, und Jenny wußte, daß der Drache sie hörte. Einer der dünnen Fühler bewegte sich zitternd, und die Lider über den silbernen Augen hoben sich einen Spaltbreit. Zum erstenmal sah Jenny nun, wie fein diese Lider waren, und sie beobachtete die violetten und grünlichen Muster in den schwarzen Grundtönen. Als sie in den weißen Glanz der halbverdeckten Augen blickte, fühlte sie Furcht in sich emporsteigen – aber es war keine Furcht, die sie selbst betraf. Einmal mehr verspürte sie die verschiedenen Winde der Tatsachen und der Möglichkeiten, Böen, die aus den Schluchten des Zweifels und der Skepsis emporfauchten. Sie zwang sich zur Ruhe und wußte, daß sie sich von nichts ablenken lassen durfte, weder von Erinnerungen noch von Ahnungen. Sie war überrascht, wie fest ihre Stimme klang, als sie sagte:

»Nenn mir deinen Namen.«

Das Leben rührte sich neu in dem Drachen, war wie ein goldenes Glühen in dem zarten Gespinst der Melodie: Ärger und Widerstand – vor allen Dingen Widerstand, die Entschlossenheit, nicht das größte aller Geheimnisse preiszugeben.

»Ich kann dich nicht heilen, solange ich nicht deinen

Namen kenne«, bekräftigte Jenny. »Wenn deine Seele den Körper zu verlassen droht, muß ich sie zurückrufen können.«

Noch immer pulsierte heißer Zorn durch die Schwäche und den Schmerz Morkelebs. Jenny erinnerte sich an Caerdinn, der davon gesprochen hatte, man könne sich einen Drachen zum Sklaven machen, indem man ihn rette. Zu jener Zeit hatte sie nicht gewußt, warum irgend jemand bestrebt sein sollte, das Leben eines solchen Ungetüms zu erhalten, und es war ihr auch ein Rätsel gewesen, wieso man sich dadurch ein derartig mächtiges Geschöpf untertan machen konnte. Den Hahn an den Füßen ...

»Morkeleb!« Jenny trat auf ihn zu und verdrängte die Furcht vor und um ihn, die Besorgnis, Zorn und Verärgerung könnten ihn so sehr erschöpfen, daß er starb. Behutsam legte sie ihre kleinen Hände auf die weiche Haut am Rande seiner Augen. Die Schuppen an diesen Stellen waren dünner als die Spitzen der Dorne, und die Haut fühlte sich an wie trockene Seide, unter der warmes Leben pulsierte. Erneut entstand der vage, ebenso unheilvolle wie faszinierende Eindruck in Jenny, einen Weg zu beschreiten, von dem sie sich besser abwenden sollte. Sie fragte sich, ob es nicht klüger sei, sich von dem Drachen abzuwenden und ihn sterben zu lassen. Sie wußte, wer und was er war. Aber nachdem sie ihn berührt, nachdem sie in jene diamantenen Augen gesehen hatte, wäre sie eher dazu bereit gewesen, ihr eigenes Leben zu opfern.

In dem funkelnden Gesangsmuster hinter Jennys Stirn veränderten sich einige Bilder, und es war, als nehme der Faden, der die einzelnen Melodienszenen miteinander verband, eine andere Tönung an. Sie erkannte sie sofort wieder und erinnerte sich daran, daß Caerdinn einmal einen Teil dieses Liedes gesummt hatte, auf einer Aue während eines warmen Sommertages. Und sie begriff. Die Melodie selbst war der Name des Drachen.

Es war, als nähmen die Klänge feste Gestalt an, als formten sie sich zu einem zarten Tuch, über dessen feinen Stoff

Jennys Finger strichen. Sie begann damit, ihn zu einem Teil ihres Formelgespinstes zu machen, wob daraus ein kristallenes Seil, das sich um die zitternde Seele des Drachen schlang. Während der rhythmischen Veränderungen des Namensliedes erblickte sie die Tore, die in das dunkle und weite Labyrinth von innerem Wesen und Herz führten. Es war, als funkelten Sterne in dieser Nacht, und in ihrem Glanz glaubte Jenny die Pfade zu erkennen, die sie beschreiten mußte, um den verletzten Leib Morkelebs zu heilen.

Sie hatte die Arzneien aus der Tiefe mitgebracht, aber sie sah nun ein, wie nutzlos sie waren. Drachen heilten sich selbst oder gegenseitig, allein durch die Berührung eines Bewußtseins. In den folgenden Stunden war sie manchmal entsetzt angesichts dieser Art der Genesung, und dann wieder empfand sie nichts weiter als Müdigkeit, eine Erschöpfung, die über alles hinausging, was sie jemals erlebt hatte, die so umfassend war, daß sie befürchtete, jeden Augenblick zusammenzubrechen und ein ganzes Jahr lang zu schlafen. Die Leere in ihr, die dringend mit neuer Kraft ausgefüllt werden mußte, dehnte sich weiter aus, wurde zu einem hohen Berg aus Schmerz, aus schier unerträglicher Agonie. Jenny fühlte sich in einem Netz aus Licht und Dunkelheit gefangen, und sie bemühte sich verzweifelt, eine gewaltige Kraft über eine starre Barriere zu ziehen, eine Kraft, die sich ihr widersetzte, die ihrerseits an ihr zerrte. Sie hatte sich dies alles völlig anders vorgestellt, denn es gab nicht die geringste Ähnlichkeit zu der Heilung von Menschen oder Tieren. Sie beschwor die letzten Energien, die noch in ihr verblieben waren, besann sich auf all ihre Kraft, um nicht nur Morkelebs Leben zu retten, sondern auch ihr eigenes. Das Knüpfen des Seils, das die Seele des Drachen an seinem Körper festhielt, erforderte Jennys ganze Kraft. In einer Art von Delirium begriff sie, daß sein Tod auch den ihren zur Folge haben würde – so fest war ihr Geist inzwischen mit der Struktur seiner Essenz verbunden. Von einem Augenblick zum anderen entstand vor ihrem inneren Auge ein klares Bild der Zukunft, als habe sie ihren Offenbarungskristall beschworen: Ihr Tod bedeutete, daß John nur wenige Stunden später starb, und Gareth ... knapp sieben Jahre würde er noch aushalten und dabei durch den verderblichen Einfluß Zyernes immer mehr zu einem Schatten seiner selbst werden. Jenny wandte sich von dieser Vision ab und konzentrierte sich statt dessen ausschießlich auf das, was ihr tief im Innern noch einen letzten Halt bot: die Zauberformeln des alten Caerdinn, ihre Meditationen in der Einsamkeit der Felsen von Frosthöhe.

Zweimal rief sie Morkeleb bei seinem wahren Namen und verband die entsprechende Melodie mit ihrer Magie, die sie Rune um Rune beschwor. Gleichzeitig hielt sie an ihrem eigenen Leben fest, indem sie sich an vertraute Dinge erinnerte: die Formen von Blättern, die Blüten von Enzian, Graslilien und Geißblatt, die Spuren von Hasen im Schnee, die manchmal schrillen Klänge der Flöte, wenn John an lauen Sommerabenden auf ihr spielte. Sie spürte, wie sich tief im Kosmos des Drachen etwas rührte, und das Echo seines Namens hallte an ihre inneren Ohren zurück.

Sie entsann sich nicht mehr daran, wie lange sie später geschlafen hatte. Als sie erwachte, fühlte sie warmen Sonnenschein auf ihrem Haar. Durch das offene Tor der Tiefe konnte sie draußen die Klippen sehen, die im Lichte des späten Nachmittags in zinnoberroten und goldenen Tönen zu glühen schienen. Sie drehte den Kopf und stellte fest, daß sich der Drache bewegt hatte und nun schlief. Er hatte die großen Schwingen wieder angelegt, und der massige Schädel ruhte zwischen den Klauen der Vorderbeine. Im Schatten war er nahezu unsichtbar. Sie konnte nicht genau erkennen, ob er atmete, und sie fragte sich, ob er überhaupt Luft benötigte. Atmeten Drachen?

Mattigkeit hüllte sie ein, rieselte auf sie herab wie seidenfeiner Sand. Das letzte Tabatblatt hatte sie innerlich ausgebrannt, und diese Erschöpfung kam noch zu der allgemeinen Müdigkeit hinzu. Jenny fühlte sich schmutzig und elend, und sie hatte nur einen Wunsch: weiterzuschlafen, wenn möglich tagelang.

Aber sie wußte, das war nicht möglich. Sie hatte ihr Versprechen Morkeleb gegenüber eingelöst, aber sie zweifelte dennoch daran, ob sie deshalb in der Gegenwart des Ungeheuers ruhen konnte, ohne sich Sorgen machen zu müssen. Jenny kicherte leise, als sie sich Ian und Adric vorstellte. Sie würden sicher vor den anderen Jungen des Dorfes damit prahlen, daß ihre Mutter im Bau eines Drachen schlafen konnte – vorausgesetzt natürlich, Jenny kehrte jemals lebend zu ihnen zurück. Es kostete sie bereits große Mühe, sich auf die andere Seite zu rollen. Ihre Kleidung schien aus massivem Metall zu bestehen, und fast hätte Jenny dem imaginären Gewicht nachgegeben und wäre wieder zu Boden gesunken, als sie sich schließlich in die Höhe stemmte.

Sie wankte auf das Tor zu, blieb dort kurz stehen, lehnte sich an den grob behauenen Granit einer großen Säule und genoß die kühle Luft, die ihr über die Wangen strich. Nach einer Weile drehte sie den Kopf, sah über die Schulter zurück und blickte in die geöffneten Augen des Drachen. Einige Sekunden lang starrte sie in diese diamantene Tiefe, in die kristallenen Blumen aus weißem und silbernem Funkeln, die wie glitzernde Strudel aus Zorn und Haß waren. Dann schlossen sich die filigranen Lider wieder, und Jenny stieß sich von der Säule ab und trat in das Licht der untergehenden Sonne.

Sie fühlte sich geistig und körperlich taub, als sie langsam durch die Ruinen zur Anhöhe wanderte. Alles wirkte unheimlich und verändert; der Schatten eines jeden Kieselsteins, die Halme der Gräser, die Spitzen der zwischen den geborstenen Steinen wachsenden Disteln – das alles schien sich Jennys Blicken neu zu offenbaren, als habe sie viele Jahre lang blind die Welt durchstreift und nun endlich die Augen geöffnet. Am nördlichen Stadtrand kletterte sie an den Felsen zu den Wasserreservoirs empor, die wie pechschwarze Flecken auf der weißen Flanke des Berges lagen, wie kleine dunkle Teiche, auf denen sich der Sonnenschein widerspiegelte. Dort angekommen, zog sich die Heilerin aus und schwamm, obgleich das Wasser sehr kalt war. Anschließend blieb sie eine Zeitlang auf ihren ausgebreiteten Kleidern liegen und träumte von Dingen, an die sie sich später nicht mehr erinnerte. Der Wind strich zärtlich über ihren nackten Rücken und die Beine, und das Glitzern des Sonnenscheins auf dem Wasser veränderte sich, als die ersten Schatten herankrochen und die Nacht ankündigten. Jenny war versucht, zu weinen, doch selbst dafür fehlte ihr die Kraft.

Schließlich stand sie auf, kleidete sich wieder an und kehrte ins Lager zurück. Gareth schlief. Mit angezogenen Knien saß er neben der glühenden Asche des Feuers, den Kopf auf die Arme gestützt.

Jenny ging neben Aversin in die Hocke und betastete seine Hände, strich über seine Stirn. Seine Haut schien jetzt wärmer zu sein, war aber noch immer sehr blaß. Doch die Augenbrauen und die rötlichen Bartstoppeln schienen nicht mehr ganz so dunkel wie zuvor. Jenny streckte sich neben ihm aus, schmiegte sich unter der Decke an ihn und fiel in einen tiefen Schlaf.

Während Jenny sich noch der angenehmen und warmen Trägheit des Halbschlafes hingab, hörte sie Johns murmelnde Stimme: »Ich hatte den Eindruck, daß du mich riefst.« Sein Atem war kaum mehr als ein gerade spürbarer Hauch an ihrer Wange. Sie zwinkerte und stellte fest, daß das erste Licht des neuen Tages die Dunkelheit der Nacht verdrängte.

»Was?« brachte sie hervor, setzte sich auf und strich sich die dichten Strähnen des Haars aus dem Gesicht. Sie war noch immer sehr müde und erschöpft, hatte jedoch einen Bärenhunger. Gareth kniete am Feuer und bereitete Pfannkuchen vor. Sein Haar war zerzaust, und unrasierte Bartstoppeln zeigten sich auf seinen Wangen. Ständig drohte ihm die verbogene Brille vom Nasenrücken zu rutschen. Jenny stellte fest, daß er weitaus besser kochen konnte als John.

»Ich dachte, Ihr würdet nie mehr erwachen«, sagte Gareth.

»Diese Befürchtung hatte ich ebenfalls, junger Held«, flüsterte Aversin. Seine Stimme war viel zu schwach, als daß er sich damit dem jungen Mann am Feuer hätte mitteilen können, doch Jenny hörte ihn und lächelte.

Steifbeinig erhob sie sich, zog das Wams übers dünne Hemd, streifte auch die Jacke über und stieg in ihre Stiefel. Unterdessen hängte Gareth einen Topf mit Wasser übers Feuer, um Kaffee zu kochen, ein am Königshofe sehr beliebtes Getränk. Als sich der junge Mann aufmachte, um aus der nahen Quelle im Wald weiteres Wasser zu schöpfen, nutzte Jenny einen Teil der heißen Flüssigkeit im Topf dazu, John frisch zu verbinden. Sie begrüßte es, keine komplizierten Formeln mehr aussprechen zu müssen und auf die einfachen menschlichen Heilmethoden zurückgreifen zu können. Bald darauf erfüllte herber Kräutergeruch die Luft und vermischte sich mit dem Duft des Kaffees. Noch bevor Jenny das Anlegen der neuen Verbände beendete, war John schon wieder eingeschlafen. Gareth legte ihr einige mit Honig bestrichene Hafermehlkuchen auf den Teller und leistete ihr am Feuer Gesellschaft.

»Ich wußte nicht mehr was ich machen sollte, als Ihr so lange fortbliebt«, sagte er mit vollem Mund. »Ich dachte schon daran, Euch zu folgen, weil ich es für möglich hielt, daß Ihr vielleicht Hilfe gebrauchen könntet, aber ich wollte John nicht allein hier zurücklassen. Außerdem«, fügte er mit einem betretenen Lächeln hinzu, »ist es mir bisher noch nie gelungen, Euch vor irgend etwas zu retten.«

Jenny lachte. »Du hast dich richtig verhalten.«

»Und was ist mit Eurem Versprechen?«

»Ich habe es gehalten.«

Seufzend atmete Gareth aus und neigte den Kopf, so als sei ein großes Gewicht von ihm genommen, das ihn bisher belastet hatte. Nach einer Weile sagte er unsicher: »Während ich auf Euch wartete, habe ich mir ein Lied ausgedacht: eine Ballade über Morkelebs Tod, den Tod des Schwarzen Drachen der Großen Barriere. Sie ist nicht sehr gut, aber ...«

»Und sie kann nicht stimmen«, warf Jenny zögernd ein und leckte sich Honig von den Fingern. »Morkeleb ist nicht tot.«

Gareth starrte sie groß an, so wie damals, als sie ihm erzählt hatte, John habe den Goldenen Drachen von Wyr mit einer Axt getötet. »Aber ich dachte ... Ihr hättet John versprochen, den Drachen für ihn zu erschlagen, falls ... falls er selbst dazu nicht in der Lage sein sollte.«

Jenny schüttelte den Kopf, und die dunkle Fülle ihres Haars strich dabei über das schmutzige Flies ihres Jackenkragens. »Mein Versprechen galt Morkeleb«, sagte sie. »Es verpflichtete mich dazu, ihn zu heilen.«

Sie zog die Beine an, stand auf und trat wieder neben John. Gareth blieb allein am Feuer sitzen und sah ihr entsetzt und verblüfft nach.

Ein Tag verging, bevor Jenny in die Tiefe zurückkehrte. Sie verbrachte die Zeit fast ausschließlich im Lager, kümmerte sich um John und wusch Kleidungsstücke – eine ebenso gewöhnliche wie notwendige Arbeit. Es überraschte sie ein wenig, daß sich Gareth dazu bereit erklärte, ihr dabei zu helfen. Er holte Wasser von der Quelle und ging ihr zur Hand, doch die meiste Zeit war er dabei außergewöhnlich schweigsam. Da Jenny wußte, wie sehr es darauf ankam, ihre Kraft zu erneuern, schlief sie viel, aber sie hatte häufig Alpträume. Wenn sie wach war, entstand nicht selten das seltsame und beunruhigende Gefühl in ihr, beobachtet zu werden. Sie versuchte sich davon zu überzeugen, daß Morkeleb, der nun wieder wach und stärker geworden war, seine Wachsamkeit auf die ganze Klamm ausgedehnt hatte und wußte, daß sie sich auf der Anhöhe befanden. Andererseits war sie im Innern des Drachenbewußtseins mit bestimmten Erkenntnissen konfrontiert worden, und angesichts dieses Wissens fiel es ihr schwer, daran zu glauben, daß nur das Ungeheuer die Verantwortung für ihre zunehmende Nervosität trug.

Sie merkte auch, daß Gareth sie häufig musterte, meistens dann, wenn er glaubte, ihr fiele das nicht auf.

Darüber hinaus wurde sie sich noch anderer Dinge bewußt. Niemals zuvor hatte sie so genau darauf geachtet, aus welcher Richtung der Wind wehte. Niemals zuvor waren ihr so deutlich die Bewegungen der Tiere im Wald aufgefallen. Sie spürte, wie seltsame Überlegungen in ihr entstanden, wie sich ein Wissen um Dinge in ihr rührte, die sie bisher für unwichtig gehalten oder von denen sie gar nichts geahnt hatte. Sie verstand nun, wie Wolken wuchsen, warum der Wind in diese Richtung wehte und in keine andere, wie die Vögel ihren weiten Weg nach Süden fanden und warum, an gewissen Orten zu bestimmten Zeiten, körperlose Stimmen aus leerer Luft flüsterten. Jenny hätte sich gern eingeredet, daß ihr diese Dinge Angst machten, weil sie sie nicht begriff, aber in Wirklichkeit war das Gegenteil der Fall.

Als sie am späten Nachmittag schlief, hörte sie, wie Gareth mit John über sie sprach. Trotz ihrer sonderbaren Träume konnte sie die beiden Männer beobachten und ihrer Unterhaltung folgen.

»Sie hat ihn geheilt«, flüsterte Gareth, und Jenny sah ihn neben den Bärenfellen und wollenen Decken hocken, dort, wo John lag. »Ich glaube, sie hat es ihm versprochen, als Gegenleistung dafür, daß er sie vorbeiließ und ihr gestattete, die Arzneien aus der Tiefe zu holen.«

Aversin seufzte, und seine verbundene Hand bewegte sich ein wenig. »Vielleicht wäre es besser gewesen, sie hätte mich sterben lassen.«

»Glaubt Ihr …« Gareth schluckte nervös und warf ihr einen kurzen Blick zu, so als befürchte er, sie könne ihn hören, obgleich sie schlief. »Haltet Ihr es für möglich, daß der Drache einen Bann über sie legte?«

John schwieg eine Zeitlang, starrte in den grauen Himmel empor und dachte nach. Zwar war auf der Anhöhe nur ein leichter Wind zu spüren, doch weit oben zerfetzten heftige Böen die Wolken an der einen Stelle, um sie an einer anderen zu aschefarbenen und schneeweißen Massen zusammenzuballen, die an den zerklüfteten Flanken der Berge in die Höhe stiegen. »Ich glaube, ich könnte es fühlen, würde Jenny von einem anderen Geist beherrscht. Jedenfalls bilde ich mir das ein. Es heißt, man solle unter allen Umständen vermeiden, in die Augen eines Drachen zu sehen, denn sonst könne er Macht über die menschliche Seele erringen. Jen aber ist eine Hexe.«

John drehte den Kopf leicht zur Seite, so daß er sie sehen konnte, und er zwinkerte einige Male und richtete den Blick seiner kurzsichtigen Augen auf sie. Das bloße Fleisch zu beiden Seiten der Verbände auf den Armen und der Brust hatte sich verfärbt und wirkte grindig. Narben und Schorf zeigten sich dort, wo ihm Jenny einige gebrochene Metallfacetten des Kettenhemdes aus der Haut gezogen hatte. »Als ich früher von ihr träumte, sah ich sie mit anderen Augen als während des Wachseins. Und als ich im Delirium lag, habe ich wieder von ihr geträumt; es ist, als sei sie jetzt mehr sie selbst, und nicht weniger.«

Aversin seufzte und sah wieder Gareth an. »Weißt du, ich war eifersüchtig auf sie. Nicht etwa wegen eines anderen Mannes. Die Eifersucht galt vielmehr einem Teil von ihr selbst, jenem Teil, den sie mir nie geben wollte. Bei allen Geistern, heute frage ich mich, warum ich damals überhaupt so versessen darauf war. Wer sagte noch, Eifersucht sei das einzige Laster, das kein Vergnügen beschert? Nun, gerade dies war es, das zu lernen mir besonders schwerfiel, das vielleicht sogar eine der bittersten Erfahrungen meines ganzen Lebens darstellte: Ich muß mich damit abfinden, daß sie sich selbst gehört, daß sie selbst entscheidet, was sie mir gibt und was nicht – was jene Dinge um so kostbarer macht. Es mag vorkommen, daß sich ein Schmetterling auf eine offene Hand setzt: Wenn sie sich schließt, wird die

Pracht zerstört, und seine Entscheidung, sich gerade jenen Platz ausgesucht zu haben, ist nichtig. Verstehst du, was ich meine?«

Anschließend sank Jennys Seele in tiefere Träume. Sie glitt durch die lichtlose Schwärze Ylferduns, durch die Wolken der Magie, die an den Orten der Heilung besonders dicht waren. Wie aus großer Ferne sah sie ihre Kinder, die beiden Jungen, die sie nie hatte empfangen wollen, die aber dennoch von ihr zur Welt gebracht worden waren, Ian und Adric, die sie für John aufgezogen und schließlich lieben gelernt hatte, obgleich sie sich dagegen sträubte, obwohl sie versuchte, sich weiterhin allein auf ihre Zauberei zu konzentrieren. Mit ihrem magischen Auge konnte sie sie sehen. In der Dunkelheit setzten sie sich in ihrem mit Vorhängen versehenen Bett auf, während der Wind Schnee an die Mauern des Turms wehte. Die beiden Jungen schliefen nicht, sondern erzählten sich Geschichten darüber, wie ihre Eltern den Drachen erschlagen hatten und anschließend mit einer ganzen Karawane Gold zurückkehrten.

Sie erwachte, als die Sonne dicht über den zerklüfteten Gipfeln der Berge schwebte. Der Wind wehte nun aus einer anderen Richtung. In der ganzen Klamm roch es nach Schnee und nach den Nadeln der Fichten. Die Luft war kalt und feucht, und die Schatten dehnten sich bereits wieder in die Länge.

John schlief und war in alle Ersatzdecken des Lagers gehüllt. Im nahen Wald, neben der steinernen Einfassung der Quelle, erklang die Stimme Gareths, der zur Erbauung der Pferde monotone Weisen über die leidenschaftliche Liebe sang. Jenny bewegte sich so leise wie üblich; sie legte das Wams an, stieg in die Stiefel und streifte sich die Schafslederjacke über die Schultern. Sie überlegte, ob sie etwas essen sollte, entschied sich aber dagegen. Ein voller Magen mochte sie träge machen und von dem ablenken, was ihr nun bevorstand, und dazu brauchte sie ihre ganze Aufmerksamkeit und Konzentration.

Einige Sekunden lang verharrte sie und sah sich um.

Wieder entstand der unbehagliche Eindruck in ihr, beobachtet zu werden, und es war fast, als spüre sie dicht hinter sich den Atem eines Unbekannten. Aber in einem entlegenen Winkel ihres Bewußtseins fühlte sie auch die Macht Morkelebs, und sie wußte, daß sich das Ungeheuer weitaus rascher erholte und wieder zu Kräften kam, wie der Mann, den es fast umgebracht hätte.

Jenny begriff, daß sie jetzt sofort handeln mußte, und die entsprechende Vorstellung erfüllte sie mit dumpfer Furcht.

»Wenn man einen Drachen rettet, macht man ihn zu seinem Sklaven.« Das waren Caerdinns Worte gewesen. Das Wissen um die Beschränktheit der eigenen Macht erschreckte Jenny, als sie sich klarmachte, mit was sie es bald zu tun bekommen würde. Das also ist der Preis, den ich für Johns Liebe bezahlen muß, dachte sie in einem Anflug von schwermütiger Belustigung. Sie mußte in einen Kampf ziehen, den sie nicht gewinnen konnte. Sofort meldete sich ein anderer Teil ihres Geistes und erinnerte sie daran, daß in diesem Zusammenhang wenigstens nicht Johns Leben auf dem Spiel stand, daß es nur ihr eigenes war, das verwirkt werden mochte, und angesichts dieser Torheiten der Liebe schüttelte sie stumm den Kopf. Kein Wunder, daß die mächtigen Meister ihre Novizen davor warnten.

Und was den Drachen anging: Wie aus einem Instinkt heraus ahnte sie, was sie tun mußte: eine Konsequenz, die sich zwar durch eine fremdartige Qualität auszeichnete, die aber gleichzeitig geradezu entsetzlich klar war. Ihr Puls beschleunigte sich, als sie einen abgenutzten Überwurf von dem Stapel nahm, unter dem John ruhte. Die leichte Brise zupfte mit geisterhaften Händen an den Fransen, als sie sich ihn um ihre Schultern schlang. Die Farben des Umhangs verschmolzen mit den grauen Tönen des Grases und der Steine, als sie still über den Pfad schritt, der in die zerstörte Stadt und zum Tor der Tiefe führte.

Morkeleb lag nicht mehr in der Markthalle. Jenny nahm den Geruch des Drachen wahr, und sie folgte ihm durch das Innentor und die Große Passage. Es war ein zwar beißender, aber nicht unangenehmer Duft, der sich von dem des ätzenden und metallischen Gestanks seines Giftes unterschied. Die diffusen Echos ihrer Schritte klangen in der Dunkelheit wie fernes Wassertropfen in den stillen Gewölben des Tunnels. Sie wußte, daß Morkeleb sie hören konnte, daß er irgendwo in der Finsternis sein Gold hütete und auf sie wartete. Und Jenny hatte fast den Eindruck, als vernähme sie das monotone Pochen seines Herzens.

Dromar hatte recht: Der Drache hatte den Tempel des Sarmendes zu seinem Bau gemacht, eine Höhle, deren Entfernung vom Innentor der Passage einen knappen halben Kilometer betrug. Die Gnome hatten den Tempel für die Kinder der Menschheit gebaut, und aus diesem Grund ähnelte er mehr einem Saal und nicht so sehr einer unterirdischen Kaverne. In der Tür aus Gold und Elfenbein blieb Jenny stehen und sah sich um. Ihre Blicke durchdrangen die Finsternis, und sie betrachtete die aus dem Boden ragenden Stalagmiten, denen Meißel und Hämmer die Form von Säulen verliehen hatten; an den Wänden waren Mauern errichtet worden, um die Unebenheiten des natürlichen Felsgesteins zu verbergen. Der Boden war glatt und bildete eine Ebene. Die Statue des Gottes mit Lyra und Bogen bestand aus weißem Marmor, der aus den königlichen Steinbrüchen von Istmark stammte, ebenso der Altar mit den Girlanden aus dem gleichen Material. Doch das alles konnte nicht über die beeindruckende Größe dieser Höhle hinwegtäuschen, auch nicht über die unregelmäßigen Formen des Saales und damit über seine eigentliche Natur. Über den einfachen und schlichten Mauern wölbte sich die Decke, ein riesenhaftes Muster aus Sinter und Kristall, das bewies, daß es die Natur gewesen war, die diesen Ort geschaffen hatte.

Hier verstärkte sich der Geruch des Drachen, obgleich er jetzt nicht mehr von dem Gestank nach Abfall und Aas begleitet wurde. Überall auf dem Boden glänzten Berge von Gold – das ganze Gold der Tiefe: Platten und Barren, heilige Gefäße, vergessenen Göttern geweihte Reliquien, die neben den Säulen und in der Nähe der Statuen hohe Stapel bildeten, kleine Schalen mit duftendem Balsam, Kerzenleuchter, mit Hunderten von Perlen besetzt, zitternd wie Espenblätter in einem sanften Frühlingswind, Tassen und Becher, an deren Rändern kostbare Edelsteine funkelten, eine der Göttin Salernesse und damit der Herrin der Tiere geweihte Statue, die fast einen Meter groß war und aus massivem Gold bestand … All die Dinge, die Gnome und Menschen aus dem weichen, glänzenden Metall geformt hatten, waren aus den fernsten Tunneln der Tiefe an diesen Ort gebracht worden. Überall auf dem Boden glitzerten Münzen, herausgefallen aus zerrissenen Säcken, und nur an einigen Stellen war der dunkle Granit zu sehen, wie Lachen aus schwarzem Wasser, das sich in wenigen Mulden angesammelt hatte.

Auf diesem Gold lag Morkeleb, die gewaltigen Schwingen an den Flanken zusammengefaltet, ihre Spitzen über dem langen Schwanz gekreuzt. Schwarz wie Kohle war er, und er schien zu schimmern. Die kristallenen Augen leuchteten wie Lampen in der Dunkelheit. Die zarte und liebliche Melodie, die Jenny zuvor so intensiv empfunden hatte, war verhallt, doch die Luft schien noch immer davon zu vibrieren.

»Morkeleb«, sagte Jenny leise, und dieses eine Wort warf ein wisperndes Echo an den Wald aus blitzenden Dornen und Stacheln auf dem Drachenrücken. Sie spürte, wie sich der Blick der silbernen Augen auf sie richtete, und zögernd streckte sie die Hand nach Morkelebs Seele aus.

Warum das Gold? fragte sie. *Warum begehren Drachen das Gold der Zwerge und Menschen?*

Eigentlich hatte sie diese Worte gar nicht an ihn richten wollen, und sie fühlte, wie sich unter der Oberfläche des Ärgers und des Mißtrauens in ihm auch noch etwas anderes regte.

Aus welchem Grund interessiert dich das, Hexe?

Aus welchem Grund hatte ich ein Interesse daran, hierher

zurückzukehren und dir das Leben zu retten? Vermutlich wäre es besser gewesen, ich hätte dich einfach sterben lassen.

Und warum hast du dich dagegen entschieden?

Darauf gab es zwei Antworten. Die eine, die sie ihm nannte, war folgende: *Weil wir eine Übereinkunft trafen: Du gabst mir die Möglichkeit, ins Herz der Tiefe zu gelangen und die Arzneien zu finden, die ich brauchte, und dafür versprach ich dir, dich zu heilen. Und als ich mich bemühte, dich vor dem Tode zu bewahren, nanntest du mir deinen wahren Namen, Morkeleb der Schwarze …* Ihre Gedanken formulierten ihn, sangen jene Melodie, die die innere Essenz des Drachen beschrieb. Sie sah, wie er zusammenzuckte. *Es heißt, wenn man einen Drachen rette, so mache man sich ihn zum Sklaven. Durch die Beschwörung deines wahren Namens unterwerfe ich dich meinem Willen.*

Der in Morkeleb aufwallende Ärger war wie eine Woge aus Finsternis, und an den Flanken des riesenhaften Wesens richteten sich die messerscharfen Schuppen auf, wie das Nackenfell eines Hundes.

Ich bin Morkeleb der Schwarze. Und ich werde niemals der Sklave irgendeines Geschöpfes sein, erst recht nicht einer menschlichen Frau, auch wenn sie wie ich über die Macht der Magie zu gebieten versteht. Ich gehorche nur meinem eigenen Willen.

Das schwere Gewicht fremder Gedanken senkte sich auf sie, belastete sie noch mehr als die Finsternis. Doch ihre Augen waren die einer Hexe, und sie konnte damit in der Dunkelheit sehen. Und in ihrem Geist war ein ganz besonderes Licht entstanden. Sie empfand nun keine Angst mehr vor dem Drachen. Eine sonderbare Kraft, von deren Existenz sie bis zu diesem Zeitpunkt nichts geahnt hatte, rührte sich in ihr. Sie flüsterte die Magie seines Namens, so wie sie an den Saiten ihrer Harfe zupfte, um eine komplexe Melodie erklingen zu lassen, und sie beobachtete, wie das Ungetüm wieder ein wenig vor ihr zurückwich. Seine Klauen strichen kratzend über das Gold und ließen es klirren.

Bei deinem Namen, Morkeleb der Schwarze, wiederholte

Jenny. *Ich gebiete dir, dich meinem Willen zu unterwerfen. Und bei deinem Namen befehle ich dir, weder John Aversin noch Prinz Gareth noch irgendeinem anderen Menschen ein Leid anzutun, solange du dich hier im Süden befindest. Wenn du dich so weit erholt hast, daß du deine Reise fortsetzen kannst, so wirst du in deine Heimat zurückkehren.*

Sein Zorn strahlte wie Hitze von den Schuppen des Drachen. Jenny spürte darin seinen eisernen Stolz, seine Verachtung den Menschen gegenüber – auch den wütenden Grimm Morkelebs angesichts der Vorstellung, von seinem erst kürzlich zusammengerafften Schatz getrennt zu werden. Für einige Sekunden begegneten sich ihre Seelen und gingen eine feste Verbindung ein, verwickelten sich ineinander wie die Leiber von Schlangen, die um die Vorherrschaft rangen. Und im Innern Jennys wuchsen die Wogen der Kraft weiter in die Höhe, als sei der Kampf selbst ein Riff, das die Wellen nicht brechen konnte, sondern sie noch ungestümer machte. Entsetzen und Aufregung durchströmten sie, wie die Bitterkeit der Tabatblätter, nur weitaus intensiver, und sie verdrängte die Sorge um ihren verletzbaren Körper, führte den Kampf Geist gegen Geist weiter, zerrte an der funkelnden Kette des wahren Namens Morkelebs.

Sie spürte, wie sein Haß zunahm, wie Wut und Zorn zu einem heißen Feuer wurden, dessen Flammen nach ihr leckten, und trotzdem gab sie nicht nach. *Wenn du mich tötest, nehme ich dich mit mir in den Tod*, dachte sie. *Nein, selbst im Sterben werde ich nicht nachlassen, dich bei deinem wahren Namen zu beschwören.*

Die gewaltige Kraft, die die Mauern ihrer Seele zu sprengen drohte, wich ein wenig zurück, doch der Blick der silbernen Augen hielt sie nach wie vor fest. Jennys Gedanken wurden plötzlich überschwemmt von Bildern und vagen Erinnerungen, die eine gewisse Ähnlichkeit mit den Visionen im Herzen der Tiefe aufwiesen. Es handelte sich um Dinge, die sie nicht verstand, die in ihrer Fremdartigkeit und Exotik gleichzeitg erschreckend und erschütternd waren. Sie sah schwarze Berge, die doppelte Schatten warfen, rote Wüsten, in deren Öde sich seit Anbeginn der Zeit kein Windhauch geregt hatte, in der Glasspinnen lebten, die sich von Salz ernährten. Es waren Drachengedanken, und sie verwirrten Jennys Bewußtsein, um sie an einen Ort zu locken, an dem sich Morkelebs Seele wie eine Falle um ihren Geist schließen konnte. Rasch klammerte sie sich an die Dinge ihres eigenen Lebens fest: Caerdinn, der auf der sommerlichen Wiese einen Teil der Melodie summte, die den wahren Namen des schwarzen Drachen darstellte. Und in das Gewebe dieser Szene spann Jenny ihre Zaubermuster des Zurückweisens und der Erschöpfung, verband sie mit dem Rhythmus des Drachenpulses, der schon während der Heilung wie ein dumpfer Takt gewesen war. Kurz darauf fühlte sie, wie sich die feste Umklammerung durch seinen Geist lockerte.

Sein Zorn war wie ein Gewitter, dessen dunkle Gewalten sich um Jenny herum zusammenballten. Schwarz ragte vor ihr auf, wie eine dunkle Wolke, aus der jederzeit ein Blitz herabzucken konnte. Ganz plötzlich hob er eine Klaue, bereit dazu, den Leib der Heilerin zu zerfetzen.

Er wird nicht zuschlagen, sagte sich Jenny, als sich das Entsetzen wie das Eisen einer Garrotte um ihren Hals legte und alles in ihr danach strebte, sofort die Flucht zu ergreifen ... Er konnte sie nicht töten, denn sie kannte seinen wahren Namen, und das wußte er. Sie hatte ihn gerettet, und deshalb mußte er ihr gehorchen. Wieder sangen ihre Gedanken das Lied seiner Essenz, als sich die Klauenspitzen ihrem Leib näherten. Die Bewegung verdrängte die Luft, ließ einen jähen Wind entstehen, der in Jennys dichtes Haar fuhr, ihr über die Wangen strich. Nur wenige Zentimeter entfernt zuckten die säbelartigen Krallen an ihrem Gesicht vorbei. Weiße Augen starrten auf sie herab, und Haß glitzerte in ihnen – ein Zorn, der wie ein Sturm war, den Jenny nur in ihrem Innern fühlen konnte, der sie dennoch hinwegzufegen drohte.

Dann ließ sich der Drache langsam auf sein Lager aus

Gold zurücksinken, und das Aroma der Niederlage war wie ein bitterer Geschmack, der auch Jennys Gaumen nicht aussparte.

Du hast dich dafür entschieden, mir deinen wahren Namen zu nennen, um nicht zu sterben, Morkeleb. Sie hauchte die Melodie wie ein Glissando und fühlte, wie das Summen ihrer Macht in dem Gold sein Raunen zu übertönen begann. *Du wirst dieses Land verlassen und niemals zurückkehren.*

Und Morkeleb erwiderte leise: *Verstehst du denn nicht?*

Jenny schüttelte den Kopf. Wieder sah sie sich in dem Tempel um, in dem sich mehr Gold stapelte, als sie jemals gesehen hatte, ein Schatz, der noch prächtiger war als all diejenigen, von denen in den Legenden berichtet wurde. Damit hätte man ganz Bel und die Seelen der meisten Bewohner kaufen können. Doch erneut entstand Verwunderung in ihr, vielleicht deshalb, weil sie selbst mit Gold kaum etwas anzufangen wußte, und sie fragte: *Warum das Gold, Morkeleb? Bist du deswegen hierher gekommen?*

Der Drache senkte den Kopf zwischen die Klauen der Vorderbeine, und um sie herum vibrierte der schier unvorstellbare Schatz im Klang der Namensmelodie. *Es war das Gold und der Traum davon,* antwortete er. *Ich war mit allem unzufrieden. Das Verlangen entstand in mir, während ich schlief. Hexe, weißt du, wie sehr wir Drachen Gold lieben?*

Wieder schüttelte Jenny den Kopf. *Ich weiß nur, daß sie darauf ebenso gierig sind wie Menschen.*

Rosafarbenes Licht erschimmerte am Rande der Nüstern Morkelebs, als er schnaubte. *Menschen,* wiederholte er abfällig. *Sie begreifen überhaupt nicht, was Gold bedeutet. Sie wissen nicht, was es ist und sein kann. Komm her, Hexe. Leg die Hand auf mich und lausche meinen Gedanken.*

Jenny zögerte und fürchtete eine Falle, doch schließlich setzte sich ihre professionelle Neugier durch. Sie schritt über das Gold hinweg, vorbei an Ringen, Tellern und Leuchtern und legte die Hand auf die Schuppen unter den Augen des Drachen. In der Dunkelheit begegnete ihre Seele der seinen, und es war wie ein fester Händedruck.

Mit tausend murmelnden Stimmen sang das Gold das Namenslied Morkelebs. Dutzende von verschiedenen Gedanken verwoben sich miteinander und wurden dabei gleichzeitig lauter und harmonischer. Es entstanden Eindrücke in Jenny, die so zart und fein waren wie der Duft erlesener Parfüme, so schön und herrlich wie die Werke begnadeter Künstler. Es schien, als sähe Jenny jedes einzelne Goldstück in der gewaltigen Kammer, als könne sie jede Unze an ihrem charakteristischen Klang erkennen. Sie lauschte dem leisen Läuten einer Gefäßwölbung, dem melancholischen Klingeln von Münzen und Haarnadeln, dem süßen Zirpen im kristallenen Herzen eines Juwels. Ihre Seele verschmolz mit der des Drachen, und sie erzitterte angesichts der geradezu unerträglichen Faszination, als das Echo des Goldes durch ihren Geist hallte. Sie erinnerte sich an taubenfarbene Sonnenuntergänge, die sie von Frosthöhe aus beobachtet hatte, an die tiefe Freude während langer Winternächte auf den Bärenfellen vor dem Kamin von Alynfeste, in der Gesellschaft Johns und ihrer beiden Söhne. Ein Glück, das sie nicht einmal zu benennen vermochte, erfüllte sie, ließ die Mauern ihres Ichs zusammenbrechen, als die Melodien eindringlicher wurden, und sie wußte, daß sich dem Drachen in den weiten Tiefen seines Bewußtseins die gleichen Empfindungen darboten.

Als die Musik verklang, stellte Jenny fest, daß sie die Augen geschlossen hatte und ihre Wangen tränenfeucht waren. Obgleich das Gewölbe noch immer so finster war wie zuvor, sah sie sich ein weiteres Mal um. Die Erinnerung an das Drachenlied schien noch an dem Gold zu haften und den Kostbarkeiten einen matten Glanz zu verleihen.

Nach einer Weile sagte sie: *Das ist der Grund, warum Menschen sagen, das Gold eines Drachen sei Gift. Andere wiederum meinen, es bringe Glück. In Wirklichkeit aber ist es erfüllt mit Verlangen und herrlicher Musik, mit einer Ekstase, die sogar der taubste Geist fühlen kann.*

In der Tat, flüsterte die Stimme des Ungeheuers hinter Jennys Stirn.

Aber Drachen können Gold weder aus dem Fels gewinnen noch es bearbeiten. Dazu sind nur Gnome und die Kinder der Menschheit in der Lage.

Wir sind wie die Wale, die im Meer leben, erwiderte Morkeleb. *Eine Zivilisation ohne Artefakte. Zwischen dem Stein und dem Himmel leben wir, auf unseren Inseln im Nordmeer. Wir hocken auf den Felsen, die Gold enthalten, doch es ist nicht rein. Nur mit reinem Gold ist diese Musik möglich. Verstehst du nun?*

Das gemeinsame Erlebnis hatte irgend etwas zwischen ihnen verändert, und Jenny begegnete dem Drachen nun nicht mehr mit Furcht. Sie trat vor, nahm dicht an der knöchernen Wölbung des einen Schulterblattes Platz und griff nach einem goldenen Becher. Als sie ihn in den Händen hin und her drehte, gelangte sie zu dem Schluß, ihn unter Dutzenden von gleichen Bechern herausfinden zu können. Das Echo des Drachenliedes war darin gefangen, haftete daran wie der Duft eines Parfüms. Sie sah, wie geschickt das kleine Gefäß geformt worden war, betrachtete den gelben Glanz. Die Form der Griffe war Frauen nachempfunden, und es zeigten sich Girlanden in dem Haar, das sich mit dem Hauptteil des Bechers verband. Es handelte sich zwar nur um winzige Darstellungen, doch die Blumen waren trotzdem zu erkennen. Morkeleb, so rief sich Jenny ins Gedächtnis zurück, hatte den Eigentümer dieses Gefäßes umgebracht, nur um der lieblichen Musik zu lauschen, in der er das Gold vibrieren lassen konnte. Doch in seiner Liebe für diese Schätze ging es nicht um die Schönheit der Kostbarkeiten, ebensowenig wie Jenny ihre Söhne wegen ihres Aussehens liebte – an dem, wie sie meinte, nichts auszusetzen war.

Woher wußtest du, daß sich hier ein solcher Schatz befindet?

Glaubst du etwa, wir, die wir Hunderte von Jahren alt sind, seien nicht über die Angelegenheiten der Menschen informiert? Wir wissen, wo sie ihre Städte bauen und mit wem sie handeln. Ich bin alt, Jenny Waynest. Selbst bei den anderen Drachen gilt meine Magie als besonders mächtig. Ich wurde geboren, bevor wir auf diese Welt kamen. Ich kann Gold riechen, das sich tief in der

Erde befindet, und ich bin auch dazu in der Lage, dem Verlauf unterirdischer Goldadern über viele Kilometer hinweg zu folgen – so wie du verborgenes Wasser mit einer Wünschelrute aufspüren magst. Die Goldflöze der Barriere treten hier für mich so deutlich sichtbar an die Oberfläche wie der Rücken einer Walmutter, die auftaucht, um ihre Kinder zu gebären.

Die Worte des Drachen erklangen hinter Jennys Stirn, und vor ihrem inneren Auge sah sie die Erde aus der Perspektive des Ungeheuers unter sich ausgebreitet wie eine gefleckte Decke mit purpurnen, grünen und braunen Mustern. Sie beobachtete die schwarzgrüne Fläche des Waldes von Wyr, die aus der Höhe so zart wirkenden Wolkenformen hoher Eichen, blattlos im Frost des Winters, und sie sah auch, wie sie im Norden immer mehr den nadligen Kegeln von Kiefern und Fichten wichen. Sie betrachtete den grauen und weißen Stein des öden Winterlandes, auf dem sich im Sommer die regenbogenfarbenen Streifen von Moosen und Flechten zeigten. Im kristallklaren Wasser der Flüsse sah sie die silbrigen Leiber zwei bis drei Meter langer Lachse, die unter dem weiten bläulichen Schatten der Drachenschwingen in Richtung ihres Laichgebietes dahinschwammen. Für einen Augenblick hatte sie den Eindruck, sie könne die kalte Luft spüren, in der sie scheinbar schwerelos dahinschwebte, die Winde, die in unterschiedlichen Höhen aus verschiedenen Richtungen wehten.

Dann plötzlich fühlte sie, wie sich Morkelebs Geist wie ein Fangeisen um ihre Seele schloß. Einige Sekunden lang war sie in erstickender Schwärze gefangen, in jener völlig lichtlosen Finsternis, die sich nicht einmal für ihr magisches Auge erhellte. Panik wallte in ihr empor. Sie konnte sich weder bewegen noch einen klaren Gedanken fassen, spürte nur den bitteren Hohn des Drachen, fühlte, wie sie in einen bodenlosen Abgrund der Verzweiflung stürzte.

Sie rief sich Caerdinns Unterweisungen ins Gedächtnis zurück, erinnerte sich auch daran, wie sie John geheilt hatte, und sie verhielt sich auf die Art und Weise, wie es ihr angesichts der Beschränktheit ihrer magischen Macht angemessen erschien. Sie zwang sich zur Ruhe und konzentrierte sich auf einzelne Runen, auf die Klänge des Melodiennamens, drängte alles andere einfach beiseite. Der Zorn des Drachen loderte wie ein Feuer in der Schwärze, doch es gelang Jenny, die dunklen Vorhänge ein wenig zu heben, so daß sich ihr ein matter Lichtschimmer darbot. In diesen diffusen Glanz rammte sie die aus dem wahren Namen des Ungeheuers bestehende Lanze, jenen Speer, dem sie mit Hilfe ihrer Zauberformeln feste Form gegeben hatte.

Sie spürte, wie der Geist des Drachen erzitterte und vor ihr zurückwich. Unmittelbar darauf konnte sie wieder sehen, und sie stand inmitten des kniehohen Goldschatzes, erblickte vor sich den riesigen schwarzen Schatten des Drachen, der wütend bebte. Diesmal ließ Jenny ihn nicht so einfach davonkommen. Sie schleuderte ihm ihren eigenen Zorn entgegen, verstärkt von einem eisernen Willen. Sie sang das Lied seines Namens und ließ Flammen lodern, die die Peripherie seiner Essenz verbrannten. All die Formeln des Schmerzes und der Zerstörung, mit denen sie die Wirkung des Giftes verstärkt hatte, jagte sie dem Ungetüm nun wie einen Dolch in den Leib. Doch wie die Wut auf die Räuber am Vierpfad war dieser Zorn ohne Haß und bot Morkeleb somit keinen Ansatzpunkt, der es ihm erlaubt hätte, ihren Geist wieder unter seine Kontrolle zu bringen. Er schauderte, wich vor ihr zurück und senkte den massigen Schädel, so daß die Hornstreifen der Mähne über die Goldmünzen hinwegstrichen und sie leise klirren ließen.

Gehüllt in einen Mantel aus Wut und Magie und Feuer sagte Jenny: *Du wirst mich nicht beherrschen, Morkeleb der Schwarze – weder mit deiner Macht noch durch Heimtücke. Ich habe dir das Leben gerettet, und du hast dich meinem Willen zu unterwerfen. Mit der Beschwörung deines wahren Namens befehle ich dir, dieses Land zu verlassen und nie wieder in den Süden zurückzukehren. Hast du mich verstanden?*

Sie fühlte, wie Morkeleb sich ihr zu widersetzen versuchte, und sie warf ihm ihre ganze Willenskraft und die

Stärke ihrer neu entdeckten Macht entgegen. Es war fast, als ringe sie körperlich mit dem Drachen, und sie spürte, wie sich die Hitze seiner Wut unter ihrem Einfluß abkühlte. Instinktiv trat sie zurück und starrte ihn an. Er hatte sich an die Rückwand der Kammer geduckt, wie eine kolossale, tintenfarbene Kobra, und jede einzelne stahlharte Schuppe seines riesenhaften Leibs zitterte vor Entrüstung.

Jenny hörte sein Flüstern: *Ja, ich habe verstanden, Hexe.* Und in dieser kalten Stimme vernahm sie nicht nur Ärger darüber, gedemütigt worden zu sein, sondern auch Überraschung angesichts der Tatsache, daß es ihr wirklich gelungen war, ihn sich gefügig zu machen.

Ohne ein weiteres Wort drehte sich Jenny um, verließ den Tempel und kehrte zu dem schwachen Lichtschein zurück, der dort matt glänzte, wo die Große Passage in die Markthalle mündete.

12. Kapitel

Als Jenny vor dem Tor die Stufen der kurzen Treppe hinabschritt, wankte sie vor Erschöpfung, und sie dachte daran, daß sie eigentlich zutiefst erschrocken sein müßte. Sonderbarerweise aber empfand sie kaum Furcht vor dem Drachen, nicht einmal dann, wenn sie sich seine Macht und Durchtriebenheit in Erinnerung brachte. Ihr Körper schmerzte – die Kraft, mit der sie den geistigen Kampf gegen den Drachen bestanden hatte, schien sie innerlich ausgebrannt zu haben. Doch ihr Kopf war klar, und sie spürte nicht jene Art von benommener Müdigkeit, die gewöhnlich auf eine Überanstrengung ihrer magischen Fähigkeiten folgte. Bis in die Fingerspitzen war sie sich der Magie des Drachen bewußt, gleichzeitig jedoch auch der Stärke, die sie ihm gegenüber bewiesen hatte.

Ein leichter Abendwind strich über ihre Wangen. Die

Sonne war bereits hinter den Graten der westlichen Berge versunken, und obgleich der Himmel noch immer hell war, hatten sich schon die Schatten eines grauen Zwielichts über die Ruinen gesenkt. Sie spürte die Nähe vielfältiger Aktivität im Tal, und der größte Teil davon betraf weder Menschen noch Drachen: das Zirpen einer Grille unter einem rußgeschwärzten Stein, das Wippen eines buschigen Eichhörnchenschwanzes, das Trillern der Buchfinken, die nun zu ihren Nestern zurückkehrten. Dort, wo der Pfad an einem Schutthaufen vorbeiführte, der einst ein Haus gewesen war, sah Jenny die Knochen eines menschlichen Skeletts im Staub liegen. Die bleichen Finger der einen Hand umklammerten noch immer einen zerrissenen Beutel, aus dem einige Goldmünzen herausgefallen waren und die nun ein Lied sangen, das nur Jenny hören konnte – und natürlich Morkeleb.

Plötzlich stellte sie fest, daß noch jemand anders das Tal betreten hatte.

Dieser Eindruck ließ sich mit einer Disharmonie in dem Singen des Goldes vergleichen, obwohl er sich eigentlich nicht auf Geräusche gründete. Der Geruch von Magie wehte wie Rauch an Jennys Nase. Sie verharrte am Rande eines Dickichts aus Brombeersträuchern, und der von den Berghängen herabwehende kalte Wind ließ die Fransen ihres Umhangs sanft hin und her schwingen. Ja, es gab nun auch noch andere Zauberei im Tal, im nahen Wald. Sie hörte, wie Seide über Bucheckern strich, vernahm das plötzliche Plätschern vergossenen Wassers in unmittelbarer Nähe der Quelle, Gareths Stimme, die brüchig einen Namen formulierte …

Jenny hob den Saum ihres Rockes und lief los.

Der Duft von Zyernes Parfüm schien den ganzen Wald zu erfüllen. Unter den Bäumen verdichtete sich bereits die Dunkelheit der Nacht. Jenny schnappte nach Luft, sprang über die weißlichen Felsen des Hanges und näherte sich der Quelle. Das lange Leben im Winterland hatte sie gelehrt, sich vollkommen still zu bewegen, selbst dann, wenn sie es sehr eilig hatte. Und so wurde keine der beiden Personen an der steinernen Einfassung auf ihr Kommen aufmerksam.

Es dauerte einige Augenblicke, bis sie Zyerne erkannte. Gareth hatte sie sofort gesehen und stand wie erstarrt direkt neben der Quelle. Vergossenes Wasser benetzte die Bucheckern zu seinen Füßen, und ein halb gefüllter Eimer stand auf dem Stein am Rande des kleinen Brunnens. Der junge Mann beachtete ihn überhaupt nicht. Jenny fragte sich, wieviel von seiner Umgebung er überhaupt noch wahrzunehmen vermochte.

Zyernes Zauberformeln erfüllten die kleine Lichtung mit einer anderen Art von Musik. Selbst die Magierin schien die Wärme in der Luft zu spüren, die in krassem Gegensatz zu der in der Klamm herrschenden Kühle stand, und als Frau verspürte sie das Prickeln des Verlangens in ihrem Leib. In Gareths Augen glitzerte Entsetzen, und die zu Fäusten geballten Hände zitterten wie Espenlaub. Seine Stimme war nur ein dumpfes Flüstern, das noch verzweifelter klang als ein gellender Schrei. »Nein«, brachte er hervor.

»Gareth.« Zyerne bewegte sich, und Jenny beobachtete sie, als sie wie ein Phantom neben den Birkenstämmen am Rande der Lichtung zu schweben schien, ein Schatten im Zwielicht des Abends, unwirklich und unheilvoll. »Warum kämpfst du dagegen an? Du weißt doch, daß deine Liebe für mich stärker geworden ist und ich sie erwidere. Sie brennt wie Feuer in deinem Körper. In meinen Träumen hat mich der Geschmack deiner Lippen immer wieder gequält ...«

»Während du mit meinem Vater im Bett lagst?«

Zyerne warf das Haar zurück, eine Geste, die typisch für sie war; mit einer anmutigen Bewegung strich sie sich einige schwarze Locken aus der Stirn. Infolge der Düsternis konnte Jenny nicht genau erkennen, wie die Magierin gekleidet war. Sie schien etwas Weißes und Zartes zu tragen, das sich im Wind sanft bewegte, ein Stoff so bleich wie die Rinde der nahen Birken. Das Haar fiel offen auf ihre Schultern, was sie noch mehr wie ein junges Mädchen aussehen ließ, und sie hatte ihr Gesicht nicht mit einem Schleier verhüllt. Es war, als habe sie einen Verjüngungszauber über sich selbst ausgesprochen, und sie wirkte nun nicht älter als Gareth – es sei denn, man verfügte über den magischen Blick, so wie Jenny.

»Gareth, ich habe nie mit deinem Vater geschlafen«, erwiderte sie sanft. »Oh, wir gaben uns den Anschein, damit am Hofe nicht geredet wurde – doch selbst wenn er mich verlangt hätte … ich glaube, ich wäre nicht dazu bereit gewesen, mich ihm hinzugeben. Er behandelte mich immer wie eine Tochter. Und ich wollte immer nur dich …«

»Das ist gelogen!« Gareths Stimme klang so, als fiebere er.

Zyerne streckte die Hände aus, und der Wind schob ihre Ärmel hoch, als sie die Lichtung betrat. »Ich konnte es nicht ertragen, länger zu warten. Ich mußte hierher kommen, um in Erfahrung zu bringen, was aus dir geworden ist … um bei dir zu sein …«

Gareth schluchzte. »Komm mir nicht zu nahe!« Sein Gesicht war verzerrt, und er schien fast so etwas wie Schmerz zu empfinden.

»Es verlangt mich nach dir …«, flüsterte Zyerne.

Jenny schob sich aus dem Schatten, in dem sie bisher verharrt hatte, und sie sagte: »Nein, Zyerne. Es verlangt Euch nicht nach Gareth, sondern nach der Tiefe.«

Die Magierin drehte sich abrupt um, und das feine Gewebe ihrer Konzentration zerriß. Das Glühen der gespenstischen Sinnlichkeit in der Luft verflüchtigte sich von einem Augenblick zum anderen. Und sofort wirkte Zyerne älter, sah nicht mehr aus wie das jungfräuliche Mädchen, das das Feuer der Leidenschaft Gareths heißer lodern lassen konnte. Der junge Mann sank auf die Knie und schlug die Hände vors Gesicht. Seine Schultern hoben und senkten sich, und er bebte am ganzen Leib.

»Darauf hattet Ihr es von Anfang an abgesehen, nicht

wahr?« Jenny strich Gareth tröstend übers Haar, und er schlang die Arme um ihre Taille, hielt sich an ihr fest wie ein Ertrinkender an einem Stück Treibholz. Seltsamerweise verspürte die Heilerin jetzt auch Zyerne gegenüber keine Furcht mehr, weder vor ihr selbst noch vor der größeren Magie, über die sie gebot. Es war, als sähe sie die angebliche Mätresse des Königs nun mit ganz anderen Augen, und sie war ruhig, als sie sie musterte, ruhig und gelassen und kampfbereit.

Zyerne lachte schallend und abfällig. »Das ist also aus unserem Jungen geworden, der sich nicht mit der Mätresse seines Vaters einlassen will. Ihr konntet seine Gesellschaft ja auch lange genug genießen, nicht wahr, Schlampe aus dem Norden? Ihr hattet genug Zeit, um ihn unter Eure Fittiche zu nehmen. Wie ist es, wenn man es mit zwei Männern gleichzeitig treibt?«

Gareth löste sich von Jenny und stand wieder auf. Er zitterte vor Zorn. Obgleich die Heilerin deutlich sehen konnte, daß er sich noch immer vor Zyerne fürchtete, wandte er sich ihr zu und sah sie wütend an. »Ihr lügt!«

Zyerne lachte erneut, so spöttisch und abfällig wie im Schloßgarten vor den königlichen Gemächern. »Sie weiß, daß es nicht stimmt«, sagte Jenny. »Warum seid Ihr hierher gekommen, Zyerne? Um das mit Gareth zu machen, was Ihr mit seinem Vater anstelltet? Oder um festzustellen, ob Ihr nun die Tiefe betreten könnt, ohne das Feuer des Drachen befürchten zu müssen?«

Die Mundwinkel der Magierin zuckten unsicher, und sie schien Mühe zu haben, dem kühlen und durchdringenden Blick Jennys standzuhalten. Dann lachte sie zum drittenmal, doch ihr anfänglicher Hohn vermischte sich mit Unbehagen. »Und vielleicht auch deswegen, um mir Euren Drachentöter zu schnappen?«

Vor einer Woche – noch vor einem Tag – hätte Jenny daraufhin um Johns Sicherheit gefürchtet. Doch sie wußte, daß sich Zyerne nicht einmal in Aversins Nähe begeben hatte. Sie hätte es gespürt, wäre jene Art von Magie in diesem Bereich beschworen worden. Ich hätte ihre Stimme gehört, fuhr es Jenny durch den Sinn, selbst als ein Flüstern, ein Raunen im Wind.

Sie sah, wie sich Zyernes Hand bewegte, und sie erahnte die Art des Zaubers, noch bevor sie roch und spürte, wie magisches Feuer nach der Wolle ihres Rocks leckte. Ihre Antwort erfolgte sofort und mit aller Entschlossenheit. Sie beschwor die Formel allein mit den Gedanken und unterstrich sie mit einem Zucken des Fingers. Jetzt war nicht mehr die Mühe notwendig, die solche Dinge früher erfordert hatten. Zyerne taumelte zurück und schlug die Hände vor die Augen; sie war völlig überrascht.

Als die Magierin wieder den Kopf hob, glitzerten Haß und Zorn in ihren Pupillen, die nun gelb in einem Gesicht leuchteten, das der Zorn in eine Fratze verwandelt hatte. »Ihr könnt mir die Tiefe nicht streitig machen«, brachte sie schrill hervor. »Sie gehört mir – mir allein. Ich habe die Gnome daraus vertrieben. Und wenn ich meine Herrschaft erst auf die Gewölbe ausgedehnt habe, kann sich niemand – *niemand* – meiner Macht widersetzen.«

Sie beugte sich, griff nach einigen welken Blättern und Bucheckern und warf sie in Jennys Richtung. In der Luft zuckten grelle Flammen aus ihnen hervor, die immer heißer und größer wurden. Mit einer Formel, an die sich Jenny bis zu diesem Zeitpunkt nicht einmal erinnert hatte, fegte sie das Feuer einfach beiseite. Funken stoben durch das bläuliche und graue Zwielicht, und schwefelgelbe Glut verbrannte die trockenen Gräser am Rande der Lichtung. Zyerne sauste davon wie ein von Hunden verfolgter Hase, der einen plötzlichen Haken schlägt, und sie hielt auf den Pfad zu, der zu der Ruinenstadt führte. Jenny sprang ihr nach, und da sie Stiefel trug und die junge Frau nur leichte Hofschufe, holte sie Zyerne schon nach wenigen Schritten ein.

Die Magierin wand sich in ihrem Griff hin und her. Sie war größer als Jenny, konnte es jedoch nicht mit der Heilerin aufnehmen, die ihr trotz der Erschöpfung überlegen war. Einige Sekunden lang waren ihre Augen nur wenige Zentimeter voneinander entfernt, und das gelbe Blitzen in Zyernes Pupillen glich dem Glühen schwefelfarbener Kohle.

Wie einen Hammerschlag fühlte Jenny die Wucht, mit der ein anderer Geist auf den ihren traf. Formeln der Pein und des Entsetzens nagten an ihren Muskeln, und die Seele, gegen die sie nun kämpfen mußte, unterschied sich völlig von der des Drachen. Sie wehrte die Magie Zyernes ab, nicht etwa mit einer eigenen Beschwörung, sondern nur mit der Festigkeit ihres Willens. Sie schleuderte sie zu Zyerne zurück, und sie hörte, wie die junge Frau in einem regelrechten Krampf aus Haß und Wut obszöne und vulgäre Flüche ausstieß, die stanken wie eine Senkgrube. Fingernägel kratzten über Jennys Handgelenke, als sie erneut einen Blickkontakt mit den gelb gleißenden Augen suchte. Sie grub eine Hand tief in das dichte schwarze Haar Zyernes, schloß die Faust um die Strähnen wie um einen Stein, zerrte und zwang sie dazu, ihr ins Gesicht zu sehen. Es war das erste Mal, daß sie auf den Haß einer anderen Magierin mit Stärke reagierte, und es überraschte sie, wie leicht es ihr fiel, sich instinktiv zu Zyernes Essenz vorzutasten, so wie sie es vor Tagen bei Gareth gemacht, so wie Mab einen Weg in ihr Ich gefunden hatte. Diesmal kam es ihr nicht nur darauf an, das andere Selbst zu verstehen, sondern es zu beherrschen, eine Kontrolle auszuüben, ohne ihrerseits einen Teil der eigenen Seele zu offenbaren. Sie erhaschte einen kurzen Blick auf etwas, das so faulig und stinkend war wie die halb verwesten Überreste einer Seele, wie der zerfallende Kadaver eines Tieres – das war das Ich der jungen Frau.

Zyerne schrie auf, als sie spürte, wie der Schleier von den Geheimnissen ihrer Essenz gezogen wurde, und magische Macht schoß zwischen den beiden Frauen auf, ein Orkan aus purer Energie, der sie umtoste. Jenny fühlte, wie sich ein seltsames Gewicht gegen sie stemmte, eine Schwärze, die der Drachenseele ähnlich war, aber noch viel dichter war, der Schatten einer kolossalen Macht, die alles unter sich zermalmen, der nichts widerstehen konnte. Sie glaubte, in einem Ozean aus vergossenen Tränen ertrinken zu müssen, und sie sank auf die Knie. Dennoch hielt sie Zyerne fest, beachtete nicht den Schmerz, der über ihre Haut brannte, die Agonie, die die Muskeln zu zerfetzen drohte, das Feuer und die Finsternis. Sie bohrte ihren eigenen Geist tiefer in den Zyernes hinein, wie eine Nadel aus hartem Stahl, die alles durchdrang.

Dann plötzlich verflüchtigte sich das enorme Gewicht der Schatten. Sie spürte, wie die Barrieren des Willens und der Entschlossenheit Zyernes brachen, und sie stand auf und stieß die junge Frau mit ganzer Kraft von sich. Die Magierin fiel in den Schmutz des Pfades, das schwarze Haar ein zerzaustes Büschel vor dem Weiß ihres Gewandes, die Nägel an Jennys Handgelenken zerbrochen. Staub und Erde klebten schleimig auf ihren Wangen. Jenny stand über ihr. Sie schnappte nach Luft, und jeder Muskel in ihrem Leib schmerzte noch infolge der Beschwörungen Zyernes. »Geht«, sagte sie. Ihre Stimme war ganz ruhig, doch ihre Worte waren fest und vibrierten infolge ihrer neuen Macht. »Geht zurück nach Bel, und wagt es nie wieder, Euch Gareth zu nähern.«

Zyerne schluchzte vor Zorn und stand auf. »Eine stinkende und dreimal verdammte Schlampe seid Ihr!« brachte sie brüchig hervor. »Ihr könnt mich nicht von der Tiefe fernhalten! Sie gehört mir, und dabei bleibt es. Wenn ich zurückkehre, werde ich es Euch zeigen! Beim Steine schwöre ich: Wenn die Tiefe mir gehört, werde ich Euch zermalmen wie ein Insekt! Ihr werdet es erleben! Ihr und alle anderen! Sie haben kein Recht, mir die Tiefe streitig zu machen!«

»Verschwindet von hier!« sagte Jenny leise.

Und wimmernd gehorchte Zyerne, raffte ihr weites weißes Gewand zusammen und stolperte davon. Jenny blieb eine ganze Zeitlang ruhig stehen und sah ihr nach. Die Macht, die sie beschworen hatte, um der Wut der Magierin zu begegnen, wich nun wieder von ihr, irrlichterte in einem Winkel ihrer Seele, so wie ein Feuer, das man jederzeit neu entfachen und auflodern lassen konnte.

Erst als Zyerne im Dunkel zwischen den Ruinen verschwunden war, begriff Jenny, daß sie eigentlich gar nicht dazu in der Lage hätte sein sollen, es mit der Macht der jungen Magierin aufzunehmen – weder hier noch in der Tiefe.

Und langsam kam ihr zu Bewußtsein, was mit ihr geschehen war, als sich ihre Seele mit der des Drachen verbunden hatte.

Die Magie des Drachen lebte in ihrem Geist, glänzte dort wie eine andere Art von Gold. Dies alles, so dachte sie, hätte ihr schon vorher klarwerden müssen. Es handelte sich um einen Erkenntnisprozeß, der behindert worden war von Müdigkeit und Erschöpfung. Ihr Bewußtsein hatte sich erweitert und war in der ganzen Klamm gegenwärtig, und deshalb spürte sie selbst im Schlaf, was um sie herum im Tal geschah. Jenny schauderte, und sie begann am ganzen Leib zu beben, als eine Woge aus Entsetzen, Verwunderung und Faszination sie durchspülte. Es war fast so, als habe sie erneut eine Empfängnis hinter sich, als wüchse etwas Lebendiges und Fremdes in ihr heran.

Von dem weiter oben am Hang gelegenen Bereich des Waldes wehte der Wind Rauch heran, der ihr die Augen wäßrig machte, und Jenny kam zu dem Schluß, daß es Gareth gelungen war, die Flammen des magischen Feuers zu ersticken. Irgendwo wieherten erschrocken und nervös die Pferde. Sie fühlte sich nach wie vor erschöpft und zerschlagen, und ihr ganzer Körper war wie eine Glocke, die unter den Nachwirkungen jener mächtigen Formeln vibrierte. Die Handgelenke schmerzten dort, wo sich ihr die Fingernägel Zyernes in die Haut gebohrt hatten. Jenny zitterte, und die neu entdeckte Kraft schien sich unter dem Einfluß des Schocks und der Furcht zu verflüchtigen.

Ein plötzlicher Windstoß hauchte durch die Kronen der nahen Bäume, ächzte in dem dichten Geflecht aus blattlosen Ästen und Zweigen, bog die Stämme zur Seite. Jenny strich ihr zerzaustes Haar zurück und sah auf, konnte einige Sekunden lang jedoch überhaupt nichts erkennen. Sie hatte schon davon gehört, jenen Geschichten gelauscht, in denen es hieß, Drachen seien manchmal trotz ihrer Größe und schimmernden Pracht in grauem Zwielicht schwerer zu erkennen als in Büschen und Sträuchern fiepende Feldmäuse. Morkeleb war wie ein gewaltiger Schatten, der sich aus dem diffusen Glühen der Dämmerung schob, ein glitzernder Schemen aus schwarzer Seide, die silbernen Augen wie zwei kleine Monde in der Dunkelheit.

Er fühlt, daß ich meine Kraft nahezu verausgabt habe, dachte Jenny verzweifelt und erinnerte sich daran, wie er in der Tiefe versucht hatte, sich ihr zu widersetzen. Noch immer spürte sie das schreckliche Gewicht des Zaubers auf sich ruhen, und sie glaubte, innerlich zerbrechen zu müssen, wenn sie jetzt versuchte, die Magie zu beschwören, die notwendig gewesen wäre, um einen neuerlichen Kampf gegen das Ungeheuer zu führen. Sie war so ausgelaugt, daß sie Übelkeit verspürte, und sie hob den Kopf und blickte dem Drachen entgegen, konzentrierte sich darauf, Willen und Entschlossenheit zu festigen, um dem nächsten Angriff seines Geistes zu begegnen.

Noch während sie versuchte, sich auf ihre letzten Kraftreserven zu besinnen, stellte sie fest, wie schön der Drache war, als er wie ein gewaltiger schwarzer Milan über ihr schwebte.

Dann berührten seine Gedanken die ihren, und der letzte Schmerz von Zyernes Attacken wehte fort.

Was ist denn mit dir, Hexe? fragte er. *Es sind doch nur böse Worte, Schmähungen, wie sie Straßenhuren über die Lippen kommen mögen.*

Er landete vor ihr auf dem Pfad, faltete seine großen Schwingen mit einer eleganten und graziösen Bewegung zusammen und beobachtete sie aus seinen silbernen Augen.

Du verstehst jetzt, sagte er.

Nein, erwiderte sie. *Ich glaube, ich weiß, was eben geschah, aber ich verstehe es nicht.*

Pah. In dem düsteren grauen Zwielicht unter den Kronen der Bäume sah Jenny, wie sich die stahlharten Schuppen an den Flanken des Drachen kurz aufrichteten, so wie der Pelz einer trotzigen Katze. *Dann habe ich dich offenbar überschätzt. Als deine Seele mit der meinen verbunden war, rief ich dich mit der Stimme meiner Magie, und der Drache in dir antwortete. Weißt du denn nicht um deine eigene Macht, Hexe? Begreifst du nicht, was du sein könntest?*

In einem kalten Schwindel, der nicht ganz Furcht war, verstand Jenny – und bemühte sich, die Erkenntnis aus ihrem Bewußtsein zu verbannen.

Morkeleb spürte, wie sich ihr Geist einkapselte, und seine Verärgerung trieb davon wie ein weißlicher Dunstschleier. *Du verstehst,* bekräftigte er. *Du bist in meiner Seele gewesen. Du weißt, wie es wäre, ein Drache zu sein.*

Nein, sagte Jenny, und diese Antwort galt nicht dem vor ihr hockenden Ungetüm, sondern dem Feuer, das plötzlich in ihr zu glühen begann, dessen Flammen immer höher loderten.

Wie in einem Traum trieben Bilder an ihrem inneren Auge vorbei, die sie schon einmal gesehen, jedoch wieder vergessen hatte, und sie hatte das Empfinden, als segle sie durch die Lüfte, schwerelos, getragen nur von den sanften Armen des Windes. Sie sah die Erde unter sich, zugedeckt von Wolkenfetzen, und um sie herum herrschte eine erhabene Stille, in der nur das Rauschen zu vernehmen war, das ihre Schwingen verursachten. Aus großer Höhe blickte sie auf den Steinzirkel von Frosthöhe herab, und der kleine See neben dem Hügel sah aus wie ein Splitter aus schmutzigem Glas. Das winzige Haus wirkte wie ein Kokon, der aufgebrochen war, um den Schmetterling zu entlassen, der darin geschlafen hatte.

Meine Macht ist nicht groß genug, um eine Veränderung der eigenen Essenz herbeizuführen, sagte Jenny.

Die meine schon, flüsterte die Stimme hinter der Stirn der Heilerin. *Du hast die Kraft, ein Drache zu sein, sobald du bereit bist, diese Gestalt anzunehmen. Ich spürte dieses Potential in dir, als wir miteinander rangen. Ich war zornig, von einem Menschen besiegt worden zu sein. Aber du kannst mehr sein als ein Mensch.*

Jenny ließ ihren Blick über die schwarze Pracht des riesigen Drachenleibs schweifen, und sie schüttelte den Kopf. *Ich werde mich nicht auf diese Weise deiner Macht ausliefern, Morkeleb. Ich kann meine derzeitige Gestalt nicht ohne deine Hilfe verändern, und anschließend brauchte ich auch deine Unterstützung, um wieder zu der Frau zu werden, die ich jetzt bin. Trachte nicht danach, mich in Versuchung zu führen.*

Versuchung? wiederholte die Stimme Morkelebs. *Könnte ich dich denn in Versuchung führen, wenn es um etwas ginge, das deinen Wünschen widerspräche? Und was die Rückkehr zu deiner gegenwärtigen Essenz angeht: Was bist du denn als Mensch, Jenny Waynest? Bemitleidenswert und jämmerlich, wie alle deine Artgenossen eine Sklavin der Zeit, die den Körper verfaulen läßt, bevor der Geist mehr als nur eine Blume auf den Wiesen des Kosmos gesehen hat. Um eine Magierin zu werden, mußt du eine Magierin sein, und ich habe in deinem Geist gesehen, wie sehr du dich um dieses Ziel bemühst. Um ein Drache zu werden …*

»Um ein Drache zu werden«, sagte Jenny laut, um sich besser auf die Worte konzentrieren zu können, »müßte ich die Kontrolle über dich aufgeben und würde Gefahr laufen, mich selbst im Bewußtsein und in der Magie eines Drachen zu verlieren. Und aus diesem Grund bleibe ich die, die ich bin.«

Sie spürte, wie seine Kraft sich an die geschlossenen Türen ihrer Seele preßte und sich dann wieder zurückzog, und sie vernahm das metallene Klirren seiner Schuppen, als sein langer Schwanz verärgert durch die trockenen Gräser glitt. Sie sah jetzt wieder den dunklen Wald vor sich, und die exotischen Visionen vor ihrem inneren Auge verflüchtigten sich wie Nebelschwaden in hellem Sonnenschein. Das letzte Licht des Tages verblaßte nun rasch, und die beginnende Nacht raubte den Dornsträuchern und Farnen ihre Farben. Die Schwärze des Drachen verschmolz mit der sanfteren Dunkelheit des Abends, und die heranschwebenden Dunstwolken hüllten nicht nur seine Gestalt in einen zarten Schleier, sondern auch die blattlosen Zweige und Äste, die Baumstämme, die verrußten Ruinen der Ortschaft Klamm. Irgendwo weiter oben am Hang rief Gareth Jennys Namen.

Sie zitterte, nicht nur vor Erschöpfung und der frostigen Kälte. Das Verlangen in ihr war nahezu überwältigend, erschreckte sie in seiner Intensität – das zu werden, was zu sein sie sich von Kindesbeinen an gewünscht, das zu bekommen, wonach sie sich immer gesehnt hatte. Der Geschmack des Drachenfeuers war wie ein liebliches Aroma an ihrem Gaumen. Sie war versucht, sich erneut den Visionen hinzugeben, den Frieden über den Wolken der Welt zu genießen.

Ich kann dir diesen Wunsch erfüllen, flüsterte Morkelebs Stimme ihr zu.

Sie schüttelte den Kopf, energischer diesmal. *Nein. Ich werde meine Freunde nicht verraten.*

Freunde? Jene, die dich der Bedeutungslosigkeit preisgeben, nur weil das ihren eigenen Wünschen entgegenkommt? Den Mann, der dir die wirkliche Essenz deiner Seele mißgönnt, damit du ihm die Mühe abnimmst, das Essen zu kochen? Klammerst du dich an all jene kleinen Freuden, weil du fürchtest, die größeren zu kosten, Jenny Waynest?

Morkeleb hatte recht, dachte Jenny: Man konnte jemanden nur dann in Versuchung führen, wenn der Betreffende tief in seinem Innern bereits eine entsprechende Neigung aufwies. Sie strich ihr langes Haar über die Schultern zurück und beschwor alle noch in ihr verbliebene Kraft, um die erhabene Schwärze zurückzudrängen, in der sich ihr Geist zu verlieren drohte.

Verlaß mich, sagte sie. *Steig jetzt auf und kehre zu den Inseln des Nordmeeres zurück, in deine Heimat. Sing deine Lieder dem unreinen Gold in den Felsen und auch für die Wale, und falle nie wieder über die Kinder der Menschheit und der Gnome her.*

Es war, als habe sie mit einer Axt auf schwarzes Holz eingeschlagen, das daraufhin zersplitterte und das Feuer offenbarte, das darin glühte, und sie spürte erneut den

Zorn des Drachen. Er wich vor ihr zurück, und vor dem Hintergrund des sich weiter verdunkelnden Himmels konnte sie sehen, wie er den Rücken wölbte. Die schwarze Seide seiner Schwingen knisterte, als er sagte: *So sei es denn, Hexe. Ich überlasse dir das Gold der Tiefe – nimm dir das, was du möchtest. Meine Lieder erklingen nicht mehr darin. Und wenn die Schwäche des Alters kommt, deren tödlichen Frost du bereits in deinen Knochen spüren konntest, so preß dir die Kostbarkeiten ans Herz und erinnere dich an das, was du verschenkt hast.*

Er zog seine muskulösen Hinterbeine an und richtete sich wie ein gewaltiger Schlangenleib auf. Magie begann um ihn herum in der Nacht zu glühen. Die schwarzen Schwingen entfalteten sich und bildeten ein Dach über Jennys Haupt, so daß sie deutlich den obsidianfarbenen Glanz der Flanken sehen konnte, die weiche Beschaffenheit der samtenen Bauchhaut, auf der sich noch immer Flecken zeigten, dort, wo die Harpunen in seinen Leib eingedrungen waren. Dann warf sich Morkeleb dem Himmel entgegen und schlug mit den Flügeln. Jenny fühlte den Zauber, der ihn einhüllte wie ein unsichtbarer Mantel, ein Nebel wie der Schweif eines Kometen. Das letzte Licht des sterbenden Tages erzeugte matte Reflexe auf den Kanten der Schwingen, als Morkeleb weiter an Höhe gewann, als er in Richtung des Bergrückens dahinsegelte und jenseits der dunklen Gipfel verschwand.

Jenny sah ihm schwermütig nach. Der Wald schien nun erfüllt von dem Geruch eines Feuers, dessen Flammen über feuchtes Holz leckten, und sie atmete den Duft von Moder. Nach einer Weile merkte sie, daß der Saum ihres Rockes naß und verschlammt war, weil sie die ganze Zeit über im Schmutz gekniet hatte, und die Kälte hatte ihre Füße fast taub gemacht. Gleichgültigkeit lastete wie ein körperlich spürbares Gewicht auf ihr, und ihre Muskeln schmerzten von den Anstrengungen, die der Kampf gegen Zyerne erfordert hatte. Wieder dachte sie an die Worte des Drachen, an die Mühen, der Versuchung zu widerstehen.

Als Drache wäre sie nicht mehr dazu in der Lage gewesen, Kontrolle über Morkeleb auszuüben, und vermutlich hätte sie auch nicht das Bestreben gehabt, ihn aus der Tiefe zu vertreiben. War das der Grund, so überlegte Jenny, warum er ihr die prächtige und erschreckende Freiheit jener Gestalt angeboten hatte? Es hieß, daß Drachen nicht mit Lügen überlisteten, sondern mit der Wahrheit, und sie wußte, daß er die Wünsche ihrer Seele genau erkannt hatte.

»Jenny?« Ein schmutziger verzweifelter Gareth eilte über den Pfad auf sie zu. Sie war inzwischen an die Stimme des Drachen gewöhnt, und die des jungen Mannes klang viel zu schrill, disharmonisch und falsch. »Ist alles in Ordnung mit Euch? Was ist denn geschehen? Ich habe den Drachen gesehen ...« Er hatte die Brille abgenommen und suchte an seinem rußigen, von glühenden Funken durchlöcherten Mantel nach einer einigermaßen sauberen Stelle, um die Gläser zu reinigen. Die beiden Linsen hatten nur die Augen vor dem Rauch geschützt, und in dem Dreck, der eine zweite Haut auf dem Gesicht zu bilden schien, sahen sie aus wie zwei weiße Flecken.

Jenny schüttelte den Kopf. Sie war so müde, daß sie kaum mehr ein Wort sprechen konnte, und am liebsten wäre sie an Ort und Stelle zu Boden gesunken. Gareth folgte ihr, als sie langsam am Hang emporkletterte und den Weg einschlug, der zu dem Lager auf der Anhöhe zurückführte.

»Ist Zyerne entkommen?«

Sie sah ihn verwundert an. Nach der neuerlichen Begegnung mit Morkeleb hatte sie die Magierin fast vergessen. »Sie ... sie ist fort. Ich habe sie weggeschickt.« Seitdem schienen Tage vergangen zu sein.

»Ihr habt sie *weggeschickt?«* hauchte Gareth verblüfft.

Jenny nickte, zu erschöpft, um eine genauere Erklärung abzugeben. Als sie sich an die Begegnung erinnerte, runzelte sie die Stirn, und irgend etwas tief in ihr rührte sich. Doch sie fragte nur: »Und du?«

Gareth wandte den Blick von ihr ab und errötete schamvoll. Jenny war versucht, angesichts dieser Torheit zu seufzen, die ihr so nichtig und trivial erschien nach den Worten des Drachen, die sie in viel größere Versuchung geführt hatten. Doch ein Teil von ihr erinnerte sich daran, wie es war, achtzehn Jahre alt und den fleischlichen Sehnsüchten fast hilflos ausgeliefert zu sein. Tröstend legte sie dem jungen Mann die Hand auf den Arm, dort, wo der Stoff des Hemdes zerrissen war.

»Sie hat einen Bann über dich ausgesprochen«, sagte Jenny. »Weiter nichts. Wir alle werden einmal in Versuchung geführt ...« Sie verdrängte das innere Echo der Worte des Drachen. »... und wir werden nicht nach dem beurteilt, was in unserem Herzen geschieht, sondern nach unserem Verhalten. Zyerne setzte ihren Zauber ein, um dich an sie zu binden, um zu versuchen, ebensolche Kontrolle über dich zu gewinnen wie über deinen Vater.«

Sie erreichten die Lichtung, die schlammig und schmutzig wirkte, wie ein Tuch, auf das man Säure gespritzt hatte. An einigen Stellen war das trockene Gras verbrannt, und an anderen hatte vergossenes Wasser den Boden aufgeweicht. Hier und dort stiegen noch dünne Rauchfäden von der Asche der erstickten magischen Feuer in die Höhe.

»Ich weiß.« Gareth seufzte und griff nach dem Eimer, um Wasser zu schöpfen. Er bewegte sich steifbeinig und schien ebenfalls mit seinen Kräften am Ende zu sein, doch er klagte nicht darüber, wie es im Winterland vielleicht noch der Fall gewesen wäre. Am Rande des Brunnens fand er seinen Zinnbecher, und er füllte ihn und reichte ihn Jenny. Er fühlte sich sehr kalt an, und die Heilerin begriff erst jetzt, daß sie seit dem Frühstück weder etwas gegessen noch getrunken hatte. Es war, als sei sie um Jahrzehnte gealtert, als sie den Becher entgegennahm.

»Ihr habt sie einfach weggeschickt?« wiederholte Gareth. »Und sie ging? Sie verwandelte sich nicht etwa in einen Falken ...?«

»Nein.« Jenny hob den Kopf, und jetzt verstand sie, was ihr solches Unbehagen bereitete. »Morkeleb ...« Sie unterbrach sich, da sie nicht aussprechen wollte, was der Drache ihr angeboten hatte.

Trotz allem, dachte sie, wäre es ihr nicht möglich gewesen, ohne Morkelebs Hilfe die Gestalt eines Drachen anzunehmen. Seine magische Macht hatte die Barrieren ihrer Seele durchbrochen und sich mit der ihren vereint, doch ihre Fähigkeiten waren nach wie vor beschränkt. Und Zyerne ...

»Ich habe sie besiegt«, sagte sie langsam. »Aber wenn sie wirklich eine Gestaltwandlerin ist, wie du behauptet hast, wenn sie über solche Kräfte gebietet, so hätte ich eigentlich nicht dazu in der Lage sein dürfen, mich ihr gegenüber durchzusetzen – obgleich mein Potential gewachsen ist.« Sie führte den Becher an die Lippen, trank jedoch nicht und sah Gareth an.

»Hast du etwas von diesem Wasser gekostet?« fragte sie.

Der junge Mann musterte sie verwirrt. »Wir trinken es schon seit vier Tagen«, sagte er.

»Nein, ich meine heute abend.«

Betreten blickte er sich auf der Lichtung um und betrachtete seine durchnäßten und fransigen Ärmel. »Ich war zu sehr damit beschäftigt, es überall zu vergießen, anstatt es zu trinken«, erwiderte er. »Warum fragt Ihr?«

Mit den Fingerkuppen strich Jenny über den Rand des Bechers. Als Hexe konnte sie nicht nur in der Dunkelheit sehen, sondern jetzt auch das grünliche Gleißen in dem Wasser erkennen.

»Ist es schlecht geworden?« fragte Gareth besorgt. »Wie könnt Ihr das feststellen?«

Jenny drehte den Becher um und schüttete den Inhalt zu Boden. »Wo befand sich Zyerne, als du auf die Lichtung kamst?«

Verwundert schüttelte Gareth den Kopf. »Ich weiß nicht mehr. Es war alles wie ein Traum ...« Er sah sich um, doch Jenny wußte, daß sich die Lichtung, die infolge der Asche, des aufgeweichten Bodens und der verbrannten Gräser in dem grauschwarzen Zwielicht verheert wirkte, völlig von dem Ort des Zaubers unterschied, an dem Jenny gegen die junge Magierin gekämpft hatte.

Schließlich fügte Gareth hinzu: »Ich glaube, sie hockte an der Stelle, an der Ihr jetzt sitzt, am Rande des Brunnens.«

Morkeleb hatte davon gesprochen, daß Drachen dazu in der Lage seien, das Muster des Todes zu erkennen. Und war es Dromar gewesen, der gesagt hatte, solche Ungeheuer könne man nicht vergiften, weil sie viel zu aufmerksam seien?

Jenny neigte sich ein wenig zur Seite und strich mit der Hand dicht über den Eimer hinweg, den Gareth aus der dunklen Tiefe des Brunnenschachtes emporgezogen hatte. Der Gestank des Todes stieg daraus hervor, und voller Abscheu und Entsetzen wich sie zurück, so als habe sich das Wasser von einem Augenblick zum anderen in Blut verwandelt.

13. Kapitel

»Aber warum?« Gareth saß im Schneidersitz vor dem Feuer, drehte den Kopf und sah zu John, der nicht weit entfernt unter Bärenfellen und verblichenen Wolldecken ruhte. »Sie muß doch angenommen haben, Ihr hättet den Drachen für sie erschlagen.« Er faltete das Papier auseinander, in dem er das Kaffeepulver aus Bel mitgebracht hatte. Es war nur noch so wenig davon übrig, daß es keinen Sinn hatte, den Meßlöffel zu benutzen, und er ließ es in die Kanne über dem Feuer rieseln. »Sie wußte zu jenem Zeitpunkt noch nicht, daß Jenny eine Gefahr für sie darstellte. Warum sollte ihr also daran gelegen sein, uns zu vergiften?«

»Ich vermute«, sagte John, der sich vorsichtig auf den Ellenbogen stützte und die Brille auf den fleckigen Nasenrücken schob, »sie wollte uns daran hindern, nach Bel zurückzureiten und dort die Nachricht vom Tode des Drachen zu verkünden, bevor sie Gelegenheit dazu hatte, deinen Vater dazu zu bringen, irgendeine Anklage gegen die noch in der Stadt verbliebenen Gnome zu erheben. Sie mußte tatsächlich davon ausgehen, daß es uns gelungen ist, den Drachen zu erschlagen. Ich meine, sie konnte ihn schließlich nicht in einem Kristall oder einer mit Offenbarungswasser gefüllten Schüssel sehen, fand uns aber lebend und ziemlich erschöpft und mitgenommen vor. Daraus hätte auch ich an ihrer Stelle nur einen Schluß gezogen.«

»Damit habt Ihr vermutlich recht.« Gareth entrollte die hochgeschobenen Ärmel und zog den Mantel dichter um die Schultern. Der Morgen war neblig und kalt, und der Schweiß, der dem jungen Mann beim Reinigen des Brunnens aus den Poren gedrungen war, trocknete nun.

»Ich bezweifle, ob sie dich vergiftet hätte«, fügte John hinzu. »Wäre es ihr auf deinen Tod angekommen, so hätte sie hier nicht auf dich gewartet.«

Gareths Gesicht lief rot an. »Das ist nicht der Grund, weswegen sie hierher kam«, murmelte er.

»Natürlich nicht«, bestätigte John. »Tot hast du keinerlei Nutzen für sie. Wenn du stirbst, verliert sie alles.«

Der junge Mann runzelte die Stirn. »Wieso? Ich meine, ich verstehe, warum sie mich unter ihre Kontrolle bringen will, denn dann stelle ich keine Gefahr mehr für sie dar. Deshalb hat sie auch Polycarp vertrieben. Wenn es ihr darüber hinaus gelungen wäre, Euch beide umzubringen, so hätte sie mich gebraucht, um in der Stadt ihre Behauptungen bestätigen zu lassen, der Drache lauere nach wie vor in der Tiefe – um die Zeit zu bekommen, auch die letzten Zwerge zu vertreiben.« Er stöhnte verbittert und streckte die blasigen Hände dem Feuer entgegen. »Wahrscheinlich hätte sie mich und Bond dazu gezwungen, als Zeugen auszusagen, *sie* habe den Drachen getötet. Und dann wäre sie vielleicht mit der Bitte an meinen Vater herangetreten, ihr die Tiefe zu überlassen.«

Er seufzte und preßte in unterdrückter Wut die Lippen zusammen. »Und ich dachte, daß Polycarp – oder Zyerne in seiner Gestalt – ein Seil zwischen zwei Bäumen spannte, um meinen Vater und mich umzubringen, sei schon der Gipfel der Perfidie gewesen.« Er hängte das Kuchenblech übers Feuer, und sein schmales Gesicht wirkte wesentlich älter als noch vor einigen Tagen.

»Nun«, meinte John sanft, »es geht nicht nur darum, Gar.« Er warf Jenny einen kurzen Blick zu, die im Schatten des Brunnenhauses saß. Sie blieb weiterhin still. Dann sah Aversin erneut den jungen Mann an. »Wieviel Zeit, glaubst du, bleibt deinem Vater noch? Ich weiß nicht, was der Zauber mit ihm anstellt, aber ich erkenne einen Sterbenden, wenn ich ihn sehe. Trotz ihrer großen Macht ist Zyerne nichts weiter als eine Mätresse. Sie braucht die Tiefe als eine Basis, die sie unabhängig vom König macht, als eine Festung, und sie kann auch nicht auf das Gold verzichten.«

»Mein Vater würde sie ihr geben«, sagte Gareth leise. »Und ich ... ich schätze, ich sollte nur als Absicherung dienen, für den Fall, daß Uriens stirbt, nicht wahr?« Mit dem Messer stach er vorsichtig in die bratenden Pfannkuchen. »Und sie mußte in jedem Fall Polycarp vernichten, ob er mich nun vor ihr warnte oder nicht: Von der Zitadelle aus läßt sich der rückwärtige Zugang zur Tiefe kontrollieren.«

»Nein, das meinte ich eigentlich nicht.« John ließ sich wieder zurücksinken und faltete die Hände auf der Brust zusammen. »Sie mußte Polycarp deshalb loswerden, weil er ein zusätzlicher Thronfolger ist.«

»Zusätzlich zu wem?« fragte Gareth verwirrt. »Zu mir?«

John schüttelte den Kopf. »Zu dem Kind Zyernes.«

Das Entsetzen, das das Gesicht des jungen Mannes zu einer Fratze werden ließ, ging tiefer als die Furcht vor dem Tod – tiefer noch als die Angst davor, von den Zauberformeln der Magierin unterjocht zu werden, dachte Jenny mit jenem Gleichmut, der ihr schon die ganze Nacht über Ruhe geschenkt hatte. Gareth schien Übelkeit zu empfinden. »Ihr meint ... das Kind meines Vaters?«

»Oder deins. Es spielt eigentlich keine Rolle, wer es zeugt. Wichtig ist nur, daß es zur königlichen Familie gehört.«

Kurzsichtig sah John zu dem jungen Mann auf, der sich benommen und mechanisch daranmachte, die fertigen Pfannkuchen vom heißen Blech zu ziehen. In dem gleichen gelassenen und sachlichen Tonfall wie zuvor fuhr Aversin fort: »Aber weißt du: Da dein Vater schon so lange der Sklave ihrer Magie ist, könnte er vielleicht gar nicht mehr dazu in der Lage sein, ein Kind zu zeugen. Und Zyerne braucht eins, wenn sie sicher sein will, auch nach dem Tode des Königs zu herrschen.«

Jenny wandte den Blick von den beiden Männern ab und versuchte sich vorzustellen, was für ein Leben jenes Kind führen würde. Als sie daran dachte, was Zyerne mit ihrem eigenen Sprößling machen würde, durchwogte sie die gleiche Art von Übelkeit, die zuvor in Gareth entstanden war. Nein, Zyerne würde sich nicht an der Lebenskraft ihres Kindes laben, doch sie wäre bestrebt, es zu einem seelischen Krüppel zu erziehen, der für immer und ewig von ihr und ihrer Liebe abhängig wäre. Jenny hatte so etwas anderenorts schon erlebt. Sie wußte, wie grausam Mütter und Väter sein konnten, und ihr war auch klar, was für Charaktere dadurch entstanden. In jenen Fällen aber war es nicht böser Willen der Eltern gewesen, nur eine geradezu erstikkende Fürsorge – kein Verhalten, das der Absicherung der eigenen Macht diente.

Jenny dachte an ihre eigenen Söhne und die absurde Liebe, die sie ihnen entgegenbrachte. Vielleicht wäre sie dazu in der Lage gewesen, sie zu verlassen, fuhr es ihr mit jähem Zorn auf Zyerne durch den Sinn, doch selbst dann, wenn ihr nichts an ihnen gelegen hätte, wenn sie in beiden Fällen durch Vergewaltigung schwanger geworden wäre – *so* etwas lag ihr fern. Sie wollte sich gern dem Glauben hingeben, daß niemand zu etwas Derartigem fähig war, doch tief in ihrem Innern wußte sie, daß das nichts war als nur eine Illusion.

Wut regte sich in ihr, so als sei sie Zeugin einer Folterung geworden.

»Jenny?«

Gareths Stimme unterbrach ihre Gedankengänge. Er stand wenige Schritte vor ihr und sah bittend zu ihr herab. »Er wird sich wieder erholen, nicht wahr?« fragte er brüchig. »Mein Vater, meine ich. Wenn Zyerne verjagt oder ... tot ist, so ... so wird er doch wieder so sein wie vorher, oder?«

Jenny seufzte. »Ich weiß es nicht«, erwiderte sie dumpf. Sie versuchte, die Lethargie abzustreifen, die wie eine zweite Haut um sie herum gewachsen war, eine Apathie, die nicht nur den Geist erfaßte, sondern auch den Körper, die entstanden war aus Erschöpfung und Schmerzen. Es ging nicht nur darum, daß sie ihr neues Potential überanstrengt hatte und ihr Leib nicht an die Erfordernisse der gräßlichen Drachenmagie gewöhnt war. Sie spürte auch, wie sich die Art ihrer Wahrnehmung wandelte, und sie begriff, daß sich durch den Kontakt mit der Seele Morkelebs nicht nur ihre Magie verändert hatte: Sie begann damit, die verschiedensten Dinge aus der Perspektive eines Drachen zu betrachten.

Steifbeinig stand sie auf, schwankte ein wenig und stützte sich an dem teilweise verkohlten Türpfosten des Brunnenhauses ab. Wieder wurde ihr bewußt, wie ausgelaugt sie war, wie sehr sie eine Möglichkeit brauchte, neue Kraft zu schöpfen. Die ganze Nacht über hatte sie gewacht und sich dabei eingeredet, sie hielte nach Zyerne Ausschau. Tief in ihrem Innern wußte sie jedoch, daß die Magierin nicht zurückkehren würde, daß nicht sie der Grund ihres Wartens war. Nach einer Weile schließlich sagte sie: »Es sind nicht die Zauberformeln, unter deren Wirkung dein Vater so sehr leidet. Zyerne ist eine Vampirin, Gareth. Nein, sie nährt sich nicht wie Flüsterer von dem Blut ihrer Opfer, sondern von deren Lebens-Essenz. Gestern abend habe ich in den Augen Zyernes ihre eigene Essenz gesehen, ihre Seele. Etwas Fauliges und Gieriges war es, ja, etwas, das fremde Kraft benötigt, wenn es weiterleben will. Mab erzählte mir von der Magie an den Orten der Heilung, mit der sich das Leben eines Sterbenden verlängern läßt, indem diejenigen, die ihm zu helfen versuchen, einen Teil ihrer eigenen Lebenskraft spenden. So etwas geschieht recht selten – und nur in besonders dringlichen Fällen. Ich bin sicher, daß sich Zyerne von den Essenzen deines Vaters und Bonds nährt. Ihre Macht ist so groß, daß ...«

»Weißt du«, warf John ein, »in den Werken Dotys, oder vielleicht auch in denen Terens ... oder stand es möglicherweise in der *Elucidus Lapidarus ...?*«

»Aber was können wir denn *tun?*« entfuhr es Gareth. »Es muß doch irgendeine Möglichkeit geben, ihnen zu helfen! Ich könnte nach Bel zurückreiten und Dromar wissen lassen, daß der Drache fort ist und die Gnome nun wieder zurückkehren können. Das würde uns sicher die Unterstützung der Zwerge einbringen, und ...«

»Nein«, sagte Jenny. »Zyerne hat die Stadt viel zu fest in der Hand. Außerdem hält sie jetzt bestimmt nach dir Ausschau und überwacht mit ihren magischen Sinnen die Zugangsstraßen. Sie würde dich abfangen, noch bevor du den Rand der Stadt erreicht hättest.«

»Aber wir müssen irgend etwas unternehmen!« Panik und Verzweiflung machten Gareths Stimme zu einem hysterischen Schrillen. »Wohin sollen wir uns wenden? Polycarp würde uns bestimmt in seiner Zitadelle Zuflucht gewähren ...«

»Und den Belagerungstruppen sagst du, du wolltest nur ein paar private Worte mit ihm wechseln, wie?« meinte John, der die klassischen Autoren schon wieder vergessen hatte.

»Es gibt Wege durch die Tiefe, die nach Halnath führen.«

»Und, wie ich wette, am Ende der Tunnel ein fest verschlossenes Tor. Vielleicht ist auch Sprengstoff eingesetzt worden, um die Gänge zu verschütten und den Drachen daran zu hindern, die Bastion von dieser Seite aus anzugreifen. Darüber hinaus finde ich es in diesem Zusammenhang erwähnenswert, daß Dromar die entsprechenden Passagen gar nicht auf den Karten verzeichnet hat. Diesen Punkt habe ich noch in der Stadt überprüft.«

»Dieser verdammte ...«, begann Gareth aufgebracht, doch John hob die Hand, in der er einen Pfannkuchen hielt, und brachte ihn mit einem Wink zum Schweigen.

»Ich kann ihm deswegen keine Vorwürfe machen«, fügte er hinzu. Im Vergleich mit den braunen und lohfarbenen Tönen seines Umhangs schien sein Gesicht an Farbe gewonnen zu haben und wirkte nun nicht mehr so kalkweiß wie noch vor Stunden. Und die braunen Augen hinter den Brillengläsern glitzerten aufmerksam und lebhaft. »Er ist ein ziemlich gewitzter und schlauer alter Knabe, und er hat Zyerne durchschaut. Vielleicht kennt sie nicht die Tunnel, die von der Zitadelle in die Hauptbereiche der Tiefe führen, und wenn das so ist, kann Dromar kein Interesse daran haben, diese Informationen auf einem Papier festzuhalten, das die Magierin stehlen könnte. Nun, wie dem auch sei: Jenny, wärst du dazu in der Lage, uns durch die Höhlen und Gewölbe zu führen?«

»Nein.« Die Heilerin hatte sich dicht neben dem Feuer niedergelassen und strich Honig auf den Rest ihres Pfannkuchens. Sie bedachte John mit einem kurzen Blick. »Ich kann zwar in der Dunkelheit sehen, aber ich bezweifle, ob ich in den steinernen Labyrinthen den richtigen Weg fände. Und was dich angeht: Wenn du dir keine Ruhe gönnst und vor Ablauf einer Woche aufzustehen versuchst, spreche ich einen Lähmungsbann über dich aus.«

»Das ist Verrat.«

»Nenn es wie du willst.« Sie wischte sich den Finger am Saum des Umhangs ab und lächelte. »Morkeleb hat mich durch die Gänge in das Herz der Tiefe geleitet. Andernfalls hätte ich es nie gefunden.«

»Wie sah es aus?« fragte Gareth nach kurzem Zögern. »Das Herz der Tiefe, meine ich. Die Gnome schwören immer wieder bei dem Steine, der dort liegen soll ...«

Jenny runzelte die Stirn und erinnerte sich an die raunende Dunkelheit, daran, wie glitschig sich der Granit des Altars unter ihren tastenden Fingerspitzen angefühlt hatte. »Ich weiß nicht genau«, erwiderte sie leise. »Ich habe davon geträumt ...«

Plötzlich hoben die Pferde die Köpfe vom kalten und mit Rauhreif überzogenen Gras. Kampfteufel schnaubte leise, und aus dem Nebel, dessen Schwaden träge am Rande des Waldes von Klammtal entlangwallten, kam eine leise Antwort. Hufe pochten über harten Stein, und die Stimme eines Mädchens rief: »Gar? Gar, wo seid Ihr?«

»Es ist Trey.« Der junge Mann stand auf. »Hier!«

Kies knirschte laut, und aus dem weißgrauen Dunst schälten sich die dunklen Konturen von Pferd und Reiter. Feuchte Schleier bewegten sich wie filigrane Gespinste. Gareth trat ans Ende der Anhöhe heran und griff nach dem Zaumzeug des gesprenkelten Zelters, als das Roß mit vor Erschöpfung gesenktem Kopf herankam. Auf dem dichten Fell glänzte Schweiß. Trey klammerte sich am Sattelknauf fest, und es schien ihr kaum besser zu gehen als ihrem Pony. Ihr Gesicht war zerkratzt, als seien im Dickicht dornige Äste und Zweige über ihre Wangen gestrichen, und lange Strähnen hatten sich aus der ansonsten festgesteckten, weißen und purpurnen Haarfülle gelöst.

»Gar, ich wußte ja, daß Ihr wohlauf seid.« Sie ließ sich aus dem Sattel gleiten, und der junge Mann umarmte sie. »Es heißt, der Drache sei gesehen worden und Lady Jenny habe einen Bann über ihn gelegt. Oh, ich wußte, Euch konnte nichts geschehen.«

»Es geht uns allen recht gut, Trey«, sagte Gareth zögernd und runzelte die Stirn angesichts der entsetzten und verzweifelten Stimme des jungen Mädchens. »Ihr seht aus, als hättet Ihr auf dem weiten Weg hierher nicht eine einzige Pause gemacht.«

»Das durfte ich auch nicht!« entgegnete Trey und schnappte nach Luft. Unter den Fetzen ihres weißen Hofgewandes zitterten die Knie, und sie hielt sich am Arm

Gareths fest, um nicht vor Schwäche zu Boden zu sinken. Unter den wenigen Resten der Schminke war das zarte Gesicht blaß. »Sie kommen hierher! Ich verstehe nicht ganz, was eigentlich vor sich geht, aber Ihr müßt von hier fort! Bond ...« Der Name ihres Bruders schien Trey im Hals steckenzubleiben.

»Was ist mit Bond? Trey, was geschieht in der Stadt?«

»Ich weiß es nicht!« schluchzte das junge Mädchen. Tränen der Verzweiflung und Erschöpfung rollten ihm aus den großen Augen, und Trey wischte sie mit einer fahrigen Bewegung fort. Auf ihren Wangen blieben zwei dünne Streifen aus Lidschwärze zurück. »Ein Mob ist hierher unterwegs, und Bond führt die Meute an ...«

»Bond?« Die Vorstellung, daß sich der träge und vornehme Bond die Mühe machte, irgend jemanden anzuführen, war schlichtweg absurd.

»Sie wollen Euch töten, Gar! Ich habe ihn gehört, wie er Euch zur Hölle wünschte! Euch, Lady Jenny und auch Lord John.«

»Was? Aber wieso denn?« Die Verwirrung Gareths nahm immer mehr zu.

»Und was noch wichtiger ist: wer?« fragte John, der sich nun wieder unter seinen Decken in die Höhe stemmte.

»Diese ... diese Leute, hauptsächlich Arbeiter – Schmelzer und Handwerker aus Klamm, die nun keine Beschäftigung mehr haben und den ganzen Tag im *Schaf in der Patsche* verbringen. Sie werden auch von Schloßwächtern begleitet, und ich glaube, es werden immer mehr – ich weiß nicht warum! Ich habe versucht, Bond zur Rede zu stellen und eine Erklärung von ihm zu bekommen, aber es war, als könne er mich gar nicht hören, als erkenne er mich überhaupt nicht! Er schlug mich – und er hat noch nie die Hand gegen mich erhoben, Gar, nicht seitdem ich ein kleines Kind war ...«

»Erzähl uns alles«, warf Jenny ruhig ein und griff nach der Hand des jungen Mädchens, die so kalt war wie Eis. »Von Anfang an.«

Trey schluckte und wischte sich erneut einige Tränen aus den Augen. Sie zitterte vor Müdigkeit und von der Anstrengung eines mehr als zwanzig Kilometer langen Rittes. Der mit Stickereien verzierte Überwurf, den sie trug, bestand aus weißer und mit milchfarbenem Pelz besetzter Seide, war jedoch eigentlich nur für den Aufenthalt in geschlossenen Räumen gedacht, nicht aber für eine Nacht, die so frostig kalt und neblig war wie die vergangene. Das Glitzern ihrer Diamanten bildete einen seltsamen Kontrast zu den Kratzmustern auf den schmalen und zierlichen Fingern.

»Wir haben getanzt«, begann sie zögernd. »Es war schon nach Mitternacht, als Zyerne zu uns kam. Sie sah sonderbar aus, so als sei sie krank – und doch hatte ich sie am Morgen gesehen, und zu jener Zeit schien sie noch bester Gesundheit gewesen zu sein. Sie rief Bond zu sich, in eine Nische am Fenster. Ich ...« Es kehrte nun ein wenig Farbe in die kalkweißen Wangen Treys zurück. »Ich schlich ihnen nach, um sie zu belauschen. Ich weiß, daß sich so etwas nicht gehört und ich mich deswegen eigentlich schämen müßte, aber nach dem Gespräch, das wir kurz vor Eurem Aufbruch führten ... konnte ich einfach nicht anders. Es kam mir nicht etwa darauf an, neuen Klatsch in Erfahrung zu bringen«, fügte das junge Mädchen ernst hinzu. »Ich machte mir Sorgen um meinen Bruder – und ich hatte solche Angst, weil ich so etwas zum erstenmal machte und darin nicht annähernd so geschickt und erfahren bin wie etwa Isolde oder Merriwyn.«

Gareth war ein wenig verblüfft angesichts dieser Offenheit, doch John lachte und klopfte Trey mit der einen Hand tröstend auf den perlenbesetzten Schuh. »Dieses eine Mal vergeben wir dir, Herzchen, aber du solltest deine guten Manieren nicht noch einmal auf diese Weise vergessen. Du siehst ja, wohin so etwas führt.« Jenny trat ihn, nicht allzu stark, an die unverletzte Schulter.

»Und dann?« fragte sie.

»Ich hörte, wie Zyerne sagte: ›Ich will die Tiefe haben.

Die Schlampe und ihre beiden Freier müssen aus dem Weg geräumt werden, und zwar sofort, bevor die Gnome Wind von der Sache bekommen. Sie dürfen nicht die Gelegenheit haben, in die Höhlen und Gewölbe zurückzukehren.‹ Ich folgte ihnen an das rückwärtige Tor, durch das man den Molenmarkt erreichen kann. Sie begaben sich ins *Schaf in der Patsche.* In der Taverne hielten sich noch immer viele Männer und Frauen auf, und sie waren alle betrunken und zankten sich. Bond sagte ihnen, Ihr hättet sie verraten und Polycarp ausgeliefert. Er behauptete, Ihr wärt ein Bündnis mit Lady Jenny eingegangen, der es gelungen sei, den Drachen mit Zauberformeln unter ihre Kontrolle zu bringen, und nun wolltet Ihr das Ungeheuer dazu bringen, über Bel herzufallen. Er meinte, Ihr wolltet das Gold der Tiefe für Euch allein und es nicht ihnen geben, den rechtmäßigen Eigentümern. Dabei hat es ihnen doch nie *gehört,* sondern entweder den Gnomen, die es aus dem Berg holten, oder den reichen Händlern Klamms. Ich versuchte, Bond zur Vernunft zu bringen ...« Ihre Hand tastete zur Wange empor, als fühle sie dort noch immer den Schmerz einer Ohrfeige.

»Aber die Männer und Frauen gröhlten und schrien, sie wollten Euch umbringen und das Gold zurückholen. Sie waren bereits vorher betrunken, doch Zyerne brachte den Wirt dazu, einige neue Fässer für sie anzustechen. Sie meinte, sie wolle ihre Streitmacht von den Schloßwächtern verstärken lassen. Sie brüllten und kreischten, bereiteten Fackeln vor und bewaffneten sich. Ich lief zum Stall und holte mein Pferd ...« Trey strich dem völlig erschöpften Pony über den gefleckten Nacken, und leise fort sie fort: »Dann kam ich hierher. Ich ritt so schnell, wie ich es wagte – ich hatte Angst davor, was mir geschehen könnte, wenn ich dem aufgebrachten Mob in die Hände fiele. Und ich bin nachts noch nie allein unterwegs gewesen ...«

Gareth zog seinen schmutzigen Mantel aus und legte ihn dem jungen Mädchen um die Schultern, als sich Treys Zittern verstärkte.

»Ihr müßt möglichst rasch von hier fort ...«, schloß sie.

»Ein guter Rat, den wir auch beherzigen werden.« John strich die Bärenfelle und Decken beiseite. »Wir verteidigen die Tiefe.«

»Könnt Ihr so weit reiten?« fragte Gareth besorgt und reichte Aversin sein Lederwams.

»Wenn nicht, dürfte ich in ziemliche Schwierigkeiten geraten, junger Held.«

»Trey?«

Das junge Mädchen war damit beschäftigt, einige Dinge zusammenzupacken, und es sah auf, als Jenny ihren Namen nannte.

Die Heilerin trat an Trey heran, umfaßte sanft ihre Schultern und blickte ihr einige Sekunden lang in die Augen. Mit ihrem Blick drang Jenny bis in die entferntesten Winkel der Seele vor; das junge Mädchen wich zurück und gab einen dumpfen Schrei von sich, der Gareth alarmierte und ihn dazu veranlaßte, der zierlichen Hofdame zur Hilfe zu eilen. Es blieb Jenny jedoch Zeit genug, festzustellen, es mit einer Seele zu tun zu haben, die nicht nur Wahrheit kannte, die ganz versessen darauf war, anderen zu gefallen, zu lieben und geliebt zu werden. Keine dunklen Flecken zeigten sich in dem Weiß der Unschuld, bei dessen Anblick sich etwas in der Heilerin zusammenkrampfte.

Dann war der empörte Gareth zur Stelle und schloß Trey in die Arme.

Jennys Lächeln war schief, aber ehrlich. »Es tut mir leid«, sagte sie. »Ich mußte ganz sicher sein.«

Die verblüfften Gesichter der jungen Leute machten deutlich, daß sie nicht an diese Möglichkeit gedacht hatten: Zyerne hätte durchaus dazu in der Lage sein können, sie in der Gestalt Treys aufzusuchen, um sie in eine Falle zu locken.

»Kommt«, fügte sie hinzu. »Wahrscheinlich bleibt uns nicht viel Zeit. Gar, stütz John, damit er auf ein Pferd steigen kann. Trey, hilf ihm dabei.«

»Ich bin durchaus selbst dazu imstande ...«, begann John verärgert.

Aber Jenny achtete gar nicht auf seinen Einwand. Irgendwo im Dunst des halbverbrannten Waldes unterhalb der Stadt spürte sie plötzliche Bewegung, vernahm den Klang zorniger Stimmen in der frostigen Stille, die die verkohlten Stämme einhüllte. Der Mob kam, und zwar ziemlich schnell. Es war, als könne die Heilerin die von Bond angeführten Männer und Frauen sehen, an der Biegung, die die Straße vor der verwitterten Ruine des Uhrturms beschrieb.

Rasch wandte sie sich wieder den anderen zu. »Los!« sagte sie. »Beeilt euch – sie sind fast da!«

»Wie ...«, setzte Gareth an.

Jenny griff nach dem Arzneiranzen und der Hellebarde und schwang sich auf Halbmonds Rücken. Die Zeit reichte nicht mehr aus, um das Pferd zu satteln. »Gar, nimm Trey mit dir. John, REITE, verdammt!« Aversin konnte sich kaum im Sattel halten, und er hatte sein Pferd herumgezwungen, um an Jennys Seite zu gelangen. Gareth riß das junge Mädchen in die Höhe, und die zerfetzten Fransen ihres weißen Gewandes wehten wie ein Banner. Vom Pfad weiter unten hörte Jenny das Pochen von Hufen.

Sie erweiterte ihre Wahrnehmung und konzentrierte sich auf Zauberformeln, und schon diese geringe Mühe strengte sie sehr an. Sie biß die Zähne zusammen, als ein stechender Schmerz in ihr entstand, und mit ihren magischen Händen griff sie nach den letzten Nebelschwaden, die von der blassen Helligkeit der Sonne immer mehr aufgelöst wurden. Ihr Leib hatte noch immer nicht ausreichend Zeit gehabt, neue Kraft zu schöpfen, und sie sehnte sich danach zu ruhen, alles um sich herum zu vergessen. Doch dazu bot sich ihr keine Gelegenheit. Sie wob den Dunst und die Feuchtigkeit zu einem Mantel, den sie über das ganze Klammtal legte. Wie das Muster in einem Umhang spann sie aus ihren Zauberformeln ein Netz der Verwirrung. Und noch während sie damit beschäftigt war, kamen das Pochen der Hufe und die wütenden Stimmen immer näher. Sie erklangen im nebligen Wald, der sich an die Anhöhe anschloß, auch in der Nähe des Wachhauses im Tal; offensichtlich hatte Zyerne dem Mob gesagt, wo sich Jenny und ihre Begleiter aufhielten. Sie zwang ihr Pferd herum und bohrte ihm die Stiefelabsätze in die Flanken. Die weiße Stute stob flink wie ein Wiesel über den felsigen Boden des Hanges und hielt auf das Tor der Tiefe zu.

In dem gazeartigen Dunst des Tales überholte sie die anderen. Sie ritten langsam, da es ihnen angesichts des Banns schwerfiel, sich zu orientieren. Im Handgalopp führte die Heilerin ihre Gefährten über den Pfad, der durch die Ruinenstadt führte und den sie inzwischen so gut kannte. Von der Anhöhe hinter ihnen ertönten dumpfe Flüche und enttäuschte Rufe. Kalte Nebelschwaden strichen wie geisterhafte Finger an Jenny vorbei und zupften an den Locken ihres schwarzen Haars. Als sie sich weiter von dem Lager entfernten, konnte sie spüren, wie sich die Wirkung der Formeln zu verflüchtigen begann, die den Dunst dichter gestalteten, doch sie wagte es nicht, die Kraft aufzubringen, den Schleier vor der Auflösung zu bewahren. Bereits die vergleichsweise geringe Anstrengung von vorhin ließ das Gefühl in ihr entstehen, als könne sie jeden Augenblick zusammenbrechen, und außerdem wußte sie, daß sie die noch in ihr verbliebene Kraft für den entscheidenden Kampf brauchte.

Die drei Pferde stiegen die flachen Stufen der granitenen Treppe empor. In der Dunkelheit des großen Tors angelangt, drehte Jenny sich um und beobachtete die Verfolger, die nun versuchten, Spuren von ihr und ihren Begleitern zu finden. Fünfzig oder sechzig mochten es sein, und obgleich sie unterschiedlich gekleidet waren, schienen es doch größtenteils einfache Arbeiter zu sein. Die Uniformen der wenigen Schloßwächter wirkten wie farbige Kleckse im allgemeinen Grau. Sie hörte ihre wütenden Schreie, als sie sich, obgleich in Sichtweite zueinander, in einem Bereich zu verirren drohten, den sie alle doch so gut kannten. Doch diese Art von Verwirrung, so wußte Jenny, würde nicht mehr lange anhalten.

Halbmond scheute und schnaubte unruhig, als die Stute den immer noch gegenwärtigen Geruch des Drachen witterte und in der weiten Düsternis den süßlichen Gestank längst geronnenen Blutes wahrnahm. Der Kadaver des Pferdes war verschwunden, aber das Gewölbe roch noch immer nach Tod, und das spürten auch die anderen Tiere. Jenny glitt vom Rücken ihrer Stute und strich ihr beruhigend über den Hals, flüsterte ihr zu, in der Nähe zu bleiben, sollte eine neuerliche Flucht notwendig werden, und ließ sie dann los.

Hinter ihr klapperten Hufe über den rußigen Stein der flachen Treppe. Jenny drehte sich um und sah John, dessen unrasiertes Gesicht aschfahl aussah und dem es irgendwie gelang, nicht vom Pferd zu fallen. Mit dem für ihn so typischen ausdruckslosen Gesicht beobachtete er die Klamm. »Ist Zyerne bei ihnen?« fragte er, und Jenny schüttelte den Kopf.

»Vielleicht habe ich sie zu sehr verletzt. Möglicherweise aber ist sie auch nur deshalb im Schloß geblieben, um andere Kräfte zu beschwören, die sie anschließend gegen uns ins Feld führen will.«

»Sie hat es schon immer vorgezogen, die Schmutzarbeit anderen zu überlassen. Wie lange wird die Wirkung deines Zaubers auf die Leute dort noch anhalten?«

»Nicht lange«, erwiderte Jenny dumpf. »Wir müssen dieses Tor halten, John. Wenn sie aus Klamm stammen, so dürften die meisten von ihnen die ersten Ebenen der Tiefe kennen. Es gibt vier oder fünf Wege, die von der Markthalle fortführen. Wenn wir dazu gezwungen werden, uns in andere Gewölbe und Höhlen zurückzuziehen, müßten wir mit einem Angriff von der Seite her rechnen.«

»Ja.« Nachdenklich kratzte sich Aversin am Nasenflügel. »Warum geben wir ihnen nicht einfach den Weg in die Tiefe frei? Wir könnten uns irgendwo verstecken. Sobald sie im Tempel des Sarmendes all das Gold gefunden haben, sind sie bestimmt nicht mehr an uns interessiert.«

Jenny zögerte kurz und schüttelte dann erneut den Kopf.

»Nein«, sagte sie. »Wenn es sich um einen gewöhnlichen Mob handelte, wäre ich geneigt, dir zuzustimmen, aber Zyerne will unseren Tod. Wenn sie nicht dazu in der Lage ist, mit Hilfe ihrer Magie meinen Geist unter ihre Kontrolle zu bringen oder ihn zu zerstören, so wird sie nicht eher ruhen, bis sie meinen Körper vernichtet hat. Die Streitmacht dort draußen ist so groß, daß uns einige gewiß weiter verfolgen würden, und die weiter in die Tiefe führenden Tunnel bieten nicht genug Platz für ein Pferd, das dich tragen könnte. Und ohne die Pferde kämen wir nicht schnell genug voran, um der aufgebrachten Meute zu entgehen. Irgendwann gerieten wir in eine Sackgasse, und dann brächte uns der Mob um. Nein, wenn ein Kampf schon nicht zu vermeiden ist, so muß er hier stattfinden.«

»Na schön.« John nickte. »Können wir dir irgendwie helfen?«

Jenny hatte ihre Aufmerksamkeit bereits wieder auf die zornigen Stimmen der Männer und Frauen draußen gerichtet, und über die Schulter hinweg antwortete sie Aversin: »Du kommst *selbst* nicht ohne Hilfe zurecht.«

»*Das* ist mir klar«, erwiderte er ruhig. »Aber das war nicht meine Frage, Liebste ...« Er deutete in die Klamm. »Der Bursche dort hat gerade den Weg gefunden. Jetzt kommen sie. Himmel, Zyerne hat eine ganze Armee zusammengestellt.«

Jenny schwieg, aber sie schauderte unwillkürlich, als sie sah, mit wie vielen Verfolgern sie es zu tun hatten.

Gareth führte Kampfteufel am Zaumzeug und gesellte sich zu ihnen. Jenny flüsterte dem großen Pferd etwas zu und schickte es dann wieder die Stufen hinunter. Anschließend kehrte sich ihr Blick nach innen, und sie konzentrierte sich auf ihre Magie, auf die Kraft, die in den entlegensten Winkeln von Körper und Geist noch verblieben war. John, Gareth und das junge Mädchen, das sich am Arm des Edelmannes festhielt, wurden für die Heilerin zu Phantomen, als sich ihre Seele in dem inneren Strudel hinabwand, ihr Blick auf einen Punkt konzentriert war, der sich irgendwo an der Grundfeste ihres Ichs befand. Nichts existierte mehr, nur noch sie selbst, ihre Macht – und die Aufgabe, die es jetzt zu bewältigen galt.

Ihre Hände preßten sich an den kühlen Fels der Torsäule, und ihr war, als söge sie Feuer und Kraft aus diesem Stein und aus dem Berg unter und über ihr – aus der kalten Luft um sie herum, aus der Dunkelheit der weiten Gewölbe. Jenny spürte, wie die Magie ihren Pulsschlag beschleunigte, wie sie ihre Venen und Arterien durchströmte. Sie war wie ein Orkan, dessen Böen nur darauf warteten, aus ihr herausfauchen zu können, wie ein Blitz, der die ganze Klamm verheeren mochte. Diese ungeheure Macht erschreckte sie, denn sie wußte, daß sie größer war, als ihr Körper ertragen konnte. Doch diesmal konnte sie die Wirkung ihrer Formeln nicht einschränken. So mußte es mit Drachen sein, dachte sie, doch ihr Leib war nicht der eines solchen Ungetüms.

Sie fühlte und *sah,* wie John an den Zügeln Trampels zerrte und das Tier von ihr forttrieb, als habe er plötzlich Angst vor ihr. Gareth und Trey waren bereits zurückgewichen. Ihr Geist jedoch schwebte schon in dem blassen Licht vor dem Tor, blickte in die Klamm hinab und beobachtete in müßiger Zeitlosigkeit die Männer und Frauen, die nun an den Ruinen der zerstörten Ortschaft vorbeistürmten. Jede einzelne Gestalt betrachtete Jenny mit der kühlen Aufmerksamkeit eines Drachen. Sie stellte nicht nur sachlich fest, wie die Verfolger gekleidet waren, sondern musterte auch die Strukturen ihrer Seelen. Ganz deutlich konnte sie Bond erkennen, der den Mob aufstachelte, in der einen Hand ein Schwert. Seine Seele war so faulig wie von Termiten zerfressenes Holz.

Die ersten Leute erreichten nun den Platz vor dem Tor, und Staub wirbelte auf. Wie das Zirpen eines Insekts vernahm sie die brüchige Stimme Gareths: »Was sollen wir nur machen? Wir müssen ihr doch irgendwie helfen!« Und noch während diese Worte an Jennys Ohren klangen, kneteten ihre magischen Hände die Blitze.

»Laß nur«, sagte John schwach und niedergeschlagen. »Macht euch bereit, die Flucht zu ergreifen. Du kannst dich mit Trey eine Zeitlang in den Felslabyrinthen verbergen, wenn es der Meute gelingen sollte, uns zu überwältigen. Hier sind die Karten ...«

Der Mob hatte nun die Stufen erreicht. Haß ging von ihm aus, heiß wie das Feuer im Schlund eines Vulkans. Jenny hob die Hände, und die Energien von Fels und Dunkelheit ließen ihren ganzen Leib vibrieren. Sie entspannte sich in Erwartung des Schocks, versuchte nicht, sich vor ihm abzuschirmen.

Der Schlüssel zur Magie ist die Magie, dachte sie. Und ihr Leben begann und endete in jeder einzelnen kristallenen Sekunde der zusammengepreßten Zeit.

Das Feuer leckte aus der dritten Stufe der Treppe vor dem Tor, bildete eine brodelnde, kochende rote Wand. Jenny hörte die schrillen Schreie derjenigen, die in diese Barriere gerieten, roch den Gestank verbrennenden Fleisches. Wie ein Drache tötete sie ohne Haß und schlug ebenso hart wie erbarmungslos zu. Sie wußte, daß sie den Gegner mit dem ersten Angriff vernichten mußte, wenn sie und ihre Begleiter auch nur den Hauch einer Chance haben wollten.

Dann schlug sie vor sich das imaginäre Tor zu, das vor so langer Zeit aus dem Zugangsbogen gebrochen war. Es manifestierte sich wie trübes Glas, doch alle Nägel und Holme und Scharniere befanden sich genau am richtigen Platz. Durch die milchige Trübe sah Jenny Männer und Frauen, die sich am unteren Ende der Treppe zusammendrängten; sie zeigten auf das, was sie für das wiederhergestellte massive Tor der Tiefe halten mußten, und ihre Stimmen klangen gleichermaßen verwundert wie zornig. Andere Leute lagen auf dem Boden oder krochen hilflos umher, verzweifelt bemüht, die Flammen zu ersticken, die über ihre Kleidung leckten. Diejenigen, die nicht ins magische Feuer geraten waren, machten keine Anstalten, den Unglücklichen zu helfen. Sie blieben einfach vor der untersten Stufe stehen, starrten zum Tor empor und brüllten und gröhlten in betrunkener Wut. Ihre Stimmen und das Stöhnen und Ächzen der Verwundeten und Sterbenden schufen eine ohrenbetäubende Kakophonie, und schlimmer noch als der Lärm war der Gestank des verkohlten Fleisches. In der Mitte des Durcheinanders stand Bond Clerlock und starrte aus tief in den Höhlen liegenden glühenden Augen auf das magische Tor.

Jenny trat zurück, und Übelkeit quoll in ihr empor, als der Mensch in ihr auf das sah, was der Drache in ihr angerichtet hatte. Sie hatte schon früher getötet, um ihr eigenes Leben oder das ihrer Lieben zu schützen. Nie zuvor hatte sie den Tod so wahllos gesät, und die in ihr pulsierende Macht schockierte sie, auch als sie sie schon wieder verlassen hatte.

Der Drache in dir hat geantwortet – das waren die Worte Morkelebs gewesen. Jenny fühlte sich elend und entsetzt, als sie begriff, wie recht das Ungetüm damit gehabt hatte.

Sie taumelte und jemand stützte sie – John und Gareth, die aussahen wie zwei erfolglose Banditen, verschmutzt und heruntergekommen, Schattenbilder ihrer selbst. Trey trug noch immer Gareths verdreckten Mantel über ihrem fleckigen Seidengewand, und die Fülle ihres weißen und purpurnen Haars reichte ihr strähnig und zerzaust auf die Schultern. Wortlos holte sie einen kleinen Zinnbecher aus ihrer perlenbesetzten Tasche, füllte ihn aus der Feldflasche mit Wasser und reichte ihn Jenny.

»Bestimmt hält das unsere Verfolger nicht allzu lange auf«, sagte John. Schweiß bedeckte sein blasses Gesicht, und er schnappte keuchend nach Luft. Es schien ihn sehr anzustrengen, aus eigener Kraft zu stehen. »Seht nur: Bond trommelt gerade seine Leute zusammen und fordert sie dazu auf, einen zweiten Versuch zu unternehmen, zu uns zu gelangen. Verdammter Mistkerl!« Er bedachte Trey mit einem kurzen Blick und fügte hinzu: »Entschuldige.« Das junge Mädchen schüttelte nur den Kopf.

Jenny streifte Johns und Gareths Hände ab und wankte

an das magische Tor heran. Hinter ihrer Stirn pochte der heftige Kopfschmerz der Erschöpfung, und sie kämpfte gegen einen starken Brechreiz an. Die Stimmen der Männer – und auch ihre eigene – klangen monoton und disharmonisch und irgendwie unwirklich. »Nein, es wird nicht mehr lange dauern, bis der nächste Angriff erfolgt.«

Auf dem Platz vor dem Tor eilte Bond hin und her, sprang über die verkohlten Leichen der Toten hinweg, gestikulierte und deutete immer wieder in Richtung des Phantomtores. Die Schloßwächter schienen sich ihrer Sache nicht mehr so sicher zu sein wie vorher, doch die Arbeiter vom Molenmarkt umringten Treys Bruder, leerten Weinschläuche und gröhlten. Einige von ihnen hoben die Fäuste und machten drohende Gebärden zum Tor zu denen hin, die sich dahinter verbargen, und Jenny meinte: »Wie die Gnome bekamen sie mehr als nur eine Ahnung davon, was Armut bedeutet.«

»Ja, aber warum geben sie uns die Schuld daran?« erwiderte Gareth entrüstet. »Oder den Zwergen, die noch mehr zu leiden hatten als sie selbst?«

»Wen auch immer sie für den Verantwortlichen halten«, sagte John und lehnte sich an die steinerne Säule des Tors. »Ich wette, sie sind davon überzeugt, ein Recht auf die Schätze der Tiefe zu haben. Bestimmt hat Zyerne ihnen das eingeredet, und offenbar sind sie auch dazu bereit, uns wegen des Goldes zu töten.«

»Aber das ist doch verrückt!«

»Nicht so verrückt, wie sich in eine Magierin zu verlieben, und diesem Wahn sind wir beide verfallen«, hielt John dem jungen Mann entgegen. Jenny mußte trotz ihrer Erschöpfung leise lachen. »Wie lange kannst du sie zurückhalten, Liebste?«

Irgend etwas in Aversins Stimme veranlaßte die Heilerin dazu, ihm einen kurzen Blick zuzuwerfen. Er war zwar vom Rücken des Pferdes heruntergeglitten, um ihr zu helfen, doch das konnte nicht darüber hinwegtäuschen, wie schwer es ihm fiel, aus eigener Kraft zu stehen. Sein

Gesicht war kreideweiß. Nur einen Sekundenbruchteil später drehte Jenny angesichts des draußen laut werdenden Geschreis den Kopf. Durch den noch immer über die Stufen der Treppe wallenden Rauch beobachtete sie, wie die Verfolger erneut vorzurücken begannen, und in den Augen der betrunkenen Männer und Frauen irrlichterte Haß.

»Ich weiß nicht«, sagte sie leise. »Jede Macht erfordert ihren Preis. Es kostet mich nach wie vor Kraft, das Trugbild des geschlossenen Tors zu erhalten. Andererseits jedoch haben wir dadurch ein wenig mehr Zeit, denn es dürfte die Entschlossenheit des Mobs beeinträchtigen, der bestimmt davon ausgeht, das Tor aufbrechen zu müssen.«

»Ich bezweifle, ob die Leute dort draußen sich groß Gedanken darüber machen.« John lehnte noch immer an der granitenen Säule, und er blickte auf den Platz vor dem Zugang in die Tiefe. »Seht nur – sie kommen.«

»Weicht zurück«, wies Jenny ihre Begleiter an. Neuer Schmerz regte sich in ihr angesichts der Vorstellung, erneut magische Kräfte aus sich selbst, dem Stein und der sie umgebenden Luft beschwören zu müssen. »Ich weiß nicht, was geschehen kann, wenn ich die Zauberei keinen Beschränkungen unterwerfe.«

»Ich kann diesen Ort hier nicht verlassen, Liebste«, wandte Aversin ein. »Wenn ich den Stein loslasse, falle ich zu Boden.«

Durch den geisterhaften Schatten des Tores sah Jenny die Meute kommen. Brüllend und kreischend stürmten die Männer und Frauen über den Platz auf die Treppe zu. Diesmal wirkte der Zauber langsamer, war wie etwas, das die Heilerin aus dem inneren Kern ihres Ichs schneiden mußte – und die Anstrengung war wie ein besonderes Feuer, dessen Flammen ihre Seele verbrannten. Die Stimmen vor dem Zugang wurden immer lauter und schriller, und Rufe wie »Holt das Gold!« und »Bringt sie um!« waren wie Treibholzsplitter auf dem Kamm einer gewaltigen Flutwelle. Sie sah Bond Clerlock, oder das, was von ihm übriggeblieben war. Er befand sich irgendwo in der Mitte des aufgebrachten Mobs, sein Hofgewand war ein purpurnes Funkeln inmitten der grauen und braunen Töne. Dann konzentrierte sich Jennys Geist auf ihre Aufgabe. Sie sah alles ganz deutlich vor sich, so unpersönlich wie die Bilder eines Offenbarungskristalls. Sie beschwor den heißen Drachenzorn wie ein Gewitter, und erneut ließ sie Feuer über die Stufen der Treppe hinweggleißen, diesmal nicht vor den Verfolgern, sondern direkt zu ihren Füßen.

Als die Flammen aus dem nackten Stein emporloderten, bildete sich erneut Übelkeit in der Heilerin, und es war, als begänne das Blut in ihren Adern zu brodeln. Die nun draußen laut werdenden Entsetzensschreie der Leute, die in dem Feuer verbrannten, empfand Jenny wie Faustschläge ins Gesicht, und Dunkelheit drohte, ihre Sinne zu betäuben. Hitze durchwogte sie und löste sich rasch wieder auf, hinterließ nichts weiter als die leere Kälte des Todes.

Sie beobachtete, wie die Verfolger zurückwankten, wie sie taumelten und sich brennende Kleidung vom Körper rissen. Tränen des Kummers und der Verzweiflung rannen Jenny über die Wangen, als sie in vollem Ausmaß begriff, was sie getan hatte – obgleich sie andererseits wußte, daß der Mob sie gnadenlos getötet hätte, wäre er nicht von ihr zurückgetrieben worden. Das Trugbild des Tores schien so kurzlebig wie eine Seifenblase und ebenso fragil zu sein; so fühlte sich auch ihr Körper an, der unter der enormen Belastung zusammenzubrechen drohte. John wankte auf sie zu, als sie schwankte. Er zog sie an die Säule heran, die ihm noch immer Halt bot. Einige Sekunden lang lehnten sie beide an dem kühlen Granit und schnappten nach Luft.

Das Bild vor den Augen Jennys gewann wieder klarere Konturen. Sie sah Männer, die auf dem Platz umherrannten, erfaßt von Panik, schreiend vor Schmerz und Wut. Und trotz ihrer Brandwunden auf Händen und Armen eilte Bond ihnen nach, gestikulierte ausladend und versuchte, sie zu einem weiteren Angriff aufzustacheln.

»Was machen wir jetzt, Liebste?«

Jenny schüttelte den Kopf. »Ich weiß nicht«, hauchte sie. »Ich habe das Gefühl, als könnte ich jeden Augenblick in Ohnmacht fallen.«

Aversin schlang den Arm um ihre Taille. »Tu dir nur keinen Zwang an«, erwiderte er fröhlich. »Ich wollte schon immer einmal die Gelegenheit haben, dir gegenüber als Retter in der Not aufzutreten und dich mit meinen starken Armen in Sicherheit zu tragen.«

Seltsamerweise gab ihr das Lachen neue Kraft, und genau das schien John mit seiner Bemerkung beabsichtigt zu haben. Jenny holte tief Luft und straffte sich, als Gareth und Trey herankamen. Sie waren beide recht blaß und wirkten in höchstem Maße besorgt.

»Könnten wir durch die Tiefe fliehen?« fragte der junge Edelmann, zerrte mit zitternden Händen die Karten aus der Jackentasche und ließ zwei von ihnen fallen. »Ich meine, wären wir dazu in der Lage, die Zitadelle zu erreichen?«

»Nein«, gab Jenny zurück. »Ich habe es John schon erklärt: Wenn wir die Markthalle verlassen, droht uns die Gefahr eines unerwarteten Angriffes von der Seite her. Und da wir Aversin tragen müssen, kämen wir nicht schnell genug voran, um die Verfolger abzuschütteln.«

»Ich könnte hier zurückbleiben, Liebste, und euch einen Vorsprung verschaffen«, schlug John leise vor.

Doch Jenny hielt ihm sarkastisch entgegen: »Der Mob brauchte nur wenige Sekunden, um dir den Garaus zu machen und über deine Leiche hinwegzuspringen.«

»*Einer* von uns könnte es vielleicht schaffen«, warf Trey schüchtern ein. »Polycarp und die Gnome in der Zitadelle kennen den Weg durch die Tiefe von der anderen Seite des Berges her. Sie würden denjenigen zu Hilfe kommen, die hier verharren. Ich habe einige Kerzen bei mir, auch Kreide, um Zeichen auf den Wänden der Tunnel und Gewölbe zurückzulassen, und hier bin ich ohnehin keine große Hilfe ...«

»Nein«, sagte Gareth und bekämpfte tapfer sein Entsetzen, als er sich die finsteren Felslabyrinthe vorstellte. »Ich gehe.«

»Du würdest dich bestimmt verirren«, sagte Jenny. »Ich bin schon in den inneren Gewölben der Tiefe gewesen, und glaub mir: Mit Kerzen und Kreide allein kommt man dort nicht zurecht. Außerdem wies John bereits auf ein weiteres Problem hin: Das Tor am anderen Ende der Tiefe dürfte mit ziemlicher Sicherheit versperrt sein – wenn nicht gar der ganze Tunnel gesprengt worden ist.«

Von dem Platz her konnten sie gedämpft die Stimme Bonds vernehmen, der nun seiner Streitmacht zurief, das Tor sei nicht echt, nur ein von der Hexe beschworenes Trugbild, und er fügte hinzu, seine Begleiter hätten ein Recht auf das Gold in der Tiefe. Männer und Frauen riefen: »Tod den Dieben! Tod den Zwergenfreunden!« Jenny lehnte den Kopf an den Stein der Säule. Mattes Sonnenlicht drang durch den Schatten des magischen Tores und legte sich wie ein verblichener Teppich auf den rußigen Boden der Markthalle. Sie fragte sich, ob Zyerne ebenso empfand, wenn sie die Kraftreserven ihres enormen Potentials mobilisierte und Beschwörungen formulierte, ohne deren Wirkung zu beschränken. Hatte sie sich jemals in dem Maße hilflos gefühlt?

Jenny bezweifelte es. Das Erlebnis von Hilflosigkeit ließ sich nicht einfach so vergessen, wirkte nach und formte den Charakter.

Jede Macht erforderte einen Preis. Doch Zyerne hatte nie einen Preis gezahlt.

Einige Augenblicke lang überlegte Jenny, wie die Magierin das fertiggebracht hatte.

»Was ist das denn?«

Als Trey sprach, schlug sie wieder die Augen auf und blickte in die Richtung, in die das junge Mädchen deutete. Das Licht über dem Tal der leuchtenden Sonne spiegelte sich blitzend auf etwas wider, das sich in der Nähe des Uhrturms bewegte. Jenny lauschte, und kurz darauf vernahm sie die Geräusche von Hufen und Stimmen, und sie spürte das ferne Brodeln von Zorn und intensivem Haß. Vor dem Hintergrund des grauen Turmes bildeten die Ranken der Kletterpflanzen ein gelbliches Geflecht. Und die Uniformen einer halben Kompanie Schloßwächter sahen aus wie die Blüten in einem Treibhaus wachsender Mohnblumen. Das Metall stählerner Waffen funkelte.

»Meine Güte!« brachte John flüsternd hervor. »Das hat uns gerade noch gefehlt: Bond und seine Leute bekommen Verstärkung.«

Treys Bruder und einige Männer eilten an Schutthaufen vorbei durch das Riedgras und hielten auf die Neuankömmlinge zu. Fliegen umschwirrten die offenen Wunden des Edelmannes. Jenny beobachtete, wie immer mehr Soldaten den Schatten des Uhrturms erreichten, Männer, die aus der Ferne betrachtet nicht mehr waren als nur kleine Punkte, farbige Kleckse vor dem schieferfarbenen Stein. Das Messing der Piken und der Rüstungen blitzte wie Gold, und die purpurnen Töne der Helmkämme sahen fast so aus wie das Rot vergossenen Blutes. Die Erschöpfung durchätzte wie Gift Jennys ausgelaugten Körper. Ihre Haut begann zu prickeln, als habe das magische Feuer auf der Treppe auch sie verbrannt, und sie spürte, wie sich das Trugbild des geschlossenen Tores auflöste, als die magische Kraft aus ihr heraussickerte und nur Leere hinterließ.

»Zieht euch in die Große Passage zurück«, wandte sie sich ruhig an ihre Begleiter. »Gar, Trey – tragt John. Verriegelt das Tor auf der anderen Seite. Es gibt dort Riegel und Sperrwinden.«

»Sei nicht dumm.« John hielt sich an der steinernen Säule fest, um nicht zu Boden zu sinken.

»Dumm wäre es, wenn ihr noch länger hier verweilen würdet.« Jenny wandte den Blick nicht von der Menge der Verfolger ab.

»Wir lassen Euch hier nicht allein zurück«, sagte Gareth. »Ich jedenfalls bleibe hier. Trey, stützt John …«

»Nein«, erwiderten Trey und der Drachentöter gleichzeitig. Sie blickten sich an und lächelten schief.

»Entweder schaffen wir es alle, Liebste – oder niemand von uns.«

Jenny drehte sich zu ihnen um, und in ihren trüben Augen blitzte die kristalline Kühle der Drachenpupillen. »Gegen so viele Feinde könnt ihr mir nicht helfen. John und Trey, ihr müßt damit rechnen, auf der Stelle getötet zu werden. Gareth ...« Ihr Blick bohrte sich wie eine Frostlanze in die Augen des jungen Mannes. »Du kommst vielleicht mit dem Leben davon. Möglicherweise haben Bond und die anderen von Zyerne besondere Befehle erhalten. Meine Kraft mag noch für eine weitere Beschwörung ausreichen. Auf diese Weise gewinnt ihr etwas Zeit. John ist zwar schwach, aber aufgrund seiner Erfahrungen dürftet ihr zumindest eine Weile in der Tiefe überleben. Darüber hinaus könnt ihr auch die Entschlossenheit Treys gut gebrauchen. Habt ihr begriffen? So, und nun macht euch auf den Weg.«

In der kurzen Stille, die auf diese Worte folgte, spürte Jenny Johns Blick auf sich gerichtet. Sie war sich der Gegenwart der Soldaten bewußt, die sich nun der Treppe vor dem Tor näherten.

Und sie wünschte sich sehnlichst, daß ihre drei Begleiter auf den Rat hörten und die Flucht ergriffen, solange sie noch die Möglichkeit dazu hatten.

»Seid Ihr wirklich dazu in der Lage, einen neuerlichen Angriff abzuwehren?« fragte Gareth schließlich. »Selbst wenn er ... wenn er von den Schloßwächtern durchgeführt wird?«

»Ich glaube schon«, log Jenny. Sie wußte, daß sie nicht einmal mehr die Kraft hatte, eine Kerze zu entzünden.

»Nun gut, Liebste«, sagte John sanft. »Dann sollten wir uns jetzt wohl besser in Bewegung setzen.« Er griff nach ihrer Hellebarde, um sie als Krücke zu benutzen. Er stützte sich darauf, berührte Jenny mit den Fingerkuppen der einen Hand an der Wange und küßte sie. Seine Lippen fühlten sich kalt an, waren aber nach wie vor so weich, wie sie sie kannte. Nur der inzwischen fünf Tage alte Bart kratzte ein wenig. Anschließend sahen sie sich einige Sekunden lang tief in die Augen, und Jenny merkte dabei, daß John ihren Drachenpanzer der ruhigen und gleichmütigen Kühle durchschaut hatte und wußte, daß sie log.

»Also los, Kinder«, sagte er. »Wir schieben die Riegel erst vor, wenn uns keine andere Wahl mehr bleibt, Jen.«

Die Soldaten rückten inzwischen durch die Ruinenstadt vor, schritten an den geschwärzten Steinen und geborstenen Mauern vorbei und näherten sich dem Platz vor der Treppe. Die Männer und Frauen aus Klamm schlossen sich ihnen an: jene Leute, die auf dem Brunnenplatz in Bel mit Abfällen nach Mab geworfen hatten. Die beiden so unterschiedlichen Streitkräfte vereinten sich. In dem hellen Tageslicht gewannen alle Dinge einen geradezu überdeutlichen Kontrast. Die halb verkohlten Tragebalken der Häuser, die zinnoberroten Ziegelsteine, die verwitterten Mauerreste und Ruinen: für die geschärfte Wahrnehmung Jennys wirkte das alles wie zarte Filigranarbeit. Sie beobachtete die Halme der Gräser, die rußigen Steine, den Staub des Weges. In der bernsteinfarbenen Luft wehte der Gestank von Schwefel und verbranntem Fleisch dahin. Außer dem Gebrüll des Mobs war auch noch das Stöhnen und Ächzen der Verwundeten und Sterbenden zu hören, und dann und wann ertönte es: »Gold ... Gold ...!«

Sie wissen nicht einmal, was es darstellt, hatte Morkeleb gesagt.

Jenny dachte an Ian und Adric, und sie fragte sich kurz, wer sich nun um sie kümmern würde, ob sie ohne John, der bisher das Winterland geschützt hatte, überhaupt eine Gelegenheit bekamen, erwachsen zu werden. Dann seufzte sie, verließ den Schatten und trat ins Licht. Der blasse Schein der Sonne konnte die Kälte in ihr nicht verdrängen. Im weiten Bogen des Tores blieb sie stehen, eine kleine, dürre und schwarzhaarige Frau. Die Männer draußen gaben überraschte Rufe von sich und deuteten in ihre Richtung. Ein Stein fiel einige Meter entfernt zu Boden und klapperte über den harten Fels. Jenny holte tief Luft und schöpfte Mut für das, was ihr nun bevorstand.

»Greift an!« schrie Bond mit sich überschlagender

Stimme. »Jetzt sofort! Tötet die verdammte Hexe! Das Gold gehört uns! Diesmal erwischen wir die verfluchte Schlampe ... ergreift sie, bringt sie um ...!«

Die ersten Männer liefen los und stürmten auf die Treppe zu. Jenny sah sie kommen, und sonderbarerweise fühlte sie sich in diesen Augenblicken von sich selbst getrennt, so als ginge sie das alles nichts an. Das Feuer der Drachenmagie hatte sie völlig ausgebrannt – die letzte Falle Morkelebs, dachte sie ironisch, seine Rache für die erlittene Schmach. Wie eine zerstörerische Brandungswelle wogte der Mob an den letzten Ruinen der Ortschaft vorbei auf das geborstene Tor zu, und das Sonnenlicht tanzte silbern über den Stahl der Waffen in den Händen der von Haß und Gier erfüllten Männer und Frauen.

Dann plötzlich verdunkelte ein Schatten den hellen Schein der Sonne – wie der eines Falken, nur weitaus größer.

Einer der Männer hob den Kopf, deutete gen Himmel und schrie.

Erneut verblaßte jäh das Licht des Tages, und Jenny sah ebenfalls auf. Ein goldfarbener Schein spiegelte sich matt auf dem gewaltigen schwarzen Leib des Drachen wider und ließ die Dorne und Stacheln auf dem Rücken und an den Enden der Schwingen mit einer Spannweite von mehr als zwanzig Metern aufgleißen, verlieh den hornigen Borten und Streifen der Mähne einen blendenden Glanz.

Jenny beobachtete, wie Morkeleb am Himmel kreiste, wie ein gewaltiger Adler im Aufwind dahinsegelte, dem Schreien der entsetzten Menschen und dem furchtsamen Wiehern der Pferde nur beiläufige Aufmerksamkeit schenkte. Die Männer und Frauen draußen, die eben noch so sicher gewesen waren, am Ziel ihrer Wünsche zu sein, gerieten in Panik, wandten sich um und flohen, stolperten über die Toten und Sterbenden hinweg, ließen die Waffen fallen und liefen so schnell sie konnten.

Als der Drache sanft wie eine Feder auf den immer noch heißen Steinen der Treppe vor dem Tor landete, war es still geworden im Tal.

14. Kapitel

Warum bist du zurückgekehrt?

Inzwischen war die Sonne untergegangen, und das letzte Licht des Tages verblaßte langsam am zimtfarbenen Rande der Klippen weiter oben. Nach der Hitze der magischen Flammen und der Dunkelheit der Markthalle, in der Gareth und Trey neben einem kleinen Feuer saßen und sich leise unterhielten, empfand Jenny die windige Kühle vor dem Tor als angenehm erfrischend. Müde fuhr sie sich mit der einen Hand durchs Haar, und die Kälte der Finger schien dem hinter ihrer Stirn pochenden Schmerz etwas von seiner Heftigkeit zu nehmen.

Der große und glänzende schwarze Schatten, der wie eine Sphinx auf der obersten Stufe der Treppe lag, drehte den Kopf. Im Widerschein des in der Markthalle entzündeten Lagerfeuers beobachtete Jenny den vogelartigen Schädel, die Fülle der farbig glänzenden Mähne, das Zittern der kleinen schwarzen Kugeln an den Enden der Fühlerstiele.

Morkelebs Stimme war wie ein sanftes Flüstern inmitten ihrer Gedanken. *Ich brauche deine Hilfe, Hexe.*

Was? Eine solche Antwort hätte Jenny von einem Drachen niemals erwartet. Verwundert fragte sie sich, ob sie Morkeleb vielleicht nicht richtig verstanden hatte, wußte aber gleichzeitig, daß es in dieser Hinsicht keine Zweifel geben konnte. *Meine HILFE? MEINE Hilfe?*

Verbitterung regte sich in dem Drachen, ein Ärger, der wie eine Wolke aus beißendem Qualm war, Zorn darüber, einen Menschen um Hilfe bitten zu müssen – Wut darüber, sich selbst zu demütigen. Doch als Jennys Seele auf die Morkelebs traf, spürte sie in dem gewaltigen Geschöpf auch noch etwas anderes, eine Erschöpfung, die der ihren gleichkam – und das kühle Zittern von Furcht.

Bei meinem wahren Namen hast du mich fortgeschickt, sagte der Drache. *Doch etwas anderes veranlaßte mich dazu, hierher zurückzukehren, etwas, das noch stärker ist als die Beschwörung meiner Essenz.* Einer der Fühler bewegte sich, und die kleine schwarze Kugel darauf schimmerte wie ein Obsidian. *Es läßt mich nicht zur Ruhe kommen, ebensowenig wie die Sehnsuchtsträume, die mich hierher brachten. Das Verlangen gleicht dem Bestreben, den Melodien des Goldes zu lauschen, ist jedoch viel intensiver. Es quälte mich, als ich nach Norden flog, wurde zu einem Schmerz, den ich kaum mehr ertragen und nur lindern konnte, indem ich mich wieder nach Süden wandte. Alle meine Gedanken und Empfindungen konzentrieren sich nun auf diesen Berg. Bevor du in meinen Geist eindrangst, war das nicht so – ich kam und ging, wie es mir gefiel, und ganz nach eigenem Belieben kehrte ich in die Tiefe zurück. Diese Pein jedoch, diese verzehrende Sehnsucht ... so etwas habe ich noch nie zuvor empfunden. Das entstand erst in mir, nachdem du mich geheilt hattest. Du hast das nicht bewußt in mir bewirkt, denn schließlich war es dein Befehl, der mich von hier fortfliegen ließ. Es handelt sich um eine Magie, die ich nicht verstehe, die sich nicht mit dem Drachenzauber vergleichen läßt. Sie läßt mich nicht zur Ruhe kommen, gewährt mir keinen Frieden. Dauernd denke ich an diesen Ort, und das, obwohl du mich bei meinem wahren Namen dazu beschworen hast, nie wieder hierher zu kommen.*

Morkeleb verlagerte sein Gewicht auf die Hinterbeine, und er ruhte nun so, wie Katzen manchmal liegen, die vorderen Beine angewinkel, die hinteren jedoch ausgestreckt. Die mit langen Dornen versehene Schwanzspitze des Drachen zuckte leicht hin und her.

Es geht nicht um das Gold, fuhr Morkeleb fort. *Der Ruf des Goldes lockt mich zwar, aber nicht annähernd in diesem Maße. Nein, ich begreife nicht, was in mir geschieht: Es ist so, als verlöre ich einen Teil meiner Seele, als würde ich mir selbst fremd. Ich hasse diesen Ort, denn hier wurde ich gedemütigt und erlitt eine Niederlage – und doch zwang mich ein unwiderstehliches Verlangen hierher zurück. Noch nie zuvor in meinem langen Leben habe ich so empfunden, und ich weiß nicht, was der Grund dafür ist. Bist du dafür verantwortlich, Hexe? Kannst du mir sagen, was mit mir los ist?*

Jenny schwieg eine Zeitlang. Langsam kehrte die Kraft in sie zurück, und sie fühlte sich bereits nicht mehr so erschöpft und schwach wie noch vor einer Weile. Sie saß auf der Treppe, zwischen den Klauen des Drachen. Sie mußte zu Morkeleb aufsehen, und die dünnen und seidenen Borten seiner Mähne strichen ihr leicht über die Wangen. Nachdenklich legte sie den Kopf in den Nacken und begegnete dem Blick des einen Auges.

Es ist eine Sehnsucht, so wie Menschen sie fühlen, antwortete sie schließlich. *Ich weiß nicht, warum jetzt auch du davon besessen bist, Morkeleb – aber ich glaube, es ist an der Zeit, die Gründe dafür zu erforschen. Du bist nicht der einzige, der von der Tiefe angezogen wird. Das trifft auch auf mich zu. Und wie du glaube ich nicht, daß die Ursache das Gold ist. Es gibt noch etwas anderes in den Gewölben. Ich spüre es tief in mir.*

Der Drache schüttelte den großen massigen Kopf. *Ich kenne die Tiefe,* erwiderte er. *Ich habe sie zu meiner Bastion gemacht, sie mir unterworfen. Ich kenne jede Goldmünze, jeden einzelnen noch so kleinen Kristall. Ich habe den Geräuschen der Menschen und Gnome in der Zitadelle am Hang des Berges gelauscht und gehört, wie weiße blinde Fische durch die Flüsse weiter unten schwimmen. Und ich sage dir: In der Tiefe gibt es nichts anderes als Stein und Wasser – und das Gold der Gnome, das nun in der Finsternis schläft. Nein, nichts verbirgt sich in den Höhlen, das mich auf diese Weise anlocken könnte.*

Vielleicht doch, sagte Jenny. Dann drehte sie sich halb um und rief in die Markthalle: »Gareth? John? Trey?«

Der Drache hob empört den Kopf, als er das leise Kratzen vernahm, mit dem Stiefelsohlen über festen Fels schabten. Zwar schwieg Morkeleb nun, doch Jenny wußte dennoch, was in ihm vor sich ging: Sein Stolz war verletzt, weil sie sich anschickte, anderen Menschen von seiner Hilflosigkeit zu berichten, und die Heilerin verspürte den Wunsch, ihm einen Hieb auf das Maul zu versetzen, so wie sie eine Katze auf die Schnauze schlagen mochte, die versuchte, ihr einen Leckerbissen aus der Hand zu stehlen.

Ihre Gefährten traten durch das offene Tor, und Gareth

und Trey stützten John. Er hatte geschlafen und sah nun ein wenig ausgeruhter und besser aus als vorher. Die Zauberformeln der Heilung, die Jenny ihm gegenüber ausgesprochen hatte, halfen ihm. Er starrte zu dem dunklen Schatten des Drachen empor, und er begegnete dem silbernen Blick Morkelebs. Stille herrschte, und obgleich sie keinen Laut vernahm, wußte sie, welche Worte der Drache an Aversin richtete.

Nach einigen Sekunden erwiderte John laut: »Nun, es ist eigentlich ganz gut, daß es so und nicht anders gekommen ist. Danke.«

Der Blickkontakt währte noch eine Weile. Dann hob der Drache verärgert den Kopf, und das Funkeln seiner silbernen Pupillen richtete sich auf Gareth. Jenny sah, wie der junge Mann schamvoll und betreten errötete. Welche Worte Morkeleb auch an ihn richten mochte: Gareth gab keine Antwort.

Sie halfen John dabei, sich niederzulassen und mit dem Rücken an die granitene Torsäule zu lehnen, und Gareth faltete ihm den Umhang auf der Brust zusammen. Die Brillengläser Aversins reflektierten den Glanz der Sterne und ähnelten somit den gleißenden Augen des Drachen. Jenny nahm auf der Stufe zwischen ihm und den Klauen des Ungetüms Platz. Gareth und Trey schmiegten sich in der Nähe aneinander, so als wollten sie sich gegenseitig beschützen, und staunend sahen sie zu der schlangenartigen Gestalt des Drachen auf.

Nach einer Weile brach Jennys brüchige Stimme das Schweigen. »Was verbirgt sich in der Tiefe?« fragte sie. »Auf was ist Zyerne so versessen? Ihr ganzes Verhalten dient nur dem einen Ziel, dieses Etwas in ihren Besitz zu bringen. Nur deshalb hat sie sich den König unterworfen. Nur deshalb versucht sie, Gareth zu verführen und ein Kind zu bekommen. Nur deshalb hat sie den Drachen hierher gerufen und läßt die Zitadelle von Halnath belagern.«

Sie hat mich nicht gerufen, erwiderte Morkeleb aufgebracht. *Dazu wäre sie nicht fähig gewesen. Sie übt keine Kontrolle über meinen Geist aus.*

»Aber du bist hier, nicht wahr?« hielt John dem Drachen entgegen. Die Krallen des Ungetüms kratzten über den Fels, als es den Kopf wandte und Aversin anstarrte.

»John! Morkeleb!« sagte Jenny scharf.

Der Drache fügte sich mit einem leisen Zischen, doch die schwarzen Kugeln auf den Fühlern zitterten zornig.

»Könnte es sein, daß Zyerne selbst hierher gerufen wurde?« fügte die Heilerin hinzu.

Ich habe dir doch gesagt, daß es nichts weiter in der Tiefe gibt, sagte der Drache. *Nichts außer Stein, Gold, Wasser und Finsternis.*

»Vielleicht sollten wir dieses Problem von einer anderen Seite her angehen«, schlug John vor. »Laßt uns nicht überlegen, was Zyerne in der Tiefe will, sondern auf was sie überhaupt aus ist.«

Gareth zuckte mit den Schultern. »Auf das Gold kann sie es nicht abgesehen haben. Ihr habt ja gesehen, was für ein Leben sie führt. Wenn sie wollte, könnte sie das ganze Gold des Königreiches haben. Mein Vater würde ihr jede Bitte erfüllen ...« Er zögerte und fuhr dann ruhig fort: »Wenn ich nicht nach Norden aufgebrochen wäre, hätte ich ihr vermutlich nicht widerstanden und den Sohn gezeugt, den sie braucht, um ihre Herrschaft abzusichern.«

»Sie lebte früher in der Tiefe«, warf Trey ein. »Und mir scheint, seit sie das Refugium der Zwerge verlassen hat, ist sie bestrebt, die Kontrolle darüber zu erringen. Warum ging sie überhaupt? Haben die Gnome sie verbannt?«

»Das eigentlich nicht«, sagte Gareth. »Ich meine, bis vor einiger Zeit haben es die Gnome Zyerne nicht ausdrücklich verboten, die Tiefe zu betreten. Wie alle anderen Bewohner Bels konnte sie jederzeit die obersten Ebenen aufsuchen.«

»Nun«, meinte John und rückte sich die Brille zurecht, »wenn sie die Fähigkeit hat, andere Gestalt anzunehmen, so nützte ein Verbot auch gar nichts, denn sie hätte sich dennoch jederzeit in die Tiefe begeben können und mußte dabei nur darauf achten, nicht in die Nähe eines Magiers zu kommen.« Er seufzte. »Und was geschah dann?«

»Ich weiß nicht genau«, antwortete Gareth. »Im Namen des Lords der Tiefe bat Dromar meinen Vater darum, sowohl Zyerne als auch allen anderen Kindern der Menschheit den Aufenthalt in der Tiefe zu verbieten ...«

»Das ist nur eine logische Vorsichtsmaßnahme, wenn man es mit einem Gestaltwandler zu tun hat.«

»Vielleicht.« Gareth zuckte mit den Achseln. »Ich machte mir damals nicht viele Gedanken darüber. Aufgrund jener Bestimmung entstanden die ersten Feindseligkeiten den Zwergen gegenüber. Das Verbot bezog sich jedoch in erster Linie auf Zyerne.« Er runzelte die Stirn und versuchte, aus seinem an das Auswendiglernen von Balladen und Heldenepen gewöhnten Gedächtnis den genauen Wortlaut der Erklärung abzurufen. »Es hieß, sie habe eine ›heilige Sache entweiht‹.«

»Und hast du eine Ahnung, um was es sich dabei handelte?«

Der Prinz schüttelte den Kopf. Wie John wirkte er hohlwangig und müde. Dutzende von kleinen Brandlöchern zeigten sich in seinem schmutzigen Hemd, und das Gesicht offenbarte den weichen Flaum eines ersten Bartes. Die neben ihm sitzende Trey sah nicht ganz so mitgenommen aus. Sie war ausgesprochen praktisch veranlagt und führte in ihrer Handtasche einen Kamm bei sich, mit dem sie ihr Haar geordnet hatte. Es fiel nun in langen Strähnen bis zu ihren Hüften herab, und aus dem zuvor so farbenprächtigen Schimmern der Wellen und Locken war ein mattes, schneeweißes und violettes Glänzen geworden. Im Vergleich zu dem dunklen Flor von Gareths Mantel wirkte das dichte Haar wie der prächtige Pelz eines märchenhaften Geschöpfes.

»Die Entweihung einer heiligen *Sache*«, wiederholte Jenny nachdenklich. »So hat es Mab nicht ausgedrückt. Sie meinte, Zyerne habe das Herz der Tiefe vergiftet – doch bei dem Herzen der Tiefe handelt es sich um einen Ort, nicht um ein Objekt.«

»Tatsächlich?« fragte John neugierig.

»Natürlich. Ich bin dort gewesen.« Sie erinnerte sich an die Stille jenes Gewölbes. »Nun, das erklärt noch nicht Zyernes Absichten ...«

»Du bist eine Hexe, Jen«, warf John ein. »Was wünschst du dir?«

Gareth wirkte schockiert angesichts des Vergleiches zwischen Jenny und Zyerne, doch die Heilerin dachte nur einige Sekunden lang nach und antwortete dann: »Macht. Zauberei. Der Schlüssel zur Magie ist die Magie. Ich würde alle anderen Dinge opfern, um mir meinen größten Wunsch zu erfüllen: die Erweiterung meiner Fähigkeiten.«

»Aber Zyerne ist bereits die mächtigste Hexe im ganzen Land«, wandte Trey ein.

»Mab hat etwas anderes behauptet.«

»Ich nehme an, in der Tiefe gab es noch mächtigere Zwergen-Zauberer«, sagte John interessiert. »Andernfalls hätte sie nicht den Drachen hierher rufen müssen.«

Sie rief mich nicht, widersprach Morkeleb, und sein langer Schwanz zuckte wie der einer Katze. *Dazu wäre sie gar nicht in der Lage gewesen. So groß ist ihre Macht nicht.*

»Wenn nicht die ihre, so die von jemand anders«, bemerkte John. »Bevor du hierher kamst und die Zwerge aus der Tiefe vertriebst, waren die Gnome stark genug, um Zyerne den Zugang in ihr Refugium zu verwehren. Doch dann starben sie alle, oder zumindest die stärksten von ihnen.«

»Nein«, sagte Jenny. »Gerade dieser Punkt verwirrt mich so. Mab meinte, sie selbst habe einmal über eine größere magische Macht geboten als Zyerne. Das bedeutet, daß Mab entweder schwächer oder aber Zyerne stärker geworden ist.«

»Wäre es möglich, daß Mabs Kraft irgendwie geschwunden ist, als Morkeleb hier erschien?« John sah zu dem Drachen auf. »Ist so etwas denkbar? Könnte es sein, daß deine Magie die Zauberei eines anderen beeinträchtigt?«

Die Magie der Menschen ist mir ebenso fremd wie die der Gnome, erwiderte das Ungetüm. *Doch was uns Drachen angeht: Bei uns gibt es keine Möglichkeit, einem anderen die Kraft zu rauben. Es wäre so, als stähle man jemandem die Gedanken und ließe ihn mit ausgehöhlter Seele zurück.*

»Da wäre noch etwas«, sagte Jenny, zog die Beine an und schlang die Arme um die Knie. »Als ich gestern mit Zyerne konfrontiert wurde ... Mein Potential ist gewachsen, aber dennoch hätte es mir eigentlich nicht gelingen dürfen, sie zu besiegen. Sie ist Gestaltwandlerin – und das heißt, ihre Macht müßte weitaus größer sein als die meine.« Sie musterte Gareth kurz. »Zyerne machte nicht einmal den Versuch, eine andere Gestalt anzunehmen.«

»Aber sie kann es«, behauptete der junge Mann. »Ich habe es mit *eigenen Augen* gesehen.«

»In letzter Zeit?« fragte John plötzlich.

Gareth und Trey wechselten einen raschen Blick.

»Seit der Drache erschien? Oder anders ausgedrückt: seit sie nicht mehr dazu in der Lage ist, in die Tiefe zu gelangen?«

»Wie dem auch sei«, meinte Jenny. »Ich kann mir so etwas einfach nicht vorstellen. Magische Macht ist nicht etwas, das man an einem Ort oder in einem Objekt speichern kann, ebensowenig wie Wissen an sich. Weder Zyernes Macht hätte nachlassen dürfen noch Mabs. Die Fähigkeit zur Zauberei ist ein Teil der entsprechenden Person, ganz gleich, wo sie sich auch aufhalten mag, ob hier, in Bel oder im Winterland. Sie stellt etwas dar, was man lernt, was man langsam in sich heranreifen lassen muß. Und jede Macht erfordert einen Preis ...«

»Allerdings scheint Zyerne in dieser Hinsicht bisher nur Schulden gemacht zu haben, ohne sie zurückzuzahlen«, sagte John. Er sah von Jenny zum Drachen, und dann richtete sich sein Blick erneut auf die Heilerin. »Du sagtest, die Magie der Gnome unterscheide sich von der deinen. Könnte es Zyerne vielleicht irgendwie gelungen sein, magische Kraft zu stehlen? Greift sie vielleicht auf ein Potential zurück, zu dessen Nutzung sie kein Recht hat? Ich erinnere mich daran, daß du erwähntest, sie wisse nichts über

Beschränkungen. Und da sie ganz offensichtlich einen Drachen herbeigerufen hat, den sie nicht mehr loswerden konnte ...«

Sie hat mich nicht hierher beschworen!

»Zyerne scheint in diesem Punkt anderer Meinung zu sein«, gab John zu bedenken. »Zumindest rühmt sie sich damit, die Zwerge aus der Tiefe vertrieben zu haben. Und außerdem muß ich dauernd an die Falten in ihrem Gesicht denken.«

»Aber Zyerne hat doch gar keine Falten«, warf Trey ein, verwirrt infolge des plötzlichen Themenwechsels.

»Eben. Warum nicht? Alle Magier, deren Bekanntschaft ich bisher machen konnte, haben welche: Mab, die für eine Zwergin noch gar nicht so alt ist, Caerdinn, der verrückte kleine Wanderzauberer, der das Winterland durchstreifte, und du, Jen. Ja, die Kennzeichen der Macht sind Magiern und Hexen wie Stempel ins Gesicht gedrückt.« Und als mache er sich Sorgen wegen der Eitelkeit seiner Lebensgefährtin fügte Aversin geschwind hinzu: »Was nicht heißen soll, daß du alt bist, Jen.«

Die Heilerin lächelte. »Du hast recht«, bestätigte sie. »Und bei deinem Hinweis fällt mir ein, daß ich noch nie einer Hexe begegnet bin, die so ... so unglaublich schön war. Vielleicht hat mich gerade das von Anfang an so an ihr gestört. Darüber hinaus sprach Mab davon, daß Zyerne Geheimnisse stahl. Und Zyerne selbst meinte, sie habe die Macht, uns alle zu vernichten, wenn es ihr erst gelungen sei, in die Tiefe zurückzukehren.« Jenny runzelte die Stirn, und erneut hatte sie das Gefühl, als rege sich etwas in ihr. »Doch das ergibt keinen Sinn. Wenn ihr glaubt, sie habe ihre große Macht durch das Studium von magischen Werken errungen, die sich im Besitz der Gnome befanden – etwa dadurch, indem sie sich in die Bibliothek schlich und Bücher über Zauberei las –, so irrt ihr euch. Ich habe an den Orten der Heilung vergeblich nach solchen Büchern gesucht.«

»Aber ist das nicht ein wenig seltsam?« meinte John

nachdenklich. »Du sagtest vorhin, magische Macht ließe sich nicht an einem Ort oder in einem Objekt speichern, ebensowenig wie Wissen an sich – Wissen jedoch läßt sich in Büchern festhalten. Gibt es nicht vielleicht doch eine Methode, um das auch mit Magie zu machen? *Könnte* sich ein Zauberer die Kraft eines anderen Magiers zunutze machen?«

Jenny zuckte mit den Schultern. »Nun, möglich wäre das schon. Magische Macht kann sowohl in der Breite als auch in der Tiefe angesammelt werden. Einige Zauberer sind dazu in der Lage, ihre Kräfte zu vereinen, sie mit einer einzelnen Formel zu manifestieren, was die Fähigkeiten jedes einzelnen überstiege. Die Werkzeuge dazu sind Gesang, Meditation, Tanz ...« Jenny unterbrach sich, als sie sich an die Bilder erinnerte, die ihr noch im Winterland das Offenbarungswasser gezeigt hatte, die Visionen vom Herzen der Tiefe. »Tanz ...«, wiederholte sie einem Hauch gleich und schüttelte dann den Kopf. »Aber in solchen Fällen wird die Macht von denen kontrolliert, die sie beschwören.«

»Bist du ganz sicher?« fragte John. »Polyborus behauptet nämlich ...«

Morkeleb unterbrach ihn. *Doch wenn Zyerne der Zugang in die Tiefe untersagt war, so hätte sie nicht in der Nähe jenes Ortes weilen können, an dem sich die Macht manifestierte, die jene Sehnsucht in mir entstehen ließ, die mich hierher zurückzwang. Und es wäre ihr dann auch unmöglich gewesen, jene Traumbilder zu formen, die mich auf die Lieder des Goldes aufmerksam machten und dazu veranlaßten, hierher zu fliegen. Und in einem solchen Fall hätten sich auch keine Magier eingefunden, um ihre Macht zu vereinen.*

»Genau darauf wollte ich hinaus!« sagte John. »Dotys ... oder vielleicht stand es in der Spruchsammlung des Polyborus ... oder gar der *Elucidus Lapidarus* ...«

»Was denn?« fragte Jenny ungeduldig, die sehr wohl wußte, daß John noch zehn Minuten lang damit beschäftigt sein konnte, in den Rumpelkammern seines Gedächtnisses nach dem entsprechenden Titel zu forschen.

»Dotys – oder Polyborus – erwähnt einige Gerüchte, wonach Magier eine gewisse Steinart als Speicher für magische Kraft benutzen. Ja, sie ließen einen Teil ihrer Macht hineinsinken, Generation auf Generation, und es soll auch Gelegenheiten gegeben haben, zu denen die Zauberer ihr Potential vereinten – ich glaube, der Autor sprach dabei auch von Tanz –, um die Macht des Steins weiter zu vergrößern. Wenn dann irgendwann eine große magische Anstrengung notwendig wurde, zum Beispiel zur Abwehr eines Drachen oder Dämonen, so wurde einfach ein Teil der Kraft aus dem Stein abgerufen.«

Schweigend blickten sie sich an: Hexe und Prinz, Jungfrau, Krieger und Drache.

»Ich glaube«, sagte John dann, »das Herz der Tiefe, das, was die Gnome so viele Generationen lang gehütet haben, ist ein Machtspeicher.«

»Der Stein«, flüsterte Jenny und wußte plötzlich, daß John recht hatte. »Die Zwerge schwören ›beim Steine‹, oder ›beim Steine im Herzen der Tiefe‹. Sogar Zyerne. Und in der Vision habe ich die Gnome dort beim Tanz beobachtet.«

Johns Stimme war ein sanftes Raunen in der samtenen Dunkelheit. »Und in diesem Fall brauchte Zyerne nur den Schlüssel zu diesem Speicher zu stehlen. Da sie sich an den Orten der Heilung auskannte, dürfte ihr das nicht schwergefallen sein.«

»Wenn sie geistigen Kontakt dazu hält, könnte sie die dort zusammengeballten Kräfte sogar aus einiger Entfernung nutzen«, warf Jenny ein. »Als ich gegen sie kämpfte, habe ich etwas gespürt – eine Macht, die mir bis dahin völlig fremd war. Es ist nichts Lebendiges wie etwa die Magie Morkelebs, doch ungeheuer stark, weil sie tot ist und sich nicht darum schert, wie sie verwendet wird. Das muß die Quelle der Macht Zyernes sein, für ihre Fähigkeit des Gestaltwandelns, für den Fluch, mit dem sie die Gnome verdammte und der dich vom fernen Norden hierher lockte, Morkeleb.«

»Ein Fluch, der noch immer wirkt, ob ihr das nun gefällt oder nicht.« John lächelte, und das matte Sternenlicht tanzte mit glitzernden Reflexen über die Gläser seiner Brille. »Andererseits jedoch ist Zyerne offenbar außerstande, die Macht des Steins vollständig für sich zu nutzen, solange sie sich außerhalb der Tiefe aufhält, aus dem gleichen Grund, der Mab daran hindert, damit den Kampf gegen sie aufzunehmen. Und dies dürfte auch die Erklärung dafür sein, warum Zyerne so sehr daran liegt, eine Rückkehr der Zwerge in die Höhlen und Gewölbe zu verhindern.«

Und nun? fragte Morkeleb grimmig. *Haben der schätzenswerte Dotys und der kluge Polyborus von einer Möglichkeit berichtet, mit der Magie des Steins fertigzuwerden?*

»Nun«, antwortete John, und ein Lächeln aufrichtiger Belustigung umspielte seine Mundwinkel, »das war einer der Gründe, warum ich mich auf die Reise nach Süden machte. Weißt du, meine Ausgabe der *Elucidus Lapidarus* ist ebensowenig komplett wie die meisten anderen Bücher in meiner Bibliothek. Ich war deshalb damit einverstanden, dem König als Drachentöter zu dienen, weil wir im Norden Bücher brauchen: Wissen. Ich bemühe mich sehr, ein Gelehrter zu sein, doch das ist alles andere als leicht.«

Was bei der Größe des menschlichen Gehirns auch nicht verwundert! hielt ihm Morkeleb spöttisch entgegen, und Jenny spürte, wie neuer Ärger die Muskeln des Drachen erzittern ließ. *Du bist ebensowenig Gelehrter wie Drachentöter!*

»Das habe ich auch nie von mir behauptet«, wandte John ein. »Weißt du, es gibt da all diese Balladen ...«

Wieder kratzten Morkelebs stahlharte Klauen über den Granit. Auch Jenny war jetzt nahe daran, die Geduld zu verlieren. »John, diesmal greife ich nicht ein, wenn er versucht, dich zu verschlingen ...«

»Könntet Ihr die Macht des Steins nutzen, Lady Jenny?« warf Trey hastig ein. »Gegen Zyerne?«

»Natürlich!« Gareth sprang vor Begeisterung wie ein kleiner Junge auf der Treppe hin und her. »Das ist es! Feuer muß man mit Feuer bekämpfen!«

Jenny schwieg. Sie spürte, wie sie in den Mittelpunkt der Aufmerksamkeit geriet, und auch der kristallene Blick des Drachen richtete sich auf sie. Die Vorstellung von der im Stein zusammengeballten magischen Macht – von der Kraft Zyernes – weckte fast so etwas wie Lust in ihr. Der Schlüssel zur Magie ist die Magie …

Sie sah die Besorgnis in Johns Augen und ahnte, was ihrem Gesichtsausdruck zu entnehmen war. Dieser Gedanke ernüchterte sie wieder. »Was meinst du?« fragte sie Aversin.

Er schüttelte den Kopf. »Ich weiß nicht, Liebste.«

Damit wollte er ihr sagen, sie könne jede Entscheidung treffen, die sie für richtig hielt. Jenny verstand die Art seines Blickes richtig und sagte: »Ich würde die Macht nicht mißbrauchen, John. Ich würde nicht so werden wie Zyerne.«

Nur Jenny vernahm das leise Vibrieren in seiner Stimme. »Kannst du dir in diesem Punkt ganz sicher sein?«

Sie setzte zu einer Antwort an, unterbrach sich dann aber, bevor sie das erste Wort ausgesprochen hatte. Schrill und hell erklangen noch einmal Mabs Worte in ihr: *Sie stahl die Geheimnisse der Meister, beschmutzte sie, entweihte sie, vergiftete und verdarb das Herz der Tiefe* … Sie entsann sich auch an das Gefühl von pervertierter Macht, das in ihr entstanden war, als sie im matten Schein der Lampe Zyerne und den armen Bond beobachtet hatte – daran, zu welchen Veränderungen es in ihr durch den Kontakt mit der Seele des Drachen gekommen war.

»Nein«, sagte Jenny schließlich. »Gewißheit gibt es nicht. Und es wäre sehr töricht, sich mit etwas zu befassen, das solche Macht verkörpert – auch wenn ich irgendwie herausfinden könnte, mit welcher Art von Schlüssel man sich einen Zugang dazu verschaffen kann.«

»Aber es ist unsere einzige Chance, Zyerne zu besiegen!« warf Gareth enttäuscht ein. »Die Verfolger werden zurückkehren, das wißt Ihr! Und wir können uns nicht für immer in der Tiefe verschanzen.«

»Wäre es nicht vielleicht möglich«, schlug Trey vor, »daß wir genug über den Stein in Erfahrung bringen, um Euch in die Lage zu versetzen, die darin enthaltene magische Kraft besser zu kontrollieren? Gibt es in der Bibliothek des Schlosses eine Kopie des Buches, das Lord John eben erwähnte?«

Gareth zuckte mit den Schultern. Er mochte zwar so gebildet und belesen sein, daß er sieben verschiedene Varianten der Ballade von der Amazone und dem Roten Wurm von Weldertal kannte, doch was seltsame Enzyklopädien anging, mußte er ebenso passen wie alle anderen.

»Aber in der Zitadelle von Halnath könnte es ein solches Werk geben, nicht wahr?« überlegte Jenny laut. »Und wenn darin nicht die benötigten Informationen enthalten sind ... Die Gnome wissen sicher Bescheid.«

»Wären sie auch bereit, ihr Wissen mit uns zu teilen?« Vorsichtig schob John sich ein wenig in die Höhe. Die wenigen Stellen seines Hemdes, auf denen sich keine Flekken aus geronnenem Blut zeigten, leuchteten schneeweiß im Lichte des aufgehenden Mondes, und die metallenen Beschläge seines Wamses glänzten wie kleine Lachen aus erstarrtem Wasser. »Dromar und seine Gefährten würden nicht einmal zugeben, daß im Herzen der Tiefe ein magischer Speicherstein existiert. Die Vorstellung, Menschen könnten die Macht des Steines vollständig beherrschen, entsetzt sie, und ich kann ihnen deswegen keinen Vorwurf machen. Aber wie dem auch sei«, fügte Aversin hinzu, als der Enthusiasmus der anderen erneuter Niedergeschlagenheit wich, »wir sollten besser so rasch wie möglich von hier verschwinden. Unser junger Held hat recht: Bond und die Soldaten des Königs kehren bestimmt bald hierher zurück. Der einzige Ort, an dem wir vermutlich einigermaßen sicher wären, ist Halnath – so hoffe ich jedenfalls. Gar, wie dicht sind die Linien der Belagerungstruppen?«

»Sehr dicht«, erwiderte der junge Mann düster. »Die Gebäude Halnaths stehen auf einigen Klippen: Unter- und Oberstadt, die Universität, und ganz oben die Zitadelle, die man nur durch die Unterstadt erreichen kann. Spione des Königs haben versucht, den Weg über die andere Flanke des Berges zu nehmen und sich so in die Bastion zu schleichen, doch sie alle starben.« Er rückte seine verbogene Brille zurecht. »Außerdem«, fügte er hinzu, »weiß Zyerne ebensogut wie wir, daß unsere einzige Möglichkeit darin besteht, nach Halnath zu gehen.«

John fluchte leise und sah Jenny an, die neben der Schulter des Drachen saß. »Eigentlich ging uns diese ganze Sache überhaupt nichts an, und jetzt spitzt sich die Lage immer mehr zu.«

»Ich könnte mich auf den Weg machen«, erklärte Trey bereitwillig. »Die Soldaten der Belagerungstruppen erkennen mich wahrscheinlich nicht. Ich wende mich an Polycarp und sage ihm, daß wir ....«

»Man würde dich nicht durchlassen«, unterbrach John das junge Mädchen. »Mach dir nur nichts vor, Trey: Zyerne weiß ganz genau, daß du hier bei uns bist. Sie ließe dich bestimmt nicht ungeschoren davonkommen, nur weil Bond dein Bruder ist. Und Bond ist Zyerne viel zu sehr verfallen, als daß er riskieren würde, dir zu helfen und sich damit ihren Unwillen zuzuziehen. Nein, Zyerne kann es sich nicht leisten, daß irgend jemand von uns sich mit den Gnomen in Verbindung setzt und ihnen mitteilt, der Drache habe die Tiefe verlassen.«

Genau das, sagte Morkeleb ironisch, *ist unser Problem. Der Drache hat die Tiefe nämlich NICHT verlassen. Er kann es erst dann, wenn Zyerne geschlagen wurde. Und verlangt nicht von mir, daß ich ruhig dabei zusehe, wie die Gnome zurückkehren und ihren dummen Handel mit meinem Gold fortsetzen.*

»Mit *deinem* Gold?« Die eine Augenbraue Johns stieg in die Höhe. Mit einer raschen mentalen Geste beruhigte Jenny den Drachen.

Die Zwerge würden deine Anwesenheit in der Tiefe ebensowenig dulden wie du die ihre, sagte sie, und ihre Worte richteten sich allein an das schwarze Ungetüm. *Es wäre nur eine Frage der Zeit, bis das Mißtrauen und die Abscheu dir gegenüber ein sol-*

ches Ausmaß gewännen, daß die Gnome den Versuch unternähmen, dich zu töten. Nein, du mußt befreit werden.

Befreit! Die in Jennys Gedanken erklingende Stimme war so ätzend wie der Geruch von Essig. *Soll ich befreit werden, um anschließend nichts weiter zu sein als ein heimatloser Bettler?* Der Drache wandte den großen Kopf zur Seite, und die kleineren, weicheren Schuppen seiner langen Mähne klirrten; es hörte sich an wie das Lied eines sanften Windes. *Das hast du mir angetan, Hexe! Bevor sich deine Gedanken in meinen Geist stahlen, war ich nicht an diesen Ort gebunden …*

»Doch, das warst du«, widersprach Aversin ruhig. »Du wußtest nur nichts davon, bevor Jenny Kontakt mit deiner Seele aufnahm. Hast du schon zuvor versucht, die Tiefe zu verlassen?«

Ich blieb, weil ich bleiben wollte.

»So wie der König aus eigenem Wunsch bei Zyerne bleibt – obwohl ihn das langsam umbringt. Nein, Morkeleb – sie bekam dich durch deine Gier auf Gold am Wickel, so wie sie den Vater Gars durch seinen Kummer unterwarf, und Bond durch seine Liebe. Wenn wir nicht gekommen wären, hättest du auf immer und ewig an diesem Ort bleiben müssen, durch ihren Zauber dazu verdammt, so lange auf den Schätzen zu hocken, bis du an Altersschwäche stirbst. Der Unterschied besteht jetzt nur darin, daß du davon weißt.«

Lüge!

Ob Lüge oder Wahrheit, Morkeleb, sagte Jenny, *es ist mein Wunsch, daß du mich im ersten Licht des neuen Tages über die Berge zur Zitadelle von Halnath trägst, so daß ich den Magister Polycarp bitten kann, meinen Gefährten zu helfen und sie durch die Tiefe in die Bastion zu führen.*

Der Drache richtete sich auf, und seine Flanken erbebten vor Zorn. Die Stimme Morkelebs flammte wie Feuer durch Jennys Geist. *Ich bin weder dein Lakai noch dein Sklave!*

Jenny stand auf und blickte in die silberweißen Schlünde der Drachenaugen. *Doch,* sagte sie und umfaßte die kristallene Kette seines wahren Namens. *Du bist mein Sklave. Das, was du mir gabst, als ich dir das Leben rettete, macht dich dazu.*

Und indem ich deine Essenz beschwöre, mußt du dich meinem Willen fügen.

Sie starrten sich weiterhin an. Die anderen hörten nicht, welche gedanklichen Worte sie wechselten; sie sahen nur die Wut des Drachen, die messerscharfen Schuppen, die im Licht der Sterne zu glühen schienen. Gareth half Trey auf und wich mit ihr in die Dunkelheit der Markthalle zurück. Aversin machte ebenfalls Anstalten, sich zu erheben, sank jedoch mit einem schmerzerfüllten Schnaufen zurück. Ärgerlich winkte er ab, als Gareth zu ihm eilte, um ihn zu stützen, und die ganze Zeit über blieb sein Blick auf die kleine Frau gerichtet, die vor dem riesenhaften und vor Zorn bebenden Ungetüm stand.

Jenny war sich all dessen bewußt, doch nur am Rande, so als beträfe sie das nicht unmittelbar. Ihr ganzer Geist wurde zu einem Fokus von kristallener Reinheit und Schärfe, als die dunklen Brandungswellen der Drachenseele erneut an den Damm ihres Bewußtseins wogten. Die Macht, die der vorherige Kontakt mit Morkelebs Ich in ihr hatte wachsen lassen, loderte mit der Hitze eines Vulkans und zwang das Selbst des Ungeheuers zurück. Jennys Wissen um den wahren Namen Morkelebs kam einer vielschneidigen Waffe in ihren Händen gleich. Nach einer Weile hockte sich der Drache wieder wie eine Sphinx auf den Boden.

Hinter der Stirn der Heilerin ertönte seine Stimme: *Jenny Waynest, du weißt doch, daß du mich nicht brauchst, um über die Berge zu fliegen. Du kennst die Gestalt der Drachen, auch ihre Magie. Du hast bereits einen solchen Körper gespürt.*

Und ich könnte auch einen anderen fühlen, erwiderte sie. *Du würdest mir dabei helfen, um das Joch meines Willens von dir abzustreifen. Aber anschließend hätte ich keine Möglichkeit, wieder zu der zu werden, die ich jetzt bin.*

Jenny hatte das Empfinden, sich in dem silbernen Blick Morkelebs zu verlieren, in einen bodenlosen Abgrund zu fallen, der erfüllt war von glühendem Schimmern. *Es kommt ganz darauf an, was du dir wünschst.*

Wie ein zerstörerisches Fieber kochte das Verlangen in

ihr, sich von all dem zu trennen, was ihr bisher Fesseln angelegt hatte, sich nur noch auf die Befriedigung ihres Verlangens zu konzentrieren, ihre Fähigkeiten zu erweitern und zusätzliche magische Macht zu erringen. »Um ein Magier zu werden, muß man Magier sein«, hatte Caerdinn gesagt.

Und Jenny erinnerte sich noch an andere Worte ihres Lehrmeisters: »Drachen führen nicht mit Lügen in Versuchung, sondern mit der Wahrheit.« Jenny wandte den Blick von den Augen des Drachen. *Das sagst du nur, weil ich als Drache es nicht mehr für nötig hielte, dich weiterhin meinem Willen zu unterwerfen, Morkeleb der Schwarze.*

Nicht ›nur‹, Jenny Waynest, lautete die Antwort.

Und dann verklang die Stimme des Drachen, und es war, als habe Jenny dem leisen Flüstern des Windes gelauscht.

Obgleich Jenny noch immer erschöpft war, fand sie in jener Nacht keine Ruhe. Sie blieb so wach wie in der Nacht zuvor, und sie saß auf den Stufen der Treppe vor dem Tor, blickte in die Dunkelheit und horchte. Sie versuchte sich einzureden, daß sie nach Bond und den Soldaten des Königs Ausschau hielt, aber sie wußte, daß sie innerhalb so kurzer Zeit nicht mit einem neuerlichen Angriff zu rechnen brauchten. Fast körperlich war sie sich der Nacht bewußt, und das Mondlicht glitzerte wie Rauhreif aus geschmolzenem Silber auf jedem Riß, jeder noch so kleinen Fuge in dem rußgeschwärzten Stein der Stufen; an den Halmen der im Staub des Platzes wachsenden Gräser erschimmerte es wie ein Hauch von Schnee und Eis. Als sie zuvor John am Feuer Gesellschaft geleistet hatte, waren die Leichen der in den magischen Flammen ums Leben gekommenen Angreifer verschwunden. Sie wußte nicht, ob das eine andere Art von Zauberei bewirkt hatte – oder schlicht und einfach Morkelebs Hunger.

Stumm hockte Jenny in der kalten Stille der Finsternis, meditierte und suchte an den Grundfesten ihres Ichs nach einer Antwort. Ihre Seele schien geteilt zu sein: Die eine Hälfte klammerte sich an das Verlangen, sich jene große Magie zugänglich zu machen, die sie sich immer gewünscht hatte und die nun in greifbare Nähe gerückt war; der andere hingegen hielt an den kleinen Freuden ihres bisherigen Lebens fest: an der Ruhe in ihrem Heim bei Frosthöhe, an der Erinnerung an das perlende Lachen ihrer beiden Söhne, an John.

John, dachte sie, sah durch den breiten Torbogen und beobachtete Aversin, der neben der Glut lag, eingehüllt in Bärenfelle und Decken.

In der Finsternis betrachtete sie die Konturen seiner Gestalt, die breiten Schultern, den Leib, der zwar sehr kompakt, aber auch ausgesprochen gelenkig und beweglich war. Sie entsann sich an die Besorgnis, an die Angst um ihn, die sie dazu veranlaßt hatte, in die Tiefe zu gehen, um in den Gewölben nach Arzneien zu suchen – jene Furcht, von der sie überhaupt erst dazu gebracht worden war, in die silbernen Augen des Drachen zu sehen. Sie konnte sich nicht vorstellen, wie es sein mochte, auf das jungenhafte Lächeln Johns zu verzichten, nicht mehr zu spüren, wie er sie in die Arme schloß.

Adric lächelte bereits ebenso wie sein Vater, war genauso fröhlich und immer zu Scherzen aufgelegt. Ian hingegen hatte Johns Feingefühl geerbt, seine unstillbare Neugier, die einen manchmal zum Wahnsinn treiben konnte, war in sich gekehrter und nachdenklicher als sein Bruder. Seine Söhne, dachte Jenny. Meine Kinder.

Dann fiel ihr wieder ein, wie sie gegen den von Bond angeführten Mob vorgegangen war, wie sie die Männer und Frauen auf den Stufen der Treppe umgebracht hatte, und es brach ihr der kalte Schweiß aus, als sich erneut Entsetzen und Übelkeit in ihr regten. Angesichts der Auswirkungen ihrer Magie war sie zutiefst erschrocken gewesen, und noch immer spürte sie die daraus resultierende Müdigkeit. Doch nicht nur Grauen verband sich mit diesen Erinnerungen, sondern auch ein Gefühl des Triumphes. Jenny fragte sich, warum sie so gesehen all die zurückliegenden Jahre verschwendet hatte. Durch den Kontakt mit der Seele des Drachen waren Hunderte von verborgenen Türen einen Spaltbreit geöffnet worden. Wenn sie sich jetzt von dem Drachen abwandte: Wie viele der Zimmer, in die jene Türen führten, mochte sie dann erforschen können? Nur jemand, der mit der Magie geboren war, konnte verstehen, welche Verlockung die Zauberei darstellte, die Lust nach mehr, das Bestreben, immer weitere magische Geheimnisse zu lüften und sich nutzbar zu machen, das Bemühen, über sich selbst hinauszuwachsen. Es gab eine Magie, von der sie bisher nicht einmal zu träumen gewagt hatte, magische Kraft, die aus dem Schimmern gewisser Sterne gewonnen werden konnte, ein Wissen, das in den dunklen und ewigen Seelen der Drachen auf Enthüllung wartete, im Gesang der Wale in den Tiefen des Meeres. Vor ihrem inneren Auge sah Jenny erneut ihr Haus bei Frosthöhe, ein Bild, das sie nun mit dem eines Kerkers verglich. Kleine Hände, die an ihrem Rocksaum zupften, die Lippen eines Säuglings an ihrer Brust – einen Augenblick lang verwandelten sich diese Empfindungen in Ketten, die es ihr unmöglich machten, das Verlies zu verlassen und in das Sonnenlicht der Freiheit zurückzukehren.

War dies irgendein Zauber Morkelebs? fragte sie sich, zog das weiche Bärenfell enger um ihre Schultern und beobachtete den dunkelblauen Samt des Himmels über den Bergen im Westen. Hatte sein Gesang etwas in den untersten Schichten ihrer Seele berührt, um ihr klarzumachen, wie trivial diese menschlichen Gefühle waren? Wollte er sich auf diese Weise von der Kontrolle ihres Willens befreien?

Warum, Morkeleb der Schwarze, hast du »Nicht ›nur‹«, gesagt?

Das weißt du ganz genau, Jenny Waynest.

In der Dunkelheit war der Drache ebenso schwer auszumachen, als sei er unsichtbar. Doch als er sich bewegte, tanzten Reflexe des Sternenlichts über seine Rückenschuppen, die in diesem Schein aussahen wie ein Teppich aus Diamanten. Die silbernen Augen ähnelten zwei halb geöffneten Toren. Jenny wußte nicht, wie lange er sie schon beobachtete; inzwischen war der Mond längst untergangen. Leise und sanft wie eine Feder hatte der Leib des Ungetüms nach dem Flug den Stein des Bodens berührt.

Was du ihnen gibst, hast du dir selbst genommen. Als unsere Geister miteinander verbunden waren, habe ich gesehen, wie sehr du dich dein ganzes bisheriges Leben lang gequält hast. Ich verstehe die Seelen der Menschen nicht, aber sie erstrahlen in einem matten Glanz, so wie Gold. Du bist stark und schön, Jenny Waynest. Es wäre mir eine Freude, wenn du zu einem von uns würdest und mit uns auf den Felsinseln im Norden lebtest.

Jenny schüttelte den Kopf. *Ich habe nicht die Absicht, mich gegen die zu wenden, die ich liebe.*

Dich gegen sie zu wenden? Das letzte Licht des bereits hinter dem Horizont verschwundenen Mondes funkelte wie Rauhreif auf der Mähne des Drachen, als Morkeleb den Kopf drehte. *Nein, ich weiß, das würdest du niemals tun – obgleich sie es verdienten, wenn ich daran denke, welche Konsequenzen ihre Liebe für dich hatte. Und was die Liebe angeht, die du eben erwähntest: Ich weiß nicht, um was es sich dabei handelt, denn solche Dinge sind uns Drachen fremd. Aber wenn ich frei bin von dem Zauber, der mich an diesen Ort bindet, wenn ich aufsteige und nach Norden fliege – komme mit mir. Ein solches Gefühl ist ebenfalls neu für mich – dieser Wunsch, du mögest zu einem Drachen werden, auf daß wir zusammenbleiben können. Und sag mir eins: Was bedeutet es schon für dich, ob dieser junge Mann zum Sklaven der Mätresse seines Vaters wird, oder zu dem einer anderen Frau nach seiner Wahl? Was geht es dich an, wer die Tiefe beherrscht oder wie lange Zyerne damit fortfährt, ihre eigene Seele und ihren eigenen Körper zu vergiften? Was kümmert es dich, ob das Winterland von diesem oder jenem Mann beschützt und verteidigt wird, ob die Bewohner Bücher haben, in denen sie über die Heldentaten anderer lesen können? Das alles ist nicht wichtig, Jenny Waynest. Deiner Macht kommt eine viel größere Bedeutung zu.*

Wenn ich John und die anderen jetzt verließe, käme das einem Verrat an ihnen gleich. Sie brauchen mich.

Sie brauchen dich nicht, hielt ihr der Drache entgegen. *Ihre Lage wäre nicht anders, hätten dich die Soldaten des Königs auf dieser Treppe getötet.*

Jenny sah zu dem Ungetüm auf, zu jenem monströsen Schatten der Macht. Morkeleb war weitaus größer als der Drache, den John in Wyr erschlagen hatte, größer und prächtiger. In ihrem Innern hallte der Gesang seiner Seele wider, untermalt von der Melodie des Goldes. Sie versuchte, das Licht in ihr fest zu ergreifen, es zu einer strahlende Barriere gegen die Dunkelheit zu machen, und sie schüttelte mehrmals den Kopf und wiederholte immer wieder: *Nein, sie brauchen mich. Sie können nicht auf meine Hilfe verzichten.*

Mit der einen Hand hielt sie das Bärenfell fest, und sie stand auf und kehrte in die Tiefe zurück.

Nach der Kälte draußen fand Jenny die Luft in dem Gewölbe warm und stickig. Rauchschwaden trieben träge dahin. Der letzte Schein des niedergebrannten Feuers ließ unstete bernsteinfarbene Schatten über das elfenbeinweiße Labyrinth aus Stalaktiten hinwegtanzen und spiegelte sich matt auf den Gliedern der aus der Schwärze herabhängenden Ketten wider. So war es immer, dachte die Heilerin, ein symbolischer Wechsel von freier Weite in die Beschränktheit von Wänden und Mauern. Jäher Schmerz pochte hinter Jennys Stirn, und ihr war, als ließe sie es zu, für immer in einen Kerker gekettet zu werden.

Sie faltete das Bärenfell zusammen und legte es neben dem Feuer auf den Stein. Jemand hatte ihre Hellebarde in der Nähe an die wenigen Packtaschen gelehnt, die aus dem Lager auf der Anhöhe stammten. Irgendwo in der Dunkelheit bewegte sich etwas, und ein Umhang raschelte. Unmittelbar darauf vernahm die Heilerin Gareths Stimme. »Jenny?«

»Ich bin hier.« Sie richtete sich auf; der blasse Schein der Glut fiel auf ihr Gesicht und auf die metallenen Spangen der Schafslederjacke. Gareth sah müde aus, und er war in

Hemd, Hose und einen fleckigen, an einigen Stellen halb durchgescheuerten Umhang mit längst verblichenen Farben gekleidet. Er hatte nicht mehr die geringste Ähnlichkeit mit dem unsicheren jungen Edelmann, der noch vor einer Woche einen gelbweißen Zeremonienmantel getragen hatte. Er war nicht mehr der unbeholfene und eingebildete Höfling, der vor einer Ewigkeit aufgebrochen war, um im Winterland seinen Helden zu suchen.

»Ich sollte mich jetzt auf den Weg machen«, sagte Jenny leise. »Es zeigt sich bereits das erste Licht des neuen Tages am Horizont. Sammle soviel Feuerholz wie möglich, für den Fall, daß die Soldaten des Königs zurückkehren und ihr euch hinter der Innentür der Großen Passage verbarrikadieren müßt. In der Dunkelheit gibt es hungriges Ungeziefer, und es könnte über euch herfallen, wenn das Feuer erlischt.«

Gareth schauderte sichtlich und nickte.

»Ich berichte Polycarp von der hiesigen Lage. Wenn auf der anderen Seite der Tiefe die Zugänge nicht gesprengt wurden, schickt er euch bestimmt Hilfe. Sollte ich es nicht bis nach Halnath schaffen ...«

Der junge Mann sah sie an, und sein schockiertes Gesicht sprach den vielen Balladen Hohn, in denen die Helden entweder mit dem Leben davonkamen oder aber wenigstens Gelegenheit hatten, der Nachwelt noch einige bedeutungsschwangere Worte zu hinterlassen.

Sie lächelte und beschwor den Drachen in sich, den sie vorher verdrängt hatte. Dann streckte sie den Arm aus und legte Gareth die eine Hand auf die Schulter. »Kümmere dich um John.«

Sie ging in die Hocke und hauchte Aversin einen Kuß auf die Lippen und die geschlossenen Lider. Anschließend richtete sie sich rasch wieder auf, griff nach einem Umhang und ihrer Hellebarde und hielt auf das Tor zu, durch das graues Licht in die Markthalle fiel.

Als sie nach draußen trat, hörte sie hinter sich eine dumpfe Stimme, die im Dialekt des Nordens brummte: »›Kümmere dich um John‹ – als sei ich ein kleines Kind.«

15. Kapitel

Taubengraues Licht verdrängte die seidige Schwärze der Nacht. Kälte prickelte auf Jennys Händen und Wangen und erfüllte sie mit einer sonderbaren und intensiven Freude. Die tiefen Einschnitte in den zerklüfteten Gipfeln der Großen Barriere waren blaue und lavendelfarbene Tupfer vor dem Schiefergrau des Himmels. Unter ihr hafteten Nebelschwaden wie Wolle an den steinernen Knochen der zerstörten Ortschaft. Eine Zeitlang fühlte sie sich allein und sicher, weder gemartert von Liebe noch von Sehnsucht nach magischer Macht; sie konzentrierte sich nur darauf, ihre Lungen mit kühler Luft zu füllen.

Dann schien sich etwas in ihrer Wahrnehmung zu verändern, und sie bemerkte den Drachen, der auf der obersten Stufe der Treppe lag. Als Morkeleb sie erblickte, streckte er sich wie eine Katze und wölbte den Leib vom Maul bis hin zur Schwanzspitze. Er breitete die Schwingen aus, und jede einzelne Schuppe, jeder Dorn blitzte im grauweißen Licht der Morgendämmerung.

Pack dich gut ein, Hexe. In den oberen Luftschichten ist es sehr kalt.

Er hockte sich auf die Hinterbeine, streckte Jenny vorsichtig eine Tatze entgegen und umfaßte sie mit den langen Krallen, wie mit der Hand eines Titanen, die aus nichts anderem bestand als aus stahlhartem Horn und Muskeln und einer ledrigen und mit Stacheln besetzten Haut. Leicht schlossen sich die Krallen um Jennys Taille. Sie hatte keine Angst mehr vor Morkeleb. Sie wußte zwar, daß der schwarze Drache zu Heimtücke und Durchtriebenheit neigte, aber sie hatte sich auch in den Gewölben seines Geistes umgesehen und wußte daher, daß er nicht beabsichtigte, sie zu töten. Dennoch schauderte sie kurz, als das Ungetüm sie anhob und sie vor seine Brust hielt, wo sie vor dem Flugwind geschützt war.

Über ihr bewegte sich der gewaltige Schatten der Schwingen vor dem Hintergrund der malvenfarbenen Klippen, und aus einer Höhe von fast fünf Metern blickte Jenny auf den Boden. Dann hob sie den Kopf und sah in Richtung der Berge, die das Tal säumten.

Von einem Augenblick zum anderen warf sich Morkeleb dem Firmament entgegen, und der Boden fiel rasch unter ihnen zurück.

Kälte strich an Jennys Gesicht vorbei, und die klammen Finger des Frostes zupften beharrlich am Haar der Heilerin. Durch die Wolle ihres Umhangs fühlte sie die Körperwärme des Drachenleibes. Sie starrte in die Tiefe. Das Tal wirkte jetzt wie ein bläulicher Einschnitt im Grau des Berges, und der erste Schein der Sonne tastete zögernd über die Hänge der Barriere. Jenny sah rostrote und purpurne Töne, Farben, die von einem dunklen Nußbraun bis hin zu reinem Weiß reichten, betrachtete auch kaffeefarbene Flanken und von Flechten und Moosen bewachsene lindgrüne Klüfte. Die Bäume waren nur winzige Flecken vor den schiefer- und bleifarbenen Tönen des Granits. Das Licht des neuen Tages glitzerte auf dem Wasser in den Auffangmulden nördlich der Klamm. Und als der Drache noch höher stieg und über die ersten Berggipfel hinwegsegelte, beobachtete Jenny das Auffunkeln klaren Quellwassers neben den Stämmen von Kiefern und Fichten, die weißen Nadeln aus den Hängen ragender Felsspitzen.

Der Drache neigte sich ein wenig zur Seite und drehte die Schwingen in den Wind. Die Luft strich mit einem leisen Seufzen über das Leder der Flügel, raunte in dem Wald aus Stacheln und Dornen, die Morkelebs Rücken schützten. Einige von ihnen waren nicht länger als ein Finger, andere wieder maßen eine ganze Elle und waren so scharf und spitz wie die Klinge eines Dolches. Im Fluge schien das Ungetüm ein Geschöpf aus Seide und Draht zu sein, leichter, als man aufgrund seiner Größe hätte annehmen können – so, als unterschieden sich Fleisch und Muskeln, wie der Geist und die Form der Knochen, in ihrer Zusammensetzung von allen anderen Dingen auf der Erde.

Dies ist das Reich der Drachen, erklang Morkelebs Stimme. *Die Straßen und Alleen der Luft. Auch dir könnte diese Sphäre gehören – du mußt nur wollen.*

In dem schräg einfallenden Sonnenlicht warfen sie keinen Schatten auf dem Boden, doch Jenny gewann fast den Eindruck, als hinterließen sie eine Spur in den Winden, wie das Kielwasser eines Schiffes. Ein Teil ihres Geistes befand sich im Innern des Drachenkörpers, und mit seinem Leib fühlte sie die Veränderungen in der Luft, die aufwärts und abwärts gerichteten Strömungen. Man hätte fast meinen können, der Wind selbst besäße eine bestimmte Farbe. Und Morkelebs Sinne erschlossen ihr auch noch andere Dinge. Sie betrachtete die Pfade der Energie auf der Oberfläche der Welt, die Verbindungsstränge zwischen den einzelnen Sternen, wie Kraftlinien, die sich im lebenden Leib wiederholten, dort nur weitaus kleiner und zarter waren, die eine Entsprechung fanden in den Prophezeiungen magischer Karten, in der Macht der Runen, im Muster auf Wasser schwimmender Blätter. Überall pulsierte Leben, in den winterweißen Füchsen und Hasen, die unter den fransigen Wolken durch den Schnee sprangen, in den Soldaten des Königs, die tief unten an der Straße kampierten und aufgeregt in die Höhe deuteten, als der Drache über sie hinwegflog.

Nach einer Weile gelangten sie auf die der Sonne zugewandte Seite des Berges. Vor und unter sich sah Jenny Klippen und Hügel und die Zitadelle von Halnath, eine stachelig wirkende Ansammlung von Mauern und Zinnen, die sich wie ein Schwalbennest aus Lehm an die granitene Flanke des Gebirges schmiegte. An den Fuß des Hanges schloß sich eine von Schluchten und tiefen Einschnitten durchzogene Landschaft an, die bis an die silbrige Wölbung eines Flusses reichte. Das Grau von Nebelschwaden verschmolz mit bläulichen Rauchschleiern. Das Lager der Königstruppen bestand aus Zelten und Wachständen, aus Pferdegehegen und Gräben mit gelblichem Schlamm. Zwischen diesem Lager und der Bastion war der Boden von zurückliegenden Kämpfen aufgewühlt. Die Schwellen der in den Berg führenden Lorengeleise waren aus den Verankerungen gerissen worden, das Metall der Förderwagen rußgeschwärzt und verbeult. Weiter im Norden fiel Jennys Blick auf das grünliche Marschland, über das dichter Nebel dahinwallte, die Weiden für das Vieh des Zitadellenherren, sein Lehen. Von den nahen Sümpfen stiegen einige Reiher durch die milchigen Dunstschleier auf und schwebten wie kleine rosafarbene Wolken dahin.

Dort. Mit einer geistigen Hand deutete Jenny auf die Befestigungsanlagen der Zitadelle. *Der zentrale Platz. Er ist nicht sonderlich breit, aber lang genug, um dort zu landen.*

Kalter Wind strich über ihre Wangen und ließ ihr langes Haar wie ein Banner flattern, als sich der Drache zur Seite neigte.

Auf den Wällen sind Waffen in Stellung gebracht worden, erwiderte Morkeleb. *Sieh nur.*

Männer eilten hinter den Zinnen hin und her, deuteten nach oben, auf den mit weit ausgebreiteten Schwingen heransegelnden Drachen. Jenny sah Katapulte auf den höchsten Türmen, mit Gegengewichten versehene Schleudern, deren Wurfkörbe rotes Feuer enthielten, riesenhafte Bögen, deren Bolzen und Pfeile nur Ziele in der Luft erreichen konnten.

Es bleibt uns keine andere Wahl, als dort niederzugehen, sagte Jenny. *Ich schütze dich.*

Indem du die Pfeile mit den Zähnen auffängst, Hexe? fragte Morkeleb sarkastisch und drehte ab, als ein besonders nervöser Soldat das Seil einer gespannten Schleuder durchschlug und ein Klumpen aus brennendem Pech in die Höhe sauste. Die Flammen wuchsen in die Länge und bildeten orangefarbene Streifen vor dem Lichte des neuen Tages. *Was für einen Schutz kannst du, ein Mensch, mir anbieten?*

Jenny lächelte still vor sich hin und beobachtete, wie der Pechbrocken auseinanderbrach und Glutfunken zu Boden sanken. Keiner von ihnen erreichte die Stadt weiter unten – die Verteidiger von Halnath waren nicht nur gute Mathematiker, sondern verstanden es auch, ihr Wissen auf die Ballistik anzuwenden. Der Heilerin fiel plötzlich ein, daß sie eigentlich entsetzt darüber hätte sein müssen, so hoch über der Erde zu schweben – wenn sie den Halt verlor, würde sie lange Zeit fallen, bevor der Tod sie ereilte. Aber ob es nun das Vertrauen in Morkeleb war oder der Geist des Drachen, der mit dem Teil ihrer Seele flüsterte, der sich im Reiche der Winde heimisch fühlte – sie verspürte keine Furcht. Tatsächlich hatte sie sogar das Empfinden, nur die eigenen Schwingen ausbreiten zu müssen, sollte sie in die Tiefe stürzen, so wie manchmal im Schlaf, wenn sie davon träumte, an den Himmelsgewölben entlangzusegeln.

Die Verteidigungsmaschinen auf den Wehrwällen der Zitadelle wirkten so klein wie Spielzeuge, als die Soldaten sie herumdrehten, um sie gegen Morkeleb zum Einsatz zu bringen. Auf diese Entfernung betrachtet sahen sie ebenso winzig und zerbrechlich aus wie Johns Modelle. *Und wenn ich daran denke, daß ich kein sonderliches Interesse zeigte, als er sie mir unbedingt in Funktion zeigen wollte …* Das neuerliche Lächeln galt zum Teil ihr selbst, zum Teil dem Drachen. *Wende dich nach Norden, Morkeleb. Nähere dich der Zitadelle vom Berge her. Das Problem mit Katapulten und Schleudern bestand schon immer darin, daß es einem Zauberer nicht schwer fällt, sie außer Gefecht zu setzen.*

In dem Bereich der Bastion, den sie nun anflogen, befanden sich zwei Verteidigungsmaschinen, ein Katapult, das Pfeile und Stahlbolzen abfeuern konnte, und eine Schleuder. Jenny hatte schon früher ihre Magie auf diese Art und Weise eingesetzt, sie hatte dafür gesorgt, daß die Bögen von Wegelagerern brachen, daß ihre Füße über Wurzeln stolperten, wenn sie liefen, Schwerter in Scheiden steckenblieben. Sie entsann sich nun an die Einzelheiten der Modelle, und es war ihr ein leichtes, ihre Ankündigung in die Tat umzusetzen. Die Seile des Katapultes zitterten wie von Geisterhänden bewegt und verknoteten sich, so daß die Waffe nicht mehr ausgelöst werden konnte. Mit den scharfen Augen des Drachen sah sie einen Mann, der von

Panik erfaßt über den Wehrgang davonstürmte. Dabei stieß er gegen einen Korb, der in den Kurbelmechanismus der Schleuder fiel, wodurch es unmöglich wurde, sie aufs Ziel auszurichten. Jennys Gedanken gaben Morkeleb einen Hinweis; daraufhin wandte sich das gewaltige Geschöpf zur Seite und aus der Flugbahn der Schleuder. Mit einem leisen Lachen gab der Drache seiner Anerkennung dafür Ausdruck, wie leicht es der Hexe fiel, alle drohende Gefahren zu bannen.

Du bist klein, Menschenfrau, sagte er belustigt, *aber dennoch eine mächtige Drachenbeschützerin.*

Jenny strich sich das wehende Haar aus dem Gesicht und konnte die Männer hinter den Zinnen und auf den Wehrgängen der Zitadelle nun noch deutlicher sehen. Sie waren in improvisiert wirkende Uniformen gekleidet und trugen über weiten schwarzen Gelehrtengewändern Teile von Rüstungen. Einige der Verteidiger hatten sich darüber hinaus mit Waffen ausgerüstet, die das königliche Wappen zeigten und offenbar von Gefangenen oder gefallenen Soldaten stammten. Sie stoben in alle Himmelsrichtungen davon, als sich der Drache näherte, bis auf einen großen rothaarigen Mann, der ebenfalls einen weiten schwarzen Umhang trug. Er war so dürr wie eine Vogelscheuche, und er schwang etwas herum, das aussah wie ein Fernrohr. Damit legte er auf sie an, mit einer auf einem Dreibein angebrachten Metallröhre. Und weiter näherten sich Morkeleb und Jenny den Wällen der Bastion. Im letzten Augenblick sah Jenny die Harpunen, die neben dem Rothaarigen in einem Köcher standen, und anstatt von Glas in der metallenen Röhre glitzerte eine stählerne Spitze.

In der einen Hand hielt der einsame Verteidiger einen Holzspan, an dessen Ende Pech aus einem nahen Kübel brannte. Er beobachtete, wie der Drache heransegelte, und er richtete die Metallröhre aus, zielte ... *Schießpulver,* dachte Jenny. *Bestimmt haben die Gnome eine ganze Menge davon aus der Tiefe mitgebracht.* Und sie erinnerte sich in diesem Zusammenhang auch an Johns fehlgeschlagene Raketenexperimente.

Die Zinnen und Mauern der Festung schienen ihnen entgegenzufliegen. Jenny sah jeden noch so feinen Riß im Stein, und jeder Flicken auf dem Umhang des Gelehrten schien sich in Reichweite der Heilerin zu befinden. Als der Rothaarige Anstalten machte, den brennenden Span an den Zünder der kleinen Kanone zu halten, setzte Jenny die Kraft ihrer Magie ein, um die Flamme zu ersticken, so wie sie mit den Fingern eine Kerze gelöscht hätte.

Dann breitete sie weit die Arme aus und rief so laut sie konnte: »HALT!«

Der Verteidiger erstarrte mitten in der Bewegung. Die Harpune, die er gerade aus dem Köcher gezogen hatte, hielt er über der Schulter erhoben, auf eine Weise, die Jenny Anlaß zu der Vermutung gab, daß er im Umgang mit einer solchen Waffe nicht vertraut war und sie vermutlich verfehlt hätte. Die Entfernung war zwar noch immer recht groß, doch sie vermochte dennoch Verwunderung in den Zügen des Mannes zu erkennen, Neugier und auch so etwas wie Erleichterung. Wie John, dachte Jenny, war er ein Mann, der das Wissen liebte, der sich von Rätseln und Wundern faszinieren ließ, auch wenn ihn das in Gefahr bringen konnte.

Morkeleb neigte die Schwingen in den Wind, um die Geschwindigkeit zu drosseln, und mit dem Rücken spürte Jenny, wie sich die Muskeln im Leib des Drachen anspannten. Die anderen Männer waren inzwischen alle geflohen, und der schmale Platz jenseits der Zinnen und die Wehrgänge waren leer – bis auf den letzten, besonders tapferen Verteidiger. Einige Sekunden lang schwebte der schwarze Drachen fast schwerelos wie ein Falke in der Luft, dann ging er nieder, so sanft und anmutig wie ein Löwenzahnsamen, hockte sich auf eine Mauer. Die großen Klauen der Hinterbeine krallten sich an dem Stein fest, und Morkeleb wölbte den Hals, um sich richtig auszubalancieren. Wie ein gewaltiger Vogel neigte er sich anschließend nach unten und setzte Jenny vorsichtig und behutsam ab.

Die Heilerin wankte und stellte erst jetzt fest, wie weich

ihre Knie waren. Aufregung und Kälte ließen sie am ganzen Leib zittern. Der hochgewachsene, rothaarige junge Mann hielt nach wie vor die Harpune in der Hand und kam ihr über den Wehrgang entgegen. Zwar schien er durchaus zu wissen, daß gegenüber einem Drachen Vorsicht angebracht war, doch gleichzeitig machte er auf Jenny den Eindruck, als könne er sich dazu hinreißen lassen, wissenschaftliches Interesse an dem riesigen Geschöpf zu finden und es stundenlang zu studieren. Die Art, in der er ihr die Hand reichte, deutete auf Erfahrungen in den Höflichkeitsritualen des Königshofes hin.

Jenny mußte sich beinah dazu zwingen, laut zu sprechen und nicht nur gedankliche Worte an den Mann zu richten.

»Polycarp von Halnath?«

Der Roothaarige schien überrascht und verwirrt darüber zu sein, daß die Fremde seinen Namen aussprach. »Ja, der bin ich.« Wie im Falle Gareths war mehr nötig als die Präsenz von Drachen oder Banditen, um ihn seine edle Herkunft vergessen zu lassen. Trotz der Harpune verbeugte er sich tief und elegant, ganz in der Tradition des Sterbenden Schwans.

Jenny lächelte und ergriff die ihr dargebotene Hand. »Ich bin Jenny Waynest, eine Freundin Gareths.«

»Ja, im Herzen der Tiefe gibt es einen Speicher für magische Kraft«, bestätigte Polycarp, Lord der Zitadelle von Halnath, Magister und Doktor der Naturphilosophie. Er legte die langen und schmalen Hände auf den Rücken, wandte sich von dem Spitzbogen des Fensters ab und musterte seine geretteten Gäste. »Darauf hat es Zyerne abgesehen – seit sie begriff, um was es sich handelte.«

Gareth sah von den Resten der einfachen Mahlzeit auf, die auf seinem Teller zurückgeblieben waren. »Warum hast du mir nichts davon gesagt?«

Der Blick der hellblauen Augen Polycarps richtete sich auf ihn. »Was hätte ich dir denn sagen sollen?« lautete seine Gegenfrage. »Bis vor ungefähr einem Jahr war ich mir nicht einmal sicher. Und als ich dann Gewißheit erlangte …« Er sah den Gnom an, der am oberen Ende des Tisches saß: klein, mit gebeugtem Rücken, sehr alt. Die Augen unter der langen Mähne aus milchweißem Haar ähnelten blaßgrünen Murmeln. »Sevacandrozardus – von den Menschen Balgub genannt, Bruder des Lords der Tiefe, der dem Drachen zum Opfer fiel – verbot mir, darüber zu reden. Und ich durfte mein Versprechen ihm gegenüber nicht brechen.«

Jenseits der hohen Fenster konnten Jenny und ihre Begleiter die Türme der unteren Zitadelle sehen, die Universität und die Stadt am Fuße des Berghanges. Auf den Dächern glänzte das Licht des Tages so gelb wie Sommerbutter. Nur die Gebäude ganz unten lagen bereits im Schatten der hohen Felsgrate, hinter denen nun die Sonne unterging. Jenny saß am Ende der Couch, auf der John lag, und stumm und aufmerksam folgte sie dem Verlauf der Gespräche. Ihr ausgelaugter Leib sehnte sich nach Schlaf, ihre Seele nach Ruhe, doch sie wußte auch, daß sie sich diese Wünsche nicht erfüllen konnte. Weder die rasch einberufene Konferenz noch die Erinnerung an die zusammen mit Polycarp und den Gnomen erfolgte Rückreise durch die Tiefe ließen sie die Gefühle vergessen, die während des Fluges mit dem Drachen in ihr entstanden waren, jene besondere Ekstase, die jede Faser ihres Körpers hatte erglühen lassen.

Sie war sich darüber klar, daß sie sich nicht in sich selbst zurückziehen durfte. Statt dessen hätte sie sich über die geglückte Rettung der Freunde freuen sollen, darüber, daß sie sich jetzt alle in relativer Sicherheit befanden. Es wäre darüber hinaus besser gewesen, so ermahnte sie sich, mit dem Magister zu beraten, welche Maßnahmen im Hinblick auf den Stein und Zyerne erforderlich waren. Doch der Flug und die Erinnerung an den neuerlichen Kontakt mit der Seele des Drachen hatten sie bis ins Innerste erschüttert, und dieses gedankliche Gift konnte sie nicht so ohne weiteres aus sich verbannen.

Der alte Gnom sagte: »Es war immer verboten, Außenstehenden von dem Stein zu erzählen. Nachdem offensichtlicht wurde, daß Zyerne davon erfahren und die Meister belauscht und beobachtet hatte, die die Macht des Steines nutzten, machte mein Bruder, der Lord der Tiefe, diese Sache zu einem absoluten Tabu. Seit dem Dunkel der Vorzeit war der Stein das Herz der Tiefe, die Quelle der Kraft für unsere Heiler und Magier, gab er uns solche magische Macht, daß niemand es wagte, unser unterirdisches Refugium anzugreifen. Doch wir wußten auch um die Gefahr, die er darstellte, kannten das Risiko, daß irgendeines Tages jemand versuchen mochte, die Macht des Steins zu mißbrauchen. Und das ist jetzt geschehen.«

Jenny verdrängte ihre Überlegungen und fragte: »Wie erfuhrt Ihr, daß Zyerne die gespeicherte Kraft nutzte?« Wie die anderen hatte sie gebadet und trug nun ebenfalls einen abgenutzten schwarzen Talar der Universität. Er war viel zu groß für sie, und sie hatte ihn an der Taille fest zusammengeschnürt. Das immer noch feuchte Haar fiel ihr strähnig auf die Schultern.

Der Gnom hob den Blick und gab mürrisch zur Antwort: »Wenn man Macht aus dem Stein nimmt, so muß man etwas zurückgeben. Er gibt denen, die ihn um Kraft bitten, doch später verlangt er etwas dafür. Diejenigen, die es gewöhnt waren, mit den gespeicherten Energien umzugehen – ich selbst, Taseldwyn, die ihr als Mab kennt, und andere – spürten das Ungleichgewicht. Anschließend balancierte es sich wieder aus. Ich war zufrieden.« Der Zwerg schüttelte den Kopf, und die Nadeln aus Opal, mit denen er sein weißes Haar zusammengesteckt hatte, blitzten in dem diffusen Licht des Raumes. »Mab nicht.«

»Was verlangt der Stein als Gegenleistung?«

Balgubs Blick berührte kurz die Gedanken Jennys, sondierte ihren Geist ebenso, wie es Mab gemacht hatte, versuchte sich über das Ausmaß ihres Potentials klarzuwerden. »Kraft für Kraft«, sagte der Gnom schließlich. »Jede Macht erfordert einen Preis – ob sie nun aus dem eigenen

Ich stammt oder dem Speicherstein anderer. Wir, die Heiler, denen ich vorstand, tanzten, um uns auf unsere Magie zu besinnen und sie in den Stein zu leiten, so daß andere dazu in der Lage waren, die festgehaltene Kraft anzuzapfen, ohne dadurch einen Teil ihrer Lebensessenz einzubüßen. Zyerne wußte nicht, wie man Magie zurückgibt, machte sich nicht einmal klar, wie wichtig das ist. Sie wurde nie in der Nutzung des Steins unterwiesen. Sie hatte uns nur belauscht und beobachtet und auf diese Weise sein Geheimnis erfahren. Als sie keine Gegenleistung erbrachte, begann sich der Stein von ihrer Essenz zu nähren.«

»Und um sich zu schützen«, warf Jenny leise ein, die plötzlich begriff, was sie damals in dem kleinen Jagdhauszimmer gesehen hatte, »verdarb sie die Heilzauber, die die Essenzen anderer Personen anzapfen können, um jemanden vor dem Tode zu bewahren. Sie trank Lebenskraft, wie ein Vampir, um die zu ersetzen, die der Stein aus ihr heraussickern ließ.«

Polycarp, der im matten Licht am Fenster saß, nickte. »Ja«, sagte er, und Gareth schlug die Hände vors Gesicht. »Auch wenn sie dazu in der Lage sein mag, die magischen Energien des Steins aus der Ferne zu nutzen – der Speicher verlangt nach wie vor seinen Preis dafür. Ich bin nur froh«, fügte der Magister mit erleichterter Stimme hinzu, »daß du nach wie vor wohlauf bist, Gar.«

Gareth hob den Kopf, und in seinen Augen glitzerten Verzweiflung und Schrecken. »Hat sie versucht, dich gefügig zu machen?«

Polycarp nickte, und ein düsterer Ausdruck stahl sich in sein schmales Gelehrtengesicht. »Und als ich Distanz zu ihr wahrte und dir riet, dich ihr ebenfalls nicht zu nähern, wandte sie sich Bond zu, den sie sich ganz leicht unterwerfen konnte. Dann kam dein Vater an die Reihe ...« Er suchte nach möglichst höflichen Worten. »Zu jener Zeit hatte Uriens kaum mehr einen anderen Nutzen für sie.«

Die Faust des Prinzen schlug so heftig auf den Tisch, daß alle überrascht aufsahen und vermutlich Gareth selbst ebenfalls verwundert war. Doch er schwieg, und tatsächlich erforderten Polycarps Worte auch keinen Kommentar. Nach einer Weile erhob sich Trey Clerlock von der Couch in der Ecke, auf der sie wie ein Kind gelegen hatte, das Spaß daran fand, sich zu verkleiden. Sie hob den Saum des schwarzen Umhangs, um nicht darüber zu stolpern, trat auf Gareth zu und legte ihm die Hände auf die Schultern.

»Gibt es irgendeine Möglichkeit, Zyerne den Garaus zu machen?« fragte das junge Mädchen und blickte über den Tisch hinweg den kleinen Gnom und den neben ihm stehenden Magister an.

Gareth sah schockiert zu ihr auf. Ganz offensichtlich hatte er nicht erwartet, solche Worte ausgerechnet aus dem Munde Treys zu hören.

»Angesichts der Macht, die König und Stein ihr geben, scheint mir das unmöglich zu sein«, erwiderte Polycarp. »Glaubt mir, ich habe mir immer wieder den Kopf darüber zerbrochen – obgleich mir klar war, daß man mir den Prozeß gemacht hätte, wäre ich dazu in der Lage gewesen, Zyerne umzubringen.« Ein flüchtiges Lächeln umspielte kurz seine Lippen. »Und dann mußte ich trotzdem fliehen, als man mir vorwarf, ein Hochverräter zu sein ...«

»Dann muß eben der Stein vernichtet werden«, sagte John. Er ruhte noch immer auf der Liege und wandte den Kopf zur Seite, um die anderen anzusehen. Er hatte zwar nicht sehr viel gegessen, schien sich jedoch rasch wieder zu erholen. In der schwarzen Robe wirkte er fast wie ein Toter, der durch irgendein Wunder ins Leben zurückgerufen worden war. Jenny hatte seine Wunden versorgt und ihm beim Waschen geholfen, und hinter den Gläsern der Brille blitzten seine Augen so lebhaft und fröhlich wie im Winterland. »Ich bin sicher, irgendwo ließe sich jemand finden, der sich auf die Zerstörung solcher Speichersteine versteht ...«

»Das kommt überhaupt nicht in Frage!« In Balgubs faltigem, nußbraunem Gesicht zuckte es entrüstet. »Er ist die Quelle unserer Heilkünste, die Basis der Macht der Tiefe! Er ist ...«

»Er nützt Euch überhaupt nichts, solange Zyerne nicht daran gehindert wird, weiterhin seine Kraft zu nutzen«, gab John zu bedenken. »Ich bezweifle, ob es ihr gelingen könnte, all die Türen und Tore aufzubrechen, die wir auf dem Weg durch die Tiefe hinter uns geschlossen haben. Doch wenn die Truppen des Königs die Zitadelle erobern, erübrigen sich weitere Überlegungen in dieser Hinsicht.«

»Wenn Jenny den Schlüssel zu der im Stein gespeicherten magischen Kraft erhielte ...«, schlug Gareth vor.

»Nein!« antworteten Balgub und Jenny wie aus einem Mund. Alle, die sich in dem langen Arbeitszimmer des Magisters aufhielten, einschließlich John, musterten die Hexe von Wyr neugierig.

»Kein Mensch darf in die Lage versetzt werden, über den Stein zu gebieten!« beharrte der Gnom mit schriller Empörung. »Wir haben ja erlebt, welches Grauen daraus erwächst. Nein, der Stein gehört uns Zwergen, uns allein.«

»Und ich würde es nicht wagen, seine Macht zu berühren.« Jenny zog die Beine an und schlang ihre Arme um die Knie. Balgub schien trotz seines Einwandes beleidigt zu sein von dem Umstand, daß die Hexe den größten Schatz der Tiefe ablehnte. »Mab hat mir zu verstehen gegeben«, fügte Jenny hinzu, »daß der Stein selbst verdorben wurde. Die in ihm gespeicherten Kräfte und die Zauberformeln derjenigen, die sie nutzten, sind durch das, was Zyerne macht, vergiftet worden.«

»Das stimmt nicht.« Balgub verzog das kleine runzlige Gesicht und wirkte dadurch noch verdrießlicher als vorher. »Mab behauptete immer wieder, die Macht des Steins gewänne eine Art wankelmütige Qualität, wodurch er einen unheilvollen Einfluß auf diejenigen nähme, die versuchen, seine Kraft zu verwenden. Doch beim Herzen der Tiefe: Das stimmt nicht, und ich habe ihr energisch widersprochen, nicht nur einmal. Ich verstehe nicht, wieso ...«

»Nachdem er wahllos Fragmente menschlicher Essenzen in sich aufgesaugt hat, anstatt die Wirkung sorgfältig ausgewählter Zauberformeln«, unterbrach ihn John mit der für ihn so typischen gutmütigen Leutseligkeit, »wäre es gar kein Wunder, wenn es in seinem Innern nicht mehr mit rechten Dingen zugeht.«

Die hohe Stimme des Zwerges klang verächtlich, als er dem entgegenhielt: »Was kann ein Krieger schon von solchen Dingen wissen?« Und mit unüberhörbarem Sarkasmus fügte er hinzu: »Ein Krieger, der angeworben wurde, um den Drachen zu erschlagen – und der auf der ganzen Linie versagte.«

»Wäre es Euch lieber, er hätte Erfolg gehabt?« brauste Gareth auf. »Dann würden jetzt schon die Truppen des Königs durch die Tiefe stürmen, um die Zitadelle zu erobern.«

»Mein Junge.« John streckte den Arm aus und berührte die Schulter des Prinzen. »Laß uns nicht streiten. Seine Vorwürfe treffen mich nicht, und er ändert seine Meinung nicht, nur weil du ihn anschreist.«

»Die Soldaten des Königs fänden nie den Weg durch die Tiefe zu uns, nicht einmal dann, wenn alle Türen und Tore offen wären«, knurrte Balgub. »Sie sind aber verschlossen. Und falls nötig, sprengen wir die Zugangstunnel. Schießpulver haben wir genug.«

»Wenn Zyerne sie führte, würden die Truppen problemlos zu uns finden«, warf Polycarp ein. Er trug ein für ihn viel zu großes Kettenhemd, und die stählernen Facetten klirrten verhalten, als er die Arme verschränkte. »Von Klamm aus kennt sie den Weg zum Herzen der Tiefe. Wie Ihr alle wißt, führt der Weg von dort zu der unterirdischen Pforte der Zitadelle fast immer nur geradeaus. Und was den Stein angeht und die Behauptung, er sei von Zyerne und den Seelenfragmenten nicht verdorben worden ...« Er blickte auf den krummen Rücken und den weißhaarigen Kopf des Zwerges herab, der auf dem hölzernen Stuhl neben ihm saß. »Balgub, Ihr seid der einzige Heiler, der dem Drachen entkam und hierher fliehen konnte«, fügte er hinzu. »Der Drache befindet sich nun nicht mehr in der Tiefe. Wollt Ihr also zurückkehren und die Macht des Steins beschwören?«

Balgub preßte die Lippen zusammen, und seine grünen Augen mieden den Blick der blauen Pupillen Polycarps.

»Na also«, sagte der Magister leise.

»Ich kann einfach nicht glauben, daß Mab recht hat«, beharrte Balgub stur. »Aber wie dem auch sei: Bis sie und ich und die anderen überlebenden Heiler in Bel eine Möglichkeit haben, den Stein zu untersuchen, werde ich nicht zulassen, daß irgend jemand versucht, seine Kraft zu nutzen, ob nun zum Guten oder zum Schlechten. Wenn es aber darum geht, die Zitadelle zu retten oder Zyerne von der Tiefe fernzuhalten ... Ja, dann würde ich eine entsprechende Beschwörung riskieren, um zu verhindern, daß die Mätresse eine noch größere Macht erringt.« Die Hände des Gnoms waren mit Mondsteinringen geschmückt und so klein und weiß wie zwei farblose Höhlenkrabben, und wie eigenständige Wesen falteten sie sich auf dem Tisch zusammen, auf dessen Fläche sich hier und dort Tintenflecken zeigten. »Wir haben geschworen, daß Zyerne nie wieder die Möglichkeit bekommen darf, über die Macht des Steins zu gebieten. Jeder Zwerg und jeder Mensch ...« Er warf dem Magister einen halb befehlenden, halb fragenden Blick zu, und Polycarp neigte daraufhin andeutungsweise den Kopf, »... an diesem Ort wird sterben, bevor es ihr gelingt, das Ziel ihrer Wünsche zu erreichen.«

»Und wenn ich daran denke, welche Macht sie in einem solchen Fall erränge«, sagte Polycarp, wobei seine Stimme so sachlich klang wie die eines Gelehrten, der ein wissenschaftliches Problem erörterte, »ist mir der Tod lieber als ein Leben in Sklaverei.«

»Jen?«

Jenny blieb in der Tür des rasch hergerichteten Gästezimmers stehen, das man John und ihr zugewiesen hatte. Nach der windigen Kühle auf den Wehrgängen schien der kleine Raum muffig und eng. Die trockenen Düfte staubigen Papiers und lederner Buchrücken vermischten sich mit dem modrigen Gestank der Matratze, deren Strohfüllung längst hätte ausgetauscht werden müssen. In den langen Regalen an zwei Wänden waren die unregelmäßigen Schatten wahllos aufeinandergestapelter Bücher zu sehen, und die geisterhaften Konturen der Gerüste und Gestelle erinnerten die Heilerin an den akuten Platzmangel in Johns Arbeitszimmer. Auf dem Boden lagen Bände, die aus anderen Zimmern stammten, in denen nun Flüchtlinge einquartiert waren, die aufgrund der Belagerung in der Bastion festsaßen, und in einige der Werke hatte John bereits Lesezeichen gesteckt. Aversin stand zwischen zwei hohen, oben spitz zulaufenden Fenstern, durch die graues Licht in den Raum fiel, und es war kaum mehr von ihm sichtbar als die weißen Hemdsärmel und die unsteten Reflexe auf den Gläsern seiner Brille.

»Du solltest eigentlich im Bett liegen«, sagte Jenny.

»Wenn ich mich an diesen Rat halte, muß ich bald wieder neu laufen lernen.« Er brauchte zwar noch immer Ruhe und Erholung, doch seine Stimme klang so fröhlich und aufgeräumt wie früher. »Ich habe das Gefühl, daß uns bald erneut eine schwere Prüfung bevorsteht, und dabei möchte ich auf eigenen Beinen stehen können.«

Er schwieg einige Sekunden lang und beobachtete Jennys Silhouette vor dem Licht im Korridor.

Schließlich fügte er hinzu: »Und als eine Frau, die in drei Nächten gerade eine Stunde geschlafen hat, hast du überhaupt kein Recht, mich zu ermahnen. Was ist mit dir, Jen?«

Er kann Lüge und Wahrheit und Ausflucht ebensogut voneinander unterscheiden wie ein Drache, dachte die Heilerin. Aus diesem Grund antwortete sie nicht etwa mit »Was soll schon mit mir sein?« sondern strich sich müde mit den Händen durchs Haar und trat auf John zu.

»Du hast es immer wieder vermieden, mit mir darüber zu sprechen.« Aversin musterte Jenny. »Nun, bisher hatten wir auch keine besonders geeignete Gelegenheit, uns darüber zu unterhalten. Ich kann spüren, daß du nicht etwa böse auf mich bist, aber dein Schweigen belastet mich. Es geht um deine Macht als Magierin, nicht wahr?«

Er legte ihr den Arm um die Schultern, und Jenny lehnte den Kopf an seine Brust. Unter dem dünnen Musselinhemd fühlte sie die Wärme seines Körpers. Sie hätte wissen müssen, daß John ahnte, was in ihr vorging.

Deshalb nickte sie nur, unfähig, das Chaos in Worte zu fassen, das bereits den ganzen Tag hinter ihrer Stirn herrschte, seit dem Flug mit dem Drachen und der Nacht vorher. Viele Stunden lang war sie auf den Wehrgängen umhergewandert, als könne sie auf diese Weise der Entscheidung entfliehen, die sie bereits seit zehn Jahren aufschob.

Morkeleb hatte ihr das Reich der Drachen angeboten, die endlosen Straßen und Alleen der Luft. Alle Mächte der Erde und des Himmels, dachte sie, und ein unbegrenztes Leben. Der Schlüssel zur Magie ist die Magie. Das Angebot war die Antwort auf all ihre Wünsche und Sehnsüchte.

»Jen«, sagte John sanft, »es ist nicht schön, dich innerlich hin und her gerissen zu sehen. Ich weiß, daß du nie richtig Ruhe fandest, obgleich ich mich bemühte, dir diesen Frieden zu geben. Ich wollte dich nicht in eine solche Situation bringen. Es tut mir leid.«

»Es ist nicht deine Schuld.« Immer wieder hatte sie sich einzureden versucht, seit hundert Jahren schon, wie es ihr schien, daß es ihre eigene Entscheidung war, daß sie die Wahl treffen konnte: entweder den Dingen ihren natürlichen Lauf und sich im Strome der Zeit treiben zu lassen, oder selbst aktiv zu werden, in eine ganz bestimmte Richtung zu schwimmen. Und wie immer fürchtete sie sich vor der Wahl.

»Deine Magie hat sich verändert«, sagte John. »Ich habe es gefühlt, und ich sehe auch, welche Auswirkungen das auf dich hat.«

»Sie ruft mich«, gab Jenny zur Antwort. »Und wenn ich diesem Ruf nachgebe, wenn ich ihm folge ... Ich glaube, dann würde ich nie mehr zurückkehren. Diese Verlockung entspricht all dem, was ich mir jemals gewünscht habe, und sie scheint all das wert zu sein, was ich verlieren würde.«

Vor langer Zeit hatte sie schon einmal ähnliche Worte an John gerichtet, damals, als sie beide noch sehr jung gewesen waren. Aversin war daraufhin eifersüchtig geworden, und in seiner heißblütigen Leidenschaft hatte er gerufen: »Doch du bist alles, was *ich* mir jemals erhoffte!« Jetzt aber drückte er sie nur etwas fester an sich, nicht nur um ihr Trost zu spenden, sondern auch aufgrund seines eigenen Kummers. Jenny wußte jedoch, daß seine Antwort von damals auch heute noch Gültigkeit hatte.

»Es ist deine Entscheidung, Liebste«, sagte er. »Sie ist es immer gewesen. All das, was du mir gabst, erhielt ich nur deswegen, weil du es so wolltest. Ich habe nicht das Recht, dich zurückzuhalten, wenn du gehen möchtest.« Jennys Wange ruhte an seiner Brust, und aus den Augenwinkeln sah sie sein schiefes Lächeln, als er hinzufügte: »Außerdem könnte ich das auch gar nicht.«

Sie traten an die mit Stroh gefüllte Matratze und das Bündel aus Decken heran: die einzige Bequemlichkeit, die die belagerte Zitadelle ihnen bieten konnte. Draußen glitzerte Feuchtigkeit auf den dunklen Schindeln der Hausdächer. Eine in der Ferne zu erkennende Abflußrinne wirkte im Lichte des Mondes wie ein schmales Band aus Silber. Im Lager der Königstruppen wurden nun die Glocken geläutet, die zur Mitternachtsandacht zu Ehren des Sarmendes riefen, des Gottes, der über die klugen Gedanken des Tages gebot.

In der Wärme unter den Decken fühlte sich Johns Körper vertraut an, so vertraut wie die alte Versuchung, die Aussichten auf erhabene magische Macht für eine weitere Nacht zu vergessen. Wieder spürte Jenny, wie leicht es ihr fiel, nicht mehr an die Entscheidung zu denken, wenn sie in seinen Armen lag. Doch die Erinnerung an den Drachenflug und Morkelebs Angebot ließ sich nicht aus ihrem Gedächtnis verbannen, und sie formte Bilder der Versuchung, als Jenny schließlich in einen unruhigen Schlaf fiel.

16. Kapitel

Als Jenny erwachte, war John fort.

Wie ein Drache war sie dazu in der Lage, sich auch im Schlaf ihrer Umgebung bewußt zu sein. Sie hatte gespürt, wie er die Augen aufschlug, sich auf den Ellbogen stützte und sie eine ganze Zeitlang beobachtete. Mit ihren veränderten Sinnen hatte sie ihn auch dabei beobachtet, wie er aufstand und sich ankleidete, wobei es ihm noch immer erhebliche Mühe bereitete, sich das Hemd zuzuknöpfen, die Hose hochzuziehen und in die Stiefel zu steigen. Es war, als empfände sie seinen Schmerz, als rauher Stoff über die verbliebenen Verbände und die Narben und den Schorf an seinen Hüften und auf dem Rücken kratzte. Sie *sah* ihn, wie er nach ihrer Hellebarde griff, um sie als Krücke zu benutzen, ihr einen Kuß gab und dann das Zimmer verließ.

Noch immer müde, blieb Jenny in dem Deckengewirr liegen und fragte sich, wohin John gegangen war und warum sie sich plötzlich fürchtete.

Das Unheil schien so deutlich sichtbar in der Luft zu hängen wie dunkle Gewitterwolken, die sich in der grünen Ferne nördlich der Großen Barriere zusammenballten. Das durch die schmalen, hohen Fenster einfallende Licht zeichnete sich durch eine sonderbare Blässe aus, war wie der fahle Hauch bevorstehenden Schreckens und ließ ein Gefühl in Jenny entstehen, das sie schon in ihren Träumen wahrgenommen hatte.

Die Träume, dachte sie benommen und verwirrt. Was hatte sie überhaupt geträumt?

Sie glaubte sich daran zu erinnern, Gareth und Polycarp dabei gesehen zu haben, wie sie über die hohen Wehrgänge der Zitadelle wanderten, beide gekleidet in die schwarzen, weiten Talare der Universität. Ja, Jenny entsann sich nun auch wieder daran, wie sie ohne den geringsten Groll über das sprachen, was ihre Freundschaft unterbrochen hatte. »Immerhin konntest du nicht ahnen, daß du es mit einem hinterhältigen Trick Zyernes zu tun hattest«, meinte Polycarp.

Und Gareth erwiderte bitter: »Aber ich hätte nicht so einfach und bereitwillig darauf hereinfallen dürfen.«

Polycarp lächelte, holte aus einer Tasche des wehenden Umhangs ein Fernrohr hervor, zog es auseinander und betrachtete damit den rötlichen Himmel. »Eines Tages, Cousin, wirst du Pontifex Maximus sein – und deshalb ist es nicht schlecht, wenn du darin geübt bist, an die ungewöhnlichsten Dinge zu glauben.« Und als er zur Straße nach Süden blickte, erstarrte er, so als könne er nicht fassen, was sich seinen Blicken darbot.

Jenny runzelte die Stirn und bemühte sich, das verworrene Durcheinander der Traumvisionen zu entwirren.

Der König, dachte sie – es mußte der König sein, der über die Straße ritt und sich dem Lager seiner Truppen vor der Zitadelle näherte. Doch irgend etwas stimmte nicht mit der hochgewachsenen steifen Gestalt, dem maskenhaften Gesicht, das im schwefelfarbenen Licht wie eine Fratze wirkte. Nur ein Aspekt des Traumes? dachte Jenny. Oder waren die Augen wirklich gelb gewesen – so gelb wie Zyernes Augen?

Besorgt richtete sie sich auf und streifte ihr Hemd über. In der einen Ecke des Zimmers, in der Nähe des Fensters, stand eine Waschschüssel, und das Wasser darin reflektierte das Glühen des Himmels wie eine massive Stahlfläche. Mit der einen Hand strich die Heilerin darüber hinweg, und auf ihre Beschwörung hin sah sie Morkeleb, der auf dem oberen, kleineren Hof der Zitadelle lag, ein im Vergleich zur Größe des Drachen geradezu winzig anmutender Platz, an dessen Rand nur einige Apfelbäume wuchsen. Ein hölzerner Anbau schloß sich daran an, in dem einst Gartenwerkzeug untergebracht war, der jetzt jedoch Bücher enthielt – wie fast alle anderen Räumlichkeiten der Bastion, die nicht als Quartier für Flüchtlinge dienten. Wie eine Katze hatte sich der Drache im matten Sonnenschein ausgestreckt, und hier und dort zitterten die schwarzen Kugeln auf den Fühlern, so als nehme er Witterung auf. Neben dem Ungetüm saß John auf einer Bank.

Warum diese Neugier? fragte Morkeleb. *Willst du uns besser kennenlernen, damit du es leichter hast, wenn du dich das nächste Mal dazu entschließt, gegen einen Drachen zu kämpfen?*

»Nein«, antwortete John. »Es ist nur Neugier. Ich unterliege weitaus größeren Beschränkungen als du, Morkeleb. Mein Körper wird gebrechlich und stirbt, bevor mein Geist auch nur die Hälfte der Dinge gesehen hat, die ihn interessieren, und mein Bewußtsein muß sich die meiste Zeit mit Dingen beschäftigen, die es als Ballast empfindet – um der Menschen willen, die meine Hilfe brauchen. Ich bin ebenso versessen auf Wissen wie Jenny; vielleicht noch mehr als auf Gold. Ja, und wenn ich Gelegenheit bekomme, weitere Informationen zu gewinnen, so darf ich nicht zögern, sie wahrzunehmen.«

Der Drache zischte abfällig, und seine Nüstern blähten sich in einer Geste der Verachtung auf. Dann wandte er den Kopf zur Seite. Jenny wußte, daß sie eigentlich überrascht davon sein sollte, Morkelebs Abbild in einer Wasserschüssel beschwören zu können, doch es regte sich keine Verwunderung in ihr. Sie hätte es zwar nicht in Worte fassen können – nur in die bildhaften Assoziationsketten geistiger Verständigung –, aber sie wußte, warum ihr so etwas vorher unmöglich gewesen war und jetzt nicht mehr. Sie fühlte sich beinahe dazu imstande, das Bild des Drachen und seiner Umgebung auch ohne die Hilfe des Offenbarungswassers herbeirufen zu können.

Eine Zeitlang schwiegen Mensch und Drache, und die Schatten der dunklen Gewitterwolken, die sich über dem Berg verdichteten, wanderten über die Zinnen und den Platz. Eine plötzliche Bö ließ die Kronen der Bäume erzittern, und einige erste Regentropfen bildeten Flecken auf dem steinernen Pflaster des Hofes. Am anderen Ende erkannte Jenny die kleine, unauffällige und leicht zu verteidigende Tür, die in die ersten Gewölbe der Tiefe führte. Sie war nicht sonderlich breit, denn beim Handel zwischen der Zitadelle und dem Refugium der Gnome war es nie um viel mehr gegangen als um Bücher und Gold, und meistens war Wissen ausgetauscht worden.

Warum? fragte Morkeleb nach einer Weile. *Wenn das stimmt, was du eben gesagt hast, wenn dein Leben tatsächlich den Beschränkungen eines rasch alternden Körpers unterliegt und kaum mehr ist als ein Wettlauf mit der Zeit, wenn du so versessen bist auf Wissen wie wir Drachen auf Gold – warum widmest du dann das, was du hast, die Hälfte deines ganzen Besitzes, anderen?*

Die Frage kam unerwartet, tauchte aus dunklen Tiefen empor wie der Leib eines Wales, und John dachte einige Sekunden lang nach, bevor er antwortete: »Weil das Teil der menschlichen Natur ist, Morkeleb. Da wir wenig haben, teilen wir das, was wir besitzen, um auf dies Weise selbst das Geringe zu einem Schatz zu machen. Wir verhalten uns so, weil die Konsequenzen, die sich aus einem Leben als Einzelgänger ergäben, schlimmer wären.«

Diese Worte mußten irgendeine verborgene Saite in dem Drachen angeschlagen haben, denn trotz der Entfernung, trotz der Tatsache, daß Jenny die Szene nur als magisches Spiegelbild im Wasser beobachtete, spürte sie, wie Ärger den Drachen durchzitterte. Doch die Gedanken des Ungetüms zerstoben wieder in den finsteren Schluchten seiner Seele, und das Beben der Muskeln ließ nach. Nach einigen Sekunden rührte sich der Drache überhaupt nicht mehr, und dadurch wirkte er wie ein Schatten vor dem dunklen Hintergrund des Gesteins. Einzig und allein seine Fühler bewegten sich nervös, als mache er sich Sorgen wegen des nahen Gewitters.

Ein Gewitter? dachte Jenny, die erst jetzt richtig darauf aufmerksam wurde, und dumpfe Nervosität entstand in ihr. Im Winter?

»Jenny?« Sie hob den Kopf und sah Polycarp in der hohen Tür stehen. Irgend etwas an ihm ließ sie schaudern, und erst nach einigen Sekunden begriff sie, daß der Grund dafür das aus Messing bestehende Fernglas war, das er in ihrem Traum benutzt hatte. »Ich wollte Euch nicht wecken, denn ich weiß, wie dringend Ihr Ruhe braucht ...«

»Was ist denn?« fragte sie rasch, als sie das besorgte Vibrieren in seiner Stimme vernahm.

»Es geht um den König.«

In der Magengrube der Heilerin krampfte sich etwas zusammen, und jäher Schwindel erfaßte sie, als habe sie in der Dunkelheit eine Treppenstufe verfehlt. Sie entsann sich an ihre Furcht während des Traumes, und nun wurde die Angst plötzlich real.

»Er sagte, er sei vor Zyerne geflohen. Er bat mich darum, ihm hier Zuflucht zu gewähren, und er meinte, er müsse unbedingt mit Gar sprechen. Sie gingen zusammen fort ...«

»Nein!« entfuhr es Jenny entsetzt, und der junge Philosoph musterte sie verwirrt. Mit einem Satz war die Heilerin auf den Beinen, streifte rasch die schwarze Robe über und schlang sich den Gürtel um die Taille. »Das ist ein Trick!«

»Was ...?«

Sie drängte sich an Polycarp vorbei und schob die langen Ärmel ihres Umhangs hoch. Kalte Luft Luft wehte ihr entgegen, als sie ins Freie trat, und in den finsteren Wolken über der Zitadelle grollte es. Jenny verlor keine Zeit und lief die lange und schmale Treppe hinunter. Sie spürte, wie Morkeleb nach ihr rief, und seine geistige Stimme war leise, kam wie aus großer Ferne. Er wartete auf dem oberen Platz auf sie, und die halb aufgerichteten Schuppen glitzerten unstet im schwefelgelben unheimlichen Licht des nahenden Unwetters.

Zyerne, sagte Jenny.

Ja. Ich habe sie gerade eben gesehen. Zusammen mit unserem kleinen Prinzen ging sie zu der Tür, die in die Tiefe führt. Sie hat sich als der alte König getarnt – und als ich Aversin davon erzählte, hatten sie die Tür bereits durchschritten. Ist es denn möglich, daß Aversins Behauptungen stimmen und der Prinz nicht weiß, mit wem er es zu tun hat? Mir ist zwar klar, daß Menschen sich mit ihrer Magie gegenseitig täuschen können, doch der eigene Sohn und der Neffe, der bei ihm aufwuchs ... sind sie denn so dumm, daß sie nicht den Unterschied zwischen dem erkennen, was sie sehen und dem, was sie wissen?

Jennys Pulsschlag beschleunigte sich. *Polycarp und Gareth wußten, wie schlecht es dem König ging,* sagte sie. *Bestimmt ging Zyerne davon aus, das man ihr aus diesem Grund eventuelle Fehler nachsieht. Sie will mit Sicherheit in das Herz der Tiefe eindringen, um magische Kraft aus dem Stein zu beschwören, und vermutlich hat sie vor, mit Gareths Lebenskraft dafür zu bezahlen. Wo ist John? Er muß ...*

Er ist ihnen gefolgt.

WAS? Wie bei einem Drachen war dieses Wort nur ein Aufblitzen heißen Zorns. *Er läuft direkt in den Tod!*

Vermutlich schafft er es nicht einmal bis ins zentrale Gewölbe, erwiderte Morkeleb zynisch. Doch Jenny hörte seine Antwort nicht mehr. Sie hastete über die letzten Stufen und stürmte dann zur Tür. Das Kopfsteinpflaster zu ihren Füßen war uneben und abgenutzt, und an einigen Stellen glitzerten Regentropfen wie winzige Perlen auf dem Granit. Das Geräusch ihrer raschen Schritte hallte von den Wänden wider, und die unscheinbare Tür schien sich plötzlich in ein Tor zur Hölle zu verwandeln.

Warte hier auf sie, wies sie den Drachen an. *Wenn Zyerne den Stein erreicht, kann sie über die gesamte darin enthaltene Kraft gebieten – dann bin ich ihr nicht mehr gewachsen. Greif sie an, wenn sie durch die Tür zurückkommt, verbrenne sie mit deinem Feuer ...*

Es ist der Stein, der mich bindet, erklang Morkelebs bittere Antwort in den Gedanken der Heilerin. *Wenn es ihr wirklich gelingen sollte, seine ganze Macht zu nutzen, bin ich wahrscheinlich ihrem Willen unterworfen.*

Ohne Erwiderung riß Jenny die Tür auf und eilte in die Gewölbe der Tiefe.

Sie hatte sie bereits am Morgen zuvor gesehen, als sie sich zusammen mit den Gnomen auf den Weg gemacht hatte, um zu John, Gareth und Trey auf der anderen Seite der Tiefe aufzuschließen und sie in Sicherheit zu bringen. Es handelte sich um einige Räume, die für Handel und

Geschäfte genutzt worden waren. Daran schloß sich eine Wachkammer an, deren Wände man zu drei Vierteln aus dem Fels gemeißelt hatte. Durch die Fenster, deren Bögen oben an die gewölbte Decke stießen, fiel diffuses bläuliches Licht, in dem sie das breite Tor der Tiefe sehen konnte. Die bronzenen Beschläge glänzten matt, und die Bolzen und Riegel bestanden aus Eisen und Stahl.

Dieses Tor war immer noch geschlossen und verriegelt, doch die kleine Nebentür, gerade groß genug, um einem Menschen Durchlaß zu gewähren, stand offen. Dahinter gähnte leere Schwärze, eine Dunkelheit, in der Jenny den Geruch von Fels, Wasser und Zerfall wahrnahm. Sie hob den Saum ihres Gewandes, um schneller voranzukommen, und wie ein Drache erweiterte sie ihre Sinne, hielt nach den silbrigen Runen Ausschau, die sie am vergangenen Tage auf die Wände gezeichnet hatte, um den Weg zu markieren.

Die erste Passage war breit und mußte einst mit den künstlich angelegten Teichen und Brunnen am Rande einen recht prächtigen Eindruck erweckt haben. Inzwischen jedoch waren einige der marmornen Statuen zerbrochen, und das Wasser roch faulig und modrig. Moos hatte sich auf dem hellen Stein gebildet, und Flechten bohrten ihre winzigen Wurzeln mit zerstörerischer Geduld in die Fresken und Mosaike. Stinkende Pfützen schimmerten matt auf dem Boden. Als Jenny den Weg fortsetzte, horchte sie immer wieder in die Finsternis vor ihr. Sie beschritt den Weg, den sie am Vortag genommen hatten, und dann und wann verharrte sie kurz, um sich neu zu orientieren und sich zu vergewissern, daß sie sich nicht verirrt hatte. Der Pfad durch die Tiefe führte an den Orten der Heilung vorbei, berührte sie aber nicht direkt. Irgendwo, so wußte Jenny, mußte sie von ihrer gegenwärtigen Route abweichen und versuchen, das zentrale Gewölbe ohne die Wandmarkierungen zu finden.

Und so lauschte sie nach dem lebendigen Prickeln, das ihr den Weg in das Herz der Tiefe wies. Jene Höhle mußte weiter unten und links von ihr liegen, überlegte die Heilerin. Eine vage Besorgnis entstand in ihr, als sie sich an die Worte Mabs erinnerte, an ihre Warnung, ein falscher Schritt könne genügen, um sich hoffnungslos in den Felslabyrinthen zu verirren. Wenn sie die Orientierung verlor, so machte sich Jenny Mut, konnte sie sich dennoch mit Morkeleb in Verbindung setzen, und der Drache war bestimmt dazu in der Lage, sie mit seinen mentalen Hinweisen wieder auf den richtigen Weg zu geleiten …

Jedoch nicht, wenn Zyerne den Stein erreichte. Das mächtige Flüstern der gespeicherten Kraft war es, das Morkeleb daran hinderte, nach Norden zurückzukehren. Wenn Jenny sich verirrte und Zyerne es unterdessen schaffte, den Stein zu erreichen und damit den Drachen ihrer Kontrolle zu unterwerfen, dann würde die Heilerin niemals wieder helles Tageslicht sehen.

Sie schritt noch rascher aus und passierte die Türen, die verriegelt worden waren, um die Zitadelle vor einem Angriff aus der Tiefe zu schützen. Gareth und das Wesen, das vorgab, König Uriens zu sein, hatten sie alle geöffnet. An der letzten sah sie Säcke und kleine Tonnen mit dem von Balgub erwähnten Schießpulver, jene letzte Verteidigungsmöglichkeit, auf die er so sehr vertraute. Dahinter teilte sich der Tunnel, und Jenny blieb in einem Torbogen stehen, der wie ein gewaltiges Maul aussah. Elfenbeinfarbene Stalaktiten waren die spitzen Zähne dieses riesigen Rachens, und der Gaumen bestand aus lachsrotem Fels. Ihr magischer Sinn flüsterte der Heilerin zu, daß sie ihr Ziel fast erreicht hatte: zwei Tunnel, die von der Hauptpassage abzweigten und beide nach links unten führten. Sie blickte in den Korridor, dessen Zugang ihr am nächsten war, und einige Meter entfernt sah sie neben der Abflußrinne einen feuchten Fußabdruck auf dem Stein.

Offenbar hatte John ihn hinterlassen, denn er war nicht deutlich, sondern wirkte verschmiert und in die Länge gezogen. Nach einigen weiteren Metern fiel ihr Blick auf einen zweiten Abdruck, der nicht ganz so groß und auch anders geformt war. Auf den Stufen einer schmalen Treppe, die sich in einem weiten Gewölbe an den Wänden emporwand, stieß Jenny wieder auf Spuren, winzige und matt glänzende Reste von Feuchtigkeit. Rechts und links hatten die Gnome alabasterfarbene Häuser errichtet, und weiter oben gab es eine Tür im Granit. Die Heilerin kritzelte eine Rune neben das kleine Tor, und durch einen Einschnitt im Fels, der so schmal war, daß sie neben sich den Stein spüren konnte, wenn sie die Hände ausstreckte, wagte sie sich tiefer in den Leib der Erde vor.

Voraus in der Dunkelheit sah sie einen matten gelben Lichtschein.

Sie wagte es nicht, laut zu rufen, lief statt dessen leise in Richtung des trüben Schimmers. Die Luft war hier ein wenig wärmer, was angesichts der weiten und tiefen Klüfte verwundern mochte. Jenny spürte die subtilen Vibrationen der lebendigen Magie, die den Stein umhüllte. Doch irgendwo in diesem magischen Flüstern gab es einen Mißklang, etwas, das ebensolchen Abscheu erwecken konnte, wie der Gestank verfaulenden Fleisches. Die Heilerin hörte es genauso deutlich, wie ihre Drachenaugen das grüne Glühen des Giftes im Wasser gesehen hatten. Sie begriff, daß Mab recht hatte und Balgub sich irrte. Der Stein war verdorben. Die Macht der Zauberformeln, die sich in ihm zusammenballte, zersetzte sich langsam, war durch das Gift in Zyernes Seele pervertiert.

Am Ende eines dreieckigen Gewölbes fand Jenny eine Fackel, deren unsteter Schein über die Wand neben einer Treppe mit flachen Stufen zitterte. Die eiserne Tür weiter oben war nicht verriegelt und stand offen, und auf der Schwelle lag der bewußtlose John. Hungrige Käfer und Kakerlaken krochen bereits über seine Hände und sein Gesicht.

In der Finsternis der angrenzenden Höhle vernahm Jenny einen Schrei: »Hört auf!« gefolgt von dem lieblich klingenden und doch so unheilvollen Lachen Zyernes.

»Gareth«, hauchte die Magierin, »hast du denn jemals allen Ernstes gehofft, dich mir widersetzen zu können?«

Jenny schauderte, sie lief los und stürmte ins Herz der Tiefe.

Sie sah sie durch den Wald aus alabasterfarbenen Säulen. Der flackernde Schein einer Fackel zuckte nervös über den weißen Stein, der eine offene Fläche umfaßte. Über der Schwärze des Studentengewandes wirkte Gareths Gesicht aschfahl und völlig blutleer. In seinen Augen irrlichterte das Entsetzen, glänzten die Erinnerungen an die zurückliegenden Begegnungen mit der Mätresse seines Vaters, glühte die ohnmächtige Verzweiflung angesichts seiner Hilflosigkeit. In der rechten Hand hielt er die Hellebarde, die John als Krücke verwendet hatte. Bevor Aversin zusammengebrochen war, dachte Jenny, mußte er Gareth noch darauf hingewiesen haben, daß Zyerne ihn in der Tarnung seines Vaters zu überlisten versuchte. Wenigstens verfügte der junge Mann jetzt über eine Waffe. Aber es war fraglich, ob er sie auch einsetzen konnte.

Der Stein in der Mitte des aus Onyx bestehenden Tanzbodens schien von innen heraus in einem schwachen Glanz zu leuchten. Die vor ihm stehende Frau lächelte; sie war so schön wie die Todesgöttin, von der es hieß, daß sie manchmal bei Stürmen über die Wellenberge des aufgepeitschten Meeres wandere. Zyerne wirkte jünger als je zuvor, und sie nutzte diese jungfräuliche Unschuld als Schutz gegen Gareth. Doch trotz ihres lieblichen Anblickes haftete ihr etwas Übelkeiterweckendes an, strömte eine überwältigende und verdorbene Sinnlichkeit von ihr aus. Ein Wind, dessen Hauch Jenny nicht auf ihrer Haut fühlen konnte, bewegte das schwarze Haar der Hexe und zupfte sanft an den Ärmeln ihres zarten weißen Gewandes. Jenny blieb am Rande der glatten Onyxfläche stehen, im Schatten verborgen, und sie begriff, daß sie Zyerne nun so sah, wie sie einst gewesen war, damals, als sie sich zum erstenmal an diesen Ort begeben hatte – ein mit der Magie geborenes junges Mädchen, das die lichtlosen Tunnel und Korridore auf der Suche nach Macht durchstreifte, eine kindliche Zyerne, die mit allem Eifer versuchte, über sich selbst hinauszuwachsen, die ebenso versessen darauf gewesen war wie jene Frau im hohen Norden, die manchmal davon träumte, Mann und Kinder zu verlassen und sich ganz dem Studium der Magie zu widmen.

Zyerne lachte; ihre Lippen teilten sich und offenbarten perlweiße Zähne. »Hier liegt meine Bestimmung«, hauchte sie und strich mit den Fingerkuppen über den blauschwarzen Glanz des Steins. »Die Gnome hatten kein Recht, das alles für sich zu behalten. Jetzt gehört er mir. Seit Anbeginn der Welt ist die Macht des Steins für mich bestimmt, ebenso wie du es bist.«

Sie streckte die Hände aus, und Gareth flüsterte: »Nein.« Seine Stimme klang dünn und verzweifelt, als das Verlangen nach Zyerne Körper und Geist marterte.

»Was soll ich von diesem *Nein* halten? Du wurdest für mich geschaffen, Gareth. Dazu, König zu sein und mich zu lieben. Dazu, der Vater meines Sohnes zu werden.«

Wie ein Phantom schwebte Zyerne dem jungen Mann über die ölige Schwärze des Tanzbodens entgegen. Gareth schlug mit der Fackel nach ihr, doch die junge Frau wiederholte nur ihr melodisches Lachen und wich nicht einmal zurück. Sie wußte, daß er nicht den Mut hatte, sie mit der Flamme zu verbrennen. Gareth näherte sich ihr langsam, die Hellebarde erhoben, doch Jenny konnte deutlich sehen, wie er schwitzte, wie er mit sich rang. Er bebte am ganzen Leib, als er versuchte, seine letzten Kraftreserven zu mobilisieren und den Mut aufzubringen, nach Zyerne zu schlagen. Er kämpfte um die Entschlossenheit, die Waffe einzusetzen, sie nicht einfach fallenzulassen und Zyerne in die Arme zu schließen.

Im Schimmern eines bläulich glühenden magischen Lichts trat Jenny zwischen den alabasterfarbenen Säulen hervor, und ihre Stimme war wie ein scharfes Messer, das die vibrierende Luft durchschnitt, als handele es sich dabei um ein zartes Tuch. »ZYERNE!« rief sie, und die junge Magierin wirbelte herum. Im hellen Licht der Fackel funkelten ihre Augen in dem schwefligen Gelb eines Unwetters, so wie bei ihrer Auseinandersetzung auf der Lichtung. Das Gespinst des Bannes, den sie über Gareth ausgesprochen hatte, zerriß von einem Augenblick zum anderen, und der junge Mann besann sich auf die Reste seines Willens und holte mit der Hellebarde nach ihr aus.

Fast verächtlich schleuderte sie ihm einen Abwehrzauber entgegen; die Waffe rutschte aus seiner Hand und fiel klirrend zu Boden. Zyerne wandte sich nun wieder dem jungen Mann zu und hob die Hand, doch Jenny trat rasch vor. Ihr Zorn war wie eine Wolke aus rauchigem Dunst und phosphoreszierendem Gleißen, und sie warf eine Schlinge aus Feuer in Richtung der Magierin, ein Seil aus heißer Glut, das aus ihrer Handfläche hervorzuckte.

Zyerne stieß es einfach beiseite, und es zischte und knisterte auf dem schwarzen Boden. Das Funkeln in ihren gelben Augen verstärkte sich. »Ihr!« fauchte sie leise. »Ich habe Euch ja gesagt, ich würde den Stein bekommen. Und ich habe Euch auch gesagt, was ich mit einer Schlampe wie Euch machen werde. Ihr habt es gewagt, Euch mir in den Weg zu stellen, und dafür sollt Ihr bei lebendigem Leibe verfaulen!«

Eine Zauberformel der Zerstörung und Zersetzung zuckte wie ein Blitz durch das Gewölbe; Jenny duckte sich und spürte, wie ihre Verteidigungsbarrieren erzitterten. Die von Zyerne eingesetzte Macht war wie ein schweres Gewicht, und der düstere Schatten des Unheils in der Höhle, den die Heilerin erst kurz zuvor wahrgenommen hatte, verdichtete sich und drohte sie zu ersticken. Jenny drängte ihn beiseite, für einige Sekunden lang konnte sie nicht die Kraft zum Gegenangriff aufbringen. Die Energie einer zweiten Beschwörung flutete ihr entgegen, dann die einer dritten, und sie ätzte und glühte in den Muskeln und Organen ihres Körpers, sengte über den Saum ihres Gewandes. Sie fühlte, wie etwas in ihr zerbrach, und sie schmeckte Blut am Gaumen. Hinter ihrer Stirn pochte ein heftiger Kopfschmerz, und jede einzelne Hirnwindung schien in heißem Feuer zu verbrennen. Der Sauerstoff der ganzen Welt reichte nicht aus, um ihre Lungen zu füllen. Die feindliche Magie hämmerte so wuchtig auf sie ein, daß sie sich allein auf die Verteidigung konzentrieren mußte. Sie fand nicht die Gelegenheit, offensiv gegen Zyerne vorzugehen, der Qual ein Ende zu machen. Sie spürte, wie sich die Wirkung der Todesformeln zu entfalten begann, gräßliche Perversionen derjenigen, die sie selbst eingesetzt hatte – und wie ein Echo der Verdammnis wogten sie nun auf sie zu, um sie zu zermalmen. Sie wurde sich der Verbindung zwischen Zyerne und dem Stein bewußt, der ihr die Kraft für die Angriffe gab, jene Energie, die sich wie eine schwarze Nadel aus purer Pein in Jennys Körper bohrte. Sie empfand das gierige Tasten einer verdorbenen parasitären Essenz, die ihren Blutdurst zufriedenstellen wollte.

Und warum nicht? dachte die Heilerin. Wie der schwarze Schleim aufbrechender Eitergeschwüre zuckte ihr ganzer Selbsthaß dahin wie ein heller Lichtstrahl. Sie hatte Menschen umgebracht, die schwächer gewesen waren als sie. Sie hatte ihren Meister gehaßt, einen Mann ausgenutzt, der sie um ihrer selbst willen liebte, die Früchte ihres eigenen Leibes verlassen. Sie hatte aus Trägheit und Furcht ihr Recht auf die Macht vertan. Ihr Körper gellte vor Schmerz, und ihr Wille zu widerstehen wurde schwächer. Wie konnte sie auch hoffen, das Böse in Zyerne wirksam zu bekämpfen, wenn sie selbst böse war und es ihr sogar an der inneren Größe der Magierin mangelte?

Zorn bildete sich in Jenny, war wie ein kalter Regen im Winterland, der die Feuer der Auflösung und Zersetzung löschte, und die Heilerin begriff, was der feindliche Zauber in ihr bewirkte. Wie ein Drache täuschte Zyerne mit der Wahrheit, aber es handelte sich dennoch um Betrug. Sie blickte auf und sah, wie sich das wunderschöne und doch so unheilvolle Gesicht ihr zuwandte, beobachtete das gierige Glühen in den goldenen Augen. Jenny streckte die Arme aus und griff nach Zyernes Handgelenken. Ihre Finger schmerzten dabei wie die einer alten Frau an einem kalten Winterabend, doch sie zwang sich dazu, sie um die Arme der Magierin zu schließen.

Größe? gellten ihre Gedanken, und ihr mentaler Wind blies eine Schneise in den Nebel der Zauberei. *Das ist nur das Bild, das Ihr Euch von Euch selbst macht, Zyerne. Ja, ich bin böse und schwach, und ich fürchte mich, aber wie ein Drache weiß ich, wer und was ich bin. Ihr seid ein Geschöpf der Lügen und des Giftes, ein Wesen kleiner und nichtiger Ängste – und das wird Euch letztendlich umbringen. Ob ich sterbe oder nicht, Zyerne – es spielt keine Rolle. Irgendwann werdet Ihr Euch selbst töten, Euch selbst zum Opfer fallen. Nicht Eure Taten sind es, die Euch schließlich in den Untergang treiben, sondern das, was Ihr seid.*

Sie spürte, wie sich bei diesen Worten Zyernes Seele verkrampfte. Mit einer Lanze aus Wut brach Jenny den grausamen Griff, der sie bisher festgehalten hatte. Im gleichen Augenblick wurden ihre Hände beiseite gestoßen. Sie merkte erst jetzt, daß sie auf die Knie gesunken war, und sie strich sich das strähnige Haar aus dem Gesicht und sah zu der jungen Magierin auf, deren Miene sich in eine Fratze verwandelt hatte. »Ihr! Ihr ...« Mit einem schrillen Fluch hüllte sich Zyerne in einen Kokon aus Hitze und Feuer. Jenny machte sich klar, daß die Gefahr nun nicht mehr von dem Bewußtsein der Magierin ausging, sondern von ihrem Körper, und sie warf sich zur Seite und rollte sich von ihr fort. In dem Wüten aus hoch emporzüngelnden Flammen stand ein Geschöpf, wie sie es noch nie zuvor gesehen hatte, ein gräßliches und entartetes Ungetüm. Es schien, als sei es aus der Vereinigung einer Riesenkakerlake mit einem Tiger hervorgegangen. Das Ungeheuer brüllte heiser und kam auf sie zu.

Jenny rollte sich erneut herum und entging nur knapp den rasiermesserscharfen Fußkrallen. Sie hörte, wie Gareth ihren Namen rief, und aus den Augenwinkeln sah sie, wie er ihr die Hellebarde über den glatten Boden zuschob. Sie bekam die Waffe gerade rechtzeitig zu fassen, um damit einen zweiten Angriff des unheimlichen Wesens abzuwehren. Der Stahl der Schneide schabte mit einem lauten Kratzen über die Kiefer des Ungetüms, und seine Masse trieb Jenny an den blauschwarzen Stein zurück. Dann wandte sich das abscheuliche Geschöpf um und ergriff die Flucht, so wie Zyerne an jenem Abend im Wald. Jenny glaubte, die Stimme der Magierin zu vernehmen, ein vages Heulen hinter ihrer Stirn, in dem die Worte erklangen: »Ich zeige es Euch! Ich zeige es Euch allen!«

Damit verschwand das Ungeheuer in dem Wald aus alabasterweißen Säulen und stürmte in die Tunnel, die zur Erdoberfläche führten.

Jenny wollte aufstehen, um ihm zu folgen, doch ihre Knie gaben nach, und sie sank neben dem Stein zu Boden. Ihr Körper schmerzte von den Zehenspitzen bis hin zur Kopfhaut, und ihre Seele schien sich angesichts der erbarmungslosen Attacken Zyernes in eine breiige und formlose Masse verwandelt zu haben. Innerlich blutete sie noch immer, weil sie sich mit dem abgefunden hatte, was sie war. Die eine Hand, die noch immer auf dem Schaft der Hellebarde lag, schien kein Teil ihres Leibes mehr zu sein. Auf den braunen Fingern zeigten sich Brandblasen, das Ergebnis eines Angriffes, den sie nicht einmal gespürt hatte. Gareth beugte sich über sie, und es war, als sauge der schwarze Boden den Lichtschein der Fackel in sich auf.

»Jenny ... Jenny, wacht auf ... Jenny, *bitte!* Zwingt mich nicht dazu, ihr allein zu folgen!«

»Nein«, brachte die Heilerin flüsternd hervor und schluckte Blut. Irgendein Instinkt sagte ihr, daß sich ihre inneren Wunden bereits wieder geschlossen hatten, doch nach wie vor fühlte sie sich elend und ausgelaugt. Sie versuchte erneut, sich in die Höhe zu stemmen, aber wieder brach sie zusammen und übergab sich. Sie spürte, wie die Hände des jungen Mannes sie festhielten, und dennoch zitterte sie wie Espenlaub. Als sie wieder einigermaßen zu sich gekommen war, fragte sie sich, ob dies der erste Schatten des Todes war, der sich über sie legte, doch sie verdrängte diesen Gedanken und rief sich selbst zur Ordnung.

»Sie hat es auf Morkeleb abgesehen«, hauchte sie und

richtete sich auf. Das schwarze Haar bildete einen strähnigen Schleier vor ihrem Gesicht. »Er wird von der Macht des Steines beherrscht. Zyerne war zwar nicht dazu in der Lage, mich zu unterwerfen, aber es dürfte ihr gelingen, die Seele des Drachen zu kontrollieren.«

Nach einer Weile schaffte sie es, ganz aufzustehen, und Gareth half ihr dabei so vorsichtig und behutsam wie möglich. Er nahm auch die Hellebarde an sich. »Ich muß sie stellen, bevor sie die Gewölbe der Tiefe verlassen kann«, fügte Jenny hinzu. »Ich habe ihren Geist besiegt. Und während die schmalen Tunnel die Bewegungsfreiheit ihrer derzeitigen Gestalt beschränken, schaffe ich es vielleicht, auch ihren Körper zu schlagen. Bleib du hier und hilf John.«

»Aber ...«, setzte Gareth an. Jenny machte sich von ihm frei und lief unsicher zu der dunklen Tür.

Im Tunnel erfüllten Zauber der Verwirrung die Finsternis. Die Runen, die Jenny in den Granit der Wände gekratzt hatte, um ihren Weg zu markieren, waren verschwunden, und einige Sekunden lang machte das subtile und heimtükkische Gespinst der Magie sie benommen und täuschte sie mit dem Eindruck, alle Korridore sähen gleich aus. Panik quoll in der Heilerin empor und schnürte ihr den Hals zu, als sie daran dachte, sich möglicherweise in den Felslabyrinthen zu verirren. Dann meldete sich jedoch der Teil von ihr, der einen sicheren Weg durch die weiten Wälder des Winterlandes fand, und seine Stimme flüsterte: *Überlege. Denk nach und lausche.* Leise sprach sie eine Zauberformel und sah sich in der Dunkelheit um. Mit Hilfe des tief in ihr verwurzelten Orientierungssinnes hatte sie sich auf dem Wege in das Herz der Tiefe trotz der Runenzeichen an den Wänden Besonderheiten gemerkt: Felsvorsprünge, Unebenheiten in den Wänden, die Besonderheiten des Gesteins. Sie erweiterte ihre Sinne und horchte in der Schwärze nach Geräuschen, nach kaum wahrnehmbaren Echos. Sie vernahm das dumpfe Brummen der Stimme Johns, der nun mit Gareth über Türen sprach, die die Gnome eigentlich hatten verriegeln wollen, und weiter vorn hörte Jenny das leise Kratzen von Chitin auf hartem Untergrund. Sie vertiefte ihre Konzentration und wurde auch auf ein geisterhaftes Rascheln aufmerksam: Das Ungeziefer in den Höhlen und Tunneln floh vor dem Monstrum, das sich wie ein gestaltgewordener Schrecken durch die Gänge schob. Die Heilerin nickte sich selbst aufmunternd zu und nahm die Verfolgung auf.

Sie hatte Morkeleb aufgefordert, vor dem Außentor der Tiefe Wache zu halten. Jetzt hoffte Jenny, daß der Drache vernünftig genug war, sich nicht an diese Anweisung zu halten. Aber es spielte eigentlich auch keine Rolle, wie er sich verhielt. Zyerne gebot über die Macht des Steines. Sie nutzte nun die vollständigen Reserven der in ihm gespeicherten magischen Kraft, denn sie wußte, daß ihr genügend Lebensessenz zur Verfügung stehen würde, wenn die Zeit kam, den Preis für die Macht zu zahlen. Und Morkeleb war an den Stein gebunden, wesentlich fester als an Jennys Willen. Wenn der Drache zu Zyernes Sklaven wurde, konnte sich die Zitadelle nicht länger halten, und das bedeutete, daß der Stein endgültig der Magierin gehörte.

Jenny schritt schneller aus und lief, obgleich dadurch neuer Schwindel sie erfaßte. Ihre nackten Füße platschten durch das Wasser von Pfützen, und das Geräusch, das sie dabei verursachten, hallte dumpf von dem Kalkstein wider. Ihre kalten Hände umklammerten fest den Schaft der Hellebarde. Sie wußte nicht, wie groß Zyernes Vorsprung sein mochte oder wie schnell sie in ihrer gegenwärtigen Gestalt vorankommen konnte. Zwar hatte die Magierin jetzt keine Macht mehr über sie, doch trotzdem fürchtete Jenny eine neuerliche Konfrontation, empfand Abscheu und Grauen bei der Vorstellung, körperlich gegen das gräßliche Ungeheuer zu kämpfen, in das sich Zyerne verwandelt hatte. Der zur Ironie neigende Teil ihres Selbst dachte: Eigentlich wäre John für diese Aufgabe besser geeignet – schließlich hat er mit Ungetümen schon einige Erfahrungen sammeln können. Sie lächelte dünn. Mab hatte recht: Es gab Schlimmeres als die Heimsuchung durch einen Drachen.

Sie eilte über einen Hang, aus dem Gebilde ragten, die wie versteinerte Pilze aussahen, und sie kam durch einen Torbogen, der wie ein gewaltiges Maul geformt war. Das Herz klopfte ihr bis zum Halse empor, und in ihrem kalten Leib rumorte noch immer der ätzende Schmerz, den Zyerne in ihr hatte entstehen lassen. Und sie lief weiter, vorbei auch an den Riegeln und Barrikaden, in die die Gnome solches Vertrauen gesetzt hatten. Sie wußte, daß sie es nicht mehr rechtzeitig schaffen konnte.

In dem bläulichen Zwielicht der Gewölbe unterhalb der Zitadelle fiel ihr Blick auf Stühle und Tische, die scheinbar unter einem enormen Gewicht zermalmt worden waren. Jenny mobilisierte ihre letzten Kräfte und lief noch schneller. Durch eine der Türen sah sie trübes Tageslicht. Der süßliche Gestank von Blut wehte ihr entgegen, und als sie zu Boden blickte, erkannte sie die geköpfte Leiche eines Zwerges, die in einer Lache aus warmem Blut lag. In der letzten Höhle der Tiefe hatte ein Gemetzel stattgefunden: Dutzende von Menschen und Gnomen waren hier gestorben. Nur noch zerrissene Fetzen und scharfkantige Metallsplitter erinnerten an die Wamse und Kettenhemden, und an den Wänden und der Decke zeigten sich blutige Schleimspritzer. Jenseits der Tür erklangen laute Schreie, und Jenny nahm Brandgeruch wahr. Sie stolperte über die Leichen hinweg, und ihre Gedanken riefen: *Morkeleb!* Ihre Seele sang die Namensmelodie des Drachen, so laut sie konnte. Sein Geist berührte den ihren, und das gräßliche Gewicht des Steines senkte sich auf sie beide herab.

Licht blitzte an die Augen der Heilerin. Sie kletterte über die Toten auf der Türschwelle und betrat den unteren Hof der Zitadelle. Einige Sekunden lang zwinkerte sie, und ihr Blick fiel auf das Kopfsteinpflaster, auf dem sich nun eine dünne Schicht aus Blut gebildet hatte. Vor ihr hockte das Ungeheuer, das im safrangelben Glühen der Gewitterwolken und des stürmischen Tages noch größer und abscheulicher wirkte. Zyerne hatte ihre Gestalt erneut verändert, und sie sah jetzt aus wie eine riesenhafte geflügelte

Ameise, deren Körper es jedoch an der eigentümlichen Eleganz eines Insekts mangelte. Krake, Schlange, Skorpion, Wespe – eine Entsetzensmischung, die noch dazu gehüllt war in einen Mantel aus Schreckensmagie. Das über den Platz hallende kreischende Lachen stammte von Zyerne. Und es war auch die Stimme der Magierin, die Morkeleb beschwor, die versuchte, sich den Drachen zu unterwerfen, so wie sie vorher bemüht gewesen war, sich Gareth gefügig zu machen. Die Macht des Steines bildete eine Schlinge, die sich immer fester um Morkelebs Seele zusammenzog.

Wie erstarrt duckte sich der Drache an die Mauer am anderen Ende des Platzes. Wie zum Kampf hatte er alle Dornen und Stacheln und Schuppen seines Körpers aufgerichtet, doch in seinem Geist sah Jenny nichts anderes als sengende Agonie. Das kolossale Schattengewicht des Steins zerrte an seiner Seele, eine Macht, die Generation um Generation gewachsen war, die in sich selbst gärte und die Zyerne nun gegen Morkeleb zum Einsatz brachte, mit der sie danach trachtete, ihn zu ihrem Sklaven zu machen. Für Jennys Empfinden war der Geist des Drachen ein eiserner Kern, der sich unter der Last des Steins langsam zu verformen begann, in dem sich erste Risse bildeten.

Morkeleb! wiederholte sie ihren Ruf und stürzte ihm mit Körper und Geist entgegen. Ihre Seelen berührten sich und verbanden sich miteinander. Durch seine Augen sah Jenny die schreckliche Gestalt des Ungeheuers und begriff, wie der Drache Zyernes Tarnung durchschaut hatte: Das Muster ihres Geistes war unverwechselbar. Am Rande wurde sich die Heilerin bewußt, daß dies auch auf die Seelen all der Menschen und Gnome zutraf, die sich in Nischen verbargen oder an den Zinnen auf den Wehrgängen Schutz suchten. Alles um sie herum beobachtete sie mit dem Blick eines Drachen. Die Macht des Steines wogte erneut an sie heran, und doch war Zyerne selbst damit nicht dazu in der Lage, sie zu unterwerfen, Kontrolle über ihr Ich zu erringen. Durch Morkelebs Augen sah sie, wie sie auf den Drachen zulief, und es entging ihr auch nicht, wie sich Zyerne umwandte und Anstalten machte, mit einer Tatze den kleinen Körper mit dem wehenden schwarzen Haar unter sich zu zermalmen, jene Frau, die Jenny nun wie ein Spiegelbild beobachtete.

Ihr Geist weilte im Innern des Drachenleibs und drängte die gewaltige Last des Steins von ihm fort. Und mit der Wendigkeit einer Katze ging der Drache zum Angriff über. Das Geschöpf, in das sich Zyerne verwandelt hatte, drehte sich ruckartig, um der unerwarteten Attacke zu begegnen. Jenny steckte zur einen Hälfte im Leib Morkelebs und zur anderen in ihrem eigenen Körper, und als menschliche Frau sprang sie mit einem langen Satz unter den herabhängenden, aufgeblähten Bauch des Monstrums, das direkt vor ihr in die Höhe ragte. Sie winkelte die Hellebarde an und stieß mit aller Kraft zu. Als die Klinge in das stinkende Fleisch eindrang, vernahm Jenny inmitten ihrer Gedanken die Stimme Zyernes. Sie fluchte schrill und obszön, verdammte sie als eine kleine Schlampe und versicherte ihr einmal mehr, sie auf die denkbar gräßlichste Art und Weise umzubringen. Dann zog das Ungeheuer die Beine an und katapultierte sich empor. Von den Wolken her hörte Jenny das Grollen eines dumpfen Donners.

Rasch murmelte sie eine Beschwörung, um den Blitz zu neutralisieren, der in der nächsten Sekunde auf den Platz herabgezuckt wäre. Sie nutzte einen Drachenzauber, der Morkeleb und seine Artgenossen in die Lage versetzte, auch in Unwetterzonen zu fliegen. Morkeleb hielt sich dicht neben ihr. Jennys Geist schützte ihn vor dem zerstörerischen Gewicht des Steins, und sein Körper schirmte die Heilerin vor Zyernes Wüten ab, deren monströser Leib weitaus kräftiger war als der der Heilerin. Nach wie vor bildeten ihre Seelen eine Einheit, und aus diesem Grund erforderte die Verständigung zwischen ihnen weder Worte noch mentale Assoziationsbilder. Jenny hielt sich an den nadelspitzen Dornen seines Vorderbeins fest, als er sie auf seinen Rücken hob, und sie versuchte, es sich zwischen den langen Stacheln des Rückgrates bequem zu machen. Erneut grollte es in den dunklen Wolken am schwefelfarbenen Himmel, und sie roch den Geruch von Ozon. Sie setzte eine weitere Zauberformel ein, um den Blitz abzulenken, der, wie sie deutlich erkennen konnte, von jenem weit oben schwebenden Geschöpf gelenkt wurde, das wie ein Eitersack am Himmel hing. Die Entladung traf das röhrenförmige Katapult auf dem Wehrgang. Es explodierte krachend; Flammen loderten, und Metallsplitter sausten dahin. Zwei Männer, die in der Nähe gerade damit beschäftigt waren, ein anderes Katapult herumzudrehen, um es auf das Ungeheuer auszurichten, ergriffen rasch die Flucht.

Jenny begriff, daß der Sturm von Zyerne beschworen worden war und auch dem Willen der Magierin unterlag. Mit ihrer Macht hatte sie das Gewitter herbeigerufen, und die gespeicherte Kraft versetzte sie auch dazu in der Lage, die Blitze so zu dirigieren, als handele es sich dabei um Lanzen in den Klauen ihres neuen Körpers. Damit wollte sie die Zitadelle vernichten: mit dem Stein, dem Sturm und dem Drachen.

Jenny schnallte ihren Gürtel ab und benutzte ihn, um sich an dem mehr als einen halben Meter langen Dorn vor ihr festzubinden. Das würde ihr nicht viel nützen, wenn sich der Drache während des Fluges herumdrehte, doch auf diese Weise lief sie wenigstens nicht Gefahr, durch eine Bö den Halt zu verlieren, und das mußte genügen. Sie wußte, wie erschöpft ihr Körper war, doch in der Seele des Drachen spürte sie nichts davon. Außerdem blieb ihr gar keine Wahl. Sie schirmte sich zusätzlich von der Erschöpfung ihres eigenen Leibes ab und riß sich die Beschränkungen aus Geist und Fleisch.

Der Drache warf sich gen Himmel, dem unter den Wolken wartenden Ungetüm entgegen.

Der Wind umheulte sie und fuhr in die Schwingen Morkelebs, so daß der Drache jäh abdrehen mußte, um nicht gegen die Türme der Zitadelle geschleudert zu werden. Das Monstrum über ihnen spuckte einen Regen aus beißendem Schleim auf sie herab. Grün war er und stank, und wie ein scharfes Gift verbrannte er Jennys Wangen und Hände, entfaltete seine ätzende und zerstörerische Wirkung auch auf den stahlharten Schuppen Morkelebs. Die Heilerin bemühte sich, von dem neuerlichen Schmerz nicht ihre Konzentration beeinträchtigen zu lassen, und zornig richtete sie ihren magischen Willen auf die Wolken. Kurz darauf strömte echter Regen herab, und seine Fluten wuschen den Schleim von ihrem Körper und dem des Drachen. Das nasse schwarze Haar klebte ihr an den Schläfen fest, als Morkeleb sich in den Wind drehte, und sie spürte, wie sich das Monstrum über ihnen ein weiteres Mal anschickte, einen Blitz herabzucken zu lassen. Sie ergriff ihn und schleuderte ihn zurück. Er entlud sich irgendwo zwischen ihnen und Zyerne, und die Druckwelle traf ihren ausgemergelten Leib wie eine Faust. Sie hatte ganz vergessen, daß sie kein Drache und ihr Körper deshalb wesentlich empfindlicher war als der Morkelebs.

Dann fiel ihnen das Ungeheuer entgegen. Die in raschem Rhythmus schlagenden durchscheinenden Insektenschwingen verursachten ein dumpfes Brummen. Infolge der Wucht des Aufpralls rollte sich der Drache auf die Seite, und Jenny war dazu gezwungen, sich an den Dornen rechts und links neben ihr festzuhalten. Zwar ergriff sie sie unterhalb der Schneiden, doch auch an jenen Stellen waren sie so scharf, daß sie sich dabei die Hände aufriß. Unter ihnen schien die Erde zu beben und dahinzurollen, aber Jenny richtete ihre Aufmerksamkeit sofort wieder auf das Ungetüm über ihnen. Der von ihm ausgehende Gestank war schlichtweg unerträglich. Aus der unförmigen Fleischmasse ragte ein haifischartiger Kopf, der den Rachen weit geöffnet hatte. Die spitzen Zähne bohrten sich in die dicken Gelenke an den Schwingen des Drachen, während um sie ein magischer Orkan losbrach, dessen Böen an den Verbindungen zwischen den Seelen Morkelebs und Jennys zerrten.

Eitrige Flüssigkeit tropfte aus dem Maul des Monstrums,

als es auf die Dorne der Schwingenansätze biß. Jenny hob die Waffe und zielte auf die Augen, die wie die eines Menschen aussahen, etwas größer waren als Männerfäuste und in graugoldenen Tönen glänzten. Die Klinge der Hellebarde durchschnitt das Fleisch, und aus den klaffenden, blut- und schleimtriefenden Wunden schoben sich weitere Köpfe hervor und schnappten nach dem empfindsamen Körper der Heilerin. Jenny kämpfte gegen das emporwallende alptraumhafte Entsetzen an und schlug erneut zu. Sie hielt den Schaft der Waffe fest umklammert, und stinkendes Naß bedeckte die Brandblasen auf ihren Fingern. Die eine Hälfte ihres Geistes beschwor aus den Tiefen der Drachenseele die Heilzauber, die gegen das Gift in jenen Schleimbächen halfen.

Als sie auf das andere Auge einschlug, wandte sich das Ungeheuer von ihnen ab. Der Schmerz sowohl der Wunden Morkelebs als auch ihrer eigenen sengte wie Feuer durch ihren Geist, als der Drache abdrehte und weiter an Höhe gewann, und sie wußte, daß auch er die Pein ihres aufgerissenen Fleisches empfand. Die Zitadelle fiel unter ihnen zurück. Regen ergoß sich auf sie, in solchen Strömen, daß man hätte meinen können, sie flögen nicht am Firmament entlang, sondern schwömmen durch ein Meer. Jenny legte den Kopf in den Nacken und sah in die Höhe. Noch immer rötete ein purpurnes Glühen die Ränder der dicht über ihnen schwebenden schwarzen Wolken, und diese Färbung deutete auf weitere Blitze hin. Die Wucht der Angriffe ließ nach, als Zyerne sich auf neue Zauberformeln konzentrierte, Formeln der Vernichtung und Verheerung, die sich gegen die Zitadelle und ihre Verteidiger richteten.

Dunst verhüllte die Schluchten und Hänge unter ihnen, die Festung, die grauen und smaragdfarbenen Augen zu beiden Seiten des weißen Flußbandes. Morkeleb kreiste unter den Gewitterwolken, und mit seinen Augen sah Jenny Einzelheiten, die ihr als Mensch nicht sichtbar gewesen wären. Die Ruhe des Drachen erstreckte sich auch auf sie, eine Gelassenheit, die neue Kraft gab. Ein Blitz zuckte unweit von ihnen in die Tiefe, und so klar, als blicke sie durch ein Fernglas, sah sie, wie ein weiteres Katapult explodierte. Der Mann, der es auf das Ziel am Himmel hatte ausrichten wollen, wurde zurückgeschleudert, fiel über die Brüstung und prallte auf die Klippen.

Dann faltete der Drache die Schwingen zusammen und stürzte in die Tiefe. Jennys Geist war nach wie vor mit dem Morkelebs verbunden, und deshalb empfand sie keine Furcht. Sie klammerte sich an den Dornen fest, während der Wind an ihren feuchten Haarsträhnen und dem blutigen und vom Regen durchnäßten Umhang zerrte. Sie fühlte sich wie ein dahinsausender Falke. Mit einer sonderbaren Befriedigung sah sie, wie sie sich mit atemberaubender Geschwindigkeit dem sackartigen und nun irgendwie schwerfällig und unbeholfen wirkenden Körper näherten, der ihr Ziel war, fühlte die Vorfreude auf den Zusammenprall, spürte, wie sich die Klauen des Drachen ausstreckten …

Die Wucht der Kollision hätte Jenny fast von Morkelebs Rücken geworfen. Das Monstrums zitterte und wand sich hin her, duckte sich dann unter den Bauch des Drachen. Ein Dutzend Rachen schnappten nach dem Fleisch unter den weicheren Schuppen des Drachen, nach seinen Flanken, scherten sich weder um die Stacheln und Dorne noch um den peitschenden Schwanz. Irgend etwas berührte Jenny am Rücken. Ruckartig drehte sie sich um, und mit der Hellebarde hackte sie den Kopf von einem schlangenartigen Tentakel, der sich ihr entgegengestreckt hatte. Warme Flüssigkeit rann ihr über den Rücken, und sie begriff, daß sie verletzt war. Wieder besann sie sich auf die Heilzauber, doch aufgrund einer gewissen Benommenheit dauerte es diesmal länger, bis sich die Wunde schloß. Es war, als seien sie in einen Mahlstrom aus geballter Zauberkraft geraten. Wieder senkte sich das enorme Gewicht des Steins auf sie, und diesmal war die Gefahr groß, daß dadurch die Verbindung zwischen den beiden Wesen zerriß.

Jenny wußte nicht mehr, was menschliche Magie war und was Drachenzauber. Sie bildeten eine Einheit, waren zusammengeschmiedet wie Eisen und Gold, zu einer Waffe, die sowohl den Geist angriff als auch den Körper. Sie spürte die zunehmende Erschöpfung Morkelebs und auch ihre eigene wachsende Trägheit. Weit unten drehten sich die zerklüfteten Grate und Schründe der Großen Barriere wie in einem Derwischtanz. Je wütender sie auf das gräßliche, stinkende Monstrum einhackten, desto mehr Mäuler bildeten sich in dem entsetzlichen Leib, Rachen, die mit nicht nachlassender Entschlossenheit nach den Schuppen des Drachen schnappten. Jenny empfand ebensowenig Furcht wie ein Tier, das gegen einen Artgenossen kämpft, doch es war, als vergrößere sich mit jeder verstreichenden Sekunde das auf ihr lastende Gewicht, als werde Zyernes neuer Körper nicht kleiner und schwächer, sondern immer größer und kräftiger, während die beiden ineinander verbissenen Leiber durch die Regenfluten segelten.

Als schließlich die Entscheidung kam, war sie wie ein Schock, wie der Hieb einer Keule. Tief unten vernahm Jenny ein dumpfes Donnern, ein grollendes Krachen, das den Kokon ihrer Benommenheit durchdrang und ihre Seele vibrieren ließ. Dann, etwas deutlicher, hörte sie eine Stimme wie die Zyernes, ein Kreischen, tausendfach verstärkt von der Magie, die sie zu ersticken drohte, das Dutzende von Echos hinter ihrer Stirn warf, bis sie glaubte, ihr Schädel müsse platzen.

Es war, als ändere sich der Traum innerhalb eines Traumes: Die Wirkung des Zaubers, der sie so erdrückend einhüllte, ließ langsam nach, der aufgeblähte Leib des Monstrums erschlaffte und fiel fort von dem Drachen. Irgend etwas unter ihnen blitzte und stürzte durch die Regenfluten den feucht glänzenden Türmen und Zinnen der Zitadelle entgegen. Und Jenny begriff plötzlich, daß die immer kleiner werdende Gestalt mit dem wehenden braunen Haar und dem weißen Gazegewand Zyerne war.

Das sofortige *Fang sie!* und die augenblicklich erfolgende

Antwort *Laß sie fallen!* brauchten nicht mehr Zeit als ein Sekundenbruchteil. Im nächsten Augenblick legte der Drache erneut die Schwingen an und jagte wieder wie ein Falke in die Tiefe. Durch seine kristallenen Augen konnte Jenny Zyerne so deutlich erkennen, als sei sie zum Greifen nahe, und Morkeleb folgte der Fallenden, holte sie mühelos ein und schloß eine Klaue um sie.

Der Regen verlieh den Mauern und Wehrwällen der Zitadelle eine aschfarbene und graue Tönung. Überall hinter den Zinnen waren nun Männer, Frauen und Gnome zu sehen, Haar und Kleidung von den herabströmenden Fluten durchnäßt. Weißer Rauch quoll aus der schmalen Tür, die in die Tiefe führte, doch alle Blicke waren nach oben gerichtet. Dutzende von Augenpaaren beobachteten den heranfliegenden schwarzen Drachen.

Dicht über der Zitadelle breitete Morkeleb die Schwingen wieder aus und neigte sie in den Wind, um die Geschwindigkeit herabzusetzen, und dann streckte er drei seiner vier Beine dem Boden entgegen. Mit der vierten Klaue legte er Zyerne auf das feucht glänzende Kopfsteinpflaster, und ihr langes dunkles Haar breitete sich wie ein Schleier in den Pfützen aus.

Jenny glitt vom Rücken des Drachen und hatte nicht den geringsten Zweifel daran, daß Zyerne tot war. Mund und Augen der jungen Frau waren geöffnet. Ihr Gesicht, nunmehr eine erstarrte Fratze des Schreckens und Entsetzens, offenbarte jene Züge, die auf ihr tatsächliches Wesen hindeuteten, auf Arroganz, aber auch eine ständige Furcht, auf das besondere Gift einer dauernden Besorgnis.

Jenny zitterte vor Erschöpfung und lehnte sich an die gewölbte Schulter des Drachen. Langsam lösten sich die schimmernden Verbindungsstränge zwischen ihren Seelen. Der eigentümliche Glanz, der den Konturen aller Dinge Farbe gegeben hatte, verflüchtigte sich. Lebende Geschöpfe hatten wieder feste Körper und wirkten nicht länger wie geisterhafte Schemen, in denen man die Muster der jeweiligen Essenzen sehen konnte.

Tausend Schmerzen marterten den Leib der Heilerin, und jetzt fühlte sie diese Pein wieder in ihrem ganzen Ausmaß. Sie wurde sich des Blutes bewußt, das den Stoff des zerrissenen Umhangs an ihrem Rücken festkleben ließ und auch an ihren Beinen herabrann, auf die bloßen Füße tropfte – und sie entsann sich an die Dunkelheit in ihrem Herzen, an jene seelische Finsternis, die Zyerne während des Kampfes als Waffe gegen sie verwendet und die Jenny daraufhin als Teil ihres Ichs akzeptiert hatte.

Sie hielt sich an den dornigen Schuppen fest, um nicht zu Boden zu sinken, und starrte in das schmale menschliche Gesicht, das zu ihr aufsah und vor dem Hintergrund des regennassen Kopfsteinpflasters wie ein heller Fleck wirkte. Eine Hand streckte sich ihr entgegen und berührte sie am Ellenbogen, und als Jenny den Kopf drehte, erkannte sie Trey neben sich. Das farbenprächtig getönte Haar haftete ihr feucht an Schläfen und Wangen. So nah, machte sie sich in diesen Sekunden klar, hatte sich außer ihr – und vielleicht John – noch kein anderer Mensch an Morkeleb herangewagt. Einen Augenblick später gesellte sich Polycarp zu ihnen, einen Arm in einer provisorischen Binde, die Hälfte seines roten Haarschopfes verbrannt vom Feuer des Monstrums.

Noch immer wallte weißlicher Rauch durch das Tor, das von der Zitadelle aus in die Tiefe führte. Jenny hustete, und der Qualm schmerzte in ihren Lungen. Alle Leute auf dem Platz schienen mit ähnlichen Problemen konfrontiert zu sein. Es war, als stünde die ganze Tiefe in Flammen.

Neuerliches Husten ertönte, diesmal aus der Richtung der ersten Gewölbe. In der schattigen Türöffnung erschienen zwei Gestalten, und die kleinere wurde von der größeren gestützt. In einem rußgeschwärzten Gesicht spiegelten zwei Brillengläser das diffuse Licht wider.

Kurz darauf wankten die beiden Gestalten aus dem Rauch hervor auf den Platz, und es wurde völlig still, als sich die Aufmerksamkeit aller Anwesenden auf sie richtete.

»Ich habe mich mit dem Schießpulver verschätzt«, entschuldigte sich John.

17. Kapitel

Erst einige Tage nach der Sprengung des Steins begann sich Jenny von dem Kampf unter und über der Zitadelle zu erholen.

Sie erinnerte sich nur vage daran, wie sie Polycarp berichtet hatte, auf welche Weise es ihnen gelungen war, trotz des Verwirrzaubers Zyernes das Tor zu finden, an dem das Schießpulver in kleinen Tonnen und Säcken lagerte. Ebenso undeutlich entsann sich Jenny daran, wie Morkelebs Klauen sich sanft um sie geschlossen hatten, als sie vor Erschöpfung zusammenbrach. Wie eine kleine Katze trug der Drache sie anschließend unter das Überdach auf dem oberen Platz. Klarer hingegen war die Erinnerung an Johns dumpfe Stimme, der die anderen dazu aufgefordert hatte, ihnen nicht zu folgen. »Sie braucht eine Heilung, die wir ihr nicht geben können«, wandte er sich an Gareth. »Am besten, wir lassen sie einfach in Ruhe.«

Sie fragte sich, wieso er Bescheid wußte. Vielleicht lag es daran, daß John sie so gut kannte.

Morkeleb heilte sie auf Drachenart, und seine Gedanken durchflüsterten nicht nur ihre Seele, sondern auch ihren Körper. Die Wunden ihres Leibes schlossen sich schon bald. Das in ihren Adern zirkulierende Gift wurde abgebaut, und von den tiefen brandigen Wunden, die die Krallen und Zähne des Monstrums in ihr Fleisch gerissen hatten, blieben nur unheilvoll aussehende Narben von der Größe einer Hand zurück. Ebenso wie John würde Jenny für den Rest des Lebens von ihren Narben gezeichnet bleiben.

Ihr Geist jedoch heilte langsamer. Und die Wunden, die von der magischen Auseinandersetzung mit Zyerne stammten, schlossen sich nicht so ohne weiteres. Als besonders schlimm empfand es Jenny, daß sie durch ihre eigene Furcht das Geburtsrecht auf die Macht der Zauberei aufgegeben hatte.

Die Macht wartet auf dich – du brauchst nur die Hände nach ihr auszustrecken, um sie zu ergreifen, lautete der Hinweis des Drachen.

Und natürlich wußte Jenny, daß er recht hatte.

Sie drehte den Kopf, wandte den Blick vom Innern des engen Anbaus und betrachtete den Drachen, der im blassen Sonnenschein auf dem Platz lag, einer schwarzen Kobra gleich. Er hatte den Kopf erhoben, seine Fühler bewegten sich und lauschten dem Flüstern des Windes. Sie spürte, daß ihre Seelen noch immer miteinander verbunden waren, daß ihr Leben an den kristallenen Strängen seines Selbst haftete.

Einmal fragte sie ihn, warum er in der Zitadelle geblieben war, um sie zu heilen.

Der Stein ist geborsten – und damit bist du nicht mehr an diesen Ort gebunden.

Sie fühlte, wie Ärger in ihm erzitterte. *Ich weiß nicht, Hexe. Du hättest dir nicht selbst helfen können – und die Vorstellung, du könntest deinen Verletzungen erliegen, bereitete mir Unbehagen.* Begleitet wurden die Worte des Drachen nicht nur von dumpfer Verärgerung, sondern auch von den Erinnerungen an Furcht und eine Art von Scham.

Warum? fragte sie. *Du hast mir oft genug gesagt, Drachen interessierten sich nicht für die Angelegenheiten der Menschen.*

Und das stimmt auch. Aber seit du mich geheilt und mit mir in der Tiefe dem Lied des Goldes gelauscht hast, spüre ich etwas in mir, das ich nicht verstehe. Meine Macht hat deine verstärkt, aber ich weiß nicht, welcher Teil deines Wesens es war, der in mir wirkte, denn es handelt sich dabei nicht um Dinge, die Drachen vertraut sind. Auf diese Weise spürte ich das Joch des Steines, als ich nach Norden flog – Verlangen und Schmerz dort, wo vorher nur mein eigener Wille zu Hause war. Aus diesem Grund ertrage ich es auch nicht, dich leiden zu sehen – ich möchte dich nicht dem Tod überlassen, wie er für Menschen typisch ist. Ich möchte , daß du mich nach Norden begleitest, Jenny: um ein Drache zu werden, um die Macht zu erringen, nach der du dich immer gesehnt hast. Dieser Wunsch ist in mir nun ebenso stark wie vorher die Sehn-

sucht nach dem Gold. Den Grund dafür kenne ich nicht. Entspricht das nicht auch deinen Wünschen?

Doch darauf gab Jenny keine Antwort.

John stand viel früher auf, als es sein Zustand eigentlich erlaubte, und er stieg die Treppe zu dem oberen Platz hoch, um nach seiner Lebensgefährtin zu sehen. Er setzte sich auf die Kante der behelfsmäßigen Liege in ihrem kleinen Quartier, und er strich ihr so durchs Haar, wie er es in Alynfeste machte, wenn Jenny zu Besuch kam, um die Nacht bei ihm und ihren Söhnen zu verbringen. Er sprach von alltäglichen Dingen, vom Abzug der Belagerungstruppen, von der Rückkehr der Gnome in die Tiefe, von Gareth. Er erzählte ihr auch von den vielen Büchern, die sie mit nach Norden nehmen würden. Er verlangte nichts von ihr, weder eine Antwort noch eine Entscheidung. Doch Jenny gewann fast den Eindruck, als verursachten seine sanften Berührungen mehr bittere Pein in ihr als alle Zerstörungszauber Zyernes.

Sie hatte ihre Wahl bereits getroffen, dachte sie, vor zehn Jahren, als sie sich begegnet waren, und seitdem entschied sie sich mit jedem Tag neu für John. Das änderte jedoch nichts daran, daß es nach wie vor eine Alternative gab. Sie brauchte nicht erst den Kopf zu drehen und Morkeleb anzusehen, um zu wissen, welche Gedanken in den diamantenen Tiefen der Drachenaugen dahinglitten.

Als John aufstand und in seine Unterkunft zurückkehren wollte, legte Jenny eine Hand auf den Ärmel seines abgetragenen schwarzen Umhangs. »John«, sagte sie leise. »Würdest du mir einen Gefallen tun? Setz dich mit Mab in Verbindung und bitte sie um die besten Bände über die Magie der Menschen und der Zwerge. Ich würde mich sehr freuen, wenn wir sie ebenfalls mit nach Hause nehmen könnten.«

Aversin musterte sie eine Zeitlang. Jenny lag auf einer nicht besonders weichen, mit Stroh gefüllten schmalen Matratze, die ihr nun schon seit vier Nächten als Bett diente. Ihr dichtes, zerzaust wirkendes dunkles Haar lag wie ein schwarzer Schatten vor dem weißen Hintergrund des Hemdes. »Wäre es nicht sinnvoller, wenn du sie selbst auswähltest, Liebste? Schließlich wirst nur du sie benutzen.«

Jenny schüttelte den Kopf. John hatte den Rücken dem Licht auf dem Platz zugewandt, und dadurch konnte die Heilerin seine Züge nur andeutungsweise erkennen. Sie war versucht, die Hand auszustrecken und ihn zu berühren, doch aus irgendeinem Grund konnte sie sich nicht dazu durchringen. Mit kühler Stimme erwiderte sie: »Die Magie des Drachen ist in mir, John. Bei den Büchern geht es nicht um mich. Sie sind für Ian bestimmt, damit er aus ihnen lernen kann, wenn sich ihm die Macht offenbart.«

John schwieg einige Sekunden lang. Jenny fragte sich, ob er sich bereits über diese Veranlagung ihres ältesten Sohnes klargeworden war. Als er schließlich Antwort gab, war seine Stimme kaum mehr als ein Hauch. »Wirst du denn nicht bei uns sein, um ihn zu unterweisen?«

Sie schüttelte den Kopf. »Ich weiß es nicht, John«, flüsterte sie. »Ich weiß es nicht.«

Er machte Anstalten, ihr die Hand auf die Schulter zu legen, und rasch sagte Jenny: »Nein. Berühr mich nicht. Das macht es nur noch schwerer für mich.«

Aversin blieb noch eine Weile neben ihrem Lager stehen und sah auf sie herab. Dann fügte er sich, drehte sich still um und verließ den Schuppen.

Als der Tag kam, an dem sie die Zitadelle verlassen und sich auf den Rückweg ins Winterland machen wollten, hatte Jenny noch immer keine Entscheidung getroffen. Des öfteren spürte sie Johns erwartungsvollen Blick auf sich ruhen, immer dann, wenn er glaubte, sie bemerke ihn nicht. Da es ihm auf ihr Glück ankam, nutzte er nicht die eine Waffe, mit der er sie zwingen konnte, bei ihm zu bleiben: Nicht ein einziges Mal erinnerte er Jenny an ihre Söhne. Doch während der Nacht spürte sie die Gegenwart des schwarzen Kobraschattens, des Drachen, dessen schwarze Schuppen im Mondschein auf dem oberen Platz glitzerten. Oder sie beobachtete ihn, wie er aus dem dunklen Himmel heransegelte und wie sich das kalte Licht der Sterne auf seinem gewaltigen Leib widerspiegelte. Er erweckte dann fast den Anschein, als habe er den ganzen Kosmos durchflogen und kehre bedeckt mit dem Staub der Ewigkeit zurück.

Der Morgen, an dem sie sich zum Aufbruch bereitmachten, war klar, wenn auch recht kalt. Der König war von Bel nach Halnath geritten, um sie zu verabschieden, und begleitet wurde er von einem bunten Gefolge aus Höflingen, die John mit Ehrfurcht und Respekt begegneten. Sie schienen sich zu fragen, wie sie es nur gewagt hatten, sich über ihn lustig zu machen, und einige von ihnen befürchteten offenbar, sich deswegen seinen Zorn zugezogen zu haben. Mit Polycarp kamen auch Gareth und Trey. Die beiden strahlten und hielten sich an den Händen. Trey hatte sich das Haar anders getönt, und es glänzte nun in roten und goldenen Tönen – was sicher sehr eindrucksvoll gewesen wäre, hätte sie es in ihrem früheren Stil zur Schau getragen und nicht zu zwei Zöpfen geflochten, die ihr ein schulmädchenhaftes Aussehen verliehen.

Der König brachte auch eine ganze Karawane von Pferden und Mauleseln mit, beladen nicht nur mit Proviant und Ausrüstung für die lange Reise, sondern auch mit den Büchern, für die John bereit gewesen war, sein Leben zu riskieren. Aversin kniete vor dem hochgewachsenen und hohlwangigen alten Mann, dankte ihm und schwor ihm Treue. Jenny war in einen unscheinbaren Nordlandumhang gekleidet, stand abseits der anderen und fühlte sich auf sonderbare Weise von dem allgemeinen Geschehen getrennt. Sie beobachtete, wie der König immer wieder den Kopf drehte und seinen Blick über die Gesichter der Edelleute schweifen ließ, als suche er in ihrer Mitte nach einer Person, an die er sich nur vage zu entsinnen vermochte.

»Ihr wollt wirklich schon aufbrechen?« wandte sich der König an John. »Ihr seid doch gerade erst eingetroffen ...«

»Der Rückweg in meine Heimat ist lang und beschwerlich, Herr.« John ließ unerwähnt, daß er eine ganze Woche lang darauf gewartet hatte, vom König die Erlaubnis zum Kampf gegen den Drachen zu erhalten. Offensichtlich hatte der alte Mann gar keine oder nur sehr verschwommene Erinnerungen an die Ereignisse der letzten Zeit. »Wir dürfen nicht warten, bis hoher Schnee das Gelände noch unwegsamer macht.«

»Oh.« Der König nickte nur, drehte sich um und stützte sich auf die Arme seines Sohnes und seines Neffen Polycarp. Nach einigen Schritten verharrte er, runzelte die Stirn, als sei ihm gerade bewußt geworden, etwas vergessen zu haben, und wandte sich an Gareth. »Dieser Drachentöter – hat er das Ungeheuer erschlagen?«

Es gab keine Möglichkeit, ihm mit wenigen Worten alles zu erklären und zu berichten, auf welche Weise sein Reich vor großem Unheil gerettet worden war, und so gab Gareth schlicht zur Antwort: »Ja.«

»Gut«, sagte der alte Mann. Er wirkte noch immer recht nachdenklich, nickte jedoch anerkennend. »Gut.«

Gareth ließ den Arm seines Vaters los. Polycarp, Magister der Universität und Lord der Zitadelle, führte den König fort, damit er sich ausruhen konnte. Die Höflinge folgten ihnen wie ein Schwarm exotischer, bunt gefiederter Vögel. Drei kleine gedrungene Gestalten lösten sich aus ihrer Mitte, und ihre seidenen Roben raschelten leise in dem frostigen Wind, der über die grauen Zinnen und Wehrgänge der Bastion strich.

Balgub, der neue Lord der Tiefe von Ylferdun, neigte den Kopf. Er wirkte ein wenig steif und unbeholfen und schien sich noch nicht ganz an seine neue Rolle gewöhnt zu haben, und er dankte Lord Aversin dem Drachentöter – obwohl er nicht genau sagte, weswegen er ihm diese Ehre erwies.

»Nun, das dürfte ihm auch recht schwerfallen, nicht wahr?« bemerkte John später, als die drei Gnome in Richtung der Gemächer davongingen, die dem König und seinem Gefolge als Quartier zur Verfügung standen. Nur die Zwergin Mab hatte einen Blickkontakt mit Jenny gesucht und ihr wissend zugezwinkert. John fuhr fort: »Wenn er an mich herangetreten wäre und gesagt hätte, ›Vielen Dank dafür, daß Ihr den Stein gesprengt habt‹, so wäre das ein Eingeständnis seines Irrtums gewesen.«

Gareth, der noch immer in der Nähe stand und Treys Hand hielt, lachte leise. »Wißt Ihr, ich glaube, tief in seinem Innern macht er sich deswegen große Vorwürfe, doch andererseits wird er uns das vermutlich nie ganz verzeihen. Zumindest ist er im Königlichen Rat mir gegenüber recht höflich – ein Glück für uns beide, denn wir werden noch eine ganze Zeitlang miteinander auskommen müssen.«

»Tatsächlich?« In Johns Augen blitzte es interessiert auf.

Gareth schwieg einige Sekunden lang, zupfte an der Spitze des einen Ärmels und mied Johns Blick. Als er wieder aufsah, wirkte sein Gesicht eingefallen und niedergeschlagen.

»Ich habe es mir anders vorgestellt«, sagte er leise. »Ich dachte, nach Zyernes Tod würde sich mein Vater rasch wieder erholen. Nun, es geht ihm auch besser.« Er klang wie jemand, der sich einzureden versuchte, eine zusammengeklebte Statue sei wie eine, die nicht zerbrochen war. »Aber er ist so ... so abwesend. Badegamus meint, man könne nicht mehr von ihm erwarten, sich an die Entscheidungen zu erinnern, die er am Vortage traf. Als ich in Bel war, wurde der Königliche Rat einberufen, dem Badegamus, Balgub, Polycarp, Dromar und ich angehören. Wir besprachen die dringendsten Probleme des Reiches. Ich forderte meinen Vater auf, er solle die Dinge in die Hand nehmen. Besser gesagt: Ich erinnerte ihn an das, auf was es nun ankommt, und er versicherte, er werde daran denken. Er weiß, daß er vergeßlich geworden ist, weiß aber nicht genau den Grund dafür. Manchmal wacht er des Nachts auf und ruft nach Zyerne oder meiner Mutter.« Die Stimme des jungen Mannes war brüchig, als er schloß: »Doch was ist, wenn er sich niemals wieder ganz erholt?«

»Was soll dann schon sein?« hielt ihm John leise entgegen. »Eines Tages fällt die Verantwortung für das Reich ohnehin dir zu, mein Held.« Er wandte sich um und begann damit, die Sattelgurte der Maulesel festzuzurren und sich auf den Ritt durch die Stadt zu der Straße nach Norden vorzubereiten.

»Aber doch jetzt noch nicht!« Gareth folgte ihm, und in der kühlen Morgenluft formte sein Atem kleine Wolken. »Ich meine ... dann bleibt mir überhaupt keine Zeit mehr für mich selbst! Es ist Monate her, seit ich Gelegenheit hatte, an meinen Gedichten zu arbeiten oder zu versuchen, eine vollständige Fassung der im Süden bekannten Version der Ballade von Antara Amazone zu bekommen ...«

»Dann und wann dürftest du schon etwas Zeit dafür erübrigen können.« Der Drachentöter zögerte kurz und strich mit der Hand über den gewölbten Hals Kampfteufels, den Gareth ihm zum Abschiedsgeschenk gemacht hatte. »Es wird leichter werden, wenn sich die Bittsteller nicht mehr zuerst an deinen Vater wenden, sondern gleich an dich.«

Gareth schüttelte den Kopf. »Aber dann wird alles anders ...«

»Ist das nicht immer so?« John trat auch an die anderen Pferde und Maulesel heran, zog die Gurte an und überprüfte den festen Sitz der Packtaschen mit den vielen Büchern: Bände über Heilkunde, Anacetus' Werke über Dämonen aller Art, Luciards *Feuerspeier*, Bücher über Handwerkstechniken und Recht, verfaßt von Gnomen und Menschen. Gareth folgte ihm schweigend und versuchte mit der Erkenntnis fertigzuwerden, daß er jetzt praktisch der Lord von Bel war und er sich um das Königreich kümmern mußte. Zwar hatte man ihn in rein akademischer Hinsicht auf diese Aufgabe vorbereitet, doch dabei war immer nur von »eines Tages« die Rede gewesen; jetzt aber spürte er, wie sich ganz plötzlich die Last der Verantwortung auf seine Schultern senkte, die noch nicht ganz bereit waren, sie zu tragen. Jenny empfand Mitleid für ihn, und sie verglich Gareths Lage mit Johns: Einerseits galt seine ganze Leidenschaft dem Wissen und seiner Erweiterung, doch andererseits war er auch seinem Volk verpflichtet. Der einzige Unterschied war, daß in Gareths Reich Frieden herrschte und John noch ein Jahr jünger gewesen war, als er jene Verantwortung hatte akzeptieren müssen.

»Und Bond?« fragte Aversin sanft und richtete den Blick auf Trey.

Das junge Mädchen seufzte und rang sich ein Lächeln ab. »Er fragt noch immer nach Zyerne«, erwiderte es leise. »Wißt Ihr, er hat sie wirklich geliebt. Er weiß, daß sie tot ist, und er versucht sich den Anschein zu geben, als erinnere er sich an die Art und Weise, wie sie ums Leben kam. Ich habe ihm gesagt, sie sei vom Pferd gefallen ... Aber es ist seltsam. Er verhält sich mir gegenüber nun höflicher als vorher. Natürlich rechne ich nicht damit, daß er jemals richtig zuvorkommend wird, aber er hat nicht mehr die frühere Neigung zu üblen Scherzen, und ich glaube, er ist auch nicht mehr versucht, andere Leute zu verspotten. Gestern hat er beim Essen einen Teller fallengelassen – er ist jetzt sehr ungeschickt geworden –, und er entschuldigte sich deswegen sogar bei mir.« Treys Lächeln wirkte ein wenig verzerrt, vielleicht weil sie bemüht war, keine Tränen zu vergießen. »Noch vor nicht allzu langer Zeit hätte er nicht nur mir die Schuld dafür gegeben, sondern auch das Gefühl in mir entstehen lassen, als sei es tatsächlich mein Versehen.«

Hand in Hand folgten Trey und Gareth John, der an den Tieren vorbeischritt. Der rosenfarbene Umhang des Mädchens wirkte besonders prächtig im Grau des frostigen Morgens. Jenny stand noch immer abseits und lauschte ihren Stimmen. Nach wie vor hatte sie das Gefühl, John und die anderen wie durch milchiges Glas zu sehen. Ihr war, als seien sie Teil einer anderen Welt, zu der sie nur dann einen Bezug hatte, wenn sie es wollte. Und die ganze Zeit über horchte ihre Seele nach dem Himmel, vernahm ihr Geist mit seltsamer Klarheit die Stimmen des Windes, der über die Türme der Zitadelle hinwegstrich. Sie suchte etwas ...

Nach einer Weile begegnete sie dem Blick Johns, und sie sah die Sorgenfalten, die seine Stirn furchten. Irgend etwas in ihrem Innern krampfte sich zusammen.

»Müßt Ihr denn unbedingt gehen?« fragte Gareth zögernd. Jenny gewann fast den Eindruck, als habe der junge Mann ihre Gedanken gelesen, und ruckartig hob sie den Kopf. Doch Gareths Worte waren an John gerichtet. »Könntet Ihr nicht hier bei mir bleiben, zumindest noch eine Zeitlang? Es dürfte rund einen Monat dauern, bis die Truppen bereit sind. Ihr wärt in der Lage, einen Platz im Rat einzunehmen. Ich ... ich glaube, ich komme nicht allein mit all dem zurecht.«

John schüttelte den Kopf und lehnte sich an die Flanke eines Maulesels. »Du mußt und wirst es allein schaffen, junger Held. Und was mich angeht: Ich trage ebenfalls Verantwortung und muß mich um die Menschen kümmern, die meine Hilfe brauchen. Ich bin schon viel zu lange fort.« Bei den letzten Worten richtete er seinen fragenden Blick auf Jenny, doch die Heilerin wandte sich ab.

Jäher Wind kam auf und wehte über den Platz, zupfte flüsternd und raunend an Jennys Umhang und ließ ihr langes Haar wie ein schwarzes Banner flattern. Sie sah auf und erblickte den Drachen, der vom grauen und kobaltblauen Himmelsgewölbe herabsegelte.

Wortlos wandte sich Jenny von der Karawane auf dem Platz ab und lief auf die schmale Treppe zu, die zu den Wehrgängen weiter oben führte. Der dunkle Schatten Morkelebs schwebte wie ein schwarzer Milan im Wind, und seine sanfte Stimme sang ein Lied in ihren Gedanken.

Du hast mich bei meinem wahren Namen gerufen und dazu aufgefordert, dieses Land zu verlassen und nach Norden zurückzukehren, Jenny Waynest, erklangen Morkelebs Worte. *Und jetzt, da du dich zum Aufbruch bereit machst, werde auch ich mich von den Winden davontragen lassen. Doch ich möchte dich bitten, mit mir zu kommen, mich zu den Dracheninseln im kalten Nordmeer zu begleiten. Laß alles hinter dir zurück und werde eine von uns, für immer und ewig.*

Jenny wußte, daß sich Morkeleb nun zum letztenmal mit diesem Angebot an sie wandte. Wenn sie jetzt ablehnte, würde die Tür zufallen und verriegelt werden. Einige Sekunden lang stand sie reglos und erstarrt und blickte in den silbrigen Himmel empor. Sie spürte, daß John hinter ihr die Treppe hochkam, sein Gesicht eine ausdruckslose Maske, die matten Reflexe des perlmuttenen Morgenlichts auf den Brillengläsern. Und durch ihn wurde sie sich der beiden Jungen bewußt, die in den alten Türmen von Alynfeste auf sie warteten – zwei Kinder, die sie ohne die Absicht geboren hatte, sie großzuziehen, Kinder, die sie fast gegen ihren Willen liebte.

Doch die Präsenz des Drachen empfand sie als noch intensiver, jenes gewaltigen und kohleschwarzen Schattens, der erhaben und elegant vor dem weißen Narbengesicht des Mondes kreiste. Die Musik seiner Namensmelodie ließ ihr Knochenmark vibrieren, und die stählerne Härte seines Körpers und das in ihm brodelnde Feuer waren Eindrücke, die zärtlich über ihre Seele strichen.

Um ein Magier zu werden, muß man Magier sein, dachte sie. Der Schlüssel zur Magie ist die Magie.

Sie drehte sich um und sah zurück. John stand auf dem Pflaster hinter ihr, dicht vor den Apfelbäumen, deren Wurzeln den Boden an einigen Stellen aufgewölbt hatten. Weiter unten warteten die Pferde und Maulesel der Karawane. Trey und Gareth hielten die Tiere an den Zügeln, die angesichts der Drachenwitterung unruhig geworden waren. Für einige Sekunden fühlte sich Jenny geradezu überwältigt von den Erinnerungen an Johns Körper und seine Stimme. Sie glaubte die Festigkeit seiner Muskeln zu spüren, seine Lippen, die so erstaunlich weich waren, die kühle Glätte eines ledernen Ärmels. Ihr war, als nähme sie nicht nur den Duft seines Leibes wahr, sondern auch den beißenden Geruch des Kaminfeuers von Alynfeste.

Und sie sah in seinen Augen den Glanz von Verzweiflung und Hoffnung.

Unmittelbar darauf verblaßte das Schimmern der Erwartung, und trotz seiner Niedergeschlagenheit lächelte John. »Geh, wenn du mußt, Liebste«, sagte er sanft. »Ich habe dir versprochen, dich nicht festzuhalten, und daran halte ich mich. Ich wußte schon vor Tagen, wie du dich entscheiden würdest.«

Jenny schüttelte den Kopf und wollte ihm antworten, doch irgend etwas schien ihr die Kehle zuzuschnüren. Sie brachte keinen Laut hervor, und ihr dunkles Haar wehte im Winde, den die sich hebenden und senkenden Schwingen des Drachen verursachten. Mit einem Ruck wandte sie sich schließlich von John ab und eilte zu den Zinnen, hinter denen Morkeleb auf sie wartete.

Zuerst sprang ihre Seele. Sie saugte Kraft aus dem Wind und dem kristallenen Band, das Morkeleb ihr zuwarf und das ihr den Weg zeigte. Die einzelnen Elemente ihrer Essenz veränderten sich, als sie sich der Gestalt entledigte, in der ihr Geist von Geburt an gefangen gewesen war, als sich die Struktur ihres Fleisches änderte und eine andere Form anzunehmen begann. Sie beobachtete sich selbst, wie sie die Arme im Wind ausbreitete und über die Brüstung des Wehrganges hinwegtrat, und sie spürte die Böen in ihrem dichten Haar, als sie in die Leere sprang und den Klippen weiter unten entgegenfiel. Ihr Bewußtsein jedoch segelte bereits dahin, in Richtung der fernen Berggipfel, in Richtung des Mondes und der Wolken – in Richtung Morkelebs.

Von den Mauern der hinter ihr zurückbleibenden Zitadelle vernahm sie das bewundernde Flüstern Treys: »Sie ist wunderschön …«

Das hellere Licht des Morgens ließ den perlmuttenen Schein des Mondes nach und nach verblassen und spiegelte sich glitzernd auf Jennys milchfarbenen Schwingen wider, funkelte schimmernd wie ein Teppich aus spitzen Diamanten über die geisterhaft blassen Schuppen auf dem Rücken und den Flanken des weißen Drachen.

Von allen Dingen am deutlichsten jedoch sah sie John. Der in Balladen und Heldenliedern gepriesene Drachentöter sah Jenny stumm nach, und Tränen rannen über seine Wangen, als sie sich vom Wind dem Himmelsdach entgegentragen ließ, wie ein besonders großer und prächtiger Schmetterling. Dann wandte sich John von den Zinnen ab und kehrte auf den Platz zurück, wo die Pferde und Packtiere auf ihn warteten. Er nahm die Zügel aus Gareths Hand und schwang sich auf den Rücken Kampfteufels und ritt durch das Tor, um der Straße ins ferne Winterland zu folgen.

18. Kapitel

Gemeinsam flogen sie nach Norden, durch das Reich der Winde und Wolken.

Unter ihnen erstreckte sich die Erde, gefleckt mit den langen indigofarbenen Schatten des Morgens, dem hellen Blitzen klaren Quellwassers, den eisigen Messern der Gletscher. Jenny beobachtete das Muster des Meeres, die grünen und violetten Strömungen, ließ ihren Blick hinabreichen bis in die schattigen Tiefen des Ozeans. Sie betrachtete das silberweiße Glänzen der Schaumkronen auf den hohen Wellenkämmen, die zerstiebende Gischt, schmeckte Freiheit und Grenzenlosigkeit. Sie nahm die ganze Welt mit den Sinnen eines Drachen wahr, als ein Netz aus Zeit und Magie, das die Erde bedeckte und alles Lebendige an die kristallene Struktur des ewigen Kosmos band.

Zusammen mit Morkeleb hockte sie auf den hohen Gipfeln der Großen Barriere, auf dem granitenen Dach der Welt, und sie blickten nach Osten, über die Schluchten hinweg, in denen die Dickhornschafe winzig wie Flöhe von Fels zu Fels sprangen. Die Fluten gischtender Kaskaden aus grünem Schmelzwasser ergossen sich in die Tiefe. Weiter unten bedeckten dichte Wälder die Berghänge, und infolge der hohen Luftfeuchtigkeit hingen in den hohen

Baumkronen Schleier aus smaragdfarbenem Moos. Jennys Drachenaugen beobachteten auch das Grenzland, das sich an die Vorberge anschloß, jene Region, in der die Menschen lebten, die dem Lord der Zitadelle Treue geschworen hatten. Nach Westen hin reichte ihr Blick über die Gletscher hinweg, die wie grüne und weiße Ströme aussahen, die in hohen Klüften erstarrt waren, über frostige und kahle Felsen, bis zum Wildorak, der wie ein Band aus brauner Seide unter den von ihm aufsteigenden Nebelschwaden gleißte. In dem Wald an den Ufern jenes breiten Flusses sah Jenny auch das zarte Flechtwerk aus den Türmen und Minaretten des Jagdhauses.

Wie ein Drache konnte Jenny gleichzeitig nach vorn und hinten sehen. Und wie ein Drache nahm sie das, was sich ihren Augen darbot, in aller Gleichgültigkeit in sich auf.

Sie war frei und konnte nun das für sich beanspruchen, was sie sich immer gewünscht hatte – nicht nur die Macht, die der Kontakt mit Morkelebs Seele in ihr erweckt hatte, sondern auch die Zeit, die sie brauchte, um ihre neuen Fähigkeiten ganz zu entfalten, eine Zeit, die sie nicht mehr für alltägliche Routinearbeiten zu verschwenden brauchte.

Ihr Geist tastete behutsam nach dem Drachenwissen und bewunderte die Schönheit, seine erhabene Komplexität. Das alles gehörte nun ihr, war von Anfang an für sie bestimmt gewesen, hatte nur darauf gewartet, von ihr ergriffen zu werden. Niemals wieder würde jemand sie darum bitten, ihre Meditationen zu verschieben und fünfzehn Kilometer durch das Wintermoor zu marschieren, um bei einer Entbindung zu helfen. Nie wieder würde sie die Stunden, die sie für das Studium der Magie brauchte, kniend in einem halb zugefrorenen Morast verbringen, um nach dem Glasschmalz zu suchen, mit dem sich der Rheumatismus des Schmiedes behandeln ließ.

Nein, nie wieder mußte sie ihre Zeit und ihre Aufmerksamkeit zwischen Liebe und Macht teilen.

In weiter Ferne sahen ihre Drachenaugen die Karawane aus Pferden und Mauleseln, die nun, klein wie Ameisen, gerade die Vorberge passierten und den Wald erreichten. Jennys kristallener Blick war so scharf, daß sie jedes einzelne Tier in der Kolonne wiedererkannte – den weißen Halbmond, die störrischen Falben, das sture rotbraune Pferd namens Trampel, den großen Hengst Kampfteufel. Auch fiel ihr das Funkeln zweier Brillengläser auf, der Glanz stählerner Dornen auf einem alten geflickten Wams.

John hatte nun nicht mehr die geringste Bedeutung für sie, und die Jahre, die sie mit ihm verbracht hatte, erschienen ihrem Drachenleben wie Sekunden. Wie die Räuber und die heruntergekommenen Meewinks – wie ihre beiden Söhne – mußte er seinem eigenen Pfad durch die Muster der Düsternis folgen. Sicher würde er sich weiterhin für die Interessen seines Volkes einsetzen und mit den irrwitzigen Experimenten fortfahren, bei denen es um Steinsalz, Schießpulver und Heißluftballons gehen mochte. Vielleicht konstruierte er weitere kleine Geschützmodelle und versuchte sich auch als Ballistiker; möglicherweise sammelte er noch mehr Geschichten über Schweine und ihre Fähigkeit, Wetterveränderungen zu erahnen. Irgendwann, so dachte Jenny, würde er ein Boot nehmen und in die Bucht von Eldsbouch hinausfahren, um dort nach den Ruinen des einstigen Damms zu suchen, und wenn das geschah, gab es keine Heilerin namens Waynest, die auf dem Kies des Strandes auf ihn wartete … Eines Tages ritt er vielleicht zu dem Haus in der Nähe des Steinzirkels von Frosthöhe, und es würde leer und verlassen sein.

Die Zeit, so wußte Jenny, trübte alle Erinnerungen, auch diese. Sie blickte in sich selbst hinein, auf die Art und Weise, wie sie die Seelen anderer Personen betrachtet hatte. Treys, so entsann sie sich, war wie ein Teich aus glasklarem Wasser gewesen, mit hellen und seichten Stellen, aber auch unerwarteten Tiefen. Zyernes hatte Ähnlichkeit mit einer schönen, aber giftigen Blume gehabt. Ihren eigenen Geist sah Jenny ebenfalls als eine Blüte, deren Blätter an den Rändern die Konsistenz von Stahl gewannen, deren Innenflächen jedoch noch immer weich und seiden waren.

Mit der Zeit würde alles so hart werden wie Eisen, begriff sie, atemberaubend prächtig und von ewigem Bestand – aber dann war es nicht mehr das, was man gemeinhin als Blume bezeichnete.

Lange Zeit hockte sie auf den Felsen und rührte sich nicht. Nur ihre Fühler bewegten sich zitternd, während sie die Farben des Windes beobachtete.

So war das Leben eines Drachen, dachte sie. So war es, alles von der am Himmelszelt herrschenden Stille aus zu betrachten: Freiheit. Doch irgendwo tief in ihrem Innern pochte noch immer dumpfe Pein: der Schmerz der Entscheidung, die sie so lange hinausgezögert hatte, das qualvolle Vibrieren eines Verlustes und aufgegebener Träume. Sie hätte geweint, doch Drachen vergossen keine Tränen. Sie versuchte sich einzureden, daß sie diese Art von Schmerz – und die Liebe, die ihn hervorrief – nun zum letztenmal verspürte. Unter anderem hatte sie gerade deshalb die Weite der Lüfte gewählt, um jene Immunität zu erringen.

Der Schlüssel zur Magie ist die Magie, dachte sie. Und jetzt gehörte ihr die Macht, die sie sich immer gewünscht hatte, von Kindesbeinen an.

Doch eine andere Stimme in ihrem Innern fragte: Zu welchem Zweck? Am Rande ihrer Aufmerksamkeit war sich Jenny der Präsenz Morkelebs bewußt, der die Dickhornschafe in den Schründen jagte. Wie eine riesenhafte, schwarzgepanzerte Fledermaus glitt er lautlos über die Grate. Er hatte sich in einen Mantel aus tarnender Zauberei gekleidet, so daß er den wachsamen Blicken der Schafe entging, und dann und wann ließ er sich wie ein Stein in eine der Schluchten fallen. Magie gehörte zum Wesen der Drachen, floß in ihrem Blut. Die Magie des Kosmos durchtönte alles, was sie wahrnahmen und alles, was sie waren.

Und dennoch erwies sich ihr Zauber letztendlich als steril, als etwas, das allein dem Selbstzweck genügte – so wie die Magie Zyernes.

Zyerne, dachte Jenny. Der Schlüssel zur Magie ist die

Magie. Dafür hatte Zyerne die Männer geopfert, die sie liebten, den Sohn, den sie nun nicht mehr zur Welt bringen konnte, schließlich sogar das, was sie zu einem Menschen machte – und all das ging auf ihre eigene Entscheidung zurück!

Caerdinn hatte sich geirrt. Trotz seiner Bestrebungen, die eigenen Künste zu verbessern, war er doch nichts weiter gewesen als ein selbstsüchtiger und verbitterter alter Mann, der letzte Repräsentant einer Linie, die ausstarb, weil sie Zauberei um der Zauberei willen gesucht hatte. Der Schlüssel zur Magie war eben nicht die Magie, sondern deren Nutzung. Er lag nicht im Haben verborgen, sondern im Geben, in der Anwendung – und darin, zu lieben und geliebt zu werden.

Vor ihrem inneren Auge sah Jenny Aversin, wie er auf dem oberen Platz der Zitadelle neben Morkeleb saß. *Wir besitzen nicht viel, und indem wir es teilen, machen wir das Wenige zu einem Schatz ... Weil die Konsequenzen, die sich aus einem Leben als Einzelgänger ergäben, schlimmer wären ...*

Es war die ganze Zeit über John gewesen, dachte Jenny. Nicht das Problem, sondern die Lösung.

Ein Schatten legte sich über sie, und Morkeleb ging sanft und schimmernd auf den Felsen neben ihr nieder. Die Sonne neigte sich bereits dem westlichen Horizont entgegen, und das bläuliche Glitzern der Gletscher ließ flammenartige Lichtreflexe über die nachtschwarzen Schuppen des großen Drachen tanzen.

Was ist mit dir, Hexe?

Morkeleb, antwortete Jenny, *mach mich wieder zu dem, was ich war.*

Mit einem verhaltenen Kratzen richteten sich seine Schuppen auf, und Jenny spürte, wie Ärger die Tiefen seiner Seele durchpulste. *Nichts kann wieder so werden, wie es einmal war, Hexe. Das weißt du doch. Meine Macht wird dir für immer und ewig ein Begleiter sein. Und das Wissen darum, wie es ist, ein Drache zu sein, wird sich niemals aus deiner Erinnerung verbannen lassen.*

Trotzdem, hielt ihm Jenny entgegen. *Ich möchte lieber wie eine Frau leben, die einst ein Drache war, als wie ein Drache, der sich an sein Leben als Mensch entsinnt. Auf den Stufen der Tiefe habe ich mit Feuer getötet wie ein Drache. Und wie ein Drache bedeutete mir der Tod der Angreifer nichts. An einer derartigen Existenz ist mir nichts gelegen, Morkeleb.*

Pah, machte der schwarze Drache. Hitze glühte von den tausend rasiermesserscharfen Rändern der Schuppen, von den langen Dornen und Stacheln, auch von den zusammengefalteten Schwingen. *Sei nicht töricht, Jenny Waynest. Das Wissen der Drachen, ihre Macht – das alles gehört dir. Und außerdem währt dein Leben jetzt nicht mehr nur einige wenige Dekaden, sondern Jahrhunderte, Jahrtausende. Schon bald wirst du vergessen, was dein früheres Leben ausmachte, und dann ist der Schmerz weniger als eine Erinnerung. Der Diamant kann nicht die Blume lieben, denn die Farben der Blüte erstrahlen nur einen Tag, um anschließend zu verblassen. Du bist jetzt ein Diamant.*

Die Blüte stirbt, sagte Jenny leise, *aber sie hat gelebt. Der Diamant hingegen ist ewig, liegt abseits. Ich möchte nicht vergessen, und die Heilung meiner seelischen Wunden würde mich zu etwas machen, vor dem mir graut. Drachen mögen alle Zeit der Welt haben, Morkeleb, aber selbst ihr seid nicht dazu in der Lage, verlorene Tage zurückzubringen und Jahre besser zu nutzen, die bereits verschwendet wurden. Laß mich gehen.*

Nein! Morkeleb drehte den Kopf zu ihr herum. In seinen weißen Augen glitzerte es, und es knisterte und raschelte aufgebracht in der dichten Mähne an seinen Hörnern. *Ich will dich, Hexe, mehr noch als schimmerndes und singendes Gold. Bei diesem Empfinden handelt es sich um etwas, das in mir entstand, als deine Seele mich berührte, so wie in deinem Geist Magie wuchs. Ich habe dich jetzt bekommen, und ich werde dich nicht aufgeben.*

Jenny spannte die Muskeln ihrer Hinterbeine und katapultierte sich der Weite des Himmels entgegen. Melodisch flüsterte der Wind über ihre perlweißen Schwingen. Morkeleb folgte ihr und segelte an den grauen Hängen und Wasserfällen der Großen Barriere entlang. Die beiden riesigen Schatten schienen sich zu jagen, als sie über schneebedeckte Grate hinweghuschten, die im Licht des Abends bläulich glänzten. Wie graue Falken zuckten sie über die Dunkelheit von tiefen Klüften hinweg. Jenseits des Gebirges lag die Welt unter einer Decke aus herbstlichem Dunst: rot, braun und ockergelb. Durch das blattlose Geäst der Bäume am Flußufer sah Jenny schieferfarbenen Rauch in die Höhe steigen, der vom Abendwind rasch zerfasert und davongeweht wurde.

Das perlmuttene Glühen des Vollmonds spiegelte sich hell auf ihren Schwingen wider. Die Sterne drehten sich am Firmament in ihren ehernen Konstellationen. Ihr scharfer Drachenblick offenbarte Jenny ein Lager im Wald am Wildorakstrom, eine einsame Gestalt, die geduldig verbrannte Pfannkuchen vom Bratblech kratzte, umgeben von Büchern aus den teilweise geöffneten Packtaschen in der Nähe.

Jenny umkreiste die unsichtbare Rauchfahne, und sie spürte die Nähe Morkelebs, der weiter oben dahinsegelte.

Entspricht das wirklich deinem Wunsch, Hexe? erklang die Stimme des Drachen in ihren Gedanken.

Sie gab keine Antwort, aber sie wußte, daß der Weisheit Morkelebs nicht entging, was sie bewegte. Sie spürte seine Verwirrung angesichts ihrer Gefühle, den Zorn, der sowohl ihr galt als auch einem Aspekt seines eigenen Wesens.

Schließlich sagte er: *Ich will dich, Jenny Waynest. Doch noch mehr kommt es mir darauf an, dich glücklich zu wissen, und das begreife ich einfach nicht. Die Vorstellung, du könntest traurig sein, bereitet mir Kummer.* Und jäh schlug Morkelebs Wut wie eine lange Peitsche auf Jenny herab: *Das hast du mir angetan!*

Es tut mir leid, Morkeleb, erwiderte sie sanft. *Was du jetzt empfindest, ist die Liebe der Menschen – eine armselige Gegenleistung für die Macht, die ich von dir erhielt. Jene Empfindungen entstanden auch in mir, als ich mich in John verliebte – und damit einher ging die Erkenntnis, daß es besser ist, so etwas zu spüren, als solche Gefühle gar nicht haben zu können.*

Ist das der Schmerz, der dir keine Ruhe läßt? fragte der schwarze Drache.

Ja, bestätigte Jenny.

Bitterkeit und Enttäuschung vibrierten in dem Geist Morkelebs, wie ein fernes Echo des Goldes, das er verloren hatte. *Dann geh,* sagte er. Daraufhin ging Jenny tiefer, ein Geschöpf, das aus Glas, feiner Seide und Knochen zu bestehen schien, unsichtbar in dem vagen Zwielicht des zu Ende gehenden Tages. Sie spürte, wie die Macht des Drachen sie umwogte, sie einhüllte mit Magie und Hitze, und Pein durchsengte ihren Leib. Sie sprang in die Furcht, die ihren Körper schmolz, so wie sie sich zuvor in den Wind geschleudert hatte.

Dann gab es nur noch Müdigkeit und Kummer. Sie kniete allein in der Dunkelheit eines herbstlichen Waldes, und die nächtliche Kühle biß sich in die gerade erst verheilten Wunden auf dem Rücken und den Armen. Durch das borkige Grau und Weiß der Baumstämme sah sie den rötlichen Schein eines Lagerfeuers und nahm die vertrauten Gerüche von Pferden und brennenden Holzscheiten wahr. Die melancholischen Klänge einer kleinen Flöte hallten zart und sanft dahin. Die Konturen der Umgebung strahlten nun nicht mehr in hellen Farben, und der Abend war dunstig, grau und eintönig und sehr kalt. Sie schauderte und zog sich die Schafslederjacke enger um die Schultern. Der Boden fühlte sich feucht an durch den dünnen Stoff an ihren Knien.

Sie strich sich die dichten und zerzausten Strähnen ihres langen Haars aus dem Gesicht und sah auf. Jenseits des Geflechtes aus blattlosen Ästen und Zweigen über ihr sah sie den Umriß des schwarzen Drachen, der noch immer hoch oben kreiste, allein in der stillen Weite unter dem Himmelsdach.

Jennys Gedanken berührten die seinen, und sie sprach ihm Dank aus, der sich nicht in Worte fassen ließ. Die Antwort bestand aus Kummer, aus Kummer und Leid und Wut darüber, seelische Wunden davontragen zu können.

Du hast mir ein gräßliches Geschenk gemacht, Hexe, sagte er.

Denn durch dich bin ich getrennt von den anderen meiner Art und kann nicht mehr die alten Freuden genießen, die mir zuvor das Leben versüßten. Meine Seele ist gezeichnet von dieser Liebe, obgleich ich sie noch immer nicht verstehe. Wie du kann ich nie wieder zu dem werden, der ich einst war.

Es tut mir leid, Morkeleb, antwortete Jenny dem Drachen. *Wir verändern das, was wir berühren, ob es sich nun um Magie handelt oder Macht oder ein anderes Leben. Vor zehn Jahren wäre ich glücklich gewesen, dich begleiten zu können. Dann jedoch lernte ich John kennen, und ich bin ebenso ein Teil von ihm wie er von mir.*

Morkelebs Stimme hallte wie ein Echo durch die Gewölbe ihres Geistes. *So werde mit dieser Entscheidung glücklich, Hexe. Die Gründe dafür sind mir ein Rätsel, denn für uns Drachen sind andere Dinge wichtiger – obwohl ich selbst nun zu einem Außenseiter geworden bin.*

Es war mehr so, als spüre Jenny ihn verschwinden. Schwarz in der Dunkelheit der Nacht neigte er die weiten Schwingen in den Wind und glitt nach Norden. Für einen Augenblick zeichnete sich seine mächtige Gestalt vor der weißen Scheibe des Mondes ab, dann war er fort. Der Kummer legte sich wie eine Schlinge um den Hals der Heilerin, das Leid der Freiheit, die sie nie wieder verspüren konnte, von Türen, die nun für immer geschlossen blieben, von Liedern, die niemand mehr singen würde – die Qual, die sich auf menschliche Entscheidungen gründete. Indem er sie gehen ließ, traf Morkeleb eine Wahl zwischen dem, was er war und dem, was die Zukunft für ihn bereithielt.

Sie seufzte, erhob sich steifbeinig und strich sich Holzsplitter und welke Blätter vom Rock. Die schwermütigen Klänge der kleinen Flöte wehten noch immer in der Abendbrise dahin. Jenny nahm den Duft des Feuers und den Geruch angebrannter Pfannkuchen wahr; sie raffte ihren Umhang zusammen, folgte dem Verlauf des schmalen Pfades und näherte sich der Lichtung.

ENDE

Band 13 080

Robert Holdstock

Mythenwald

Deutsche Erstveröffentlichung

Im Herzen des Waldes liegt eine Welt der Träume, eine Welt vergessener Götter und Helden, wo das Böse wohnt . . .
Als Stephen Huxley aus dem Zweiten Weltkrieg zurückkehrt, um den Spuren seines Vaters nachzugehen, führt ihn sein Weg nach Ryhope Wood. Dieser kleine Wald im Süden Englands ist der Überrest jenes Urwaldes, der einst weite Teile Britanniens bedeckte, und er hat eine seltsame Faszination. Denn in diesem Wald erwacht die Vergangenheit zum Leben. Und im gleichen Maße, in dem Stephen seine eigene Vergangenheit zu bewältigen sucht, wird er hineingezogen in die kollektiven Phantasien zahlloser Generationen, die im Mythenwald greifbare Gestalt annehmen.

BASTEI LÜBBE

Sie erhalten diesen Band im Buchhandel, bei Ihrem Zeitschriftenhändler sowie im Bahnhofsbuchhandel.

Die Programm-Alternative: Bastei-Lübbe-Paperback

Band 28 151
Wolfgang Hohlbein
Die Töchter des Drachen
Deutsche Erstveröffentlichung

Als Talianna noch ein Kind war, verbrannten die Drachen ihre Heimatstadt zu Schutt und Asche. Nun ist sie herangewachsen, und es zieht sie zurück an den Ort ihrer Kindheit. Ihr Weg führt durch eine zerstörte Welt, bevölkert mit phantastischen Lebewesen, durch endlose Wüsten und ausgetrocknete Meere, wo jeder Schritt Gefahren birgt. Sie will ihre Rache. Und sie sucht Antwort auf die eine Frage, die sie nicht ruhen läßt: Warum?

BASTEI LÜBBE

Sie erhalten diesen Band im Buchhandel, bei Ihrem Zeitschriftenhändler sowie im Bahnhofsbuchhandel.